姒锦 作品

孤王寡女

4

鸾凤归（上）

青岛出版社
QINGDAO PUBLISHING HOUSE

图书在版编目（CIP）数据

孤王寡女. 4，鸾凤归 / 姒锦著. -- 青岛 ：青岛出
版社，2018.1
ISBN 978-7-5552-3505-7
Ⅰ. ①孤… Ⅱ. ①姒… Ⅲ. ①长篇小说－中国－当代
Ⅳ. ①I247.5

中国版本图书馆CIP数据核字(2017)第018230号

书　　名　孤王寡女4鸾凤归
著　　者　姒　锦
出版发行　青岛出版社
社　　址　青岛市海尔路182号（266061）
本社网址　http://www.qdpub.com
邮购电话　010-85787680-8015　13335059110
0532-85814750（传真）　0532-68068026
责任编辑　郭林祥
责任校对　耿道川
特约编辑　崔　悦
装帧设计　苏　涛　李红艳
印　　刷　北京海石通印刷有限公司
出版日期　2018年1月第1版　2018年1月第1次印刷
开　　本　16开（700mm×980mm）
印　　张　33.5
字　　数　550千
书　　号　ISBN 978-7-5552-3505-7
定　　价　59.80元

编校印装质量、盗版监督服务电话　4006532017　0532-68068638
建议陈列类别：畅销·古代言情

目录【上】

CONTENTS

目录【下】

CONTENTS

第一章　长生劫

又一个八卦墓?

萧乾冷眉微微一蹙，看着她：“阿九可有理由？”

墨九点头：“除了墨家，天下无人能驾驭这么复杂的机关巧术。”

嗯，如果吹牛皮也是理由，墨家已无人阻挡。

看萧乾半信半疑，墨九眉梢微微一挑，似乎很不乐意他对她墨家机关术的不信任，又得意一笑，指着脚底下：“六郎再仔细看一下，这是什么？”

萧乾闻声低头，看着她的脚。

她先前走过的焦黑岩石地面，乍一看上去，颜色都差不多，但若是仔细观察，就会发现，那颜色有非常细微的差别，隐隐的，有一些更为沉黑的颜色，将地面勾勒出了一个八卦的形状来。

八卦!

又见八卦!

从坎、艮、巽、震四个八卦墓一路随着墨九走过来，萧乾已经很清楚，八卦墓叫八卦墓，不管是哪一个墓，或多或少都会与八卦扯得上关系。

“虽然我们暂时未见仕女图，但高手的直觉已经告诉了我答案。”墨九眸子浅浅一眯，流露出来的自信，让她娇俏的双颊上，似有一层流光在浮动，眸子中闪着的点点晶莹，极是美艳。

萧乾差一点儿迷失在那一方美好中。

好一瞬，他才回神，淡淡点头：“且问高手，直觉为何墓？”

墨九哂笑：“离墓。”

“离墓？”萧乾咀嚼着她的话，随即补充，“离卦者，火也。”

“是的。”

墨九给他一个“孺子可教”的眼神儿，漫不经心地踮着脚尖，在八卦的弧线上踩了起来：“然而，我们明知下方中空，可怎么打开它哩？总不能拿锄头挖吧……而且打开之后，会不会有危险？万一我家祖宗又给我玩一出馅饼计划呢？”

人在久困的时候，在求生欲的支配下，看到出路，都会忍不住尝试，冒险力和冒险精神也会直线上升，从而低估风险。在坎墓和巽墓，墨九都曾吃过这样的亏。所以，明显下方有路，她已不敢轻易尝试，反而掉头寻找其他线索。

没有犹豫，她直接让萧乾带她走向对面。

——那口抓到了鱼的深潭。

潭水不过一丈见长，里面的水都热得冒烟了，所以墨九有理由相信，她之前吃的鱼，是经过了先煮后烤的工序而来的。不过，在这样的天翻地覆之后，能吃上几口鲜美的鱼，她已经感到很欣慰了，唯一美中不足的地方就是……

再有几条就好了。

她咽口唾沫，低头望那深潭中的水。

“老萧，你先前下去过吗？”

“不曾。”

水都快要煮开了，他怎么下去？

“那你怎么抓的鱼？”

“死鱼，浮上来的。”

果然……是死鱼哇。

墨九咂咂嘴，回头冲他咧嘴一笑。

“这会儿温度已经降下来了，要不然，你下去看看——”

看她馋猫的样子，萧乾目光幽幽：“有这么指派自己男人的？”

“那好吧，我自己下去——”墨九探头，又看了一眼黑漆漆不见底的深潭，作势欲挽袖子，萧乾却已冷哼一声，扯过她来往背后一挪，然后自己下去了——

水很深，足有两足高。

萧乾潜入温热的水底，摸索一阵，很快浮上了水面。

抹着头上的水渍，他看向墨九的目光中，有着佩服。

“阿九，潭底有一条向下的石阶——”

“啊哈哈。我就说嘛，非常之地，必有非常之事。”

墨九再次与祖宗“心连心”，有点儿小兴奋。

然而，虽然找到了一条水底台阶，但他们没有潜水装备，要从下面穿出去，也是一个几乎不可能完成的任务。尤其在不知道水下台阶究竟有多深的情况下，如果那般潜下去……那是找死。

于是，墨九想到了那一个八卦浮图。

“六郎，你来帮我——”

她让萧乾拿那根布条拴在她的腰上，站在八卦浮图的圈子外面，而她自己则小心翼翼地踩在八卦之上，从阴阳两仪踩到“离”位，又从“离”位踩到阴阳两仪，每一次都试着高高跳起，再重重落下。

这样的力度，比刚才大了许多。

试了几次，在她又一次落在离位上时——

轰一声，机括震动。

那个八卦浮图，突地开启，速度很快。

墨九整个人悬空，跟着掉落下去。

她条件反射地尖叫一声，眼前一黑，吓得心尖都颤了。

幸好早有准备，不等她彻底落下去，萧乾拽住她缠在腰上的布条，又将她拉了上来。

这蹦跶得，太可怕了。

墨九紧张地看着黑不见底的下方，一脑门儿冷汗。

“祖宗啊，亏得弟子机智——不然，生生损了小命儿！”

呼呼吐两口气，她解开布条，再次和萧乾回到那口深潭处。

如墨九所料，机关果然是共通的。那边的八卦浮图机关打开，这边的水位就退了下去。在深潭下方，凭肉眼，都可看见一道长满了水苔的石阶。

“下！”

“小心。”

“牵着我。”

“来。”

墨九紧抓着萧乾的手，壮着胆子下了台阶，心绪倒也安妥。

过了险中险，才能绝处生。

不管前方是什么，只要有他在身边，哪怕再艰难，也不会比他不在的时候更糟。

从台阶一路走到地底，前方是一条平坦的甬道。

甬道深不可测，却窄得惊心，只容得一人通行。

墨九与萧乾对视一眼，手牵着手，一个在前一个在后，继续往前走。

约莫花了盏茶的工夫，走到了甬道的尽头。

台阶再现。

但这处台阶不是往下，而是斜着向上的。

一级接一级，幽暗，潮湿，透着森冷的凉气，却不知通向何方。

“上去吗？”

“上。”

二人交握的手心，紧了紧。

有一种力量，便在彼此心间滋生。

勇敢的，无畏的精神。只因彼此都在。

一路牵手而行，两个人走得极慢，几乎是摸索着上行的。就这般，五六十级的台阶，像是走了一个世纪那么久——

快走到终点时，上头有一缕幽幽的光线透出来。

那是一种很熟悉的光芒——夜明珠。

墨九微微一怔，抿嘴停下脚步，正思考着，上头突然响起一阵叽叽咕咕的微弱声音，听不清是什么，像是叫声，又像是哼声，细微，难辨。

然而，等她仔细再听，却又什么都没有听见。

警惕地半眯厉目，萧乾把她扯到背后。

“我先上去。”

“不用，一起。”墨九嗔怪地瞪他一眼，率先抬了腿。

然而，不等两个人走到台阶的终点，只听见嗷呜一声，一个黑乎乎的小东西就利索地扑了出来，直接奔向墨九的小腿。

她以为是巨型老鼠，吓得一个踉跄后退。

若非萧乾及时扶住，她这一冲，非得滚下台阶不可。

“我 x！”

她低骂一句，待仔细看时，又是惊，又是喜。

“狼儿——”

“嗷呜！”

小狼崽子还认得她，亲热地围在她身边，那弱弱的样子，令她心都萌化。

墨九蹲身把它从地上抱入怀里，这才想到：“咦，你完颜三舅呢？”

“亏你还想得起我——”

一道不冷不热的哼声，从石阶上方传来，墨九怔了一下，又抿唇望了望萧乾，随即露出一个大大的笑容来。

几个人一起入阴山，一起落火室，一起得以生还，那种感觉，很难言说。

像同生共死过的哥们儿，知道对方还活着，除了兴奋，还有一种失而复得的欣喜。

至少在这一刻，前嫌可以尽弃，什么恩怨情仇都可以不必再提。

而且完颜修把狼儿照顾得这样好，墨九之前对他的所有怨怼，也几乎都抛开了。

拉着萧乾的手，她犹豫了一下，换了称呼：

“老萧，仔细脚下。”

既然六郎的身份一直隐瞒，就肯定有他的道理，在没有得到他同意的情况下，她不会在完颜修面前将他的身份曝光。

嗯。两个人默契地互望一眼。

萧乾目中波光闪过，紧紧攥住了她的小手。

上方是一间石室。

石门是在他们开启机关的同时打开的。

石室的形状很方正，地面像一个整体的棋盘。

在棋盘的线上，错落着黑白棋子若干，每一颗棋子都圆润光滑，大小和规格几乎完全一样，墨九在心底默数了一下，大概有四十八颗。

她不懂围棋，瞥了一眼萧乾。

他眉头紧紧锁住，似在思考，一直没有说话。

墨九也不打扰他，望向了角落里的两个男人。

在夜明珠的光线下，完颜修一向风流的面孔中少了几分倜傥，样子还那么俊，可衣裳破损，头发凌乱，哪里还有后珒国主的妖娆，整个一狼狈的貌美逃犯。而蜷缩成一团的“疯子”，就更是惨不忍睹了。

他整张脸几乎是毁灭性地脏乱差，胡子拉碴，又黑又瘦，完全看不出原来的样子，身子瑟瑟发抖着，他像是很害怕，紧紧抓住完颜修，寸步不离，半点儿都不松手。

完颜修像是受够了他。

他一脸嫌弃，又没法脱身，只把怒气撒向墨九。

“看什么看哪，不知道把他给我拽开呀？”

墨九看完颜修这模样儿，好想笑，又不得不憋住。

“看他那么需要你，再忍忍吧。”

“忍个鬼呀！老子管了你的女儿，还要管这个疯子。”完颜修的样子几乎是崩溃的，胡子长出来了，脸也乌漆抹黑的，整个一邋遢版的三舅，就脾气还一如往常：“我怎么觉得我变成了谁家的奶娘了我？”

“绝对不是。”

墨九飞快地摆手，为他正名。

“你又没奶，怎么做人家的奶娘？”

“老子……”

怕他发作起来收拾不住，墨九今儿心情好，嘻嘻一笑又哄他。

“行了，它三舅，别胡思乱想，你想做奶娘，可做不成呢。”

四周望一下，她眉头又皱起：“可有看见击西和闯北？”

完颜修哼一声，气咻咻地：“地方就这么宽，老子落下来就在这儿，到处都走不通，饿得前胸贴后背了，上哪儿看见他们去？”

“……”

这货看来真是气疯了。

不过也是，换了她，她也得急疯。

想到击西和闯北，她心中黯然，点了点头。

“行，你们坐一会儿，我看看怎么想法子出去！”

她一手紧搂着狼儿，一手想去拿夜明珠。可珠子还没拿到手上，怀里的小家伙却拼命往她怀里拱，嘴里呜呜叫个不停，像是很委屈。墨九皱了皱眉头，正不解其意，就听见完颜修哧哧冷笑。

“你闺女要吃奶了，你有，赶紧喂吧。”

这打击报复来得挺快呀。

墨九竖着眉头瞪他一眼。

可不待她开口，只见萧乾衣袖一挥，完颜修面色变了，人也突然愣住了。

张了张嘴巴，他似乎想说什么，可试了几次，却没有发出声音。

“怎么啦？哑巴啦？”墨九奇怪地看看他，又望向萧乾。

“话太多。”萧乾目光凉凉，那一张丑陋的脸上闪着幽幽的光，“让他先消停一会儿。”

我去，不是吧？

看着完颜修目中愤怒的火光，墨九忍不住想要大笑。

萧六郎记恨他那句调戏她的话了，居然直接把他弄哑了？

这货也真厉害，都不见他怎么出的手，完颜修就栽了。

太可怕了！

幸好他是她的男人，也幸好他比较有君子风度，轻易不用毒。

要不然……分分钟得给他跪呀！

想到自己曾经也吃过他的“哑巴亏”，那滋味儿也确实不好受，她略带同情地走过去，拍了拍完颜修的肩膀，然后把狼儿塞入他的怀里，细声安慰。

“干坐着不能骂人，也挺无聊的，我把狼儿留下陪你呀。”

完颜修眼珠子转动着，瞪她，又瞪萧乾。

墨九想，如果目光可以杀人的话，她和萧六郎已经被他杀死一千次一万次了。

然而，瞪他们并没有一点儿用。

喀——

她收敛笑容，回头跟着萧乾踏上棋盘。

“老萧，可有发现什么？”

萧乾看了棋盘片刻，目光复杂地沉思了许久，突然回头瞥向那个“疯子”。

“这个恐怕得问问他了。”

问他，问那个疯子？

墨九跟不上萧乾的思路，一时错愕。

回头看去，那疯子满头乱发，紧挨着完颜修，吓得还哆嗦，根本就不像是伪装的。而且，在天神祭洞时，她已经审问过他了，他什么都不知道，这会儿再问他，又有什么意义？

“老萧？”墨九站到他的身边，昂头看他，“你此话何解？”

在她询问的目光中，萧乾冷冷抿唇，没有回答，径直走向角落，把缠住完颜修就不放的“疯子”拎了起来，掌心突地扬起，啪啪两下，分别敲在他的“神庭”“印堂”几处大穴上。

唠——

哗——

那“疯子”吃不住拍，趴地上就狂吐不止。

那呕吐的秽物里面，隐隐夹有红红的血丝。

“老萧！”

墨九看他狂吐不止，眉心都蹙紧了。

抢步过去，她扯了扯萧乾的胳膊。

“赶紧给他看看哪，怎么吐血了？！”

因为宋彻的话，尽管“疯子”的身份并没有完全证实，可她心底始终把他当成宋骜来看的。由于之前逃命没带他，她心里还存有内疚呢，见状，心里自是不落忍。

然而，萧乾却没有什么反应。

他居高临下的身姿，纹丝不动，一直等到那“疯子”吐得再也吐不出什么东西来，一直趴在地上呻吟，他才从怀中掏出一个装药丸的瓷瓶，从中倒出两粒带点儿橙黄色的药丸子，直接灌入他的嘴里。

一系列动作行云流水，看得墨九直咂舌。

老萧这身上，简直就是百宝箱啊。

除了毒和药，恐怕也没别的东西了吧？

她寻思着，瞅他腰上。萧乾沉了嗓子。

“抬头！”

听了他的话，“疯子”抬头，目光呆呆的。

看着他，又看看完颜修，再看看墨九和这一间石室，他像是游离在状态之外，蒙了好一阵，就在墨九以为他根本就什么都不知道的时候，那一双浑浊的眸底，却慢慢转为清亮。

“你，你们……是谁？”

他结结巴巴的，但口齿清晰。

这个样子，像是神志已清。

可这……难道失忆了？

墨九蹲身，仔细盯着他的脸："小王爷？你不记得我了？我是墨九哇，小寡妇，你不记得？"

第一次亲口承认自己是"小寡妇"，墨九说得很顺口。

可萧乾嘴唇抽搐一下，一句话，就让她恨不得咬舌。

"他不是宋骜。"

"啊？"墨九瞠目结舌，"那他是谁？"

"那顺巫师的小徒弟，托托儿。"

萧乾的声音冷而凛，却像一记重锤，敲在墨九的心上。想到第一次见宋彻时，他也是这么不咸不淡地来一句"他不是宋骜"，她就有些生气。

"早知道你为什么不早说？"

"你也没问我。"

"还需要我问？"

看她兔子似的急红了眼，萧乾揽一下她的肩膀。

"下次，一定。"

还下次呢？这个男人城府太深了。

墨九觉得跟着一个腹黑男人，真的必须神经高度集中，随时准备情节反转。一个不小心，就会错过了精彩部分，被他耍得团团转。

咬着牙，她恨不得咬他几口。

可看着他那张脸，又什么脾气都没有了。

男人再不好，再讨厌，她也得咬牙忍着。谁让是她自己选择的呢？

自己选的路，跪着也要走完，更何况，这货已经够可怜了，脸毁成那样，如果她再给他使劲儿，一个想不开又"去"了，她哭都没地儿哭。

深呼吸，她展眉，勾唇，给他一个"迷之微笑"。

"你继续审问——我不打断你了。"

前后不过一瞬，就换了性子。

她突如其来的转变，看得萧乾怔了又怔。

可正事当前，他深深看她一眼，也没问她哪根神经又出了乱子，眉心紧拧着，又掉头看着一脸惶恐的托托儿。

"说！此处怎么出去？"

托托儿是那顺巫师的小徒弟，常年跟在那顺巫师的身边，也因为受了宋彻的蛊毒要挟，帮着宋彻来糊弄那顺，一直扮演着“双面间谍”这样的角色。而且，他做那顺的徒弟，日子并不好过，比起被宋彻掌控来，他更愿意摆脱那个恶魔。所以，他与宋彻的关系很近，二人长期往来，宋彻知道的出路，他想必也会知道。

这是墨九的想法。

她也笃定萧乾是这么想的。

然而——

托托儿审视着他们，却一脸沮丧地摇头。

“这里我不曾来过。”

不曾来过？墨九挑高眉头，半信半疑。

萧乾冷哼一声，唇角勾出一抹冰冷的寒意，出口一字一句，仿佛勾画生死簿的阎王，寻不到半点温度：“托托儿，我能知道你是谁，就有办法让你生不如死。你要相信，你刚才吃入腹中的药丸，比宋彻的蛊毒，会可怕十倍、百倍不止！”

威胁有效！

托托儿那张完全看不清长相的脸，布满了恐惧之色。

扑通一声！

他跪在萧乾面前，不停磕头。

“大爷，饶了我，饶了我呀，我真的不曾来过此处，师父不曾带我来过，师兄也不曾……我绝无半句虚言，饶命！饶命！”

墨九看他跪得可怜，蹙了蹙眉，冷言相问：“这里不是死亡山谷吗？你长期穿梭于此间，怎会不知出路？”

“不，不是死亡山谷。不不，或许是，但我真不曾来过这边。”托托儿想了想，又抬起头来，顶着一头乱蓬蓬的脏发，两只眼睛在石室内到处搜索一通，然后垂头丧气地耷拉下脑袋。

“托托儿不敢相瞒诸位英雄，真的不敢哪！我所知的死亡山谷，不在此地。我常年来去的，也只有天神祭洞的附近……这个地方，我不曾来过，真的不曾来过。”

听他带了一丝哭腔的声音，墨九浅眯黑眸。

如果他没有撒谎，那么只有一种解释。

这个离墓，就在死亡山谷的隔壁。

或者说，所谓死亡山谷，根本就是八卦墓之离墓的前墓道。那个让宋骜雄兵折戟的八卦布阵，原本就是墨家祖上用来保护离墓的惑敌之局。

那么这儿，应当已经接近主墓室了吧？

没有探测工具，她稍稍有些头痛。

怀着紧张、纠结又复杂的心情，她又一次走到棋盘边上，看了片刻，用肉眼将整个石室仔仔细细观察了一遍，再回来时，对萧乾点了点头。

“老萧，他说的是真的。”

萧乾一脸冷肃：“阿九怎知？”

墨九道：“这间石室的石门，之前不曾开启过。”

也就是说，他们在那边踩八卦、开机关的时候，这间石室才第一次开启。

说到这里，墨九又望向石室距离地面极高的顶部，皱眉指了指：“完颜修他们从天而落，是触动机关的缘故。但试想，如果托托儿与宋彻曾经在此间自由来去，总不能每一次都从天上掉下来吧？”

沉吟一瞬，萧乾负手走到棋盘边。

“阿九所言有理，只是这棋局……”

他双眸浅眯，若有所思地住了声。

墨九看着他高大的背影，想到这货胸中的万千沟壑，还有至今都没有向她坦白的那一段过去，她牙根儿都是酸的。

当着完颜修和托托儿的面，她不好追问那些关于他的事，却怎么都憋不住问关于此间的事。

走到他的身边，她低声问：“你怎么知道他是托托儿？”

萧乾回眸：“猜的。能出现在里面的人，不是宋骜，只有他了。”

有道理！能进入死亡山谷腹地的人，确实都和那顺巫师有关。

墨九抬高下巴：“你又怎知他不是宋骜？”

宋彻说得很清楚，是他把宋骜关在那个天神祭洞。

而且，如果他不是宋骜，可怜的小王爷，又去了哪里？

想一想他已经失联这么久，墨九心里一激，不禁有了不好的预感。

该不会，他不在人世了吧？

迎上她探究的视线，萧乾清冷的视线里，有一种孤傲的矜贵。

“宋骜不会向人磕头下跪。”

墨九微微一怔，不由得有点儿佩服。

“当他拿着《春宵秘戏图》找完颜修时，你就知道他不是宋骜了？”

“嗯。”他没有否认。

墨九向他投去赞赏的一瞥。

这个萧六郎，观察力果然不同寻常。

一个人不管怎么疯，有一些骨子里的东西不会变。宋骜以一个王爷之尊，一生除了跪皇帝跪他娘，他何曾跪过别人？可在天神祭洞时，托托儿手拿小册子，毫无压力就对完颜修磕头下跪，不停喊着饶命——

确实不太像宋骜。

他虽玩世不恭，可骨子里全是硬气。

要不然又怎会折在阴山？

脑子里千头万绪，她一时有点儿理不清。

“可托托儿为什么要把《春宵秘戏图》交给完颜修？”

大概这也是完颜修一直想不通的问题。听了她这句话，他嘴巴张了好几次，喉结也滑了又滑，仍旧发不出声音来，那气恨的表情，扭曲得几乎把他的英俊面孔都生生破坏。

墨九很想笑。

可看着完颜修剜过来的眼刀子，她摸了摸鼻子，终是忍住了，没有落井下石。

“老萧，给他解药吧，憋着怪可怜的。”

萧乾回头，淡淡扫他一眼，估摸着也差不多了，不动声色地从怀里掏出解药瓶，远远地丢给完颜修，然后不过片刻，就听见完颜修长嘘一口气。

“老萧，这事儿老子跟你没完——”

吼到这里，他又止住，咳嗽一下。

“算了算了，三爷脾气好，饶你一次。”

这叫饶吗？分明是怕了。

墨九忍住笑，盯向萧乾挑高的眉梢：“你还没有回答我。”

萧乾斜斜瞥她一眼：“阿九为何不直接问他？”

对哦，托托儿不就在这儿吗？

墨九看他又转头研究棋局去了，干脆也就不打扰他了，走到托托儿面前。

“你来说！到底怎么回事？”

托托儿在天神祭洞里的记忆，有些模糊了。

紧张兮兮地望着墨九，他思考了好一阵，才巴巴望向完颜修。

“……我那时被药物迷心，脑子有些混乱。只依稀记得，是听闻他是国主，而且潜意识觉得他与世子长得有相似之处，这才将那册子相与他的。”

脑子混乱，却还是多少知道一些。

墨九目光一亮，像找到了一个可以解惑的答题器，顿时来了精神，趁着萧乾解棋局，自个儿寻了一颗石凳似的黑棋子，坐在上面，抱着膝盖慢慢问他：“世子是指宋彻？”

“是。”

“他与完颜修……哪里像了？”

托托儿嘴唇嗫嚅着，有点儿答不上来。

好半晌，他瞥瞥完颜修，又低下头。

“他们……都长得好看。”

长得好看也是理由？

墨九风中凌乱，一时竟问不下去。

可完颜修憋屈了这么久，总算找到了一个扬眉吐气的时候。

不冷不热地哼了一声，他懒洋洋地看过来，一副傲娇脸。

“有眼光。一眼就看见本国主长相最为俊美——”

墨九余光扫了一下萧乾的背影，瞪他一眼。

“不是你俊，是你最淫荡。要不为什么单单给你《春宵秘戏图》？”

私心里，她不喜欢萧乾听见与美丑有关的话。

毕竟她的萧六郎，曾是天下第一美男子，风华绝代，傲世无双。

一个那般容色的男子，突遭这般毁灭性的颜损，那是多大打击？

心里微微一窒，她看萧六郎没有回头，也没有什么动静，暗自叹一口气，又罗列出疑点，问托托儿：“不对呀，我和那个阿花姑娘，也长得很美，你为什么不给我们？”

托托儿偷偷瞄一下完颜修，又不好意思地低下头。

“可，可你们都是女，女子——”

啊？！墨九噗一声，有点儿想笑。

说她是女人也罢了，只可怜了击西。

为击西默哀一下，她挑高眉头，又接着问：“那《春宵秘戏图》，与男女有何相干？”

这一回，托托儿的脸红得更厉害了，猪肝似的，像在滴血。

“因为我，我，我不喜女子，只喜男子——”

这简直就是一个令人崩溃的答案。

怪不得“疯子”一直拖着完颜修不放手，原来不仅因为完颜修长得好看，还因为他本质上喜欢男人，而他把《春宵秘戏图》拿给完颜修研习的唯一目的，竟然也是因为这个——

亏她为此还细思许久！

有些答案，知道了还不如不知道。

刚才还自恃容色俊美、傲娇得不要不要的完颜修，在怔了那么诡异的一秒之后，整个人弹身而起，暴跳如雷地怒骂：“老子要你的命！”

哈哈哈哈——

墨九开怀大笑，就连萧乾也微微回头，带笑摇头。

完颜修逮着托托儿，就是一顿暴打，要不是墨九生生拦着，那傻孩子肯定成了完颜修的刀下亡魂了。

不过，这么一顿闹腾，沉闷许久的气氛，突然就松缓了。

可仔细想一想，该解决的事儿，却一件都没有解决。

“别闹了！”冷不丁地，萧乾低喝了一声。

他的声音并不冷冽，甚至声线都不太高，可话音落，石室一下安静了。

有些人，不管他变了什么身份，身上的气场也不会变。

萧乾便是这样的人，不管在多少人中间，永远都是充当着王者的角色。

大家信服他，也都有点儿依赖着他。

墨九看他面色凝重，走过去，挽住他的胳膊，看向棋局。

“老萧，找到解局的法子了？”

她对围棋一窍只通半窍，只能把希望寄托在萧乾身上。

习惯性地抬手捋了一下她的乱发，萧乾眉头微蹙。

“嗯，有一点儿眉目了。阿九，你相信我吗？”

墨九微微一愣，弯起唇角，笑吟吟看他：“当然啦，你是老萧嘛。”

对女人而言，两个人一旦有了那层肉与肉的关系，性质就会发生翻天覆地的变化。这个时候墨九眼里的萧乾，与过去任何时候的萧乾，都已经不同——他完完全全成了她的男人，她已把整个身心托付，又怎会对他有半点儿怀疑?

“什么事，你快说呀？”

萧乾面色略微沉郁，声音清冷无边。

“唉，我想说，你问这么久，没问到重点。”

“重点？”墨九眨眨眼，“比如？”

萧乾目光掠过她娇俏的小脸儿，没有回答，却剜向吓得差点儿尿裤子的托托儿。

“宋骜哪里去了？”

宋骜哪里去了，是大家都关心的问题。

先头取笑完颜修，墨九其实并没有忘记这茬儿。

只不过完颜修好端端地被托托儿这么一个二流子巫师在精神上猥亵了，她总得留一点儿时间给他出出气的。好歹他也是狼儿它舅，不能把他逼得太狠了。

这会儿被萧乾提起，她怔了怔，也和大家一样，都竖起了耳朵。

毕竟依宋彻的意思，他把宋骜押在了天神祭洞。

可疯子为什么莫名其妙变成了那顺巫师的小徒弟托托儿……

个中玄机，也只有托托儿最清楚。

被众人审视着，托托儿呼呼喘着气，想了想，先跑离完颜修三丈开外，这才上气不接下气地喘着气，精神疲惫地将宋彻如何得罪了那顺巫师，又如何被那顺巫师囚在天神祭洞等前事说了一遍。

“世子以为可以神不知鬼不觉地瞒着师父，让宋骜代替他，殊不知，师父早有察觉，对我也早有疑心。只是师父并未声张，暗地里看着世子做这一切，然后趁他不备，把我押在天神祭洞，换走了宋骜——”

蟑螂捕蝉，黄雀在后。

知徒莫若师呀。

宋彻以为自己干得天衣无缝。

没想到那顺技高一筹。

他瞒了所有人，带走了宋骜。

可他带走了宋骜，却没有拆穿宋彻的把戏。

这……又是为何?

对于这个早有耳闻的漠北第一巫师，墨九是好奇的。

然而来到阴山的这些世子，她见过假的苏赫太子，却始终没见过那顺巫师本尊。

想一想，他破得死亡山谷的布阵，可轻松游走其间，还能让阿依古长公主信其谎言，把亲生儿子交给他，二十余年不闻不问，把堂堂的北勐世子狸猫换太子，其人城府，当是极深。

不过，人人做事皆有动机。

那顺到底是谁的人?

他又为什么要做这一切?

强烈的好奇心，让她的心弦绷紧了。

脑子转动着，她瞥向面有惧色的托托儿。

“那你可知，宋骜被他带至何处？”

小王爷的安危，如今才是他们极为关心的。

可托托儿摇了头：“我，我也不知。”

似乎害怕他们不相信，他又忙不迭地解释。

“那一日，我去天神祭洞给宋骜送饭，师父突然尾随出现，喂我吃了那丧失神志之药，又将我押在天神祭洞中，以铁链锁身，然后便将宋骜带离，我不曾看见他们的去处，随后便神志混沌，不知天日，直到这位英雄刚才把我救醒……”

他说得诚恳，墨九没察觉什么漏洞。

至少她是亲自看见这货被捆在洞中的。

“这么说，小王爷应该在那顺巫师的手上了？”

墨九向来聪慧，哪怕萧乾不告诉她，也约莫可以猜出事情的一些真相。那个阴山世子大金帐里出现的男人，百分之一百是萧乾的人。

也就是说，萧乾已经提前布置好了一些事情，至少也和那顺巫师接触过。要不然，那顺凭什么让他的人来做苏赫世子，并且为苏赫解除了“遭天神厌弃”的恶咒，让他与阿依古长公主母子相认，从而得恩宠，修金帐，且与蒙合父子交好?

苏赫如今的行为，完全在为其政治前途铺路。

如果不得到那顺的允许和默认，怎么做到的?

沉默了一瞬，她定定望向萧乾。

“那顺……究竟是怎么回事？”

萧乾瞥了一眼完颜修，眉心微微蹙起，又望向石室棋局。

“这些事说来话长，等出了此地，我再慢慢说与阿九听。”

墨九微怔，若有所思地回头，瞄着完颜修，轻咳一声。

“你若不方便说，咱们可以把他弄成聋子嘛。”

可以弄成哑巴，弄成聋子也没有问题吧？

她说得嬉皮笑脸，半是玩笑半认真。

那边完颜修却黑了脸，眉锋如刀，咬牙摸着怀里的小狼。

“三爷我耳力不怎么好，可手劲大得很。小崽子，你说，你长得这么招人稀罕，要是三爷一不小心就掐断了你的脖子，你娘会不会心疼啊？”

墨九望天，拽着萧乾往石室的另一头走。

“来来来，我们的悄悄话，还是走远些再说吧。”

完颜修看着二人的身影，轻哼抿唇，一脸冷漠。

“你们那些破事，请老子听，老子还不爱听呢。碍耳朵！”

那分明是看着人家好，又眼红又气恨好吗？

墨九回头扫一眼，懒得理会他。

走到另一侧的角落，她扯着萧乾的袖子，把他按坐在一颗黑石棋之上，然后自个儿盘腿坐上他对面的白石棋，与他脸对着脸，目光灼灼。

“好了，现在就我俩了。说吧。”

似乎考虑了一瞬，萧乾才哑着声音开口：“那顺，原本是萧家布置在漠北的内应。”

接着萧乾将宋彻告诉彭欣那一段萧家秘史徐徐讲给墨九听。

他声音不大，沙哑却也清晰。

听罢，墨九只觉石室内阴风惨惨，寒凉了脊背。

“太可怕了！”

不得不说，萧家的如意算盘确实打得不错。

可人算不如天算，他们哪里料到结局会是家破人亡，毁于一旦？

她问：“也就是说，萧家一直不知道那顺早有离心？”

萧乾点头：“那顺隐瞒得极好，事发之前，萧家确不知情。而我，之前也完全不知萧家竟有这一段秘辛。”

确实——

谁会知道宋骜还有个双胞胎兄弟？

谁会知道他一直居于漠北，是北勐流落在外的世子？

“可是，老萧，这中间有太多疑点，我始终想不通。”

不待萧乾回答，墨九接着说出了疑惑：“你说萧家谋划了那么多年，不就想把萧家的皇子扶上南荣皇帝的宝座吗？可当初至化帝驾崩，国无君主，谢家势力绵软，凋零无力，而你手握京畿重兵，临安内外全由你一人呼风唤雨。当时，你们若要强行扶宋鹜登基，不说轻而易举，但绝对可放手一搏，胜率极大，为何没有那样做？”

机不可失，时不再来。

谁都懂得成王败寇的道理。

但凡有点儿脑子的人，肯定都不会给宋熹上位的机会。

然而，萧家不仅没有趁势扶上宋鹜或者宋彻，还力劝宋熹为帝，一直恪守臣子之道，最后让宋熹坐大，把整个萧家都赔了进去。

“这简直就是赔了夫人又折兵的典型败绩，遗憾到了极点吧？”

她的分析完全有道理。

可萧乾摇了摇头，目光肃冷。

“若有那般简单，又何至今日？”

至化帝死于墨九之手，虽出于意外，但身为帝王，对身后事，对江山社稷，储位归属，国之大统，自然有自己的打算。多年来，他看似均衡掣肘萧家和谢家，恩威并重，并无差别对待，对小王爷宋鹜也多有期许，但他的私心底，想要培养为储君的儿子一直是宋熹。

当初他力排众议，无视萧家，立宋熹为太子便是明证。

而立太子，只是他的第一步。

一为试探萧家，二也为锻炼宋熹。

至化帝突然驾崩，按祖宗规矩，太子登基是必然。

那个时候，如果萧家有异动，那便是谋逆。

朝中有名声的老臣，大多忠心的不是哪一个人，而是国，是君。宋熹也非省油的灯，而且虽然谢家倒了，但毕竟瘦死的骆驼比马大，朝中有的是谢氏余党。这种情况下，就算萧家动用武力将皇位争来，也名不正，言不顺。

于是，便有了一个长远的计划。

当然，在这个计划里，萧乾也有自己的打算。

那个时候，萧家劝进宋熹，可谓做足了戏，也给足了宋熹脸面。

所以，宋熹能安稳登基，从朝堂到民间，无人不清楚，是因为萧家的大义与忠孝，也无人不佩服萧家顾大我而舍小我。

可夺，而不夺，那是为仁。

可争，而不争，那是为忠。

可取，而不取，那是为义。

有仁、有忠、有义的萧家，不该让皇帝感恩吗？

然而，政治博弈哪有那么简单？又哪有外表那么可歌可泣？

宋熹即位之后，能容得了萧家独大，在权政方面处处掣肘于他吗？

古今中外，无一帝王可以做到。

从那个时候开始，宋熹与萧家的博弈才正式开始。

也就是说，宋熹取代了谢家，成了萧家的对手。

对此，萧家原本也做足了准备。

可原本布局好的一盘棋，却因宋骜在阴山的失踪发生了逆转。

本来可凭借灭珒一战，为南荣立下赫赫军功的小王爷，突然不见，生死不知——

如此，萧家失去了一个主要的筹码。

于宋熹而言，也再无所顾忌。

从此，他开始大刀阔斧地对萧家动手。

没有了皇子，萧家再怎么折腾，有什么用？

在君主统治的时代，他们总不能自己做皇帝吧？

这种可能性，简直微乎其微。

宋熹利用这一点，做了一个周密的布局。

趁着萧乾领兵在汉北，无法顾及临安，他一方面整肃朝纲，大力提拔心腹之人，裁剪萧家党羽，同时让心腹大臣罗织萧家的罪状，一条接一条，奏书一本接一本，不断参奏朝上，弄得人心惶惶。另一方面他利用时间差，在萧乾不知情的情况下，布军汉南，只等与萧家撕破脸，就可以与萧乾隔江对峙——

此局精、妙、绝。

他准备充分，还占住了正理。

——因为萧乾是北勐世子。

如果这个时候萧家与他开火，就是叛臣，不占理儿。

当然他没有想到萧家还有一个后手——宋彻。

宋彻原本就是萧家早就布好的局，萧家也事先防备了这一点。

为免宋骜夭折，萧家打小就把他培养得纨绔任性，没有争权夺利之心，一来为保他小命，二来也为掩人耳目，让谢家掉以轻心。毕竟这样一个没有上进心的皇子，很难有大的作为。萧家拉扯着一个扶不起的阿斗，也怎么都是输。

然而，宋熹突然动手了。

那么，生死存亡之际，萧家肯定得放手一搏了。

于是——

就在宋熹准备大开杀戒的时候，萧家也祭出了最后一步棋。

宋骜不是失踪在阴山吗？

没事，萧家可以让他“活”过来。

这些年，在萧家的授意下，宋彻被那顺培养得能文能武，治国方略无一不精，几乎全是按照古往今来的储君要求去教养的。不仅如此，为了达到以假乱真的目的，萧家人每隔一段时间，就会将宋骜的喜好、外貌、行为方式等一一告知与那顺接洽之人，从而让宋彻随时以假乱真地模仿宋骜，不被任何人觉察。

为此，远在阴山的宋彻，甚至习得一口流利的临安话。

便是土生土长的临安人，也听不出半点儿不同。

而这也正是在天神祭洞时，连萧乾都没有察觉宋彻并非宋骜的原因。

宋熹要灭萧家，萧家祭出宋彻一搏，完全顺理成章。

而且，在当时的情况下，萧乾手握汉北之兵，可以说胜券在握。

毕竟，宋熹动手在先，有着“从龙之功”的萧家，并没有干什么祸国殃民的大恶，萧乾还有灭珒逐鹿之功，那些罪名，也完全可以说是莫须有。所有人都看得出来，宋熹动萧家，并非萧家有罪。

那么，如果在这个时候，失踪的小王爷宋骜打着“国有奸佞，祸害忠良，以清君侧”的名号，甚至直接“清昏君”，领着北征大军杀个回马枪，是不是一箭双雕？

一占道理的制高点，棒打宋熹。

二占世人推崇，名正言顺做皇帝。

萧家相信，以宋彻之才，有萧家辅佐，必可再开南荣王朝的新华章——

然，事有意外。

一步错，步步皆错。

他们的失策就在于——那顺巫师，这一颗布局了二十多年的棋子。

也就在那个时候，萧家才知道，那顺早就离心。

而他们的另一个小王爷宋彻，也被他关押在阴山。

如此，一败，全败。

听到这里，墨九不由得倒吸了一口凉气。

一直以来，她虽然感觉到暗流涌动，但始终是生活在一个相对平和的环境中，萧六郎以前也从来没有跟她说过半点儿危险的事。故而，她根本就没有想到，在她看不见的背光中，这些人厮杀得这样惨烈。

刀刀不见血，却杀人于无形。

“宋熹动作很快。”萧乾说着，又停一下，“出手也狠。”

是了，又快，又狠，雷霆万钧——

他在临安布局时，萧乾还在外面带兵，为南荣拼命。

而他，早就已经动了萧乾的老巢。

墨九皱了一下眉头：“你何时知道他要有大动作的？”

“破汴京，迟重死，辜二到。”

萧乾的面色，淡淡的，无波无浪，似乎没有什么情绪。

可了解他如墨九，却在他提到“迟重死”三个字时，察觉到他声音里若有若无的漏风般凉寒——

迟重于汴京自刎，对萧乾来说，是一道难以抹去的伤疤。

也算是他全盘计划中的一个意外。

迟重是他麾下最为得力的干将，跟了他数年之久，比之古璃阳更得他心。有朝一日，他逐鹿天下之时，有这样一员悍将在侧，可谓如虎添翼。

然而……人生终归无常。

想到迟重之死，墨九暗叹一声，捏了捏他的胳膊，以示安慰。

她心里头，却隐隐有根刺——

对宋熹，哦，也就是东寂。

那个曾与她于湖上荡舟、月下品梨觞的翩翩男子。

他早知萧乾与北勐的关系，一直隐忍不动，就为那致命一击，将来，好为萧乾登造罪册。

细想一下，若非当初迟重忠于萧乾，在汴京宁死不从，而萧乾又早布局了辜二在他左右，可以及时赶到，挽回局势，那么，他这个时间差，就打得准极了。可以杀得萧乾措手不及，在汴京就夺了他的兵权，抓了他的人，后面哪怕再有什么举动，一切都晚了。

两个男人这兵不刃血的手法，都可谓登峰造极了。

但萧六郎也就罢了，本就是一个清冷无常的人。

而东寂，这些事她都无法与他联想起来。

那么温和的一个人，那么温情的一张脸。

这缜密如发的算计，简直令人防不胜防。

尤其这个时间差——他玩了几次，都玩得很溜。

在这个通信与交通都不发达的时代，时间差真就是个魔鬼。

这边发生什么事，等那边知情，已是一两个月，甚至数月之后了。

只要计划得好，便是大罗金仙，也挽不回局面。

萧家这些年千算万算，可能没有想到有这样一个厉害的宋熹。

也没有想到，那顺根本就不是自己人吧？

可那顺不是萧家的人，萧家当初为何信了他？

而他……又到底是谁的人？

一个谜团，套着另一个谜团，墨九按一下太阳穴……

“我心好累。”

“……嗯。”萧乾淡淡的，“我也累。”

太累了，世上最复杂的，是人心。

为了一个利，算计了，又算计。

室内风凉，许久，两人都没说话。

萧乾端坐着，黑幽幽的眼中，有一抹浮沉的情绪。

好一会儿，他半合眼，才又继续：“那顺之事，萧家瞒得密不透风，也就是在萧家出事前不久，父亲才将这桩渊源告之于我。”

墨九微微一怔。

这是她认识萧六郎这么久，第一次从他的嘴里听见“父亲”两个字，也是他第一次称萧运长为“父亲”。人死如灯灭，所有的怨恨，看来都过去了。

她目光温柔地抚过他，像抚过这些年来为仇恨而挣扎、痛苦、彷徨的那个六郎，也欢喜他终于放下了对父亲的仇恨，可她一个字都没有说。

安慰无需语言。

有些伤口，要默默地舔。

萧乾与她对视一眼，垂了垂眼眸，似有感触。

“其实萧家和萧妃，真正对不住的人，是宋鹜，而非宋彻。”

墨九微微眯眼：“何解？”

萧乾道：“他们至少给了宋彻两条路。第一条，将来有一天取宋鹜而代之，成为一国之主。第二条，若宋鹜侥幸登上皇位，宋彻还可以做北勐世子，有朝一日，得南荣的暗助，甚至可掌北勐大权……”

不管哪一条，都是康庄大道。

虽有风雨，却无性命之忧。

更何况，他们自以为……把他教养得那样好。

“宋鹜则不同。”萧乾说到此，声音略哑，似有一种感同身受的痛，“幼时在宫中，饱受萧谢两家缠斗的苦楚，又要面对后宫的阴谋、阳谋，随时生活在刀口之下。”

唉!

在萧乾的讲述中，墨九想到了宋鹜那张脸，笑吟吟的，似乎任何时候都荡漾着一脸的风情，他一口一个“小寡妇”，玩世不恭，嬉笑于世。

她道：“幸而他生性喜乐，并不懂得这些糟烂之事，活了二十多年，也赏遍万花，享尽人间奢华——也算值得了。”

萧乾面色微微一暗：“你以为他真就不懂吗？”

生于皇室，长于宫中，睁开眼睛看到的都是明争暗斗，得多大一颗心的人，才会什么都不懂?

墨九一怔：“那他可知有宋彻？”

这个问题，萧乾没有回答，或者也是没法回答。

抿了抿唇，他换了话题。

“但愿那顺不会伤害他。”

提到那顺，那个神秘的巫师，墨九不由得好奇起来。

“也不知他究竟是一个什么样的人。”

“神秘的人。”萧乾哑声回答，脸上那一层深深浅浅的坑洼，有微微的阴晦。在昏暗的光线下，墨九在他的眸子里搜索到一种难以名状的幽冷。

似欲言又止，又似若有所思。

她琢磨一下，半眯着眼打量他。

“萧家既然知道了那顺已然离心，那肯定两家就撕破了脸。而如今，阿依古长公主还信任着那顺，他与苏赫世子也都在阴山，这就奇怪了——”

压了压嗓子，她瞄着萧乾的脸，身子前倾一下，低低问：“你是萧家人，那顺为什么还要帮你？”

“你怎知，他在帮我？”萧乾反问。

“那个金帐里的苏赫世子，是辜二吧？”

萧乾目光微微一闪，没有意外于她的问题，只深深看她。

“阿九认出他来了？”

“是呀。”怀疑苏赫世子是辜二假扮的这个疑惑埋在心里太久了，这会儿终于解了惑，墨九稍稍松了一根弦，“别说，辜二扮演苏赫世子，那气场，还真像那么回事。在大金帐里，要不是他的眼神有那么一点点熟悉的感觉，我还真不敢往他身上想。”

萧乾抿抿唇，没有回答。

墨九笑看着他，竖了一下大拇指，继续道：“上次他从兴隆山偷偷离开，我就琢磨着这厮去了哪里，没有想到，居然跑阴山帮你办事来了，老萧，你可以呀，把我玩弄于股掌之间……”

说到这儿，她似乎意识到偏离了主题，眉梢一挑，问题又浮上来了。

“辜二能够假扮北勐的苏赫世子，并让阿依古长公主于金帐中相认，这中间，肯定有那顺巫师的功劳吧？若他不先认下来，谁又敢认？”

萧乾冷绷的面上，略暖。

“阿九很聪慧。”

“小样儿，常被你这样夸，我也是会不好意思的啦。”墨九捋了捋头发，说得俏皮，脸上却没有半点儿不好意思，那小眼神儿嗖嗖地剜他，“行了，旁事休叙，你直说吧，那顺为什么要助你？”

目光定定看着萧乾，她以为会有答案。

然而隔了一瞬，萧乾轻轻将双手搭在膝盖上，扯了扯干湿的衣袍，却给了她一个意外的回答。

“他确实帮了我，可我并不知道，他为什么帮我。”

还有这样的？

墨九不太相信，眉梢挑得老高，一双眼珠子骨碌碌转动：“骗谁呢？你这么谨慎的人，不知原委，能坦然接受吗？毕竟那顺曾经背弃过萧家。万一这次，他也想利用你呢？”

这是合理分析。

可萧乾不答，反而问："阿九溺过水吗？"

"嗯？"墨九不明白他的意思。

"人在绝望的时候，就像溺水的人，哪怕一根稻草，也会紧紧抓在手中。我并非相信他，而是别无选择。"

能让萧六郎说出别无选择，那就肯定是濒临绝境了。

想着临安一别之后的岁月，墨九也不知他到底经历了什么，把脸搞成了这副模样，身体也搞得那样差，甚至于，都不敢和她相认。

她心疼不已，看他的眼神也柔软不少。

"那你有没有想过，他为什么要帮你？"

"想过。可至今没有答案。"萧乾看向她背后那一片空荡荡的空间，目光幽幽的，"当初我从临安脱身，一路北上，是他主动派人找上我，助我离开朝廷的视线。而我，也确实得益于他的帮忙。若不然……事情也许更糟。"

这件事，是墨九没有想过的。

她也不知萧六郎，到底经历了什么。

"我以为，一切你都早有安排？"

"早有安排不错。"萧乾回答，清冷的面上几乎寻不到半点儿情绪，就好像在叙述别人的故事，只有那沙哑的声音，带了一丝丝沉郁，"我让声东、击西、走南、闯北提前离开，自己入得皇城司大狱——"

说到这里，他突然停住。

一双忽明忽暗的眸子，看着墨九，却不吭声了。

"怎么了？"墨九胃口刚刚被他吊起，就这么没了下文，挠心又挠肺，语气便有些不友好了，"说呀，我听着呢！"

萧乾沉吟着，严肃地挑眉："一个相思令。"

"你不是吧？"

哪里有这样的？

为什么要在这个时候来敲诈她的相思令？

有阴谋！

墨九狡黠的眸子微微一眯，瞟他一眼："你拿相思令作甚？我连人都是你的，相思令当然也是你的，你何必要这个东西？别打岔，赶紧继续说。"

“你同意，我才继续。”

“……”

犟啊！

怎么像个小孩儿？

墨九无语地挑眉：“你是不是还有要求？不要春令？”

萧乾莞尔点头。

这一笑，连带那张丑脸都灿烂起来，面上的坑洼也没有那么碍眼了。墨九呼吸瞬间一停，依稀在他脸上找到一些昔日的轮廓与表情。

果然底子生得好，萧六郎哪怕变成这样，也是好看的。

都说美色诱人。

可这丑色，也把她诱惑了。

呆怔一瞬，她的目光还定在萧乾脸上。

“成交。”

一个相思令到手，萧乾脸色似乎又好看了一些，那坑洼的皮肤组织，好像也比往常更为平展了几分，只沙哑的声音，依旧淡淡。

“我在皇城司狱里，等待着死亡。因为，我必须死。”

必须死？

墨九不解：“为什么？”

他摇了摇头，似乎很难回答这个问题。

可墨九有那么好糊弄吗？

在她锲而不舍的目光紧盯中，萧乾终是一叹。

“我在南荣，是北勐世子。可在北勐，却是南荣枢密使，天下兵马大元帅——阿九可曾想过，我的存在，多么尴尬？”

墨九微微一怔。

冷不丁地，她想到了《天龙八部》里的乔帮主。

乔峰是一个有情有义、有民族豪情的大英雄，一生的经历恢宏大气，让人看得热血沸腾，他的结局却悲壮得令人扼腕。一代大侠竟以自杀离世。

而造成他死亡的原因，就是归属感——他的血统。

他是辽人，在宋长大。

于是，辽宋战争中，他活在夹缝中，左右皆错，左右皆输。

两面都不讨好，他是被活活逼死的……

换到萧乾，其实比乔峰更为难。

用后世的说法，他是一个两国的混血儿，姑且不管他的心站在哪一边，而不管他跟随哪一边，都会被怀疑，被猜测，而他，确实尴尬，也很难找到认同感。

以前，他的外公北勐大汗看好他，想要培养他，不也处处防着他吗？要不然，他也不会派纳木罕在南荣坐镇，还几次对墨九出手，以控制萧乾。而南荣的萧家，一开始对他的排斥与不接纳，其中也很难说没有他母亲是北勐人的原因吧？

夹缝中生存的孩子，难以做人。

过去的那些年，想必萧乾也为此伤透了脑筋吧？

没有归属感的人，也很难找到认同感。

这一点，墨九太了解了。

在穿越之初，她也因为找不到归属感，就像一个外来的闯入者，与什么都格格不入，觉得这个时代的一切都与她无关，因而焦灼，觉得一双脚永远踏不到实地。直到有了萧六郎，坐上墨家巨子的位置，她才重新找到了这种归属感。

可他呢？有吗？

墨九心疼他，目光里流露的，全是柔情与暖意。

“六郎，你心向何方，归属于谁？南荣，抑或北勐？”

萧乾淡然的目光中，有一抹稍纵即逝的黯然。

但他没有犹豫，便斩钉截铁地回答了她这个很难的选择题。

“我心向天下，归属阿九。”

墨九心里咚的一声。

如同平静的湖面上，被投入了一颗大石子，那涟漪一圈圈扩散，也同时放大了她的感动和激动。

一双眼睛亮晶晶的，她看着萧乾，仿佛看见他幽暗的眸子浮出了一幅幅金戈铁马的战场和他纵马天下的英姿的画面——

这一刻，墨九觉得她是了解萧乾的。

他也许和普通男人一样向往权势，享受手握江山的快感。

可潜意识里，也许他想要找的……只是一种完整。

于他而言的完整。

这天下，若都成为一体，那不就不用纠结选南荣还是北勐了吗？

当然，最让她感动的是后一句。

他说，心向天下，归属阿九。

他的心是属于她的。

这么久以来，这个男人说过很多话，却并不多说情情爱爱，更很少与她谈“心”。

这一刻，坐在这个不知将来的石室中，墨九突然觉得整个世界的阳光都是灿烂的，以至于很多很多年后，当她再一次坐在同一个地方，伏在石台上研究这盘深奥的棋局时，还记得今日的六郎，那张毁了容色的脸上干净、清冷却也自信的光芒。

“阿九，在想什么？”

他淡淡的声音，没有一丝波澜，却把墨九的神魂儿拉了回来。

“我在想，你的隐忍与不易……所以，你确实应该去死。”

只有死去，才能重生。

尤其，当他已经完全没有了退路的时候。

墨九记得萧乾说过，当初他领兵北上抗珒，本已布好了全局，只待宋熹向萧家开刀，便会高举“复仇之火”，以复仇为由起兵南下，却也师出有名。

可事情发生时，他却做不了。

他不能放任萧家五百多口死在宋熹的刀下。

他说，他曾以为他不在乎，可结果他在乎了。

他还说，这一切，都是因为有了她。

有了她，她成了萧乾的软肋，就连萧府的人，也成了萧乾的软肋。于是，他放弃了到手的一切，甚至临时放弃了汴京的数十万大军，将生命交付在孝道与仁义的面前。

念及此，墨九又抿了抿唇。

“但我始终认为，你回临安，肯定不会甘愿赴死，若宋熹能依言放了萧家，你或许可能真的放弃兵权，离开南荣，可他如果真的要你死，你也不会傻傻地真去死吧？”

“这也是我当初愿意听你的话离开的原因。可刑场那一幕，太震撼了，我至今想起，还心有余悸。那时候，虽然我依旧存有侥幸，但找不到你，也得不到你半点儿消息，慢慢地，我的心也有些动摇了——甚至开始相信，你已经——去了。”

说到这儿，想到那些煎熬的岁月，她眼睛慢慢湿润。

“阿九——”萧乾心疼地看她，又往完颜修那边望一眼，“别难过。”

嗯一声，墨九咬了咬下唇，突然从怀里掏出一个绣花荷包，冲他俏皮地眨了眨眼：“我也有百宝箱——”

那个小小的荷包里，有一撮用红绳缠在一起的头发，被揉成一团，绾得像个小髻子，但发丝黑亮黑亮的，很干净，看得出来，主人很爱惜……

“知道这是哪来的头发吗？”她问。

萧乾视线微垂，几乎没有思考，就回答了她。

“在临安时，你为我绾发，木梳上留的。”

墨九一愣，随即又笑了：“没情趣！你怎么也不猜一猜，问一问？”

“唉！”萧乾喟叹一声，看她把头发塞入荷包，又小心翼翼地放在怀里，紧绷的面孔上，不由自主就露出一抹歉意来。

“临安之事，阿九可曾怪我？”

“怪呀！”墨九答得坦诚，“不是曾经怪，是现在还在怪。只不过九爷大人大量，现在又面临这样的处境，我暂时不和你计较罢了。”

萧乾一怔，伸手过来拉住她的手，带着薄茧的掌心慢慢摩挲着她的手，痒痒的，像挠在她的心尖，却又让她踏实无比：“阿九受苦了。”

墨九翻个白眼：“说这些没用，苦都受过了，我也不在意。但原不原谅你嘛，就得看你今后的表现了——说吧，继续说。入了皇城司狱等死，然后呢？你就真的等死了？”

“当然不会。”

萧乾苦笑一下，声音哑而淡，也慢。

“为了假死，我做了两手准备。当然，要死于众目睽睽之下，只有刑场换人，而这也是一着险棋。我事先遣走声东、击西、走南和闯北，让他们混入押解人犯的禁军里，若临场换人被识破，他们也可接应我——”

想到当日刑场上的“盛况”，墨九目光阴阴的。

“那时，你也没有把握吧？”

她记得很清楚，萧乾与她离别时的决绝。

也就是说，他并非没有做过死亡的准备。

“是。”萧乾目光幽沉，“这世上从来就没有天衣无缝的计划。”

“可你还是赌赢了。”墨九半眯着眼，“然而，假死偷生说来容易，当时却难如登天，在那么多人的眼皮子底下，如何让人替换你？”

那一天，临安下着雨，刑场下面人山人海，刑场上齐集了刑部、大理寺、御史台、审刑院的几位主官，禁军更是里三层外三层地严防死守，在这样的情况下，怎么能做到以假乱真?

而这个也是墨九午夜梦回时，最惊恐的噩梦。

因为在那样的情况下，根本就没有人能逃得了。

“旁人确实做不到，但有一个人可以做到。”

听着他淡然的声音，墨九一惊：“谁？”

萧乾慢慢偏头，目光略暗：“南荣宰相——苏离痕。”

墨九怔忡一下，微微张嘴，觉得有些不可思议。

那天，犯人押到刑场是卯时，等忙活完，把所有犯人都验完，押上刑台，已经是巳时——

杀五百多个人，不同于斩一两个人。

数量太过庞大，人乱，也杂。

听说那天的刽子手都得找禁军临时充任。

那个场面确实相当复杂糟乱，在那么长的一段时间里，苏逸如果愿意，确实完全有办法做到神不知鬼不觉地换人。

关键是苏逸为什么肯?

轻抿嘴唇，她没有问。

一双黑眸圆溜溜的，她看着萧乾，等着他的答案。

好一会儿，萧乾方道：“你以为萧家当权数十年，也准备了二十多年，真就只有那顺一步棋吗？”

墨九惊得心肝儿都颤了：“难道苏逸他……也是？”

萧乾垂下眼眸：“苏逸本不姓苏，而姓陈，全家老小一百多口都死在至化朝，死于谢忱之手，甚至与宋熹的母亲，当今的太后娘娘，也脱不了干系……若非萧家及时救出刚出生的孤子苏逸，连夜送往大觉寺，托净空法师养护，教其识文断字，学武挽弓，他又何来五岁能诗、七岁能猎的‘临安府神童’之称？又怎会有金銮殿上的独占鳌头，钦点状元？”

一句句听来，墨九完全是震惊的。

太不可思议!

这些人，居然有这么深的渊源。

萧乾沉默了一瞬，润了润唇，淡声告诉她：“当初艮墓的仕女玉雕，由他上交至化帝，也是我默许的。”

正是有了那个仕女玉雕，苏逸才最终走上了他成为当朝权臣的最后一步。

可这也太复杂了。

墨九脊背上有些汗湿。

人心，怎么可以这么复杂？

萧家确实盘算了太多太多，也计划得太久太久……

如此，他们的结局，也就显得尤其悲壮。

“萧家刻意培养了很多谢家的仇人死敌。那顺、辜二、苏逸，其实都一样，这么做的原因，也就为了有朝一日，可以用得上。”

一桩往事又牵扯另外一桩往事，墨九的内心几乎是崩溃的。

她记得，辜二原名就叫一个“仇”字，辜仇。

当初他手持圣旨入汴京，背弃宋熹救援萧乾的时候，也确实曾经说过，自己是孤身一人，并无牵挂与惧怕。

他身上有什么故事？

与这个苏逸，又有没有关系？

墨九不由得脑洞大开：“那苏逸他知道吗？”

“以前不知。”萧乾道，“但我有办法让他知道，并还上这个人情。”

墨九看着萧六郎，久久无言。

权谋之争，真是熬心又熬力。

有一些布局，居然是十几年前，甚至二十几年前就开始的。

说不定，在萧家将萧乾的姨母送往宫中为妃时，就已经在布局了……

他们这些人，宋彻、宋骜、萧乾、那顺、辜二、苏逸……或者还有别的人，都像这间石室中的黑白石礅一样，都曾经是别人棋盘上的棋子，只等风云变幻的时候，上阵杀敌。

然而，世事如棋局局新。

哪里又有料事如神的人？

二人互视着，都察觉到对方目中的凉意。

顿了一瞬，墨九突疑：“那为什么萧家满门被押入狱的时候，不找苏逸这个已经贵为南荣第二号人物的宰相以自救？”

萧乾凉凉一笑。

“第一，来不及。第二，萧家还想赌，等我回援。第三，苏逸有再大的本事，也不可能说服皇帝，救得下萧家五百多口——”

“所以，苏逸就只帮了你？”

“不。”萧乾目光突凉，“我还没找苏逸，他就找上了我。他为我安排好了一切，包括替我行刑的人，验身的人……所有的事情，他都做得天衣无缝。”

这一瞬的萧乾，面色是平静的。

可墨九从他暗藏的眸色中，却发现了一抹锐冷。

“为什么？是他自己查到身世，前来报恩？”

“他依旧不知。”萧乾每一个字都平淡而沙哑，可墨九听得一头雾水。

既然不知情，他为什么又要救萧乾？

她当初在临安找过苏逸，在行刑前也见过他不止一次，那个人给了她全盘的拒绝与否认，墨九甚至没有从苏逸的神态中，察觉出半点儿要救萧乾的意思。

墨九想不通，古怪地盯着萧乾。

“你不觉得奇怪吗？他为什么要那样做？而且，我以为，这样冒险的换囚之事，就算苏逸来做，也不可能做得这样天衣无缝，不引起别人的半点儿猜测与怀疑，肯定得有人配合……”

萧乾没有开口，目光里有薄薄的凉意。

“有一个人，可以让他做，也可以做到——”

有一个人？

在当时的临安，哪个人可以让苏逸做出如此大逆不道的事？

而且，还可以把事情做得这么漂亮？

几乎没多想，墨九的脑子里，就闪出一个人影。

那个男人，在她要宽衣解带、以身相许，换取萧乾一命时，冷漠而视，对她说：“墨九，你小瞧我了。”

那个男人，在她骂他绝情、见死不救的时候说：“墨九，我是人，不是神。”

那个男人，他还说：“墨九，我能救的，只有你。”

他冷漠地拒绝了她。

可他最终还是给了她玉扳指，让她去狱中见了萧乾，并给了她绝对的探视自由。

东寂！

“是他吗？”墨九声音微哑，“宋熹？”

萧乾微眯眼，不动声色地回答：“在南荣，我想不出第二人。”

一个能号令当朝宰相苏逸，并把刑场换囚做得天衣无缝的人，除了宋熹，确实不做第二人考虑。

夜明珠光线幽幽一闪，墨九突然觉得那光线有点儿刺眼。

并不炙热，却让她的眼睛有点儿发烫，酸酸胀胀的。

“当初我那样求过他……”想到那日为救萧乾的一时冲动，她有点儿无地自容，脸上有一种淡淡的难堪，可萧乾是个善解人意的男人，他亦是了解墨九的。

那时她会求宋熹，他不意外。

可墨九一定不会空手去求。

她会用什么样的条件去交换，他不敢想。

墨九是一个敢爱敢恨的女人，不论是勇气还是魄力，都非常人能及，而她为他的付出，确是谁也及不上的。他微低眼睑，目光也有酸酸的胀刺，一室冷清，除了远远地传来小狼微弱的嗷声和完颜修的喝止，两个人都沉寂在一种共同的追忆中，好像透过彼此的目光，看向了那些旧时光。

然而，都过去了。

情与恨，都已束卷掩入历史。

他们都已不再是过去的自己，萧乾不是名满天下、美冠临安的萧家六郎，宋熹不是楚州萧府、月下荷畔的白衣佳郎，她也不是萧家新娶入门的天寡之妇。命运把他们冲入了历史的洪荒，并为他们隔离出一道再也跨不过的巨大沟壑。

她过不去，东寂也过不来。

他们终将成为权力推动之下的无奈戏子，在这个故事里按剧本继续走下去。

兴许是墨九的情绪感染了萧乾，他不忍，也不愿看她为另一个男人这般难过，微微迟疑一瞬，他劝道：“阿九不要多想，更不必觉得有愧。一则事情未有定论，未必就一定是他。二则即便是他，人做事自有一己私心，这世间，并无那般伟大之人——他是，我也是。”

墨九微微抿唇：“你有何私心？”

萧乾道：“要你。”

要是一种占有，是一种男人争夺配偶权的宣告。

萧乾从来没有隐瞒他想要占有她的心思，在她的问题上，他一贯强势，寸步不让。

可东寂……似乎并不曾？

墨九双眼一眯，盯住他，勾出唇角微笑。

“那他又有何私心？”

萧乾面色转凉，隔了良久，方才慢慢转开眸子，看着那一颗幽幽闪烁的夜明珠，并不回答她那个问题，而是淡然一叹：“换我，也会那样做。这才是大丈夫应有的姿态。”

墨九再无言语。

男人的世界，她不懂。

当初萧家败落，满门入狱，萧乾受宋熹要挟，交兵权，回临安，只身一人，无一兵一卒，智商可谓豪迈感人。说到底，不管他有多大本事，萧家一除，他也只剩下孤家寡人了。哪怕他假死潜回北勐，在北勐皇室权斗不止的情况下，北勐大汗自顾不暇，未必有人能承认他的世子身份，他也未必就能翻起多大的风浪。

那么，为了面上好看一点儿，宋熹身为帝王，确实大可以暗中放了他，做足一个王者的高姿态，睥睨他，看他在网中挣扎，这远远比杀了他，更美妙。

可他毕竟是萧乾。

一个杀伐果断的野心家萧乾，一个在汉北还有心腹重兵的萧乾。

斩草不除根、春风吹又生的道理，宋熹怎会不懂？若没有一个非要放人不可的理由，但凡有点儿脑子的都宁愿选择无耻，而不为自己日后留下祸患。

东寂，你到底是怎么想的？

墨九怔怔地思考半天，仍是理不出个头绪。看萧乾脸色不太好，似乎当初与宋熹的博弈和临安往事，对他有着极大的触动，想想他的身体，墨九没有再继续问与宋熹有关的事，话锋一转，问出了最后一个问题，一个与她切身相关的问题。

“六郎，我有一事不明。”

“嗯，你说。”

“外间传言萧家大郎在萧家事发之前，已提前离开萧府，北上就医，从而躲过一劫……可如今，萧大郎分明就是你。那他人呢？他又上哪里去了？你与他有过联系吗？”

萧大郎是她名正言顺的夫婿。

只要他在，墨九始终都是他之妇人。

没办法，这是时代的规矩。

她想不关心，也很难。

可萧乾听了，肩膀似乎微微僵硬。

与墨九狐疑的目光对视着，他半合眼，视线幽暗，沉吟了好久好久，方才慢吞吞吐出一句话。

“他从来不曾提前离开——”

“啊？”墨九微微一惊，“那为什么有那样的传言？”

“只为迷惑世人，为我自己留后路。”

墨九似乎懂了，可还有不解的地方。

就算萧乾早已预料到萧家的事情，安排了萧大郎“出逃”的身份，以便将来以他的名义继续活下去，但萧大郎毕竟是一个活生生的人哪？雁过还留声呢，人过，哪能无痕？

对于萧大郎的这个疑惑，贯穿了她穿越过来的时间始终。

一个嫁了人，却从来不曾与夫婿谋面的女人，内心有一万个好奇。

“他本人到底在哪里？”

萧乾皱着眉，缓缓转过眸子，沉声道：“他早已不在人世。”

什么？萧大郎早就没了？

墨九双眸猛地瞪大，呆呆地看着他。

“早是多早？在你替他迎娶我之前？”

萧乾沉默了一下，一脸冷肃地看着她，没有半点儿玩笑的成分在里头。

“是，他就睡在楚州萧府地下，紧挨坎墓的那个冰窖里——”

那个冰窖就在墨九居住的小院下方。

墨九探入坎墓那次，还琢磨过那个冰窖呢。

原来她的夫婿，早就死了，就埋在冰窖里，就埋在她居住地的地下。

哦，天！这个惊恐！

墨九脊背上冷汗涔涔，有一种恨不得掐死萧六郎的冲动。

冷笑着扫了他一眼，她一字一顿，慢吞吞呲他：“萧六郎，这件事，你最好有说服我的理由。否则，我俩没完——”

这个男人骗得她太惨了。

什么娶妻冲喜，什么萧大郎得了臆症，非得娶盱眙墨氏女为妻？

这厮一开始就没安好心，早就准备好了让她做寡妇的吧？

想一想，她这才真真儿叫天寡呢，还没有嫁，男人就已经死了。

可萧大郎既然早就没了，在楚州萧府与她隔帘相见的男人又是谁？

还有从楚州搬到临安的路上，马车上的那个人，又是谁？

南山院，她经常去探，虽然不曾见过人，却也知道一直是有人的。

迎上她满是愤怒的目光，萧乾冷脸绷得极紧，就像看穿了她的心思似的，一本正经地回答："南山院一直都会有人值守，那些人都是我的心腹。所以，有人探视之前，我都会提前安排好，找人替代，不让他们见到大郎本人。那么多年，也始终不曾被人识破——"

"有你的呀！"

墨九哧哧地冷笑。

"这么说，萧家除了你之外，所有人都不知道，其实萧大郎早就已经死了？"

"不。"萧乾目光微微低垂，"有一个人知道。"

墨九一怔："谁？"

他欲言又止，沉吟着，好一会儿才开口："我父亲。"

情绪渗入了往事，他的声音，比之前更哑，更低。

"这件事，也并非完全是我一人之意。若无他配合，又怎能瞒得住萧府的人？"

也是！在萧府里，对于萧大郎，人人都极为熟悉，只要见着他本人，就没有不识破的理儿。萧六郎虽然是有名的大夫，却也是萧家的外室子，在某种程度上，他和大郎还是有家族利益上的矛盾的。由他给大郎诊治，还多年都不许大郎见人，大郎的父母和奶奶就不会产生半点儿疑惑吗？

不可能！

他们内心，一定信不过萧六郎。

不过，如果连萧运长也这样说呢？

萧运长是一家之主、一族之尊，旁人纵有疑惑，也只能听他的。

这么一想，也就可以理解了。

墨九唯一不明白的就是，他为什么要那样做？

大儿子明明死了，还非得让他"活"成一个不能见光的人，不能光明正大地入土为安，不能光明正大地享受烟火祭奠，这不有病吗？

萧乾眉心微松，目光沉沉："因为我是外室子，母亲是北勐人。二房、三房还有几个哥哥，萧家的基业轮不到我。父亲希望大郎活下去——有他在，不管病还是不病，旁人也寻不到话说。"

吁！

这一瞬，墨九感觉到了他深深的悲哀。

考虑良久，她幽幽地问了一句："他也想过，让你代大郎而活吧？"

萧乾微怔，脸上有种晦涩的暗芒。

"他应该希望死的人是我，不是他。"

很多故事看似复杂难解，可归根结底，也无非为利。

一个"利"字，蹉跎了多少人的一生？

一个"利"字，也终究让萧家万劫不复。

而功名利禄，随着这一死，也就通通化为乌有。

留下的，不过史书上的一笔传奇，还有民间的几句笑谈。

在这个石洞中与萧乾的第一次畅谈，似老天的神来之笔，转折了墨九对整个故事的理解，可它终究还是没有脱离权力旋涡中的游戏规则。

看似偶然，其实必然。

只不过，这些事对萧六郎而言，实在太过残忍了。

墨九不想让他沉浸在那些不堪的往事中，勾了勾唇，便荡开一抹柔和的微笑。

"好了，咱不说那些不开心的了。反正人都已经没了，往后你呀，也不必再用萧大郎的身份活着。毕竟他的身份，除了可以节约一笔娶妻的费用，顺理成章地把我收入囊中，其实也没什么好处——萧家的案子还在呢，你顶着他的名字，行事还不那么自在……"

这显然又是另一个疑点了。

确实如墨九如言，反正萧六郎是死了，换谁的身份不是活？

他干吗非要用萧长嗣的名头呢？南荣的钦犯，萧家的余孽，根本就不符合萧六郎低调的个性嘛。

然而，萧乾摇了摇头。

再一次，用他沙哑而低沉的声音回答她。

"我答应过他，要代他活下去。"

这又是什么故事？墨九微微惊了惊，不高兴地抿嘴巴。

"那他有没有拜托你，帮他照顾他的情人方小姐呀？"

原本她只是吃味儿地随口一问，没想到萧乾回答得诚实。

"有。"

若不然，又怎会有萧乾对方姬然那么多年的治疗？

墨九一想，好像明白了什么。

“哦哦哦，代他活下去，不想让方小姐为他伤心，想让她以为他一直都在，甚至他希望你能治好她，然后与她比翼双飞，白头到老，把他没办完的事儿都一并办妥了，再和她生一串娃儿，多年之后，可以在他的坟前烧烧纸钱吧？”

这话就有些冲了。

可萧乾没有否认。

当然，他也没有机会否认了。

他皱着眉头，缓缓望向抱着狼儿走过来的完颜修。

“有完没完？到底有完没完？”完颜修满脸都是不耐烦，还有各种羡慕嫉妒恨之后衍生出来的愤怒，“老子又饿又累，还要照顾这小畜生，你们两个倒舒坦，坐在这边打情骂俏，眉来眼去，勾勾搭搭，羞不羞，烦不烦？”

“不羞，不烦。”墨九瞪他一眼，一脸被他打断听故事的不高兴，“狼儿，咬他。”

完颜修眉梢挑高，嚯嚯一笑，一脸嘲讽。

“莫说它还小，就算它狼祖宗来了，也得跪地叫声三爷！”

墨九微愕，遂点头称是：“毕竟在你们同类中，三爷是最出类拔萃的。”

“嘴利索了。”完颜修也不生气，冷冷哼一声，望向萧乾，“萧兄携美在此，参悟这老半天了，可有什么发现？你若实在不行，换我来——”

“有。”萧乾的回答出乎意料。

这老半天，他俩一直在聊与棋局不相干的事儿，墨九以为他根本就没有在想。

原来他心里已经有结果了呀？

可这男人也真是，有了破局的结果，居然也不急不躁，面不改色地坐在这里神侃。

墨九缓缓吐口气，摸着肚子，也死死盯着他：“老萧，你知道我也又饿又累吗？”

天晓得她多想出去，那些故事，等出去了再讲也可以呀。

“嗯。”

萧乾不予置评，慢慢站起身来，拂了拂衣袖，站在那微光之中，脸虽丑，姿势却优雅。

短暂地沉思片刻，他不慌不忙地开口。

“此局名曰长生劫，所谓长生，即不死不活，无胜无负。黑白双方僵持于此，棋形循环反复，永无休止——”

长生劫。

不死不活，无胜无负。

墨九直到此时，对围棋的知识，依旧一知半解。

半眯着好奇的眼，她看看萧乾凝重的面容，没有丝毫的转暖，而懂得棋局的完颜修也静静站在那里，静观棋盘，没有吭声儿。从两个人的样子判断，似乎很为难。

她不由得皱起了眉头。

“老萧，长生劫，怎么破？”

“长生劫，循环死局，无法破。”

“啊！”墨九心里一窒，“那怎么办？”

萧乾虽然容色受损，但胜人一筹的气度与挺拔的身姿，让他在举手投足间，仍然大气优雅。

侧过眸子，他淡淡问完颜修：“国主对此局，有何看法？”

完颜修微微一笑，抚着小狼的皮毛，轻松地回答：“我只是来奶孩子的……棋局的事，就有劳萧兄了。”

哦！墨九挑了挑眉头，怪异地看了他一眼，觉得这货在里头待久了，肯定脑子受了刺激，影响了身心健康。嗯，回头得好好给他做一下心理疏导。

然而——

萧乾却像听懂了他的话。

“一般人与国主一样，遇长生劫，大抵都会陷入局中，无法自拔……”

这不是损人吗？墨九翻个白眼：“老萧，你就别卖关子了。快说怎么破。”

萧乾眉头略蹙，淡淡扫视着他们，慢条斯理地开口。

“说到底，这局，就是一个心魔。”

“心魔，何解？”墨九更为好奇。

“不懂棋之人，看看也就罢了，反正也是不懂，自当破解不了。可于懂棋之人而言，却无疑是一个不得解脱的魔障，从而陷入死循环之中……”说到这里，他转向完颜修，目光笃定而冷漠，“想必我们没有来之前，国主已经参详到了此局的妙处了？”

完颜修哼一声，不答。

怪不得！墨九突然懂了，忍不住想笑。

要不是已经仔细参详过，且始终没有找到答案，他又怎么会一直不过来？而且在被问及棋局时，还自说奶孩子呢？

轻叹一声，她笑：“老萧，国主好不容易寻个台阶，你又何必非要逼他承认呢。

不厚道。”

一听这话，完颜修急了。

他一把将狼儿交还到墨九的手上，不耐烦地看萧乾。

“我倒想看看，此长生劫，萧兄有何高见。”

萧乾微微一笑，唇角牵动间，那脸上的坑洼不平，便渗出一种令人恐惧的暗芒来。

“人心好胜，认败最难。棋局如战场，规律亦是相同。试问两军交战时，彼此都耗尽兵力，看似都有胜算，却怎么都赢不了对方，一直循环胶着，谁肯败走？这棋也是如此，破不了，却可以变——而萧某以为，这间石室机关的破解之法，也在于一个变字。”

“变？肯败，即是变？”

完颜修似有所悟，墨九却似懂非懂。

“老萧，到底几个意思？”

淡然扫她一眼，萧乾没有马上回答，径直走到一颗黑棋的边上，一边指着棋盘的位置，一边描述棋盘上的风云变幻：“黑棋一占此位，就成净活（围棋术语，是指无法被杀掉的棋），故而，白子必须破眼。这里，黑棋在此位提子，白子再占得那个位置，于是，就形成一个五杀棋局。”

又换一个位置，他继续：“僵局之中，黑棋只好往此位挤，想要做成‘曲四活棋’。白子此时，只能提了再说。接下来——”他走到另外一颗黑棋的旁边，“此棋一提，棋局又重新回到起点。于棋而言，只是棋局回到原点，但对我们而言，如果按这个长生劫的顺序来搬动棋子，机关又将复位……”

也就是说，如果陷入长生劫，哪怕搬棋子搬得累死，也出不去。

结果只会死在这个无限循环中……

墨九朝他竖一个大拇指：“老萧好样的。”

萧乾转头看她：“阿九懂了？”

墨九一哂，摇头：“没太懂，但不懂也得为你点个赞。”

萧乾黑眸微微一眯：“……你过来。”

看他非得给她说明白不可，墨九嘿嘿笑着，看了一眼若有所思的完颜修，走到他的身边猛地扯他袖子：“你就别卖这种关子了，你就说，如果我们要动，得先动哪一颗棋就行——”

萧乾点头，望向完颜修。

“国主可有想法了？”

完颜修抿了抿薄薄的唇：“不瞒萧兄，我之前确实陷入了这个循环局里，如何都思不得破解之法。如今听萧兄一言，如醍醐灌顶——”看着依旧不太明白的墨九和托托儿，他走到萧乾先前站立过的黑棋边上，“黑子占此位，成净活，而此时，白棋可不必破眼，以退败之势，不让棋局形成五杀局——”

“国主所言有理。”

两个男人你一言，我一语，在黑白棋子的边上，你走过来，我又走过去，摆出一个又一个风流倜傥的造型，嘴里飙出来的，全是围棋术语，墨九听了个七七八八，依旧云里雾里，但他俩却越说越兴奋，就好像摆在他们面前的，已经不是一局棋，而是放眼天下的逐鹿之局。

约莫一刻钟后，墨九终于怒了。

“我说二位棋仙，咱们可以先出去再讨论吗？我都快饿死了——”

为了响应她“饿了”，狼儿也嗷呜了一声，使劲舔她的手。

一人一狼，那饥渴的样子，让萧乾忍不住笑着摇了摇头，瞥向完颜修。

“国主，有劳了。”

讨论了这么久，完颜修还真的有点儿佩服这个萧大郎了。

他点点头，走到那一颗白子的边上，低头试了试石凿棋子的重量，又不知想到什么，突地回头看了萧乾一眼：“我曾说，这世上我就服一个人，你弟弟萧乾。过了今天，看来，还得加上一个你。”

萧乾一怔，随即笑笑。

“荣幸之至。”

完颜修向他拱了拱手，然后低头，双手扶在白子上，凝神运气，准备旋转——

可还没有转动棋子，他面孔一僵，突然感觉有什么不对，猛地又直起腰来，看向风度翩翩的萧乾，看向冷眼旁观的墨九，再看向那个傻不愣登的托托儿，突然气就冲上了脑门儿。

“老子是国主，是国主！为何下力之事，就得老子来做？”

“……”

墨九看他气得面红耳赤的样子，忍不住想笑。

可这个时候笑他，确实太不厚道了。

毕竟他没有说错，他不仅是国主，还是一个长相英俊的国主。让他来搬大石棋子，真的太暴殄天物了。

轻咳一声，她愣是生生把笑容憋成了一张便秘脸，慢吞吞走到他的面前，语重心长地夸奖。

“狼儿它三舅，你得知道，你不仅是后珒国主，还是大珒国第一战神、第一勇士，除了你有这么大的力气，我们这几个，你看，病的病，弱的弱，而我，又是一介妇人……谁能动得了它？难不成让狼儿来吗？”

被她裱糊得那么高大，完颜修当即找回了脸。

得意地哼哼一声，他瞥一眼墨九。

“小妇人，让开点儿，小心孤运气的劲风，扫到你的脸——”

墨九硬生生咽下笑意，特老实地点头称是：“好好好，辛苦三爷了。”

退开两步，她猛地掉过头，实在憋不住那股子由心而生的笑意，脸上的表情扭曲至极。

萧乾与她对视一眼，唇角也微微一牵。

两个人心照不宣，只有狼儿它三舅，还在吭哧吭哧搬石头……

石室里静默了一会儿。

接着，完颜修搬动的棋子咔咔响着，转了一个方向。

不得不说，虽然墨九的话，有安慰他及逗他的嫌疑，但有一点她真的没有说错——如果没力气的人，哪怕晓得怎么破局，也只能干瞪眼看着，比如她自己。

这间石室的棋子，都是原石所凿，下头也都有轴可以转动。虽然每一颗棋子转动之后出现的结果不会相同，但每颗棋子的重量都直逼数百斤。若非力大之人，莫说搬转于它，估计能让它挪动一下都是做梦。

咔咔的机括声，很熟悉……

响彻石室，也带给了大家希望。

紧接着，随着这颗白棋的搬动，另外一边的黑棋也咔咔而动。

这些棋子就像有人在下棋一样，在棋盘上走珠似的，按照既定的轨道占位。

萧乾扫了一眼，冷绷着脸，低声道：“点杀，扑破眼。”

完颜修累得气喘吁吁，回头就咆哮骂骂咧咧。

“去你的！你搞女人的时候有力气，搬棋就没力气了？”

一句“搞女人”，惊得墨九面色一僵。

而完颜修自个儿脱口而出，说完也愣住了。

石室里，四个人都没有吭声，气氛怪异地僵滞着，好一会儿，却是托托儿耷拉着脑袋，突然冒出了一句："你的叫，叫声……有点，点大……我们，我和国主……都，听，听见了。"

啊啊啊啊！

墨九突然想去死。

想了一下他们从那个平台下去，从石阶绕道，再上行走台阶……

从位置上来说，此处应当在他们待过的平台的上方。

也就是说，他们之间，也许只隔着薄薄的一层石板。

这隔音的效果——

我的妈呀！墨九窘了！

她的人生初体验，居然还有两个听房的人。

而且，其中一个还是完颜修。

她羞得满脸发烫，又尴尬，又紧张，担心他们听到其他的话——可再仔细一想，托托儿说的是"叫声"，隐隐又明白了。他们说话的声音可能听不见，但那种声音的穿透力，嗬，会比较强。

乱七八糟地想着，她正寻思怎么摆脱窘境，完颜修已经默默地"点杀"去了。

说了那句话之后，他再也没有吭过声，也没有看她一眼。

石室里，一时间怪异地安静着。

萧乾眉梢微扬，看墨九窘迫不堪，噙笑走近，握了握她的手。

"不必介怀，饮食男女而已。何况，我们本是夫妻。"

是哦，本是夫妻。他们又没有当着大家的面儿干那种事，听见了又有什么关系？

不好意思地瞥了一眼完颜修的背影，她尴尬地笑了笑，故意四处打量着石室，然后岔开了话题。

"老萧，我觉得这石室的位置都挺玄妙的，基本遵循了九宫八卦的布局，等以后我老了，就来这里住着，慢慢完善老祖宗的机关，不仅要把漏洞补好，还要让它们比之前更为精妙——然后，我就把自己埋在这儿，等千百年后，也硌硬硌硬后世的崽儿们……看他们急红眼，嘿嘿。"

萧乾失笑，拍拍她的头。

"调皮！"

墨九纤眉一蹙："那可不是调皮，这个计划，我已经有谱了。不过——"说到这里，她略带羞涩地瞥着萧乾，踮着脚尖，用只有他能听见的声音，小声道："为了纪念我们的第一次，我所制的机关，都会给人留一条后路。我们初次那个地方，我要修建一座回光返照楼，若有后来者，也如我俩情深，我便赠其黄金满屋，祝其白头偕老。若是蝇营狗苟者，我便让其万劫不复——"

萧乾挑眉："阿九有满屋的黄金吗？"

墨九摸鼻子："暂时还没有，可总会有的嘛。"

萧乾默然，但笑不语。

墨九瘪瘪嘴巴，甩给他一个"你不要小瞧我"的挑衅眼神儿，然后又笑着指了指面前的棋盘。

"还有这棋局，回头你给我仔细讲讲，我以为，把棋局融入机关，真挺有意思的。不过，我家老祖宗肯定不知道后世有如此聪慧机智的老萧，嗯，失算了。不过，后世嘛，就未必还有人能解了——"

说起她伟大的陵墓设计，墨九滔滔不绝。

直到机括声再次响起，打断了她的高谈阔论。

在机括声中，石壁上出现了一道黑幽幽的石门。

四个人齐刷刷望过去，满怀脱困的希望，走了过去。

这道石门，与墨九和萧乾上来时的石门，方向呈对角。

而石门里面，有一个石照壁，照壁上，有一幅栩栩如生的壁画。

夜明珠闪着烁烁的光芒，四个人看着壁画，惊了惊，登时就警觉起来。

壁画上面，竟然是在天神祭洞出现过的《春宵秘戏图》，画上的唐皇与贵妃正享着云雨之欢，以一个极为撩人的姿势向他们展示着男女之间最为严丝合缝的交缠。

"这什么鬼？"

墨九不由得惊叹出声。

而其他三个男人，都没有动静。

墨九看看这个，又看看那个。

"喂，你们都看傻眼了吧？"

摇了摇头，墨九琢磨着，觉得这些古代男人哪，在这些方面太嫩了，稍稍有点儿刺激的东西就受不了，看看，连眼圈都红了……

然后，她就发现不对劲了。

再然后，她又听见了萧乾的怒喝。

"抱元守一，勿动妄念！"

在这个地方，墨九听萧乾说过好几次"抱元守一"了，可这个时候她真真儿觉得他的话是有道理的，因为她再一次闻到了那一股子熟悉的香味儿。像是姑娘们用的胭脂，黏黏糊糊的，缠绕在鼻端，挥之不去，仔细闻，又似乎什么都没有……

太怪了，她屏了屏呼吸，问萧乾。

"老萧，空气里有毒？"

萧乾没有回答，从他的怀里掏出几粒药丸子，给他们一人一粒，然后自己也含入一粒。

"含在嘴里，不要咽下去！"

"解药吗？"墨九含混着问。

"不是解药，只有提神醒脑之用，以免失魂——"

失魂？墨九惊了一下，赶紧把药丸子含得死死的。

萧乾揽了揽她的肩膀，将她大半个身子圈入怀里，以保护的姿势往里慢行，然后解释："此毒与旁毒不同，若心无杂念，则无扰无忧；若心有杂念，不管贪、嗔、痴、淫，都会受其控制。"

末了，他又补充："与棋局一样，皆为心魔。"

心魔，人心之复杂，皆可成魔。

墨九看着完颜修红着的眼圈，突然又嘿嘿一笑。

"刚才看你们仨都怔住了，想必有心魔。只有我——九爷，无欲无求哇。"

完颜修这会儿已经恢复了镇定，横眼一瞅她，冷哼一声。

"如此厚颜之人，孤闻所未闻。"

哧一声，墨九瞪着双眼，奇怪了。

"它三舅，我得罪你了？好歹咱们也亲戚一场，你干吗处处针对我？"

完颜修不答，弯刀一提，迈步走在前方。

他怎么会告诉她，若不与她这般针锋相对，他真怕克制不住那一只蠢蠢欲动的心魔，然后做出什么令他自己也不齿的事来——

论武力，如今这里，就他最强不是吗？

他若非要墨九，哪个阻止得了？

绕过照壁，是一间空旷的石室，其间又有一条长长的甬道。

夜明珠的光线不太强，照不了太远，但四个人前行，基本够用了。

与他们猜测的不同，甬道地面平整，略微潮湿，却没有半点儿阻碍，他们不过走了五六十丈的距离，就发现了另外一道石门。

那石门在甬道的尽头，紧紧关闭着。

石门里面，依稀传来人声。

“我要……唔……我要……”

“阿弥陀佛……不行……无量佛祖……不行……”

“人家行不行，我不管，你行就行。”

“啊！贫僧……”

第二章　困兽犹斗

什么情况，这也太燃爆了吧？

墨九捂着鼻子，突然觉得胸口气血上涌，心里有一只蠢蠢欲动的小怪兽，似乎在叫嚣着袭击她全身的筋脉，让她热血像烧开的水，脑子亦嗡嗡作响。

“阿九！”一只大手扶住她的肩膀，“勿动妄念。”

萧六郎在警告她。

可……什么是妄念哪？

正常人听着这种声音，都会心跳加速、面红耳赤吧？更何况她身中云雨蛊，还嗅着那一种有毒的胭脂香——很显然，击西和闯北的声音，让那香味儿的毒性发挥得更彻底了。

她心跳很快，反扣住萧乾的胳膊，小声问：“怎么办？”

萧乾蹙眉，看着面前的人，似在思考。

隔了一瞬，他道：“阿九看看，可有法子打开？”

下棋他比墨九厉害，可对于机关，还是墨九专业。

墨九瞥他一眼，点点头，走到他的面前，挤开面色古怪的完颜修，并再一次将小狼塞给他，然后从他手上夺下夜明珠，凝神提气，对着它认真研究起来。

可靠得越近，里面的叫声越大，严重干扰了她的正常思考。

那击西似乎中毒颇深，尖叫声大得震耳欲聋。

而闯北是不是假和尚，墨九一直不知道，但他这会儿念佛经的速度很急切、很快，也很溜：“观自在菩萨，行深般若波罗蜜多时，照见五蕴皆空……色不异空，空不异色，色即是空，空即是色……”

他越念越快，却不能掩饰他呼吸的促急。

接着，像有两个人贴在一起的某种暧昧声。

墨九站在门外，听了个面红耳赤，也想念阿弥陀佛了。

这不是祸害人吗？

门外这几个，可都身处毒中啊！

除了萧乾比较镇定内敛之外，被迫听了两场房戏的完颜修和托托儿，表情诡异莫测。完颜修还好，到底是一国之主，怎么都绷得住，那托托儿年纪小，耐受力差，这会儿一双贼溜溜的眼睛，正不停往完颜修的身上瞅，便是隔得这么远，墨九也能嗅到浓浓的浪荡味儿……

“阿九想到办法了？”

看她久久不动，萧乾走了过来，墨九吐个舌，赶紧回神做事，将那些杂音都屏蔽在外。从两侧看起，她就着夜明珠微弱的光线，将整个门的构造与位置都反复看了两遍，约莫一刻钟的工夫，突地扭头。

“这是一道墓门，无法人为打开。”

“无法开启？”

忽略了“人为”两个字，完颜修情绪似乎有点儿浮躁，接过话就冲她开火：“打不开的东西，还叫机关吗？你不是墨家巨子，无所不能的吗？”

墨九不晓得这厮吃了什么炸药，每一句话都针对她。

可大家同在一条船上，他还抱着她的狼儿呢，她不想惹他。

斜斜冲他翻了个白眼儿，她转而看向萧六郎。

“无法人为开启，是指不能主动开启，只能被动开启——”

“被动？如何开？”萧乾深幽的眸中，有淡淡的疑惑，还有一层更深的猜测。

从她嘴里蹦出来的一些词，常常会让他意外，也引他深思。

而墨九于他，也就是这般越来越不一样。

墨九没有注意他审视的目光，手指抚过那一排雕刻精美的壁画，然后赞叹道：“不承想，这个时代已有这样厉害的机关术了——”转头，凝眸，她正了脸色，“老萧，这是一处定时机关。”

“定时？”

对这个词，他们能理解其意，却也觉得陌生。

甚至连完颜修都挑了挑眉头，深深地注视过来。

墨九犹然不觉，点点头，道：“没错，这里有一组机括连通着之前的棋室，同时，也控制着这扇门的开关。从长生劫的棋局开启计算，需要在特定的一段时间之后，这扇门，才会自动打开——”

“还有这样的机关？”

完颜修半信半疑，一双狭长的眸子，定定落在墨九脸上，半分都不肯挪开，把墨九看得双颊有点儿小热，忍不住给了他一个“孤陋寡闻”的眼神，轻轻一嗤。

“定时算什么？比这个高明的玩意儿多了去了。”

“那你说说，定时是多久？”

墨九细思一下：“定时的时间，得以棋室和这里的直线距离，以及机括运转的速度来综合计算。现在，我怎么有办法回答你？”

机括运转速度，直线距离——

三个人都一脸发蒙，像看外星人一样看着她。

墨九很难给他们做最科学的解释，也不能直接告诉他们速度、距离和时间之间的数学公式，只大概比画一下，用他们容易听懂的语言，道：“打个比方，我们从这里走到那里，需要用多长的时间，取决于我们走路的快慢。这样说，可明白了？”

都是聪慧之人，这么一说，都明白了。

然而，听着里面击西和闯北越发“激烈”的打闹声，完颜修却是咬牙。

“那我们便只有等在这里？”

墨九正经点头：“是呀，不然呢？”

完颜修似乎很讨厌听人家的墙角，冷傲地斜着一瞥。

“那我先去那边等。门开了，再来叫我。”

“那可不行。”墨九喊住他，一脸凝重，半点儿也不像开玩笑，“这种定时机关，完全有可能只开启那么一瞬。机括的运行是连续的，有可能机括运转过去，这扇门又关闭了。”

完颜修俊脸铁青，显然气恼至极。

“这设计者简直不可理喻——”

“那是你不懂。”墨九唇角弯了弯，指着边上的石台阶，“国主大人若是累了，不如坐下休息一会儿？”

完颜修冷哼一声，把狼儿塞还给她，抱着弯刀转过脸，不吭气。

墨九朝他挺拔的背影翻了一个白眼，望向萧乾，柔声问：“老萧，你有没有哪儿不舒服？坐一会儿？”

其实在棋室时，萧乾为什么会支使完颜修去做，墨九很明白，绝对不仅仅是为了支使他。她看得出来，萧乾身体有疾，经了那般生死劫后，其实有些虚弱，若不然，以他的性子，又何至于如此？

如今又折腾这么久，她心疼他身子不好，就想着照顾他。于是，对他说话的态度，与刚才对着完颜修，简直是天壤之别，瞬间就从女汉子变成了娇娘子。

萧乾摇头：“我无碍，阿九可还好？”

那边厢，完颜修的脸更黑一层。

墨九却浑然不觉，拖着萧乾的手，察觉到一股子凉意，又心疼地握在掌心里。

“我好好的，能有什么事呀？倒是你，不懂得照顾自己。”

这老夫老妻的感觉，萧乾很是受用。

他安抚般捏捏她的肩膀，又拢了拢她身上始终没有干透的衣裳，轻声地问：“阿九饿得狠吗？”

墨九重重点头：“可不？”

从进入阴山开始，仿佛都过了一个世纪没有吃东西了，不饿才怪。她觉得，再这般下去，离墓还没有打开，她就得活生生饿死在里面了。偷偷咽一下唾沫，她扯着他的衣袖，撒娇似的问：“你那儿有没有什么特效药，吃了能抵饿，可以让人完全没有饥饿感？”

萧乾失笑，揉了揉她的脑袋：“小傻瓜，做什么梦呢？”

说罢，他伸出手臂：“来，往这儿咬一口？”

呃！墨九瞪他一眼，正寻思着再找个什么话题，转移一下注意力，免得被那毒气、饥饿以及墓门里的魔音影响到心绪，忽然就听见击西啊的一声尖叫。

而后，叫声戛然而止。

冷不丁的变故，骇了墨九一跳。

“老萧！”她紧揪着萧乾的手，紧张地问，“咱们要不要砸门，问问情况？”

由于石室内的情况不好见人，他们四个过来了，却没有出声打扰，便是私底下的闲谈也都压得极为小声。所以这会儿，室内的两个人，尚且不知他们四个人就在外面。

萧乾琢磨一下，摇头。

“让他们自己去练。”

去练？这词儿太幽默，把墨九逗笑了。

击西和闯北两个都是大男人，这事儿怎么练哪？没有练到一块儿，估计也是打一架，但真的练到了一块儿，那画面才真真儿太美了——

和尚本就代表“禁欲”，那标签贴在脑门上。

击西的样子又太过娇娆，虽然是个男的，却太女性化……

啧啧！闯北长得也不错。

那两个人如果凑成一对，太赏心悦目了。

腐女病毒发作，墨九冷不丁脱口而出。

“老萧，我……突然有点儿想看。”

说罢，看萧乾惊住，她尴尬地摸了摸鼻子。

“玩笑，玩笑！”

萧乾抿紧嘴唇，只当没有听见她出位的话，一把拽住她坐在石台阶上，然后自己拂了拂袍角，端正地坐着，如老僧入定。

墨九无奈，也坐在他的身边，半合着眼，屏气凝神。

然而——

石室里的两个家伙，却不肯放过她的耳朵。

不过片刻，击西又啊了一声，杀猪似的惨叫。

“死和尚，我和你拼了！”

墨九脊背上凉了一下，很快就被她突然转甜的腻歪声儿，肉麻得鸡皮疙瘩掉了一地。那声音像是羞涩，又像是在质问，更像是在撒娇，细声细气的，逗得人心脏突突直跳。

“好你个李闯北，臭和尚，死和尚，你竟然又把人家打晕过去……幸亏人家这次反应好快，没打到要害……要不然，尸体可都捡不回来了——”

这……

墨九抿唇。

有谁捡得回自己的尸体吗？

不过，听击西的声音，好像清醒了一些。

那音调虽然也嗲，却不若先头那般含糊了。

看来把人“打晕”，是一个好法子呀。

念及此，她偷偷瞥了一眼萧乾，看他正襟危坐、两耳不闻窗外事的样子，她撇了撇嘴，又继续合眼装淡定。可这时，里头的声音，又一次急了起来。

“臭和尚，你到底为什么不干？”

“贫僧有戒律！”

“贫你个头，你不是假和尚吗？”

“……贫僧是真和尚。”

“你不跟我干，那为何跟别人干？”

“贫僧不曾……”

“还说没有，那一次醉花楼，哦不对，叫什么楼来着？不管，反正你就是干了……”

“贫僧说过，那是为主上办差。”

“办差办一个晚上，还睡小娘房里？”

“贫僧冤枉啊。真没有。你为何就不肯信？”

“哼，有没有，我检查一下就知道了。”

墨九听得一愣一愣的，总觉得那两个人的画风有点儿歪了。

就算是击西中毒了，不就图办一回那事儿吗？还管人家睡没睡过小娘干吗？里面又响起一阵打斗的声音，真真儿的拳来腿往的节奏……墨九搓了搓太阳穴，有点儿醉了！

她不知道闯北和击西哪个人的功夫好，但想想，一个要上，一个不让上，为了这事儿打得衣冠不整、鸡飞狗跳……而她居然隔着一道墓门看不见，不由得心好累。

竖着耳朵，她也想念心经。

可魔音比心经来得更快、更入耳——

“臭和尚，你怎能脱了我的衣服就不从了？”

“阿弥陀佛……贫僧不曾。”

“你就脱了。”击西大喊。

“贫僧不曾……”

“你流氓！”

“不曾。”

“你色狼！”

“不曾啊！”

“你——”又一声惊叫，接着啪的一声，响过一道物体重重落地的声音，紧接着，便传来击西愉快的大笑，那声音狂肆得墨九几乎可以想象出她叉着腰、一副恶霸抢亲的耍横模样儿。

“臭和尚，看你还跑？这回终于轮到我干掉你了。”

“……”闯北没回答，只有呼呼的喘气声。

“跟我打？小样儿，看我不弄死你。假和尚，李闯北，我让你打我！我让你欺负我！我现在就扒了你的皮，不，我要扒了你的衣，还要睡了你，睡你睡你睡你……我睡死你我！”

墨九没有忍住笑，憋得嘴噗噗作响。

这击西的霸道风格，也太清奇了。

怎么男人睡男人也可以睡得这么妖气？

真是一个妖艳的小贱贱哪！

里头，击西又嚷嚷了：“呵呵呵，臭和尚，你还装，我看你还装什么！你这么骚，这么不要脸，还敢跟我装和尚？你看看你，不是有清规戒律吗？不是不能干吗，那这又是什么？你告诉我，这是什么？”

击西问了好多个“这是什么”。

闯北呼哧呼哧喘着气，一直没有回答“这是什么”。

然而，就在墨九也琢磨“这是什么”的时候，击西居然唱了起来。

“小和尚，硬邦邦，扯下来，做扁担，去挑水，担三担……”

噗！

墨九真的快要崩溃了。

这一唱，先头的旖旎心思全没了。

这个击西，简直就是一个暧昧杀手哇。

她真的在唱，在唱，在唱，一直在唱，循环反复地唱……

然后，墨九就看到狼儿它完颜三舅肩膀忍不住在抖动，显然也想笑得不要不要的，还非得硬生生憋住，装高傲冷漠拽。四个听房人，一起听击西歌唱，这滋味儿实在太过销魂。墨九笑得上气不接下气，终于把脑袋歪在了萧乾的肩膀上。

“太搞笑了，老萧——笑死我了。”

再然后，她就发现了萧六郎脸色苍白。

"老萧，你不舒服？"

萧乾没有睁眼，平静地回答："无碍。"

"那你怎么不笑？"

"我为何要笑？"

"不好笑吗？"墨九还在笑。

"好笑吗？"

"明明很好笑哇？"

"不好笑。"萧乾瞥一眼站在前方的完颜修，将墨九的肩膀揽过来靠在自己的臂弯里，突然低头，在她的耳窝上轻轻吹了一口气，淡定而言："求净舍俗，髡发剃须……思心不触于佛法，手持岂忌乎念珠，或年光盛小，闲情窈窕。不长不短，唯端唯妙。慢眼以菩萨争妍，嫩脸与桃花共笑……"

墨九听他念来，不由得微微张唇。

"我的乖乖，这都什么意思呀？"

萧乾淡淡剜她一眼："不明白？"

"嗯。"墨九重重点头，"恕九爷糊涂，郎君请细细道来。"

"……"

萧乾在她耳侧简略解释了一遍，听得墨九一愣，随即笑骂。

"老萧，你才是色中高手哇！"

两个人自从有了那一层肌肤相亲的关系，哪怕并非在刻意秀恩爱，但语言间的亲密也完全无法控制。那一种亲近，源于动物本能，无论何时何地，就想与配偶靠近、呢喃、窃窃低语的心思……地球人都回避不了。

他俩小声说着话，也不觉得有什么不妥。

但完颜修，肩膀始终有点儿僵硬。

很快，石室里的击西像是真的干掉了闯北，从精神到肉体彻底地打压了他。那个始终念着佛经的和尚，没有了半点儿反抗的声音，除了隐隐有衣裳撕破的声音之外，就只剩下两人粗重的喘声了。

然而，墨九诡异地发现——

石屋里的两位，居然打到了门口。

也就是说，他们就在她的背后，只隔一道门。

"我去！这可不行啊！"

墨九紧张地瞥了萧乾一眼，计算着时间，小声嘀咕。

“万一等下门突然开了，怎么办？”

萧乾低眸，默不作声。

都到这光景了，他总不能喊人家“住手”吧？

可若是坐在那里什么也不做，他也有点儿心浮气躁。

在没有遇到墨九之前，他一直清心寡欲，对欲望的抵抗力，一向较旁人更强。但没有吃过肉的人，也许终身都不会想肉，一旦吃过，还尝到了甜头，定然食髓知味，很难再控制心神。

于是，他喟叹一声，合眼回答。

“大抵闯北用不了多久——”

墨九一怔，然后忍不住想笑，将下巴搁在他的肩膀上，慢慢挠他的手心，嘻嘻笑：“像你一样？”

萧乾脸黑了：“家雀怎堪与鹰隼相较？”

“噗！”墨九看着他，低低一斥，“不要脸。”

“不要脸的，在你背后。”

嗯好吧，老萧也会开玩笑了，可不要脸的人分明就是他呀，虽然背后的两个人也有点儿不要脸，真的就一会儿工夫，击西那怪怪的喘气声儿和闯北按捺不住的焦灼般的低吼声，便传入了耳朵。

嘶——

呃——

两个人几乎是同时发出的声音。

外面的人窘迫一秒，墨九不由得低叹。

“老萧，被你说准了——”

呜呼哀哉，闯北可怜的也就几秒吧？

墨九掐着点儿，想着画面，真怀疑击西到底得逞没有？

毕竟一个大老爷们儿，想来……也不会太顺当啊？

她这头正胡思乱想，一阵轰鸣般的机括声突然从远而近，传入耳朵。

不过短短一瞬，哐哐声里，背后的墓门突然就有了动静。

墨九来不及思考，飞快地站起，转身。

而后，门真的开了——

她只来得及抓住击西和闯北整理衣裳那混乱的最后一幕，击西的身体就被闯北飞快扯起的僧衣盖了个严严实实。闯北似乎怕她不堪的样子暴露在众人的眼底，先前还誓死不从的大和尚，整个身子也扑了过去，重重覆在击西身上，然后侧目，满头大汗地惊喊一句。

“掌柜的？阿弥陀佛……”

噫，他这么紧张作甚？

击西一个大男人，有什么可看的？

墨九撇了撇嘴，眼看没有什么八卦可看，迅速迈过二人的身体，快步进入墓门，然后她默默背转过头，清了清嗓子，语气尽量平和着。

“你们快点儿进来，小心机关复位。大和尚，小击西，快收拾收拾吧。”

他俩拦在门口，也就墨九无所谓地——直接跨了过去。

对其他人来说，这个场面，实在太尴尬了。

于是，其余人默默地跟着进去，直到墓门关闭，都没有开口。

击西像是高烧刚退，满脸通红，瞠目结舌地看着突然闯入的几个人，一时也没有搞清楚状况。闯北经了这么一遭，也有点儿乱了方寸，看四尊门神都没有转过头，他抹了一把脑门儿上的汗，将裹在僧衣里的击西抱起来，走到另一侧的角落，然后放下她，闭上眼，转头。

“穿好衣服！”

击西一脸羞臊，可看闯北比她更羞，又得意了。

“大和尚，你……不行啊？”

闯北脸红得像猪肝，恨不得钻地缝。

“穿衣服！”他双眸紧闭，手捻佛珠，默默诵经，“舍利子，是诸法空相，不生不灭，不垢不净，不增不减。是故空中无色，无受、想、行、识；无眼、耳、鼻、舌、身、意……”

他念着，念着……

可脑子根本无“空”，只有“色”。

尤其击西那衣裳退去，追着他满屋子乱跑的艳绝之色，一旦入目，纵万般佛法、千般戒律，也再难彻底从脑中去除。她光洁溜溜的身子就好像一只泥鳅似的，不停在他的脑子里钻来钻去，晃啊晃啊，抖啊动啊，他想揪住她，把她丢出去，可总是揪不住——尤其与她接触那一瞬绚烂如烟火般的痛快，他第一次尝试，却忍不住浑身发抖。

又羞又愧，又慌又乱……

他不停念佛，却洗不去凡尘俗念。

一刻钟后——

闯北满脸通红，击西面红耳赤地走了过来。

两个人默默站在萧乾的面前，头也不敢抬。

这样窘的场面，墨九觉得也为难老萧了。

好在，老萧也是一个知情知趣的主子，对他俩那番私事一句话都没有问，只看了一眼空荡荡的石室，问他们："你们在此间，可有发现？"

闯北低头，回答："不曾。"

击西瞥他一眼，也回答："来不及发现——"

闯北干咳两声提醒她，不要丢人。

她却神经大条，丝毫不知委婉，一边顺着乱糟糟的头发，一边娇艳欲滴地轻吐唇角："掌柜的，我俩落于此屋，我就热得很，脑子都热糊涂了，什么都瞧不太清楚，就想要闯北，可闯北这厮太坏了，他敲晕我三次，好不容易我终于按住了他，然后……"

喀喀喀！闯北咳嗽不止。

若不阻止，她不会原原本本都说出来吧？

击西显然也是这么打算的。

毕竟她对萧乾一向忠诚，禀报不会有半点儿遗漏。

"然后我扯破了衣裳……"

闯北急得都想再一次打晕她了，萧乾却好心地出声阻止。

"说重点。"

"哦！"击西嘟着嘴，瞄了闯北一眼，"人家正快活着，还没有来得及看明白石室中有什么，你们就跑来了——"

说到这儿，她像是有点儿委屈。

咬了咬下唇，她又不太高兴地哼哼。

"为何早不开门，晚不开门，偏生在这时开门——"

这货也太实诚了吧？墨九看她一副意犹未尽的样子，脑子里的好奇感瞬间爆棚，趁着萧乾和完颜修在石室内转悠查看情况的时候，她都顾不得旁事，拎了击西的胳膊，就把她拉到一边，先八卦起来。

"击西，你到底吃了他没有？"

击西微微张大嘴，对这个吃字显然是不懂。

“他那么大一个，击西吃不下呀！”

呃。墨九差一点儿被口水呛住，咳嗽不已。

眼看几个男人不解地回头，墨九优雅地抿唇、微笑，然后冲他们挥挥手，把击西又拉了一圈，背对着他们，开始咬耳朵，用科学的怀疑的态度问：“话又说回来，你好端端一个男子，为何……会对闯北感兴趣？”

击西搔了搔头，用一种很纯真的眼神看她。

“是呀，为什么呢？我也奇怪。”

“……”遇到这二货，墨九认栽。

击西沉默了一瞬，突然挑了挑勾魂眼，滚烫的视线落在墨九的脸上。

“若是九爷与我在一处，想来，我便不会对他有兴趣了吧？”

击西火辣辣的眼神儿，骇得墨九退后了一步。

墓室里，凉风习习而来，丝丝入骨，看她容色大变，击西没有褪去红潮的脸上，带着一点儿羞涩之感，娇媚地舔了一下唇，又向她走了过来。

“九爷……击西说得不对吗？”

哎哟娘！

墨九脊背都寒了！

中了毒的击西，简直是个妖孽货呀。

身着一件淡玫红的纱衣，带情含恋的目光从她描过的眉眼中渗出来，让她像一朵带着露珠的娇花儿，媚人，惑人，让人——心乱如麻。还有墓室中撩人的胭脂香味儿，也适时飘入鼻端，沁入四肢百骸。

若不是萧乾此刻坐镇墓室，就在她身边不远处，她还真怕招架不住，被击西这货勾去了魂儿。

当然，她更怕另外一点——

后世有双性恋，击西该不会也是吧？

若非双性恋，“他”怎会搞了闯北，又来撩她？

于是，墨九再退一步：“就站那儿，好好说话！”

“九爷，这是怎么了？”击西踩着小碎步逼近，扭动的腰身、含媚的神态、弧线优变的臀儿，美而娇、浪而纯——让墨九这个纯粹的女子，不得不心甘情愿地拜服，自动沦为女汉子。

"站住！"

隔着三步距离，她手指着击西。

"就站那儿，别过来——"

击西显然不太明白她的反应，嘟了嘟小嘴，那捻着手绢的兰花指翘得格外娇，简直媚骨天成。

"九爷生击西的气啦？击西和你玩笑的。"

……娘的，果然比她这个女人更女人。

好在，"他"说是玩笑的。

这么说，"他"对她没兴趣，只对闯北有兴趣喽？

墨九默默分析着，好奇心更浓了。

回头，她远远望一眼正在交谈的萧乾和完颜修，还有沉默寡言、默默跟随的闯北和那个猥猥琐琐跟在完颜修后头的托托儿，轻咳一声，又掉头问击西。

"你和闯北……做了没有？"

击西艳丽的娇唇微翘，一副乖巧的样子。

"做什么了没有？"

"……"

墨九欲哭无泪，非得说那么清楚吗？

"九爷说明白些，击西不懂。"

哦，天哪！

墨九一向觉得自己其实很矜持、很害羞，但身为一个腐女，遇到穿越以来最令她期待的一对男男 CP（韩语，情侣之意），如果不寻根问底，搞清楚状况，她怎么好意思面对那些看过的耽美小说？

于是，冷着一张脸，她严肃地瞪着击西。

"非得我审问才要招供吗？哼，老实交代。"

击西张大嘴，顿了顿，吓住了。

"九爷在生气？"

"嗯，说说你和闯北都干什么了？"

对这货，就得使这一招。看墨九生气地板着脸，击西瘪瘪嘴巴，斜着视线望一眼远处的闯北，突然拿绢子摁在唇上，点了点，羞涩地压着嗓子，小声对墨九道："九爷不就想知道我和闯北的羞羞事吗？这有什么可害臊的？"

羞羞事？墨九绝倒。

这货幸好不是女的，要不然这柔，这媚，这不要脸的小贱样儿，肯定不知道有多少男人心甘情愿死在他身上，也就闯北了……萌呆大和尚居然一忍再忍，把一个如花似玉的娇公子，活生生敲晕了三次。

“说吧，究竟做了没？”

她摆出一副僵尸脸，憋着笑，继续审击西。

可击西这货也不知真不懂，还是假不懂，飞着媚眼儿，在墨九冷漠的视线中，慢慢地撇了撇嘴，像是欲言又止，又像是满腹委屈，结结巴巴地反问。

“九爷，做，做了一半算不算？”

“一半？”

“就是，就是……”击西突然捻起一根手指比画，“这样，入得一半？”

噗一声，墨九再也绷不住了，哈哈大笑起来。

她笑得弯了腰，肚子都痛了，也惹得墓室里的几个男人纷纷回头，不解其意地看她。

击西哎哟一声，脸上带着娇媚的羞意，使劲跺脚阻止她。

“九爷，你小声一点儿啦，被人听了去。”

“好的。原来你也知羞呀——”墨九好不容易收敛住笑，对这么一个诚实的小击西，也就没有什么可以继续审问的了。她说得也太明白了，肯定闯北那厮是第一次，没有稳住，几秒就缴械，怪不得击西这么委屈。

只是——

闯北更委屈好不？

他好端端的大老爷们儿，结果被一个老爷们儿睡了……

可问题又来了——

击西说的，到底是入哪儿啊？

心有疑惑，但这个问题到底太尖刻、太猥琐，连墨九这么厚脸皮的人都问不出来。于是，一边猜测着闯北被击西霸占时的心理阴影面积，她一边小声地试探。

“击西，你喜欢闯北吗？”

“喜欢是什么？”击西瞪大双眼，完全不解。

“就是很喜欢和他在一起，嗯，非他不可——”墨九小心解释着，可还没有说完，击西就拼命摇头，“那我喜欢掌柜的。我非掌柜的不可。”

“……”

墨九翻一个大白眼。

“除了掌柜的之外呢？”

击西毫不考虑，嘟嘴就回：“然后我喜欢九爷。非九爷不可——”

这么单纯的击西哦，怎么活到现在的？

不过，听了这话，墨九也稍稍得了些安慰。

“击西，所谓‘非他不可’，只能有一个人。”

“不能是两个人吗？”

“不能。”

“那我喜欢掌柜的和九爷，我非你们不可——”

哦，天！墨九要崩溃了。

无奈之下，她只能问得浅显一点。

“那除了我和掌柜的之外呢？”

这一下击西考虑的时间有点儿久，磨磨蹭蹭的样子，像是不好意思回答，又像是还有一点儿犹豫，过了好久好久，她轻抿唇角，娇声娇调地道：“声东和走南都很好，唉，姑且就闯北吧。”

这话前后转折有点儿大，矛盾得墨九想撞墙。

遇上击西这么一个二货，她不得不收起自己“二的本质”，循循善诱。

“为何是姑且？”

“他讨厌得很。”

“有多讨厌？比如呢？”

击西微微一愣，转着眼珠子，似乎也想不起来闯北到底讨厌在哪儿。

末了，她哼了哼，捋着发丝道：“反正他就是讨厌得很，我讨厌他动不动就要度化我，又从来不度，讨厌他在醉花楼睡小娘，讨厌他打晕我，不让我睡……不过，他也背着我逃命，每次主上要笞臀，他都会偷偷帮我，打轻一点儿，或者代我挨打……”

一件一件，说到闯北的事，击西如数家珍。

唉！墨九彻底无语了——

这哪里叫讨厌得很哪？

这分明都融入彼此的生活细节中了好不好？

但凡一个人把另外一个人的所作所为，丝毫不差地记入脑子，甚至连动作和言辞都记得清清楚楚，哪怕时间久远，也仿佛昨日，就算不很喜欢，那至少也是一个很重要的人了。

这么一想，她有点儿遗憾了。

若击西是个女子，倒可与闯北凑成一对。

只可惜了——“他”生成男儿之身。

想到这儿，墨九垂眸，看着这个在感情上重度“精分”的击西，想到“他”一个人对付闯北时的英姿，又道：“嗯，太有道理了，闯北确实讨厌。击西呀，虽然我对你的说法全部认同，对你的做法也十分佩服，但还是有唯一的遗憾。”

“什么遗憾？”击西天真地问她，“九爷快说，击西定要为九爷达成所愿。”

墨九欣慰地点头。

“好好好——我就遗憾，没能亲眼观战，看你和闯北的全武行。”

听到“观战”，击西像是被蜜蜂蜇到了，嘴一抿，一双妖精眼里，饱含怨气，轻轻哼了哼，小声嘀咕着，踢向一块石子。

“战什么战？刚刚开始，就结束了。没看头。”

呃！

墨九看着“他”染了春颜的脸，心里偷笑一阵，又突发奇想：“击西，我怎么觉着你扮女装，比男装还要妖娆几分呢？你说，有没有可能，让你家主上想个法子，给你做一个——嗯，性别改造？”

后世不就可以有吗？

萧六郎堪称第一神医，会不会也能做到？

她脑洞大开的想法，把击西说蒙了。

“性别改造？九爷何意？”

“就是——”墨九阴阴地笑着，对她做了一个剪刀手的咔嚓动作，盈盈眨眼，“把你变成一个真正的女子，这样，就可以和闯北双宿双飞了嘛。”

“啊！”击西像是吓得不轻。

她上下打量墨九一瞬，好像懂了，又好像没懂，而后，她心虚地别过头，手指胡乱地梳理着头发，不敢与墨九对视，一副做了贼的样子。

“九爷，好像，好像是掌柜的在喊你——”

“有吗？”墨九回望。

“有……吧？”

“哦。”

墨九回头时，萧乾真的望了过来。

她对击西挥挥手，赶紧小跑过去。

“老萧，你找我？”

萧乾没有否认，深邃的视线上下扫她一眼。

“阿九，你冷不冷？”

这话问得有点儿古怪呀？

可墨九听着，抱了抱手臂，还真就觉得有点儿冷了。

“噫，有意思了，先头热得我们恨不得扒皮，现在竟然又开始冷了起来！老萧，你说我家祖宗不会准备给咱来个四季变换，二十四节气交替吧？”

她幽默的说法，没有引来萧乾的共鸣。

他面色极为凝重，只问：“阿九对墓室有何看法？”

看法？墨九抚了抚怀里的小狼，面孔严肃起来：“老萧，不管这里是不是离墓，我都没那么着急去探究了。现在我呀，就想要一口吃的，有吃的，可以活下去，比什么都重要！”

“嗯。”萧乾赞同地点头，而后瞥一眼背对着他们的完颜修，低哑着声音道，“然而，这里正是八卦墓之一。”

“真的？”墨九顿时精神了，“发现仕女壁画了？”

萧乾点点头，示意她看向左侧的石壁。

果然，与坎、艮、巽、震四个墓一样，石壁上有一组他们始终在寻觅以便确定墓室主人身份的仕女壁画。壁画的工艺与那四个墓没有多大的区别。如果非得找出什么不同，那就是这一个仕女穿得更清凉，身上堪堪挂了几根丝儿。

差不多可以这样说，她就是《春宵秘戏图》的女主角。

“我的祖宗啊！”

墨九瞠目结舌，低低地念叨。

“您老人家的节操，是什么时候掉的？”

一路走来，几个八卦墓都很规矩。

哪怕是艮墓里有太极阴阳，暗指男女相合之事，也都不如这里来得“坦诚相待”。真的太坦诚了！不仅有诱人心魔的胭脂香，还有那一册撩人神经的《春宵秘戏图》，辗转到了此处，居然直接来了这种仕女壁画！

“确系八卦墓之一。”

不过，墓室内空无一物，到底是不是离墓？

又是不是离墓的主墓室？

他们一直想要的仕女玉雕，究竟在哪儿？

脑子里轻思慢转着，墨九抱着小狼，许久没有说话。

萧乾看了她好几眼，见她始终眉头轻蹙，一动不动，他终于忍不住，轻声问：“阿九在想什么？”

墨九的视线慢慢挪到他的脸上。

上下打量半天，她忽而严肃开口。

“老萧，你把衣服脱了吧。”

萧乾一怔，正视她的目光。

“脱衣与此墓有何关系？”

“没关系。”

“那脱来作甚？”

墨九翻了个白眼：“因为我冷。”

“……”

原来是他想多了。

萧乾喟叹一声，没有多说，直接就把身上的外袍脱掉，披在墨九的身上，还宠溺地刮了刮她的鼻头，哑声道：“下次有事要直言，看你兜这圈子，害得我的阿九又多挨一会儿冻。”

“……”

一本正经的宠妻狂魔，不要太招人稀罕！

墨九心窝暖暖的，往他身上一贴，笑盈盈地抬眸。

“好哇，那恕我直言了——老萧，你把裤子脱掉吧。”

萧乾嘴唇微微一抽：“为甚？”

墨九眨巴眨巴眼：“免得你的阿九又多饥渴一会儿啊？”

“……”

以牙还牙，墨九从来不输他。

可两个人打这两句情、骂这两句俏的时间，石室里突然发生了变化。

托托儿原来是一直跟着他们的，为免他有异心，萧乾曾经威胁过他说，喂食的药丸，药效比宋彻的蛊毒还要厉害百倍。

人都怕死，所以他始终没敢做什么。

可没有异心，不代表没有色心。

大概是受了那一股子胭脂香味的毒性引导，他憋了这么久，也算不错了。可击西和闯北的“娱乐时光”，激荡了他的心灵，墨九和萧乾的“恩爱秀”，又彻底激发了他的兽性。他似乎再也忍不住了，突然一吼，根本不管完颜修是他能不能动得了的人，毒迷心窍，冷不丁扑过去，紧紧抱住完颜修，就痛哭流涕地往完颜修身上蹭，呼吸急促，面色如赤。

“国主，国主……你，你给我，给我……”

“放手！”

“国主大人，求求你了——我受不得了，你，你给我一个痛快吧！”

一个痛快？什么样的痛快？

托托儿一泡鼻涕一泡泪，满脸通红的样子，像嗑了药的瘾君子，身子不停地在完颜修的身上蹭，气得完颜修额头上青筋突突，一脚踹开他，手上的弯刀不客气地扬了起来。

“老子这就给你一个痛快！”

手起刀落，眼看托托儿就要魂飞魄散——

当一声，金属的轻撞后，弯刀被弹开了，正好擦着托托儿的身体过去，吓得他当即白了脸，似乎清醒了不少，流着泪泡子望着完颜修，一动也不敢再动。当然，也气得完颜修当场黑了脸，锋利的眼神剜向了始作俑者。

“萧兄何意？”

能这么远距离格挡开他弯刀的力量——

完颜修再一次对萧长嗣这个人刮目相看。

若非武力极高的人，哪里能够做到？

可萧乾的样子，确实很虚弱。

咳嗽了两声，他苍白着脸，携了墨九慢慢走过来，把托托儿再次踢到一个角落，然后转身走向完颜修，淡淡开口：“此人还用得着——国主不要急。”

“用得着？”完颜修嘴角一勾，嘲弄地笑，“萧兄是想看我出丑，还是想自己用？若想看我出丑，那就不必了，老子自打入得阴山，已经够出丑了。若是你想留着自用，现在就可以……”

萧乾唇角抽搐，随即一笑。

"国主此言差矣，你我同患此难，萧某怎会存那龌龊之心？"

说罢，他瞥了一眼角落里瑟瑟发抖的托托儿，眉色微拧："出了八卦墓，亦不知会不会进入死亡山谷，此人熟悉地形，还有作用。另外——"淡笑一下，他看着完颜修恨不得宰人的目光，那张丑脸上，带了一抹无奈而淡雅的笑。

"宋骜在那顺手上，此人对那顺的了解，比谁都多……"

那顺为人神秘，很少与世人明里交往，除了宋彻之外，这些年来，他所有的生活琐事基本都由托托儿打理。也就是说，托托儿是他的贴身之人。这样的人，或许没有多大的本事，但对于主子的一切，却是最了解。也就是说，那顺有什么短处，托托儿最清楚。

所以，若有一日与那顺交锋，托托儿不可或缺。

完颜修冷哼一声，一双英眉斜飞入鬓，英俊的脸上微带嘲谑。他显然气到了极点，言辞间满带不友好的奚落。

"宋骜死不死，与我何干？那顺如何，与我何干？你萧兄怎样，又与我何干？"他眉一挑，摆出一副冷漠脸，"孤只知，此人犯到我，必诛！"

完颜修何许人也？

他何曾遇到被男子猥亵的时候？

先前没有宰了托托儿，已是看在墨九的面上。

可这一回，看到托托儿眸底那一股子淫邪的光芒，他就像吞了苍蝇，莫说与他相近，哪怕同待一间石室，也觉得恶心至极，哪里肯容他活着？

他弯刀直指托托儿，居高临下，满目阴鸷，瞧得人心里发凉。

托托儿见状，抱着脑袋，头都不敢抬。

"国主，我不想的，我不想的……我喜欢你，我只是喜欢你……我也不知道我怎么了……我喜欢你……"

他语无伦次地说着，几乎吓得失禁。

萧乾道："国主看见了，他只是受毒性影响，并非成心——"

完颜修冷哼："并非成心，那换萧兄来试试？"

萧乾一怔，随即莞尔："我不如国主好看，他未必瞧得上我。"

这话说得——

看着萧乾脸上的笑，还有他带着笑的脸，墨九没有感觉到半分喜剧效果，反倒是一肚子酸涩——她的萧六郎，何曾这般妄自菲薄过？

轻咳一声，她抢过话头，笑道："它舅，你这又是何必呢？有人喜欢就是好事，管他什么男女？你看闯北——"

她笑盈盈地指着闯北尴尬的脸。

"人家都被击西……了，不也还好好的？"

"……"完颜修怪异地看着她。

一个女人，这话都敢说！

至于闯北，他瞥一眼萧乾，又看看远处忸怩的击西，尴尬地别开了头，那样儿，似乎是慌乱，又似乎在回避什么——

击西是女子的事儿，她不曾提及，他也不知怎样明言。这会儿如果解释，好像有欲盖弥彰之嫌，说不定还会被掌柜的认为他知情不报，有所隐瞒……更何况，击西这般做，肯定有难言之隐，她若不想被揭穿，他又怎好那样做？

闯北纠结着，左右都不是，脑子乱成了一锅粥。

可墨九看着他这样，却理解不了那么深，只当他在害臊。

于是，她又继续撺掇完颜修："好啦它舅，它三舅，它完颜三舅，现在整个地球上，就剩你一个生物帅气逼人，就不要计较这么多了啦。听说杀人容易影响善良的心灵，心灵不美又很容易让颜值受损，所以——"

丢给他一个"你看着办吧"的眼神儿，她闭嘴了。

然而这番言论，却把完颜修逗笑了。

他目光在她身上扫了一眼，慢吞吞将弯刀入鞘，意味深长地说："虽然你的话，我并不完全明白，但我相信你的赞美，皆是肺腑之言。"

墨九一愣。

这厮也太臭美了吧？

真以为自己宇内第一美男子？

她轻咳一声，眼角余风扫着萧乾淡漠的面色，生怕六郎介怀，随意地摆了摆手，回头就岔开话题，大声道："托托儿，还不赶紧过来给国主磕头！"

话未说完，她愣住了。

不，是吓傻了。

那个叫托托儿的家伙，不见了！

一个大活人，居然在他们的眼皮子底下，不见了！

刚才这一瞬，除了击西由于害臊而躲得远远的观看壁画之外，墨九、萧乾、完颜修，还有闯北，四个人都在这里，离托托儿不足两丈的距离。

只要他“消失”时，稍稍有一点点动静，至少也会有一个人能感觉到才对呀？

是机关启动，把他“顺”走了？

可为啥没有一个人察觉？

这事太离奇了。

“托托儿——”

墨九拔高嗓门叫喊。

然而，凉涔涔的墓室里，只有回音。

真的不见了。

墨九心尖尖有点儿泛凉。

探墓无数，各种各样的古怪她都见过了。

但一个大活人就这样神不知鬼不觉地突然消失在众人的面前，还属首次。这比起坎墓受困，巽墓惊魂，雷墓棺歌，艮墓里的九死一生……还要来得惊悚。

四个人面面相觑，都在思考。

击西也紧张地小跑着围了上来，一起走到托托儿先前所在的地方，低头搜寻。

地面完好无损。

青砖石也没有半点儿异常。

莫说是个人，便是一只蚂蚱估计也掉不了。

完颜修半眯起双眸，连道“怪哉”。

击西和闯北也暂时忘掉了暧昧和旖旎，吃惊地相视一眼，又把目光锁定在墨九的脸上，期待她给出答案。

就连向来喜怒不形于色的萧乾，那一张高深莫测的面孔上，也布满了冷霜，带着一丝不可置信的诧异。

“九爷，到底怎么回事啦？”击西在问，声音尖而细，连带着双手还在比画，“会不会他也像我和假和尚从天上掉下来一样，砰一下，又落到底下去了？”

击西的猜测，是有道理的。

然而，闯北马上泼了她的冷水。

“我们落下来那么大动静，他刚才有动静吗？”

击西摇了摇头，再摇头，苦着脸思考：“我没有注意啦——若早知他会不见，我一定好好守着他。哼！”

“对。”墨九目光微闪，突然像想通了什么似的，接过话，正色对众人道，“击西很聪明，‘他’说对了。”

“说对什么？”击西张大嘴，几乎不敢相信被夸聪明的人是她。

墨九道：“没有人注意到托托儿，也没有人想到他会突然消失。而这个，正是他消失的契机。”

“不懂。”击西很好奇。

墨九扶额，低眉又扫了一眼墓室，声音凉凉：“也就是说，他消失的契机，正是利用了我们不注意的心理。嗯，这么说吧，与魔术差不多。我以为，这个墓室的机关，应是运用了魔术的手法。”

“魔术？”

众人显然不解。

墨九唇一弯，眉眼显得俊俏，又有了身为现代人的优越感：“嗯，就是传说中的障眼法。用转移别人视线的方式，来达到某种不可能完成的变化。”

看他们依旧不太明白，墨九大概解释了一下魔术的原理以及一些比较经典的魔术形式，然后笃定地说：“托托儿消失，兴许和魔术的大变活人一样，只是障眼法，实际上，还是机关原理。只不过，这机关无声无息，确实令人恐惧。”

几个人一愣一愣的，满脸都写着对她的佩服。

萧乾抿唇，沉默了一下，淡淡问：“依你之言，魔术是人为操控的？”

“不一定非得要人，机关当然也可操控。”墨九说到这里，皱着的眉头倏地松开，朝他莞尔一笑。

“当然，托托儿的消失，我以为，人为操控的概率，会比机关事先设定大得多。第一，没有听见高强度的机括声；第二，机关毕竟是死的，哪能刚好掌控到他坐在可控范围内？除非是偶然。”

萧乾脸色微变，点点头。

随即，他拔剑转身，面对四壁，冷眸相视。与他一样，完颜修和闯北、击西也都纷纷亮了武器。

他们都相信墨九所说。

也就是说，相信有人转移走了托托儿，而且这个人很有可能正在暗处看着他们……

这种可能，让他们都提高了戒备。

墨九的脊背，也是寒的。

开了这么多墓，不管多凶险，至少她没有遇到过有活人在控制，基本上都是她和她的祖宗在斗智斗勇。如今突然觉得多了一双眼，那感觉太可怕了。

静寂中，墓室的温度似乎更凉了几分。

没有人说话，只有凉意，彻骨的凉意。

如同春去冬来，气候突然变冷，令人猝不及防。

可众人查找片刻，视野里空荡一片。

什么东西都没有，哪里有人？

“老萧，小心——”

突然，墨九一声厉喝，抱着狼儿从背后猛地扑了过来，重重撞在萧乾的后背上，把他撞了一个踉跄，也成功躲过了他脚下突然开启的空洞。

这一次，大家的注意力都很集中。

虽然那一块四四方方的青砖石只有一闪而过的开启时间，又在眨眼间恢复了原状，但还是被他们捕捉到了。

“脚下有陷阱！”

还是无声无息的陷阱。就像猎人的捕兽夹。一旦逮住一个，就得拉拽下去，或许再也上不来了，也不知会遇到什么。

到底是不是人为操控？

墨九依旧不敢肯定，但她先前注意到了青砖石的异动，这会儿，她轻轻揪住萧乾的胳膊，左右看看，吩咐几个人：“大家都手牵手，拉在一起，排成一排，以免有人掉下去。”

这是最好的自救方法。

可完颜修当即黑了脸。

“手牵手？不是吧？”他显然不太愿意做这样的事，可对上墨九扫来的冷眼，他又放弃了抵抗——

毕竟手牵手比掉下去落个尸骨无存要好。

一行五人，外加一条狼，小心翼翼走在平整的青砖石上，却好像途经死亡森林，随时可能落入陷阱之中。

这很像墨九小时候做过的一个梦。

在梦里，她不停地逃命，脚下一不小心就会出现像揭掉井盖一样的圆圆的深渊，她拼命地跑，可不论跑到哪里，那个陷阱总会如影随形，直到她从梦里惊醒。

那时候，妈妈告诉她，做那样的梦，是因为她在长个子……

这种感觉就像那个梦，完全不知道什么时候就会掉下去，令人心惊胆战，一边走，一边还得想办法逃生。

“老萧，它舅——等一下。”

墨九细算着出现陷阱的位置，突然低喊了一声。

两个男人被她的声音惊住，停下了脚步。

“怎么？”

墨九微眯眼，迎着幽幽的冷风，抿了抿嘴唇。

“若我猜得不错，这里就是主墓室。”

“主墓室？”完颜修不解地接过话来，“这里空无一物，棺椁都没有……你没说错吧？”

他今儿是抬杠精，墨九懒得与他辩。

紧了紧攥住萧乾的手，她突地示意他们看向头顶：“看见中间那一团黑漆漆的影子没有？”

这个墓室的顶部很高，高得用肉眼几乎看不见上方的情况，但因为闯北和击西就是从头顶上掉下来的，故而之前谁也没有想到，墓顶会有这样的玄妙。

最形象的比喻是，它像是颠倒的。

他们之前借着夜明珠的光线，隐隐只能看见顶端有一团黑影，并没有想太多。因为好多墓室都会有装饰的吊顶与拱梁，形状也不尽相同，所以并没有引起他们的注意。

可刚才那一瞬，墨九突然一惊。

而后，恍然大悟。

不是这个墓室没有棺椁。

而是棺椁在顶上，而他们在地上。

“天哪！”击西脖子快要望断了，“九爷，这个好高哇，要怎么才能够得着？”

墨九皱了皱眉头。

“有两种可能。第一种，须从上方开启棺椁，也就是你和闯北掉落的地方，从上而下。不过，我以为第二种的可能性更大一些。棺椁原本是放在地面上的，机关突然开启，让棺椁升空，附在了墓室顶上。”

她说得笃定，众人却惊疑。

“不对呀。”击西是个好奇宝宝，但有时候抓问题的本质还是够快的，她紧紧拉着闯北的手，回头望向这间面积极大却极为空旷的墓室，疑惑地问墨九。

“若地下曾经放过棺椁，怎么也该有个印痕吧？”

青砖石上，一个印痕都没有。

确实不像放过棺椁的地方。

墨九抿抿唇，瞄着击西的脸蛋儿。

“你越发聪明了，果然是就此开启了——灵智吗？”

一句“开启”了，让击西愣了一下，莫名红了脸。

“九爷好坏。”

“呃！”墨九一怔，想想，不由得好笑，瞥她一眼，“脑子不知道在想什么，我在认真夸你呢。”

说罢，她移开视线，再次望向墓室中间的位置：“你说得对，确实无印无痕，这也是我为什么之前没有想到它是主墓室的原因。可既然墓室的机关有人为控制的可能，那么就只有一种解释——”

她似在考虑，停顿住，许久没有吭声。

这胃口吊得，几个人眼睛里都快长出钩子来了。

萧乾凝视着她的脸，忽而接了过去：“阿九是怀疑，此间墓室，其实早就已经被人开启过？”

心有灵犀一点通的感觉，不要太美妙。

自己想什么，马上就会有人懂，这让墨九看萧乾的目光中，更是饱含情意：“老萧说得对极，我正是这么想的，只不过，没有想明白，为什么此人开启了墓室却没有启开棺椁？”

完颜修冷不丁问：“你怎知没有启开？”

墨九看他一眼，胸有成竹地眯眼而笑：“若棺椁已开，那么此人就不会费尽心机引我等入瓮，还故意在这儿玩陷阱游戏，让我们来想法子破解墓室的机关了。”

这猜测也是绝了。

完颜修审视着她精致绝艳的小脸儿，微微抽了一口气。

他亦是聪睿之人，很快便明白了。

“你是说，有人无意中让墓室的棺椁升到顶上，无法启开，于是特地引我们入阴山，把我们困于此，目的就是想借我等之手，启开八卦墓，坐收渔翁之利？”

“它三舅也很聪明。”墨九点点头，随即目光又是一深，“可有一点我得纠正你，不是我们——至少不包括你。你就是一个半路杀出来的程咬金，一不会开墓，二不会机关，除了添乱啥也干不了，没有人会特地引你进来的，放心吧！”

“我！”

完颜修的暴怒症似乎越发严重了。

困了这样久，他早就游走在盛怒的边缘，这么被墨九撺掇一下，他显然接受不了。

“你别忘了在棋室里，是谁搬的棋！”

墨九想笑，又生生忍住。

而后，她严肃地点头。

“极是，毕竟也是需要下力之人的。”

完颜修：“……”

看他又要发火，萧乾将手轻搭在墨九的肩膀上，捏了捏：“别贫了，阿九且说，棺椁要如何才能启开？”

墨九考虑一下，一本正经。

“拿炸药炸。”

“……”这个时候还玩笑？

“唉，除此还能怎么办？”墨九像是突然灰了心，放开萧乾的手，席地坐了下来，对着空荡荡的墓室，大声喊。

“喂，那谁，你别玩了。九爷我现在又累又饿，根本就没有办法进行高强度的脑力活动，也想不出开棺的法子。与其大家耗着时间，你不如赶紧出来，好吃好喝地把九爷伺候好点儿，等九爷吃好喝好，舒坦了，说不定就有法子了。”

这货莫名其妙的话，让墓室安静了一会儿。

大家都知道，她在对谁说。

她始终认为，机关有人在操控。

可那也只是设想，真实情况如何，谁也没有把握。

于是，静静等待中，气氛怪异地沉寂着。除了一声声呼应她的墓室回音，没有人回答，也没有别的声响。

难道是他们猜错了？

根本就只有机关，没有人？

“阿九，地下潮湿，起来说话。”萧乾伸手拉着墨九，要把她拽起来。

可墨九却耍赖似的摇头：“我饿瘫了，不行了，站不起来，也走不了，什么事也做不成。老萧，你甭管我了，就算要落入陷阱，我也不爱动了。”

“……”

众人看着坐在地上的她，都有点儿无语。

这女人还真是风一阵雨一阵哪。

不过萧乾却知道——

她在逼那个人现形。

如果她猜得不错，那人肯定不愿意她死。

静谧中，似乎等待了一个世纪那么久。就在众人以为事情不会有转机的时候，一个声音突然传了出来。

“巨子好本事，连这也能猜测？”

这个声音苍老而幽凉，像机械似的没有半点儿情感，一字一字清晰地传入众人耳朵，霎时，便惊了一地。

果然有人！

每个人都扣紧了手上的武器，往四面戒备地寻找着。可依旧，没有出现半个人影……

难道有鬼？

心底的恐惧升起，击西心悸地揪紧了闯北。

闯北皱了一下眉头，没有挣脱她。

这时，萧乾却揽紧墨九，沉了脸，放开嗓子，用沙哑的声音低喝道：“那顺巫师，你出来吧，别藏了。”

良久，墓室依然没人回应。

萧乾会猜测是那顺倒不奇怪。

毕竟能到这里的人，应该不多，是他的可能性最大。

而且依墨九的说法，那顺完全有可能一直在将计就计。他为什么帮萧乾？为什么不拆穿宋彻的阴谋？为什么任由苏赫太子拜托墨九来找宋骜，闯死亡山谷？也许真的就是为了打开八卦墓。

所以，后来换了宋骜，辜二假扮了苏赫太子，墨九也入了死亡山谷，那顺也始终躲在暗处，看他几个你拼我战。

怪不得。

这样，好多解释不通的事儿，似乎都可以解释了。

这厮是一个大 boss 啊？

墨九寻思着，眉头紧蹙，望向头顶。

“那顺，别心存侥幸，你不出来，那大家就耗死好了。”

隔了好久好久，就在墨九以为那顺已经遁了的时候，方才传来他又一次的幽冷叹息。

“我进不来。”

进不来？

墨九一怔，却听他又道：“正如你们出不来一样。”

墨九哼一声：“那你进不来，是如何把棺椁升空的？又是如何把托托儿给顺走的？”

那顺隔了一瞬，回答：“此墓是我数年前无意中发现的，可我自始至终没能进得了主墓室……”

“胡说八道，没进主墓室，你是如何办到的？”

“巨子不信老夫？”那顺幽幽的声音，像地狱里的鬼魂，每一个字都说得有点儿飘，而且寻不到半分情绪，顿了一下，他问，“你且猜猜，我如今在哪里？”

这……

说来奇怪，墨九还真不知他在哪里。

就像后世的环绕立体声一样，那顺巫师的声音在墓室各处都有传来，却找不到任何具体的方向，如何猜测？

她蹙了蹙眉头，问：“你在哪儿？”

那顺道：“头上，你们的头上，主墓室的上方。”

在上方？几个人齐刷刷望向头顶。

黑幽幽的、阴森森的墓室顶端，看不穿，看不透，到底是个什么情况？那顺又在哪儿？

轻轻哼一声，那顺道：“说来你们不信。我在你们头顶，一壁之隔，可以看到主墓室里的一切，甚至可以操纵主墓室的机关枢纽，让它运行……却始终打不开墓顶的棺椁，也进不得墓室。”

墨九昂头看了片刻，似乎有些明白了。

若墓顶使用的是类似于玻璃一样的介质，就可以从外面看清里面，里面却看不穿外面了。而刚好机关枢纽又全在主墓室的上头一层，那么那顺巫师所说，完全可以实现。

揉着鼻子哼哼一声，她笑了。

“巫师倒是舒坦，坐着喝茶、打瞌睡，看我们玩命开墓，然后再把我们一网打尽，你坐收渔翁之利，这算计，我服！”

那顺巫师许久没有回答。

好一会儿，他幽幽一叹，像是不愿意承认地反嘲，又像是直接默认地反问，不带情绪地开口：“那巨子是准备出来呢，还是准备饿死在里面？”

废话！谁愿意饿死？

墨九姑且相信了那顺的说辞。

如今的情况是，他们都饿了，很快就要体力不支，连走路都成问题，真正面对那顺，又何来的战斗力？

既然不开机关，就吃不成饭，她也不再和那顺啰唆了，软绵绵地站起来，拍拍屁股上的灰，昂着脑袋对墓室的那顺道：“巫师，我们合作吧。”

那顺顿了一下。

转瞬，他也没问合作什么，就爽快地应了。

“一言为定。”

“老头儿，你挺好说话的嘛，没想到哇。”墨九调侃了一句，突然将手腕落在萧乾的臂弯里，紧紧扯住他，也示意完颜修、闯北和击西几个人照做。

然后，她一本正经地问：“巫师，操控按钮有几？”

“八。”

“都什么样子？按什么方位排列？”

“以生铁铸成，按八卦位排列。”

“乾、坤、巽、兑、艮、震、离、坎？”

“巨子聪慧。”

“好，巫师，现在你先按这个顺序操控按钮，一个一个来，速度慢一点儿，将所有的都按一遍。反复几次。”

“那巨子小心了。”

那顺也是一个做事利索的人，他大抵明白墨九是要试探机关的规律，没有多说废话，很快就按她说的做了。

于是，墨九几人站立的青石板，又有了动静。

就像玩游戏似的，一会儿这里出个洞，很快恢复，一会儿那里又陷个坑，又很快恢复。紧张、刺激，让人始终悬着心……

最厉害的一次，击西半个身子都陷了下去，若不是几个人手牵着手，互成一排，互相拉拽，有可能她就这么掉下去，没了。

“巨子，可有看出门道来？”

那顺问得很平静，可墨九却相信，这个老头儿的心里，一定在开始澎湃，热血冲脑了。

试想一下，从他发现墓室这个机关以来，一直都找不到打开墓室和棺椁的方法，还不犯强迫症吗？日思夜想，这会儿恐已是强迫症晚期，早已不淡定了。

心底冷笑一声，她突兀地大叫。

“停！”

青石地面，恢复了平静。

那顺果然不再按动机关按钮了。

墓室里的几个人，神经也松懈了几分。

墨九嘘一口气，镇定道：“这个墓室的机关说难也难，说简单嘛，倒也简单。只要想法子降下棺椁，开启棺椁，墓门就自会打开……”

这不废话吗？

那顺问：“可棺椁如何降下来？外面的人，又如何进入墓室？”

墨九不答，只问道：“巫师，乾、坤、巽、兑、艮、震、离、坎——八个机关按钮相距多远？”

“一尺左右。”

“明白了。”墨九淡淡地瞄一眼萧乾，手指紧扣住他的胳膊，然后大声地说。

“先天八卦所主，乾居南方，数目为一，与坤相对。坤居北方，数目为八，与乾相对。震居东北，数目为四，与巽相对。巽居西南，数目为五，与震相对。离居东方，数目为三，与坎相对。坎居西方，数目为六，与离相对。艮居西北，数目为七，与兑相对。兑居东南，数目为二，与艮相对。

“以上各相对的数字一合，便都为九。乾与坤相合为九，震与巽相合为九，离与坎相合为九，艮与兑相合亦为九。九九归一，方得圆满。此墓室的机关，皆是按八卦数理而轮转的。”

大家都快被她绕晕了。

击西直拍脑门儿。

“九爷，说浅显一些，浅一点儿，浅一点儿。”

墨九白她一眼，继续道：“每一个八卦象征的数理不同，故而，要开启此墓机关，得先知道墓为何墓。”

“如何得知？”

“……猜。”

“……”

那顺迟疑片刻，方问：“巨子以为是何墓？”

墨九直言：“我以为此乃离墓。”

那顺问：“若是离墓，如何破？”

墨九道：“所谓‘破’，即是‘克’。离居南方，五行为火，数目为九，与坎相对。坎居北方，五行为水，数目为一，与离相对。水能克火也——”

她突地吸一口气，拉紧萧乾的胳膊，沉着声音，紧张地加快了语速：“巫师，现在你将离位和坎位的按钮，同时按下！”

那顺速度很快。

她话音刚落，机括声便响了起来。

哐一声巨震，似乎整个墓室都在震动。

“机括开了！”

然而，落下的并非墓顶的棺椁，而是从天而降的那顺巫师，墨九等人所站的地面却突地升起，如同后世的舞台升降一般，与那顺在半空错位，一上一下，很快便升到了墓顶洞开的地面之上。

这正是那顺先前的藏身之处。

几个人是互相牵着手的。

于是，也都一齐顺利升了空。

伴着那顺的身体咚一声落地，击西惊喜地叫喊。

“啊，九爷英明，我们上来了！”

底下，那顺痛苦地呻吟一声，低吼咆哮。

“巨子，你竟戏弄于老夫？”

墨九哈哈一笑，潇洒地拂了拂袖子，从石台上迈入地面，看着这一方小小的天地，不由得凝住了面色。

这是一个仿若控制室的地方。

面积不大，却设计精巧，布局合理，可纵观主墓室里的全局，还有控制里面的机关……

她对老祖宗天才的想象力，佩服得五体投地。

可击西和闯北，却都变了脸色。

……也就是说，他们在下面做的事，那个老家伙都看见了？

“啊！”击西抱头怒吼。

“阿弥陀佛！”闯北紧紧闭眼。

墨九这会儿的思维全在机关上，理解不了他们的癫狂，慢悠悠回头瞪了他们一眼，上前注视着八卦按钮，轻快地笑道：“巫师何出此言，我哪有戏弄你？不是你一直想进入主墓室吗？我完成了你的心愿而已。再说，我话还没有说完呢，你怎么那么急？

“我是想说，水能克火也，你同时按离位和坎位的按钮就会触发机关，进入主墓室了……至于，要如何打开棺椁嘛——”

停顿一下，她嘻嘻笑。

“我不告诉你。”

众人正听得聚精会神，没料到她竟突然打住。

不仅那顺抓狂，墓顶上的几个也揪着心，拿不太友好的视线望向墨九。

“说呀！”完颜修不耐烦。

萧乾也问她：“阿九，你说，怎么开？”

墨九微微抿唇，笑得娇艳如花，也得意非常。

“入墓室乃相克，开棺椁得相生——离居南，五行为火，得找与离墓相生之按钮……”

易经八卦，乃玄学之最。

近可主人体，远可主宇宙万物。

萧乾略点头，似明白了：“木生火，巽居东南，五行为木，震居东方，五行亦为木。阿九所指，是哪一木？”

墨九偏头，眸中荡开一抹微笑。

“二木一起！”

哐哐——

机括声再起，震动比先时更强。

几个人满带希望的眸子，看向附在墓顶的棺椁——控制室一层相隔的下方。

砰一声，像拉开的窗户一般，那棺椁上方的棺盖霍然洞开。

这也让陷于墓室的那顺抓狂不已。

“巨子，你放老夫上来——”

“凭什么？”墨九冷笑，“你呀，就好好在里面待着吧，不关你十年八载的，难消我心头之恨——当然，你得有命活上十年八载才行啊！”

说罢，她朝萧乾偏了偏头，走向已然开启的棺椁，弓身往里面看了一眼，就狠狠抽气。

“天勒！我的老祖宗，你也太污了。”

几个人都不解地围拢上去。

那一口棺椁里，有一个女人。

哦不，一具女尸，栩栩如生的女尸。

与其他几座八卦墓一样，女尸形状完好，面部表情生动，尸体的防腐处理也极为得宜，哪怕久经岁月的洗礼，也不曾受到半点儿损毁。

不过，与其余八卦墓的女尸略有不同。

这具女尸除了头上梳着的仕女髻插了一根花簪，浑身上下一丝不挂，摆着一个妖娆的造型，显然与主墓室里那一幅《春宵秘戏图》相同。

不得了！

显然那壁画上的人像，就是她本尊出演了……

墨九很奇怪当年究竟发生了什么，让设计八卦墓的祖宗，会做出这般行为。她也严重怀疑，在那些耗时耗力修建的年份里，祖宗的思想在一步步变坏……毕竟墓里的仕女衣着，越发清凉了。

“好美！”

击西低低吸着气，发出了一声感慨。

“你喜欢？”

墨九白她一眼。

“喜欢哪！”

击西捏捏手指头，就想下手去摸，却被墨九手臂一伸，格挡开来：“不要乱动！”

墨九斜剜“他”，一把将“他”丢到身后，自己站在“他”的位置，淡淡道：“你若喜欢，回头让你家掌柜的，也把你弄成这样，放在里面便是。”

击西面色一变。

“不了不了，还……还是不喜欢为好。”

墨九不再说话，示意萧乾过来。

这种古墓，什么东西都可能有毒，更何况棺椁里面？她不敢乱摸乱动，看着萧乾抽出一根银针，在棺口各处试探一下，又从瓶子里抖出一种带着幽香的药粉，均匀地撒在棺椁的四周……

好一会儿，等那粉末没有异常，他又朝墨九点头。

两个人全程没有对白，配合默契，好像不需要任何语言，就能明白对方心里所想。这让在边上围观的甲乙丙三个看客，又是眼热，又是羡慕……

这时，墨九弓身探棺。

女尸一身赤条条的，被夜明珠一照，仿佛有一种诡秘的邪异之色，冷森森的，让她打了一个喷嚏。

可仔细搜索了一遍，也没有看到仕女玉雕。

棺椁里面，并无别的陪葬物。

那玉雕哪里去了？

萧乾上前一步，轻声问："没有吗？"

"嗯，没有看到。"墨九抬头，刚说到这里，突然看见完颜修凉凉的目光，正注视着棺中。

怔了一下，她随即莞尔："它舅，这仕女玉雕，一个两个拿去了也无用，你不如等我得到千字引，再一并出手来抢？"

完颜修剜她一眼。

"有理。"

"聪明人，本该如此呀！"

阵营不同，这样的玩笑，其实也并非玩笑。

墨九抿抿唇，继续在女尸身上搜索。

虽然八卦墓的仕女玉雕体积并不大，可这一具僵硬的尸身，一览无余，根本就没有半块玉……

"它娘！"完颜修又突然开口。

这个称呼，吓了墨九一跳。

也让萧六郎本就难看的脸，更阴沉几分。

一般来说，只有夫妻间才会用这样亲密的称呼，可墨九叫完颜修"它舅"，是从狼儿来称呼的，那完颜修来一句"它娘"，虽在意料之外，却也在情理之中。

一时间，墨九竟无言反驳。

而完颜修微微一笑，已然走近她身旁。

“我先头是想提醒你，多注意细微之处。”

“细微之处？”墨九一愣，“是指何处？”

完颜修没有回答，目光再一次投向棺椁之中，那一双眸子里，似有一种幽幽的光芒散发出来，牵出一抹淡淡的邪魅色彩。

墨九突地悟了。

与他的视线一道，看向女尸紧紧闭合的两条腿中……

仕女玉雕藏身于此，确实令人难以想象，也把墨九震了一个措手不及，欲哭无泪，除了对祖宗深深佩服之外，她简直无力吐槽这个设计和创意。

含玉于口呀！

需要多大的污力，才能想到这般行事？

又需要多大的污力，才能想到这个？

她回头看向完颜修，轻轻抿唇。

“三爷不愧污神转世，取玉雕，就交给您了！来！”

从“它三舅”变成了“三爷”，墨九这司马昭之心，也算路人皆知了。可完颜修哪会那么傻？他眉目淡淡，风姿卓绝地抱着狼儿，面不改色地道出两个字：“没空。”

“……”

“况且，萧兄乃医者，最宜做这事，万一有毒呢？”

“……”

萧乾躺着中了枪，自然也不会当着墨九的面去取那个仕女玉雕。他回头，盯着微微合眼念经的闯北。

“你去。”

闯北瞪大了眼睛。

为什么是他？

嘴皮动了动，看着萧乾冷漠的面孔，他没有反驳，又回头看向被墨九拨到一边，正在噘嘴巴的击西。

“阿弥陀佛，阿花……”

“不帮。”击西打断他，回答得很快。

闯北不敢相信地瞪着他。

“贫僧帮你那么多……”

击西斜斜扫他一眼，撇了撇嘴唇。

大抵也想到了他的一些好，她哼一声，算是妥协了：“那好吧，我来帮你取。不过下次你得让我睡，还有，不准那么快就完。”

一群乌鸦从头上飞过。

不仅闯北窘得面红耳赤，就连墨九和萧乾几个人也都傻傻地愣住了。

哪有这样的人？

就算墨九经常玩笑，但大家都知道她本就一肚子坏水，说什么也都不奇怪。

而击西是用一种纯洁无邪的语气，天真娇嗔地说的，就好像她睡闯北和吃饭喝水一样正常。

闯北同不同意没人知道，反正击西也不管他同不同意，说完就轻松完成了这一项伟大而艰巨的任务，将仕女玉雕取了出来。

有玉雕在手，也终于有了佐证。

墨九所料不差，此墓确为离墓。

“阿弥陀佛！”

闯北的佛法普照不了击西，她听命地将仕女玉雕放在随身的一个香囊里，装在身上，不停朝闯北挤眉弄眼，然后看墨九张罗着将棺椁复位，就要离去，又喊了一声：“九爷，我们就不管那顺老儿了？”

“管不了——”墨九冷漠脸，“等九爷先出去填饱肚皮再说。”

“那你也不管小王爷吗？”

“……”

击西话音一落，墨九不由得叹气。

主墓室里的那顺巫师，也跟着哈哈大笑起来。

“无知小儿，还不赶紧放老夫出去？”

是呀，小王爷宋骜在那顺手上，墨九怎么会不管他呀？可这句话让击西突然一提醒，不就让那顺知道她很在意吗？

一个人一旦在意某个东西，就有了短板。

墨九平生最讨厌的，就是有短板握于别人手上。

看击西完全不明白个中关键，她摇了摇头，浑不在意地道：“你急什么？找到宋彻，就有办法找到宋骜。我又不必倚仗这个老儿……”

"你不倚仗老夫可以。"那顺嘶哑的声音从主墓室里传来，"可萧老六……恐怕就不得不倚仗老夫了吧？"

一句"萧老六"，把完颜修骇了一跳。

然后，他恍然大悟，咬牙看着萧乾。

"怪不得，老子便说嘛——"

萧乾与他相视一眼，沉声对那顺道："巫师很有自信，奈何对萧某而言，这世上除了一个墨九，任何人都可有可无。"

哈哈哈哈哈……

那顺在笑，那笑声像渗透着数千年的恨意与怨气，从主墓室直传入控制室，震得人头皮发麻。

"你会来求我的，我等着你——哈哈哈。"

顺利拿到仕女玉雕，墨九等人从那一间小小的控制室出来，绕过一段弯弯曲曲的甬道，一路沿着斜上的石阶，再一次回到了他们陷入地底时那一个巨大的空间。

落下时，山崩地裂，烈火灼烧。

而此刻，一切都已经平静了下来。

空间里，除了一股子焦味，还有两个一动不动的人。

那男子乍一看就是小王爷宋骜，他半跪在地上，低垂着头，长发沉沉坠地，他却恍若不知。在他的身后几步，一块烧成了焦黑色的石头上，盘腿坐着一个女子，轻纱缠发，瘦削玲珑……显然正是彭欣。

"是彭姑娘。"

击西第一个叫喊出来。

而后，彭欣听见声音，肩膀一僵，便抬起头来。

"墨九？"

他们几个人乍然从地底冒出来，彭欣和宋彻显然都没有想到，这么冷不丁撞上，各自愣了一瞬，随即墨九就给了一个灿烂的笑脸。

"你怎么在这里？彭欣，能见到你太好了。"

数月未见，彼此都经历了人生的大苦大难，再一次于墓底相逢，纵有那千般滋味、万般情绪，最后出口的也不过是最简单的一句。

"是呀，我在这儿。墨九，能见到你真好。"

两个女子在一边寒暄，那边萧乾和完颜修可没有对宋彻客气，就在她们说话之时，一剑一刀已然出手，冷森森地劈向了宋彻……

然而——

宋彻僵直着身子，并没有如他们预想的那般轻松躲开。

他动也不动，目光幽冷地盯着萧乾，长发半掩的面孔，苍白如鬼魂一般。反倒是彭欣，娇喝一声，猛地站起，扑在他的身上。

“刀下留人——”

彭欣这奋力一扑很骇人。

本来萧乾与宋彻便是表亲，也根本不曾起心要杀他，出手只为免他突然作恶，想要控制住他。可彭欣冷不丁上前，就缩短了刀剑与目标的距离。

若非他与完颜修皆是当世高手，那一剑一刀肯定得生生插入她的身体。

然，即便收得快，她脊背上的衣裳也已被利刃刺破，当即，有一丝鲜血顺着剑身淌了出来，看上去极为瘆人。

“欣儿？”

宋彻先前一直在发愣。

眼看彭欣受伤，他双瞳瞪大，吃惊地看着那一抹鲜血，整个人忽而狂躁起来，啊地惊叫了一声，徒手抓住萧乾和完颜修的刀和剑，不管不顾地稳稳一捏，就势推了出去。

那力度之大，让完颜修和萧乾皆是一怔。

行家一出手，就知有没有。

这宋彻的功夫，竟是不输他们。

一个在阴山贫瘠之地养大的皇子，居然有这般武力，着实让人震撼，但容不得他们多想，宋彻已如疾风一般扑了过来，完全是拼命的架势。

“石头——”

彭欣顾不得背上的伤，大喊阻止。

“不要动手。”

她的声音撕心裂肺。

可宋彻整个人都像是陷入了某种癫狂的状态。双目赤红，神色焦躁，一副血气冲脑的样子，哪里听得见？他手上没有武器，竟然从石柱上扯起一根铁链子，嘣一声，把链子生生扯断，径直朝萧乾击打过去。

“小心！”

这回换墨九着急了。

看宋彻把链子舞得虎虎生风，她又恨又恼。

“神经病，彭欣都受伤了，你不管她，还打什么打？有什么事，咱们吃饱了坐下来说不行吗？”

她对武术之道一知半解，却晓得萧乾本就有疾在身，在阴山时体力又消耗极大，加上没有进食，恐怕他不是宋彻的对手。

可宋彻的神态，明显不对劲——

癫、狂、恼、愤怒！

他连彭欣的话都听不见，又哪里听得见墨九的。

他一双猩红的眸子狠戾地盯着萧乾与完颜修，像染满了鲜血一般，一字一字又冷又狂。

“敢伤我欣儿，我要杀了你，杀了你们——”

砰！

铁链击在石上，声声震耳。

娘啊！墨九吓得心肝儿都颤了。

没想到宋彻这厮空长了一张小王爷宋骛的皮，与他的性格是两码事，且武力值似乎比宋骛还要高……

不！关键是他更为变态。

对生死，对鲜血，对人命，他没有正常人应有的怜悯心，在他的眼里，除了彭欣，似乎所有人都是低等动物，别人的生死，也根本都不会被他看在眼底。

一旦杀之，便如草芥。

“啊！来呀！”

“来呀！杀呀！”

他狂躁地吼着，步步逼近。

而完颜修与萧乾因为头脑正常，顾及血脉亲情，顾及彭欣，或者说本来就想要留下活口，反而有点儿束手束脚。几个回合下来，他们俩节节败退，好几次差一点儿被宋彻的铁链伤着。

这般情形，终于把完颜修逼狠了。

“老子干你娘的！”

他不再手下留情，手持弯刀，如鬼魅一般迅速靠近宋彻，招招杀着，刀刀直取要害。这番变化来得很快，完颜修身影越来越快，突地一个马步扎紧，徒手扯住宋彻的铁链，凌厉的双眉狠狠蹙起。

“萧兄你闪开，老子要亲手弄死他。”

他沉沉的声音，狠戾得像把宋彻当成了杀父仇人一般。电光石火间，眼看他弯刀劈头盖脸地往宋彻的头部落去，萧乾眉头一蹙，猛地弹开了他的刀柄。

而后，又赶在完颜修骂娘之前，手袖一挥，也不知做了什么手脚，只见宋彻啊一声，面色突变，整个人便站立不稳了。

“欣儿，我……”

这一瞬间，他脸上的戾气，渐渐消失，慢慢地转过头，瞪大双目看着彭欣，手上铁链当地落地，人也软了下去。

“石头。”彭欣扑过去扶起他，看向萧乾：“他怎么了？”

萧乾面无表情，收剑入鞘。

“半个时辰，自会醒来。”

听得这话，彭欣脸上有明显的松缓，拭了拭脸，她似乎又想到什么，手在空中僵了一僵，又慢吞吞抬头，看着他们，迟疑的声音很缓慢，有一丝丝颤抖。

“你们没有找到他吗？”

这个“他”，指的是宋骜了。

萧乾抿唇不语，紧蹙眉心。

墨九不忍心看她如此，很快将那顺的事说了一下。

“你放心，会有办法救出小王爷的。那个老东西太狡猾，现在找他只会投鼠忌器，任由他摆弄。暂且冷他一冷，等我们吃点儿东西，养好精神，再回来审他。即便我审不出，还有老萧，他面善心毒，有的是法子。”

这……是夸还是贬？

萧乾唇角微微一抽，抓住她的手。

“走吧，不是饿了吗？”

“是……嗯。”墨九吐吐舌头，“我那话可没有损你，全是夸奖的意思。我就喜欢不做作的坏人……像你刚才对宋彻那一下，就很精彩嘛。上来就该这样做，何必手软呢？”

萧乾沉默，冷眸瞥她一瞬，大步往回走。

可刚走了几步，像是又想到什么，他回头道：“圣女，宋彻中毒颇深，毒气行入肺腑，恐已损及心智，方才这般行为，便是毒气攻心之故。静心调理，或可改善……”

听他这么说，彭欣虽然不知道他是谁，但闻及可“改善”，一双死水般的眸子，还是有了淡淡的波澜。

“敢问这位侠士，当如何调理？”

萧乾颀长的身姿迎风而立，目光淡薄而疏远，一只手稳稳扶住墨九，哑声道：“先回嘎查，安顿好再说。”

说罢，他回头看完颜修。

“国主，麻烦你了，扛他回去。”

宋彻晕过去了，彭欣自然是扛不动的，而这里除了完颜修，又有谁能扛？

然而——

听闻一声“国主”的完颜修，当即就处于暴躁的边缘了。萧乾吩咐得理所当然，真把他当劳力使唤了？

当即，他就要飙骂——

可下一瞬，看到软倒在地上的宋彻，已冲至喉咙的话，又生生地咽了回去。

他也饿了，还又困又累。

他可不想萧乾再给他下点儿什么烂药，说不出话都是小事，万一饭都吃不成了，或者把小命丢了，那就亏大了。

以前他觉得这姓萧的是个正人君子，很少玩阴的，可三番五次的较量之后，他发现一个可怕的事实——姓萧的变了！

大抵和墨九待久了，姓萧的越来越缺德，手段也越来越黑心眼儿，只管结果，几乎不顾及过程了。

以前他自诩医者，几乎从不下毒。

现在嘛……哼哼。

“好，老子欠了你们的！”

白云悠悠，天光灿烂。

在黑暗里浮沉了那么久，再见天日，看远远近近的绿草、帐篷、牧民的炊烟，以及低头吃草的牛羊，随风摆动的树木，振翅高飞的雄鹰，还有那一片片远山近峦的影子，众人皆有隔世般的幻觉。

墨九狂喜地抱紧了萧乾的胳膊。

“老萧，我们出来了。”

萧乾没有回答，拍拍她的手。

“啊啊啊，蓝天、白云、牛羊，我爱你们——”

墨九放开他的手，双手高高举起，仰天长笑。

“哈哈哈，我墨九终于闯出来了。”

从阴山一路往嘎查而去，除了驮着宋彻的完颜修，其他几个人的表情都是欣喜的，可路遇的牧民，神色却有些诡异。

墨九觉得大抵是他们人不人鬼不鬼的样子，惹得人家嫌弃了，倒也没怎么在意。可还没有入嘎查村，他们就遇到了骑马疾驰而来的赵声东，很快就从他的嘴里得知了一个惊天动地的消息。

“掌柜的——你们终于出来了。”

赵声东欣喜得双目一片通红，他紧张得口齿都有点儿不伶俐了。

这两日来的寻找，早已让他心力交瘁，整整两天一夜，他一眼都未合，整个人几乎都泡在了阴山。

然而，墨家弟子和苏赫都派了数拨人寻找，结果好些人陷入死亡山谷，再也没有出来。

一时间，除了傻傻从外面凿洞深入之外，他们也没有别的办法。

半个小时前，苏赫突然接到哈拉和林来的急报，赵声东这才陪他回嘎查，吃了一口热饭。

他这会儿正准备返回阴山继续找人，没有想到，就遇上了脱险的墨九他们一行。

击西第一个就冲了上去，与声东紧紧拥抱，闯北也狠揍了他一拳。

几个人平常都如同兄弟，相视一笑，这欣喜，简直无法用言语形容。

而此刻，赵声东也来不及叙旧，简单寒暄几句，他急切地向萧乾行个礼，就伸手去扶他。

“掌柜的，您先上马，我有急事与您说。”

萧乾没有上马，回头望一眼，却是淡淡扫向了累得气喘吁吁的完颜修。

“带他先回去吧。”

完颜修求之不得，哪里管那许多?

不管旁人怎么看，他当即夺过马来，把宋彻往上面一丢，自己就骑了上去，不过眨眼之间，就只留下一声“驾——”在风中飘荡了。

看他远去，萧乾也没有急着让声东汇报。

“先回村。”

大家都饿了，不能再耽搁。

赵声东原本以为他是故意支开完颜修的，闻言皱了皱眉头，扫了几眼边上的几个人，又担忧地看着萧乾的身子。

“掌柜的，您可还撑得住？苏赫亲王……这会儿估计会很急切地想要见您。”

苏赫亲王？

墨九有点儿诧异这个称呼。

嗅到了空气中的不同寻常，她却没有问，只瞥向萧乾。

“我没那么弱。”萧乾淡淡回答，声音嘶哑，但精神头尚好。

听罢，赵声东松了一口气。

而后，他神色又蓦地凝重：“掌柜的，北勐变天了——不如，我们现在先去金帐？”

不待萧乾回答，墨九率先同意。

“好哇，世子金帐里的吃食，想必更好。”

众人：“……”

北勐变天，这是大事，辜二急着见萧乾想必是为商议对策，于是墨九的提议当即得到了萧乾的认同。

阴山离嘎查村不算太远，便是徒步走，也用不了多久，更何况，完颜修骑马奔去，那边很快就得到了消息，曹元等弟子带着坐骑，不过半刻钟，就飞奔过来支援了……

再次骑上了她的枣红马，再次见到自己麾下的墨家弟子，墨九也再一次感受到了重生一般的快活。

带着疑惑与喜悦入得金帐，很快她就知道了事情的始末。

就在他们被困阴山的两天一夜，这个世界，已经发生了翻天覆地的变化。

北勐新汗继位了。

继位的大汗，不是汗位最名正言顺的继承人——北勐大汗的嫡长子亲王拉木拉尔，也不是北勐的实际掌权者亲王达尔扎，而是达尔扎的儿子——蒙合。

就在蒙合派人来嘎查的同一天，身在哈拉和林的长公主阿依古以“大汗去世，嫡长子拉木拉尔竟远在阿巴嘎，未及时赶到哈拉和林奔丧，不孝不忠，无继承汗位的资格”为由，以长姊身份在哈拉和林召开宗亲大全，推选新任大汗。

而此时，有嫡长子之继位正统的拉木拉尔亲王，正被达尔扎部的死士拦截在阿巴嘎，根本无法抽身返回哈拉和林。

阿依古长公主在北勐是一个人物，是女中豪杰、巾帼不让须眉的典型，之前她与同父同母的弟弟达尔扎交好，实际掌控北勐政权，按墨九的说法，就是北勐的“太平公主”。

阿依古不仅在北勐声威极大，还极会经营，在族内宗亲中极受尊崇，而且达尔扎实力强大，应召前往的宗亲里，有心攀附的人与不敢为敌的人，各占一半。

故而一呼百应，皆属意达尔扎亲王继承汗位。

然而，达尔扎有心无命。

不知是因为觊觎了许久的汗位，眼看到手太过激动而引发了旧疾，还是长年伤病终于熬到了油尽灯枯，他竟然死在了宗亲大会上。

这就尴尬了。

北勐大汗还有数个儿子在世，如今亲王达尔扎过世，按理应当收别的亲王继任。可历史从来都是相似的，继位的并非只有理，还得有权，尤其是北勐这样的游牧民族，向来信奉强者为尊。

阿依古长公主直接提议第三代世子蒙合继任汗位。

在已故北勐大汗的孙辈里，最有能力者，当数无数次跟随乃父达尔扎出征的蒙合了。蒙合为人狠戾，善报复，宗亲大会上虽然有人不服，却终究不敢与之当面为敌。宗亲商讨一天后，达成了一致意见，共同拥戴蒙合继承汗位。

于是，蒙合成为北勐国的大皇帝。

当日，他在哈拉和林宣布即位，并尊阿依古长公主为皇长姑，一面遣使告知四方诸国，一面筹备已故大汗与同样被追封为大皇帝的达尔扎的葬礼。

同时，为巩固新汗政权，蒙合对亲王拉木拉尔及其一众拥戴者和反对他的旁支宗亲，进行了血腥的屠杀。

就在墨九他们在阴山历尽艰辛的时候，哈拉和林血流成河，死者有上万之众。

同一天，嫡长子拉木拉尔死在阿巴嘎，咽气的最后一刻，也未能返回哈拉和林奔丧。不仅如此，连他的两个儿子也没有办法再为他奔丧了——他们都死在了蒙合的屠刀之下。

这一仗，蒙合胜得非常漂亮，一举称帝，手段极其残暴，当然，过程也极其危险。所以，对于有拥戴之功的众臣，他也大加封赏。

阿依古贵为皇姑，又是女子，再尊也无非于此，但她还有儿子。所以，在登基伊始，蒙合便敕封阿依古长公主的嫡长子苏赫世子为金印亲王，赐金印，世袭罔替。次子乌日根虽然晚生了两年，混不上亲王，却也位极人臣。

至此，北勐政局的动荡虽然没有完全结束，但这个位于漠北草原的第一大国，终于在一夜之间，改天换日，正式迎来了一个新的时代。

就在今日下午，哈拉和林的使者赶至嘎查，将金印与敕封旨意交到了苏赫的手上。苏赫匆匆从阴山返回，于金帐谢恩，并请使者传话给蒙合大汗，余生将忠于北勐、忠于大汗云云。

反正这种话，辜二说起来倒也顺口。

毕竟他在南荣为官多年，又向来近权贵、事天子，拍马屁的话，自然信手拈来，不费吹灰之力。

可听到这个过程，墨九看着辜二巫师面具下那一双眼，却莫名觉得胆寒。

这个辜二，其实真的不简单。

而他最不简单的地方，就是表现得太简单。

明明他应该是很复杂的一个男人，可墨九除了知道他叫辜仇，曾住楚州萧家隔壁，曾在谢丙生手下为官，曾帮过谢忱为非作歹，也曾经是景昌帝宋熹的殿前红人，却又在一夜之间假传圣旨转投萧乾之外……这个人的其他经历，就是一个零。

但这些给世人看的经历，又有几个是真的？

最令墨九觉得诡异的，是从她穿越之初，这个辜二好像就一直在她的身边，有意无意地，就阴魂不散了。

她在谢丙生手上时，他帮她做过“滑翔机”。她在楚州中元节的晚上逃命时，也上过他的船，吃过他的酒，无意受了他的帮忙。她帮温静娴整萧二郎时，也是辜二出手，带着她飞檐走壁。后来到了临安，他的帮忙更是不少。从菊花台到皇宫，从金州到兴隆山……这简直就是一个传奇人物哇。

墨九心里默然，低头嚼着牛肉，对辜二那一张戴着巫师面孔的脸，时不时地瞄一眼，独自在心里琢磨起来。

“巨子这般看我作甚？”

辜二似乎察觉到了墨九的古怪，也看了过来。

墨九眼角余风扫一下萧乾，看他没有阻止，也没有别的表情，想来辜二还不知道她已经知道了他的真实身份，也不说破，只笑盈盈地边吃边说。

“好不容易死里逃生，又能得到世子……哦不对，金印亲王的热情款待，这肉，这饼，这酒，若非王爷，墨九哪有品尝的福分？故而，墨九心生感激，却无以为报，甚是痛心。”

“哦，是吗？”

辜二坐在金帐首位，表情不变。

“巨子怕不是这般想的吧？”

“呃，绝对感激涕零，感激涕零——”

墨九嘻嘻笑着，辜二却未再说话。

一时间，金帐内冷场了。墨九窘迫地笑笑，从盘子里夹了一块羊肉递到萧乾的碗里：“老萧，你多吃点儿，长点儿力气。”

萧乾：“……”

墨九隐隐觉得“长力气”好像容易让他误会她有暗指，撇了撇嘴，又解释：“我不是那个意思。”

萧乾嗯一声，但笑不语。

与他饱含深情的目光对视着，墨九突地翻了一个白眼儿。

“禽兽！思想太歪了——”

她低低咕哝一句，低头大块吃肉，大口喝酒，也懒得再辩了。

于是，金帐里，就只剩下众人吃东西的声音。

隔了好一会儿，眼看他们吃得差不多了，首座上的辜二，突地蹦出一句话来。

“这位侠士，本王想单独与你叙几句话，不知方不方便？”

他说的侠士是萧乾，目光看向的也是萧乾。

墨九吃得有点儿饱，打了一个饱嗝，晓得他们又要避开她去私谈，不由得怒目而视，可萧乾却在桌子底下捏了捏她的手，淡淡回道：“王爷盛情，在下敢不遵从？”

第三章　痴男怨女

两个男人一前一后入了内帐。

墨九坐在席上，看着那一条还在微微摆动的帘子，面对满桌子的美食，突然间就没有了食欲。

在这一座金帐里，只有她和声东、击西、闯北几个人。宋彻被完颜修带到了嘎查村的墨家驻营地，彭欣不放心，也过去照料他了，当然也有阻止他乱来的意思。

既然这里的都是自己人，原本是不需要避讳的。

可萧乾与辜二还是私谈去了。

声东、击西、闯北几个人本是萧乾的下属，对这种事早已习惯，不以为意地继续吃喝，长吁短叹着阴山的这一番历劫之难。除了击西与闯北两个人神色有点儿怪异，不时地“眉来眼去”，让声东有了疑惑，忍不住多看他们几眼，没有任何人在意萧乾带不带他们玩……

但墨九不同。

她是现代女性，又与萧乾有了那一层亲密的关系，这般一想，心底就不太是滋味了。

明知他们有正事，她还是怅然。

天知道她有多想，与他肩并肩。

就像玩游戏，一起打怪升级，才有滋味不是？谁愿意整天被人看成花瓶，啥也不用干，只需要坐吃等死，每次发生什么事情，都是最后一个知道的？

更何况，萧乾都没有交代干净之前的事情，如今又避着她，她怎甘心？

不爽！

太不爽了！

肚子已经填满，没了饥饿感，墨九脑子就活络了。

她想了许久，包括怎么救出那顺手上的宋骜，以及萧乾有可能会有的下一步北勐计划——是以苏赫世子的身份，趁着蒙合没有坐稳江山，打造在北勐王朝的基石，还是另有计划？

她一个人神思恍惚，终于坐不住了。

山不来就我，我不能去就山吗？

她不是他的下属，而是他的妻子，又不是外人，想去找他，去便是了呀？萧乾和辜二不可能撵她出来吧？万一他们只是基于时下的习惯不让女子参与政事，而非有意避开她的呢？

对，做人得主动点儿……

她与萧乾有那样深的情分，她何必忸忸怩怩，一直胡思乱想地纠缠在这种情绪中，徒惹不舒服呢？

她说服了自己的思想时，发现一双脚已经停在了内帐的外间。

一个侍婢模样的异族女子站在那里。

看到墨九，她微微欠身施礼。

“奴婢见过巨子。”

墨九诧异地望她一眼。

身穿北勐的民族服饰，却会一口流利的汉话。

这个姑娘来看不是普通的侍婢呀！

至少她是接受过专门培训的。

墨九微微一笑，指了指帐帘：“我可以进去吗？”

异族侍婢目光闪了闪，很是为难：“这个怕是不妥。”

“不妥呀？”墨九咬着下唇，双手轻轻负在身后，继续保持着得体的微笑，“应当没有什么不妥的吧？我和王爷他们很熟，你放心，不会让你为难的……”

说着，她就不客气地撩帘。

一只手臂拦在了她的面前，很有力。异族侍婢慢慢地站在她的面前，打量着她，脸色也不像刚才那么好看了：“巨子怎可乱闯金印大王的内帐？”

墨九抿唇，笑容更灿烂了。

其实她刚才这一下，就是为了试探的。

果然有一身的功夫！

墨九睨着她那不若草原女子的精致眉眼，突然来了兴趣，环抱双臂，冲她抛了一个媚眼："这位小姐姐，你叫什么名字呀？怎么长得这样可爱？不太像北勐人呢？这体格，这口音，倒是极像南边的人。"

那异族侍婢因她不按常理出牌的套路愣住了。

她顿了半晌，慢慢收回拦阻的手。

"奴婢名叫雅兰布……"

不等她话音落下，墨九突地撩开帘子，径自进去了。不管她有多高的功夫，也没有料到墨九会虚晃一枪，根本就不听她说完就走了人。

这厢一变，她哭笑不得。

然而，本想追进去，却没有听到里面有喝止墨九的声音，于是，她的手又顿在了半空中……慢慢地，收了回来。

墨九大喇喇走进去时，心下也有些惶惶。

一则时下男人的大男子主义，猖狂得令人发指。

二则她不请自入，确实也是不太友好的。

她轻咳一声，捋了捋头发。

"不好意思呀，打扰二位了。"

萧乾和辜二正站在一幅巨大的舆图面前。一个侧站，一个负手，从那个姿态来看，穿着巫师袍服、戴着巫师面具的辜二，整个人淡然得像一根高大强壮的木桩子，身上的高冷王者风范，还真有几分萧乾旧时的样子。

反倒是萧六郎自己，自打以萧长嗣的身份示人，整个人就褪去了一些清冷与疏离，显得随和了许多。

墨九想，若换到后世，他这演技也能封帝了。

"阿九？"

看到冷不丁钻进来的娇小女子，两个男人皆是一怔。

墨九摸了摸鼻子，寻思着又咳一声，目光带笑。

"是我来得不合时宜吗？那……"

拖着嗓子，她用脚尖在地上转了一个优雅的三百六十度，身体直溜溜往前："我还是出去好了，本来是想来问问，你们还要不要吃东西的……”

那小声音低低的，柔柔的，带了一点儿委屈。

这在墨九身上，并不常见。

辜二什么表情，她看不清楚，反正萧乾是忍不住笑了。

“站住！”

墨九乖乖地定住脚步，却不回头。

萧乾又柔声一叹：“阿九，过来。”

天！太霸道了！

但墨九等的就是这句话好吗？

她像一阵小旋风似的，转身，抬步，扑过去，速度快得惊人，电光石火间，萧乾差一点儿被她扑了一个踉跄，不得不双手接住她的身子，无奈又宠溺地摸了摸她的头。

“你呀，怎么越活越小了？”

“我本来就小。”墨九做鬼脸。

她此时年岁也不过十七，样子确实看着小。

只不过她每次出门都是汉子样儿，又爱潇洒地自称“九爷”，有时候让人很容易忽略她的年龄与性格，这一撒起娇来，柔美倾城的长相，便瞬间为她加持，便是冷肃如萧乾，脸上也露出了一丝淡淡的笑。

“是是是，小九爷。我还有点儿事，你乖乖坐边上。”

果然……还是把她当摆设吗？

墨九听出了他的弦外之音，这下真的委屈了。

她虽然是个女人，可平常她做的事，也不是普通男人能做的好不？若是他们相隔得远也就罢了，这会子她就在他的面前，他为什么还要排斥她？

现在就这样，那将来呢？

如果有朝一日他江山在握，龙袍加身，天下河山皆在脚下，那个时候，她容色已衰，还是女子之身，又如何能进入他的朝堂、他的帝国、他的事业中心？

如果进入不了他的事业，她又如何能与他再做心有灵犀一点通的神仙眷侣？如今这一种亲密无间的爱情，若干年后，又靠什么来保持？

墨九的头脑向来清醒。

这世上的爱情，其实从来没有无缘无故的。

甚至在某种意义上，存在着难以启齿的价值比交换……

除非她安于享乐，只要荣华富贵就够了。

那些东西，萧六郎能给她，可爱情呢？

她要的，仅仅是与他长长久久的爱而已。

为了这份爱，她必须做与他共同面对风险的盟友，做他一同打江山的战友，也只有这样，她才会有自己的价值、自己的地位，也永远不会与他的世界脱轨，不会最终成为一个被困于他后宅之内的怨妇，沦落到与别的妇人争宠的命运。

“萧六郎，我是愿意仰视你的。”

她严肃着脸，昂着头说的话，让萧乾诧异了一下。

不过，他没有开口，而是静静看着她，等着她说。

这样的萧六郎，让墨九心里一热，眼眶突然有点儿痒痒了。

“我不知道你是怎么想的，但我不想做一个寻常女子，我想参与你的人生，不仅要参与，还要把我们的命运悉数捆绑在一起，生或死，成或败，不改不变。因为只有这样，我活着才会有意义。”

“阿九……”他揉她头发，“你这小脑袋里，都在想什么呢？”

墨九一本正经地回视：“你现在可能不会理解我。但是，我对你的要求也只有这一条而已。我要得到你的尊重，要与你成为一体的人，不仅仅是一个女人。”

成为一体的人？

萧乾眉梢扬了扬，似乎咂摸出了一点儿什么味道。

“等我谈完事……”

这什么意思？画风歪了？

墨九瞪他一眼：“我没心思开玩笑。”

然而，萧乾果然是大体听懂了，看她固执如此，不由得低低一叹：“那你说，你要我怎么做？”

墨九犹豫了一下。

“从今往后，凡事不可背着我。”

“阿九……”萧乾迟疑，“有些事，妇人……”

“你答应我。”墨九傲娇地抬起下巴，“如果你不答应我，我现在马上就领着人离开阴山。你的事，从此往后，我不参与分毫，我是我，你是你，再也没有任何关系。”

“……”

内帐里，寂静一片。

当世妇人，哪个敢这么说？

尤其在与男子有了肌肤之亲后，基本就是对方的人了，全身心地付出、以男人为尊、唯男人马首是瞻，那是基本教条。

她这些话，可谓大逆不道了。

墨九懂得她的思想及价值观与他们的不同，但她不肯妥协。

她傲然抬眸，继续道："在我如今还能掌握一点儿主动权的时候，如果都换不来你的尊重，我不敢想象，有朝一日，我若完全被动，又当会如何？是被你丢之脑后，还是弃之不顾？"

这样的墨九，像一个女王。

浑身上下的自信、高傲，都非时下妇人可比。

萧乾怔了片刻，突地捏了捏她的脸，那神色极是宠溺。

"行了，我的小九爷。你说什么，便是什么了。"

"我没有开玩笑。"墨九严肃着脸，再次重申。

"我亦不曾玩笑。"萧乾摇头低笑一声，看了辜二一眼，深邃的黑眸中，有淡淡流过的暖光，也有无奈和纵容，"你看我，大事可一力决断，内事却被一妇人牵着鼻子走。可怜，可叹也！"

辜二眼向上，看帐顶，一直是木然的脸，不回答。

墨九白了他一眼，不服气地问："到底有什么事，是我不能听的？何必做得这样鬼鬼祟祟，背着我，有意思吗？"

"是是是！不可背着，不可隐瞒，吾妻之言，皆为圣旨，为夫当唯妻命是从也。"萧乾严肃地敛住眉目，认真看她一眼，突然叹息着，揽了揽她，扶坐在自己的椅子上。

"还请小九爷上座。"

这态度，就很端正了嘛。

墨九通过努力抗争命运，为妇女同胞赢得了相应的尊重和地位，很有几分小激动。但她并没有得意忘形，笑着看了萧乾一眼，撒娇般抱住他的腰，又嘀咕："人家刚才也是生气嘛，你是爷，我哪敢坐爷的位置？"

尊重，是相互的。

她收拾完男人，也得给他几分面子，让他有台阶下的。

说罢，她乖巧地眨了眨眼，在萧乾浅淡的笑容里，坐在了案几对面的椅子上，隔了三尺远，就着萧乾的茶杯喝了一口水，顺着视线去看那一张大大的舆图，却没有多话。

不懂的事，她只负责听。

在男人面前，偶尔装乖，不是坏事。

辜二见状，知道萧乾不会再避着墨九了，唇角微微抿紧。

“萧使君，如今北勐的局势辜某已与你分析完毕，蒙合此人，心狠手辣，临宗亲大会之际，连亲生父亲也不放过，弑父登基，若等来日，他帝位坐稳，肯定不会放过阿依古这一脉……”

很显然，如今蒙合对阿依古一脉的大肆封赏，是为了做给世人看的，一来龙椅没坐稳，二来还需要借力。但古往今来，秋后算账、屠戮功臣的帝王比比皆是，这几乎已经成了一种无法改变的套路。

这一点，考古出身的墨九，自然懂得。

她不关心蒙合，只关心萧乾如何打算……

毕竟这关系到他的身家性命、他的政治抱负，还有他的人生与他们的未来。

萧乾没有答话，锐利的双眸紧盯舆图。

辜二顿了片刻，又道：“我以为，或可与完颜修结盟……”

“不可。”萧乾随即打断，“引狼入室，大忌。”

完颜修之前也有大珒“战神”之称，那些年珒国牛气哄哄横扫六合的时候，完颜修就是一个神话。这样的男人哪会是一个莽撞无能的家伙，没有好处的事儿他会干吗？

一旦有机会，他就不想一展抱负吗？

辜二愣了愣，拱手：“明白了。”

萧乾慢慢抬手，抚过那一幅巨大的舆图，目光烁烁，却久久不语。

在舆图上，不仅有北勐，有南荣，有后珒，还有西越，甚至还有遥远的欧亚大陆……他危险地半眯着眼，像一匹孤冷的草原之狼，穿过舆图所指，已然纵情驰骋在了那一片广袤的土地上。

“使君以为，如今我们如何是好？”辜二忍不住又问了一句。

隔了好一会儿，萧乾方才幽幽一笑：“既然蒙合赐予我金印，又以亲生弟弟待我，还让我总领漠南之事务，那我便先领受这份情吧。”

辜二微微一怔，似乎没有想到他会这般。

“辜某以为，此时蒙合地位未稳，还有求于阿依古长公主和天神爱徒苏赫世子，若待来日，他翅膀硬了，可就不好收场了……”

墨九不知道萧乾和那顺是如何让苏赫从“天神厌弃”变成“天神爱徒”的，反正这一套，都是他们这些巫师说了算，却可以毫无理由地糊弄住许多人。

当然这是一种本事。

不过，她觉得辜二说得有道理。

从传闻听来，蒙合此人好战好杀……

一旦给他机会，阿依古也好，苏赫也好，都得被宰了喂猪。

“不急。”萧乾淡淡扫过墨九担忧的眼，对辜二道，“善用兵者，得避其锐气，击其惰归，广培根基。如今蒙合风头正胜，但北勐宗族部落关系复杂，并非一朝一夕可以整合的。我们慢慢布局即可，更何况……”

顿一下，他道：“八卦墓已开其五，假以时日，得千字引……还愁什么呢？”

听他说得这般肯定，墨九愣住了。

千字引上究竟有什么，至今仍是一个谜。

到底有没有武器图谱，鬼知道哇？

萧六郎怎会是一个寄希望于未知的人？

她想，他不过以此为理由说服辜二罢了。基本上来说，他现在不动蒙合，只是因为时机未到而已。

翻着白眼瞄他一眼，她没有吭声，他却懂了她的意思，唇角一牵，淡淡笑着，指向那一张地域庞大的舆图，一只手负于身后，即便面容丑陋，却给人一种王者临天下的傲然霸气。

“辜兄，萧某今日便可给你许上一诺，若有一日得以一展抱负，必不学前人，屠戮功臣……”凝重的目光看向辜二，他一字一顿，极为慎重，“我若为帝，你辜兄也必将是王。”

不仅辜二，连墨九都怔住了。

大势尚未开始，他为何许诺这般？

论人心驾驭，她确实不如萧乾，平常与墨家弟子相处，也全凭了后世的那种“平等观念”，让大家对她又敬又爱。可很明显，萧乾此话一出，辜二面具下的脸虽然看不清楚，但在态度上，已有臣服之态。

他拱手，微微垂首：“必不负所托。”

萧乾伸手，拍向他的肩膀，冷不丁又紧紧一抱。

“我萧乾戎马一生，却‘死’于党争之祸，乃平生之痛也。故而，也最痛恨阴诡之计，我以为，真正的铁血男儿，必不会着眼小局，而是纵观大局……”他随手指向宽广的舆图地域，“这里，这里，还有这里，大片的疆场，等着我们铁蹄踏遍，此气可壮山河，传千古，何苦为内斗伤了元气？”

他一身浩然正气，热血，凛然……

震撼了墨九，同时，也似震撼了辜二。

他眸底流露出来的，也有一种深浓的情怀。

“使君能坦言至此，辜某之幸。那从今往后，辜某便与使君一道，放手一搏了。”

看着两个男人相视而笑，墨九突然明白了萧乾说那话的意思——

像他这样的男人，是不可能完全相信另一个人的，而这个辜二，不管到底是个什么身份，都已经完完全全地成了萧乾的心腹，知晓了他太多的事情，也相当于紧握了他的政治命脉。

这样有能力的男人，岂会没有抱负？

这样聪明的男人，见惯党争之祸，又岂会甘心为萧乾卖命？他就不担心有朝一日，萧乾得了天下，也会效仿那些皇帝，斩杀功臣吗？

知道得越多，死得越快。

这个道理，辜二肯定比谁都懂。

而且，从两个男人的称呼和交往情况来看，不像主仆，辜二也并非完全听命于萧乾，这让墨九除了越发好奇辜二的真正身份之外，也更加佩服萧六郎了。

他这是给辜二吃下一颗定心丸哪。

啧！高招。

为他俩神经所震，墨九眼前似乎也铺开了一幅宏伟蓝图，热血沙场指日可待了。

好一会儿，待他俩说完北勐之政事，萧乾突地揉了揉额头。

“不过，此间事务，暂且还得劳烦辜兄。我等还将入墓一趟。”

那顺将宋骜藏于何处，至今不得而知。他们出来时，把那顺关在离墓的主墓室，也不是长久之计，不论如何，都得把这件事先办好，才能继续下去。

辜二点点头。

“凡使君所托，辜某莫不尽力。”

说罢，他身子微微一转，看向了静坐的墨九，巫师面具下那一双眼睛，幽幽的，熟悉中似乎也添了一抹笑意。

“九姑娘，萧使君还给你备了一份大礼。”

大礼？萧乾有什么礼物要给她，需要通过辜二啊？为什么他之前不在私底下说，要由辜二提及呢？墨九心存疑惑，却不点破，只配合地笑着眨眨眼。

“那就多谢王爷了，只不知，是什么大礼呀？”

辜二没有回答，冷冷走到帐帘后，撩帘吩咐。

“去，把人带上来。”

见他说得这般严肃，这个礼物还是“一个人”，墨九心脏立即提到了喉咙口，左思右想，什么人可以作为自己的礼物——彭欣已找到，宋骜他显然找不到，而萧乾倒是一个好礼物，可已经早到了两天。

“王爷，人带来了。”

雅兰布声音娇滴滴的，一点儿不像先前面对墨九的时候。

乍然一听，墨九耸了耸肩膀，觉得异性相吸的原理果然古今皆同，姑娘爱的都是英雄威风的雄性啦！

辜二似乎有点儿奇怪于墨九意味深长的笑。

看看她，又看看萧乾，他这才轻咳一声，冷冷回答：“带上来。”

然而，墨九脑子里转了很多念头，但怎么也不会想到，被两个北勐士兵押着入帐的家伙，居然会是从兴隆山离开前往阴山的苏逸——南荣那会儿权倾一时的少年宰相。

苏逸人如其名，面如冠玉，玉树临风，飘逸若风，一张少年老成的面孔上，颇有几分凉气，在苏赫大金帐的衬托下，那孤清之美，不负盛名，有几分别致。

只可惜，被两个北勐士兵押着双臂。

如此，到底有失完美。

墨九微微怔愣片刻，唇一扬，不免失笑。

她从来没有想过临安皇都那个骑白马、倚斜桥、美名传天下的少年宰相，也会落到这步田地。犹记当日她为萧乾之事，多次上门求他，还惨被此人戏谑，她突然就有了一点儿幸灾乐祸。

微昂下巴，她眨巴眨巴眼。

苏逸也看见了她，眼一别，避开。

这孩子气的小动作，让墨九哧一声笑出声来。

“我记得相爷当日离开兴隆山，就领着数十名精英来了阴山，我们在你之后过来的，一直都未曾相见，之前还奇怪呢……相爷怎么会在这里呀？”

苏逸面色微沉，瞥了辜二一眼。

那傲冷的表情，是在说“问他”吗？

墨九微微勾出一抹笑，将双手交叠着放在案几上，懒洋洋地一叹："我就说嘛，相爷好端端一个人，怎么说不见就不见了，原来是成了金印大王的座上宾啊？"

一句座上宾，差点儿把苏逸气死。

灯影之中，他幽幽的眼，深深盯了墨九一下。

似乎也在猜测墨九为什么会在这里。

可他没问，再一次选择了沉默。

噫，脾气变好了？

墨九失笑，摸下巴问他："苏相爷，好久不见，你怎么就不吭两声啊？哑巴了？不过，你也是，在我兴隆山上挑粪养庄稼，包吃包住的，不好吗？为什么要这般作践自己，跑到阴山来吃苦？"

这叫懂装不懂了。

苏逸冷哼一声，扫一眼她和萧乾，目光掠过一层淡淡的疑惑，却依旧没有理会，只冷笑着看向辜二，傲然相问。

"苏赫世子，你这般对待友邦来使，意欲何为？"

辜二冷着脸，不作答。

稍稍一顿，他抬了抬手，让两个士兵先放开他，然后抬来一张座椅，请苏逸入座，方才不冷不热地淡声开口："前些日子北勐内政繁杂，诸事缠身，小王明知相爷到此，也顾不上招待，实在委屈相爷了。"

"招待？"苏逸被气笑了。

轻蔑地弯唇，他拍了拍被捏得皱皱巴巴的袖子，风度翩翩地坐在椅子上，看一眼辜二。

"照世子这么说，是本相错怪了你？"

辜二不语。

苏逸继续笑，那叫一个俊气风流："如果事情真如世子所言，那本相只能叹息了。北勐果然是蛮夷之地，连基本的待客之道，都如此不堪。"

这货损人的嘴，真厉害。

墨九有点儿同情嘴拙的辜二，心里不免好笑。

"相爷这番，好像是吃苦头了咧？"

听见她说话不顾及苏赫，似乎关系不一般，苏逸微微侧眸，目光略有审视。

但估计他还在计较当初在兴隆山受到的"特殊招待"。他哼了哼，照常不理会墨九，只理直气壮地问辜二："本相敢问世子，如今准备怎样安置我？"

辜二脸上的巫师面具威严十足，极是骇人，寻常人见了，莫不畏惧三分，可这位少年宰相，却是坦然得很，哪怕成了阶下之囚，也不失半分风度。

就凭这一点，墨九还是佩服苏逸的。

至少不论走到哪里，都没有丢脸。

辜二眸色一沉，出口的声音听不出情绪："小王之前委屈相爷，实属不得已而为之。如今北勐大事已定，又听闻相爷与墨家巨子是好友，这才差人让巨子前来与相爷相见，以全心意，也算是本王给相爷赔礼道歉了。"

狗屁的以全心意呀？

辜二当日也在兴隆山上，苏逸担粪的事儿，他也了然于胸，这分明就是故意气他呢。

这些个古人，一个比一个凶残。

而且这话也太冠冕堂皇了，听得墨九都想翻白眼儿，又不得不佩服他们转弯抹角的损人精神……

关人就是关了嘛，就说害怕苏逸影响他们争夺汗位不就得了嘛，非得说得这么好听，还把她扯进去跑龙套，也不给点儿跑路费。

这个理由换了她，不能接受。

可苏逸何许人也？

他冷冷一笑，便承了辜二的心意，而后身姿放松地接过雅兰布奉上的茶水，轻轻抿一口，语气淡然道："好说好说，世子……哦，北勐大事已定，看来本相也得改口称呼一声王爷了。"

辜二浑身冷气不降，声音凉凉。

"相爷随意便可。"

苏逸唇一勾，放下茶盏，站起身来，朝辜二深深作了一揖，礼仪周全地拜见了北勐的金印大王，等繁文缛节都"作"完了，又冷傲地坐回去。

"既然本相是客，那两国盟交仍在。那本相再问王爷，我南荣的安王，是否也在您这里做客？若安王与本相一样，也受到王爷的'忽视招待'，还烦请王爷高抬贵手，把安王交给本相带回故国，以宽慰吾皇拳拳在念之心。"

这一次来阴山，苏逸本就是带着任务来的。

宋熹有没有在私下给他什么特殊交代，墨九不得而知，但至少明面上，他大张旗鼓从南荣千里迢迢到阴山，不就是为了找小王爷宋骜吗？

事已至此，他当然得履行职责。

可他们都知道，小王爷宋骜在那顺手上。

那顺这件事纠结太深，这个时候如何说得清？

就算说得清，又怎么能说与苏逸知晓？

这样一来，事情就复杂了。

她正自蹙眉，拿眼角余风偷瞄萧乾，却见辜二迟疑一瞬，忽然道："相爷所说是实，小王曾无意中在死亡山谷救得贵国安王宋骜，本想差人送回临安，又恐旅途艰难，出什么岔子，损及两国邦交，这才一直在等贵国来人。"

苏逸目光浅眯，带了一丝微笑。

"哦，那便多谢王爷了。请问，安王如今身在所处，可否容我一见？"

辜二顿一下，与萧乾交换一个眼神，忽而一笑。

"不巧，安王就在嘎查村。"

在嘎查村？

他们准备怎么交出宋骜？

墨九愕然一瞬，当即想到了——宋彻。

得到了宋骜的消息，苏逸不肯吃喝，也不肯休息，非得马上去见宋骜不可。他一脸表演痕迹地说了一堆"有负吾皇重托"之类的漂亮话，让辜二不得不带着他前往墨家驻营地。

出得金帐，暮色已然深浓。

天边皎月，挂在一望无垠的草原上，这风景，极是赏心悦目。

可墨九忧心忡忡，却无半分赏景的心情。

一路上，她没有机会问。

她默默地骑着马，跟在萧乾身后。

到了驻营地，再一次回到自己的帐篷，看到熟悉的一切，还有熟悉的弟子，墨九长长舒一口气，那感觉——恍如隔世。

短短的两天一夜……

鬼知道她都经历了什么！

驻营地里，都是熟人，完颜修却不见了。

曹元过来，望了墨九一眼，把她拉到一边，背着萧乾低低向她耳语了一句"完颜国主已然离去。这信，他有吩咐，待你一人时……独看"，然后就将一封信笺塞到了墨九的手上。

墨九将信死死捏在手里，斜瞄一眼萧乾，也没有顾得上看，赶紧收入了怀里……

那感觉，怪怪的。

虽然心里没鬼，却像真有什么鬼似的。

好在萧乾似乎不察，大步入了帐篷。

墨九轻咳一声，双手往背后一负，紧跟了进去。

宋彻已经醒了，但斜躺在帐篷的床头，像一个行尸走肉，愣愣地盯着帐顶发呆，那模样儿，似乎药效未过……

彭欣陪坐在床边，正拿着一碗稀粥，一口一口地喂他，看到墨九和萧乾一行人领着苏逸过来，不由得微微一怔。

“墨九？”

她声音略有迟疑。

很显然，她在紧张，在害怕。

在这些人里，她只信任墨九。

她害怕他们伤害宋彻，也只能求助墨九。

墨九这会儿也是一脸发蒙，安抚地回视她一眼，又侧头，拿探究的眼角余风看向萧乾。可他很是镇定，一言不发地伫立当场。

却是辜二淡声开口：“彭姑娘，这位是南荣苏丞相，他此次前来阴山，是奉南荣景昌皇帝之命，前来迎接安王还朝的。”

不轻不重的一句话，当即惊了两个人。

彭欣心凉一下，眸子都不会转了。

她看看辜二，又看看墨九。

不明白为什么要把宋彻当成宋骜介绍给苏逸。

而一直不言不语的宋彻，双瞳却有片刻的紧缩，而后慢吞吞转头，失神地望向他们几个人，一动也不动。

气氛瞬间凝滞。

帐篷内的空气，逼仄而低压。

苏逸看着坐在床头的宋彻，紧紧抿住双唇，目光也怔了片刻，然而，也许是彭欣的存在麻痹了他，也许是宋彻与宋骜的长相，实在太过相似，他很快便躬身施礼。

“微臣苏逸参见王爷。”

宋彻久久看着他，眸色沉沉，却没有吱声。

苏逸没有听到他的声音，始终低头做行礼状，一直没有直起身。

这一幕，诡异而紧张。

墨九瞧在眼里，心尖尖都凉了。

在金帐里，虽然是苏逸非得闹着来瞧小王爷，但如果萧乾和辜二偏不让他见，总归是有办法的。为什么他们会在没有丝毫准备的情况下，就这么傻不愣登地把人领来……

万一宋彻不肯认呢？

万一他发疯，把身份当场揭穿呢？

到时候，要怎么收场？

这情形逼在当下，若非萧乾那一张成竹在胸的漠然面孔，她肯定紧张得非血液逆流不可……

片刻后，宋彻突然叹了一口气。

那声音淡淡的，带点儿哑，是一口纯正的临安口音，与宋骜确实没有多大的差别。

“苏丞相？欣儿，是我认识的人吗？”

墨九当即就惊住了。

这又是唱的哪一出？失忆？

苏逸猛地抬头，也奇怪地看向他。

“王爷？你……这是怎么了？不认识微臣了？”

一时间，所有人的目光都集中在宋彻的脸上，各有各的不同，萧乾却在这时插了话。

“苏丞相，安王在阴山屡遭凶险，九死一生，好不容易得以生还，神志受了些影响……故而，可能不记得苏丞相了。”

这个解释太合情合理了。

墨九也恍然大悟。

怪不得他们敢把苏逸就这样带过来……

原来早有准备。

萧乾之前给宋彻吃的药，不仅仅是让他小睡半个时辰就完事吧？看宋彻这副样子，根本就是被迫失忆，忘记了一些东西？

嘴一抿，眼一斜，她审视着萧乾那一张受了损伤的脸，心里飕飕一凉，正不知当为宋彻高兴，还是该为他惋惜……突然心念一转，再次窒住。

不对呀。

若真的失忆了，哪会记得欣儿？

一时间，她完全糊涂了。

可苏逸完全不糊涂，他精明的双眼第一时间就抓住了突然插话的萧乾，脸上露出一抹似笑非笑的表情来。

“请问这位壮士，是……”

辜二道：“相爷，这位是本王特地请来给安王瞧病的大夫……”

大夫？

苏逸目光微微一烁。

深深瞄一眼萧乾，他收回了视线，似乎接受了“宋骜失忆，萧乾是大夫”这个说辞。

毕竟有彭欣在场，宋彻也是一张宋骜那样的脸，换了任何人，应当都不会有怀疑吧？墨九这样想，终于释然了。

由于小王爷身子不好，需要调养，在辜二的说服下，苏逸并不着急把他带回南荣……于是，这样一行人，暂时都在嘎查这座阴山脚下的第一村住了下来。

可对于苏逸的行为，墨九却不这么想。

那少年宰相分明就是一个贪玩好耍的小家伙，到了阴山一趟，他哪儿都没有来得及去，就被辜二逮着关了起来，这好不容易得了机会，不搞一次“阴山几日游”，他舍得走才怪哦！

但不管怎么说，事情总算暂时安定下来。

所以，这一宿，她哪儿都没有去，除了在帐篷里找个地方做了个窝，安置她捡来的小狼儿，就是倒头睡大觉，累得连找萧乾问“十万个为什么”以及“盖上棉被谈人生理想”都没精力了。

对于狼儿的到来，最高兴的莫过于旺财。

这货寂寞了这样久，好不容易瞧到一个小东西缩在软绵绵的窝里，又是兴奋又是好奇，一晚上就守在狼儿的窝边打转，不论击西怎么哄它去睡都不肯。

要么就趴在窝边看狼儿，观望观望。

要么拿爪子试探性地搔刨一下。

要么就汪汪两嗓子，吓唬狼儿。

要么就将庞大的身躯挤入窝里去霸占狼儿的地方，把狼儿刨到它的肚皮下头……

一晚上，一狗一狼折腾得墨九不得安宁，吼了好几次才蒙蒙眬眬地睡过去。

于是悲剧发生了！

第二天早上，墨九顶着一对熊猫眼醒来，居然听到小狼儿疑似狗叫的一声汪，软萌软萌的。

然而……墨九却崩溃了。

她养的是狼啊，是威风凛凛的狼啊……

这财哥是要把她的狼变成狗吗？

隔离，隔离，马上隔离。

她气咻咻去找萧乾，旺财夹着尾巴，耷拉着脑袋，一副失宠的样子，跟在她的后面……一双狗眼就那么巴巴望着她怀里的小狼儿。

墨九被它气笑了。

回头，她弹旺财的脑袋。

“你说如果你是一条母狗，也就罢了，那样我还能想得通，这是天生的母性使然，可你一条大公狗，对着一条母狼这么占有欲十足的样子，到底要闹哪样？”

旺财当然不会回答她。

大长舌头吐了吐，它舔着嘴角，围着她打转几圈……又继续跟着。墨九瞅着，猜测着，觉得财哥那小眼神儿里，就写了几个字——我要，我要，我要你怀里的那一条……

墨九又好气又好笑。

“坏狗！你就跟着吧……不理你。”

她大步往前，冷不丁就撞上从帐篷里出来的萧乾。

他衣袂飘飘，毡帽覆脸，精神抖擞，情绪却怪怪的，看她的目光热辣又炙热，像饱含着某种“不曾餍足”的诡异情绪，完全不像一个病人，也不像墨九那么一脸“欠睡”的熊样儿。

墨九恼之：“老萧，看看你的狗，耍流氓！”

萧乾斜眼，一脸漠然：“阿九真是喜新厌旧哇。”

说罢，他同情地蹲身，摸了摸旺财的脑袋，教训“儿子”一样，语重心长地道：“你看你主子，有了新狼，就忘记旧狗了。唉，也罢，你且随我去……这个媳妇不要也罢。”

墨九噫一声：“啥意思？”

萧乾淡淡挑眉：“阿九所问何事？”

墨九把小狼换一个方向，搁胳膊肘里，一边顺着它的背毛，一边拿眼睛瞥向他：

“麻烦你解释一下最后一句，什么叫‘这个媳妇不要也罢’？”

萧乾眯了眯眼：“说旺财……”

哼一声，墨九娇嗔地瞪他：“算你聪明！”她又低头瞅了旺财一眼，然后叹了一口气，也语重心长起来：“财哥呀，看在你躺得一手好枪的可怜劲儿上，我决定宽恕你的罪过了。不过我家狼儿还小，这么柔弱的身子骨，哪里经得住你折腾？将息着用啊，不要一脸欲求不满的样子，招人笑话……”

旺财的狗脸……是蒙的。

萧乾毡帽下的脸，却很淡定。

就好像，她说的不是它一样。

墨九低着头，也不在意它听不听得懂，一个人说得极为认真：“你看看你的大体格，这么壮实，万一把我狼儿压死了怎么办？让你主子给生一条吗？哼！所以，在狼儿长大之前，你甭想打它的主意，听见没有？”

萧乾目光微眯，似乎在思考她话里深藏的意味。

旺财却不懂那许多，一双狗眼睛打量着她，又乖乖地伸出舌头去，舔她的手背。

舔着舔着，这狗顺着就去舔狼儿的背毛……

墨九哧一声，无奈地呻吟：“我去，你还真是不自觉。”

“好狗！”萧乾总算松了一口气，低头俯视，冷眸微微带笑，“阿九且放心，旺财不会伤害到它媳妇的。即便要睡，也不是现在……怎么也得等它养好了，再下手。情投意合，方能水乳交融不是？”

“……”

真会说呀！

墨九准备信了他的邪！

毕竟旺财真的没有伤着狼儿……

更重要的是，狼儿这小东西也真的没出息，墨九拼命为了它的生命安全出头，它却极喜爱旺财，嘴里叽叽叫唤着，就要往旺财那边扑……

“女生外向，胳膊肘儿果然往外拐。”

无奈，墨九只能让曹元把狼儿抱回了窝里，旺财这货在第一时间就断然背弃了主子，屁颠屁颠地跟着去了，那一副欢天喜地的样子，看得墨九失笑不止。

“狗东西！”

“阿九不高兴吗？”萧乾含笑，突然问。

“我有什么高兴的？”

“旺财有伴儿了，你的狼儿也有伴儿了。它们才是一类。”

它们才是一类？

有没有搞错，一个狗，一个狼？

可相比人来说，它们好像确实更加形似。

墨九翻了一个白眼，不和他争辩了，沉默了一下，看左右无人，又把他拽入帐篷，径直找了他泡好的花茶来咂巴几口，而后坐在他的床上，撑着床沿，小声问：“快告诉我，宋彻那是怎么回事？”

萧乾不答，抿着嘴看她，视线幽幽的。

“说呀！”墨九催促。

“交换。”萧乾坦然要挟，“要么一个相思令，要么……你得告诉我，完颜修的信上，都写了什么？”

墨九被骇了一跳。

曹元给她信的时候，分明是背着他的呀！

这萧六郎难不成长了第三只眼，他怎么晓得她有一封信？还晓得是完颜修给的？

紧紧抿住嘴巴，她审视他一眼，突然半眯眼：“说好的唯妻命是从呢？”哼一声，她率先开火，占据主动，“哦，才过一天，就开始和我讲条件了哦？”

这一招叫耍无赖吧？

她心里明白，可就是耍了。

然而萧六郎分明比她更无赖。

“嗯，不换便不换吧。”

长身而起，他悠然掸袖，就好似并不怎么在意那封信似的，脚步一迈就要离开。这节奏，乱了墨九的心神，想也没想，她就拽住了他的袖子。

“喂，你还没说呢，宋彻到底怎么回事？”

萧乾慢悠悠回头：“阿九不是说，要公平吗？”

墨九点头：“然后呢？”

他道：“你都瞒我，为何我不能瞒你？”

墨九怔了一怔。

噫，这男人真是半点儿都不肯吃亏呀。

墨九心里明镜似的，他想知道完颜修信的内容。

可也奇怪，他为什么那么想要集齐相思令？

“嗯。”她想想，迟疑道，“六郎所说，原本是完全合理的，只可惜，你让我又生出了疑问。”

“说。”他挑眉。

“你要相思令到底何为？”

“换媳妇。”他回答很快，未经思考。

“还用拿相思令换吗？”墨九腻笑，“你眨个眼，招个手，我就巴巴跑过来了。”

“那怎么可能？阿九又不是旺财。”

“……”

墨九被他噎了一下，却没有那么容易相信他的说辞，可他表情太诚恳了，太严肃了，她一时摸不透真假，也没法儿否认。

仔细琢磨一下，她表示了同意。

“好，那就一个相思令……”

“春令不要。”

“那就给你……”

“重复的都不要。”

我去！墨九瞪眼珠子。

如果这一个让他得去，他岂非把四个相思令都集齐了？这相思令本为寻他而生，若最后被他用以要挟，那还得了？阴沟里翻船的事，墨九不能干。

嘿嘿一笑，她摸着下巴，幽幽地叹：“好吧，那我就不给令了，我选择告诉你，完颜修的信上写了什么。”

萧乾竖竖眉头：“洗耳恭听。”

墨九满脸严肃，一字一字地念：“亲爱的阿九，我走了，但我一定会回来的，你且让姓萧的注意一点儿，照顾好你，保护好你，下次若再让我抢去，他就没有那么幸运了。我一定会睡了你……再会！爱你的修。”

还“爱你的修”？

萧乾一张冷脸，越听越黑。

“没了？”

墨九咳一声：“没了。”

他冷冷问：“有什么感想？”

"还要谈感想？"墨九瞪大眼睛，哦一声，咂咂嘴，捧着心，一脸幸福状，"感想就是，啊，天神哪！原来世间还有一个男子爱我如斯，何其幸运哉？"

放下手，收住笑，她又正色看他："所以呀，你若不待我好点儿，凡事汇报勤快一点儿，我真就跟完颜三舅跑了。你得知道，他这个人，其实还不错啦……"

"你敢！"

萧乾突地沉声，打断了她。

那凉凉的目光，在晨曦的微光中，满带杀气。

墨九心尖尖一颤，退后一点儿。

"哎哟喂，可以小声一点儿，我耳朵没坏。"

萧乾抿唇不说话，慢慢地靠近。

一直走到床边，他低头，突地勾起墨九的下巴。

"乖，重新念一遍。"

墨九愕然。

一瞬后，她干笑着："念什么？你没带耳朵呀？"

"我想听实话！"

"……"

原来这厮知道她是瞎编的呀？

迎着他沉郁的眸子，墨九突然有点儿窒息的感觉。她来不及思考，就像受了某种蛊惑一般，沉浸在他眸底海水一般漫开的带着碎金般光芒的忧郁之中，忽然就开了口。

"他说，我若去阿勒锦，他就来接我，风雨无阻。"

萧乾听着，放开她的下巴，久久，不说话。

他面孔略寒，除此，别无情绪。

可莫名地，墨九有些惧怕这样的萧乾。

她一动不动地坐在那里，看着他，好一会儿，才见他慢慢地合一下眼，目光顺着那一束浅浅的晨光望过去，也不知望向了哪里，原本就沙哑的声音，带着一种短暂的失神般的叹息。

"也许你跟着他，确实是好的。"

墨九微微一愣，突然站起身来。

她双眸注视着萧乾："你说什么？"

萧乾情绪颇为复杂，面孔也多少有点儿骇人，但那双眼睛却很纯粹，以至于墨九无法分辨，他说的那些话到底有几分是真实的心意。

“倾覆天下，却恐岁月迢迢，不能与你同老；皇图不要，又惧人生寂寥，无法共享今朝。阿九，你这样好，值得更好。”

“六郎……”

她的手搭上他的前襟，轻轻抹平。

“你生气啦？”

萧乾深深凝视她的眉眼，慢慢逮住她的小手，紧紧捏于掌中，俊挺的身子绷得很直。

“没有。我是怕，不能给你更多，怕负你情深。”

墨九想到他幼时受过的苦，想到他的成长环境，想到他毁去的容貌，屏气凝神想了许久，突然从他手上挣脱出来，鼓起勇气摩挲他的脸，问出了那一句许久都不敢问的话。

“六郎，你这脸，究竟怎么毁的？”

是的，她一直都是好奇的。

但是他绝口不提，她也就没有勇气问。

甚至于，长久以来两个人似乎都在刻意回避这个话题。

容貌的损毁，墨九能感同身受。

对于一个曾经俊美如斯的男子来说，恐一提及，都是心伤。所以，他不想说，她也从来不曾追问。一来不想他自卑，二来也不想反复在他的伤口上撒盐，三来怕他以为她非常在意那一张皮相。

可此刻，她抑制不住了。

“六郎，你告诉我。我想知道。”

在她温柔的抚触中，萧乾脊背僵硬，眸底有一丝寒气，如同锐利的尖刺，轻轻剜过墨九的脸……好一会儿，他垂目，与她对视。

“阿九在意吗？”

果然，在意的人，其实是他自己。

墨九含笑，摇头：“只要你还是六郎，我就不在意。”

她从容的回答，温暖的表情，传递的全是爱与勇气，可萧乾微微合眼，却给了她一个完全意料之外的回答。

“我亦不知。”

“嗯？”墨九奇怪了，“为何？从何时开始发现的？”

萧乾很犹豫。

盯着她黑亮的眼，他迟疑了许久。

“当日为了顺利离开临安，我用了苏逸给的一张假皮面具。第一日并无什么反应，第三日有轻微瘙痒，等我成功脱离苏逸安排的那些人的视线，与声东、击西、走南、闯北四人会合，再揭开那张面具时，脸上……便长了疖子、脓包……”

假皮面具？

墨九的心，瞬间寒凉。

她若没有记错的话，东寂是很喜欢搞这个的。

她第一次见到假皮面具，还是在菊花台。

当时，东寂戴了一个钟馗的面具来捉弄她。后来她随东寂去参加墨家大会，为了方便乔装，骗过萧乾及墨妄等人，东寂也曾给她准备了一张假皮面具。

这一次萧乾从刑场脱险，让别人代替他行刑，用假皮面具确实是一个高招，基本可以混淆视听，以假乱真。

但是——

如果苏逸的行为，正如她和萧乾猜测的那样，完全是受了东寂的指使，那么假皮面具，肯定也与东寂有关。

如此一来，造成萧乾毁脸的罪魁祸首，到底是不是他？

不敢相信，又不能排除，墨九久久没有说话。

萧乾黑眸幽幽，终究释然一笑，拇指在她的脸上轻轻滑动。

“阿九不要想太多，嗯？”

“六郎……是他吗？”墨九终于问出口。

“此话不敢乱说。”萧乾并没有借机将东寂的所作所为全盘否定，而是蹙着眉头，淡然道，“此事，原本我是不想告之于你的。”

不想告诉她，这是基于一个男人的气概。

脱险是得人恩惠，若他再与墨九说这些，引起她无端的猜测，那便显得他度量狭小，不能容人了。

可那是一张脸哪！

那是一张风华绝代，赛过世间男儿的脸哪！

他又哪里会真的不在意？

墨九心里酸酸的，扯得丝丝作痛。她微微扁着嘴，一只手搭在他的手背上，轻轻捏了捏，似乎要哭。

“你便不曾治疗吗？到底是什么毒物，可有弄明白？”

萧乾摇了摇头，许久才道：“药物便是寻常的药物，没什么稀奇，甚至也称不上是毒物，有可能是为了保持假皮面具的不变而使用的。而且，引起疖子的原因很多，也可能与我本身体质有关。”

他是想说，与东寂无关吗？

墨九沉默了，心里打了一个结。

有怀疑，却还真不敢下定论。

迟疑一下，她问：“那还能恢复吗？”

萧乾道：“那时身处险境，治疗不便，耽误了……不过阿九别担心，你夫婿乃当世神医，办法总归会有的。”

墨九嘟嘴：“就知道吹牛。”

“为夫何时有过诳语？”萧乾看她又委屈得红了眼睛，笑笑，又捏她的脸，“小傻瓜，其实这样也好。如此，萧六郎便彻底死去了。只要阿九不嫌我，别人如何看我，又有何干系？没了那张祸害人的脸，反倒给了我自在，不是吗？”

真会安慰自己。

哦不，真会安慰她。

墨九深深地打量一眼他坑洼不平的面孔，然后与他依旧神采奕奕的双眸对视着，一阵酸楚袭来，情不自禁地踮起脚，凑上去，在他唇上印了一吻，像发誓一般，慎重许诺：“不管年少，还是古稀，不管俊美，还是丑陋，我都不会嫌你。萧六郎，我此生随你，不离不弃，绝非说说而已。”

细微之处，方见情深。

她的情深之叹，也感染了萧乾。

顾不得晨光已升，日头高照，顾不得外间牛羊满坡，嗷嗷直叫，顾不得有无数弟子来回说笑，声声入耳，他喟叹一声，双臂一展，将她紧紧束于怀中，飞快地低头，吻上。

天地之间，一切都如虚空。

唯有那相接的唇，浓烈，交织。

在离墓里的一夕相欢，已过去两日。

初尝欲味的人，哪能耐得那般清苦？

昨夜墨九独睡，他知她困顿，不便相扰。

但此刻……

美人儿入得怀来，相触间便可翻云覆雨，是英雄好汉又怎会临阵退缩，不办她个踏踏实实？一吻方毕，他重重喘气，一只手勒住她的腰，另一只手扯落榻前的账帘，沉声对着帘外的人吩咐了一句：“没我命令，不许任何人进来。”

他的周围，一般都会有人值守。

少顷，果然听见了赵声东的回应：“属下遵命！”

帐篷里，四目相对——

空气里似有火花在燃烧，毕剥不停。

墨九心脏狂跳，在一股子弥漫开的荷尔蒙味道里，脑子有一点儿晕乎：“萧六郎，你要干什么？”

这不是明知故问吗？

她自己也知道羞窘，可就是问了。

问了，却没料到他会那般回答。

简洁，也粗暴，就一个字“你”。

哦，去！

什么时候萧乾也会这般不要脸地说这样骚气十足的话了？墨九诧异之余，稍稍从地上捡回一点点害羞的节操，在他怀里不轻不重地挣扎着，满是欲拒还迎的淡淡媚气以及……怕被人听了房的不安。

“不要啦！外面那么多人。”

他手脚不停，抱住她放在榻上，继续……

“阿九把声放轻些，便可。”

轻些，能有多轻？墨九想到在离墓被完颜修和托托儿听了那事，以致后来每次看到完颜修就耳朵发红，恨不得钻地缝的尴尬，那刚刚生起的想与他温存片刻的念头，随即又淡了下去。

“不要。”

一只手搭在身前，她皱着眉头推拒。

“等晚上的……”

“晚上还有晚上的。”他硬实的身子紧紧压着她，隔着两层并不厚重的衣裳，摩出一种澎湃如火山爆发前的情绪来，激得墨九不禁打了一个寒战，条件反射地往被窝里缩了缩。

“你好讨厌！”

她躲，他却不肯饶她。

他猛地伸手，把住她的腰。

而后低头，他急切地吻上她的唇。

一直吻，一直吻，直到她喘个不停。

“萧六郎，你个坏蛋。”

“嗯，我是坏蛋，你是乖蛋。”

“……”

“为夫的小乖蛋。”

“……”

这甜言蜜语，简直要了墨九的命。

“老子受不了你！”

“受不得，也得给爷受下去……”

他低低笑着，终是不耐，一种夹杂着占领与征服的兴奋感，刺挠着他的神经，还有曾经体验过的那一种奇异的，飘飘若仙的、如楼台摘月的快活感，也让他情不自禁想要得到更多……于是，尖锐的情感从灵魂深处被扒拉了出来，迅速燃烧，升腾，让他心跳更快，口干舌燥，嗓子也微微喑哑。

“阿九，要吗？”

墨九唇微颤，心狂跳，答不上来。

“我郎，大白天哪！”

“怎的？”

“白日宣淫？”

“当是极乐。”

“……不知羞耻。”

“知羞而后勇，堪为丈夫。”

“……”

墨九忽然无言。

碰上这么一个完全把脸揣在了兜儿里的“大丈夫”，她能如何？

不论她有多么强势，可在这些问题上，还是遵循着人类最原始的规律，男强女弱，她不得不臣服在他精悍而强势的掠夺之下，由着他带领她的节奏，一起去领略那一片曾经共同经历过的美好天堂。

“阿九……”

最是人间销魂处，两相结合两相逸。那一刻，她视线模糊，看不清他的脸，却听见他喉间发出的一道低低叹息。

嘶哑的叹，像是愉悦，又像是猛兽出栏，终于寻得合适的地方安放，妥妥的包容，温暖得让他终是得到了最为原始的满足，将这一切的苦难都悉数融化。

于是，悦极而叹。

“阿九……”

墨九嘤咛一声，说不出话。只能像他那般，紧紧回抱：“我在。怎么了？”

“阿九——”他并不多说什么，只呼唤她的名字，然后堵住她的唇，炽烈如火，力道大得似乎要撕碎了她……这样恣意张狂的萧六郎，在以往那张清冷的面孔上，是难寻痕迹的。

怪不得有人说，一个男子，榻上榻下两个人。

墨九哀哀一叹，受不得，想要偏头。

他却用力按住她的脑袋，将她深深纳入怀里，肆意挤压，便是你中有我、我中有你的最为完美的姿态了。

“我去，你要勒死我呀？”

墨九大口喘着气，好不容易得以复活吐槽。

“嗯，阿九……”

他低低叹着，似乎无意识。

那表情，看上去，如同神魂已颠倒九天……

墨九看着这样的他，双手一揽，又抱住他的脖子。

纵他肆意妄为又如何？这是她自己选的男人。

这般想着，她终是合了眼，任他起伏。

“阿九，睁开眼。”在空无一般凝重而旖旎的氛围中，他气喘如牛，又重重扣住她的后脑勺，双目逼视，“我要你看着我！”

墨九有点儿害羞，但无端就听了他的命令。

就那般，看着他，媚眼如丝地看着他，看他双目赤红，仿若野兽般浑然忘我，在无数个风起云涌和飞沙走石的奋力拼杀中，终于咆哮一声低吼，归于平静。

紧紧拥住她，他快乐地轻喃。

“阿九，你真好。”

呃……

墨九额头布满了一层细汗，眸底有晶莹的亮光。

“这就叫好？……哼，坏蛋。”

“呵！乖蛋。”

他含糊地轻笑着，大手拂开她额角微潮的发丝，一张原本丑极的容貌，似乎在经了那一刹烟花绚烂时的色彩燃烧，变得妖异了几分。

“阿九无论何时，都是好的。”

墨九尚在晕眩一般的状态中，无力吐槽。

“出去！”

他抿唇，手指轻刮一下她的鼻尖：“味美如斯，怎舍离去？”

这傲娇的小样儿啊！

这古人说话的修饰呀！

墨九叹惋一声，像只翻肚皮的青蛙似的，无力地垂下双手，双目仰望帐顶，幽幽地道：“萧六郎，要不再给你纳一房姬妾吧？”

事儿刚办完，就让他纳妾？

萧乾冷哼一声，低头咬她耳朵：“收回你的话。”

墨九不依，推着他的肩膀：“我觉得你是需要一个小妾的。这金刚之体，龙精虎猛的，不多弄几个姑娘回来伺候你，我可怎么受得了？”

“……”

萧乾怒极而笑，揉她脑袋：“你可真大方！”

墨九考虑了一下，妥协道：“姬妾你不要，那找几个男子回来也行。你若可以将就使用，我也没什么意见。”

萧乾斜目冷视她：“想得美！岂不便宜了你？”

墨九瘪瘪嘴，一脸委屈：“狗咬吕洞宾，不识好人心。我可都是为了你好……当然，也为了我自己，毕竟我这小小年纪，花骨朵一般，身子还没有完全长开呢，万一被你折腾坏了，可不是亏大了吗？”

萧乾叹息一声，从她身上起来，顺便捏了捏她的脸。

“嗯，下次我不折腾你了。”

"真的？"墨九一骨碌爬起来，坐着看他。

"真的。"他慎重而正经地回答，"换你来折腾我，为夫这一亩三分地，就交给你了，由着你折腾。"

墨九翻了一个白眼儿。

"你留着自耕吧。"

"有了妻室，还自耕？我傻呀！"

"噗，你就傻！"

两个人一边打情骂俏，一边洗身子穿衣，等一切都弄好，墨九做贼心虚地撩帘子观察了一下。

赵声东几个人都站在几丈开外，似乎并没有注意到他们这边的动静，而墨家一众弟子也都在墨妄的指挥下照常练功、做事，也根本就没有人往帐篷这边来。

她悬着的心，落了下去。

回过头，她看萧乾坐在椅子上看书，不由得皱了眉头。

"六郎还真是悠闲。"

"不闲，又能作甚？"

墨九抬了抬下巴，坐到他身边，抢过他手上的书，合上，然后严肃脸问他："我们什么时候出发？"

"去哪儿？"萧乾问。

"离墓哇！"墨九道，"小王爷还在那顺的手上，你就不着急？那顺那厮被关了一夜，想必此刻心情已经很销魂了，我们再去唬一唬，你且带上一点儿你那些什么快活散哪离人醉呀之类的虎狼之药，相信他不会不说的。"

萧乾双眸微合，思忖一瞬，方才点头。

"好，今夜去。"

白天入阴山，目标太大了，而且苏逸还领了一群南荣的精英在嘎查村到处闲逛，肯定会有些耳目。

一切谈妥，只等天黑。

帐篷里的一夕快活，墨九以为神不知鬼不觉，却不晓得其实整个驻营地的人都知道了。

哪怕不知细节，也知他俩"有情况"。

只不过，对于这个叫老萧的家伙，能够这么快俘获他们家有才有貌的巨子，好多不知内情的墨家弟子，除了心生佩服之外，更多的还是疑惑。

甚至，有人偷偷向墨妄打听。

结果嘛……

去打听的人，都灰溜溜地回来了。

挑水、劈柴、做饭等最苦的活计，都归了他们。

之后，再没有人敢多事。

巨子的事儿，又哪里是他们管得了的？

然而，墨九和萧乾这一把火，在帐篷里噌噌燃烧的时候，她只担心被人听见了笑话，哪里又晓得，其实还有人被他们的热情之火烧得皮骨不存，身体生生作痛？

墨九陪着狼儿玩的时候，墨妄过来了。

他什么也没有说，只把墨九吩咐准备的东西放好，甚至都没有问她为什么要这些东西，就默默转身，准备离开……

“师兄？”墨九喊住他，“你就没有什么话要对我说吗？”

墨妄没有回头，脊背有些僵硬。

“小九还有吩咐？”

这个人奇怪了！墨九瞥一眼那两个菜篮子，踩着轻盈的脚步，慢吞吞地走近他：“这些食材，我原本是让曹元准备的，你既然亲自拿过来了，我们就说说话呗。这么几天没叨叨了，你就没什么想说的？”

墨妄仍旧不回头，答非所问：“曹元有别的任务，我就拿过来了。”

“哦。”墨九眉尖轻蹙着，静静站立，除了身上衣裳在微风中略略摆动，身姿亦如同一尊雕塑。

好半晌，她又一次开口：“我是不是哪儿得罪了你？”

墨妄幽幽一叹，低头：“小九切勿多想——”

“既然没有得罪你，为何你故意疏远我？”墨九打断他，慢慢地绕到他的身前，两只水汪汪的大眼睛直视着他，逮着他闪避的视线就问，“难道我从离墓逃生，师兄不开心吗？”

墨妄眉眼微低，瞅着脚尖，似乎不愿意与她对视。

“我很开心。”

“很开心？你这脸色，我看不像开心的样子。”墨九哼一声，微昂下巴，逼视他，

“从我回到嘎查村，你就没有主动找我说过一句话，这不是有意疏远是什么？难道……我不在的这两天，发生了什么事？”

她满眸疑惑，墨妄却始终蹙眉。

“小九……”迟疑着，他突然苦笑，“如果有什么事，我肯定就向你禀报了。正是因为没有事，什么事也没有，所以，我才不曾找你。”

“不找我，就是有事。”墨九哼一声，“说吧！别逼我使用重刑哦。”

墨九岂是容易被他糊弄的？

之前，墨妄基本成天在她的身边绕来绕去，不会离开她太远。那一日，她被完颜修掳去，虽然是被迫让她远离，可是后来他也一直领着墨家弟子找她，当她在离墓历尽艰辛的时候，墨妄亦与声东他们一样，两天一夜，未曾合眼。

可是——

那日她从离墓出来，径直去了苏赫的金帐，墨妄分明是得到了消息的，却只默默地回了墨家驻营地，安置宋彻和彭欣，以及打点旁务，没有来接她，也没有来找她，甚至什么都没有询问。

这太不寻常了。

所以墨九必须问个究竟。

然而，墨妄怔怔站了许久，终究是什么都说不出来，被她灼热的视线逼得狠了，也只有无奈地说一句：“小九，你就别问了……”

“说。”

“真的没有事。”

“可我就觉得你有事。”

“我有事又能如何？”墨妄突地拔高了嗓音，像是憋了许久，一张脸也涨得微微泛红，他突然脱口而出，“我有事，你就能解决吗？”

墨九狐疑地蹙眉，一把抓住墨妄的胳膊：“到底发生什么事了？”

“我……”墨妄的声音卡在了喉咙里，凝视着她满脸的担忧，目光短暂地闪避片刻，终是慢慢地归于平静，而后侧眸，望向帐篷的帘子，“我的事，你帮不了我。”

“你不说，怎知我帮不了？”

“小九……”

“说！没有说服我的理由，鬼才要信你。”

墨妄半合着眸子，沉吟了许久，伤感的声音才淡淡响起：“那日你被完颜修带走，我也经历了此生最为黑暗的两天一夜。我找不到你，又怕你有什么危险，我完全不知所措，我甚至在想，如果你有什么事，我以后该怎么办，我的人生还有何意义……

“可痛定思痛之后，我突然意识到，我正在失去我自己。我遗忘了自己，遗忘了很多东西……一心就只剩下一个你。”

看墨九愕然发愣，墨妄突地一笑，目光像有火在烧。

“这样的我，很可笑。很可笑，是吗？”

墨九摇头，有些词穷：“师兄你……”

“是的，我喜欢你。”墨妄那一张阳刚而俊秀的脸上，有着固执的坚定，眼睛里，有泛起的红红血丝，“我不是想要疏远你，不是不想遵循本分，可情爱之事，我控制不了自己，回避只因我无法言说，疏远只因我怕想靠近。”

墨九哑然。

她如何能不懂墨妄对她的好？

经历了这样长的日子，不管她快乐，还是悲伤，墨妄自始至终都在她的身边，从未离开，她也从来没有想过，他会离开……他始终默默跟着她，帮着她，从来没有要求过半点儿回报。

……以至于她以为，他是不求回报的吗？

可男人对女人全身心付出，又哪能真正平衡？

他为了她，豁出了自己，什么也没给自己留下。

而她……似乎什么都没有给过他。

这一瞬，墨九突然觉得自己很自私。

可她绞尽脑汁，也不知除了自私，她能怎么办？

她斗得过机关，斗得过古墓，就是搞不掂这些情情爱爱的东西。原本她以为，只要彼此不说破，时间长了，热情也就淡了，他终有一天会遇到心仪的女子，他的情感，也就自然有了安放之处。

然而……

他一直在她身边，何以寻找心仪女子，何以安放情感？

墨妄看着她的眼睛，似乎意识到什么，语气一缓，声音带着深深的歉意：“小九，我没有怪你之意。一切都是我的错，是我没有自知之明，我以为你没有我在身边，会害怕，会紧张，至少也会惦念我几分……”

可显然，她并没有。

他在与不在，对她而言，没有什么区别。对于墨妄来说，她不喜欢他，其实根本不是最伤他的，最伤的是……她甚至都不需要他。

这让他感受不到自身的价值。

在一个自己喜欢的女人面前，没有半点儿价值，那才是对一个男人最深的打击。所以他突然就不敢面对这样的她和这样的自己了，宁愿离她远远的，看着她，也逃避着自己内心的情感。

“师兄，我想，我们需要谈谈。”

墨九冷静地想了一会儿，觉得她与墨妄这样的感情……伤不起。墨家不能失去这样的左执事，她也不想失去这样一个朋友。

这个世界，没有人应该对另一个人好。

那么，对她好的人，她都应该尽力地回之以好。

给不了爱情，也不能让他伤心。

“来，你坐这儿，先坐下来我们再说。”

墨妄自嘲一笑。

一双温暖的眸中，带着微微的苦涩。

“谢谢你了，小九。你给的，对我已经足够，你不必有歉意。”就像了解她的心思，他宽慰般说完，头一低，指了指案几上的竹篮子，“离天黑也没几个时辰了，你准备吧，我出去了，不打扰你了。”

墨九的身子有些僵硬。

“我真是怕了你了。”一把揪住他的袖子，她硬生生把他高大的身躯转过来，冷不丁地望过去，竟然看见他眼角有一点儿潮湿，凉凉的，在薄薄的晨光中，破碎般撕扯人心。

心里一窒，她紧盯着他：“你是不是已经有了什么打算？”

“打算？小九何意？”

“你不是想要离开吗？”

墨妄被她那双锐利的眼看得有些喘不过气来，心跳也无端加快，不由得叹息一声：“我有想过，可我……做不到的。墨妄生是墨家人，死是墨家魂，又岂会弃——巨子而去？”

一声巨子，他似是无心，却让墨九心里酸了又酸。

“师兄，我不知道能说什么，但你对我来说，真的是一个很重要很重要的存在，你相信吗？”

很重要很重要的存在？

墨妄目光一闪，深深望入她的眼。

墨九很坦诚地回视，点了点头，微微一笑：“我们一起度过了那么多艰难的日子，有什么是过不去的呢？不管如何，你都是我完全信任的亲人，我最崇拜的大师兄。”

她用了“崇拜”两个字，让墨妄默然无语。

能担得起墨九“崇拜”两个字的人，很少。

但墨九知道，她没有骗他，这全是她心中所想。

墨妄也担得起她的崇拜。

若非她是后世之人，而他是古人，不论哪个方面，甚至包括她最引以为傲的机关造诣，她也未必纟比他强上多少。

一直屈于左执事的他，又哪会担不起墨家巨子之位？

墨九眼睛也有点儿发热，想了想，又笑：“你知道的，这样的人，一个人一生也未必能遇上一个。彼此信任，多么难得。师兄，不管你有什么想法和决定，我都会支持你。我或许不能帮你什么，但我会在你需要的任何时候，出现。”

“嗯。”墨妄似乎有些无力，又似乎得到了某种解脱，微微一笑，“是我小性了，本不该在这样的时候，生出这样的情绪，还让小九操心。你且放心吧，我自己能好好的。”

“又客气什么？”墨九嗔他一句，倏地又敛了神色，“师兄，你为什么不问？”

墨妄微微一怔，看着她怀疑的视线，突地笑着抬手，温柔地揉了揉她的脑袋，就像一个大哥哥对待顽皮的妹妹那般。

“你的事，我又何须多问？”

“难道……你都知道了？”

“我想，我比你更早知道。”墨妄嘴唇依旧挂着笑，“我虽然不能十分确定他就是……萧乾，但也想不出还有别人。”

“是吗？你什么时候怀疑是他的？”

“在兴隆山，他为方姬然看病那次。”

“你眼有毒呀！”墨九倒吸了一口气，“为什么我没有看出来？”

墨妄笑笑：“当局者迷。”

“也是！”墨九叹了一口气，想想被萧六郎耍了，还一直被墨妄瞒着，不由得又有些愤愤，“为什么你猜到了，却不告诉我？”

墨妄看了一眼她精致的眉眼，皱了皱眉头：“这涉及你与他之间的感情，我若是掺和，又算哪般？他不曾告诉你，我自然不必多言。”

呃！

墨九眨了眨眼：“好吧，我原谅你了。退下吧！”

“是。”墨妄微微一笑，认真揖礼，“属下告退。”

看他露出这样的表情，知道他已经释怀不少，墨九心里绷紧的弦，也稍稍松了松。

待墨妄离去，她拎着竹篮就去了灶上。

捣鼓了半天，她做了一些吃食，让人给辜二端去一些，又送了一些给苏逸，然后寻了半天，也没有寻到墨妄，又叫曹元给他留了一点儿在他的帐篷……

剩下的，她就与萧乾一道共享了。

在草原上，简单的吃食，也会比别处更加美味。墨九吃得打了一个饱嗝，将事先预留的食物和一条长长的绳索，一并装入了篮子里。

对她的行为，萧乾似有不解：“阿九要这些东西，有用吗？”

墨九眯眯眼，笑得狡黠而奸诈：“有哇，钓鱼怎么能没有饵？”

“……”

萧乾看她做这些缺德事还快活得几乎快要哼小曲了，又不免扬唇轻笑……

这傻子呀！

有时精明，有时却笨。

想一想，完颜修的信笺内容，她也说了，还被他折腾那么久，然后做吃的耽搁这么老半天，她居然忘记了问他宋彻的事。

抬袖饮茶，他目光烁烁。

看来“睡服”这一招，往后要常用。

“咦！”墨九回头就看到他不怀好意的目光，“你在打什么鬼主意？”

她粉嫩的唇，微微嘟起，晶亮的眸，像潜伏了无数的星星。这样的墨九，是纯粹而美好的。然而，萧乾却不敢告诉她，他安的到底是什么坏心。

他让墨九坐过来，一本正经地问：“你要知道？”

“当然。快说。”

萧乾低头，啃她嘴巴。

“就这个……”

墨九呜呜反抗。

这一下不得了，连同宋彻的事，墨九都想起来了："我去，萧六郎，你在坑我——我差点儿忘了，你还没有告诉我宋彻那事儿呢。"

一把推开他，她怒目而视。

"说！"

萧乾又好气，又好笑。

看她小姑娘似的一急就红脸，他终是无奈地摇头。

"宋彻常年服药，损及神志是真，我给他下的药，有安神之用，也是真。但是，先前应对苏逸那番话，却是他在完全清醒之下说的。"

墨九挑了挑眉："那你怎知他会按你想的去做，承认自己就是宋骜？"

"他别无选择。"萧乾淡淡道，"放了苏逸出来，他自然要找宋骜。所以，我事先已派人知会过宋彻了。"

"宋彻为何要听你的？"

"这世上，只有我能救他。"

这么自信的萧六郎，让墨九又爱又恨。

"好，你牛！就算他不得不听你的，那为何又要假装失忆？"

"如果他不失忆，又如何做得好宋骜？"

是哦，不管宋彻知道宋骜多少事，但宋骜的人生，他到底不曾亲身经历，又哪能不露出半点儿破绽？真真假假，假假真真，方为上策呀！

唉！这些男人，一个比一个精。

墨九双目凉了凉，突然抬起眉眼："那你如今是打定主意，让他代替小王爷？"

萧乾眉头紧皱，思考良久，沉吟不决："只是权宜之计——"

只是权宜之计吗？

墨九想到宋骜与宋彻，还有夹杂在他们中间的彭欣和她可爱的干儿子小虫儿，不由得一声叹息："问世间情为何物？"

"那是一物降一物。"

听他接得很顺口，墨九怒目："学坏了呀，老萧？你可以……滚了！"

夜晚来得很快。

这一夜，皓月皎皎……

月华倾泻而下，笼罩着阴山大地，将策马闯入阴山的墨九一行人的影子拉得长长的，嵌套在天地间，竟似一幅奇异的美景。

及至阴山脚下，乾门大弟子曹元打前站，率先跳下马来，入洞查探一下方才回来禀报：“巨子，并无异常！”

墨九点点头：“兄弟们，到地儿了，下马。”

从当初出来的地方，再一次返回离墓，墨九领着一群人并没有花费多少工夫。不过，等他们再次从黑暗的甬道下到离墓上方那一间控制室时，她却把弟子都留在了外面，只与墨妄、曹元、萧乾及四大护卫单独入内。

离墓里，静悄悄的。

墨九站在控制室里，扬眉高喊：“喂，那顺老头，你死了没有？”

“哈哈哈！”那顺的声音，沙哑而怪异，像一只从地底冒出来的幽灵，一字一字，像蚂蚁钻入了人的骨头，“巨子不必紧张，老夫的命，长得很，便是你死了，老夫也还活着。”

“……”

这嘴够臭的呀！

墨九看击西有点儿憋不住笑，瞪她一眼，向曹元示意了一下：“上鱼饵。”

就算那顺会辟谷，她就不相信他饿了这么久，看到美食会受得了？

曹元依言照做。

于是那一条长长的绳子派上了用场，挂着竹篮子和墨九为那顺准备的美食，一起投入了离墓……放在一个永远高于那顺，让他够不着的距离，荡啊荡啊，散发出诱人的香味。

四周安静下来……

竹篮一晃一晃的。

墨九的手艺确实好，声东几个护卫没有吃得上，这会儿闻着肉香味都忍不住咽唾沫，可墓室里鸦雀无声，那顺没有发出半点儿声响。

显然，他在和自己的欲望做斗争。

等了许久，墨九有点儿头大了：“这个胭脂香是什么毒？看来不行啊，只能勾起人的那种欲念，一旦遇上那顺这种老得没了欲望的老匹夫，就毫无作用了嘛。”

她摸着下巴，目光阴阴地看萧乾：“回头你给我弄一种毒，只要是有欲之人，不管贪嗔恋，还是淫和色，都得中招，想什么，来什么，制人心神，惑人智识，我就不信哪个人躲得了。嗯，名字我都替你想好了，就叫百媚生好了。”

萧乾：“……”

他诧异地看着她，没有回答。

几个人也都怪怪地看着她，不动弹。

呃一声，墨九搔脑袋：“只是说说，说说而已，我其实没有那么坏……”

她“坏”字还未落下，离墓里突然传来咕噜一声，墨九竖起耳朵，然后就听见了那顺低低的吼声：“巨子，你到底要做什么？老夫既然落到你的手上，要杀要剐，都由你便……可你这般戏耍老夫，实在可恶。”

戏耍？

墨九一听有戏，不由得乐了：“那顺老儿，给你吃的，你自己够不着，却说我是戏耍，还有没有天理了？哼，不识好歹的家伙。”

顿一下，她拔高声音：“算了，那顺巫师不要，曹元，收回来吧。”

曹元应了一声，往回收绳子，可也不知绳子在哪里卡了一下，他手上的竹篮子居然脱离绳头，嚓一声，直直往下落。

“啊！巨子，掉下去了。”

曹元惊呼一声，墨九当即黑了脸：“你怎么做事的，退下去。”

“是——弟子知错。”

他们的对话声，落入那顺的耳朵。他怔了一下，不由得狂喜而笑，哈哈几声，前胸贴后背的饥饿，出卖了他的尊严。

这老头儿扑过去抱过篮子，坐在石板上，直接用手抓来吃着，狼吞虎咽。有牛肉、羊肉，还有一壶美酒……

美味！美味！

太美味了！

那顺一双眼烁烁生光：“哈哈哈哈！老夫就不多谢巨子了——”

他放声狂笑着，填了几下口腹，突然面色一变，手上的篮子哐一声落地。他猛地捂一下胸口，开始抠喉咙。

唠——唠——

吐哇吐哇，然而他腹中空空，能吐出什么？

不过一瞬，他像是体力不支，滚倒在地上，直愣愣地看着墓室的顶部，呼呼喘着粗气，又恨又骂：“墨九小儿，你哄骗老夫？”

这一回，轮到墨九哈哈大笑了：“哄的就是你，不这样‘不小心’掉下去，你又怎么会吃？”

那顺气得咻咻有声，声音也更为沙哑，口齿不清：“你给老夫……下的，下的是什么药？”

“就是我刚才说的百媚生啊！你难道不晓得我六郎是当世神医？我要什么东西，他自然早早就给我做出来喽。”

“你，你们……你们合谋骗我。”

“对，那顺老儿，拿你试药，是骗你，也是便宜你。现在，你可以慢慢享受了——等享受完，再告诉我，小王爷在哪里？”

“无耻！”那顺咬牙切齿，声音都是颤抖的。

“嘻嘻。”墨九笑盈盈的，“谢谢夸奖，九爷最喜欢的事，就是以其人之道，还治其人之身，比起你对宋彻做的，我这点算得了什么。”

那顺没有回答。

他似乎有意识地在与药物抗衡。

过了许久，墓室里面，也没有动静。

是他忍耐力太强，还是药没有效果？

墨九满肚子疑问，却不得不耐心地等待。时间一点一点过去。等得她都开始打哈欠了，那一间安静的墓室里，才突然传来那顺带着喘息的暗哑声：“三丹，是你回来看我了吗？三丹，是你吗？”

三丹？

墨九不知道他在咕噜什么。

那顺已然失神，在墓室里爬行着，脸上的巫师面具都歪了，双手高高伸起，像要拥抱自己久别的情人，那声音，带着颤颤的哆嗦：“有生之年，还能得见。三丹，老天待我不薄……”

见鬼了！

还以为他无欲呢，原来也有。

墨九好奇地偏了偏头，抓住萧乾的胳膊：“老萧，你可知三丹是……”

她还没有问完，便住了口。

因为萧乾双目半合，怔怔地站着，像掉了神魂一般，好像吃下那毒药的人，不是那顺，而是他自己。

难道他认识三丹？

忽明忽暗的光线中，萧乾目光冰冷，脸色带着一层淡淡的怪异，像是失神，又像是失落——那是墨九从来没有在他脸上看见过的神色。

“老萧？”她又喊一声，捏他手。

嗯一声，他低头，看她，定定的。他眸底闪着烁烁的光华，那呼吸间传来的清幽又冷冽的气息，带着淡淡的中药香味，就那般肆意地洒在墨九的脸上，让她似乎闻到了一种名叫“思念”的味儿。

“是，我认识三丹。”

“她是……”墨九心惊地想着，感觉到这个三丹不同寻常，而且对他似乎很重要，脑子里突然就灵光一闪，嘶了一声，脱口而出：“难道是你娘？”

萧乾抿紧嘴唇，点头。

静思片刻，他笑着一叹：“阿九总是这般聪慧。”

这个……还用得着聪慧吗？

那顺是北勐人，他惦记的女人，大概也是北勐人。而他惦记的北勐女人，能够让萧乾也失色的——除了他娘，还会有谁？

沉吟片刻，墨九没多问，只扯他胳膊：“现在，我们可以下去了。要下吗？”

“嗯。”萧乾已然恢复了一贯的清冷。

“好。大家退后！我要发功了——”墨九双手一张，摆出个极为夸张的造型，看没有进过控制室的声东和曹元后退一步，又咳一声，笑着上前，轻松地开启了控制室的机关。

呵！

声东和曹元两个人相视，不免失笑。

有墨九在的地方，永远不缺乏幽默。

于是，先前那一瞬的凝重，消散了。

接着，他们站在那个升降台似的平台上，随着墨九缓缓往墓室底下降落。

“太好玩了！九爷，一会儿能不能多玩几次呀？”击西呱呱叫着，满脸喜色。

她上次来时太紧张，都没有好好感受，这一次心态放松，觉得十分神奇，一面乐得眉开眼笑，一面又有点儿怕怕地揪住闯北，四处张望，一副没心没肺的样子。

闯北不看她，神色凝重，身体僵直，动也不动。

却是声东，疑惑地看着他们两个的互动，总觉得哪里出了问题，可瞥一眼自家主子的脸色，他张开的嘴终究又合上了，什么也没有问。

当然，赵声东不会知道这墓室对于闯北和击西的意义，身为四大护卫中的老大，他屏气凝神地拔出武器，在平台落地的第一时间，就飞快地跃了出去，制住那顺，一把揭开他的巫师面具："不要动！不然宰了你。"

然而——

此时的那顺，不需要他们动刀动枪，就已经没有了还击的能力。

不得不说，在有些问题上，墨九确实是聪慧的，像这种萧乾干不出来的缺德事，她都可以毫无压力地做出来——比如给那顺下药。

她晓得萧乾是正人君子，所以事先没有告诉他那种药的用途，然后针对那顺的性格，为哄他把药物入口，和曹元精心演绎了那一场"苦肉计"。

但她高估了那顺的耐药力。

这人显然被百媚生控制得失了心神。

比墨九以为的时间，提前进入了状态。

"那顺？"她踢了踢他，"喂？你醒醒。"

"三丹……"

在他们面前的老人，已经认不出人来了。他双眼赤红，没了巫师面具的脸上，沧桑、凄恻，比实际年纪显得更为苍老。

"三丹，三丹，你可是在怨我？

"不要怪我，我尽力了，我想把你救出来的，可那场仗……死了太多太多的人，大汗动了大怒了，到处都是尸体，我找不到你了……我听说南荣兵把你掳走了，我恨他们，我恨不得把他们通通都杀光……"

他语无伦次，喃喃自语，诉说的全是二十几年前，三丹公主被南荣兵掳去交给萧运长，后来又对萧运长生情，甘心为他生儿，却落得那般下场的悲苦往事。

——也是萧乾诞生前的往事。

那顺是痛苦的，癫狂的，也是痴愚的。

面前分明站着几个人，他却似乎看不见。

面前分明没有三丹，他却像看见了她。

在喊她的名字时，他目光中的暖色，几乎把他整个人身上的阴戾都融化了，让人很难相信，这个情深义重的男人，就是把宋彻害成那个模样的家伙。

"三丹，还好，我还有机会……终于还是有了机会，你回来了，我要好好对你……

不，不是，你不是已经死了吗？你为什么回来了？难道……这是你的鬼魂？你，你是怨我的？

“我是要好好对你的儿子的……是他太狠毒，是他太狠毒哇，他害我如斯，姓萧的种，怎会有好东西……”

其实这个百媚生做出来，药效如何，反应如何，墨九并不知情，正如她说的，只当用那顺来试药了。

可这么一看，她不由得吃惊。

“我的个神，这药霸道哇！”

萧乾看她一眼，似乎对药没什么兴趣，那一双穿着皂靴的脚，一步一步，慢慢地迈到了那顺的面前。

停顿。

迟疑。

他居高临下地望着那顺：“你是谁？”

那顺听不见他，依旧喃喃着“三丹”。

萧乾似乎不耐烦了，眉头一蹙，突然蹲身，将一个药瓶凑到他的鼻端，由他细嗅。然后又倒出两粒，灌入他的嘴……

没多会儿，那顺颓然地坐下，呆呆地看着他。没有完全清醒，神志依旧混沌，有一些口齿不清，但看见了他们几个人：“……你们，你们来了？”

“你是阿日舒。”这一次，萧乾用的肯定句。

对他母亲三丹公主的事情，他显然也是知道很多的，之前不知道那顺是谁，是因为那顺改了名字，换了身份，又一直戴着巫师面具，把自己掩藏在幕后。

但从他所说，再一细想，也就明白了。

他就是阿日舒，是他的母亲三丹公主没有被掳到南荣、没有被萧运长霸占之前的青梅竹马。若无那场意外，他也会是北勐大汗的驸马，三丹公主的驸马……

果然所料不错。

那顺似是吃惊，猛地抬头。

嘴唇颤抖着，他没有反驳，而是反问：“你怎、怎会知道的？阿日舒已经死了，死了二十几年了，所有人都知道，他死了，你为什么会知道？”

萧乾冰冷的视线里，有一丝丝的动容，不知是忆起了母亲，还是想到了过往，又或是想到了他和母亲一生蹉跎的经历。

"你知道的。我是三丹公主的儿子。"

那顺怔怔的，似比先头更清醒了几分。

"三丹的儿子？是，是，我知道你，姓萧的孽障！"那顺一双浑浊的老眼通红，像是想到了什么伤心的事，又是磨牙，又是颤抖，声音充满了恨意。

"我念着三丹的旧情，帮你，助你，可你倒打一耙，诓我，害我……姓萧的种，果然是不知感恩的畜生……哈哈哈哈，畜生啊。"

萧乾目光阴了阴。

他没有与那顺争论，而是直接问："你把宋骜藏在了哪里？"

"哈哈哈……老夫为何要告之于你？"那顺仰头大笑，像是被自个儿唾沫呛住了，又重重咳嗽了几声，而后凉凉地盯着萧乾，目光像毒蛇的芯子伸出来。

"他也是姓萧的种，他也得死，我一个都不会放过！"

"他姓宋。"萧乾冷冷回答。

"可他是姓萧的女人生的孽种！"那顺啐一声，疯狂地大吼着，突然伸出颤抖的手指着萧乾，"还有你，你也是，你也该死！"

萧乾低垂着头，一把捏住他的脖子："说，宋骜在哪里？"

他声音是凉的，目光是阴鸷的，似乎没有耐心再和他纠缠。可那顺却不怕他，呼吸受制，身体痉挛，目光却狠戾如常，像是恨不得杀死他一般，阴阴地看过来，怨毒地冷笑："杀了我，杀了我呀，姓萧的孽种，杀了我，你就永远找不到那个姓宋的杂种了，哦，还有另一个姓宋的杂种，他服了老夫的药，早晚也得死，你们都得死，一起下黄泉去团聚吧！几百口人，想来是不会寂寞的了，哈哈哈。"

不疯魔，不成活。

那顺疯得似乎没法控制自己了。

墨九哼一声，上前幽凉凉地笑："老萧，他想死，你何不成全他？"

萧乾回头看她一眼，似乎知道她的意思，是要逼那顺就范，可他摇了摇头，继续看那顺。

"我不会杀你……"

"老萧！"墨九哧一声笑了，"你不要这么迂腐好吗？你真以为这老匹夫帮你，助你，全是念在你娘的分儿上？别傻了！"

墨九目光定定的，看着萧乾脸上复杂的神情："我懂你，可你却不懂他。"

萧乾失去了太多的亲人，不，应当说失去了所有的亲人，而这个那顺是他母亲的旧识，之前确实帮助了他，从临安到阴山，还助他成功“接管”了苏赫的位置，可以说，是那顺，让萧乾在皇图霸业的这条艰巨大道上，少走了很长的弯路。

但他对萧乾，真的没有恨吗？

如果不恨，为什么又防备他，留了宋彻和宋骜这一手，还把他们关在墓室，想自己得到仕女玉雕？

他始终是防着萧乾的呀！

说不定，私心里，一直在杀与不杀之间矛盾着。

他是爱三丹。

可他恨死了萧运长和萧家。

他的矛盾，才是正常的人性体现。

自己喜欢的女人，把为别的男人生的孩子，倾情相托给他，他得多大的度量才能接受？至少，从那顺对宋彻的所作所为来看，他不是这样宽宏的男人。

甚至可以说，这个老头儿小肚鸡肠，阴险毒辣，可以为了目的不择手段。

那么，他为什么还是帮了六郎？

……因为，他矛盾。

一方面为爱，一方面为恨。

他在长久的纠缠中，折磨着自己，也折磨着宋彻。可怜的宋彻，根本就是他发泄情绪的一个牺牲品。

说得更难听点儿，那顺就是个变态。

“老萧哇，人性这东西，不能细揣，一揣，全是糟烂。说不定这老儿早就设计好了，就为了反过来利用你而已，千万别把他当好人。”

萧乾并不是短智之人。

墨九说的话，他当然也懂。

尤其在这样的时候，他哪会有妇人之仁？

叹一声，他摇了摇头，安抚地看了一眼墨九，一字一顿，说得极为冷漠，如同尖锐的冰刀子，刮过那顺的耳膜。

“我是不会杀他，我只会让他生不如死。”

好吧！墨九服了。

她竖大拇指：“原来我误会你了呀。那——你继续，我就喜欢看这种王八蛋生不如死。依我说呀，你就把他给宋彻吃过的药，让他吃吃……看他疯下去，那才好玩哩。”

"已经吃了。"萧乾淡淡地说，不像玩笑。

"什么时候的事？"

"就在刚才。"萧乾道，"那种药与你放在食物中的百媚生有相克之用，故而，他神志略有恢复，但只能持续半个时辰，时辰一到，便会再次发作，甚至比之前更狠。若继续加重药量，他的神志则会完全丧失，到时候，无须再问，我自有办法，让他乖乖带我去找宋骜。"

半是威胁半是真，他字字冷漠。

以至于，连墨九都不知这番话的真假。

看来她太高看萧乾了，这货哪里是那么好心的人？心眼子黑起来，比她黑了至少八个度好吗？

"腹黑！不过我喜欢，干得好。"

对于她的夸赞，萧乾不甚在意地牵了牵唇，凉凉的眸子再次剜向了那顺："阿日舒，我再给你一个机会，亦是看在家母的分儿上。你若肯现在告知我宋骜的下落，让他少吃苦头，我可给你解药。否则，我就留你在此，待你发作再来……"

"无耻的畜生，你们一个比一个无耻！"那顺目光阴鸷，冷冷地笑着，突然想到了什么似的，不怒反笑。

"萧家小儿，你以为这般就可诓骗老夫？休想！"

萧乾眉梢一挑，不答。

那顺道："你的野心，老夫清楚得很。现如今，蒙合称帝，阿依古势大，正是你大展拳脚的好时机，你用得着我，也需要有我。"

粗嘎的嗓子咳嗽一下，他再次自信地仰头："若没有我，你怎么做得了苏赫，阿依古又怎肯认你？"

唇角一勾，萧乾面色平静："那便不是你操心的事。再者，谁说我一定要做苏赫？"

被他冷声一噎，那顺迟疑了。

萧乾此人深不可测，他早有领教。

难道他真的别有想法？

真真假假，假假真真，一时令他糊涂了。

没有人会不怕死，那顺也怕。

更何况，他也是一个有抱负的人。

这二十多年来，他汲汲营营，除了要帮萧家搞死谢家，再把萧家搞死为三丹报仇之外，他也自恃是一代枭雄，哪愿永远隐于阴山，做一个“人不人，鬼不鬼”的巫师？

所以，当初与萧家合谋“狸猫换太子”，将阿依古的苏赫世子殿下换出来，也是安了几分心思的。

哪怕不称帝，也得做个王。

若不然，他这几十年，到底为了什么而活？

女人吗？三丹从来不是他的。

什么都没有，他又活个什么？

“阿日舒，我的耐心有限——”萧乾依旧不紧不慢，颀长的身姿在清冷的墓室中，站成一种孤绝倨傲的样子，像天生自带王者之气与凛凛杀气，他的声音一出，入骨地冷。

“声东！”突地低喝一声，萧乾牵了墨九的手，“赏他几粒药丸子。”

他说得漫不经心，而后带着墨九就往平台走。

“萧家小儿！你站住！”那顺不敢再犹豫，老脸上满是痛恨，突地扬起地上的竹篮子砸向他，撒泼似的哭吼，“三丹，你看看你的儿子，快来看看你的儿子，他是怎样欺负老夫的？你竟说，他温驯至孝，让老夫好生照顾他，老夫的命都快休矣，如何照顾他？”

“……”

墨九翻了一个白眼，突然有点儿想笑。

这老头儿气急败坏的样子，竟是挺搞的。

不过听这语气，好像萧乾的母亲，临死之前还真的拜托过他照顾她唯一的儿子。

那就不奇怪了。

那顺一边恨萧乾，一边又不愿意让过世的心爱的女人难过。

想一想，这老儿也挺可怜。

嗯，到她出马的时候了。

毕竟那顺说的是真的——萧乾确实还需要他。

扯了扯萧乾的胳膊，墨九笑眯眯地打着圆场，也顺便给那顺老儿递了一个台阶。

“老萧哇，我看就算了吧，阿日舒老人已经想通了，要和你合作，你又何必为难他呢？”

那顺一怔。

“小妖女，你——胡说八道，我何时想通了，我分明就是被逼的！还有你，又安了什么歹心？”

他不相信墨九会好心为他说话。

但墨九演得很逼真，叹息一声。

“我这辈子最听不得痴男怨女生生分离的故事了，阿日舒老人，您也别多想了，为了老萧的娘，您就说出来吧，两相安好，岂不更好？您想想，三丹公主看着您呢，您若帮了她的儿子，她在九泉之下，也一定会感激您的。您这就是……就是阳光，就是清泉，就是活生生的送福亲人哪！”

萧乾嘴唇微微抽搐。

其余几个人，皆紧紧闭嘴，望天不语。

那顺混沌的大脑，被她说得凌乱了。

“唉！”他重重一拳，砸在青砖石上，“三丹，你的儿，害死老夫了呀！”

无边的黑暗笼罩着阴山起伏的山脉，一行人骑着马，行走在阴山脚下。四周静静的，除了风声，没有半点儿人语。

穿行其中，安静得连鸟儿都没有惊动。

从南坡到北坡，一行人没花太久的时间。

那顺走在声东的前面，指了指前方：“到了。他就关押在里面。”

“我去！”墨九跳下马来，把缰绳一丢，看了看前方起伏连绵的山头，一阵感慨，“想不到阴山这个地方，猫腻还挺多的呀。”

“此处便是死亡山谷入口。”

墨九皱眉看着，扭头看那顺：“就是宋骜折戟的地方？”

嗯一声，那顺率先走在了前面。

声东与闯北两个，赶紧跟了上去，随时控制着他，只有击西跟着萧乾。而墨妄与曹元几个墨家弟子，则紧紧跟在墨九的身边，以防有变。

那顺此人，实在狡猾，他们不得不防。

然而，也许是被萧乾的药物暂时骇住了，也许是被墨九的话感染了，也许是真的想明白了要助萧乾在北勐大展拳脚，那顺并没有搞事，一直乖乖领着他们入了死亡山谷。

铺天盖地的酸腐臭味儿传来——

众人紧紧捂住了鼻子，犯恶心。

"好臭！"击西嫌弃地哼哼。

"那日尸体太多，没法子收拾，都堆那儿呢。"那顺说得平静无波，让墨九脊背寒了寒，又紧紧跟上去。

"小王爷究竟在哪儿？"

"就在前方——"

那顺加快脚步，在空旷的甬道中，走了十余丈，然后将一蓬覆盖在巨石上的杂草挪开，摸索着石壁，摁开了那一间关押宋骜的石门。

哐！

当！

门开了，尘土扑鼻。

墨九以手扇风，咳嗽着别头，避灰。

可下一瞬，她突然怔住了。

那间石室并不十分宽敞，一眼就可以望得到头。

里面空荡荡的，一个鬼影子都没有，哪里又有宋骜的踪迹？

猛地回头，她怒目而视："那顺老儿——"

"别问我。"那顺双目亦是有吃惊流露出来，更多的，还是一种难以置信的颓然，一张老脸笑得古怪非常。

"老夫曾以为，这世上很难有人及得上我，这死亡山谷和离墓，也不会有人能破。可一个墨九，也就罢了，到底是墨家巨子，老夫认栽！如今这宋骜……又是如何跑的？"

跑的吗？

墨九和萧乾互视一眼。

两个人并肩走入石室里面。

可以看得出来，这里面确实有人居住的痕迹，但是，没有打斗，没有凌乱，东西都摆得好好的，包括一个剩了半碗饭的瓷碗和一个土窑烧的酒缸。

墨九喃喃一声："我去，玄幻了。"

这剧情真的不按剧本走了吗？

可怜的小王爷，居然又不见了！

你这命，怎么就这么苦哇？

儿子没有瞅上一眼，老婆也快要跟你兄弟跑了，你居然一失踪二失踪再失踪？

如果再这样下去，这个曲折的故事就该改写成《小王爷失踪之谜》或者《小王爷寻找记》了。哪有几次三番不见人的呀？

“到底要闹哪样？”她的声音有点儿愠怒，她想了想，又猛瞪那顺，“一定是你搞的鬼，对不对？”

“不是他，他没有骗你。”萧乾低沉着嗓子，“宋骜之前确实关在这里。”他低头捡起被稻草半掩的一个木雕小人儿，递给墨九。

“你看看，是不是元驰的？”

墨九接过小木头人，只看一眼就肯定了。

“是他，是他的。”

这个木头人，墨九记得可清楚了。

当日宋骜出征抗珒之后，为了给儿子准备见面礼，专程雕刻了这个玩具。但是，由于他雕工有误，思想又污，所以小木头人的小丁丁特别大，相对身体比例也很是失调，还曾经被墨九嘲笑过。

“如果他是自行离开的，不会丢下它。”

这个木头玩具，是他一直没有机会亲自交到儿子手上的，说到底，这个东西才是最能体现宋骜对儿子满腔惦记和父爱的东西，连前往阴山都带在身上，又怎么可能遗失在此？

“所以……”墨九看着萧乾，眉梢扬了扬，“老萧以为，他是被人带走的？”

很显然，这个答案更接近真相。

毕竟墨九也不太相信连一个木头人都雕不好的宋骜，可以破死亡山谷的机关。如果他真有这本事，也就不会让南荣大军都折戟沉沙于此，丢下一史书的脸了。

那么……是谁这么厉害？

当今之世，墨九能想到的人只有一个。

那个在墨家大会上做机关屋考验巨子的神秘人，那个懂得阿拉伯数字的……也许与她来自同一个时代的高人。

“是他吗？”她自言自语，心窝像堵了一块石头。

那个人一直在暗，而她始终在明。

这种感觉太考验人的忍耐力了。

不狠狠骂他祖宗十八代，墨九觉得是因为自己太善良。

深吸一口气，她望着石屋顶，又幽幽吐出：“王八蛋，你到底是谁，你给爷出来呀？”

第四章　宴有艳福

夜凉凉，风萧萧，北风低回。

这一夜的嘎查村，似乎转眼就进入了深秋，在呜咽的风中，显得格外寂静、凄清。

一行人从离墓里拎了那顺回到嘎查，一路上，谁也没有多话，都像是哑巴了。

小王爷的再次失踪，让每个人的心底都像扎了一根刺。

不痛，却刺挠。

萧乾把那顺带到他住的帐篷里，帘子一拉，两个人关在里面密谈了一个多时辰，没有任何人得以入内。就连墨九自己，也知趣地回去睡觉了……

他们两个钻一块，能说什么呢?

无非与三丹有关的事。

这些事是萧乾化了脓的伤口，他愿意自己躲起来舔舐，墨九就不会非去揭开伤疤，再好心去安慰他。其实那样的好心，说难听点儿，不过为了满足自己成为一个好人的私心。对于受伤的人来说，完全无济于事。

她想，这世界最冷漠的地方，便在这里了。

哪怕是最为亲密的人，也不能体会对方真正的痛。

除非……自己也经历一次。

凌晨时分，下了一阵雨。

淅淅沥沥的雨点，打在帐篷上，吵醒了墨九的梦。

睁开眼，她看见萧乾就坐在她的床边不远。

背对着她，面对着空茫黑暗的窗户，他在发愣。

墨九迟疑半晌，轻咳一声，笑眯眯地打了一个哈欠。

“六郎怎么在这里？”

萧乾转头，眸底是一片通红：“我过来瞧瞧你。”

瞧她？好端端的，她有什么可瞧的？

墨九微微嘟嘴，理了理衣裳，坐起在床上，和着被子抱紧膝盖，就那般乖乖地看他，也不揭穿他身上无处不在的孤寂与落寞，似笑非笑地半眯着惺忪的眼：“六郎这是想我了？”

“想。”萧乾回头，唇角微勾，似带了一点儿笑，又似带了一点儿涩味，一瞬后，目光再次掉转向窗口，声音悠悠的，像是在对她说，可仔细一听，又好像在自言自语。

“昨夜大雨，我突然有些怕。”

怕？六郎也会怕吗？

怕了……也敢承认吗？

他是那么一个高冷孤绝的萧六郎啊！

墨九把下巴搁膝盖上：“怕什么？”

萧乾沉吟片刻，突地喑哑地道：“怕你会突然不见。”

他独坐在木椅上，冷峻挺拔的身躯，被布帘外稀薄潮湿的晨光，映衬得像一个失了魂魄的雕塑，面色苍白，毫无血色。

墨九见状，眼窝微微一热。

“萧六郎，你永远也不会失去我的。”

他没有说出心里话，可墨九却懂得。

他怕的不是她会不见，而是失去她。

一个人失去了太多的亲人，心里的伤口就会越来越多，越来越痛，于这个世界的存在感，也就会越来越低，甚至有的时候会找不到……找不到存在的意义。

这也是她一直以来，都热衷于支持萧六郎争那一个其实虚无缥缈的皇图霸业的很大一部分原因。

说到底，不过为了一份追求。

若无追求，他的人生，会不会寂寞如雪？

当然，若他真的得偿所愿，一展抱负，于她而言，是幸或不幸，她其实完全没有想那么多，也想不了那么远。

静谧的帐篷里，许久没有声音。

好一会儿，方才听见萧乾低声叹笑："阿九总说永远，你可知，永远是多远？"

"永远哪，大概就是与生命差不多远吧。"

"生命尽头，就是最远的永远？"萧乾挑眉。

"不，有比生命尽头还要远的地方。"

"什么？"

"坟墓——"墨九嘻嘻笑着，冲他眨眼，"等咱俩都没了，也不会是最远的永远……我会和你一起，合棺入殓，那才是真正的永远呢，只要天不荒，地不老，就会一直在一起。"

"你呀，唉！"萧乾无奈地摇了摇头，带了一丝笑。可论及"死亡"，他深邃的眸底，似乎闪过一抹微妙的苦涩："阿九，便是要死，你也得死在我的后面。"

墨九瞪大眸子，笑着嗤他："为什么呀？你说你，好自私，难道不知道活着的人，其实比死去的人，更加痛苦吗？"

所以，一次次送别亲人的萧乾，是多么痛苦？

墨九大抵猜到了他的心绪，却见他微微一笑，慢慢走过来，慎重地握紧了她的手。

"答应我，就让我自私一回。"

墨九短暂地缄默，而后哼一声，眯眯眼。

"好，九爷就让你占这个便宜，不过——"

迟疑片刻，她突地抬头，笑问："你得先告诉我，你从什么时候开始喜欢我的？既然大郎早已过世，也就没有那冲喜一说了，好端端的，为什么你突然就想要娶我了呢？"

看他久久不答，她眼珠子骨碌碌一转："莫非，你早就暗恋我？"

萧乾嘴角微微抽搐："阿九想多了。我都不曾见过你，何来恋上？"

"……哎呀，我好失望，你居然没有暗恋我。"

"至少那时，是没有半分想法的。"

"明白了，你个禽兽哇！怪不得你半点儿都不心疼地把我娶入萧家，哪怕明知道根本就没有大郎，我得守一辈子的活寡，你也丝毫都不顾及的，对不对？"

她说得委屈，萧乾却没有反驳。

他目光幽幽，声有凉意，喟叹一下，似是纾解着心中长久的郁气，又似要将一些过往的艰涩之事，悉数排出。

“我是不曾想过，会与你有什么苟且，也想不起到底何时入得你的瓮，受得你的缠，莫名就觉得你在心底变得不一样了……也许是云雨蛊，也许不是。我细思过，不得其解。然这世间之情，又何来解法？”

听他坦露心迹，墨九沉默。

这一瞬，她觉得她与萧六郎也无不同。

一开始，她也没有想过，会与他有什么纠缠。

到底什么时候开始喜欢他？到底是不是云雨蛊？这个时候，谁又说得清？反正，爱情来了，就是来了。赶不走，也抹不掉，纠缠不清。

她扑往他的怀里，环住他的腰，像一个害羞的姑娘在与情郎絮语：“那么，萧六郎，我们就只有好好在一起，共同经历这世间浮华，走向命运必将推向的……那个永远的永远了。”

萧乾回抱她，低头，将下巴搁在她的头顶：“好。”

吃早膳的时候，墨九去探望了一下彭欣。

此刻，彭欣已然知道了他们昨夜去离墓寻找宋骜的结果，那张本就瘦削的脸，似乎更瘦了几分。下巴尖了，脸也白了……

墨九拍拍她的肩，唤她一起去吃饭：“别想太多，我们一定会找到他的。走，先去尝尝我做的手抓饭……嘿嘿，第一次试做，也不晓得口味怎么样……”

彭欣沉默片刻，摇了摇头：“你去吧，我不吃了。”

“不吃怎么行？”墨九当即挑了眉头，瞥一眼刚吃过药躺床上、合紧双眼、一动也不动的宋彻，她出去唤了曹元进来，吩咐他守好宋彻，然后拽了彭欣出去。

“就算不吃饭，你也得出来见见天光，看看这个草原的颜色吧。天天关在帐篷，你也不怕长霉？改天回了兴隆山，连小虫儿都不认得你这个娘了，可怎生是好？”

听到小虫儿，彭欣红了眼。

慢慢垂首，她看着鞋尖，默默无言。

墨九看着她的头顶，望一眼天高地阔的山坡草地，深深呼吸了一口清新空气，从怀里掏出那一个小木头人来，递到彭欣的面前：“喏，给你的。”

彭欣视线扫过来，看了片刻，没有接。

墨九道：“原本这个时候是不想给你的，怕惹得你伤心，但我刚才又突然觉得，一个人忍受痛苦的潜能，其实是巨大的。也许真的痛到了极点，压到了一个人的承受极限，反而会好起来。所以，拿着吧，看看，他亲手给你们的儿子雕的。”

把与这个小木头人有关的故事告诉了彭欣，墨九一眼不多瞧，随即就转了身：“别忘了，宋鹜还没找到，你也还有一个儿子呢。俗话说，妇人虽弱，为母则强，你自个儿好好掂量吧，我吃着 手抓饭等你……一刻钟，晚了不留。”

负着双手，她大步离开。

那挺直的身姿，有一种飒飒的英气。

这一直是墨九与众不同的地方。

彭欣注视着她越来越远的背影，久久没有挪开视线。

想当初萧乾临安“亡故”，她亦不曾被压垮肩膀，始终如一地做着自己应当做的事，坚强地活了下来，终是等来了雨过天晴……

可她呢?

彭欣叹口气，低头，注视着雕工粗糙的小人儿。

看到那一只巨大的丁丁，她哧的一声，笑了。

也只有宋鹜，才会做这样幼稚的事情吧?

这个男人，她至今无法形容他，也无法形容对他的感觉……胡思乱想着，彭欣将小木头人迎风辗转，看了又看，突然眼睛一眯。

只见小木头人的两只脚板心，都雕着字。

一边写着：吾儿，你是为父的骄傲，为父也要成为你的骄傲，做一个顶天立地的大英难。

一边写着：乃父宋鹜，景昌元年，亲刻。

顶天立地的大英雄？彭欣默然。

宋鹜从来都不是英雄，回顾他走过的人生，甚至都没有做过几件值得骄傲的事，整天除了招猫逗狗、为非作歹，就是宿花眠柳、夜饮秦淮……

枉翩翩少年，负了半生。

可若他就此魂归西天，那便是一生了。

彭欣突地将小木头人贴在胸前，徐徐望向天际。

老天！请你给他，给他一个做大英雄的机会吧。

他还没有做大英雄，一定不能出事的。

慢慢地，她合上眼，祈祷着，任由两行清泪，缓缓滑在苍白的面颊下，落入泥土，润了青草……

在墨九把肚子填得差不多了的时候，彭欣终于迈入了帐篷。她一脸清清淡淡的表情，既无欢喜也无愁，墨九满意地看她一眼，放筷，招手，什么也没说，直接就盛饭。

“来来来，还热乎着。”

“谢谢！”彭欣坐在她对面。

“少客套，老子最受不得这个。”墨九砰一声把饭放在她面前，瞪眼睛，“吃，看你，都瘦得抽条儿了，你不晓得吗？我这人有一个臭毛病，最见不得人家比我瘦，你怎么敢啊？”

彭欣失笑。

低下头，拨了拨米粒，她突然又看墨九：“小九，在临安时，你曾说，我需要一个朋友，还说，你最适合做我的朋友。时至今日，我偶想当初，竟是庆幸……有你这样的朋友。”

“我去！”墨九仰天，“酸死我了。大姐，你听没听过，感谢的话，不要停留在口头上，要用实际行动来表示？回头你多教教我养虫子的事儿，那就行了。”

“好。”彭欣微微一笑。

“小样儿，会笑了呀，美！”

与彭欣之间的友情，对墨九来说，是非常必要的，也是不可缺少的。这种感情是一种完全不同于爱情与亲情的情感属性，可以掏心掏肝地诉说一些在别人面前不能说的话。

在彭欣面前的她，是不同于萧乾面前的另一个墨九。

因为有彭欣的友情，她的人生也更为丰富。

“所以呀，这辈子，咱俩就这样‘友定’了。彭欣啊，你听我的话，准没错。回头，你就跟我去会会那顺老儿，你不是还养有虫子嘛，通通给我使出来，好好招呼他，出一口恶气再说……”

那顺昨天晚上从萧乾的帐篷出来，就被赵声东送到了金帐。

也许他与萧乾已经达成了某种意向性的合作，萧乾没有为难他，他也没有对萧乾与墨九一行人到嘎查的任何事，有任何的说法。

他就那般，默默地，继续留在苏赫那里，乖乖地做他的师父。

墨九带彭欣过去，当然不是真的为了整那顺……最重要的，她是想让彭欣从那一堆糟乱的事情里抽离出来，找一个精神寄托，不要再胡思乱想。

然而——

她没有想到，金帐的人，恁多。

在座的人，除了那顺之外，还有萧乾、苏逸，以及好几个北勐的官吏，其中一个，还是刚从哈拉和林过来的家伙，他带了北勐皇帝蒙合的旨意，让苏赫前往哈拉和林，说有事相商。

在这样的情况下，墨九和彭欣当然没有机会对那顺下手。

但得以被金印大王邀请去金帐，当着北勐官员的面，她也摆足了墨家巨子的架子，与众人寒暄几句，就不冷不热地与彭欣一道坐了下来。

墨家巨子在嘎查村，不是秘密。

很显然，北勐人也都知道这件事。

而苏赫给他们的官方回答，是他自己邀请墨家巨子到阴山，目的是为救出盟邦的安王宋骜。如今安王找到了，当然也就贴合了这么一个说法，倒也让人挑不出毛病来。

只是现如今，蒙合让苏赫去北勐皇都，又为哪般？

……萧六郎，又该怎么做？

她心里有疑，却自始至终抿嘴微笑，一句话都没有插，俨然一副金印大王座上贵客的样子。一直等到北勐官员酒过三巡，打马离去，金帐也只剩下他们几个自己人了，她才打了一个饱嗝，望向也在沉默的萧乾：“老萧，我们去是不去？”

“去！”萧乾杯中无酒，全是清水，却也仰头饮尽，样子豪爽得很。

“我呢？”墨九挤眼睛。

这才是她最为关注的问题，她最怕萧乾像以前一样，有什么事，就丢下她独自离去，名为保护，实为疏离，简直让她恨透了。

萧乾缓缓放下酒杯。

似乎在考虑，他与她四目相对，缓缓拉开唇角：“你也去。”

啊哈！

墨九心底狂笑。

可脸上没有表现出来。

搔了搔头，她满是惆怅地转眼珠子：“可是人家蒙合大皇帝又没有邀请我，我就这般跑到北勐去，会不会不合适呀，会不会引起人无端猜测呀？要不然，我扮成你的小丫头、小侍卫、小药童，或者你的小妾……”

“……”

金帐里，所有人都无言以对。

萧乾却是淡淡一笑："你可以去找朋友。"

朋友？

墨九不太明白萧乾所指，但看他眸色清冷，似无继续往下说的意思，她斜目瞄了一眼金帐里的其他人，终是端起酒杯，再不多问。

她从未去过哈拉和林，何来朋友？

还有萧乾自己，又准备以何种身份前往？

揣着满肚子的疑惑，墨九离开金帐，让彭欣自己先回去了，然后默默跟在萧乾的背后，亦步亦趋，就是噘着嘴巴，不肯吭声。

换往日，她若这般小性，萧乾必会发问。

可今日，他与她一样，亦是沉默不言。

回了帐篷，两人一前一后步入帐中。

除帘风有动，帐篷里鸦雀无声。

萧乾看她站在门口，终是牵了牵唇。

"阿九进来！愣着作甚？"

嗯一声，墨九负着双手，两脚画着八字，慢吞吞地走到帐子中间，嗅着空气里熟悉的中药气息，觉得身心少了浮躁，慢慢坐下，不高兴地瞪他。

"说话！"

"你说。"萧乾立于她对面，若有所思。

"你都想好对策了吗？"墨九遂问。

"嗯。"萧乾慢慢取下头上的毡帽，挂在帐篷里的架子上，发顶的束冠戴得一丝不苟，衣袍一如往日整洁，可他的面孔实在不复往日俊美，苍白、不平的肌肤，极为骇人。

墨九的目光里情不自禁露出一抹心疼。

"蒙合刚登基就召苏赫入皇都，想必不会有危险，只会有好事。毕竟还不是他杀功臣、整朝纲的好时机。我想，大抵是为了笼络他吧？"

萧乾深深望她，目露赞赏。

"阿九所言极是。"

一个正常的君主都不会在这个时候，主动搬石头砸自己的脚，何况蒙合此人虽是残忍，却也极有头脑，能在这一场风波中脱颖而出的人，都必有过人的本事。

可他越精明，她就越麻烦。

敲了敲额头，她懊恼地一叹："可我若去哈拉和林，总归得有好借口……"

身为墨家巨子的她，目标太大了。

一个"千字引"，牵动着无数人的心。不管墨九走到哪里，也都能吸引无数人的关注。尤其是为国君者，估计没有人不打"千字引"主意的。她也曾想过，那些人如今都不动她，大抵都在等着做"渔翁"。毕竟八卦墓并未完全开启，这个时候留着她办事，不要太方便。

不过，她以前都在南荣活动。

此去哈拉和林，恐怕会引来诸多的猜测。

尤其，南荣会怎么想？

萧乾凝视她良久："你怕他误解？"

他？宋熹？墨九愣了愣，噙着笑望他："你想到哪里去了？"

萧乾低眸："那有何惧？我说过，你可以去找朋友。"

墨九冲他翻了一个大白眼："旁人不了解我墨九，你还不了解我吗？我什么都多，就是朋友不多，更别说哈拉和林的朋友了，我上哪里去找？"

"怎会没有？"

萧乾眉宇间一派清和镇定："塔塔敏公主，不是吗？"

他话音一落，墨九就被震住了。

隔了一瞬，她猛拍大腿，兴奋得差点儿跳起来。

"对哦，我怎么不曾想到？差点儿把她忘记了——"

哈哈一笑，她猛夸萧六郎，对他竖起大拇指，开始了墨九式的小得意："想我当日对塔塔敏有……一饭之恩、一羊之恩、一酒之恩、一睡之恩、一命之恩，她难道就不思念我吗？"

萧乾失笑，摇头，不语。

咂咂嘴，墨九冷不丁又问："她如今……情况如何？"

北勐经了那一番激烈的政治风波，她一个公主，还能在旋涡中心独善其身吗？

……还有她那个哥哥，不曾扯入夺位之战吗？

若她都过得不好，自己去找她，不是给她添麻烦吗？

萧乾目光略沉，语气却平淡："她很好。"

接着，他将所知的北勐情况徐徐道来。

墨九听着，不禁唏嘘——

命运从来多舛，却也精彩。

当日的他们，其实间接地救了塔塔敏与扎布日一命呢。

谁也不曾想到，在北勐风起云涌的夺位斗争中，血流成河，尸骨堆山……可曾经与蒙合之父有皇位之争的四皇子扎布日和他最爱的妹妹七公主塔塔敏，不仅没有受到半点儿牵连，反而得了不少好处……

这中间的渊源说来复杂，其实也简单。

四皇子扎布日与北勐丞相纳木罕私交颇深，且有姻亲关系。

曾经，当北勐大汗还属意培养外孙萧乾为接班人的时候，纳木罕就是扎布日最为忠诚的党羽，一直站队扎布日，为他栽培部众和争储位而四处奔走，为此，还曾与萧乾有过冲突。

然而——

那一场影响了许多人的战争，让事情发生了逆转。

得知心爱的妹妹塔塔敏要被赐婚给南荣安王宋骜为正妃，扎布日竟然不顾身份，不管纲常，擅自调兵行动，导致北勐败在汴京，不仅失信于北勐大汗，失德于北勐宗亲，也让他与塔塔敏之间的不伦，曝光在了世人的眼中。

彼时，于他而言，打击可谓沉重至极。

他失去的，是皇位的争夺，成了一个大笑话。

这样的皇子，不仅大汗不喜，拥趸者也寡。

然，塞翁失马，焉知非福？

扎布日这个莽夫，对塔塔敏真是一往情深。据说此人从小就没有读过几天书，简直就是一头一根筋的蛮牛，眼看大势已去，宗族内与朝堂上，个个都戳他的脊梁骨，想做皇帝是不行了，那美人儿他得要吧？

他索性破罐子破摔，不以半分耻，带着三分狠，从萧乾军中被纳木罕带回哈拉和林之后，频频向他父汗讨要旨意，说要娶自己的妹妹塔塔敏……

我去！

大汗当然不会同意。

这件事一度成为哈拉和林的笑谈，也导致七公主塔塔敏，至今闭门，不见任何人。

但这样一个糊涂且莽撞的扎布日，在水深火热的夺位战之中，在失去了竞争力之时，就不再是别人针对的目标。

此时，丞相纳木罕长叹一声，毅然转投蒙合的父亲达尔扎亲王。

不得不说，纳木罕就是北勐的一头老狐狸。

他眼光独到而精准，从投靠达尔扎亲王起，便开始为其谋事。及至蒙合成功登顶帝位，纳木罕这个北勐丞相，立下了汗马功劳。

位极人臣的纳木罕，对扎布日这个旧主、大外甥，虽然怒其不争，却也不能不管。因此，在阿依古长公主召开的以推举大汗为目的的宗亲大会上，他提前暗示扎布日，要第一个向阿依古长公主表态，让达尔扎之子蒙合继位。

儿子尚在，孙子继位其实不合礼法。

但纳木罕给扎布日的理由却是对他很有诱惑力的——往后更好向蒙合讨旨娶妹妹。蒙合做了皇帝，他是蒙合的叔，是长辈。蒙合一个晚辈，怎么好意思管他娶谁?

这扎布日为了塔塔敏，快疯魔了，也就应了。

宗亲大会上，他果然一语惊人。

——当然，别小看扎布日这一句话。

出头的鸟，分量是最重的。

往小了说，这是给宗亲一股带动力，至关重要。

往大了说，这就是活生生的“从龙之功”啊!

所以说，蒙合继了大位，这扎布日就成了他的皇叔，也成了整个宗亲里面辈分最高的亲王。比起拉木拉尔那些反对派的宗亲子弟来说，这家伙因祸得福，从今往后，只要不生二心，都可以得享荣华富贵了!

毕竟，哪怕蒙合再残忍，在杀尽了对手之后，总得留下一两个干不了大事的皇子皇孙，裱一裱他仁德的门面。扎布日这个他父亲曾经的夺位对手，俨然再合适不过了。

墨九听得这番话，叹息一声：“……人生无常啊！可我去找塔塔敏，六郎，你又当如何？若不然，你扮成我的小丫头、小侍卫、小药童……”

萧乾淡淡看她，突然起身打开一个包袱，从中拿出一面铜镜来，慢条斯理地置于案几之上，凝神看向镜子里的自己，手慢慢抚向那一张变了颜色的面孔，久久不语。

墨九在他身后，盯着他……以及镜中的他。

“六郎……这是要作甚？”

萧乾不答话，却是低问：“阿九，我变成这般，可还有人认得？”

认得吗？当初的她没认出来，那天的苏逸，好像也没有认出来。

……这个六郎，确实完全变了一副模样。

她压住沉重的心绪，微微一笑："想必是认不出的了。"

"那便好。"他面无表情地答。

好吗？真的好吗？

墨九不知男子对容貌的在意与女子是否相同，但总归觉得俊美无匹、有南荣第一美男子之称的萧六郎变成这般，总是人生的一个缺憾，哪怕此时，这个缺憾来得如此合适，可以恰到好处地令他避开诸多的危机——

念及此，她脑中灵光突闪。

"六郎是要……扮成苏赫？"

萧乾回头，慢慢凝视她的脸，露出一丝淡然的笑。

"我这一生，做过乞丐，做过药徒，做过伙计，做过走卒，做过将军，做过枢密使，做过世子，做过天下兵马大元帅……还从来不曾做过巫师呢，何不一试？"

噗一声，墨九笑了。

潇洒地走到他的背后，她双手搭在他的肩膀上。

她轻轻地揉捏，语气亦是轻而淡："如此想，便是极好的了。人的一生太短，重在经历以及感受幸福。你我二人，往后就在一处，患难也好，艰辛也罢，其实都是经历不同的生命过程嘛。只要你在，我在，这天地便在，这人间便在，身居何方，置于何处，又有何妨？"

萧乾握住她放在肩膀上的手，把她拉到面前来。

"阿九是支持我的？"

"废话！"墨九嗔怪地看他一眼，就势坐在他的腿上，双手勾住他的脖子，目光深深地盯着他，"我从来都是支持你的，可你却从来都是避着我的。这便是我以前总想打你的原因。幸而，你如今懂得错了，晓得改正。要不然——"

眨眨眼，她嘟唇而笑："你早晚是会失去我的。"

呵一声，萧乾捏了捏她的粉脸，似是迷醉于那一抹惑人的胭脂色中，摩挲的速度慢慢变缓，眸色越来越沉重："阿九这般美好，而我——"

"你也很好。"墨九打断他，目光一转，换话题，不许他想这个，"对了，六郎，我们去了哈拉和林，宋骜尚未找到，那宋彻如今又被认作是宋骜，还有彭欣，如何安置他们为好？"

"他们，我亦有安排。"萧乾道，"宋熹及南荣朝廷，此时恐怕也未必愿意宋骜这个失踪的王爷还朝的。我且以他身有疾症为由，让他与彭欣暂住兴隆山……"

墨九一怔，当即欢喜：“如此甚好。一来彭欣可以陪陪小虫儿，以解思念，二来若他日寻得宋鹜归来，也可神不知鬼不觉地换回彼此身份……而且，兴隆山是一个养伤胜地，希望他们都能想得通、走得出来吧。只不过，那宋彻并非省油的灯，他可会听六郎之言？”

“他惜命！”萧乾淡淡道，“只有我能救他。”

“唉！”墨九以为，其实萧乾的医术，真的可以为他逐鹿天下的野心增加很多便利的。只可惜，这个男人有一点儿奇怪的固执，正常情况下，他不医，也不毒，始终遵循着一套自己的行为准则。

这样的萧乾……

嗯，有点儿迂腐，也有点儿可爱。

当日晌午，墨九便把这个安排告诉了彭欣。

她没有表示反对，但目光里，亦有迟疑：“那宋鹜之事——”

墨九道：“目前暂无头绪，只能等了。”

握住彭欣的手，她想了想，又目光坚定地看着她：“你得往好的方面想，没有消息，便是最好的消息。至少，小王爷性命是无忧的。那人——那个可恶的家伙，不论他是谁，既然费心把小王爷劫了去，想必不会是奔着他的命去的。另外……我亦吩咐了师兄，传令墨家弟子，四处打探，你信我天下墨家弟子，总会有消息传来的，何况我还有相思令……”

听她说得急切，彭欣回握她的手：“我代小虫儿，谢谢干娘了。”

“傻子。我们是朋友，说了别客气了。”墨九松开手，拥抱了她一下，“小王爷吉人自有天相，等雨过天晴，你们一家三口，终会团圆的。”

彭欣笑笑，那脸上，尽是苦涩。

一家三口相见，宋彻又将如何？

团圆？如何能圆？

她这一生，是怎么都圆不了的了。

阴山连续下了两日的雨，第三日才晴朗起来。而这一日，便是北勐金印大王苏赫准备前往哈拉和林朝见新皇的日子。

墨九早早准备好，让墨家弟子打点好了行装，自己则前往苏赫的金帐，要与他同行。

理由嘛，自然与萧乾说的一致——

前往哈拉和林访友。

墨九负手走到金帐外，对着守卫的北勐士兵微笑。

“小兄弟，请替我禀报王爷，就说墨九求见。”

那士兵在嘎查村好久了，认得墨九，点点头便致礼。

“九爷，里面请！王爷早就交代下来，您来，可直接进去。”

“哦哦，好的。”墨九入得金帐，又往内帐去。

内帐外面站着的人，依旧是那个叫雅兰布的侍女。看着墨九，她面色平静地行了一个礼，然后主动对着内帐喊：“王爷，墨家巨子到了。”

“让她进来吧。”

这个低沉的声音，依旧带了一点儿沙哑。淡淡的，凉凉的，不曾有情绪表露，却比往日清亮了不少，听上去与那时辜二假扮的苏赫似乎没有多大的区别。可仔细听来，熟悉如墨九，却能听出一点儿属于萧六郎的味道。

心里微窒一下，墨九撩帘。

“墨九见过王爷。”

在雅兰布的面前，她不好失礼。

“巨子不必多礼。请进——”

那一张戴着巫师面具的脸，狰狞、恐怖、永远没有表情。而穿着那一袭巫师黑袍的身体，似乎也没有半点儿变化，只有那一双眼睛，有墨九熟悉的光芒。

她张了张嘴，随即合上，不说话。

萧乾看她一眼，冷冷望向雅兰布。

“出去吧，没我的吩咐，不许旁人进来。”

“是，王爷。”雅兰布头也没抬，径直下去了。

帘子合上，看内帐只有萧乾自己了，墨九啧啧一声，四处观望一番，不由得奇怪地回头：“辜二人呢？还有那个雅兰布……她曾在辜二近旁伺候，会不会识破什么？”

“放心吧！”萧乾牵她的手坐下，“辜二此人，可堪大用，我必重用他。此番，他将以我侍卫的身份，与声东他们一道陪我前往哈拉和林。至于雅兰布……”

顿了一下，他道：“她是辜二的妹妹。”

妹妹？墨九惊讶：“亲的？”

“一个爹娘。”

“怪不得，我当日就觉得她像汉人。”墨九说到这里，又想到一个疑点，“当日辜二假传圣旨入汴京，我曾听他说，自己孤身一个人，世间再无牵挂，无亲无故什么的。这怎的突然又钻出来一个妹妹，还有，楚州萧家隔壁的辜二家人，又是怎么回事？”

萧乾听她一个问题连着一个问题，不由得感慨。

“此事说来话长，今日启程事忙，来不及与你细讲。”

“那就讲粗的！”墨九蛮横地撇嘴。

“粗的？”萧乾目光一闪，忍不住笑着揉了揉她的脑袋，一副“你是流氓我惹不起”的无奈，然后喟叹一声。

“我只能这般告诉阿九，辜二名叫辜仇，便是因为阖家皆故，负一身血海深仇……他本不姓辜，是我父亲托了人情，救出他兄妹二人，并把辜二养于楚州近邻的辜家，让他得幸活了一命，而他的妹妹雅兰布，当日我父亲原本是不留的，让我处理掉。是我见小姑娘可怜，托人将她带到北勐安置……”

“所以，辜二甘愿为你卖命，便是因为萧家救了他，而你救了他的妹妹？”

“也未必全是如此……”萧乾目光烁烁，“他是一个明辨是非的人，亦是有大智慧的人。”

大智慧？墨九想到了辜二木头疙瘩似的脸。

还有，他脸上……那一道伤疤。

“那他的大仇，可得报了？”

萧乾眉头微微一蹙，幽幽地叹道：“他的私事，我不便多说。来日有机会，你自行问他吧。只那一日在汴京，我便把雅兰布的事情告诉了他，他从汴京离开，便是前往漠北寻妹了，而后也就顺理成章地接受了我的安排，在阴山顶替了苏赫，也把妹妹接到了跟前。后来，他才又至兴隆山来寻你。”

“不是寻我，是换相思令。”

看墨九气鼓鼓的样子，萧乾失笑，捏她鼻头：“这般记仇？”

“那是当然！”墨九哼哼一声，黑白分明的大眼珠子里，满是郁气，“信不信，回头我也改个名儿？不叫墨九了，也学辜二，叫个墨仇什么的，天天追着你……”

墨九——墨仇——莫愁？

想想这些名字，墨九忍不住笑倒在他的怀里。

“哈哈，乐死我了。”

这一笑，气氛轻松不少。

墨九揉了揉差一点儿笑出眼泪的眼，慢慢抬头，似是想到了什么，又凝重地问萧乾："萧家对于辜二的安排，也与苏逸是一样的吧？他和苏逸一样，都是萧家养在外面的棋子，只待有朝一日，行杀着，为萧家所用？"

萧乾默认。

抚一下额头，墨九不由得深叹一口气。

"你的父亲萧运长，真是一个杰出的政治家呀。下了一盘大棋，算计了无数的人，与谢忱两个你死我活地斗了一辈子，结果落得这般下场，也是令人唏嘘……不过如今他也不会寂寞，去了黄泉，还可以寻得谢忱，两个人再斗上一把，叫那阎王老儿烦心不已，从此再没那闲工夫管世上之人的生死。"

萧乾静静看她。

他眼中，说话时的墨九眉飞色舞，一头青丝往上绾成男子的发髻，衣袍清爽而简洁，不施粉黛，却容色妖娆，肌若凝脂，如初升月华，圣洁出尘。

不再是那日土夯大道上的小姑娘了。

三尺红尘，染了他，也染了她。

并未过去多少时日，他们都已变了模样。

她如今风华正茂，正是女子最好的年岁，那微微低眉的万种风情、温柔颜色，无声无息地闯入他的心底，荡开了一波波涟漪。

"阿九长大了，成大姑娘了。"他叹。

"不是大姑娘，是小媳妇了。大爷，拜托你，专业一点儿好不好？"墨九笑吟吟地瞪他一眼，眸底有一层细碎、朦胧、若隐若现的笑痕，似浅浅的烟雾，升腾在彼此中间，添了一丝怎么也化不开的暧昧。

"是。"萧乾拥住她，"为夫的小媳妇。"

墨九抬头，对着他的脸，露出一个孩子般的笑。

"还不是你的呢！"

"……"萧乾眸底一凉。

"六郎，阿九等你娶她。"墨九笑着补充。

萧乾怔了怔，眼底似闪过无数的光芒，瞬间亮了金帐。低头，他亲了亲她的额头，嘴唇烙铁似的熨帖着她，浅浅的呼吸温热地烫在她的头顶："不会让阿九等太久。你信我吗？"

"我信。"墨九柔柔地说。

“乖。”他轻抚她的脸颊，低头看她。

两个人，四只眼，目光相触——

天地间，仿佛绽放了一片春暖花开的美好。

北勐蒙合大帝登基为帝六日后，金印大王苏赫奉旨前往哈拉和林，随行人马、车辆者，众。一行铁甲锃亮的北勐骑兵，骑着威风凛凛的大马，在嘎查村那一条并不宽阔的畜牧大道上，整齐而快速地集结，清点人数，如同潮水一般涌动，引来众多游牧村落的牧民围观……

卯时许，队伍出行。

刚下过雨的潮湿路面，被马蹄踩成泥泞，那一条道，也蜿蜒成了一条长龙。骑兵缓缓骑马而行，走于道路两侧，顺着河往上游走，路中的马车和驴车上，拉着各类物资，有苏赫王爷收集的各方特产，也有阴山当地的皮毛等，准备前往哈拉和林，进献给蒙合大帝。

“金印大王！您要保重啊——”

“王爷保重！”

“嘎查人，等着您回来！”

这个长在嘎查的王爷，如今光鲜地离开，嘎查村的牧民是激动而兴奋的，一个个跟随着队伍而游走，满是依依不舍与骄傲。

萧乾走在北勐骑兵最前方，骑在一匹高头大马上，静静掉转马头，做了一个抬手挥别的动作，并未说话，那凛冽的王者之气却胜过千言万语——他一定会回来的。

一行人，秩序井然。

萧乾的身边，跟着两个人。

一个是辜二，一个便是那顺。

其后，是同样一身北勐侍卫打扮的声东、击西和闯北。

北勐骑兵之后，才是“顺路”跟着前往“寻友”的墨家一行人。

而墨九一个人，优哉游哉地落在了最后。

望着河岸两侧的一片碧绿原野，那成片成片惹眼的绿，那低头吃草的牛羊，还有牧民家里袅袅升起的炊烟，让她只觉得时光大好，不由得哼起了从牧民那里学来的无名小调。

没有马头琴伴奏，她音色清亮，却也悦耳。

随行的北勐骑兵里，很快便有人唱和。

墨九嘿嘿一声，骑在马上的身子摇来晃去，极是得意：“九爷我真是一个惊才绝艳的奇女子呀！”

“墨九爷——”苏逸得知她要走，跟上来已经送出了老远，还没有离去，听她这番自我吹嘘，又蹙眉看了一眼络绎不绝的北勐骑兵，然后哼了哼，不太高兴地问，“你这么惊才绝艳，就没有什么临别赠言，要与我说？”

临别赠言？

墨九偏头，看他依依不舍的样子，挑高眉头，一本正经地“赠言”与他：“别送了！再送我也不会喜欢你的。”

“你不喜欢不要紧，我送你，是我的事。”苏逸抬了抬袖子，一派文弱书生的样子，竟像在轻轻拭泪，还配合场面地吸了吸鼻子，“终于要把瘟神送走了，这般大悦身心的事，本相怎能不多享受片刻？”

我去！

墨九翻白眼，不冷不热地问他：“现在的小孩子，都学得你这样坏吗？”

小孩子？苏逸放下袖子，勒住马，严肃地向她拱手：“老太太，我不送了，就此别过。您老多保重身子骨，老胳膊老腿儿的，可不经折腾！”

“嚯嚯，我懒得和小孩子计较。”

墨九斜睨他一眼，猛地挥起长鞭，在空中划了一个漂亮的半弧，驾一声，绝尘而去，声音飘散在风中：“小毛孩子，记得帮我把彭姑娘和小王爷送到兴隆山，再多留一点儿银子做他们的食宿之用。否则，我饶不了你。”

苏逸远远地勒马而立，目光幽幽：“好嘞，回见了老太太——”

墨九哼一声，不再回头，大力挥鞭。

驾——

她身上衣袂猎猎，披风凛凛而飘，速度极快地赶到了前面，紧紧跟随着金印大王的队伍。看着人群前面，那一身巫师黑袍、一袭玄黑披风、面上依旧戴着巫师面具的男人，她目光有些发怔。

“他终于要走向北勐了……”

这一刻，天空幽远，不见阳光。

有猎鹰呼啸而过，划过长空。

有北风呼呼带喘，似在咆哮。

这天下，无风还起三尺浪，何况风起云涌时？

天地冽冽，草木萧萧。

墨九仰望天空，似乎听到了天空撕裂一般的呐喊，也听见了金戈铁马、逐鹿天下的马蹄声声……她想：历史的车轮转动到这一片广袤无垠的草原上，将要拉开一个新的征程了吧？

北国之秋，比南国更早。

时节已至九月初——

秋高气爽的日子，草原上的风里，似乎都带着潮湿的青草味儿。天空高远，阳光和暖，河水波光粼粼，白日放歌可纵马，这种怡然的感觉，让墨九这个吃惯了城市灰尘长大的穿越人士，有一种胸怀开阔、忍不住想要高声大喊的畅快感。

一日里，一行人沿河而上。

然而，往野花遍地的草原深处走了一天，到夕阳西下时，墨九的好情绪就到头了——

也不晓得她想到了什么，打马到山坡上，看着晚霞中的山野，突然眉头皱得紧紧的，对着跟随其后的玫儿，低低交代了几句。

玫儿一愣，赶紧下去，让人知会王爷去了。

不一会儿，萧乾的队伍停下，在河边做灶生火，准备晚餐。

这种野炊的感觉，对于习惯了游牧的人来说，不怎么稀罕，可南边来的人，对此却很喜欢。墨家弟子紧挨着萧乾队伍的边上做灶，互通有互，聊得兴高采烈。

墨九却一个人走到萧乾的帐篷外。

“雅兰布，我想见一下王爷。”

雅兰布不愧是辜二的亲妹妹，那张脸上的表情几乎与他一个德行。雅兰布看见了她，却像没有看见，木然得可以，让墨九很难判断雅兰布到底知不知道她与萧乾之间的关系，到底知不知道王爷已经换了人。

她垂眸，撩帘：“九爷，请——”

墨九对她善意一笑，没有得到回应，又不免尴尬，轻咳一声，负着手就走了进去。

帐篷里，除了依旧戴着巫师面具的萧乾之外，还有几个侍卫和辜二，他们都在，但击西眼神最好，大眼睛一下就瞅到了墨九，马上露出一个开心的笑：“九爷，您来了。”

墨九走到“他”面前，拍拍“他”的肩膀：“小伙子今儿很俊哪。”

嘿嘿一声，击西低头瞅了瞅身上的侍卫铁甲，又飞瞄一下闯北和声东，嘴角顿时翘了起来，一脸得意地在墨九面前转了一圈："九爷您说，我是不是金印大王手下最俊的侍卫？"

"是是是，你俊，回头就让你们大王给你娶一房媳妇儿来配。"

墨九好笑地瞥"他"一眼，随口说着，看闯北嘴唇抽搐一下，就别开了脸，又意味深长地扫了他们一眼，再看向萧乾。

萧乾接收到她眼睛里的信号，对几个侍卫摆了摆手："你们下去吧。"

几个侍卫互看一眼，应"喏"退下。

"阿九！"萧乾过来牵墨九的手，"发生什么事了？"

先前她托人捎来话，说有急事要与他相商。他看看天色差不多了，这才让队伍先停下驻扎，今夜便歇在河岸。如今看她过来，便不免担忧。

墨九哧哧笑，双手揽住他的腰。

"没什么，就是想你了，不行吗？"

萧乾："……"

接着，一根手指刮她鼻头："不说就收拾你。"

被他低沉的声音一撩，墨九突地抬头，撇了撇嘴，往四周看看，小声啾啾道："你便是想收拾我，此时怕也不得机会了。"

"嗯？"他似乎不解。

墨九拉住他的手，放在小腹上，不好意思地道："我来那个了。"

说"那个"的时候，她脸上稍有红晕，难得地有些不自在。

萧乾身为医者，对这种事儿自是知情。他凝视着她的脸，抿紧嘴唇，没有多说，扣在她的手腕上。

把完脉，又半拥住她，然后将她圈紧："阿九吃苦了，这一路奔波，却在这里来了信儿……"

"是嘛，我肚子好不舒服。"墨九借着他的手摸了摸肚子，"所以我特地过来问一下我的大神医，可有法子……让它不来呀？"

"顽皮！不来还是女子吗？"萧乾失笑摇头，又掉头出去了一趟，再回来时，坐在她的身边，温声道，"我差人给你煮了些生姜红糖，一会儿吃下，能减轻一点儿不适。"

说罢，他把手心放在她的小腹上："明日不要骑马，我给你备一辆马车。"

墨九在来时的路上看过了，马车上都载着进献给蒙合大帝的货物，没有一个人是乘车的，连萧乾自己都一路骑马。

“若是我享了这般特权，会不会挨打呀？”

萧乾哭笑不得：“我不打你，就无人能打你了。”

墨九嘿嘿一笑，突然道：“六郎，其实我还有一个事呀，想和你说。”

“嗯。”他淡淡地回应，手心始终暖着她的小腹。

“你看我现在年岁还小。这一次简直万幸吧？咱俩偷偷做了坏事，却在安全期，没有闹出人命来。可下次，就未必会有那么幸运了。”她说得慎重，说罢，还拿眼风扫一下萧乾，看他一脸蒙，又只好说得更仔细一些。

“你看，下次我俩欢好，能不能搞一点儿避孕的汤药？”

萧乾的脸一下就黑了。

“阿九不愿为我诞下一子半女？”

“不不不，不是这个意思。”

墨九赶紧摆手，否认。

她晓得古时的人对十几岁生育司空见惯，丝毫不觉得造孽，萧乾的娘生他的时候，也不过才十六岁，他当然不会有她还小的感觉。可一时半会儿，她又无法直接拿后世的观念来扭转他，只得皱眉找借口。

“我是在想，我身上有云雨蛊的残毒，在离墓九死一生，又经了那个胭脂的毒素，说不定身上还有残留呢……在身子没有调理好之前，真要有了小孩子，对孩子的身子可就不好了，六郎是医者，一定是明白的呀！”

“嗯。”萧乾淡淡看她，眉目间并无多余的情绪，一本正经，“而且，阿九还小，身子骨还没有长好，不适合做母亲，是不是？”

噫，这么懂事儿？

墨九点头不止：“太对了，对极了！”

萧乾嗯一声，似是了解了，也同意了。眉头一低，他并不再继续这个话题，只抚着她的肚子问：“现在可有好些？”

他又不是神手，哪能说好就好？

墨九腹诽，嘴上却乖乖的：“有六郎在，好多了。”

萧乾想了一会儿，欲言又止地问：“你可都备好草纸了？”

墨九听了，呃一声，窘了。

这个关心，也太细致了，哪怕她是一个地地道道的女汉子，也多少会有点儿不好意思啦。她捂嘴偷笑："想不到六郎竟然懂得这样多，说，你怎么知道的？"

萧乾一脸黑："我是个大夫。"

好吧，大夫面前无性别。

墨九挑了挑眉，笑道："放心吧，玫儿是一个细心的姑娘，她都为我备好的。"

"那就好。"萧乾脸上紧绷，似乎还有什么想说却没有说的话。

墨九伸手去抓他的胳膊："怎么了？"

他揉了揉她的头，那神色似乎满带怜惜，却没有回答她的话，而是直接命令："把鞋脱了。"

"脱鞋作甚？"墨九一脸不解。

他指了指已经搭好的床和被子："上去暖一下，漠北风大，你这身子受不得凉。"

被他这么一说，墨九抱了抱双臂，还真觉得凉飕飕的。

可……往帐篷帘子瞅了一眼，她问："会不会不方便？"

萧乾不答，直接俯身抬起她一只脚，吓得墨九忙不迭地缩腿："我自己来，我自己来……哈哈，痒！"

不管她怎么挣扎，萧乾还是固执地把她的靴子脱掉，把她抱到床上躺好，又仔细为她掖好被子，这才坐在她身边，视线柔柔地落在她身上，满是怜惜。

"多大的人了，还像个小孩子，不晓得照顾自己。"

"……"墨九冤枉，"我哪有？"

萧乾哼一声，眯了眯眼，不再理会她的申辩，径直把手伸入被窝，放在她的肚子上，那温柔体贴的样子，秒杀了墨九认知里的所有好男人代表。

不一会儿，雅兰布端来了一碗生姜红糖汤。

在萧乾的命令下，她放下汤碗离开之前，深深看了墨九一眼，似乎想说什么，脚步迟疑了一下，可望着萧乾，又什么也没有开口，默默退了下去。

墨九坐在床上，盯着她的背影，突然讪笑："我怎么觉得这个小美人儿的目光不太单纯呢。也难怪！你说我冷不丁地睡在你的床上，还在你这里躺着喝姜汤，如果知道的人多了，会不会……有什么不好的说法？"

淡淡抬眸，萧乾声音很轻："你是女人，我是男人。你未嫁，我未娶，北勐民风开放，便是我俩看对了眼，睡在一起，也很正常——"

睡在一起，也很正常吗？

嗬！民风已经开放成这样了？

墨九斜斜蜊着他，突然有一点儿怀疑他“热情邀请”她睡在他床上的用心了。

而她不知道的是，北勐民风开放不假，但民风开放也不影响风言风语的传播速度。两个人还没有到哈拉和林，关于北勐金印大王和墨家巨子有“苟且私情”的事，就已经传开了。

于是乎，这个叫墨九的女人，从先亡两夫，再嫁萧大郎，继而与萧六、宋熹、完颜修等人苟且……一路嫁，一路睡，如今居然“睡”到了北勐，爬上了金印大王的床。

她本就是一个“风口浪尖”上的人物。

这一传，不足两月就传到了临安，传遍了天下。

在不久的将来，关于她的野史传闻，简直多不胜数。

然而墨九自己，除了瞪眼珠子喊冤，什么也做不了……

男人好“睡”，众口难堵。

谁管她统共就睡了一个男人？不管真相怎样，关于墨九“于房闱之事，甚淫，事男子无数”的事儿，无人不知，无人不晓。哪怕在后来的后来，由官方出面，想要矫正民众，抹去野史，却也不能够……

那是后事，且不提。

只说这会儿，墨九喝完了一碗滚烫的红糖姜汤，从喉咙到胃都有一点儿发热，肚子也果然舒服了许多。乖乖地躺在萧乾的床上，她舍不得走。

在萧乾面前，她本就爱娇气，有男人伺候着，又是在大姨妈期间，就更懒了。萧乾看她困顿，也不撵她，和衣躺在了她的身侧。

于是她这一晚，便没有出帐篷。

在暗不透光的夜里，两个人相依而眠——墨九肚子上放着一个装了热水的牛皮袋，有气无力地靠着萧乾，不停地感叹：“这样舒服多了，六郎，要是天天都能这样跟你在一起，多好哇。”

萧乾低头，吻落在她的额际。

“那便每天在一起。”

“你不怕？”她斜瞄着他。

他侧眸望她，暗夜里，他眸底似乎生了光，声音里有一种销魂的暗哑，说不出地撩人：“我倒巴望天下人都知，墨九是我的女人了，从此，再也无人跟我抢……”

墨九啊哦一声，戳他的胸膛：“怪不得呀！这么爽快地让我住下来，还对我这般好，也不怕人闲话，原来早就安了心思的。噫？”她突然想到什么，侧过身子来，面对面望着他，目光炯炯，“我说萧六郎，该不会是你知道，一到哈拉和林，你那个皇兄就会给你塞上十个八个女人来暖床，你才故意利用我的吧？”

萧乾没有否认，却只是笑：“你又有何可利用的？”

哼一声，墨九仰着头，有些小得意：“这普天之下，谁不知道我墨九性妒，是一个十足十的悍妇、毒妇，谁犯在我手上，都没有好下场。你说，哪个不开眼的，敢跟我抢男人？想死了是吗？”

呵一声，萧乾笑了。

喟叹一声，他那只揽在她腰上的手，紧了紧。他低低地笑着，带着要命的呢喃：“是，反正我只知道，被九爷临幸过的男人，都死于非命了……除了我，也没人敢沾你了。”

“我去！我这是肉没吃上，惹一身腥……冤枉死了好不好？”

“你还想吃哪个的肉？”

“嘻嘻，就你那块肉。”

“闭嘴！”萧乾温热的呼吸落在她唇上，顺便堵住了她的嘴，小声喃喃，“阿九还是不说话时，较为可人……”

“我——阿嚏——”墨九太激动了，一个不合时宜的喷嚏，就跟着出口。

然后，两个人都愣住了。

一个亲热的吻，变成了她口水鼻涕沫儿全喷在了萧乾的脸上……

这滑稽，简直可以列为史上最窘迫的亲热戏。

一瞬后，墨九从怔愣中回神，嘻嘻发笑。

萧乾黑眸森森，在昏暗的光线中，看不清他的表情，却可以看见他——慢吞吞爬起来，转身出去了。

哈哈！墨九一个人裹着被子打滚。

等他净了脸，再回来时，带着一股子秋季夜风的凉意，叹息着，连她和被子一起抱入怀里，似遗憾，又似无奈，但因了这番变故，却没有了先前的旖旎之心。

安静一瞬。

突然，他发出一句特别正经的疑问：“刚才出去净脸，我突然想到一件事情，想与阿九商量一下。”

这一声“商量”，让墨九微微一怔。

太阳打西边出来了吗？

以前的萧乾，可从来没有对她说过商量嘞。

她把被肩膀压住的头发顺了出来，轻轻搭在枕头上，调整了一个舒服的睡姿，随即也特正经地问："发生什么事了吗？莫不是六郎看中了哪个小郎，想要收房，又不好意思，需要我来说合？"

"……"萧乾轻捏一下她的脸，望着她的眼睛沉默半晌，才低低问，"阿九觉得苏离痕此人，如何？"

如何？对于苏逸这个家伙，墨九还真有些说不准。说他年少轻狂、心性浅薄吧，有时却高深莫测、老奸巨猾；说他讳莫如深、少年老成吧，偶尔又稚气可笑……

至于他的能力嘛，她相信萧乾比她更了解。

那萧乾想知道的，究竟是什么？

墨九眉梢一挑，思忖半天才反问："你是要……用他？"

萧乾低嗯一声："阿九有何想法？"

听他这般问，墨九心里暗暗一喜。

看来她对萧六郎的改造工程，已经起到一定的作用了。现在这么紧要的事情，他也会主动找她来说。所以，她也不能胡乱就给建议，为示慎重，还得探探他的意向。

抿了抿嘴，她轻声道："妾身愚昧，识人不如六郎，不敢随便开言……"

萧乾一怔，眉梢上挑："不是要参与我的事，要与我合为一体吗？怎的有事与你商议，又谦虚了？难道阿九对苏家俊俏的小郎君，有甚想法？"

"……滚！"墨九轻斥。

她心里却突地了然——

原来全是她的错觉呀！

其实什么找她商量都是假的！

这家伙白日里一定是看见了她和苏离痕的互动，吃醋了，心里一直憋着没有问，刚才那个喷嚏，一不小心把他喷醒了，所以去洗了一把脸，就借题发挥，找事儿来了？

"哦。"萧乾突地揭被而起，就要下床。

他这般行为，怔得墨九想骂人。

"大晚上的，你做什么？"

萧乾回头，一本正经："为夫说过，要唯妻命是从。妻让夫滚，夫不得不滚也——"

噗！

墨九忍俊不禁，被他逗得眉开眼笑，而后捋了捋发，拉拽他躺回来，又双手双腿绑在他的身上，严肃、认真地说："苏逸这个人，我很难说得清，但有一点是肯定的，他忠于宋熹，算是宋熹的心腹之臣，怎肯轻易为你所用？"

说到这里，她突然又想到苏逸的身世，沉吟着继续。

"我以为，就算苏逸家中满门皆因至化帝而死，与萧贵妃也有干系，但至化帝已亡，萧贵妃也因为玉嘉公主之事，久居深宫，不复如前嚣张气焰……说到底，如今执政之人是宋熹，宋熹给了苏逸一人之下、万人之上的权力，以及绝对的信任，哪怕苏逸感恩萧家的大义相助，但以他的聪慧，又怎会看不透萧家当初救他，本就另有所图？"

她停下，皱眉看萧乾。

"更何况，他甫一出生就养在寺院，对生身之家的父母恩义并无半点儿感知，情分淡薄是肯定的。他少年时，想必又在寺院受过佛家净化，对仇恨的执念，肯定不像辜二那般深切。"

萧乾久久无声，好一会儿，听她不语，方道："阿九，继续说。"

墨九心里，有一点儿小雀跃。

萧六郎愿意倾听她的分析，是认同她的观点了？

被人认可，是高兴的。

她高兴地抱紧他，把头靠在他的胸口上，接着道："但是，从苏逸的为人来说，他或许会在某些事情上助你，以偿还当日萧家活命之恩，但如果关系国体大事，未必肯如你所愿。说不定，他还会帮着宋熹，反过来将你一军。到时候，可就得不偿失了……故而，我以为此人暂时勿动，还是静待时机为好。"

嗯一声，萧乾没有别的动静。

抬了抬头，墨九看不清他的表情，心里又不淡定了。

"六郎觉得，我说得如何？"

"很好。"萧乾给予了她肯定，然后温柔地顺着她的头发，一双冷锐的眼，在暗夜里，透着自信的光芒，"但为夫，自有妙计。"

"有何妙计？"

他笑着刮刮她的鼻子。

"无可奉告。"

"我去！说好的唯妻命是从呢？"

"……是，爱妻大人。"他含笑应对，轻揽住墨九的身子，俯头靠近她的耳朵，却没有开口，而是将薄凉的唇片，轻轻噙她的耳垂，裹、缠、吮，一点一点辗转在她的耳窝，挠得她痒，她笑着推他。

“讨厌！让你说正事。”

“此亦是正事——”萧乾呼吸微急，双手紧箍她的腰，力道大得似乎要将她的身子揉入自己的骨血之中，语气也略为灼热起来，“阿九莫要食言，欲知正事之前，先办正事，是你亲口所言，要合为一体的……”

“不是合不得吗？”

“——那便像往常那般。”

“不行！”

“行……吧？”

“我说不行就不行。”

“……可将就。”

“啊，讨厌。”

秋风啾啾，虫儿叽叽。

太阳升起时，一行人继续往草原深处进发。

九月初的哈拉和林，秋风很凉，注定多事。

几日后，墨九终于抵达了建在鄂尔浑河岸上的北勐皇都。

这是一颗建在草原深处，却已经逐步成为天下重心的北勐明珠。

哈拉和林的建筑，是墨九不曾想到的精美。

它是一个融合了汉族风格、草原部落风格，还有中西亚地区特色的综合体。它繁华、兴盛，人口众多，占地面积极广，城外各色人等都有。随着北勐的强盛，使臣、教士、商人，纷纷往哈拉和林来，络绎不绝。与临安城的温婉雅致不同，这是一座粗犷而豪迈的世界级大皇都。

站在城外，墨九迎着阳光，嗅着不同于南方的漠北凛风，微微合了合眼，心潮一时起伏。

——这就是北勐。

——哪里是她以为的蛮荒之地?

——比之临安，少了精致，却添了豪情!

她一路走，一路望，目不暇接。

萧乾打马走在最前面，面色冷峻。

队伍有序地往城门去，还未入城，便见城门洞开，一行北勐官吏打扮的人等在那里。

看那阵仗，蒙合大帝对于这个皇弟，极是重视。一众官吏见到萧乾，跪地行礼，口中高呼“金印大王”，声音粗犷高昂，直入云霄。

“恭迎金印大王。”

“微臣奉皇命相迎，恭迎王爷入城。”

此时，已近晌午。

烈日如焰，秋风徐来。

萧乾一袭黑袍，在阳光下烁烁，却一动不动。静观片刻，他下马过去，负手立于众臣之前，没有即刻回应，而是冷观着他们，等了足够多的时间，才慢慢抬手，在众人紧张的屏气声中，冷冷开口：“起吧！”

“谢过大王！”

那些北勐官吏来之前，对他的畏惧大多来自阿依古长公主，还有蒙合大帝的重视。

实际上，他们之中的大多数人对于这个长期养于阴山的苏赫，并没有抱太多的期望与尊重。

出身公主府、没多久就被那顺抱去了阴山的小世子，从此再没有踏入过哈拉和林一步。小时候他就多次被报病危，甚至好几次都有传言说，已经不在人世。在这些人眼中，这个世子，其实早就该见阎王了。

可世事奇妙。

他不仅没被阎王收去，还解除了“天神厌弃”的恶咒，乘了这一次北勐内乱、蒙合大帝继位的东风，得封为金印大王。

这简直是撞大运了。

但也仅仅如此——

众臣只觉得他大难不死，撞了好运而已。比起那些得到封赏的重臣来，他一无功勋，二无本事，一个野蛮之地长大的家伙，从小学习巫术，能成什么大器?

无非巫师耳!

可这一刻——

城门口，阳光下，这一幕，却让众臣心如雷击——他们都是见过大风大浪的人，识人无数，只一眼就知道，此子绝非池中之物。

哪怕他什么也没有做，他脸上的巫师面具，他身上的宽大黑袍，他身上超然于众的冷漠与不怒自威的气势，也让他们由心生出一些寒意。

此人性格酷烈——惹不得。

畏惧强者，是人趋利避害的本性。

城门口的气氛，凝滞一瞬后，突兀地变了。

“臣等恭请金印大王入城！”

是齐声的恭迎，不再是先前的虚伪与客套。

上前的官吏躬着身子与他说话时，甚至带了一点儿紧张的小心翼翼，那微笑，似在讨好。

“大王，大汗今日在万安宫中设大宴，款待百官与诸国前来朝贺的使臣，当然，亦是为了给大王接风洗尘。现下，还请大王先回府里稍作休息。待安顿好，微臣再来相迎入宫。”

“嗯。”萧乾不冷不热地应了他，微微仰头，冷冷的视线透过肃杀的黄昏天际，望向西南的万安宫方向。

他安静地凝视。

滞了一会儿，他蓦地回头，望向在他身后不远处，一直环臂观望的墨九，向她伸出手。

“阿九，来！”

冷不丁被他点名，墨九一怔。

他这是完全不用避人了吗？

城门口有围观的百姓，有不少于二十名官吏，还有不同打扮的各国人士，他这般公然出手牵她，岂非公开了他俩的“苟且关系”？

墨九自己当然不计较。

她从来就没什么好名声。

不管跟萧大郎、萧六郎，还是跟金印大王苏赫，都不会影响她的情绪半分。

可萧乾初来乍到，不需要避讳吗？

她以为萧乾是因为怕她受冷落生气，才不得不如此。微微皱了皱眉，她向他拱了拱手，意有所指地笑：“大王，草民前来哈拉和林是为访旧友。承蒙大王一路关照，已是盛情。这般还要叨扰，实在不便。大王国事繁忙，无须体恤草民，我等自会安顿……”

她斟字酌句地说了一大堆话。

可萧乾停在半空的手，却没有改变动作。

虽看不清他的表情，但语气暗沉了不少。

“哪来的废话？”他不耐，“你我这般亲近的关系，何来叨扰？过来！”

呃！

这是几个意思？

要让她“举家”住到王府去？

墨九一脸蒙。

但萧乾就是萧乾，他命令语气下的“过来”两个字，就像被赋予了某种神圣的符咒，墨九情不自禁地，就朝他走了过去。

城门处，人群哗然。

——这个就是墨九。

——传闻中如妖如魔的墨九爷。

——传闻中集淫、奸、狠、毒于一身的墨家巨子。那个把萧乾、宋熹、完颜修、苏逸等众多举世有名的英雄儿郎纳入裙下为臣，且玩弄于股掌之中的墨九。

——美则美已。

——可淫也淫极。

——她侍候过那么多男子了，却不知羞耻，居然当众让金印大王牵了手，坐于他的马前，大胆地从人群中走过，脸上带笑，对北勐大臣和金印大王并无半分居于弱势和女子的敬意。

莫名地，众人的视线都落在了墨九和萧乾的身上。而萧乾一袭黑袍，面具在脸，除了那凛冽的冷风，确实也瞧不见什么。

于是，主要是看墨九的脸。

倾国倾城，有点儿夸张。

但看一眼，就惊艳，却是不假。

这次萧乾从阴山到哈拉和林，带了嘎查驻地骑兵一千余人，骑兵随他入城，居于两侧，他打马走在被堵得水泄不通的街道，气势甚大，像个得胜归来的将军，盛况空前。

墨九这番也是好待遇，选了一个好位置，坐在萧乾的身前，可高可远地观望哈拉和林的街景与人群，一脸自在。

这里的街道没有临安那么密集。

所以，看地方和看人都很方便。

她四处观望着，偷偷掐了掐萧乾的胳膊。

“你说你的府邸里，会不会已经有美姬相候，洗干净了，就等大王今天晚上享用？”

萧乾沉声：“阿九想得够远。”

墨九满脸带笑：“当然，关系到切身利益嘛！我在想，如果真有那么多女人，我可怎么办？是撵呢，是留呢，或者干脆我去帮你睡了她们？”

萧乾哑然。

幽冷的声音从她头顶落下：“阿九切不可乱来。”

“哦？”墨九诧异地转眸看他，“难道还真的有美姬娇妾等着你？你是事先就知道了的？”

“猜的。”他挑眉。

“这怎么猜得到？”

“这还用猜？”

不用猜吗？哦，北勐是民风开放的民族，一个受到皇帝重用的金印大王，实权派人物阿依古长公主的嫡子，一走二十多年，初回皇城，不弄几个女人去伺候他，那才奇怪不是？

“好吧，你赢了。”

墨九只笑，不再多话。

可随着入城越深，看过的街道与人群越多，她心里却是越不踏实了。这样的距离，依稀可以看见远处面目不清的万安宫，心里竟有淡淡的逼仄之感。

这场盛大的恭迎礼，规模会不会过了？

对蒙合来说，糖衣之后，会不会是炮弹？

而且，礼制明显太过隆重了，萧乾为什么要坦然受之，还表现得那么镇定，那么理所应当？

细眯了眼，她心里暗忖。

这一趟哈拉和林之行，大意不得呀。

“王爷，到了。”那个负责迎接的北勐大臣，在金印王府外面十余丈的街口停步，微微垂目，又带着众臣一起行礼。

“恭请王爷下马。”

萧乾踩着马镫下马，又亲手扶墨九下来。

王府外有城墙，内有高大松柏，是一座汉家风格的庭院式结构府邸，看来阿依古为了她的儿子，还是很花了些工夫的。

墨九静立，等着萧乾。

他的面具脸，狰狞而恐怖，他视线淡淡一扫，掠过之处，全是凉气。可对着众臣的恭敬，他依旧没什么客套的礼仪，昂着头，牵着墨九，头也不回地抬步往王府的大门去。

这倨傲，这张狂——

墨九稍稍一怔，有些不明。

萧乾为人虽冷漠，却不是不懂礼数之人。

尤其在萧家那种簪缨世家的熏陶之下，礼数早就刻在了骨子里。按理，他不应该这样对人的呀？

还有，他们初到哈拉和林，不应该给人一种好的印象吗？他为什么要表现得这么不可一世，这么招人讨厌？

她不明白，但一直忍着没问。

直到走过了王府大门口一众王府臣属、下人、丫头、小厮、婆子的恭迎队伍，一直迈过门槛，走向内院，连近身的侍卫都离得远了，她方才扯了扯他的衣角。

“你怎么回事？”

“嗯？”他低头看她。

“没见那么多人招呼你呀？”墨九眯眯眼，“我去！你这个样子，太狂太傲了，我有一点儿接受无能啊。怎么突然就变了一个人似的？”

萧乾紧紧抿唇，没有回答。

好一会儿，他轻捏了一下她的手。

“如果你是皇帝，眼前有两个人可用。一个是众臣喜欢，对人随和，胸有城府，善于笼络党羽的聪明人。一个是倨傲自大，很招人恨，不近人情，却颇有点儿打仗本事的蠢货。你会选择用哪一个？”

墨九恍然大悟。

萧乾经了南荣那么多年的政斗，又在枯骨垒成的疆场上喋血厮杀过，对于权术与人心的把握，比她更透。

不再为他担心，墨九瞥一眼他冷峻疏离如天神一般的高大身躯，慢吞吞迈着脚步，跟着他往内院而去。

然而——

他的内院门外，屹立了一群人。

还全是女人。

有几个姬妾打扮的人，也有丫头、婆子。

前方的一个，两个，三个，四个，个个都漂亮，打扮还各不相同，春、夏、秋、冬，各色都有。

墨九愣了一瞬，突然忍不住想笑。

“啧啧，艳福来了呀。”

萧乾抿唇，依旧牵着她，凛冽凝视。

对面的一群女子中间，走出一个体态丰腴的婆子，她蹲身行了礼，腻着一脸笑，像青楼里的老鸨子推销姑娘似的，小意地说：“王爷，我是内院的管事婆子，这四位姑娘是长公主殿下专程挑来伺候王爷的，公主听说王爷颇喜中原文化，也懂得调丝弄竹，舞墨弄琴，这四名姬妾，有两位来自江南，另外两位是我们北勐的女儿，都是万里挑一……”

“行了。”萧乾打断她，似乎没有耐心听下去，“本王乏了，懒得听你唠叨，都滚下去吧。”

婆子愣了一下，瞥了瞥他牵着的墨九，似是悟了什么似的，连连点头称是，然后收敛了笑容，回头道：“各位夫人，都回自家院子等着吧。王爷需要的时候，自会召见你们。”

“是。”

“妾身告辞。”

几个姑娘来之前显然都是受过训的，小声，小意，从头到尾头都不敢抬起，走路都不敢出声，从那瑟瑟的身子看，似乎还有畏惧。

也是——

谁知苏赫王爷长什么样？

看那一张恐怖的巫师面具，那一双冰冷而凛冽的眼，一袭不带温度的黑色长袍，俨然就是凶神恶煞的邪魔之流。

她们无法选择前来伺候他的命运，但见到他对她们似乎没有多大的兴趣，却是又喜又忧。

喜的是，不用伺候他。

忧的是，不能伺候他。

看着众女离去时矛盾又犹豫的脚步，墨九抿了抿嘴，瞥一眼萧乾，心里莫名也有些不爽。

虽然这种情况下，她知道萧乾能做到的就是不理会她们，而且这些女子其实也没有名分，但她对于这种万恶的制度——男人可以随便睡女人的特权，还是深恶痛绝。

“走哇。”萧乾扯了扯她。

墨九嗯一声，大步往里走。待丫头、婆子一顿殷勤地忙活完，内室只剩他们二人了，她方才长长松了一口气，盘腿坐在椅子上，抱着膝盖，双目炯炯地望他。

“我知你迫不得已，但你要记住我的话，你若碰了她们，不管为了什么而碰，休怪我不讲情面、不听理由。”

萧乾取下面具，苦笑着走近，揉她的脑袋。

“阿九想哪里去了？”

他温柔的声音入耳，墨九心里舒服了些。

哼了哼，她嘟唇又抱住他的腰。

“先立规矩嘛，免得以后说我没提醒你。”

“小傻瓜。”萧乾无奈地望着她，眸底光芒烁烁，却是幽远而深邃，“我此番哪里还有心思去做这些破事？便是阿九一个妇人，我都吃不消。若再多添几个，不是要我的命吗？”

噫，这话说得，好像她才是野兽？

墨九双眼一瞪，正要还击他“连人家来事儿都不肯放过，哪怕不能实打实地做成，也要在门外徘徊几圈”的野蛮行径……门外就传来了敲门声。

“王爷！”

墨九听见是声东在喊，闭上了嘴。

萧乾捏捏她的脸，走开，正襟危坐在另一张椅子上。

“进来——”

赵声东撩帘入内，望了墨九一眼，点点头算是招呼，然后凝重着脸走到萧乾的身侧，与他耳语了几句，萧乾的脸色，当即便沉了下来。

“王爷，你看？”

赵声东面有忧色，似有迟疑。

墨九正诧异他们说甚，萧乾便拧了眉，回道：“你且先去告知那顺，就说我梳洗好一同前去见过母亲——”

母亲？墨九眼皮一跳。

萧乾嘴里的母亲，便是传说中的阿依古长公主吧？这位公主，久负盛名，也算是北勐的传奇人物了。能召开宗亲大会，举蒙合为帝，就不是一般女人可以做到的。

也算是巾帼不让须眉了！

而且，她对萧乾来说，更不是一般的女人。

至少，她是三丹的亲姐姐。

也是萧乾的姨母。

这般乍然相见，会不会出什么事？

喏央宫，有一个顶大的蒙古包。

它高大、华丽，由里三、外三、内三共九层垒垒而成，结构新颖、繁复，也象征着权势与富贵，加上一些附属的小蒙古包，就连成了一个防御型的桶状，组成了阿依古长公主的住所。

这是哈拉和林和临安、汴京等南地完全不同的特色。便是皇族中人，也可各凭喜好，选择住汉宅或是住蒙古包。在哈拉和林，甚至有一些西化的建筑。可以说，这里是一个融合多民族、多物种的奇葩之地。

正如奇葩的阿依古长公主——

这个北勐最有权势的女人。

有人说，她狠毒如蛇蝎；也有人说，她和蔼慈祥、美丽大方，是北勐最璀璨的明珠。

众所周知，先帝对几个公主都极为宠爱，怜惜之心从不比皇子少，甚至于，由于对女儿少了对儿子那么严厉的管教与要求，反倒怎么看怎么顺眼。故而，北勐的几个公主，都是骄纵跋扈的。

而阿依古长公主，则是此中的佼佼者，善文习武，素有才艺，得先帝赏识，又扶新皇蒙合为帝，从此可得享一世荣华。

于是，阿依古成了北勐的一个符号——女人中的女人。

人人称羡。

然，本该繁华喧嚣的喏央宫，此时，却很安静。空气中，也似乎凝固着一种紧张的气氛。

从新皇登基以来，北勐局势看似平和，却暗藏激流，谁也不知道什么时候又会掀起另一番腥风血雨。故而，但凡局中之人，莫不小心谨慎，身处旋涡之中的喏央宫，更是如此。

茶几上，是香气袅袅的清茶。

罗汉椅上，铺着软毯，阿依古斜斜而倚，她有着精致的面孔、慵懒的姿态，显得雍容而温和。若非她眸底那一层刀尖般锐利的色彩，不会有人看出她对于坐在对面的不速之客，有何不悦之处。

“丞相的顾虑，本宫已知晓。丞相的关切，本宫也收下了。但多事之秋，为免多生事端，丞相还是请回吧。”

她罗汉椅的对面坐着的人，正是北勐大丞相纳木罕。他环视一眼蒙古包内清一色的汉式家具，眉头紧蹙，不答反问。

“公主何时喜欢上了这些物什？”

阿依古是一个坚定的北勐主义者，对近些年强势入侵的汉家文化，有着强烈的抵触情绪，可这新换上的家什，却表示，她的心境正在慢慢发生改变。

纳木罕的疑惑是有理由的。

可不代表阿依古会买他的账。

“这是本宫的私事。”

一句不冷不热的话，足以让纳木罕打退堂鼓了。

可这位丞相大人，却没有走。

看着阿依古，他微带皱纹的脸上，浅浮一层淡淡的温和，那是一种很少能在他脸上寻见的表情。而他与阿依古的关系，似乎并没有阿依古表现出来的那么疏远。

至少对公主之尊的她，纳木罕并没有表现出害怕、紧张……甚至都没有太多的恭维。

“苏赫回来，就不让我见见吗？”

阿依古面色微变。

放下茶盏，她抬眼直视他，身姿有些僵硬，语气却依旧平淡无奇。

“呵，丞相要见苏赫有何难？大汗晚些时间在万安宫设宴，想必不会不邀请丞相大人的。丞相又何苦在这里强插一脚，叨扰我母子相聚？”

纳木罕目光里有暗影掠过。

又迟疑片刻，他说：“公主当真要如此绝情？”

阿依古轻抿的唇角，满是不悦。

“丞相自找的。不要让我撵人！”

纳木罕轻轻一笑：“很快苏赫就过来了。我见见他，又有何妨？再怎么说，我亦是他的……”

“纳木罕！”阿依古早就练成的那一张喜怒不形于色的脸，终于有了细微的裂痕。死死盯着纳木罕，她手指紧紧捏着茶盏，像是要捏碎了它——也捏碎了他。

“滚！”

当朝最有权势的长公主下了逐客令，哪个还敢不滚？

纳木罕慢慢起身，迟疑着，却没有滚，而是走到她的面前，慢慢蹲身，双手轻轻撑在她的膝盖上，抬头望她时，那一双布满鱼尾纹的眼睛，微微眯起，似在笑，又似嘲。

“一大把岁数了，少动肝火。你身子本就不好，何必为我这样不识趣的老东西怄气？”

转瞬，他指了指茶几上的几包药。

“陆机写的方子，我特地差人从南边最好的药堂抓回来的药。回头记得叫兰珠给你熬着喝，煎法还与往常相同，一包药，三碗水，第一次煎，时辰……”

“闭嘴！”

阿依古双手止不住颤抖。

“你没听见本宫的话？”

“听见了。”纳木罕微微一笑，“说完我就会滚。你看看你，性子还是这样急，看来这些年，你白念了那些经。一会儿在小辈儿面前，可得端住了，尤其见着了儿子，你好好跟他说，切忌动气——”

“我的事，我的儿子，你少来操心。”冷厉地说罢，阿依古微微眯眼。

“丞相还是多操心一下自己的侄子吧，我那个四弟，整日疯疯癫癫地去闹塔塔敏，把北勐皇室的脸都丢尽了，你这个做舅舅的，就这样瞧着，也不兴管管，却有心思来管本宫的事？还有——”

微顿，她笑了。

笑容里带了一丝嘲弄，还有一闪而过的，看不见，摸不着，也触不到的忧伤。

“听说前日大汗又赏了几个花朵似的小娘给丞相大人，你便是轮流享用，新鲜感也还没过，何苦到我这里来假惺惺，找不自在？”

纳木罕怔怔听着，不语。

终于，阿依古一根手指头慢慢伸起，指着蒙古包的帘门。

“丞相大人，好走，不送——”

这么损的话，真够人喝一壶的。

纳木罕苦笑一下，扶着膝盖直起身，像是蹲久了有些受不住，身子虚晃一下才站稳。

他睨着冷面冷情的公主，终是弱弱一叹。

“你便那样想吧。”

他往门口走了几步，突然又停下脚步，回头朝她深深凝视一眼。

“苏赫如今回了哈拉和林，喏央宫中的几个面首，公主还是遣散了吧，免得落到苏赫耳朵里，令他难堪。”

阿依古面色惨变。

她盯着纳木罕，良久，那一只手才虚软下去，落在椅子上，身子也软倚下去。她轻轻合上了眼睛，像是突然间就没有了力气一般，不阴不阳地淡然出口：“滚吧！”

纳木罕蹙了蹙眉：“阿依古，你何时变成了这般？为何要做这种招人口舌……又侮辱自己的事？”

阿依古不睁眼，却笑得凄厉，那高耸的胸口，不停地起伏。

“纳木罕，你这话问得稀奇。几十年了，你，我，我们身边这些人，哪一个没有在变，你在变，大家都在变，为何我却不能变？你以为，我这样的妇人，活着容易吗？就许你们男人左拥右抱，享尽齐人之福，不许我在痛不欲生、孤单寂寞时，找人来安慰？这世间，哪有这样的道理？！”

纳木罕低垂着头。

手和脚，都是僵硬的。

他走不动，那一道门像有千里之远。

看着渐渐失态的阿依古，他的语气，像一棵霜打的茄子，再无朝堂上的半分狠戾。

“阿依古，若上苍肯再给我一个机会，那我一定……”他话未说完，外面突然传来脚步声。

接着，是一阵爽利而清脆的笑，伴着一声“阿娘”的呼唤，阿依古的小儿子乌日根撩帘进来了。

“噫，丞相大人也在？”

乌日根十七八岁的样子，是个精神的大小伙子，穿着马靴，提着弓箭，看了一眼纳木罕，又看向瞬间从椅子上坐起的阿依古，笑容满面地走了过去。

“阿娘，听说我大兄回来了，我特地骑马来会一会他。今天便要阿娘看看，是他的刀剑厉害，还是我的弓箭射得远。”

阿依古勉强一笑。

“傻子，哪有和大兄比这比那的？去，那边坐好。”

“哦。”乌日根吐了吐舌头，把弓箭挂在蒙古包的架子上，回头看纳木罕还顿在那里，左也不是，右也不是，要走又不好走的样子，就笑着拉椅子，盛情地邀请。

“丞相大人快些来坐，我大兄你定然也不曾见过，听说是那顺巫师的得意弟子呢，我可好奇得紧，想来丞相也好奇，我们一起坐等吧？”

“世子殿下——”纳木罕很想留下来，可看了一眼阿依古不怒自威的面孔，尴尬地笑了笑，拱手就要辞别。

这时，蒙古包外再次传来侍从的禀报。

“长公主殿下，金印大王和那顺巫师求见。”

阿依古脸上，有一刹的紧张。

那是一种连她自己都没有发现的小小紧张。她慌忙地抚了抚鬓发，又理了理衣衫，这才整理好自己，坐直身子。

“快，快请殿下进来！”

纳木罕见她没有撵自己，就也厚着脸皮留了下来，等到萧乾与那顺入内，赶紧上前请安。

“微臣见过王爷。”

看见堵在门口行礼的纳木罕，萧乾目光幽幽一暗，止住脚步，抬首看一下阿依古，又侧眸望那顺，声音满是严肃与疑惑：“母亲，师父，这位是——？”

那顺自然是认识纳木罕的，可不待他介绍，阿依古便抢了先，用不冷不热的语气道：“我儿，这位是纳木罕丞相。他过来给母亲送些药。”

她指了指茶几上的药包。

这……其实是不合时宜的解释。

萧乾淡淡扫过，却没有吭声。

大抵阿依古也觉得自己说得太多了，把气氛都搞得尴尬了，又牵唇一笑，指着乌日根，对萧乾道：“这是你弟弟乌日根。乌日根，你不是成日惦念你大兄吗？大兄来了，为何却不肯言语了？”

乌日根完全傻了。

他痴痴地望着萧乾，良久，终于吐出一口气。

“阿娘，我大兄的样子，好是酷烈！却是生生把儿子吓住了。”

嘻嘻一笑，他又直起身来，热情地拽了萧乾坐下，搓了搓手，俯头看着萧乾脸上的巫师面具，一副跃跃欲试的样子。

“大兄，你这个面具……可不可以借我玩耍一番？”

这个家伙一看就是没有吃过苦，还处于天真发育期的大孩子，性子直率也简单，他似乎完全不知自己的话触及了什么，只言笑浅浅地说着，却见帐内几人都有些变容。

那顺是担心——

其实他还真的一直都没有机会把萧乾的长相看个明白，但却知道纳木罕是见过萧乾的。

就算如今萧乾的脸有了变化，但一个人骨子里的气质很难改变，这样穿黑袍、戴面具，变了音调认不出来，一旦揭了巫师面具，那就不知会不会引起怀疑了。

阿依古是紧张——

上次她亲自去了一趟嘎查村，苏赫也是戴着这张巫师面具。对于这个离别了那么多年、几次差点儿性命不保的儿子，她又心疼，又自责，却又极端渴望看一看儿子的脸。

但那个时候，那顺说：他还在受最后的“天神之劫”，在劫期的最后时刻，最为凶险，若面具摘除，恐会承受天神之怒，故而不宜见面。

所以她强忍着冲动，含泪看着隔了一层面具的儿子与她相认，内心不无酸楚。

如今一切都过去了，“天神之劫”也已解除，她的儿子，终于可以堂堂正正做一个正常的人了。她欣喜若狂，此刻最想的，当然还是看看儿子长成了什么样子，想捧着儿子的脸，仔仔细细看个够，以解思念之苦……

至于纳木罕，神思游离，目光复杂，视线也与众人一样，不约而同地落在了萧乾的脸上。

“师父——”萧乾望向那顺，冷眸中似流淌着一丝碎金色的波光，若有，似无，像在征询他的意见，又像在说着什么。

那顺叹息。

“公主，王爷他……唉。”

这样的叹息，在阿依古听来，无异于锉心。

把身子坐得更直，她厉声问：“可是又有何不妥？”

那顺微微抿唇，同样戴着巫师面具的脸，掩饰得很好，似饱含深情，又像欲言又止。

“也并非不妥，这巫师面具，本是用以通神，若王爷取下，怕是……”

“师父！”萧乾突地冷声接过话，双手轻轻抚上面具，镇定道，“既是母亲想见一见我，事孝为大，便是因此受到天神责怪，又有何可怕？”

说罢，他就揭向面具。

那顺一惊，似不明他的意图了。

却听阿依古一声惊呼“不可”，萧乾的双手，已然把巫师面具揭了下来——

那张脸，也就用一种狰狞、可怖、令人心疼的样子，朝向阿依古，只一瞬，便在她的抽气声中，换来她咬牙的低喝：“那顺！我儿的脸怎么回事？”

孩子是交给他的。

一切自然得找他算账。

那顺立在帐中，支吾着说不上来，却听萧乾道：“母亲勿怪师父，为从天神手中抢回我一条性命，师父已是用尽毕生功力，还险些损及性命。”

淡淡一笑，他道：“然，遭天神厌弃之子，便是不死，也得扒层皮，天神收去我之容貌，想是为让我改头换面，重新做人。母亲，这是好事。如此，天神才是真真放过我了。”

这个解释说得通。

也让阿依古瞬间松了一口气。

毕竟孩子还活着，而且从此可以活在阳光下了，这才是最重要的不是吗？

对于一个母亲来说，儿子长什么样子，丑不丑，美不美，其实都不如他的健康重要。

阿依古合眼，将掌心贴在胸前，默默念了几句什么，又睁开眼，压抑着澎湃的心潮，指甲轻轻抠着椅子，幽幽一叹。

“如此是阿娘错怪了巫师。”

阿依古又吩咐下去，给了那顺一些赏赐，喏央宫中的气氛便慢慢好了起来。

然而，得了公主赏赐的那顺却如坐针毡，而一直没有说话的纳木罕，细思许久，终于忍不住打断了不停看儿子、关切地问这问那的阿依古。

“公主殿下，微臣有一事相禀。”

阿依古似乎不愿与他多谈，但听见这话，还是转了头，将警告从目光中递了过去。

“丞相请讲。”

纳木罕站起身，拱手对阿依古和萧乾分别致礼，然后垂首道：“不瞒公主殿下，陆机老人前些日子受微臣邀请来到哈拉和林，一直在舍下做客。微臣见王爷的脸……似是中毒之象。微臣以为，可让陆机一诊。”

纳木罕与陆机老人是旧识，关系算得上密切，当日纳木罕前往南荣，陆机还曾再三嘱咐他给萧乾带话。这次他请陆机来哈拉和林，不是为了别的，正是为了给阿依古瞧病。而陆机老人，也受了萧乾死在临安的打击，正好领了温静姝过来散散心、养养伤。

阿依古对他本有些厌弃之色，闻言，目光却是一亮，终是拿正眼瞧他了。

“这中毒一说……”她目光幽幽地望向萧乾的脸，咬了咬牙，无力地摆摆手，示意他赶紧走，“那好，麻烦丞相尽快安排一下。”

陆机老人医术超群，但性子古怪，一般人的面子，他从来不给。以前的珒国皇帝、北勐皇帝，都受过他的恩惠，都得给他几分薄面。

可以这样说，在这漠北草原上，他是一个可以横着走的人物。医不医人，全凭心情。

从某种意义上说，萧乾对医与毒的执念，正是来自陆机的言传身教。

可如今的情况下，他与陆机相见——又当如何?

那顺知晓他们的师徒关系，心尖尖都快抽了。但萧乾的脸上，却云淡风轻，目送纳木罕离去后，他充满感激地看向阿依古。

“母亲，辛苦您了。”

“说的哪里话，我儿能回来就好。”阿依古听见了自己哽咽的声音，从喉咙里挤出来，又抿着唇，笑着摇头，“母亲不苦，母亲从来都不苦。”

世上母亲，大抵如是。

宁肯受尽千般罪，也不忍儿子落一滴泪。

萧乾看着阿依古的脸，面前浮现的却是另外一张脸。与她一样温柔，不，比她更温柔，永远带着和煦的笑容，每每看见，整个世界都充满了暖阳与光芒。

“母亲，儿此生能见您，无憾矣！”

这番话，他说得很是动情。

眼窝处，似有湿润的晶莹。

阿依古一怔，看着他的脸，大为触动，霎时便从椅子上站起，顾不得母亲的威仪，大步走过去，一把将他紧紧抱住，掌心颤抖着抚他的后背。

“我儿……我的儿啊……我的儿啊！我的儿啊——”

一声声“我的儿”，深情得令人动容，让坐在椅子上的乌日根不停地抹着眼泪，也扑过来抱住了母亲和萧乾。

“阿娘，大兄——”

长公主的大帐外，行走的纳木罕脚步像有千斤之重，一颗心也似乎在受刀尖凌迟——拖着脚走了几步，慢慢地闭上眼，又睁开，他两只拳头，握得紧紧的，大步离去。

只有座上的那顺，一动不动。

那一张巫师面具下的脸，瞧不清真颜，亦不知他是什么情绪。

而天边，那鲜血一样的霞光，冷冷的，静静的，浮现在天际，托着沉重的浮云，看着悲痛啼哭的孤鹰，似乎与阴山大地那层层的墓穴连成了一线……

一番唏嘘。

两相忧伤。

阿依古长公主慢慢收敛住情绪，紧紧握着萧乾的手，那一双虽有细纹却依旧美丽的眼睛，一眨不眨地看着他的脸，手指慢慢抚上去，终于艰难地说出了最重要的话："我儿，听说你与那个墨九——"

微微抿了抿唇，她冰凉的指尖覆上萧乾坑洼不平的肌肤，似乎恨不得为他抹平伤口，出口的字眼，也一个比一个柔软。

"阿娘听过她一些事，这女子轻薄、多情，有天寡之命，也不是一个好相与的姑娘。我儿涉世不深，恐被她骗了去。阿娘今日急急唤你前来，便是要嘱咐于你——"

她唯恐伤害了他，说话很委婉。

萧乾的眉心却一点点皱了起来。

阿依古的目光，与墨九一样，有心疼，有柔软，有说不出来的怜惜——却也是在他的脸变成这般之后，世间仅有的两个不曾嫌弃他的女人。

故而他很难说出狠话。

慢慢地，他握紧阿依古的手。

"母亲，儿今日过来，也有一个不情之请。"

阿依古心里一凉。

似乎意识到他要说什么似的，她重重唤了一声"苏赫"，但看着他瞬间蹙起的眉，还有那张脸，终又软了心，叹了一口气。

"你且说说看。"

萧乾注视着她布满忧色的双眼，缓缓道："儿在阴山时，承阿九以命相救，得以活命，已是过命的交情，且——"

他扶住阿依古瘦削的双肩，坚定地一字字开口："她是个真性情女子，儿与她两情相悦，已互许终身，约定百年之好，还望母亲成全。"

第五章　不依不饶

马蹄声，嗒嗒，嗒嗒。

夕阳下，一行人，骑着马，在那一条通往万安宫的平整青石路上，蜿蜒成一行，像布景丹青，印在城中，与天上的大雁相映成趣。

哈拉和林的黄昏，是美丽的。

墨九带着欣然的笑意，骑在马背上，走在萧乾的身边，不时瞄他一眼。

在萧乾高大的身影映衬下，她的样子显得极其娇小。故而，那一双黑白分明的大眼睛里，缠绕不清的情绪，也便少了三分邪，添了七分真。

这时候的墨九，心思不在宴会上……

她觉得自己正在经历一件非常奇妙的事情。

又一次，要许配人家了。

就在两个时辰之前，阿依古长公主居然同意了萧乾的请求——允许了自己“染指”她的儿子，哦不，允许了自己的儿子“染指”她。

虽然阿依古心底并不情愿，非常非常不情愿，甚至对墨九有那么一丝说不清道不明的痛恨——在这个刚刚得回来的儿子心里，居然有了一个比她还要重要的女人。

这一点，足以让她痛恨墨九。

但也只要一点，就足以让她同意萧乾的请求。

她舍不得儿子难过，舍不得看他痛苦的双眼。

至少，她有没有出于别的考虑，墨九说不准——毕竟阿依古这么疼苏赫，居然连她的“天寡”忌讳都不怕就同意了，这本身就足够令人震惊了。

从萧乾的反馈来看，幸亏有那顺在。

那顺这家伙装神弄鬼很有一套，对魑魅魍魉之说，更是信手拈来。他告诉阿依古说，像苏赫这般受过“天神之劫”的人，已是至刚至阳之体，天神门生。神都不罪，何以为罪？一切邪灵恶鬼都近不得他身，什么天寡，自然也不在话下。

哦！墨九一百个叹服。

如今江湖术士骗人编故事堪比小说家。

在那顺的极力配合之下，于是，这事成了八成。

剩下的两成——阿依古说还得禀报蒙合大帝。

皇室子弟的姻缘，向来不纯粹……北勐虽不若南荣汉家那边讲究太多的“门当户对”，但考量彼此的得失，也是其中之一……在此不得不说，汉家文化源远流长，对四邻的扩散和影响，甚大。

从神对手，到神队友，那顺立场的改变，对萧乾来说，目前全是助攻。当然，她也知晓，那顺是不得不顺着萧乾，哪怕萧乾说天上的月亮是黑的，他可能也得点头，还得帮着找出一万种合乎逻辑的玄学解释，来为之圆谎。

有这样一个神队友，墨九很满意。

然而——想想自家这个命运，唉！

骑在马上，她摇了摇头。

“阿九第三次叹息了。”萧乾与众侍卫一样，也是骑马入门。墨九发现，哈拉和林的人，好像不太习惯乘车，不管男男女女，以骑马居多，若是乘车，一般是为搭载货物之便。

“你在叹什么？想什么？”

听他问，墨九眼望天边，看暮色渐渐拢起。

“我在感慨呀……”

“感慨何事？”

“我这一辈子，好像啥事也没有干明白，整天都在嫁人，我数数啊，一个，两个，三个……”

从萧大郎之前那两个她至今连名字都没有弄明白的死鬼男人，到如今的“苏赫王爷”，和她传过“绯闻”，甚至有过婚约、举行过婚礼的男人，都多少个了？

莫说当今，便是后世，她也是女中翘楚了。

调皮地冲他眨一下眼睛，墨九道："我这名声，是废了。不过也好，要不是这样，我又怎么有机会去见识一下万安宫？哦，北勐大帝呀，心向往之。"

得了阿依古长公主的首肯，她才有了赴宴的资格。

从这一点上，墨九是感谢萧乾的。

毕竟他懂她，知道她是一个"十处打锣，九处都在"的极其爱热闹分子。

"嗯，不过嘛——"她又道，"这一次就算咱俩成了，也不算在你的承诺之内哦。"

承诺之内，她指的是他娶她一事。

也就是说，无论如何，他们还得再成一次亲。

这……结婚上瘾的人，分明是她呀！

萧乾望着她，只是笑。

晃晃悠悠的马儿上，墨九为了方便，依旧穿了一身男袍，除了腰上挂着的玉佩和荷包，几乎没有其他的服饰。可时下的男袍与后世不同，性征没有那么强烈，这样简单的款式反倒为墨九添了彩。她干净得像一个细皮嫩肉的少年，一身肌肤如绸缎似的白玉无瑕，艳若樱花。美而不妖、艳而不俗。不多不少，恰到好处。

"王爷，"墨九远望黄昏中的万安宫城墙，突然想到某个家伙，"那个纳木罕，一会儿在宴会上，不会故意为难咱们吧？"

她还想问的是，他当真就没有认出萧乾来吗？如果没有怀疑，他为什么又那么热心地要帮忙找陆机为萧乾诊治呢？纳木罕她是见过的，那老头子一看就非良善之辈，若无居心，何献殷勤？

萧乾听懂了她话中玄机。

但良久，他都没有回答。

在回到王府向墨九转述与阿依古见面的情形时，有些感觉是不好描述的。

即便好描述，他也是不方便说的。

比如，喏央帐中，纳木罕脸上的尴尬，以及饱经沧桑的无奈。

他认识纳木罕，也不是第一天了，可在那么长的岁月里，他也不曾见过那样失神的纳木罕。哪怕他在刻意掩饰，也难逃萧乾的眼——他的失魂落魄，就像丢失了某个心爱的物件儿，除了怅惘，不见半点儿锐利……

尤其他望过来的眼神，没有凛冽的审视，却可见一二分慈祥。

那静静的凝视中，也有诉不出的关怀。

关怀……长辈似的关怀。

他拧眉思考着，低下嗓音："阿九之前可有注意过纳木罕和阿依古的消息？"

墨九愣了一下。

自从入得漠北，她好像没有问过相思令的事了。便是墨家的行政事务，若无必须禀报的，或者非得由她决断的，一般都由墨妄处理，她几乎就是一个甩手掌柜。至于来阴山之前，一切有关相思令的消息，她基本只关注与萧乾有关的部分，还真没有怎么在意纳木罕和阿依古。"回头我让师兄查一下。"

"嗯。"萧乾应着，目光极不寻常。

这会儿工夫，万安宫就到了。

长长的宫城，巍峨的宫殿，一切看上去都与临安的建筑那么不同。可即便少了精致的外形与细腻的匠意，其身为皇宫的庄严与肃穆，却与任何一个与皇权有关的宫殿都雷同。每个人行走其间，都小心翼翼，生怕一不小心触了皇帝的逆鳞。

百官宴设在万安宫的偏殿。

名字叫什么，墨九不识得那字。

但从陈设来说，不得不认同——蒙合好俭。

那是一个占地极大的宫殿，头顶是蒙古包一样的穹顶，四周扯着同样的帐篷，中间是空旷的场地，两侧摆放案桌，可容纳众人一起议事，中间留出一条道，上铺红毯，一路延伸至殿中上位的龙座下方。

萧乾把几名侍卫都留在殿外，只领了墨九入内。他们到时，百官已来了不少，齐整整坐了一堂，官服都差不多，谁是谁，墨九也分辨不清，只觉得这里的每一个人都把探究的视线投了过来。

看她，抑或萧乾。

她安静地跟随，面带浅笑。

萧乾的巫师面具，重又戴上了，在殿内灯火的映照下，泛着一种金属质感的冰冷光芒，让他走过当中的红毯时，更添神秘，更引人观望。

他向殿中首位的蒙合致礼。

"臣弟叩见大汗。"

他右手臂斜在胸前，手指触肩，微微弯腰，并没有行单跪礼。

宴上众人，微妙地凝滞一瞬。

"哈哈，免礼。"蒙合声如洪钟，那笑声，震耳欲聋，墨九没有抬头，耳膜也被他震得嗡嗡作响。一直跟在萧乾的身侧，她也保持着右手贴胸、弯腰鞠躬、垂头恭敬的动作。

这两个人就像说好的一样。

萧乾的动作，被人理解为狂妄无礼。

第一次面见大汗，居然不行跪礼。

至于墨九……却显然是不卑不亢了。

“……”蒙合的声音隔了一瞬才又传来，“这位是？”

萧乾沙哑的声音，如同往日一样，带了淡淡的病气。

“墨九。”

很简单的两个字介绍，在殿中并未引起哗然。

从墨九进来的那一刻，其实大多数人都已经知道是她了。

除了墨九，有哪个女子会在北勐大帝面前这般泰然自若？又有哪个女子身着男装却能这样俊气非凡，不少男子英气，又不失女子妩媚，能将男人和女人身上最好的优点结合在一起，成为一个耀眼般的存在？

蒙合有神的视线，落在墨九的头顶上。

在火光中，他微微跳动的眸子，似含了深意，又似仅仅在笑。

“墨家巨子一出，惊动天下，如雷贯耳。巨子，久违了。”

墨九受了“重视”，这才抬起头来，看向蒙合。

“承蒙大汗夸赞，墨九不敢当——”

话音未落，她的目光情不自禁微微一眯。

蒙合的样子，与她想象中太不一样了。

他并没有她以为的强壮彪悍，也不似那些草原男人一看就威猛刚烈得如野兽似的。相反，他体形稍稍清瘦，显得精明有智。留有一点儿络腮胡子，但不浓郁，目光炯炯有神，每一束视线射过来，都像是苍鹰的爪子伸了过来，要把人的皮肉剥开，生生抓扯住骨髓。

蒙合在上，墨九在下。

这般对视着，只一瞬，她脊背就有点儿僵硬。

有一种人，他并没有表现出太多强势和酷烈，却可以让人不由自主地紧张、害怕——蒙合就是这种人。当然，其中一部分可能是因为他的权势，而另一部分，则是因为他自身强大、骇人的力量。

很锐利的一个人。

同样也很睿智。

看来萧乾的对手，都不简单哪。

墨九打起精神，拳心微微一攥，不敢掉以轻心。

好在蒙合并没有太为难她，随便问了几句他自己感兴趣、众人也感兴趣的内容——大多与墨家有关，却又不触及秘辛，很是得体。墨九对他的行为稍感诧异，也没有表现出来，说了几句虚伪的恭维话，就被萧乾带到了座位上。

百官宴的座次是君在正中上方，臣在下方两侧。

中间留有场地供表演，一条红毯拉通，直入皇帝的桌下。两侧的案几供皇室宗亲和百官就座——说是座，其实除了皇帝一个人，大家都没有椅子，就一条毯子，大家都席地而坐，公主与皇子皆不例外。

在临安的世家大户里，对桌椅安排大多都有讲究。

到了北勐，连皇室都这样……随意，是墨九没有想到的。

更没想到的是，这个宴席的吃食会这样简陋——除了一道烤羊，其他如马奶酒、油炸饼，和她在嘎查普通牧民家里吃的也没有多大的区别。

这蒙合大帝也太抠门了吧，这样款待臣子？

墨九仔细观察了一下，发现蒙合拿了数次酒杯，可斟酒的次数与他喝酒的次数不成比例——这就很有意思了。

这皇帝在作假？

他是不喜喝茶，还是不屑喝酒？

一切都是新奇的，她带了耳朵来，负责听，带了嘴巴来，也只负责吃。

北勐与南荣有太多的不同，却又有一点儿相同。

或者说，可能全天下的皇帝请客都差不多，先说一番官方的套话，表示如何体恤臣子的辛苦，又表示一下国家如何昌盛强大，未来又有多大的抱负发展，然后“上美女”，弹琴、跳舞，在百官的面前搔首弄姿……

等宴会结束，这些女人，也都犒赏众臣了。

当然，这是墨九之后才知道的。

她在看舞伎的时候，其实挺得劲的。

少了严肃的话题，宴上除了歌舞声，便只有咀嚼声。偶尔举杯，微笑示意，每一个人都表现得亲切、友善，在一个巨大的蒙古包中，仿佛一个其乐融融的大家庭。对于不了解和不熟悉的事务，人都会有天生的好奇心与新鲜感，墨九也一样。反正来蹭吃蹭喝也不是主角，没有什么政治任务，她也就只有瞅美人这一个乐子了。

哦，领舞那个妖姬，水蛇的腰哦，软得像没生骨头一样。

丝巾半遮的小脸儿哦，白得像瓷器一样。

身上起伏的曲线哦，玲珑得像“S”形……那样扭哇扭哇！在一个个火盆散发出来的暖色火光的映照下，仿佛整个人身上都笼罩了一层浅粉色的轻纱，覆在她裸露的脖子上、手臂上、腰上、脚踝上，让她看上去是那样柔软而多情……

水灵灵的美人哪！

便是墨九都生出了兴味，何况男人？

好多男人的目光，都被她吸引了过去。哪怕这些男人乃北勐重臣，一个个也都“见多识广”，眼珠子却似乎黏了上去。可这个妖姬，一双烟笼轻雾的眸子，始终朝着萧乾的方向，那绵软的腰，那似翘非翘的臀，像上了某一种会自动勾魂的马达，一扭，一转，不停地向他放着电……

墨九身上都麻酥了。

这是蒙合要赏给萧乾的女人？

要不然她哪儿来那么大的胆子，当着皇帝的面儿勾引男人？

唔一声，她饮一口酒，瞄向萧乾。

以他之智，定然心知肚明。可他手握杯盏，浑然不觉，冰冷的面具反射着骇人的光、野兽似的质感，一双冷眸不知望在了哪个方向。

墨九的唇角，微微勾起。

怪不得他先找阿依古说了与她的事情。

看来这货也是早有预谋的。

万一被蒙合赐婚，到时候拒绝就难看了。

先下手为强，是上策。

阿依古已应允了他与墨九之事，若蒙合再强行赐婚……那也令彼此尴尬。

不得不说，萧乾为她，做得多，说得少。

墨九顿感幸甚！

找一个不容易动凡心、不会轻易为女色所惑的男人，确实极有安全感。

在她之前，萧乾没有别的女人，在她之后，他也不会再有别的女人。

虽然他从未将这句许诺说出口，却总是适时地用他不经意的行为给他们的感情在艰难的夹缝生存中添上足够的光亮，永远不会让她在女人问题上狼狈。

得此一人，哪怕为了他必须化为灰烬，也要学那飞蛾，扑入火中……

墨九轻轻抿了抿唇，低头饮马奶酒，双颊上浅浅的笑意，带着深深的柔软，可抬头时，却发现有一双眼睛正在审视她。

那是坐在对面席首的阿依古长公主。

大抵和全天下的婆婆一样，初次见到儿媳的心情，都是复杂又心酸的。除了先入为主地带上三分不友好，剩下的七分……打量，打量，慢慢地，再一分一分地否定。

墨九微微一笑。

她对阿依古举了举杯，友好地示意。

动作嘛，有一点儿男子的潇洒与不羁，不像个女儿家。

阿依古被她的动作噎了一下，目光幽闪，若有似无地哼一声，低头与旁人说话去了。

墨九讨了个没趣，也不怎么在意，只闲闲地放下杯子，咂咂嘴，自个儿动手撕羊肉吃，脸上的情绪，并没有因为阿依古而产生什么变化……

可她的表现却一丝不少地落入了蒙合的眼睛。

整个宴会上，蒙合坐得最高。

殿内所有人的一举一动，都逃不过他的双眼。

对于墨九的种种事情，蒙合自然也是有所了解的。可百闻不如一见，心底的猜测与活生生的人相比较，存在着太大的差异。比如，他就不知道墨九的美，原来是这样独特；不知道墨九的怪，原来是这样难以捉摸；不知道墨九身上的那些疑点……原来也是这样有趣。

对他，对阿依古，对任何人，她以为并没有什么不同。

除了——苏赫。

她的眼中，有很多人。

可她的眼中，自始至终只有苏赫一个男人。

据他所知，他们认识在阴山，不过短短数日——得多深的情分，能如此？

有些东西，可以掩饰。唯独情感，不能。

他阴鸷的双眸，眯了眯，露出一抹兴味。

在这之前，他除了必要的客套，一直寡言少语。

杯中的酒，一直没有饮尽，更不曾主动敬酒。

可沉默片刻，他突地冲墨九端起了杯。

“今日墨家巨子光临北勐，本汗倍感荣幸，在此，敬巨子一杯。”

身为墨家巨子，其实墨九当得起蒙合一杯水酒。在南荣，在珒国，在普天之下任何一个国家，墨家巨子都是一个特殊的存在。但该谦逊的时候，绝对得谦逊，得给足了皇帝面子——尤其是如今的北勐皇帝。

墨九诚惶诚恐地站起身，一副受宠若惊的样子，双手举杯，颔首低头。

“草民惶恐，谢陛下。”

“哈哈，巨子请！”

蒙合先干为敬，看她“惶恐”地喝完才坐下，脸上其实并无半分“惶恐”之色，他的眸色又幽暗几分。

“巨子爽快！”

说着，他突然斜睨萧乾，缓缓而笑。

“苏赫刚从阴山回哈拉和林，可还惯？”

“还好。”萧乾答得从容。

蒙合点点头，声音突地沉了沉，若有似无地一叹：“原本这些事情，想过两日再商议的。但今日众位卿家都在，酒至酣处，君臣一心，不免令人触景生情……不吐不快矣！”

皇帝都说到这份儿上了，大家还能喝得下去？

殿内的人，目光都集中到了蒙合脸上。

萧乾那一张面具下的眸，幽幽一深，慢慢站起身，朝他拱手致礼。

“大汗有事吩咐，直言便可。”

蒙合压压手，示意他坐下，又环视众人一圈，叹道：“先皇帝尚在宝位时，曾遣使四出，东征西伐，这才有北勐今日疆域的辽阔，北勐人民的富饶。先皇帝之愿，是治天下，今本汗得众位拥戴，有幸继承祖宗遗志。可，旧弊未清，新政未顺，无力蹈袭他国，又恐罪及祖宗，甚为忧烦。”

呵呵！

墨九听着，心里不免暗笑。

做皇帝可真累心！

说这么多作甚哪？直接上菜呗。

你皇帝都忧烦了，谁还敢不为你解忧吗？

萧乾自然也领悟到了他的意思，浅笑道：“臣等身为臣子，为君分忧理所应当，大汗之忧烦，便是臣等之忧烦——但臣弟愚钝，不知大汗所指是……”

蒙合握紧酒樽，看着座下群臣，目光微微一凉。

“蹴蹈西南，马踏中土。”

一字一顿，果毅、有力。

北勐是一个迅速崛起的武力大国，数十年西征东讨，从来没有停止过战争。这些年来，北勐以令世人惊恐的速度武力扩张领土，不知不觉间俨然成为世界丛林里的一只虎王。跺一脚，天下就得颤三颤，让四邻各国心肝儿都在抖。其武力早已远远甩开了南荣、西越，以及消失的珒国。

然而——

就墨九所知，在此之前，北勐正准备发动又一次西征。

可这个时候，蒙合为什么却说要“蹴蹈西南，马踏中土”？

他的目标，是准备转向南边了？

先皇帝在时，不管有多少野心谋划，但与南荣故有盟约，共同抗珒。

皇帝换成蒙合，是准备撕毁协议了吗？

——而且，他的意思，是要让苏赫领兵，试水南荣？

这一枪开得不意外，却也意外。

蒙合此人，一看便是野心家，他想要染指南荣，是意料之中的事。说难听一点儿，这南荣的四邻，又有哪一个不想“马踏中土”？中土有的，不仅是物质，还有文化和文明，那是他们不论多么强盛的武力也永远得不到的祖宗遗产——

他们不想要，那才奇怪。

但蒙合得有多大的心，才能信任一个常年以巫师面具示人，除了在嘎查村象征性地操练过几千骑兵用以自保，根本不曾涉及军政的苏赫？

她诧异！

怪不得敕封他为金印大王，又让他领漠南事务。

是早就想用他吗？

殿中众臣，也有些惊讶。

看看蒙合，又看看苏赫，目光各异。

聚焦处，萧乾眉头微微一拧。

“如若大汗不弃，臣弟愿为北勐一战，肝脑涂地，马革裹尸，亦在所不惜！”

兵权对一个朝廷来说，何其之重？

领兵权的归属，又是多么微妙？

但蒙合把话都递到嘴边了，他如果还不应，那皇帝就尴尬了。

不仅他这般想，殿内所有人都这般想。

然而，帝王心意之深，就在于——必须让人猜不透。

便是被人猜透了，他也得绕三绕，不肯轻易跟着人的思维走。

蒙合哈哈大笑，似乎对他的回答很满意，那张扬的笑声，在殿内激起回音袅袅，那豪迈的姿态，像一个开疆拓土的霸气君王——当然，他确实也是霸气的。在没有称帝之前，蒙合胯下战马已踩过了万里疆场，手上刀刃已饮血无数。

所以，这是一个从鲜血中杀出来的帝王，自然懂得兵权在手的重要性，这“马踏中土”的人选，又岂会胡乱给予？

大抵感觉愚弄了众臣，他很满意。

那笑容，又恣意了一些。

“众位爱卿误解了，苏赫也有心了。然，我北勐乃天神后裔、浩瀚之邦，勇猛儿郎多不胜数，骁勇善战者比比皆是。不瞒众位，在今日之前，已有数位将军意表，欲领兵挥师南下，本汗很是为难呀……”

他说到此，顿住了。

一看就是有下文，殿内安静下来。

果然，蒙合捋一下他的小胡子，笑容满脸地道：“千兵易得，一将难求。本汗想了又想，突然有了一个主意。趁着今日，与众位爱卿商议商议。”

帝王心思，深不可测呀！

你说了便是，还商议什么？

墨九心里冷笑，微微眯眼，余光偷瞄萧乾。

他目光淡然，好像并不意外蒙合的行为。但他的身体动作，却与群臣保持了高度的一致——

“陛下英明！不知有何良策？”

在众大臣的齐声恭维中，蒙合一字一顿，说得极为有力。

“以武试之，以力角之，以善谋者居之！”

以武试之，在武。

以力角之，在力。

以善谋者居之，在谋略。

他这是想通过比试来确定南下的人选?

可如果要南下，不应该是打人家一个措手不及才对吗?

墨九不懂领兵打仗的事，但古今道理都是相通的，抢占先机多重要哇，北勐这么大张旗鼓地干，要么就是完全没有把南荣放在眼里，甚至就是要高调地给他们时间准备；要么就是虚张声势，根本就没有南下的打算，也没有到开干的时机，先撕破了脸，比画比画，与后世的军事演习差不多一个意思。

那——蒙合是前者，还是后者?

她还没有想通这个问题，殿中已然热闹起来。

一众大臣热情地响应着皇帝，直道蒙合的看法极为英明，与南荣的武举一样，这样可以为北勐选拔人才，使北勐将帅不至于青黄不接，是大势所趋云云。

反正，怎么好听怎么说。这些马屁拍得无声无息，精妙绝伦，令墨九大开眼界。

经过讨论决定，比武的规则及赛程等由断事官和佐使另行商议，等拟好细则再呈报皇帝。这件事，如此算是有了定论，皇帝嘛，只需要抛砖引玉便可，剩下的事，自然由跑腿儿的人去做。

高潮落下，宴会也近尾声。

蒙合心情大好，笑着挥了挥衣袖，帽冠上的玉石带着冰冷的光华，闪入众人的眼中，与他随即出口的话一样，瞬间震住了墨九的心。

“今夜舞姬，皆自中土而来，美艳、驯柔，众爱卿可还满意?”

中土而来，可还满意?

这让墨九不由得想到一个故事。

据说某岛国的父母总会在孩子小的时候就教他们，这苹果来自中国，问甜不甜，喜欢不喜欢。要是喜欢，长大就去抢啊——怎么感觉蒙合这意思，也有点儿异曲同工之妙?

把中土的女人弄来，驯养给北勐的达官贵人睡，等他们睡出滋味儿了，狼子野心就会越来越憋不住——那个时候，就该如狼似虎地去抢了?

“苏赫皇弟。”

听到蒙合喊萧乾时，墨九心里骇然一跳。

她眼皮颤了一下，抬眼，果然看到他笑着指向那个领舞的美艳佳人。

“素闻你喜爱中土文化，此女子又对你有意，今夜你便领回府去吧。”

喜爱中土文化和喜爱中土女人是一个意思吗?

女人在他们这些人的眼里，和猪、马、牛、羊还有区别吗？

墨九心里像被尖刀扎了一下，非常不舒服，可看萧乾眉心拧成一团，似乎在想借口拒绝，她反倒在桌下轻轻按住他的手，小声笑。

“这么美的姑娘，真是招人稀罕。”

这句暗示很明显了，她不反对他接受那个女人。

萧乾迟疑了一下，抿了抿唇角，顺水推了舟。

“多谢大汗赏赐。”

比起拒绝来，接受自然会顺畅得多。

然而在萧乾看来，墨九会欣然接受的最大原因是怕他在大殿上尴尬为难，却不曾想到，退席之后，她真的让人把那个姑娘领回了王府——他的内宅之中。

“阿九？”他不解，“这是要作甚？”

一个来路不明的女人，遣到下人房里便是了。

虽是蒙合赏赐给他的，睡不睡还不是在他自己吗？

这种事，哪怕皇帝，也管不到府邸内宅来的。

墨九摇了摇头，狡黠一笑：“那你就不懂了，我觉着她今儿的舞跳得特别好，特别勾人。回头，让她没事就跳给我看。”

萧乾：“……”

瞥着她一身的男装，萧乾眸子微微一转，也不知想到什么，突地冷了声音。

“往后若无必要，不许再着男装！”

噫？墨九微微一诧。

与他古怪的视线交接片刻，她突地明白了，不免想笑。

“你是怕我……会变成男人去？”

这种问题，萧乾自然不会回答。

他轻轻执了她的手，往他的院子里去。

“常习男子之事，难免变成男子之心。”

“那多好，咱俩就可以顺理成章地‘搞基’了嘛！哈哈。”

“……”

什么是‘搞基’，在墨九的言传之下，萧乾早就懂了。

但他可不认为那是一件美妙的事，也不明白阿九为何会有这样古怪的喜好。

两个人牵着手，回到内宅之中，发现里面有婆子和丫头正在整理物什。桌椅、用具，全部焕然一新，茶具摆设，无一遗漏。这些不是蒙合赏赐的，就是阿依古长公主差人送过来的，物品琳琅满目，金贵至极，看得墨九啧啧不已。

“真好哇！”

摸来摸去，瞧来瞧去，她把一个金碟放下。

“美中不足哇，怎么会没有吃的呢？”

“阿九想吃什么？”萧乾轻声问。

“唉！”墨九一屁股坐在椅子上，失神地叹息，“想吃的东西就多了。可这北勐，连百官宴都……唉，这个地方，能有什么好吃的呀？王爷，我突然想临安了，想桂花肉了……”

她发誓想的只是肉和吃的……

但萧乾目光一沉，看她斜摊在椅子上有气无力的样子，腰儿软软，脸儿柔柔，模样精致得比壁上的画还要美上三分，像天上神仙洞府下来的仙女似的，那么美好……突然，他有些不耐听下人收整的声音了。

挥了挥手，让婆子和丫头都下去了，他坐到她的身边。

“阿九。”

“嗯。”墨九半睁着眼，打了一个哈欠，“我有点儿困了。今儿晚上不洗澡，可以睡你的床吗？”

“……”萧乾捉住她的手，凝视着她的眼睛，顿了片刻，说了一句风马牛不相及的话，“我收回先头的话。”

“啊？”墨九瞪眼，“哪一句？”

“你还是穿男装吧，别再着女装了。”

说来，墨九一直觉得自己穿男装比女装好看。但那也是基于她来自现代，有比较中性的审美观。对于男人来说，男装再好看，又怎么会有柔媚女装那么俏艳、妩媚呢？

眨巴一下眼，墨九似乎意识到什么。

一骨碌爬起来，她半趴在他的怀里，昂着脑袋问。

“你在紧张什么？”

他刮她鼻子，冷声：“你说呢？”

“我说呀？我猜，你一定爱惨了我。”

墨九向来擅长蹬鼻子上脸。

嘻嘻一笑，她反手抱住萧乾的脖子，扬起的眉眼间，是灿若春花的笑意，还有那一点一点绽放在他面前的，是独属于墨九的，他不曾在任何女子身上见过的自信光芒：“你不愿意我的美，让别的男人来分享。哦不，你根本就不愿意让别的男人看见我的美，对不对？哎，我理解你，惊才绝艳的女子……就墨九一个了，是得看紧一点儿。”

萧乾错愕一瞬，忍不住失笑。

“小不要脸的！”

“嘿嘿。”墨九夸张地做了一个严肃脸，“爱卿，难道朕有说错？”

“……”敢自称“朕”的女人，确实只有墨九一个了。

萧乾无奈地拍拍她的臀，看她不满意地翘高了嘴，又摇头而笑。

“是是是，我的小九爷惊才绝艳，貌比天仙，我恨不得造一金屋，将其私藏，不让人见——”

“那你造哇，造哇！”墨九可不是这么容易摆平的人，尤其在二人相处气氛这么融洽的时候，到底是一个小女子，难免娇气了，“我就等着你造。不过，在你的金屋没有造好之前嘛，我爱穿什么穿什么，你可千万不要对我指手画脚哇——你得知道，男人最不能做的，就是干涉女人扮美，懂了吗？”

嗯一声，萧乾语气浅淡，似乎在笑。

又似乎……心不在焉。

他的目光，瞟向了一帘之隔的那一张软榻。

簇新的榻，刚换上的被褥，还没有人睡过……

不知道软不软，稳不稳，阿九那白白的身子放在上面……该是怎样的景色？这般想着，他对她那一点儿小傲娇的容忍程度几乎又添了几个度，无论她说什么，他只听不答，终于被她的喋喋不休打败了，也只是喟叹着，一把揽了她的腰，将她托起来，就撩了帘子，往榻而去。

墨九呀一声，顺势夹上他的腰，像只猴子似的挂在他身上。

“做什么？咱俩还没有说好呢……”

“我们离开的时候，长公主还留在万安宫。”

“那又如何？”墨九被说得一头雾水。

“她会去找蒙合说我们的事。”

“那又如何？”

“金屋虽无，婚事可成。那阿九可否让为夫，先享受享受？”

噗一声，墨九忍不住了。

重重捶在萧乾的肩膀上，她笑得咯咯的，整个身子也都是软的，那精致的脸儿、水汪汪的眼，黏黏稠稠地粘在他的身上，就像为他打开了一扇门，可由他闯入，可由他为所欲为……如此还不算，她伸手揭了他的面具，不顾他面上颜色，轻轻吻上去，辗转在他耳边，抛给他一个极致的诱饵。

“那得看我郎能不能把人家喂饱了……”

这样的火，一点就着。

萧乾目中熊熊燃烧，只想沉浸在这一处温柔乡。

“你这妖精。”他似乎恨极，又似是爱极，重重把她抛在软软的被褥上，自己随之覆上她身，在她埋怨一般微噘的嘴上，轻轻一啄，印上一个温柔至极的吻，便直接拉腰带。

——是个雄的，好像都是这么猴急的。

墨九飞快地按住他的手：“别这样嘛！”

“阿九不要？”

“要。”墨九目光像有钩子，浅笑盈盈，“但不能这么要……”

“嗯？”他声音暗哑，眸底的火似乎快要漫出眼眶。

“这样——”墨九按住他的肩膀，一个巧劲便利索地从他怀里脱困，再扶住他的肩膀往下一按，就居高临下地骑上了他的腰。她温柔地将他发冠取下，十根手指有条不紊地梳理着他的长发，让它瀑布似的顺在枕边，把弄着，玩耍着。她像一个狡猾的小女巫，眼睛半眯，有邪，有坏，还有一种让人把持不住的暗流，一一淌过。

“阿九……”

他的声音，有丝丝的颤。

“六郎别动，让我来爱你。”她两排羽扇似的睫毛轻轻地眨动着，低头，盯着他的眼，一点一点地靠近他，一寸一寸，拉得像一个打了光影的慢镜头，一边说爱他，一边却把动作放得极慢，极慢，逗得他心里痒如虫蚀，恨不得亲自上阵扑火，她两片温暖的唇，才堪堪贴上他的。

唔！

在她没有力气的轻嘬中，她能感觉他身体的紧绷，那一声幽幽的叹息，就好像等待了许久终于得偿所愿一样爽快，一口气憋在心头，终于吻上。他的满足，让她诧异之余，又有点儿得意。

太容易得到的东西，果然没有不容易受用。

这一点小小的距离感，竟能产生这样的效果吗？

墨九半合眼，沉浸在他的温柔中，津沫交流……

片刻，她又抬起头来，捋一下发，双手捧住他的脸。

“嗯，一个无比纯洁的吻结束了。接下来——我该去找小娘来跳舞了。而你，也好好静静心，想想怎么配合大汗的‘蹴蹈西南，马踏中土’，怎么在比武中获胜吧？”

她说着，就要跳下去穿鞋……

可萧乾哪会给她机会！

“墨九！你、敢！”

一字一顿，他在咬牙。

心火已燃，不灭是要死人的！

他的反应极为激烈，与他平素的清冷寡淡不同，一把扯住墨九的胳膊，顺势将她扯回了榻上，按下去，便急不可耐地寻找一个可以令他释放的出口……急切而疯狂。头埋在她的脖间，亲，吻，口鼻深深地呼吸，不断地怜爱，心脏咚咚乱跳，没有章法，浑身肌肉紧绷得几乎僵硬。那力气之大，宛若野兽……

“萧六郎！”

墨九几乎不敢相信，低低唤他，身子微微颤。

“你生气了？哎呀！轻点儿——”

男人这种生物，果然逗不得呀。

一逗，就变成野兽了！

不过，好像也更有情调了不是吗？

她被啃得上气不接下气，终于没力反抗，紧紧回抱他，在他体重与气息的逼迫下，呼吸越来越不畅，天旋地转间，几乎要与他擦出火花来，直到完全变成负距离，挣扎方休，情浓方始……

晨光初现天际。

天未大亮，哈拉和林已开始了新一天的忙碌。

阿依古长公主穿了一件簇新的宽大直筒长袍，一身环佩，叮当作响地入了王府，把晨起的王府中人惊得一阵忙乱。她却不要人通传，径直往萧乾和墨九居住的缙乐院行去。

缙乐院门口，值守的人是击西。

另外是两个明显睡眠不足的小丫头。

看到长公主殿下过来，击西也不认识，正在发愣，那两个小丫头却懂事地上前，对长公主行了一个单膝跪礼。

“公主殿下万福。”

两个小丫头本是阿依古安排过来的，自然是熟识的。阿依古抬眼看一下安静的院落，眉头皱了皱，也不让她们起身，拂一下袖子，就往里走。

“王爷呢，还没有起？”

听这语气，似有不悦。

两个小丫头低着头，咬唇摇头。

那小脸上，带上一抹若有似无的羞涩。

“回公主殿下，还没有。”

这小表情落入阿依古的眼睛里，她眉头蹙得更紧了。

能让小丫头害羞的是什么？定然是苏赫昨晚和那个叫墨九的女人闹腾得厉害，她们在外面听见，动了春心，害了羞，苏赫也耽误了晨起。

阿依古哼一下，脚步加大往里。

儿子的地方，她真没当回事。

可击西却从斜刺里凑过来，挡在了她的面前。

“公主殿下，还没有禀报王爷知晓呢，您可不能进去！”

居然有人敢挡她的道儿？

阿依古眉头都挤到一块了。但看面前这个穿着侍从甲胄，眉眼、嘴巴却比女人还生得秀气漂亮的小伙子，她怔了怔，面色又稍稍舒缓了一点儿，抿了抿涂得通红的唇角，淡淡一笑。

“新来的？”

击西生得好，见惯了别人喜欢的眼神，也是一个傲娇的主儿，平常跟在萧乾身边，闯北几个都让着她、纵着她的，几乎没有吃过什么苦头，对公主这样的大人物，概念也不大——知道要尊重，可完全没有阿依古这种草原贵族习惯的那种尊重。

“是的，我是跟着爷一起来的。”

顿一下，不待阿依古再问，她又抬了抬下巴。

“您就是爷的生身母亲？嗯，按理我是不能挡您去路的。但爷有过交代的，没有他的允许，任何人都不能进去。这个任何人，应当也包括您吧？”

她与王府另外的两个小丫头不一样，在她的心里，只有萧乾的命令才是命令，其他任何人说的任何话，都可以当成耳边风。

这么回答很符合击西的个性。

明明就是得罪了公主，还一本正经地反问人家，模样还老实得很，又不像成心刁难，倒好似她自己也为难。

阿依古仔细打量她。

慢慢地，她的唇角掠起了一抹浅笑。

“好，那你便去禀报你家爷知晓吧。”

“不能禀报。”击西语速很快，还煞有介事地回头看了一眼紧闭的房门，又压低了嗓子，“公主殿下，爷昨晚睡得晚，这会子肯定没有睡够呢，可不能吵了他的。”

睡得晚？

阿依古挑开眉，不悦。

“都做什么去了？为何不早睡？”

击西想了想，眼皮往上一翻。

然后，抬起两只手指头对了对……又对了对。

“也没有做旁的，就是和九爷做那种羞羞的事情吧。”

一句“羞羞的事情”，让边上几个小丫头都憋不住脸红，低着头，夹着胳膊，只当没有听见，心里直忖：这小侍卫胆子好大，居然敢在公主面前这般言语，也不怕唐突了公主。

但击西太坦然了。

坦然得脸上几乎寻不见半点儿淫秽之气。

而阿依古长公主，似乎也无心责怪她的唐突。

可进不得，又退不得，几个人僵在那里，也很古怪不是？

阿依古拂了拂袖，挺胸抬头，只把击西打量。

“你几岁？”

“不知道。”击西回答得理所当然。

“怎会不知道？”阿依古抬抬眼，似乎有点儿兴趣。

“……我娘没告诉过我。”

“哦？为何不告诉你。”

“这个你就得去问我娘了。”

“你娘……在哪里？”

“死了。”

这样无意义的对话，如果发生在别人身上倒也不奇怪，可如果其中一个人是北勐的阿依古长公主，那么就另当别论了。

这个时候，看她们尊贵的公主殿下在和一个侍卫“唠家常”，不仅两个小丫头，便是跟着长公主过来的一个嬷嬷和两个丫头都吃惊不已。

那双眼中的光芒，一烁一烁的。

就好像她们根本就不曾认识公主似的。

“好了，现在你可以去禀报了。”阿依古脸上挂着笑，突然岔开话，对击西笑着说。

“为什么？”击西对长公主更加不惧怕了。

击西完全不知道阿依古的样子有多反常，还以为她本来就是这样和蔼可亲的人呢，不仅不再害怕她，从脸上的表情看，似乎也对她添了几分好感，觉得她家爷认了这么一个婆婆，确实太幸运了。

“因为他们已经起来了。”

阿依古笑着说完，击西回头一看，果然听到屋子里面有了动静了。想了想，她觉得长公主人还不错，也不能太过冷落了人家，就哦一声，点点头，小跑几步，走到萧乾的房门口，咚咚敲门。

“爷，长公主殿下求见，等老半天了，您见是不见呀？”

击西根本不知道长公主在北勐的地位，但也是这份质朴得近乎傻气的懵懂，总让她逢凶化吉。一刻钟后，当阿依古长公主在缙乐院的正堂见到已然穿戴整齐的萧乾时，第一句话便是问他：“你那个小侍卫，从哪里弄来的？”

萧乾猜到击西又惹祸了，却也是不动声色。

“回母亲话，‘他’是南荣人，在阴山的时候便跟我的。”

“哦？”阿依古依乎有些意外，挑了挑眉，“北勐话说得很好。”

“是的。”萧乾不以为意，面色很平淡，“跟在我身边的人，都必须学的。”

对他这样不忘本的做法，阿依古似乎很满意。

轻嗯一声，她回头看一眼站在门外的击西，眉眼间又添了一丝笑，却不再说此事，也没有在萧乾面前表现出对击西的兴趣，只屏退了左右，然后敛紧神色。

“我昨夜与大汗谈过了。”

萧乾不意外，但脸上还是故意带出一丝紧张。

“大汗可有同意？”

“看你急得。”阿依古瞋他一眼，抬手就着茶盏轻轻喝了一口茶水，眉心又拧紧起来，沉吟，思考，然后重重一叹。她眼看萧乾似乎比先前更紧张了，方又展眉，像故意吊他胃口似的，徐徐开口。

“你的事，阿娘哪敢不上心？但大汗的说法，阿娘以为，甚好。”

这一回，萧乾不问蒙合究竟怎么说的了。

他只是用情绪装点着表情，一瞬不瞬地看着阿依古。

但凡母亲，大抵都是喜欢儿子那么全神贯注地看着自己的吧？

这样看着多么驯服。

阿依古的脸色，又好看了几分，那一张今日特地打扮过的面孔上，溢满了慈母的笑意。

“苏赫呀，大汗这次给我交了底，他是有心要用你了。”

要用他，这个事不用阿依古说，萧乾便已知道。

若不然漠南事务，是让他白领的吗？

他先前做的功课，当然也不是白做的，要的便是这样的效果。

阿依古还在说：“你可能不知道，从先皇帝还在时，北勐就有意南下，但那时北勐时局混乱，内政不稳，这仗也就不敢打起来，我们北勐与南荣也保持着盟友的关系。但先皇帝故去了，新汗是个有抱负、有野心之人，他派兀烈西征，但南面也不想放过，之前叫你领漠南事务，便是有意给你机会。”

说到这里，她眸底掠过一抹暗光。

蒙合并非良善之人，阿依古在北勐日久，岂会不知情？她瞄了苏赫一眼，似是有心想要提点儿子一下，但话到嘴边，突然又咽下了。

想苏赫初来乍到，这些心机城府，让他自己去领悟为好。若凡事都由母亲点明，他日，她不在身边，他又如何自处？再者，她这个大儿子看着桀骜少言，可是比起小儿子乌日根来，心思不知深了多少。

……甚至还显得有些凉薄。

哪怕他未表现出来，但以阿依古的精明，又哪能被完全糊弄得了？

他对她的感情，远远不如对墨九。

这让阿依古心里有些酸，更多的则是内疚。

若非从小失了母亲的疼爱，他又岂会变成这般薄情之人？

一个从小离开亲人生活的孩子，想必早已历尽世间的艰辛。她想，关于蒙合的事情，他应当不会需要她过多点拨了。若苏赫连这些都看不明白，她又如何能放心让他来日领兵去闯?

复杂的心绪，让她看向萧乾的目光，明暗参半，难以窥透。

萧乾回视她，视线淡淡，似乎未曾察觉她情绪的波动。

“母亲，大汗昨日在宴上，不是说要比试选将?”

阿依古失笑：“傻孩子，那不过是做给大家看的。当然，也不全然是。有了比试，就更能看清你的本事了，毕竟……全是那顺一面之词，大汗也未必全信。大汗肯用你，却也不愿用一个庸才。”

萧乾唇角隐笑。

“母亲说得是。”

“唉！”阿依古欣慰地叹了一口气，“幸而那顺没有辜负我所托，这些年把你教养得不错。阿娘对那顺有信心，对你，也很有信心……既是大汗有意栽培，我儿不要负此恩德才是。”

萧乾微微合眼。

他并不知道阿依古对蒙合到底是互相利用的关系多，还是确实一心想要辅佐他治国，只得点头称是。

然后——

看阿依古绝口不提他和墨九的事，不免又蹙紧眉头。

“母亲，那大汗对我的婚事……”

“唉！”

阿依古又是重重一叹。

“我儿是个重情重义之人。可不知她对你……是否同心了?”

萧乾不答，也不辩。在这种情况下，说多了反而容易引起阿依古对墨九的逆反之心。他越觉得墨九好，她只会越觉得墨九不好。

于是，他沉默。

在沉默中，暗带坚持。

果然——

凝滞片刻，阿依古终于缓了语气。

“我儿就安心吧，大汗已然松了口。”

萧乾早知蒙合不可能会拒绝，但面上却故意带了一丝惊喜，甚至激动地站起身，慎重地向阿依古施礼。

“儿子谢谢母亲。”

“别急着谢我。”阿依古按了按手心，示意他坐下，面孔上露出一丝郁气，像有什么话想说，又不好出口，拧眉思考了半晌，复又道，“大汗说了，如今北勐初定，一切事务尚未理出头绪，如今说婚事，有点儿本末倒置，不如等比试选将的结果出来，一来可为你任命饯行，二来再办你的喜事，那便是双喜临门，也免了旁人的口舌。”

停顿一下，她语气又沾了点儿不高兴。

“毕竟那墨九的声誉不好，我儿总得给阿娘一些时间缓上一缓，也安抚一下流言，等事情过去，再做计较。”

这么一说，好像很有道理。

不是不愿意，是时机不到。

萧乾原本的考虑，也不过是这样。

要的只是事先通知蒙合和阿依古，免得今后让彼此为难罢了。所以，他犹豫地拧了一下眉头，便应了。

“如此也好。”

母子两人正在寒暄，阿依古抬眼时，突见内殿的帘子动了一下，她似乎想到了什么，轻轻一咳，又瞄向萧乾。

“我儿在阴山习惯了我行我素的自在日子，阿娘都懂得，但如今不同了。到了哈拉和林，还得多注意自身言行。你与那墨九到底还未成婚，还是不要住在一起为好。还有，像今日这般，日上三竿还不起身，这话要是传出去，影响多不好？大汗如何用你？”

未成婚就不能住在一起。

其实萧乾的内心，也是这么认为的……

但或许是和墨九在一起的时间太长了，有一些观念，慢慢地就被她同化了，甚至于有一点儿超前，包括这个“喜欢就是要睡在一起”的观念，他从一开始坚决反对，到后来慢慢接受，再到现在，就算墨九要离开，他也舍不得让她离开……

已经是死过一次的人了，又历经了太多的凶险，他和墨九现在都有这样的观点。

如今的他们，就好像在悬崖边上走钢丝，眨眼间，就有可能跌入万丈深渊，谁也不知道生命结束的时间，会不会比明天太阳升起的时间来得更早……

如果今天就是生命的最后一天了，却没有与心爱的人在一起，那便是死了，也会觉得遗憾。

既然大家都还活着，那么就是要在一起，别人的口舌，别人的想法，于他们而言，都不重要，重要的是他们彼此觉得开心，每天能一睁开眼睛，就看到心爱的人在身边，与心爱的人一起，伴着晨钟暮鼓，过上一天又一天，慢慢走向长长久久的一生，那才是真正为自己活过一次。

这些观念都是墨九在潜移默化中灌输给他的。

不知从何时起，他亦不再计较别人的想法了。

能让他满心满意紧张的人，只有一个墨九。

心里这般想，但对着阿依古，他又如何说得出口？

微微垂一下眸子，他亦抬起茶盏，掩饰好内心的浮动，方才回复。

“儿知晓了，全听母亲大人教诲。”

“唉！”阿依古慢慢地站起身，又往那个布帘看了一眼，“我看你的心思都不在这里了，阿娘也就不扰你了，好自为之吧。”说罢，她便要走，可刚一抬步，像突然想到什么，又将视线调回来，望向萧乾未戴面具的脸，目光里露出深深的疼惜。

“还有两件事要告知你。”

“母亲请讲。”萧乾态度很恭敬。

“纳木罕昨日说的事，你可还放在心上？他一会儿可能要带陆机过来为你诊治。那陆机老人，我儿想必也知，是很有名望的神医，医术了得，你切记，要听他的。”

说到纳木罕的时候，萧乾明显发现她眉间的轻郁。

但一闪而过，几乎捕捉不到，转瞬间便消失了。

她又道：“另一件事，我儿也得有个心理准备。大汗昨日和我提了一下，从先皇帝病重开始，宗亲已久不行猎了，大汗想近日组织宗亲臣工围猎，这两日就要拟名单，可能会有你。”

狩猎是北勐人世代的习俗，除了可做军事训练的一种补充方式外，也可用狩猎来缓解家禽的消耗与不足。民间狩猎人，秋末初冬很多。至于皇族宗亲，也几乎每年都会有一两次较大规模的行猎，一般也在秋末到初冬之间，到了春季——动物的繁殖季节，便不会再行猎了。

行猎，是一件大事。

当然，蒙合安排这场围猎，自然有更多的考量……

除了缓和宗亲间的紧张气氛，恐怕还会有别的政治图谋。

萧乾蹙眉考虑片刻，拱手送阿依古出门。

门口，击西赶紧迎上来，把半掩的门完全拉开。

阿依古侧眸，又深深看她一眼，犹自离去。

等她走远，击西拍了拍胸口，冲萧乾吐了吐舌头，就又尾随他进入正堂。

“爷，先头可吓死我了！幸好你母亲待人好，没有什么公主的威风，要不然击西就要被降罪了……”

不待她说完，正堂的隔帘哗的一下就打开了。

墨九慢吞吞从里面走出来，不慌不乱地坐在萧乾坐过的椅子上，似笑非笑地看了击西一眼，拿起萧乾的茶水就喝。

“那你也别得意太早，没有降罪，未必就是好事呀。”

墨九素来贫嘴，这般慢条斯理地说着，慧黠的双眼满带促狭的光芒，娇小的身体偎在高大的椅子上，衣摆松散、头发凌乱，分明是刚起床，没有洗漱就过来听壁角了。

“阿九怎么起来了？”萧乾看她微带凌乱的头发，抢在击西之前开口，目光颇为深邃，“昨晚累着了，本想由着你多睡一会儿，结果还是吵着你了吗？”

昨晚……

想到昨晚半宿的低吟浅唱和狂轰滥炸，墨九的脸微微一烫。

轻咳一声，看萧乾略带苍白的面孔，她眼尾略挑，与他眼神交流一下，慢吞吞地低头饮茶。

“累着的人，不该是你吗？”

两个人细微的表情交流，很暧昧，可这一大把狗粮撒下去，击西分明吃不下……

好吧，她根本就没看明白，也没听明白。

愣了半晌，见没有人理会她，她急切地冲过去，走到墨九的面前，接了话。

“九爷，你刚说什么呢？你可不要吓唬击西。”

“吓？”墨九不解。

“长公主真的会降罪击西吗？”

墨九哦一声，眨了眨眼睛：“这倒不会，就怕……她万一看上你了？”

击西啊一声，瞪大眼睛。

像是抽气似的，她竖高眉头，掠过萧乾的脸，一脸很小意的无奈。

“可我已经是闯北的人了，怎么还能跟她呢？”

“……”这击西的脑细胞根本就与正常人不同好吗？

正常情况下，不是都应该紧张一下自己究竟是不是引起了长公主的注意吗？她居然想的是这样？

墨九噗一声，差点儿把嘴里的茶水喷出来。

呛坏了她。

一连咳嗽了好几声，她才在萧乾责怪的目光中，接过他递来的布绢子，轻轻拭嘴。

“击西呀！你能活到现在，简直就是老天的宠儿啊。”

击西嘻嘻一笑，顺着她的话就去，根本就把刚才的话题忘到了脑后：“击西觉得也是……”停了停，她看萧乾一直不吭声，又冷不丁凑到墨九的跟前，小意地给墨九的茶盏里续了水。

“九爷，可击西不想做老天的宠儿，就想做闯北的宠儿，怎么办？”

呃！墨九的惊叹声，比她刚才还大。

一瞬后，她好奇心爆棚。

“快快，说来我听听。”

“说什么？九爷，闯北他都不理我了。”击西的样子有点儿委屈，大抵是昨儿值夜的原因，一双水汪汪的媚眼，红红的，布满了血丝，一副要哭不哭的样子，那可怜劲儿，别提多招人稀罕了。

“换了往常，轮到击西值夜的时候，闯北总是会来替我的……因为击西总是出岔子、惹事情，他说要度我呀。度哇度哇，不管什么事他都要度的。现在，这个臭和尚突然就变心了。不肯管我了，也不来度我了。昨天晚上，他居然还和声东一起睡去。呜呜呜呜……我的心都碎了……”

心都碎了！

是呀，是挺碎的。

这分明是被抛弃的节奏哇！

不睡击西了，改睡声东了？

这事情搞得有点大呀！

想不到闯北和尚这么重口哇！

击西都对他以身相许了，还这么憋屈哇！

可他们几个都是男的，都叫什么事儿啊？

嗯，她到底支持哪一对才好哇？

不过转瞬之间，墨九的脑子里就闪过了许多的念头。她那一副凝神思考的样子，让萧乾无奈地摇了摇头，一脸崩溃。可墨九统统都看不见，揉着太阳穴，她在给击西支着儿。

“那击西，你到底有没有向闯北表白呀？”

“表白？”击西一脸蒙。

“就是告诉他，你喜欢他呀。”

“哦。”击西这回懂了，点了点头，但马上就又不懂了，“可我不喜欢他呀。我讨厌他！我为什么要向他表白？”

一听这话，便是心肝坚强如墨九，也气得只剩下一句了。

“好吧，是在下输了，看错了你，击西。可你压根儿都不喜欢他，你管他跟谁睡呀？你管得也太多了吧？”

击西委屈地咬了咬唇，一副垂头丧气的样子。

“我是不喜欢他，可我更不喜欢他去睡声东，不喜欢他再也不管击西了……九爷，如果一定要表白他才肯理我，我还是选择喜欢他，向他表白吧。”

“……”

墨九无语问天。

正被击西千变万化的情感线绕得头痛，门口就传来一声咳嗽。

“启禀王爷！”

墨九抬头，看到同样穿侍卫服的闯北，一脸窘迫地站在门口。

看来听见了不少哇？

墨九心下觉得有趣，却不露声色地瞟一眼击西。

却听萧乾问：“何事？”

闯北似乎这才回过神来，一脸正色：“纳木罕大人带着陆机老人来给殿下请脉了。”

陆机来了？

墨九几乎挺直了背，调整好了反击状态。

他来了，温静姝会不会也来？

而且……如果他认出萧乾怎么办？

萧乾眉心紧蹙着，也没有马上回答。

气氛凝滞一瞬，击西左看右看，再不管那许多，甚至也不等萧乾开口，就像一只小老虎似的，猛地冲过去，一把将戳在门外的闯北拽进来，又紧张地把房门半掩上，然后偏头对萧乾道：“爷，您去忙，这个臭和尚，就交给我了。”

“……”

萧乾无言看她。

半晌，他站起身来，朝墨九伸出手。

“走吧！一起过去。”

这么说，是准备要见了？

行吧，是福不是祸，是祸躲不过。

墨九抿了抿唇角，朝他点头一笑，搭上他的手心。

两个人并肩出去了。

屋子里只剩下了虎视眈眈的击西，还有窘得面颊通红的闯北。

被击西盯得头皮都发麻了，闯北终是忍不住去拽开她的手。

“有什么事好好说，不要拉拉扯扯的。”

“拉拉扯扯？以前你怎么不嫌？”击西的嘴，高高噘着，一脸愤愤不平，小媚眼不停剜他，“当真昨儿夜里睡了声东大哥，睡出滋味来了不成？才刚一回头就嫌弃击西不好了，不要拉，不要扯了。哼，好你个臭和尚，枉我认识你这么多年，却不知你是一个狼心狗肺的东西！”

这骂，忒狠了。

在她大声骂人的时候，闯北张了几次嘴。

可直到她说完，闯北也没能辩解出一个所以然来。

以往他也是一个能说会道，还可度人的主儿。

但自从有了离墓的销魂事儿，如今面对击西，他总是词穷。

红脸老半天，也不过一句。

“休得胡言，毁人声誉！”

“声誉，哦哟，你还有声誉哦？”击西尖酸刻薄地哼一声，双臂环胸，一双勾搭人的眼睛斜斜地睨着他，嘴噘得老高，“都被我睡过了，还去和别人睡，你哪里来的声誉？我怎么瞧不明白了？”

闯北咳几声，慌乱地掩饰着：“我哪有……”

“你还敢不承认？”击西放开手臂，就去拉扯他的耳朵，也是一副恼羞成怒的样子，声音越来越大，“假和尚，你敢说你没有被我睡过？我俩都做成那个……”

“击西！”闯北惊呼一声，赶紧捂她嘴。

可击西也是一个功夫好的，又岂会由他摆布？

娇喝一声，她避开身子就与他扭打起来，不依不饶地要他承认。闯北无可奈何，只得一手束紧她的腰，一手继续去捂她说个不停的嘴。然而击西这货真是一个极品刺儿头，根本不由分说，上手就打，上嘴就咬。

两人身上的甲胄本来就重，你一下，我一下……

你来我往之间，砰一声，不慎摔倒在地……

正屋中间，铺有一层柔软的地毯。

摔得不痛，但足够让击西哇哇乱叫了。

"李闯北，你欺负人，欺负人……"

"嘘，你听我说！"闯北气喘不匀，继续去捂她的嘴，"小声点儿。"

"我小声？你都和别人睡了，我凭什么要听你的呀？"击西又挣扎着要骂人。

眼看她收势不住，完全不讲道理，而且这货是完全不知羞的，闯北生怕一会儿全王府的人都知道他和声东、击西都有"苟且"，到时候，真是没法见人了。

想他是一个出家人，这如何使得?

一急之下，他也发了飙!

"是可忍，孰不可忍！我还不信，就治不了你了！"

一声低斥，他吼得很凶，却选择了最笨的一种方式。

捂不住她的嘴，他直接低头，用嘴去堵她——

这一下，事大了。

两嘴一接触，他突然意识到不对，愣住了。

击西也愣住了，躺在地毯上，被他的甲胄压在下方，瞪大双眼骨碌碌瞅他。

眼观鼻，鼻观心。

你看着我，我看着你。

良久……

击西动了。

她是一个不耐寂寞的主儿。

软软的舌，刷子似的，轻轻伸出来，在闯北的唇上舔一下。

不知什么滋味儿。

她皱眉头，又轻轻地，像猫儿似的，再舔一下。

闯北从蒙到激，脑门嗡的一下炸开了。

分明他可以抵抗的，他一直在击西的上方，搏斗时，他也是占据着主动的，而且他已经控制住了击西，完全可以不让击西为所欲为的——

他做得到，可他又偏偏做不到。

她那小小、软软的唇上，像有什么花蜜似的。是甜的，是香的，是带着黏稠的，是有毒的……他受不得了，头晕了，分不开了……

他明明觉得自己使了很大的力气要离开。

可……等他回过神来才发现，他的嘴依旧烙在上面，紧紧地，贴着。

击西嘤咛一声，不太满意他的举动。

像一个好奇宝宝似的，她看他不动，那只揪在他腰间甲胄上的手，又忍不住挠了他一爪子，带着甜香的浅浅呼吸就像带着毒似的，在闯北的唇上绕哇绕哇。原就又嗲又脆的嗓子，这般听来，更是酥透人的骨头。

“假和尚，上一回九爷问过我，问我们两个到底，到底做成了没有。我都不知如何回答是好。你说，我们那样子了，算是做成了，还是没有做成呢？”

她目光亮晶晶的，微红着脸，却问得老实。

闯北一动不动，像一头困在栏中的兽，目光中浮满了挣扎。

击西却紧了紧双手，揽紧他，小声嘻嘻：“哎，今儿你值夜吗？”

“不……”他居然这般回答了。

不由心，不由心啦，阿弥陀佛！

他脑子里一会儿是佛祖，一会儿是击西。

一个是让他镇定的菩萨，一个是让他堕落的妖精。

佛头许诺千百遍，不及她回眸一眼。

转！一直转！转得他快要疯掉！

却又听击西小声地诱惑他：“那是声东哥值夜喽？那晚上你不许陪他了……我要和你睡，假和尚，我们再做一次行不行？你争气一点儿，别像上次那般了嘛。我们一次做成了，行不行？”

争气一点儿？

这话说得闯北又是羞，又是臊。

他狠狠闭上眼，像是被烫着了似的，终于从击西身上狼狈地爬起来，整理一下衣冠，什么也没说，便大步往外走。还没有拉开门，他顿住，又一跺脚，回头把赖在地上的家伙拽起来，然后拧着眉头小声说。

“你的事，我不曾给主上说起，但是，击西……”

顿一下，看击西睁大瞳孔，浑然不觉的样子，他不由得咬牙。

“你到底是真傻，还是假傻？你是妇人，你不知吗？”

击西眨眨眼：“我知呀。嘻嘻。”

“……”那还敢恣意胡来，随便睡？

闯北心里直喊阿弥陀佛，她却又附上他的耳朵，像个妖精似的吹气。

“可天知，地知，你知，我知，并没有旁人知了呀。有什么关系？”

击西对于性别的概念，是懂的，可闯北看她的样子，又好像是不完全懂的——他根本就不知道这些到底意味着什么。

这天底下，竟然有这样的女人！

这事儿是离奇的，可闯北与击西的命运曾经有过重合点。

所以，他很清楚击西的身世——那就是没有身世。

她是个野孩子。

是闯北从山里捡回去，交给萧乾的。

除了一身武艺，什么都不懂。

不知男女之防，不知世事，又如何能怪得了她？

可几年来，闯北从来没有想过，她会是一个妇人。

从离墓出来时，他曾恍惚过一阵。有时候甚至怀疑，在她的身上，还有没有别的秘密？

头痛，头大，头好重。

他重重一叹，脚步沉重地转了身。

“你好好想想，怎么和主上交代吧，这事不能一直瞒着。”

眼睛一瞪，击西猛地拉住他的袖子：“我要怎么交代？”

闯北黑脸，不看她——也是不敢看她。

“你的事，我哪知……”

“不如这样好了。”击西像是想到了什么好法子，晶亮的双眸中如有星子在闪，突地抬起一根手指头，指了指闯北，又指了指自己，“我俩做一个娃娃出来，这样主上一看就明白了，什么都不必说了呀。”

好办法呀！

她那脸上，全是得意。

闯北却是沉着一张便秘脸看她。

然后，控制住想要吐血的冲动，他手指头点点她，大步离去。

“喂，李闯北！”击西追上去，大嗓门，“晚上——”

生怕她喊出来被人听见，闯北闭眼，也急眼。

“等你来。”

秋至，天渐凉。

墨九被萧乾牵着手，走过王府的庭院。

这王府不像江南园林似的王府建筑，面积不小，相对而言，匠心要粗糙一些。

有正主儿住在府上，府里头挺热闹，这个点儿，下人还在洒扫。

丫头凑一堆，啾啾有声。

小厮抬着花钵，走来走去，有婆子大声喊着安放地方……

乍一看到戴了巫师面具的萧乾过来，一个个吓得大气都不敢出。

“王爷万福！”

“王爷万福！”

他们齐刷刷地一排排行跪礼，萧乾却视若无睹。

他头都不转，冷峻地从中走过，一袭黑袍，无风自动，身姿冷绝而桀骜，给人一种高不可攀的距离感。他大步而行，除了手上牵着的墨九，不看任何人，径直入得正厅，淡淡扫了一眼厅中坐等的几个人，淡淡开口。

“丞相，麻烦一下陆机老人到偏厅来为本王看诊。”

旧时贵族的规矩多，不同的客人，待客的地方不同。

纳木罕几个这会儿被管家安置在正厅吃茶，但萧乾这样吩咐的意思是要单独召陆机进去面诊了？

毕竟王爷的脸，不好见人。

两人去偏厅问脉，也属正常。

纳木罕没有多想，了然地点头，看向陆机。

“陆机老人，辛苦你了。”

这一眼是带着嘱咐与期望的。

看得出来，他对苏赫的病情很关心。

陆机老人来之前已经听他说过一些事由，看萧乾的背影一眼，点点头，也没多话，便跟在萧乾的背后，往一门之隔的偏厅而去。可他刚一撩开帘子进去，却见墨九就戳在门口，似笑非笑地看他。

“呀，陆机老人，好久不见了。”

先前墨九就跟在萧乾的背后，陆机老人虽然知晓是墨九，但除了厌恶之外，还来不及对她做出别的意识判断。这会儿，一看她斜倚门框，戳在苏赫的门口，就像当初跟着萧六郎时一样，他不由得气从心来，恨意入脑。

“巨子好久不见。这是又寻到金穴栖身了？”

这是骂她贱了？

墨九不和老头儿计较，斜斜一眼，满不在乎地偏头。

“里面请吧，王爷等着你呢。”

陆机深深剜她一眼，视线久久不动。

墨九从他老态龙钟的脸上捕捉到了恨意，却是耸耸肩膀，不在意。

他这是在为萧六郎鸣不平，所以，她暂且忍他。

在苏赫的王府里，她如今又是苏赫的女人，哪怕陆机老人对她恨到了极点，恨不得直接一把火烧死她这个妖精，但除了酸她几句，瞪她几眼，其实他也做不了什么。

于是，大眼与小眼对看几下，他哼一声，与她错身过去。

在陆机的背后，站着温静姝。

她头一低，也想蹙着眉头进去。

一只手臂，却横挡了过来。

温静姝抬头，就看到墨九绽放得如花朵儿一般的笑靥。

“温小姐，止步！”

温静姝眉心轻愁未解，却不像陆机那样直接带恨看她。

微微审视一下墨九，她抬了抬手上的药箱，轻启朱唇：“我是陆机老人的徒弟，麻烦九姑娘让我进去。”

有城府的妹子呀！

可是，陆机的徒弟了不起吗？

她还是陆机老人的徒弟的媳妇呢！

墨九心里暗乐，嘴上却不肯饶人。

掉回头，她看一眼陆机和萧乾映在帘上的人影，唇角一勾，低头，冷不丁附到温静姝的耳边，小声道：“温小姐，这话冲别人说可以，冲我就免了吧……你和陆机老人那点儿苟且之事，我可是亲眼看见的，瞒得了别人，还瞒得了我吗？”

手指勾一勾，她笑得暧昧。

“要不你给我点儿好酒，我就不张扬了？”

温静姝那张瘦削了不少的面孔，霎时褪了色，苍白，无助。

她嗫嚅半天，愣是一句话都讲不出来。

墨九却不是一个得理就饶人的主儿。

她依旧懒洋洋地斜倚在门框上，一副风流的模样儿，挑眉含笑。

“温小姐生气了？嘿，故人相遇，不唠点儿熟嗑，我怕你会想不起我墨九是谁了哩——这样一说，是不是记忆更深刻了？是不是什么事都想起来了？”

温静姝吸了吸鼻子：“你待怎样？”

“不怎样。”墨九仍旧笑盈盈的，“当初害得我差点儿和六郎闹掰，温小姐手法实在精妙，我在想，要不要以其人之道，还治其人之身呢？”

这货记仇来着！

当初的事儿，她一直没忘。

以前不找温静姝麻烦，一来是有比她更麻烦的事。

二来，确实也没有机会。

这一回，人撞到她的枪口上了，她能随便让温静姝过去?

打不死她，咬她几口也是好的。

可这温静姝，娇娇弱弱一个女流之辈，萧六郎故去后，本就瘦削了不少，被墨九这么一呛，脸上更是半分颜色都没有。站在墨九面前，她那一副小可怜的模样儿，就像一朵受尽了委屈的小花朵，被风吹雨打后，就要奄奄一息了。

“小九……”

她唤了一个彼此比较熟悉的名字，字字句句都说得哽咽，宛如喋血。

“原来你一直以为是我自己做的？”

“难道不是？”墨九抬眉，斜眼剜她。

“呵，若是我做下的，当初我又何必在师父面前为你开脱？”

“不为我开脱，你又怎么做好人？”

温静姝一怔，口中喃喃。

“小九，不承想，你竟如此恨我？”

“我恨你？”墨九撇唇摇头，“你想多了，毕竟你没有那么重要。我都快要忘记你了。若不是在哈拉和林再见，我还真不知道，我们这般有缘。不过温小姐也确实是聪明人，早早离开了萧二郎，倒是为你和温家免了一场祸事，只可惜了你那妹妹静娴，被你无端带入萧家，一天福没享到，被萧二郎祸害了身子，结果还成了你的垫背，白白祸及了性命——啧啧，我怎么越想越觉得你温小姐才是一个神机妙算的主儿呢？”

她连珠炮似的，咄咄逼人，一句比一句快。

温静姝直听得那张脸，一下青，一下白。

可论口才，她如何说得过墨九？

张了几次嘴，她都说不出来。

她气得胸口直起伏，末了，也不过堪堪一句：“小九，你何苦冤我至此？我何时得罪过你？”

没有得罪吗？墨九往斜上方四十五度翻着眼珠子，想了半晌。

别说，她还真不能举出一桩温小姐的事实罪证。

可这就是人家的高明和厉害之处哇。

尽管她一直怀疑温静姝，从来没有对她放开过那根紧绷的弦，却始终苦于无证据。

呵呵一声，墨九唇角勾出一抹讽刺的笑：“看来我还真的是——冤了你？行，那温小姐，被你害得毁容，丢命，一事无成，徒留一身浪荡恶名的萧二郎，他又冤不冤？还有一个问题，我挺好奇的。不知曾经做过萧家媳妇的温小姐，对萧家这桩五百多口的人命案，有什么看法？”

温静姝脸色一白，猛地往后退了一步。

她定定看墨九，稳住了心神。

“小九，你勿要咄咄逼人。”

“……”墨九挑眉，微笑，跟上一步，“不逼人，我只逼你。”

这是说她不是人？

温静姝唇角也挂了一丝笑，苍白的，气苦的，满带怨恨的。

“我比你好，你有什么资格来指责我？”

说到此，她压低嗓子，用只有墨九能听见的声音，小声道：“六郎尸骨未寒，你便与宋熹眉目传情，勾勾搭搭，去到阴山不过几日，又贪慕苏赫富贵……墨九，你怎对得住六郎？”

我去！

墨九快要笑死了。

摸一下鼻子，她竖起一根指头，在温静姝眼前晃。

“温小姐，至少有一点，我要纠正你。你看这王府，有哪一点儿富贵，是值得我墨九贪慕的？还有，这普天之下，能比我墨九更富有的男人，你给我举一个出来？”

别说，她还真是够猖狂的。

但她说的偏偏是事实。

墨家自她上任巨子，财富源源不断，滚雪球似的增长。

这普天之下能比墨九富有之人，还真的是少见。

说她富可敌国或许有点儿夸张，但说视金钱如粪土却绝非虚言。

墨九嗤了一声：“老子都是款姐，你非得说我被包养，不是找抽又是什么？”

这一句，她说得温静姝似懂非懂。

而这时，里面的陆机老人终于传了话来：“在说什么？把我药箱拿来——”

温静姝应了一声“哎”，看了墨九一眼，又要往里闯。

可墨九今儿偏生和她较上劲儿了，就不愿意让她见萧六郎。

“温小姐，我说过‘王府内室，生人勿入’了。”

然后她挡住温静姝，又是一笑：“药箱给我吧。”

在苏赫的王府里，她这会儿是老大。

温静姝目光凉凉地看着她，终于慢慢抬手，把药箱递了上去。

墨九弯了弯唇，一副女主人的架势，指挥外面伺候的小丫头：“把温小姐领下去吃茶。”

那丫头识不得她，却识得苏赫王爷。

晓得她昨儿晚上就是与王爷睡一处的女人，自然听她的使唤。

“温小姐，请吧。”

温静姝咬了咬下唇，愤愤下去了，但脸上还尽量维持着平静的样子，就凭这一点，墨九就挺服她。不过，今儿刚一重逢，她就给人家吃了一顿排骨，想来一会儿少不了又要在陆机老人面前搬弄是非了。

如果萧乾与陆机相认了，那还真是麻烦。

祸害呀祸害！

想到陆机那个老头，墨九刚才收拾温静姝的舒爽情绪就没有了。

拎着药箱入内，她心里颇有些忐忑。

可里头的两个男人，表情都很镇定。

陆机已然问完诊了，正在伏案写方子。

萧乾懒懒地坐在椅子上，看她一眼，也没有声音。

倒是陆机听见她的脚步声，抬头看了一眼。

“放那里就行。”

这句话似乎比在门口与她面对面时，缓和了不少。

墨九不解地朝萧乾看了一眼，见他点头，放下药箱就要走过去。

萧乾却道：“你先在外面候着吧。”

墨九眼皮跳了跳，皱着眉头去看他。

四目相对，片刻，她嗯一声。

给他脸面，秋后算账！

正堂里，纳木罕正在等待，不时往偏厅瞭一眼，像是很担心。

温静姝坐在他下首稍远一点儿的椅子上，低头把弄着手绢子，不声不响。

两个人之间，几乎没有交流。

墨九这么一出去，左右看看，打个哈哈，拱手揖礼。

“丞相大人，你好你好，好久不见，看样子是又胖了不少哇？”

这寒暄……也就墨九了。

若喜欢她的人还好，偏生这纳木罕与陆机一样，都是对她深恶痛绝的人。

闻言，纳木罕从鼻腔里冷哼一声：“墨家巨子，不在兴隆山上称王称霸了，却是跑到我哈拉和林来了？”

“对呀对呀！”墨九笑眯眯地坐下来，与他面对面地唠嗑，像是很熟悉的样子，说得随意至极，“这不听说你们北勐的苏赫王爷少一位王妃，我赶紧毛遂自荐来了。不巧，阴山一遇，一见钟情，又得阿依古长公主怜恤，回禀了大汗知晓，所以呀……丞相对我这般不敬的日子，怕也是不多了，要好好珍惜才是，还有什么损话呢，赶紧说出来。”

她从头到尾都在笑。

可话里的机锋，却刺得纳木罕回不了嘴。

不论她是现在的墨家巨子，还是未来的苏赫王妃，他刚才对她的态度，确实都过了一点儿。

而且，他与陆机不同。陆机不是朝臣，是有名的医者，皇帝都可能有求得着陆机的时候，而他却必须仰人鼻息。故而，哪怕他心里有一万个不甘愿，可他这样老奸巨猾的主儿，又哪肯轻易被人逮住一点儿小辫子？

想了想，他换一口呼吸，就换了一张面孔。

脸上再不见厌恶，却是一脸平和带笑，还微微欠身。

“是老夫唐突了，还望巨子不计前嫌，莫要与老夫一般见识。”

这老头，能屈能伸，厉害呀！

墨九微微一笑，摆了摆手：“不敢不敢，承蒙丞相大人当初的多番照料，墨九才有今日，哪里还敢计较什么前嫌？”

“……”纳木罕面色一冷，墨九却又笑起。

“哈哈，玩笑！丞相大人，吃茶吃茶。”

这般笑里藏刀的对白，毫无意义。

墨九暂时应对着纳木罕，心里还是比较担心陆机那边。

好在，没多会儿，萧乾与陆机就一前一后从偏厅过来了。

萧乾依旧戴着那个巫师面具，不动声色地坐了首位。而纳木罕一见陆机拎着药箱出来，几乎都来不及向萧乾请安，直接站起身来，看向陆机：“陆老先生，王爷的情况如何？”

这急切的样子哦……

不知道的人，还以为他是苏赫的亲爹呢。

墨九轻嘲着噘唇，观察纳木罕的表情，直觉不对劲。

萧乾也冷眼斜了过去：“丞相不要紧张，请坐！”

纳木罕自觉失态，尴尬地笑了笑，又手抚前胸，向萧乾欠身：“老臣受长公主所托，太过担心殿下，是以……”

“丞相有心了。”萧乾打断他，冷冷的，似乎不想听下去。

“应该的。不知殿下的脸，究竟是怎么回事？”纳木罕目光很锐利，恨不得看穿萧乾的面具，揪出他内心真正的想法来——因为萧乾今日的表现，就好像知道了什么似的，不冷不热，让他很是不安。

“那就得问陆机老人了。”萧乾淡淡地说完，瞥向他的师父。

于是，被冷落半天的陆机老人，总算找到开口的机会了。

轻咳一声，他放下药箱，对纳木罕道：“王爷这病情，很是古怪。似中毒，又非寻常的毒。凭老夫一生所学，竟找不出毒从何来，也不知是何病因，故而……唉！”

他重重一叹，纳木罕的脸上，顿时失了神采。

“陆老先生，王爷的脸，可还有治？”

陆机老人的视线，探究一般看过来，凝视他的表情。

“我给王爷开了祛毒的方子，只有慢慢试了……”

可以试，那就是还有机会。

纳木罕像是松了一口气：“多谢陆老先生了。”

“不必。”陆机与他极为相熟，想了想又道，“不过有一事还望丞相大人允许。”

“你说。”

“王爷这毒灶很是复杂，为了试方，我想住到王府来……这事我已经与王爷商议过了，不知丞相允是不允？”

啊！丞相允不允，墨九不知，反正她一听这话，心尖都颤了。

几乎条件反射似的，她拿不赞同的目光看向萧乾。

可他也不知是有意，还是无意，视线瞥向了窗外，堪堪避开了。

我去！墨九暗自咬牙。

而这时纳木罕已是笑逐颜开，整个人躬了快九十度。

“能得陆老先生亲自调理，想必殿下的身子恢复有望，只要王爷允得，老夫有何不允的？那便这般说定了。我看陆老先生来回走动也累，你就暂时在王府住下，你的行李，我回头让裘管家送过来。”

嗯一声，陆机捋胡子。

墨九心脏咚一声，沉到了谷底。

千算万算，不如不算。

明明想要阻止，他们却直接住进来了。

兜兜转转，便是人生。

该来的事，始终会来。

该出现的人，也只在早晚。

眼看陆机和温静姝住进王府的事儿已成定局，似乎往不利于她的方向发展，墨九却什么表示也没有。

只是在抬起茶盏，投向温静姝那一瞥里，眸底隐隐地有一抹跳跃的光芒。

好像在说“欢迎你来送死”——

温静姝不解她的笑意，微微一怔，垂下头。

墨九牵了牵唇角，慵懒地伸了伸胳膊腿儿，慢吞吞地起身，并没有觉得这光景有多虐心——哪怕昨天还和萧六郎恩爱两不疑，今儿他就回避她的视线，“收留”了陆机老人和温静姝。

她一个人安静地迈过门槛，离开正堂。

外面阳光正暖，她言笑浅浅，和每一个遇见的人热情地打招呼。

就好像，并没有什么事情发生那样。

“阿九——”

萧乾跟在她之后出来，很快就追了上来。

“慢一点儿。”

听见他在后面喊她，墨九没有放慢脚步，也没有走得更快，只是笑眯眯地回头，冲他拱手作了一揖，摆出一脸的客套与虚伪。那笑容，却让他察觉不出半分真实的情绪。

“王爷，有什么事吗？”

萧乾眉头蹙得紧紧的，似乎想解释什么，可余光扫一下四周的环境，终是什么都没有说，只疾步过来，牵了她的手，大步回到缙乐院。

一路上，墨九半句话都没说。

她由他拽着手，也一直没有给他好脸。

甫一踏入缙乐院内室，左右都没人了，她便甩开手。

“好了，现在可以说了。”

萧乾看她一脸审讯的样子，皱眉：“师父认出我了。”

“嗯。”这个墨九猜到了，“然后呢？”

“他的话，是实情。”

实情，哪一句？

他的脸似毒非毒，暂时寻不到好的治疗法子，所以陆机要留在王府为他治疗？

墨九沉默了，抿紧了嘴唇。

其实这个事，她大概能理解萧六郎的意思。就像后世的医生遇到疑难杂症需要会诊一样，也许单凭一个萧六郎或者一个陆机老人，找不到办法来解毒，但如果两个人一起探讨，说不定师徒同心，就找到了办法呢。

所以陆机留下来确实是极好的……墨九甚至都想不出有什么可以反对的理由，不管是为了萧六郎的脸，还是为了他确实显得病恹恹的身子。有陆机老人在身边照料着，确实是有百利而无一害的。

至少，陆机是一个不会害他的人。

她看得出来，六郎信任陆机老人，完全把他当成父亲一样地信任。

但，她懂，不代表就能完全接受。

这也是她郁积在心的原因。

陆机厌恶她，喜欢温静姝。

有这样一层关系在，有这样一个人在，她和萧六郎之间，就永远横着一根拔不出的刺——哦不，是拔不得的刺。尤其目前，“共同治疗”是一个道德层面上的问题，与情感无关，她无法反对。

慢慢地走近他，墨九像个小妻子似的为他理了理衣袍。

“六郎，你是我的吗？”她目光微淡，问得很轻，像在自语。

萧乾怔了一下，抱紧她的腰。

“你傻？”

“我在问你话。”她依然带笑，傻傻地问。

“是你的。”萧乾没有避开她的视线，低头将额抵在她的头上，似是知晓她的忧虑，给了她一颗定心丸，“阿九，我和你，已如磐石，不是谁人可以分开的。”

“嗯。我懂。”墨九笑着拨开他，“可想想这未来的日子，我有点儿怕呢！”

怕？墨九很少说怕。

她只会说，有他在，她就不怕。

萧乾眉心拧在一起，目光像锐利的刀子，刮过墨九那张带了一丝落寞的小脸，只见她微笑着，捋一把落下的碎发，轻轻道一句“他们赢了”，转头入了内室，收拾自己的东西。

东西不多，她都懒得折好，直接把衣服鞋袜一股脑儿塞入行囊。

“阿九，这是要做什么？”萧乾握紧她的手，力道大得像要掐入她的骨头。

墨九回头打量他紧蹙的眉心，莞尔一笑。

“我去和墨妄他们住。”

由于墨九跟了苏赫王爷入住在王府里，随行的墨家弟子三十余人，也都在王府安置了下来。不过弟子都是男子，为了避开苏赫的后宅，他们被管家安置在前院的棱台坊里，离这里有一段距离。

萧乾看墨九拎着行李就要走，紧紧拽住她的手。

“阿九——”

“六郎！”墨九抢在他前面，打断他，又慢慢地把他的手拉开，没有玩笑或者生气，每一个字都说得很轻松，很认真，“我并没有和你置气。你的做法我是支持的，毕竟没有什么比你的身体更重要。但是，请原谅我，你的师父和师妹……我真的伺候不起，我没有办法和他们一起住。”

“……”

“我首先得让自己过得舒心，才能让爱的人舒心。如果我每天睁开眼睛就看到不喜欢的人在面前晃来晃去，我会早夭的。况且，我不舒心了，难免就会摆脸子，到时候你看我这样闷闷不乐，也会难过不是？恶性循环，大家都过得不舒服，何必呢？”

“他们不住在缙乐院。”萧乾试图与她讲道理。

嗯一声，墨九似是不怎么在意，随意地笑了笑，岔开话题：“我就在棱台坊，有事儿你可以来找我。当然，大抵我也很忙，毕竟我大墨家也有很多事情要做，我不仅仅是你的女人，还是墨家巨子。”

“……阿九。”

萧乾手心像铁钳子，不舍得放她离开，不舍得暗夜孤灯下被窝里那一种刻骨铭心的温暖。但他说不过墨九，她决定的事，又何时能改变？

“六郎，你不能不讲道理。”墨九看他为难的样子，突然觉得有一点儿好笑，她和陆机老人之间，居然像婆媳关系一样，而萧乾就是夹在中间的那个儿子，左右不是人。叹了一口气，她踮一下脚，轻轻抚上萧乾的脸，凑过去，亲了一下。

“我惹不起，还不能让我躲躲吗？”

“阿九，师父他……”

“嗯嗯嗯。”不等他说完，墨九就放开手，“你好好治病，我走了。”

看她大步离去，萧乾眉心都蹙紧了。

可，解释的话……还是噎在了喉咙里。

墨九的固执是众所周知的。

当然，在她看来，这是一个自立自强的女性应该具有的基本素质。

她不会委屈自己，哪怕为了深爱的男人，在原则问题上，也不会让步。不喜欢的人就是不喜欢，为了萧六郎，她也许可以容忍脾气古怪的陆机老人对她一天三次的冷眼尖酸，但如果让她勉强和温静姝相处，可以直接让她去撞死了。

这才是墨九，恣意、无畏，永远都知道自己要什么，要做什么，不要什么，不想做什么，不会随波逐流，更不会为了任何人而改变自己……

萧乾看她决绝转身的背影，目光幽然，终是一叹。

他慢吞吞地坐回椅子上，手扶额头，绝艳风华的姿态依旧，但突然间就涌上来的愁绪、落寞与失落，让那一张光影斑驳下的脸，像瞬间就苍老了十岁。

然而——

墨九只是看着潇洒，到底是个小女人。

她心里委屈哇。

尤其没有看到萧乾追上来，委屈感就放得更大了。

越是在乎的人，越是在意细节，越是容易不满足。

目光凉了凉，她走得更快了几分。可人心不爽，事情就来。正当她大步从缙乐院穿过花木扶疏的庭院往棱台坊去时，就看见陆机老人和温静姝拎着药箱，一前一后地过来了。

她心里咚的一声，本就酸涩的滋味，更加重了几分。

“小九这是上哪儿去？”温静姝看她拎着行李，微微一怔，满带微笑地走过来，亲热得不得了。

短短一会儿不见，墨九便从她的脸上发现了一种久违的光泽……不再是初见时那一副颓废而沮丧的样子，苍白的脸上添了些红润，眼睛里神采奕奕，整个人都充满了生气，似乎重新活过来了一般。

墨九还眼尖地发现，她的发髻上，换了一根簪子。

蝴蝶簪。

熟悉而恼人的蝴蝶簪。

陆机这是都告诉她了？

墨九视线迎上她，微含笑意：“大路朝天，各走一边，九爷我爱上哪儿上哪儿。怎么着，与你有关系？”

这样的开场白，很墨九。

——还是那个温静姝曾经很痛恨的墨九。

温静姝对墨九，其实是有一点儿怯意的。她看似糊涂，却总在关键时候插上一脚，让她所有的努力都付诸流水。她看似什么都不争，可自己穷尽一生努力也得不到的东西，她只需要一个笑容，就可以手到擒来……

在墨九和萧乾双宿双飞那一段漫长的日子里，温静姝终于想明白了一个道理。

并不是她不好，也不是她做错了什么，而是老天待她不公，待墨九又太好。不仅给了她绝世的容颜、过人的智慧，还给了她一个处处为她着想的萧六郎。

而她的人生，处处都是失意。

错失萧六郎，错失幸福，错失一生，又岂会甘愿……

“小九。”她笑着抚了抚发上的蝴蝶簪，“我们许久没见了，好不容易有机会聚一聚，你又何必离开呢？难道，你就这般在意我的存在？”

“在意你？哦不，你太看得起自己了。”

墨九似笑非笑地睨着她，堪堪露出一抹不屑来。

“我墨九爷面前有一大片美好的森林，怎么会为了一棵树，就套牢了自己？温小姐想必是不懂的，一个女人，只有灵魂不受束缚，过自由自在的日子，那才是至高无上的享受。这种享受，你以为单单是男人就可以满足的？”

温静姝用了很大的努力，也没能消化她这句话。

“唉。对牛弹琴，对牛弹琴啊！”墨九嘴里啧啧有声，“我知道这个世上，有很多愚蠢的人，却不知道原来温小姐也是其中之一……”墨九损着损着，突然凑近温静姝，那脸蛋儿上的笑容，灿烂得好像这一瞬间整个天地都失了颜色。

“其实我是想告诉你，温小姐，这一招叫以退为进，欲擒故纵……依你的智商，跟我斗，真的嫩了点儿。且不说萧六郎的心在谁那里，就算他没心，遇到我墨九，我要他，他就是我的。我要的男人，谁也抢不走，一根头发丝，也休得被人染指。否则——”

她一字一顿，吐气如兰。

温静姝听着，头皮一阵发麻。

她抬头，有阳光刺眼，面前的墨九，脸颊光滑得像细腻柔白的丝绸，没有一丝瑕疵，含笑的嘴唇，带一点儿浅浅的粉色，微微勾着，那轻蔑、那嘲弄，像一只已然修炼成人形的妖精，美而毒，像随时都会吞噬掉她……

温静姝的脊背上隐隐泛凉，情不自禁后退一步。

“你要做什么？”

墨九瞥着陆机扫来的冷眼，突然笑不可抑：“我能做什么？给你腾位置呀。”

“那你——自、便吧。”温静姝一字一字，从牙缝中挤出来。

从上来挑衅时的胜利者姿态，到现在好不容易才稳住心神，可以与墨九对视，她似乎也经历了一个自愈的心理疗伤过程。

然后，她扫一眼面带不悦的陆机老人，眼神与墨九碰撞、交织，然后抿着唇角，提着药箱，从墨九身边走过去。她那轻噘的唇角，流露出一抹意味深长的笑痕。

快走跟上了不耐烦的陆机老人，温静姝小心地扶住他的胳膊，迈入门槛。

“师父，仔细脚下。”

啧啧！这小人得志的样子呀。

墨九心里暗嗤一声，拳头捏了又捏。

有那么一瞬，她很想冲回去，当着萧乾的面儿，让她滚蛋。

可这种无知妇人撒泼斗狠的街头式战斗，不太适合走高端路线的墨九爷。

冷冷剜住温静姝的背影，看她和陆机步入内宅，终于没了影子，墨九勾唇一笑，大步离开。

棱台坊的面积挺大，有小校场，还有一个大戏台。听说以前这里专门用来安置中土来的梨园客，可以同时容纳不少人居住。如今一群墨家弟子住在里面，场地宽松，与别处隔绝，非常合适。

墨九拎着行李进来的时候，除了先她一步过来收拾房间的玫儿，其余人都是蒙的。

他们家巨子，昨儿还是“受宠王妃”，今儿怎么就成“下堂弃妇”了？

第六章　夜下棱台坊

被无数双眼睛盯着看，什么感觉?

墨九身上毛毛的，环视一下弟子探究的眼神，摇摇头，也懒得解释，直接把行李丢给玫儿，负着双手轻咳一声，就往里走。

“狼儿呢？”

“安置在姑娘房间了。”

“嗯。”墨九点点头。

“可是……”玫儿小心地观察她的表情，“狗也来了。”

“财哥？”

“是呀，一路跟着呢，这会儿也不肯走。”

从阴山见面开始，一狼一狗就产生了深厚的感情。旺财好端端一条威武雄壮的公狗，也不知怎的，居然产生了母狗才有的母性情结，完全把狼儿当闺女似的，舔舔毛，刨刨腿，有时候还会把它叼着到处玩。狼儿也有些依赖它，没事就腻在它的肚皮下方，拱来拱去……

啧啧！

墨九觉得，这么下去，得培养出父女感情来了。

“来就来吧。”

叹了一声，她容忍了旺财。

毕竟是有感情的，只要它不觊觎她的“狼闺女”，一切都好说。

左右看了看，她又问玫儿：“左执事呢？”

玫儿指了指棱台坊的书房方向。

“一直忙活着呢，早膳都没进——”

墨妄确实很忙。

墨家有一大堆人，墨家有一大摊子事，他的任务并不轻松。

可以说，他的肩膀为墨九扛起了大部分的责任。

把巨子该干的事，差不多都干完了，除非一定要墨九来做，要不然，他都会替她做好。这两日的忙碌，也无非为了墨九一句话——查找纳木罕与阿依古的私人关系。

墨家的信息系统是很发达的。

但是这种优势主要在南方，在漠北虽有触角，到底薄弱了一点儿。

他查了现有的消息渠道，竟是毫无所获。

墨九负手进去的时候，见他眉头紧紧皱着，似在思考，不由得轻咳了一声。

“师兄。”

墨妄抬头，看见是她，随即展颜一笑，放下手上的狼毫，过来为她看座斟茶，打量她的眉眼，问道：“吵架了？”

墨九喝一口茶，啧啧有声。

“这眼神儿，太犀利了，果然不愧是我的师兄。只可惜，这一次你真的想错了。”

认真来说，她和萧乾那不叫吵架。

两个人经历了那么多的风浪，甘苦与共地走过来，那是过命的交情。

不是随便哪个男人，都甘愿为她冒风险，甘愿为她舍命的。

所以，没有原则上的问题，她不愿意太矫情。

只不过，对于让她不爽的人，她也不会让人家太爽就是了。

“哦，那是我误会了。”墨妄审视着她的表情，像个娘家的大兄长似的，一边笑叹，一边审问，“那为何要到棱台坊来住？”

墨九双手捧着茶盏，笑眯眯地望向窗外的耀眼光芒，答非所问：“师兄啊，你说我这个人，好欺负吗？”

墨妄一怔，失笑：“还好。”

“还好，是好还是不好？”

“好。”

“……”这样聊天很累的。

墨九翻了一个白眼，猛灌一口茶水，突然又侧眸看他。

“师兄，你会不会觉得我这个人太强势，不像女子，不够温柔？”

这话问住了墨妄。

盯着她古怪的面色，他好半晌也答不出来。

墨妄是墨家的左执事，他的本事，一直以来都被墨九的光环遮盖了。其实，他的才能不亚于任何人，敏锐度也不会输给任何人。墨九与温静姝那点儿破事，他又怎会不知？

是人都会护短的。

他想要捧在掌心的宝贝，怎容许受一点儿委屈？

皱眉看着墨九，他目光里转动着怜惜的光芒。

“小九，你便是最好的你，不必为了任何人改变自己。喜欢一个人，从来无须卑微。”

喜欢一个人，从来无须卑微。

这话说到墨九的心坎里了。

但实际上，这番话会从墨妄的嘴里说出来，她其实是有点儿震惊的。

毕竟当初墨妄对于方姬然的感情，便算得是顶卑微的了。

他为了她，默默地奉献着自己，哪怕明知道方姬然喜欢萧长嗣，甚至与他已有鱼水之欢，他依然故我地对她好着，让方姬然得以把他当成永远的备胎。

如今他对她……

墨九激灵一下，突然有点语塞。

“卑微换不来爱。”墨妄似乎怕她不理解，又补充了一句，“觉得你好的人，你怎么都是好的，觉得你不好的人，你做什么……都是枉然。小九，宁可随心，不要随人。”

她和墨妄之间，从来都是她在讲大道理。

今儿墨妄炖的这一碗鸡汤，喝得墨九越发难受……

就好像墨妄说的不是她，而是自己。

甚至于，这是他委屈情绪的一种委婉发泄。

气氛凝滞了一瞬。

看着他俊朗的面孔，墨九徐徐问：“师兄，我是不是特对不住你？”

墨妄一怔，瞪了她一眼。

“你想到哪里去了？”

说着，他含笑揉了一把墨九的脑袋，那神色、那情绪，就像真的是她的亲大哥，不无感慨地道：“我只是心疼你，不愿任何人欺了你。你就像我的妹妹，我就是你的娘家兄长。谁欺你，便是欺我。”

“哈。”看他说得真诚又委婉，墨九长长松了一口气，顿时喜笑颜开，反过来安慰墨妄，“放心啦我的娘家兄长，我与萧六郎的感情，不是随便什么小妖精可以破坏的。说得难听一些，我便借她一百二十个媚眼，也飞不走我的男人。”

那还置什么气？墨妄挑眉。

尽管她不会承认，可他最了解她的臭脾气。

不管嘴上说得多好听，心里肯定不舒服了，不然也不会走。

“小九，下次要懂得拒绝，不高兴的事，就不让他做。纵使他是英雄，却也只是一个正常男儿。但凡男子，心思皆不如女子细腻。你的感受，他未必能感受，也未必能揣测。你不高兴了，要直截了当地告诉他，不必委婉。你不喜欢温静姝，不愿意她住到王府来，你就这么说好了。有她，就没有你。逼他做出选择。”

像为她授业解惑似的，墨妄基于男人的同理心，慢慢地教她。

“你不告诉他，默默地忍着、受着，他指不定还不明白你为何不肯为他忍耐、不肯为他着想呢。男女之间，总是猜心。你猜我，我猜你，爱得越深，猜得越狠，总不肯把心里话说出来，这又是何苦呢？”

一番话语重心长，听得墨九一愣一愣的。

看不出来，老司机呀！

她得承认墨妄说得都对。

男人和女人的思维要是一样，那天底下就没有痴男怨女了。

每个人都容易原谅自己，都习惯从自己的角度去考虑问题，这就是男女感情矛盾的关键所在。男人要的，女人不知道。女人要的，男人也从来不懂。

可这，真的不包括她和萧乾。

抿一下嘴唇，她目光闪烁一下，笑了。

“谢谢你，娘家兄长。”

看墨妄失笑，她又眨了眨眼：“我知道你说得都对，可我实在找不到反对的理由，也做不来‘有她就没我’这样矫情的举动。打心眼儿里说，我并不埋怨他。尊师重道本应当，加之他的病，也确实需要陆机。而且，在女人的问题上，我对他其实是完全放心的。我的顾虑，本身就只有温静姝……”

说到这里，她久久不语。

直到墨妄投来询问的目光，她方才眯眼，轻轻一笑。

“师兄，这个女人我一直不喜欢，不仅仅是因为她想抢我的男人。实际上，宋妍也喜欢萧六郎，也抢我的男人，但是我喜欢她，并不排斥她。可温静姝，我始终认为她没有安好心眼儿，而且她太有城府了，心机也深，还有陆机那昏聩的老头儿撑腰，我怕他害我六郎。所以，我这次离开，并非与萧乾赌气，而是借机脱出局外，再伺机而动——”

似乎没想到她竟是这般想，墨妄紧蹙的眉心，松开了。

“好。小九果然非一般女人可比。”

这胸怀气度，确实非寻常女人能及得上。

墨九听罢，骄傲地仰了仰头：“那是，要不我出门怎么好意思说是你的师妹？”

墨妄笑着摇了摇头。墨九摆完了嚣张的谱儿，又一副严肃脸，浅浅饮茶。

“只要一天不戳破她伪善的画皮，我就一天不回去。”

看来她果真是下定决心了。

墨妄盯着她，看了许久：“那你有何良策？”

“简单，学学其人罢了。”

“其人？”墨妄似有不解。

“以其人之道，还治其人之身啦。”墨九白他一眼，唇角掠过一抹凉凉的笑意，“温小姐若喜欢斗智，我墨九陪她。呵呵，若是喜欢玩阴的，我墨九还真就没有输给过别人。”

墨妄微微抿唇，挑高眉梢：“从来没有吗？”

墨九干笑两声，尴尬地摸鼻子：“若是输了，那是因为我太善良。”

“……”

她带着点儿笑意的声音，特别悦耳调皮，似乎情绪很好。墨妄见状，终究没有再多说什么，只用实际行动告诉她，他永远都会在她的身边——在她需要他的任何时候。

这日的晌午饭，是墨九亲自下厨做的。

墨妄一直鞍前马后，为她打下手。

他很清楚，墨九在很高兴或很不高兴的时候，都会对胃比较好。

这种时候，无须多问，只需陪伴。她要什么，他就给递什么；她有说有笑，他就配合地笑上几声；她若出神想事不想说话，他就默默地相陪，不会打扰她。

这样的环境，是舒适的。

也是自由自在的。

墨九的样子真不像受了委屈，乐呵呵地看着自己亲手做成的一道道饭菜，精美地摆在桌子上，那成就感简直是透心地舒坦，连那些硌硬人的事，都不爱多想了。

然而——

她和墨妄刚端上碗筷，曹元就进来了。

低着头，小着声，他的样子很为难。

“巨子，左执事，苏赫王爷求见。”

墨九呵一声，眼皮往上翻：“吃饭就来，吃完就甩。哪有那么好的事？！告诉他，九爷忙着呢，不见！”

曹元眼珠子转动着，斜看一眼墨九，又偷偷瞄向墨妄。

墨妄给他递了一个眼色：“听巨子的。”

曹元哦一声，下去了。

很快他又小心翼翼地进来了，垂着双手，有些丧气。

“王爷说，他可以等巨子忙完。”

哟，这是负荆请罪来了？

墨九嘿嘿一声，慢条斯理地吃着东西，只觉饭菜都更入味儿了。

“你告诉他，如果我等会儿出门看见他在，马上就带人搬离王府，让他再也见不着我。”

这一回曹元下去后，没有再进来。

想必威胁有效，萧乾已经离开了。

墨九冲愕然的墨妄挤了一下眼睛。

“甭管他，咱们自己吃，气死他、馋死他才好。”

“小九，你真的没什么事？”墨妄觉得她反常，还是不放心。

“你看我，能吃能喝能蹦跶，像有事的人？”

“好吧，吃饭。”

两个人吃着饭，欢天喜地。

可墨九自己想得开，这件事情却在王府引起了轩然大波。

墨家巨子在缙乐院里陪王爷睡了一宿，第二天就撒泼"搬迁"到了棱台坊，王爷纡尊降贵，亲至棱台坊求见，竟被墨家巨子拒之门外……这样的小八卦，对整个王府的人来说，都是新鲜的，有趣的，乐于传播的。

时下的人，没有什么娱乐。于是，嚼舌根就成了主要娱乐方式之一。

私底下，说什么的人都有。

但墨九浑然不觉，也懒得去管。

吃过饭，她就拉了玫儿去逛街。

哈拉和林的街巷与临安差别很大，但也有共同之处，都在皇城根底下——热闹。

墨九和玫儿走在前面，墨妄亲自牵了她的马跟上，后面还有曹元几个墨家弟子，一路走，一路看，这样的俊男美女组合走在街上，实在太容易吸引人的注意力了。尤其墨九，男子的装扮尽显风华，女子的面孔极尽美艳，简直就是一颗"行走的春药"——不仅吸引汉子，还吸引姑娘。

她面带微笑，走走停停，见到稀罕的玩意儿，就顿足看一看。

似乎并没有察觉，人群里面，有一个压低帽檐的男人，挤在中间，始终不远不近地跟在他们的后面……

"师兄，快点儿，这边儿。"

"玫儿，跟上，把这个给我拎着。"

墨九兴奋得像个小姑娘，领着一群人，极快绕过街道的转角。

那跟踪的男人迟疑了片刻，扶一把腰刀，紧紧尾随上去。

然而——

转角一看，人群熙熙攘攘，可哪里还有墨九？

他左右张望，半晌猛地掉头。

在他背后，站着环着双臂、似笑非笑的墨九。

"找什么呢？"墨九冲他抬抬眉梢，"找我吗？"

那人拉低帽檐，换一个方向就想离开。

可脚刚迈出去，墨妄就堵在了他的面前，手上是出鞘的血玉箫。

"不知阁下是哪位英雄？既然一路跟随，想必很有兴趣结识我家巨子。如今撞见了，又为何要走？"

这边有了动静，顿时吸引了看热闹的人。

随即，一群人围了上来，把本就热闹的街市，挤得水泄不通。

那人眼看溜走无路，低垂的头，终于慢慢抬起。

“九姑娘……是我。”

嗤一声，墨九乐了。

她一摇三摆，慢吞吞走过去，笑得好不张扬。

“原来是你呀。噢，说来咱俩也算老熟人了，你要见我，直接来找便是了，做什么要偷偷摸摸跟着呢？”

她又不怕丢人，把声音放得很大。

可众目睽睽之下，辜二却窘了。

他半垂着头，一脸无辜。

“并非偷摸跟着，而是为了九姑娘的安全。”

这哈拉和林如今是天下重心，龙蛇混杂，三教九流，什么人都有，墨九领了几个墨家弟子从王府大摇大摆地出来，目标那么大，太容易成为有心人嘴里的肥肉了。

确实，她的处境并不安全。

可辜二知道的，墨九又如何不知？

她微微翘唇，摸了摸鼻子，上下打量着辜二。想了想，她又凑近一点，歪头瞅他：“那么，谢谢您了！敢问，是你为了我的安全跟随保护，还是别的什么人让你跟随？”

辜二眉头微蹙，不吭声。

那一张棺材板似的木然脸，几乎寻不见情绪。

墨九笑不可抑，啧啧一叹。

“原来你一直暗恋我呀？为什么不早说呢？唉，也怪可怜的。行，你继续保护吧。我走了……”

转身，她对墨妄偏头，示意他走，嘴里却忍不住戏谑：“不过好心敬告一句，喜欢我的人太多了，你下辈子排队要积极一点，看在我们是熟人的分儿上，我给你排一个前面的座位——哦对，如果还有别的什么人也暗恋我，让你顺便来保护我，你也顺便把这句话带给他。”

她就这样挤入人群，走了。

玫儿乐得嘻嘻发笑，不时回头来看。

徒留辜二一个人在原地，受着人群的指点，一动也不动。

黄昏一过，天色渐暗。

王府的后花园里，寂静无声。

身穿侍卫服的击西，从一棵紫薇树后面钻出来，四处看了看，偷偷摸摸地摘下两朵紫薇花，又把身子缩了回去，像藏什么似的，把花儿纳入怀里，快步入了自己的房间。

为了与闯北的“晚约”，她准备从现在开始，好好打扮一下自己。

这些天，穿这一身又重又沉的侍卫服，快把她的美貌都挤得变形了，她就盼着“脱胎换骨”的时候，不由得满心欢喜。

脱下厚重的侍卫服，她嫌弃地瞥了一眼，步入放好温水的浴桶里。

仔仔细细地洗了个澡，她一身清爽，从包袱里翻出一套艳红色的贡缎裙子，穿一双小小的云锦绣花鞋，梳上一个垂鬟分髾髻，把在花园里偷来的紫薇花斜斜插在发鬓，拿着一面小镜子，左右偏头观看，满意得不行。

这面镜子的清晰度很高，与市面上的铜镜都不一样。它是兴隆山墨家制造，工艺精湛至极，听说成本太高，根本不能量产，也不对外出售。当然，凭着击西与墨九的关系，那会儿在兴隆山又扮了俏姑娘，好歹骗了一个来，一直被她当成宝贵似的，贴身收藏着。

“美！太美了！”

自恋的击西，看着镜子里的俏人儿不停叹息。

“老天，你怎么可以把击西生得这样美呢？”

嘟了嘟嘴，想到晚上的事，她又兴奋得直眨巴眼。

“哼，李闯北，臭和尚，便宜你了！”

愉悦了身心，她一会儿照镜子，一会儿摆动作，在屋子里的各个地方，以各种角度留下了自己不同姿态的漂亮剪影，就等待闯北进来的时候，乍然一看就一眼惊艳，恨不得扑上来。

然而，她等得腰都酸了，还不见人来。

“哎！莫非是要失约？”

拍拍额头，她有些累着了。

咚一声，毫无形象地倒在床上。

一个八字，简直惨不忍睹。

闯北就是在这个时候进来的。

屋子里陈设简单，可佳人却不简单……

虽然她那个仰躺的动作不太雅观，但美人儿却是极为雅致的。

一套艳红得近乎俗气的衣裙，愣是被她穿成了一个娇若夏花、灿若云霞，水艳艳、娇滴滴、白净净，如同误入人间的仙女，与屋里的简陋陈设，有着天壤之别。

也因此，给他带来了强烈的视觉震撼。

“噫？”

击西惊而坐起，看闯北愣在门口，也怔了一下。

“你怎么这个时候来了？”

闯北有些迟疑，嗯一声。

“那……快进来呀，时间可不早了呢。”击西急切得很，不管不顾地疾步过去，拽住闯北的手腕往里一拉，随即往门外看了看，就关上了房门。她回过头，嘻嘻一声，看着李闯北，露出一抹色眯眯的娇笑。

“假和尚，我今儿可有什么不同？”

闯北眉头打着的结，一直没有解开。

“哪里不同？”

看他呆瓜似的，击西有点儿生气了。

“你没有看出来吗？我戴了花儿呢，还穿了一身新衣服。”

李闯北的神思，显然不在这个上头，哦一声，随即就问：“你叫贫僧过来，不知有何贵干？”

还有何贵干？

怎的生分成这般了？

击西纤细的眉头一竖，恼了。

那娇气的声音，夹带着满腔的愤怒，听上去极尖利。

“臭和尚，你我兄弟一场，不就睡你一回，至于吗？”

一声兄弟，让闯北抿紧嘴唇，斜目看她。

“既知你我是兄弟，又何苦这般不自重？击西，小僧乃是出家之人。”

转瞬，看击西气结噘嘴，闯北大抵也觉得自己的话过重了，叹了一口气，垂着眼眸，努力保持着淡然的情绪。

“那日的事，你心知肚明，是药物作祟，是一个意外。你放心，我不会讲出去，我们往后还是好兄弟，你有什么事，我会尽量帮你。但为了你的名节着想，平素我们还是少来往的好……”

“出家你个头！名节你个鬼！”

击西狂躁了，冷不丁上前，一把扯住闯北的衣领，将他狠狠推到木头柜子上，在柜子受震动的砰砰声里，欺身过去，一只脚踩住凳子，怒目相问：“假和尚，少跟我来这一套，你以为睡了我，就算了？可以不用负责吗？”

“……”

闯北一脸红热。

是羞的，也是恼的。

不知道怎么否认，他也有些着急。

冲口而出的话，满是气恨：“小僧修行一生，怎会主动做那种事？那一日，分明是你逼迫我的。谁睡谁，你心里清楚。”

击西眼珠子转了转，像是恍然大悟了一般。

她慢吞吞地把脚放下来，松开闯北的领口，抚平，再抚平，安慰一般，又对他娇言软语：“嗯，我睡了你，属实不假。但你也没说不舒坦哪，对不对？大家是兄弟，睡一回睡二回有何差别？臭和尚，你说你这个人，怎就这么矫情呢？我那天滋味儿都没有尝到就结束了，不都怪你吗？你要是能持久一点儿，我能回头找你算账？得了，我不过就想再试一试罢了，成全一下，又怎么了？”

这话说得……

李闯北喉结上下滑动。

想生气，却发不出火来。

因为击西字字句句，难听，却都不假。

被一个姑娘说成这般，但凡男子都受不了。

可若是和尚呢?

闯北收紧发颤的手指，微微合眼，在心中默念五六遍“我只是一个和尚，无欲则刚”，神台清灵了，也不觉得击西那话有什么侮辱了。于是，他“慈眉善目”地淡淡看着击西，俨然一副得道高僧的样子，语重心长地告诉她：“击西，我知你性子单纯，少不更事。但女子要委身于人，还得选一个有情有义的如意良配才是。然，小僧自出家之日，便已六根清净，五蕴皆空，凡七情六欲，皆已斩断，再无男女情丝，断断承不得你这番重托……”

“六根清净，五蕴皆空？”

击西默默念叨着，愣了一愣，摇头，压根儿就不懂。

“这是何意？我怎生都听不懂？”

闯北一噎，竟无言以对。

他正想对击西解释，并趁机弘扬佛法，却听击西又字字清楚地问他："还有，什么是男女情丝，皆已斩断？你是说……"她似乎受到了惊吓，紧张地伸手去探闯北腹下，声音恐惧地叫出声来。

"呀！你莫非被我一吓，竟自断了孽根？"

闯北一下被她抓个正着，憋得双颊都红了。

他平常能言善道，在男女之事方面，却真真是个出家人。

可偏生，击西当年被他捡入寺庙，就是男童打扮，庙里清一色的和尚，也没个女子教她什么是羞耻。哪里晓得，她捏着捏着，居然越捏越起劲，竟是不懂得放手，嘴上还啧啧有声。

"根本就没有斩断嘛，骗人！"

"击西！"闯北惊怒，咬牙，"放手！"

哦一声，她倒也听话。

末了，她还满眼鄙夷地斜视他。

"哼，你若真的断了那什么六根五蕴的，为何在离墓里，又与我那般？这可不是一个真和尚能有的反应。哼，假和尚就是假和尚，你就承认又如何？我还能卖了你不成。"

眸子一闪，她似是又悟到了什么。

"莫非你根本不行，不好意思再战，对不对？"

闯北看着她美艳逼人的脸，不知当气，还是当笑。

"击西，你不懂得我不怪你。可你看看九爷和主上，就应当明白何为男女之情了吧？有了情，两人在一起，方是良配。你也应当像九爷一样，找一个你喜欢他他也喜欢你的人，与他共结连理，得长久幸福，可懂？"

"喜欢的人？"击西听完，笑嘻嘻地围着他转了一圈，然后一张脸忽地伸到他面前，笑得像朵刚刚绽放的鲜花似的，鼻子对鼻子，眼对眼，向他重重一哼。

"扯犊子！是不是我没向你表白，所以你不高兴？"

表白这个词儿，是墨九教的。

她愿意听墨九瞎掰，把墨九的话都当成金玉良言。

她又瞅瞅闯北透红的脸，鄙夷不已。

"果然被九爷说中了！好吧，李闯北，你听好了，我喜欢你。"

"……"

闯北受惊一般看着她。

若非被击西完全抵在柜子上，这一刻，他肯定拔腿就逃了。

小声地，他继续教训："击西，你莫要玩笑，你连什么是喜欢都不懂得。"

"哪个说我不懂的？"击西嘴角一撇，"不就九爷和主上那般吗？九爷可以的，击西也可以。"

九爷说，喜欢就要上。

九爷对主上，那叫一个主动。

所以，击西坚决贯彻执行墨九的理念，根本就不待闯北做出反应，一只手猛地扣住他的腰带，另一只手出拳击向他的面门，趁他闪躲之际，猛地一把将他捞了起来，不留情面地重重抛了出去！

砰一声！

闯北失神之下，竟被她活活丢在了榻上。

哦，老天爷！

他这脸面——丢大发了。

闯北双目瞪大，几乎不敢置信。

太过吃惊，太过意外，以致他竟忘了要第一时间爬起来。

于是，击西再一次有了可乘之机——

这个姑娘，一身穿得娇滴滴，不代表人就娇滴滴的。

击西本质上，首先是萧乾的四大护卫之一。

然后，她才是……眼前这个娇滴滴的击西。

她功夫奇高，手法又刁钻，除了在男女天生的体力之上差一些，功夫并不比闯北弱。这一次她占据了主动，先发制人，根本就不给闯北喘气的机会，紧接着整个儿身体已经狠狠压上去，准备按墨九的说法——就搞，就开搞，睡服了再说。

"击西！你住手，再听小僧一言——"

"莫说一言，九言都没用。"

"击西！"

闯北有点儿招架不住，与她搏斗起来。

"哼，小和尚，你就从了贫尼吧！"

"……"闯北呼呼喘气，恨得不行，又有些哭笑不得。

"你可是疯了？"

“就疯！”

击西虎飙飙的，一双水汪汪的大眼睛里，满是跳跃的火花，像是做这件事的乐趣根本就不为睡他，而在于打他。手足并用，与闯北你来我往，越打越精神，也难分胜负。直到体力不支，她急眼了，索性拿个枕头狠狠压住闯北的脑袋，一只手大力扯他衣裳。

“看你还怎么挣扎！”

如此一来，形势逆转——

由于她身上贡缎极薄，身子又软，闯北重蹈覆辙，吃了在离墓里的亏，不管出手往上还是往下，都不敢过多地沾她身子，反倒给了击西压制他的机会。

“这世上没有白吃的午餐！这是九爷说的，小和尚，接招吧，好好受着，这次争气一点儿，要不然，还得有下次，你可多委屈？”

闯北有一些气喘。

也有些，恼羞成怒。

“你起开，有话起开再说！”

“起开？”击西奸笑，“你当我傻呀？”

“无量寿佛，弟子、弟子——竟拿一妇人无法！”

焦急之中，闯北光头之下的眼，紧紧一闭，竟有些语无伦次。

“无量寿福？”击西挑高了纤秀的眉头，脸上布满大喜之色，像是终于有了足够开搞他的理由，“那不是道士念的吗？还想哄我不懂哪？说你是假和尚，你还不肯承认，现下露出狐狸尾巴了吧？”

“非福，是佛！”

“是祸是福，搞完再说。”

“击西！”

闯北一面要与她搏斗，一面还要与自己的心魔搏斗。

挣扎中，他的推拒，越发无力。

实话说，像这样的情况，击西但凡要一点儿脸面，就不会再继续了。可她偏生并不知在这种事情上女子当矜持。脸为何物，她更是不懂。看闯北气得吃瘪的样儿，她越发高兴，与他激烈地进行着衣衫争夺战，嘻嘻笑了起来。

“莫要怕，和尚乖乖从了我，等击西尝明白你的滋味儿，便不会再强迫你了。嗯，此事新鲜最好。尝明白了，击西就换一个人试试，看味道可有不同。假和尚，你觉得，声东哥如何？”

闯北眼一翻，差点儿吐血。

她却又不知死活地补充了一句：“嗯，这回你得努力了，可别像上次那般，丢死个人！”

也不知是哪一股筋扭曲了，在她越来越紧的逼迫下，闯北啊一声，突然恼恨地暴瞪着眼，狠狠扼住她的脖子，拧住她的腰，一个鹞子翻身，将还想还手的击西，牢牢控制在手，一把丢在榻上，自上而下压上去，占据了主动。

到底是爷们儿。

他的手脚，比击西利索多了。

只三两下，就解开了击西努力半天也没能解开的——他的袍领。

一扯，露出一片精壮。

那隆高的肌肉，硬硬实实，像一块块虬结的古铜。

而他出口的声音，又狠、又恼，满是气愤。

“你个不知羞的东西，非得给你一些颜色瞧瞧！”

击西一怔，看他动真格的，咬一下唇，不仅不羞不怕，反倒浑身神经都兴奋起来，扬起眉头，咯咯直笑。

“来呀来呀，怕你不成？看我俩谁搞谁！”

“……”

闯北气恨不已，扑上去，狠狠摁住她。

接着，他扬手，就是一个巴掌——

这活了色生了香的画面哦！击西啊一声，臀上挨一下，目光却更亮了起来，觉得这情趣真是非凡，也觉得小和尚比她想的更有劲儿，兴趣也便更大了。

“和尚，你可看见了离墓那些画儿？”

闯北抿唇，盯着她，只扯衣服，不说话。

“那些姿势，我俩要不然一个一个换着搞一下？”

“击西！”闯北咬牙，一字一顿狠声问，“你到底是不是妇人？”

击西眨巴眼，很委屈地嘟唇：“你不都见着了？你说我是吗？”

一双软软的胳膊，蛇一样缠上他的脖子，她笑得媚惑。

“不过，若你只喜男子，你也可以当我不是呀。”

“你还敢说？”

战火彻底被她点燃了。

闯北平常不是一个俗人，一旦爆发起来，那简直就不是人。

心底其实恐惧击西给他带来的强烈诱惑，又无法抗拒这样的心魔，他像一个迷途的孩子，有一些害怕，有一些不甘，一颗心在跌跌撞撞中前行，所有的怨与怒，还有狠与恨，都累积到了一处，想要寻一个出口——她的身上。

“啊！李闯北，你疯了呀？”

击西正在喋喋不休地说着对《春宵秘戏图》的奇思妙想，嘴上说得很带劲，心里其实并无几分浪性，大多是一些姑娘家的好奇之心。却没有想到，闯北却是一个实干派，不待她分析完姿势，她束好的裙摆就被他强行拉开了。

“啊啊啊啊！你简直不是人。”

“……”没有人回答她。

“你哪里是和尚？根本就是屠夫。”

“……”他似乎只有喘息。

“啊啊啊受不得，李闯北！”

“……”

“一刻钟都过了，你怎么回事？”

“……”

击西听不到闯北的回答，只能看见自己七零八落的衣衫被摇摆得苟延残喘，正如此时的她，除了呼吸、吐气、骂人，一身的功夫竟在被他斩于马下之后，全都使不出来。

“你这个家伙，平常肯定隐藏了真本事对不对？”

击西怒骂不已，那挣扎起来的狠劲儿，分明不像在办事，倒像在和闯北打架，甚至折起上身，狠狠掐住闯北的脖子，一双赤红的眼逼视着他：“你武艺精进了，比往常都要强上几分，你功夫竟变得这般厉害！李闯北，你以前是在故意骗人的呀对不对？！”

“闭嘴！”闯北一把捂住她的嘴，“你想让人都听见我俩的事？”

“听见就听见！见不得人吗？”击西的声音在他的巴掌下，变得支离破碎，字字句句都像在嘤咛，“你放开唔……的嘴，放……我还要骂人。”

会放开她就有鬼了！

闯北的狠，击西是第一次见到。

狠狠的，狠狠的，狠狠狠狠的。

他双眼赤色，双颊红若滴血。

身姿矫健如蛮牛，没完没了，没完没了。

“一炷香了，啊啊啊！”

“……”

“两炷香了，啊啊啊啊！”

“……”

“李闯北，假和尚，我一定要杀了你！”

这是击西在晕过去之前，最后一声来自心底的、撕心裂肺的呐喊。

夜已经很深了。

外间似乎下起了小雨，凉风裹着细细的雨丝透过窗台未合严的缝吹拂进来，卷得帐子轻轻摆动。豆灯下的光线，很幽暗，天似乎也有些冷。

“唔？唔！啊，唔唔！”

击西幽幽醒转，半合着眼，嘴微微张着，吃力地呼喊。

可喉咙嘶哑着，一个字都说不明白。

一张一合的嘴，像一条可怜的鱼，缺水却无力地挣扎。

就在刚才，她经历了怎样可怕的一幕？

想一想，她不禁打了一个哆嗦，脑子里浮上两个字。

就是九爷常说的——变态！

闯北真的变了态了，他居然会那样收拾她。

这家伙不是总吹嘘自己是得道高僧吗？

不是从来都说可以坐怀不乱的吗？

不乱？太乱了！她不敢去回想——

那厮得的道不知道有多少，憋的劲儿倒是有些多。眼睛赤红，肌肉虬结，在那排山倒海般的狂风激浪中，他就像一头饿了千百年的野狼，终于看见了她这一坨肥美的鲜肉，而后撕扯，嚼烂，就那样活生生吞下肚子，渣儿都不剩……

纵情声色吗？不算！简直就是辣手摧花，野兽一般狰狞。

不管她怎么说，怎么求，他都不肯放过她，也不肯回答她。就搞，往死里搞，就好像两个人有了今天就没有明天了一样，把他一辈子憋的精气都发泄在了她的身上……

在今天之前，击西可从来都没有想过的，闯北这么一个正直善良、温情脉脉的假和尚，居然会有这样强大的爆发力，会有这样强大的武力，他像开了匣的洪水，完全摧毁了她的堤防！

击西很郁闷！

很多事情不明白。

可，以她的心智，又很难想明白问题的关键。

好可怜！

击西觉得自己好可怜。

她半趴在榻上。枕头硬，榻板硬，她身上无力、虚弱，除了欲哭无泪地喘气，连骂他的精神都没有。

于是，在混沌般的模糊中，她就想到了墨九。

“九爷——九爷——唔！”

已然整理好衣服的闯北，就坐在床头。一身冷硬的侍卫服，将他的身姿拉得挺拔而精壮，就像一头潜在暮色中的猛虎，吃饱喝足之后，带了一点儿淡淡的慵懒，神色中，还有与击西一样的困惑。

他也有太多想不明白的事。

看着击西醒过来，他激灵灵打了一个冷战。

——有点儿心虚。

听到击西第一声喊的是“九爷”，他心弦又松开一些，只眉头打着结，瞅她半晌，终于从木桌上的茶壶里倒出一杯水，端到她的面前，刻意拉低的声音，有一抹压抑的低沉：“你嗓子痛吗？要不要喝水？”

废话！

全是该死的废话！

找不到话说了吗？

听到他几乎没有波澜的声音，击西终于彻底清醒了过来，又是恼又是恨，可看见映入眼帘的那一只大手上，有好几排尖利的牙印，带着红血丝，她别开头，也有点儿心虚了。

这是先前和他搏斗时，她咬的？

她受伤了，他也受伤了。

好像是半斤八两？

击西这孩子太善良了！

压住恨恼，她摇了摇头，说不出话，只憋着一肚子的火嘟着嘴。

闯北坐在床沿上，扶住她的肩背，亦不说话，只把杯子贴在她的唇边，示意她喝水。击西瞥他一眼，看他固执的样子，与先前不愿意做的时候一模一样，可做又差点儿把她弄残，这不俨然是一个神经病吗？

没有多想——

她猛地张嘴，不喝水，却恶狠狠地咬在他的手背上。

嘶！闯北吃痛，怕水洒了，愣是没有动弹，任由击西咬着。

他低头凝视她，看着她发狠的样子，看着她那一张红润未褪的脸，越发歉疚，也越发难堪和窘迫。

击西抬头，撞入他复杂的眸底。

辨不清，想不明，突然又没了咬他的兴趣——

毕竟有一句话是对的，她自找的。

慢吞吞放开他的手，她喝掉了水，咂了咂嘴巴，又斜斜躺下去。

“我要去找九爷。”

又是这句话，让闯北很纠结。

“夜深了，想必九爷已然睡下。”

“她不会睡那么早。”击西很坚持。

“你怎知道？”

“我服侍过她，自是了解。”

闯北把水杯放回桌上，远远地坐在木桌边上，瞅她一身狼狈的样子。

他身姿端正，样子老实，那和尚的架势又端上来了，哪里还是先前在榻上疯狂折腾她的样子？

“去吧。”他微微合目，如老僧入定。

“可恶！”击西生气了。

恶狠狠地看着闯北，她涨红的脸，完全就是一副怒火攻心的样子：“我要走得动，还告诉你作甚？”

走不动？

先前的狂乱涌上心，闯北眼皮直跳。

“……那可怎么办？”

“怎么办？李闯北，你干完就不想负责了是不？”

“负……责？”

看他眉头打结、一脸崩溃的样子，似乎很害怕从此被她黏上，击西不由得恼羞成怒，什么都不想，直接爆了一句粗口：“你他娘的混账……我要去找九爷，你至少把我收拾一下，送过去吧？我的腿酸了，身子快散了，下头痛得像被斧头劈过，你说你当不当负责？”

闯北叹气，慢慢走过来，将她捞起来放好，整理衣裳，什么话也不说。

他的手很有力，落在击西的身上，让她不由得又想起先前“惨无人道”的经历。

偷偷瞄过去，她将闯北从头到脚看了一遍，目光中似有怀疑，又似有疑惑，片刻，突地抿紧唇角，冷哼一声，似在委屈，又似在发狠。

“好你个李闯北，一直深藏不露哇，阳气旺得很，功夫强得很，力气也大得很，今儿这一遭，兄弟算是栽在你的手上了。哼，下次再战，看我怎么搞你……”

下次？

闯北眼皮又跳了跳。

看着击西目光中跳跃的火花，他突然有一种不祥的预感。

这个人本就脑子有问题，这会儿再去九爷那里，遇上“情场失意”的九爷，再给她支上什么毒着……他会不会再吃点儿什么亏？

说到“亏”，他想到刚才的舒爽劲儿，又不觉得太亏。

唯一的歉疚就是觉得对不起师父，对不起这么多年的潜心向佛。

唉！

重重一叹，他一脸严肃。

“击西，到此为止吧。”

噫，刚从身上爬起来，又退化成和尚了？

击西纤细的眉毛一扬，盯他看半晌，突然哈哈大笑。

“得了吧你，假和尚，肉都吃肚子里了，现下才来说这些，有个鬼用？你对得起你的佛祖吗？你好意思再做和尚吗？我要是你，肯定羞愧难当，把头发留起来，把僧袍都剪了，老老实实还俗算了。”

听着她话中明显的讥笑，闯北眉头低垂。

羞愧有，失落有，沮丧有，后悔亦有……

他想不明白，怎就过不了击西这一关呢？

实际上，凭他清俊的长相、高壮的个头、过人的武艺，在时下男子里亦是人中龙。这么多年来，跟在萧乾身边，什么东西没有见识过？什么诱惑没有经受过？

便是曾被击西质疑过的花楼，那些小娘哪一个不是肤白貌美，哪一个不是声娇体柔，黏上来便是官人郎君地叫，胭脂烈酒醉红颜……但凡有一点儿淫心，他早就不是今日的闯北了。

可——

他修行一生，英雄一世，闯过了无数的美色陷阱，依旧保持着童子之身，心静如水，从不曾有过半分绮念。然，对击西，却不可控，不可控，半丝都不可控……

上次在离墓，他还可说是击西强迫他。

然，这一次……

他是被动，亦是主动。

他无数次说服自己，是被迫的。

是他受不得击西三言两语的激怒，主动上了她……

便是她说他无男子雄风又如何？他本是和尚，何苦计较？

可他为什么就计较了，非得和她争个高下？

他想不明白。

灵台已乱，佛祖已远。

在她的娇声之中，他脑子突突发涨。

“阿弥陀佛——”

激荡于心的涟漪，扫去了佛祖座下的庄严。

他双手合十，像在对击西辩解，又像在对佛祖忏悔。

“小僧受俗念所扰，贪淫，贪痴，看不破人世五蕴，斩不断孽根尘缘，有悖师父教导，我佛慈悲，唯谅小僧此一次……”

“你便掰扯吧！”击西听得头皮都麻了，一脸傲娇地嘲弄，“假和尚，回头我不在了，你再烧三炷香好好忏悔。现下，烦请你，搭把手，扶我一扶——”

她白皙的手腕，高高伸向他。

“唉，我起不来了，你把我搞废了。”

“……”

闯北双颊发烫。

这般话，太过粗鄙。

一般妇人，断断说不出口。

然，她是击西，无知无畏、不知羞不知臊的击西。

她不仅要闯北抱着沐浴，还大喇喇劈开腿逼着他来清洗，嘴上一直埋怨、叨叨、叽歪，一直说下次要如何对付他，甚至把工具和器材都已想好，东边田里的黄瓜、西边树上的香蕉、南边地里的茄子、北边窝里的鸡蛋……

闯北埋头苦干，一声不吭。

只有汗水，冷冷的，快要湿透脊背。

阿弥陀佛！

千万不要再有下次。

好端端一个女子，她偏生要做男子。

还说要把她今日所受的罪，都施加回他的身上。

闯北心脏突突地跳，也有点儿急着把她送去找九爷……

他需要静一静。

好好想明白，要不要把她的事告诉主上。

但这会子是怎么都静不下来了。击西不停地在说，一路说到墨九居住的棱台坊附近，才总算闭上嘴，不再尖声尖气地讽刺他了。

冷不丁地，击西偏头看他。

“假和尚，你给我道个歉呗。”

闯北一蒙：“为何？”

击西撇嘴，还在委屈：“你弄坏我了。”

闯北：“……小僧错了，不当那么做。”

击西一听，马上眉飞色舞起来，就差拍巴掌了：“好好好，承认错了就好。你晓得的，错了是要受到惩罚的。我也不学主上笞你臀了，下次，我只搞你臀。嗯，我俩就这样说好了，可不许反悔。”

什么?

闯北愣住，神魂俱飞。

击西却甩开他的手，踉跄着往前走。

闯北叹息一声，就要跟上去，却见远处的树丛里，似有人影闪过。

击西也看见了，回头一愣，她刚想出声喊叫，手臂就被闯北拽住，往后一躲。

两个人掩在院子的花丛后面，静静蛰伏。

击西竖高眉头，用口型比画着问：“怎么了？”

闯北目光烁烁，微抬下巴，示意她看向围墙。

这会子他俩都穿着侍卫服，颜色不太显眼，窝在那里，根本不曾引起旁人的注目，也没有被人发现行踪——然而，就他们静默这一会儿，围墙那边很快又有了动静。

一个黑影从树丛后面，迅速跃入了围墙。

那堵墙后，就是棱台坊——

九爷的地方？

击西一惊，小声道："咱们赶紧去看一下，不要让九爷出了什么事才好。"

闯北瞄她一眼，迟疑片刻，点头，又瞥她。

"你能走？"

击西摇头，侧过去直接趴在他的背上："要你背。"

闯北："……"

两个"大男人"，这般背着过去，成何体统？

他想挣脱，击西却缠住他的脖子就不放。

"反正是翻墙，你不要让人发现就好。"

无奈之下，闯北没有直接走棱台坊的正门，而是悄悄背着击西追了过去，顺着那个黑影的方向，从围墙翻入了棱台坊。

此处围墙颇高，但难不倒他。

他没费多大力气，就翻了过去。

往前行数十步，又走了一小段路，他就发现，这是棱台坊的内院。

不远处的主屋，就是墨九的居所。

此时夜深人静，四周一点儿声音都没有。

他俩偷偷跟随，蹑手蹑脚靠近——

那个黑影居然大胆地站在墨九的窗台下，穿了一身黑色的劲装，身姿高挺，脸上蒙了一层黑布，只露出一双黑黝黝的眼睛，往四周看了看，就咚咚地敲窗。

"阿九——"

熟悉的声音入耳，击西差点儿叫出来。

可声音还没来得及发出来，她就被闯北捂住了嘴巴。

"阿九——"那个黑影又叫了一声。

很小，很沉，但由于太熟悉，距离也不算太远，还是被闯北和击西捕捉到了——那个被他们误以为是刺客或者斥候的家伙，居然是他们家的主子。

大半夜扮成这般"强盗"模样来找九爷？

那手上……似乎还拎了一个什么瓷盅或者食盒？

屋子里没有声音传来。

他就那般站在风口上，一袭黑衣隐在暮色和细雨之中，俊挺的身姿，隐隐有着几丝寂寥与凄清，竟似那旺财想要主子的怜爱时一般，让人心生恻隐之心。

“阿九——”

他的声音，在细雨中，有着压抑的喑哑。

在冷风的鼓噪之下，依稀听来，似乎还泛着一层水汽。

他静静地站了片刻，未听见屋里有人回应，又把那个瓷盅抱入怀里，好像抱着什么心肝宝贝一样，头微垂着：“我给你做了吃的，你且开开窗，我不进来，把东西给你，我就走。”

只有冷风吹，依旧无人应。

击西半伏在闯北的怀里，像看了一场大戏。

她的一双眼睛，瞪得圆圆的，显得不可思议。

这是他们家的主子吗？

这真的是他们家的主子吗？

轻轻扳开闯北捂着她嘴的手，她指了指萧乾。

那个意思很明白，要不要过去打招呼。

闯北狠狠瞪她一眼，摇头，那脸上的表情与以前倒很一致：不要冲动，若不然，小僧可度不了你了。

击西撇了撇唇，好吧，继续窝着看戏。

墨九的屋子里，一直没有声音。

萧乾推了推窗户，但窗户关得很严。他愣了愣，又是叹息。

这深更半夜的，他偷偷过来，也不能大张旗鼓地喊吧？若是把墨家弟子和王府值夜的侍卫都引了过来，发现他居然半夜偷偷潜入墨九的院子，那不成天底下第一的笑话了吗？

“阿九！”萧乾低叹，“外头下雨了，你想让我站多久？”

这样低姿态的萧乾，击西和闯北从来没有见过。

不管什么时候，萧乾都是风华绝代、高人一等的，哪怕是他毁了容色，也不曾这般对人伏低做小过。

……然，在墨九面前，在无人看见的地方，他真的已经把自己放得极低了。

谁能想到，墨九依旧不领情。

屋子里依旧无声无息。

闯北和击西的心肝儿都悬了起来——

尤其是击西，她好想哭，为她的主子……想痛哭一场。

九爷到底是睡熟了，还是不在？为什么就不应他们家主子呢？

可怜的主子，比击西还要可怜！

萧乾安静地站着，颀长的身姿像是一尊僵化在窗台下的雕塑。

而庭院里，一直只有凉风在回应他。

孤寂，冷。

击西不由得打了一个哆嗦。

正在这时，院子的门口传来一阵嬉笑。

仔细一听，可不正是他们以为已经睡下的墨九？

她的声音很清脆，笑语盈盈，哪里有半分因为萧乾而难受的样子？

打着饱嗝，哼着不知名的小曲，她像是饮酒归来，每一个字，都带着酒气："师兄，你回吧回吧，把伞给我就行了，我没有喝多，看得见回去的路。嗝！"

"唉！"墨妄的叹气声，满是无奈，"喝不得酒，还拼命喝。你不是找醉，又是什么？"

"哪个说我喝不得？"墨九每一个字都是鄙视，"你不知当日在临安，我与东寂两个，一夜喝了几坛梨觞，那酒可真美呀……哎，那晚的月色也可美……噫，你看天空，就和今夜这般……"

墨妄抬头。

细雨如丝，哪里来的月色？

他抿嘴无言，墨九却在嘻嘻笑。

"只可惜，梨觞没有，良人也无。九爷我呀，形单影只一个人，对月饮酒，嗝，对不上了。对不上了……师兄，你快回去吧。我这会儿快乐着呢。啦啦啦，啦啦啦，啦啦啦，啦啦啦，啦啦啦，啦啦啦啦……"

哼着《画心》的曲调，她东倒西歪，那油纸伞根本就遮不住她，大半个身子已然湿了，还仰着头，对着一片朦胧的细雨，咿咿呀呀地唱歌——

看不穿，是你失落的魂魄。

猜不透，是你瞳孔的颜色。

一阵风，一场梦，

爱如生命般莫测。

你的心，到底被什么蛊惑？

你的轮廓，在黑夜之中淹没，

看桃花，开出怎样的结果？

看着你，抱着我，目光比月色寂寞，

就让你，在别人怀里快乐！

爱着你，像心跳，难触摸；

画着你，画不出你的骨骼……

“师兄，好听吗？”墨九眨巴着眼睛，揪住墨妄的胳膊，那神色似乎真的很陶醉，把好端端一首歌，唱了个七零八落、东拼西凑。酒气冲天，她还自觉唱得堪比歌神转世，又扯裙子又甩头，又扭腰肢又比画。

“小九，唉！”墨妄哭笑不得，“你这酒品，可真不怎么好。”

“滚犊子！谁说我不好。嘻嘻。”

墨九突地转过头来，静静地看着墨妄，以一种陶醉般的目光，盯在他俊朗的脸上，一双胳膊蛇一样缠上他的脖子。

“你说我好。你快说，我很好。”

这样温情的目光烙在墨妄的脸上，这样亲近的姿势贴在他的身上，让他浑身的血液往上逆流，一颗心怦怦直跳，下腹发紧，脸颊发烧，几乎无法控制自己澎湃的情绪。他亦喝了酒，这般低低呓语的乖巧的墨九，让他寻不到丝毫反驳的力气。

“小九，你很好。你最好。”

“呀！哈哈。”

墨九开心了，脱口就娇笑起来。

“师兄，我爱你，我最爱你了。”

咚！

墨妄心脏一紧，呼吸微滞。

小九在说什么？

她说：师兄，我爱你。

她说：师兄，我最爱你。

少女清脆的声音，带着娇软的笑，像一团绚烂的烟花在他眼前炸裂，燃烧着、旋转着，转入他的大脑，一颗心忽而狂跳，忽而高唱，快要从胸膛里蹦出来，让他几乎按捺不住，双臂一展，将她缓缓揽入怀中。

“小九——”

他停顿了一下，喉咙干涩。

过一瞬，他复又开口。

“你刚才……说什么？”

一层朦胧灰白的天光，从雨雾与油纸伞透入，落在墨九那张俏生生的脸蛋儿上，似有晕红的暖笑。

凝视着墨妄的脸，她眉梢挑了一下。

“嗯？说什么了？”

手搭在他的肩膀上，她小嘴翘起，不解地问。

“嘿嘿嘿，师兄怎么这般严肃？”

女儿家的体香，淡淡地从她身上绕过来。

缠哪缠哪，缠得墨妄心乱如麻。

怔怔片刻，他心弦微松，不免苦笑于自己的胡思乱想。

若是旁人也就罢了，墨九的为人，他还不了解吗？

多吃几杯酒，一旦兴奋，便会胡说。

她是从不拘于小节的……女汉子。

哪里来的爱？又哪里来的最爱？

他松手，视线低垂，落在墨九的脸上。

“小九，你知道什么是爱吗？”

“爱？”墨九轻笑，“知道哇，就是喜欢呗。”

爱就是喜欢……差不多吗？

墨妄点点头，扶着她往屋子里走。

“喜欢可说，但爱，不可轻言。”

“是吗？”墨九哦一声，大概也意识到了什么，揉一下额头，“但真的挺喜欢一个人，偶尔也是需要表达的嘛。正如我对师兄，就是真正的那种喜欢。师兄对我而言，非常重要，不是任何人可以比较的那种重要，就像我在这个世界上的亲人，兄长，真正的兄长，唯一的兄长。”

真正的，唯一的。

这样的词儿，让墨妄再次怔住。

那一只扶在墨九肩膀上的手，也越发紧。

他心知，墨九此言不虚。

除了“此爱”非“彼爱”，“此喜欢”非“彼喜欢”，她真的没有一个字的虚言。除了不能给他那种男女之情外，墨九待他，其实也一直很信任、一直很好的，不是吗？

墨妄突然很满足。

一颗心，被胀得满满的。

那是一种被人需要的满足。

为了这种满足，他愿意在她需要的时候，站在她的身边，为她遮风挡雨，在她不需要的时候，将所有情感深藏，把繁华留给她，自己默默离开。

“师兄，对不起。”

墨九走路都在踉跄，脑子也不太灵活。

但是，她不太敏感的情商细胞终于发挥了一次作用，察觉到了墨妄的情绪：“我是不是说错了什么话，惹你不高兴了？”

“傻瓜。”墨妄扶住她，微笑，“我很高兴。”

“呃！那就好，那就好，我也是呢。”

这个时候，他二人已然步入了庭院的中间。

……也落入了围观者的视线中！

今夜的墨九很水嫩，居然没着男装，一身清丽的玫色衣裙，衣带飘飘，长发迤逦于腰，端的是风情万种、绝艳无双，如同从月亮中走出来的小嫦娥……哦不，比嫦娥多了几分灵性，多了几分自在，也多了几分笑容。

她的手缠在墨妄的胳膊中，身子歪歪倒倒，几乎整个儿倚在了墨妄的身上。墨妄一只手环着她的腰，一只手扶着她的肩膀，两个人极亲近，在不同的角度下，呈现出不同的情态……似情人低语，似爱人亲吻。

“师兄——”

墨九望着雨雾下的树丛，咧嘴一笑，略略蹙眉，大抵心里的情绪得不到释放，借了酒意，不由自主就想要说出来。她握住墨妄的手，慢吞吞走着，说话的语速也极慢。

“今儿喝酒的时候，我想了许多，突然想明白一个事情。”

“嗯？”墨妄继续做听众。

“其实男女之情是什么？就是个屁！”墨九这句话，带了一点儿隐隐的戾气，若有似无地荡在雨雾中，可仔细听去，又丝毫不见。

墨妄蹙眉，又听得她似笑非笑。

“你想想啊，这世上，父母与子女，兄弟和姐妹，这样的血缘亲情，一般而言，不管有什么误解，一生都不会改变，也一生都会关照彼此，不会分离。便是友情，也可以基于一种互助的关系，经营得像美酒，越陈越香，时间越久远，慢慢变成与亲情一样难以割舍的情感，唯独男女之情——”

拖曳着细柔的嗓子，她突然推开油纸伞，抬头望天。

“唯独男女之情，不过是当时人，说当时话，尽当时事而已。”

她这一叹，带了笑声——

可墨妄却轻轻皱眉，睨着她的侧颜，不知如何言语。

墨九吐一口气，依旧握着他的手，很紧。

就像很害怕一松开就会摔倒一样。

一字一字，她说得很慢，又很轻松，如同在阐述一个事实，几乎听不出个人的情绪。

“男女之情一旦破裂，便永无回头路。不管曾经多么亲密，哪怕爱得死去活来，都可以变成老死不相往来，比陌生人还要生疏，哪怕心里还留存几分念想，也会随着岁月的推移，以及下一段情感的来临，慢慢地淡去……”

稍顿，她接着补充。

“所以，在亲情、友情、爱情之中，唯一可以被取代的，反而是被人看得最重的爱情。”

墨妄目光微微一凝，盯着她的脸，久久不语。

好像确实如此，他无法反驳。

小雨细细落在面颊上，墨九抹了抹脸，甩一下头发，好像意识到自己抓墨妄抓得太狠，嘿嘿一声，把手松开。

一双漂亮的水眸中，带了几分闪烁的光芒。

“我到了……师兄，你把伞拿着，回去吧。”

这样的墨九，很开朗，很愉悦，墨妄却瞧得心疼不已。

小九不应当是这样的。

这些惆怅的话，也不应当出自她口。

如果可能的话，墨妄愿意倾尽所有，让她永远做那个愉快的墨家九爷，而他……只需要这般守护着她，为她打理好墨家，不让任何人欺了她，不论她待他是亲情，还是友情，都不重要。

重要的只是她快乐。

可她脸上快乐着，心里呢？

“我送你进去，台阶有青苔，莫要摔倒了。”墨妄到底也不能由着她自去，于是他微眯了眸子，控制住她的腰身，将她限制在自己怀中，扶着她往上走，“来，抬脚，上台阶了！”

石板凿成的台阶，历经岁月，在雨中很是湿滑。

墨九走了不过两步，真就应了墨妄的乌鸦嘴，脚一滑，一崴，身子便栽倒过来，硬生生朝墨妄撞了过去。

她走在前面，比墨妄高了一个台阶。

这一撞下来，就是和他脸对脸。

突如其来的意外，把墨妄吓了一跳。

他手一紧，飞快地扶住她，将脸往右边一别。

可即便他反应够快，墨九的脸也正正撞入他的颈窝里。

还好！不是直接亲上他的脸。

墨九抬起头，摸了一下撞痛的鼻子。

“师兄没事吧？”

没事！除了心跳太快。

墨妄闷闷地哼一声，不太敢去仔细想墨九滑腻的皮肤摩擦在脖子上的感觉，还有她微湿的发扫在他脸上时，她温热的气息渗入他毛孔时……那无法控制的悸动。

“唉！”墨九身子虚软，完全不知墨妄乱了心思，只无力地靠着他，搓着变得近乎麻木的额头，“我好像走不动了……”

她今晚喝得真不少。

墨妄抚一下她发烫的额。

“我抱你进去。”

不再多想，他手指一收，慢慢地俯身，将墨九拦腰一抱，几步就迈上了台阶。细雨下，他低着头，看她合着眼的面容，精灵般闯入心扉，心脏突地漏跳一拍，像是心疼，又像是怜惜，忽而用一种近乎迷离的声音，极轻极轻地一叹，喃喃道：“小九，我亦是最爱你。”

油纸伞唰地落下。

他的声音，穿透了黑夜与雨雾，如那落地的油纸伞一般，滚了几个大圈儿，颠了几个来回，停在花丛边那一双黑色的皂靴之前。

皂靴的主人，一动不动。

他盯着主屋的门，幽暗的眼，静若深潭。

吱!

木质的房门打开了。

墨妄抱着墨九，进去。

随即，门又合上了。

皂靴主子的眼，半合着，露出一抹深邃的冷芒。

里面有两个人小声地说话，却是听不太清，大抵是墨妄在伺候墨九洗脸、上床、脱鞋、解衣一类的事情，还有墨九醉后的娇声软语，一字字入耳，听得击西和闯北两个人头皮都在发麻……

可想而知，他们的主上……

噫，主上呢?

击西收回视线，发现已无萧乾。

她看了看闯北，蒙蒙的，而闯北也在发愣。

僵持着，两人不敢走，甚至不敢动，怕墨妄突然出来。

若被发现，到时墨妄问他们为何藏在此处，可怎么交代?

击西比画着手指，一脸憋屈。

“怎么办？墨妄在九爷房里，会干些什么？”

闯北：“……”

“要不要去把他拉出来？”

看她又要往外闯，闯北用力摁住她，面色铁青。

“击、西！”

“哎？”

“不、要、闯、祸。”

“——哦。”

静静等待中，不知过了多久，他俩才看见门口再一次出现墨妄的身影。他仔细关好房门，又面对着房门站了片刻，才慢慢转身，小声叹了一下。

“出来吧。”

呀！被他发现了？

击西正要出去，再次被闯北拉住。

却见雨雾中，慢慢出现了那个着黑衣的人影。

寂寞、萧瑟，每一步都行得极慢。

——正是他们家有委屈说不出来的主子。

“她怎样？”

墨妄听着萧乾辨不出情绪的声音，眉头拧了一下。

“你看见了。她很好。”

“很好会喝这样醉？”萧乾一步一步沿着台阶走上去，站在墨妄的面前，声音中，是难掩的愠怒，“为何让她喝这样多的酒？你不知她身子不好，不能多饮吗？”

这明显的迁怒，并没有让墨妄生气。

他斜斜瞥过来，看着萧乾湿透的衣服和冷寂的脸。

“既是关心，为何不亲自告诉她？亲自去劝她？”

萧乾沉默。

站在风口上，他凝视墨妄片刻，方才哑声而言：“她这性子，如何劝得？”

墨妄一动不动，与他互望。

在雨雾中，两个人凝成了两道剪影。

仿佛过了一个世纪那么久，墨妄突然一叹，推开墨九的房门。

然后，他深深看了萧乾一眼，一言不发地走下台阶。

萧乾慢慢转头，看着他的背影，久久不动。

这一生他不曾服气过几人，但对墨妄的举动，却是拜服的。同为男人，墨妄对墨九的那点儿小心思，他又如何不知？

墨妄心中极爱墨九。

可在这样的夜晚，在她喝醉的时候，他没有乘虚而入，却是推开了她的房门，由着他的情敌自行进去，这不仅是信任，更是对墨九的纵宠——知她需要谁、爱着谁，知她的感情依赖是谁，哪怕自己煎熬着，也要给她方便，把痛苦留给自己。

萧乾自忖做不到。

对墨九，哪怕一点点，他也不愿分给别的男人。

庭院里的风，出奇地大了起来，卷着雨丝，拂在他的脸上，刺刺地疼。

萧乾站在墨九的门口，看着墨妄的背影消失，才慢慢地叹息一声，不带情绪地冷斥。

“你们两个，还不滚蛋？”

伏在树丛里的闯北和击西身子僵硬了。

“……王，王爷？”

萧乾没有过来，慢慢转身，只留下一句。

“一人笞臀五十。”

木质的房门，再一次打开。

又合上了。

那吱呀声，在暗夜中极为尖厉。

萧乾站在房中，看着床头那一盏孤灯，走过去挑了挑灯芯。坐在墨九的床边，看她温润的肌肤微微泛起的红润，听她轻缓的呼吸，他的视线深邃而复杂。

好一会儿，他挑了挑她额角的发丝，为她掖上被子，慢慢起身。

“师兄，不要走——”

墨九没有睁眼，一只手拽住了他的手腕。

萧乾一愣，回头看向她似睡非睡的美丽容颜。

“阿九，我不是你师兄。”

墨九像是刚刚醒转，慢悠悠睁眼。

看着他，看了许久。

然后，她慢吞吞松手，像是失望地一叹。

“原来是你，你怎么来了？”

这语气，再不若和墨妄说话时那般温柔，可一双半醉的眸子，却水汪汪的，黑亮亮的，点漆一般诱人，在灯火下漂亮得如同一个不食人间烟火的小妖精，每一个眨眼，都像眨入了萧乾的心里，惹得他心弦跟着颤动，却不知如何哄她。

“阿九还在生我的气？”

墨九抿嘴，挑高眉梢反问。

“我为何要生气？是你做了什么很值得我生气的事情吗？”

“……”萧乾语塞。

看着墨九，他蒙了半张脸的面上，表情莫测，视线却像尖利的刀子。

空气蓦地冷寂下来。

“王爷，你想多了。”墨九打了一个哈欠，整个人懒洋洋的，似是不想起身，拉被子到脖子处，又把两只胳膊枕在后脑勺，意态闲闲地看他，“回去吧，夜都深了，孤男寡女的，你又穿成这样……唉，事情传出去，我墨九半夜偷野汉子的事，又够人家唠上好几天的闲嗑了。”

这么生疏的语气，让萧乾心头莫名一滞。

他静静看她片刻，什么也没有说，径自回身把汤盅端过来。

“把汤喝了，免得明晨头痛。”

他知道她喝了酒，特地炖了醒酒汤来？

墨九扫了一眼那碗颜色很正的汤水，没有拒绝这样的好意。

毕竟宿醉之后头痛欲裂的滋味儿，是真真儿不好受的。

不客气地一口气喝光，她舒服地躺下：“好了，回去吧。”

语气不冷不热，没有生气，也不计较。

这样拒人于千里之外的墨九，最是让人无奈。

萧乾嗯一声，收拾好碗，俯低身子，宠溺地揉了一下她的头，闷声道：“睡吧。”

“嗯。”墨九合上眼睛，不再理会。

……就好像，他根本不曾存在一般。

萧乾在床边静默了许久，盯着她，眼里一片涩然。

“阿九，今夜我本不该来，你知道的……”

她知道的？墨九一怔。

好半晌，她睁开眼，慢吞吞一笑。

“既知不该来，为何又来了？”

“我——”迟疑一下，他伸手把她的头发顺到耳后，“我想你了。”

说着想念，他的手突地往下一伸，将墨九身子抬起，狠狠拥入怀中。

“阿九，对不起。”他把头埋入她的发间，手抚着她的后背，紧紧地、紧紧地将她束在怀里。他的样子如同着了魔，半合上眼，任由她挣扎推搡，只抱住她不放：“容我抱一会儿，阿九，就一会儿，一会儿就好。”

墨九完全被他束着，鼻间是他的味道，耳边是他的呼吸，背上是他热烫的掌心，眼前是他颓丧失落的脸……

她的心狠狠一扯，有一丝疼痛，在他的温柔中，涌起一股难以抵挡的冲动……

她很想很想回抱他，亲吻他。

可她不能。

前功尽弃的事，做不得。

她是墨九，是墨家巨子，若沦为小妇人，只需男子几句好话便全盘崩溃，放弃底线，那样不仅揪不出温静姝，还会让自己沦为笑话。而且，她始终觉得温静姝是个祸胎，如果不把事情一次性解决，他们还得坠入下一场同样的轮回。

理智慢慢回归。

她将拳头搁在中间，冷冷看着萧乾："抱够了吗？我困了。"

"阿九——"他一怔，慢慢地，一点点松开手，每一个字都让墨九心尖颤抖，"你可是……嫌弃我了？"

嫌弃吗？

墨九当然没有。

她说过能理解萧乾所做的一切。

但她此刻没办法告诉他这些。

一来醉，二来累，三来……也是酸。

目光噬心地剜过去，她的话字字无情。

"不算太嫌弃。你放心好了，我墨九说过的话，永远有效。只要你不弃我，我便不会弃你。但若是脸废了，连心也没有了，那肯定会嫌弃了——"

烛台上的灯花，轻轻一爆。

萧乾面色暗沉，心上如同被投下了一块巨石。

他静静凝视她，眼是凉的，也是痛的。

片刻，他无声一笑，淡淡的话，随风吹过她的鬓发。

"好。"

哈拉和林的天空是纯净的。

这一片土地上，就好像从来没有过战争，没有过硝烟，也没有过任何的血腥，那场皇位争夺的浓浓烟云彻底被风吹过了天际。

苏赫王爷府上的逸闻趣事，从人们嘴里扩散，议论，又渐渐归于平静。

几日后，围猎之事被提上了日程。

令所有人吃惊的是，北勐大汗蒙合亲下口谕邀请了墨家巨子，让她与北勐皇族宗亲和群臣，共同前往狩猎。

"小九，我们去吗？"

墨妄接到消息时，心里便隐隐觉得有些不妥。

无利不起早，无事怎会献殷勤？

蒙合这样的男人，当然不会轻易做任何决定。

如今，墨九与苏赫的关系，众所周知。

他本不该单独来邀墨九，只需让苏赫领她前往便可。

可他现下直接跳过苏赫，请墨九同行，那么他对墨九有企图，已是昭然若揭。

只不过——

他图的是人，还是千字引？

不得而知。

萧关瑟瑟，天有归雁。

夕阳下，蔓延的山路上，荒无人烟。

黄昏已近，晚霞细碎的光线洒在连绵不绝的杭爱山山脉上，像镀了一层金辉。北勐出行的皇家军队，浩浩荡荡行走其间，气势逼人。

从哈拉和林出发到达此地，路上成片的牛羊慢慢不见，取而代之的是，荒凉、清寂。路上偶有打马入山、趁着秋末冬初去打猎的猎人。

他们第一次见到新汗，兴奋地高举着弓箭刀枪，呼喊着威武雄壮的北勐语……

古道绵延。

旌旗翻飞。

队伍蜿蜒如长蛇。

行至此处，离围猎的目的地杭爱山北麓已近。

“姑娘，前方有一个小镇。”

玫儿兴奋地骑马过来说，小镇叫额尔，就在杭爱山北麓的山脉上，景色很美，还是雄关塞口，有城池美食。北勐宗亲入山围猎，都会在此驻足。

比起墨九，玫儿这个小姑娘似乎更兴奋。

从哈拉和林出来，她就笑声不断。

值得一提的是，小丫头学习语言的能力很强，至少比墨九强多了。大抵是本就有漠北血统的原因，她不仅会说珒国话，不过短短时日，北勐话竟也可以说得很溜。

一路上，她骑着马儿蹿前蹿后，活蹦乱跳得像一只小兔子，惹得那些北勐士兵频频回头，眼睛里都是闪烁的狼性。

男欢女爱，千古追求。

汉子瞧着漂亮的小姑娘，魂儿都是飞的。

故而，玫儿总能为墨九带来许多小道消息。

比如从那天晚上离开，就没有再与墨九接触的苏赫王爷，此次出行围猎，没有带后院里的四个侍妾，也没有带任何侍女，却偏偏带了陆机老人的徒儿温静姝。

当然，玫儿听来的说法是，温静姝此行是陆机老人亲口安排的。苏赫身染疾症，又有毁容之毒，每日都需要服药调理，还要做治疗笔记，观察用药情况和疗效，以便陆机研究调整。

之前这事都是陆机亲自在做，这一次出行，他原本也要亲自来的，但年岁大了，不耐奔波，只得派自己的亲传徒儿跟随着萧乾，也算是一番美意。

呵呵呵！

玫儿说到此事的时候，撇得嘴唇都歪了。

“这心思谁还看不出来怎的？那个老头儿，也太欺负姑娘了。就凭着对王爷有恩，就要挟持他的情感？真是可恶至极。”

墨九只笑不语——

玫儿说得没有错。

这便是典型的道德绑架了。

我对你好，我对你有恩，你就得听我的，但凡有一点儿不听，非要和我作对，你就是恩将仇报，你就是道德沦丧，你就是不仁不孝，就当受人唾弃。

这世道，多少人曾被道德绑架得喘不过气？

也不差一个萧乾了。

“姑娘？”玫儿的目光里跳跃着浅浅的光线，大抵看墨九没有什么情绪，又试图逗她开心，“听他们说，这个小镇上，有很多好吃的东西呢。姑娘，一会儿队伍停下，玫儿就和曹元去给你找吃的，喂饱你的肚子。”

她家姑娘就好吃。

所以玫儿最喜欢用这一招逗她。

往往，这一招也最奏效。

可今儿墨九悻悻的，点点头，没了下文。

玫儿嘟唇：“姑娘，你是不是心里很难过？”

墨九偏头斜睨：“难过什么？”

玫儿一对纤眉微微皱了起来：“也不知苏赫王爷为何要带温姑娘来，反正……不管为什么，玫儿都很生气，为姑娘难过……”

墨九抬了抬下巴，仰着脖子看远方。

“这妖风很大呀！明儿就要入山了。这里的鬼天气，最是异常。说不定，今儿这太阳就是昙花一现，明日还要下雨呢。”

“姑娘——”玫儿郁闷地扯了扯马缰绳，“我在说正事呢。”

“我说的不是正事？哦，那什么是正事？”墨九冷冷剜她，突然想到什么似的，恍然大悟地哦一声。

“那你和曹元的事，是正事对吧？行，你赶紧给我汇报汇报，你们都发展成什么情况了？”

墨九不是一个苛刻的主子。

实际上，她从来不愿意干涉任何人的自由，也最愿意每个人都做自己喜欢做的事情。因为她始终认为，一个人可以摆脱别人的期待，做自己愿意做的事情，那才是身为人类至高无上的幸福。

近日玫儿和曹元走得近。

近到什么程度呢？伺候她经常走神，在她需要的时候，玫儿也经常不在，美其名曰要“深入墨家，扎根墨家，从小事学起”，天天跟在曹元的身边，看他领一群弟子做功课，听学道，习武射箭，一双眼睛里，满是泛着光的爱慕。

陷入初恋的小姑娘，都这样。

她的整个世界，都是冒着粉红桃心的。

当然，这个时候的玫儿也是最幸福的。

墨九能感受到她的喜悦，从来不去打扰她，也真心地祝福这一种纯粹、不掺杂任何世俗的恋情。

可玫儿，羞得脖子都红了。

“姑娘小声点儿，可不要叫人听见这胡说八道的话。玫儿哪里有和曹师兄……有什么呀。”

“没有什么吗？”墨九挑眉。

“没有。”玫儿低垂着头，看马蹄踩过的路，看自己小巧的脚尖。可情窦初开的小姑娘，心思哪里藏得住？

她咬着下唇，心脏乱跳着，一双眼睛总也忍不住瞄向她的心上人……

曹元是乾门大弟子，也算是墨家这一代里最杰出的人物，是墨家的栋梁。他这会儿正骑马走在前面，一袭墨家制服，把他衬得身姿英挺，与俏丽的玫儿，外形上也挺登对。

“不承认就算了。”墨九懒洋洋地执着马缰绳，看着远处的山脉霞光，“曹元也老大不小的了，我回头就让师兄从墨家女弟子里面，择一房好媳妇给他。嗯，以他的人品才识，想必有很多姑娘愿意呢……”

“姑娘！你净胡说。”

玫儿急得小脸都红了，小手绞着马缰绳，又是窘迫又是害羞，可咬了几次嘴唇，一双水汪汪的大眼睛里，依旧是犹豫占多。

“姑娘，不要给曹师兄找媳妇好不好？”

噗一声，墨九笑了。

这是这几天来，她笑得最开心的一次。

“为什么？”她抬眉问，“你想嫁给他？”

玫儿面染粉泽，在霞光中明媚得像一朵三月的春桃，似是羞，又似是涩，极惹人怜爱。

“玫儿是喜欢曹师兄，可是……也不知人家是个什么心思，有没有看上玫儿。”

呃!

不自信?

在心上人面前，多美的姑娘都会这般吧?

墨九抿唇，严肃着脸问她：“你可有向他表明心迹？”

玫儿摇头，耳根子都是红的：“我哪里好意思？他对玫儿很好是真，可他对谁又不好呢？玫儿、玫儿心里好乱。”

好乱?

这么小的姑娘!

唉，墨九前生像她这年纪，还在念中学呢。

果然时下的姑娘早熟哇。

不过这种事本该男人主动，玫儿一个小姑娘，确实也说不出口，最多就是在心上人面前多溜达几圈，多看几眼。而且，他们又无父母在身边，也无法有媒妁之言。

姻缘难得，错过就可惜了。

墨九像是决定了什么，点点头。

“回头我帮你探探他的口风。”

玫儿又慌又乱，却没有反驳，想一想，又瞥来一个弱弱的眼神。

“姑娘你莫要吓着他，若是他不愿或者犹豫，姑娘也不要迫他，你说的，彼此自在最好……”

“迫他？”墨九嘿嘿发笑，“我墨九的小妹妹，生得这么美，多少爷们儿哭着喊着要娶回去疼爱呢，能看得上他，是他小子的福气，他哪里会拒绝，又哪里用我去逼？”

望山跑死马。

杭爱山下的额尔小镇，听着挺近，等围猎的队伍到达这里，竟用了小半个时辰。

好在，额尔小镇果然不负期待。

它建在杭爱山北麓山脉，像一个坚固的城池。

额尔小镇紧邻城池，不仅驻扎有北勐士兵，小镇上的吃食也很丰富，像一处天然的避风港，美得墨九都不想进山了，恨不能直接在这里住下，休闲几日，清醒一下头脑。

皇家的围猎大军在额尔小镇驻扎下来。

夕阳落下，暮色四合。

墨九站在依山而建的城池垛口处，看山下黑乎乎的一片天地，看灰白的天光，长发被山风吹得高高扬起。

许久，她都没有动弹。

直到一件风氅披在她的肩膀上。

她受惊地回头：“师兄，你来了。”

墨妄嗯一声，深邃的面容上，满是关切。

“怎生站在风口上？明日一大早就要入山，你不好好照料着身子，可就没法去狩猎了。”

“这里太美了。”墨九莞尔，简单解释。

“美也不能久留。回去吃点儿东西，休息了。”

“哦。”墨九拢了拢风氅的带子，看墨妄穿得单薄，想想又脱下来，塞到他的手上，“英雄救美也不要把自己冻着了。”

墨妄失笑，抖一抖风氅，又披回她身上。

“我堂堂男儿，岂会冻着？”

“得了吧你，少吹牛了，就好像兴隆山那个一病数日的家伙，不是你似的。”墨九朝他翻了一个白眼，笑着打趣。

两个人并肩往屋子里去。

远处有一行人，正往垛口边的台阶走来。

墨九随意一瞥，就看见了穿着王爷袍服、身披大氅的萧乾和几名侍卫，还有他身侧紧紧跟随的……温静姝。

目光微凝，她没动。

萧乾也看见了她，脸色暗了暗。

隔着二三十步的距离，两个人都没有走近。

然后，萧乾长身一转，走向了垛台边上的台阶，只剩背影与大氅的衣摆在山风中翻飞。

墨九心脏一缩，却见温静姝回过头来。

她苍白的脸上，似挂了一抹笑。

很淡、很淡的嘲弄。

墨九瞧得清楚，手心微微攥了攥，没有露出半点儿声色，下巴若有似无地抬了抬，终于，挺起胸膛，迈开大步。

“师兄，今天晚上吃什么？”

墨妄的视线掠过她的面容：“有马奶酒、羊肉，还有你在哈拉和林做的果酱，我给你带了些过来。”

说着，他把手搭上她的肩。

“小九，相信心，不要相信眼睛。”

这话劝得很有水平，但墨九不想给他点赞。斜斜扫他一眼，她突然笑嘻嘻地抬眉问他：“师兄，我有一个问题。”

“什么？”墨妄一怔。

“你是不是……”墨九拖着嗓子，目光阴阴的，带着邪恶的笑意，“爱上他了？哈哈哈。”

“……”

“要不怎么总帮他？”

似笑非笑地打趣，墨九又一语双关地说。

“你照顾好自己的情绪就行了，不要凡事都为别人着想，可没有人感激你哦。”

墨妄抿抿唇，竟笑了：“好。”

一个“好”字刚刚落下，就见玫儿急匆匆地从垛口的台阶上冲上来，边走边看墨九，又时不时往回望一眼垛口的台阶下。

“姑娘！”

她绞着手指犹豫的样子，看上去有些郁闷。

墨九问：“怎么了？”

玫儿咬唇摇头。

墨九看她一眼，对墨妄道：“师兄先进去吃着等我，我看看这小丫头怎么回事，马上就来。”

想是玫儿有体己话要说，墨妄没有多说，点点头就进入屋中。墨九看他离开，上前两步，走到玫儿的面前，拍拍她的肩膀。

“怎么？和曹元吵架了？”

“才没有。”玫儿摇了摇头，突然气恼地拽着墨九的手，往背风的崖边一靠，然后低低指着垛口的台阶，“姑娘，那个姓温的婊子，跟着苏赫王爷去见大汗了。”

嗯一声，墨九表示知道了。

“她见他的，关我们什么事？小姑娘，何时学会骂人了？”

“她就是婊子。”玫儿咬唇，大眼珠子里满是愤愤，“谁看不出来，她就是想要勾搭王爷。我呸，不要脸，明知那是姑娘你的男人，还癞蛤蟆想吃天鹅肉！”

玫儿把她这辈子会骂的话都用在温静姝身上了。

然而，骂有什么意思？

墨九淡淡看她半晌，慢条斯理地扯了扯自己的衣袖：“你生这么大的气，就为这事？”

“难道这是小事吗？”玫儿闷闷回应。

“当然是小事。”墨九瞥她一眼，大步往里走，“爹要下雨，娘要嫁人……”

“姑娘，是天要下雨。”

“管他谁下雨，跟我无关。”

墨九把玫儿丢在脑后，径自进去吃香的喝辣的了。剩下玫儿一个人站在那里，怎么想怎么气不过。看着她家姑娘单薄的背影，再想想温静姝跟在萧乾身边的样子，她狠狠地咬牙。

不行，不能让她家姑娘受这委屈。

停顿片刻，她往另一个垛口的方向走去。

墨家弟子的安置之处，与苏赫王爷的住处毗邻，离蒙合的大帐也不远。蒙合没有住额尔小镇的住宅，而是住在汗王帐篷。在他到达之前，帐篷已然置好，就在额尔的最中心位置。

这么久以来，玫儿一直跟着墨九，又与曹元和墨家弟子混得熟，她早就不是当日那一只被人拐卖的“小瘦马”了。她有胆有识，武艺也精进不少，多少受了些墨九的影响，行事也有着浓浓的女子主义风范。

步入垛口，她四下看了看，然后迅速钻入夜风中。

夜色下，汗帐。

大汗的天威，换了地方，气势也不减。

汗帐内设有桌案，案上摆放棋子。

茶水、奶酒，清香袅袅。

侍卫和侍女都在帐外，里面只有三个人。

蒙合和萧乾各坐案几的一边对弈，温静姝半跪在旁，伺候茶水。

她泡得一手好茶，凭这手艺，曾让萧府老太太和陆机老人都赞不绝口。哪怕蒙合是北勐大汗，座下什么人才都有，但这样的茶艺亦是第一次尝到。

“妙！”

一个字，道尽甘味。

温静姝嘴唇动了动，并没有致谢，依旧半跪在案桌边，低垂着头，静静地沏茶、看水，表情有一丝强撑的笑容。

萧乾说要领她过来的时候，很多人的眼睛里都是艳羡，觉得她得了宠爱。可温静姝的心却是凉的，长满了尖刺，鲜血淋淋。

别人不懂的，她懂。

比如萧乾就绝对不会让墨九过来做这种伺候男人的活儿。甚至需要当着他的面，给另外一个男人大献殷勤。

萧乾把自己的女人，看得很紧张。

只有不是他自己的女人，才会这般无所谓。

虽然他没有说，可温静姝何等聪明，哪里会看不透他是故意的？蒙合这样的男人，奸佞狠绝，对女子又哪来的真心，女人在他眼中不过是看上了就纳入帐中，睡完便抛之脑后的货物而已。

温静姝当然不想成为这样的女人。

哪怕她不能嫁给萧乾，但是能跟着陆机，可以偶尔跟在萧乾的身侧，看着他、伺候他，也比这样有尊严……做人宫妃，那就似入了地狱。

她的心很疼。

难道萧乾以为她要的，是荣华富贵？

“陆机老人的徒儿，果然名不虚传。”蒙合似乎察觉到了美人的冷落，抿了一口茶，浓眉高扬，将杯子递到温静姝的面前，示意她再沏，而后又对萧乾意味深长地笑。

“苏赫艳福不浅。”

萧乾抬眸，轻笑：“不敢。陆机老人对徒儿宝贝得很。非大富大贵之命，不可将就也。”

“哦？”蒙合似乎很有兴趣。

萧乾却是一弯唇：“吃茶。”

蒙合目光烁了烁，点点头，又笑道：“明日的祭敖包，由你来做。”

北勐皇族每次围猎前，都会例行祭祀，之后才行猎。苏赫曾是那顺的徒儿，对萨满巫师那一套击鼓念咒、膜拜祈祷的祭祀礼仪，自然应该懂得。

蒙合的要求合情合理，亦是信任他。

可萧乾根本就不是巫师呀？而那顺这一次也没有随行。

温静姝心下吃惊，拿眼瞥他。

却见萧乾眉眼肃穆，低醇的声音略带笑意。

“臣敢不从命？”

“哈哈哈，好。如此甚好。”

蒙合再次端起茶盏，略略扫了一眼温静姝。

“回头你给陆机捎个话，就说我借用他的徒儿几日，让她来教教我的婢女沏茶，也让我能日日喝上此等好茶。”

温静姝像被定住了。

白皙的手紧紧扣住茶盏边沿，身子动弹不得，便是盏中的水在轻轻颤动都丝毫不见。

萧乾却没有看她，只淡淡几个字：“当然，那是她的福分。”

陆机根本不在，还不是他一句话？

时下的女子地位不高，男人之间为了一个利字，献姬妾、献美人那是常事，根本就无关道德。说得难听一点儿，送女人完全就与现代社会走亲访友时拎点儿礼品拜访没有区别。

所以，蒙合把苏赫带来温静姝的行为，看成是一种对帝王的示好和“献美”，也是理所当然的事。

不过萧乾的“大富大贵之命”也暗示了他，没有名分，陆机是不会愿意的……

蒙合对温静姝兴趣不大，没有直接应允。他是一个有抱负的男人，女人于他而言，不过是榻上的发泄，是癫狂时的器具。

但他对萧乾的献美之意，兴趣却颇大。

看温静姝分明心悦于他，他却把人献了上来，这就值得玩味了。顺水推舟，不拂臣子美意，是身为帝王必做的权衡。

回到额尔山间的住宅，温静姝满脸铁青。

可萧乾从汗帐回来，就径自离去了，并未与她交代一句半句，又哪里有把她当成师妹看待？

她心里有恨，有怨，却什么也问不出来。

一来人多眼杂，不方便多说。二来她私心里，其实也不太愿意相信萧六郎真的会这般心狠对她——

所以，她宁愿选择相信，他只是需要暂时用她来对付蒙合，或者蒙合看上了她，他不得不带她去给蒙合沏茶，以示友好。

温静姝懂他与蒙合早晚必有一战，但现在还不是时候，他不得不隐忍。她甚至在想，自己到底要不要为了萧乾，做出一番牺牲？

默默地坐在木桌边的条凳上，她对着豆样的灯火，倒了一杯凉茶，灌入喉中，凉气让她哆嗦了一下，脑子也清醒了不少。

慢慢地，她回头看去。

床上摆放着她的包袱。

她起身走过去，从包袱里掏出一个瓷药瓶子，心里忖度：“我得不到的，她也休想得到。我若要下地狱，也必将拖上她——”

姒锦 作品

孤王寡女

4

鸾凤归（下）

青岛出版社
QINGDAO PUBLISHING HOUSE

第七章　雨中迷情

夜风阵阵，暮色深浓。

额尔小镇的汗王大帐里，蒙合斜倚在软榻上，翻看着手上的线装书，目光许久未转，但书页也许久都不曾翻动一页。

“大汗。”

戍帐的怯薛军森敦走了进来。

向蒙合禀报了额尔小镇的守卫情况，他目光又望向蒙合阴沉沉的脸，以及没有什么睡意的目光，略带关切地道：“夜深了，歇吧？！”

蒙合点点头，眉宇却紧蹙难展。

森敦察言观色：“大汗可是有何忧心之事？”

森敦是北勐帝国怯薛军的首领，也是蒙合的贴身之人。他麾下的怯薛军亦是蒙合最为信赖的军队。

关于怯薛军，实则大有来头。

所谓“怯薛”，北勐语，番直宿卫的意思。

也就是说，怯薛军，便是天子禁兵。

从北勐太祖时起，怯薛军皆由精锐组建，挑选极为严格，人数也极少。怯薛军发展到蒙合时代，也不过扩充到了两三万人。

怯薛军中的将士，基本由贵族宗亲、大将等功勋子弟构成，每一个普通的怯薛军士兵享受的薪俸与待遇，都可以和其余军中的战将相媲美。

可想而知，这样的一支军队，统帅自是非同小可。蒙合父子当初与亲王拉木拉尔争夺汗位时，首先控制的便是先汗的怯薛军。

其时，森敦此人功不可没。

那时的森敦，还是怯薛军四大统领“四怯薛”的其中之一。经了夺位之战，他反水怯薛之长，助蒙合父子，事成后，自然成了怯薛军的老大。

故而蒙合对他，是极为信任的。

这会子听他问起，蒙合思考片刻，视线便有些凝固。

“苏赫此人……”

低喃一声，他又揉着额头。

“让本汗略略忧心。”

森敦站在他面前的火光阴影中，面无表情：“大汗若要用他，他便是北勐金印大王，大汗若不用他……”

目光里掠过一抹狠绝之色，他突而抚胸欠身，低头道：“臣可以为大汗解忧。”

他所言之“解忧”，蒙合当然懂得。

在这一次夺位风波中，森敦没少为他“解忧”，好多次神不知鬼不觉地除去敌手，包括当时的“怯薛之长”都是死在森敦手上，从而让他极快速地掌握了怯薛军。

“不急。”蒙合似有犹豫，抬手摆了摆，阴冷的目光中，满是凉气，“此人该智时智，该痴时痴，粗中有细，细中有粗。乍一看得意忘形，实则是一个懂得审时度势的聪慧之人。”

森敦漠然，观他脸色。

“如此，不是更有叵测居心？”

蒙合摇头：“当日我将三千残兵放于阴山地界，名为给世子做护卫，实则观他行事。”

说着，他突地抬眼，眼神深深，看向森敦。

停顿片刻，他压低了声音：“那三千残兵的作用，你都看见了。经过短短一个月的训练，便在阴山阻击了拉木拉尔的三万精锐骑兵，为我在阴山留出一条逃生之路。森敦，苏赫这样的天生将才，哪怕狂妄一些，若能为我所用，何愁我北勐不能争霸天下？”

这大抵是蒙合与别的帝王的不同之处。

他惜才。

好多人一登大宝，便急着除去对自己有威胁的臣子，生怕被人觊觎了皇位，生怕江山社稷不保。而他与他的父亲、他的爷爷一样，心在天下，恨不得马蹄踩上所有河山。

“怕者，皆不自信也。”

他不怕苏赫，他有强大的自信。

哪怕有一天苏赫真有异心，他也自信能制住苏赫。

在这个皇权争夺的游戏中，蒙合早已历尽风霜，而苏赫，到底年轻气盛，许他些好处，让他为己卖命，死心塌地，也并非幻想。

早些年，为了在风起云涌的皇权争夺中苟且偷生，蒙合始终没有太露锋芒，也终于熬到了最后成功的一刻。

这一次，他也相信自己能赢。

好不容易得到的江山，鲜血、尸骨堆出来的社稷，甚至他的亲生父亲……故而，他不会允许自己任性妄为，不会学那些昏君，不出几年，就把北勐搞得国之不国。

“大汗说得是。”森敦道，“臣本不懂那些朝堂之事，只一颗心忠于大汗。但凡对大汗不利的，都是森敦的敌人，森敦都将诛之而后快。”

蒙合脸上好看了一些。

在他的身边，需要留的就是这样的人。

一个字：忠。

他宽慰地点点头，神色肃冷地拿起书，翻看了两页，又叹气放下，双手放在太阳穴上，皱起了眉头。

“我今日神思颇乱……”

森敦微微欠着身子，目光扫过他微微下陷的双目，那青黑的颜色，显得他高挺的鼻梁如同鹰钩，阴佞之气似乎更重了几分。

心里一凛，他道：“那大汗早些歇了吧？”

“歇不了呀。”

蒙合无奈地叹着气，望着帐顶片刻，又转眸过来。

“去！把我的欢喜散拿来。”

森敦盯他一眼，低头道一声“是”，快步走到行李柜中，举出一个熏香炉似的精致小物什和一个小瓷瓶。

放好香炉，他将瓶中粉末倒入一些。

他的动作，很熟悉，就像已经做过无数次一般。

好一会儿，熏香炉中，袅袅飘出一种淡淡的花香味，怡人心扉，似能牵引人的灵魂，登入极乐的天堂，把人的郁气都带走，神魂俱悦……

蒙合换到了榻上，懒洋洋地斜倚着，微微眯眼，深深地吸了一口，似陶醉其中，并不讲话。

森敦垂手立于一旁伺候，也不吭声。

时间过得很慢，汗帐里寂静一片。

偶尔可听见巡逻士兵的脚步声，从帐外经过。

蒙合靠在软榻上，似乎睡着了。

不知过了多久，直到那欢喜散的轻烟快要飘散完了，森敦才小意地上前，低低问了一句："大汗，可要召姬妾侍寝？"

"不必了。"蒙合显然没有睡着。

"此次来围猎的，有两个品相不错……"

蒙合抬了抬眼皮，双唇阴阴地紧抿着，似乎对此事不太有兴趣，可心底又有一种古怪的念想，甚至情不自禁就想到了那个……墨九。

软缎似的身子。

白瓷似的肌肤。

乌亮若点漆的双眼……

腹下突地涌上一股燥热。

他问："墨家人都安顿好了？"

森敦一怔。

他似乎没有想到蒙合会冷不丁把这个话题拐了这么远。但他成日跟在蒙合身边，又都是男人，怎会不知蒙合心底那一点淫心？

"回大汗，都安顿好了。"

看蒙合深思着不吭声，他眉眼微抬，又小心翼翼地问："要不然，臣差人去唤了那墨家巨子过来……"

"不可。"蒙合猛地睁眼剜来，就像责怪他多事似的，目光里略有不悦，声音沉沉，"她不是那种轻贱妇人，不要唐突了她。"

蒙合的话中，对墨九推崇极高。

森敦瞄着他的脸色，迟疑道："可臣听说，这位墨家巨子的风评素来不好。对于男女之事，作风豪迈。再说，她连苏赫那般的容色……都看得上，睡得了。以大汗英姿，邀她前来，怕是欣喜若狂了，又怎会唐突了她？”

蒙合低笑一声。

懒洋洋地换了一个躺姿，他低头嗅了嗅熏香炉中的残香，轻轻摩挲着下巴上的小胡子，一双阴沉的眸子，如同鹰隼捕猎前般幽冷。

“这你就不懂了……”

“臣愚钝，还望大汗明示。”

森敦明显在讨他喜欢。

这样的马屁，拍得又精又准，还无痕无迹。

高！特别高！

果然，蒙合吸了一些欢喜散，精神头儿本就兴奋了许多，这时又不想找妇人发泄，也就随口和森敦“纯粹”地交谈起来。

“森敦有过多少妇人？可懂得妇人？”

森敦嘿嘿一笑：“臣下是粗莽之人，至今尚未有妻，常时若是急得狠了，便随便找妇人泄泄火，也不挑，对妇人没什么讲究，在臣下看来，每个女人都有一只碗，能盛饭就成，管他金碗银碗。”

这比喻，逗乐了蒙合。

他微蹙的眉心松开，哈哈一笑。

“这么说，为我办事，是苦了你了。等这次回哈拉和林，我让朵尔伊给你挑几个水灵的，送到你帐中，再准你几日假，回去好生快乐快乐，也让你知道知道，妇人和妇人，是不一样的。”

森敦垂头，欠身：“多谢大汗。”

说到这里，关于女人的话题本该结束了。

可蒙合吸了吸鼻子，却似意犹未尽，脑子里浮上了墨九的样子，心窝里就无端地痒痒，身子刺挠得紧，像有虫子在咬，就连手心都酥痒起来。

“墨九。”轻念着，咂咂嘴，他眸底有灼炽的幽光。

“此妇若不能入，枉为大汗也。”

森敦没抬头，静静听着。

蒙合也不需要他的回应，搓一下鼻子，神情似乎完全地放松了，脸色也不若常时严肃。

“那墨九，丰肉微骨，容则秀雅。肌肤，凝似玉；体貌，美若仙。素手雪白，粉颈妍丽，最动人是她那举手投足间的绮态，每每观之，便胯紧心酥，生出气促之感……”

这形容……

还是人吗？

简直就是天上的神仙了。

哦不，神仙太圣洁，又怎会令人看一眼就心生气促之感，甚至胯紧心酥？

森敦抿唇，接不上话。

却听蒙合又道：“以后你便知了，妇人之美，不仅在貌，还在骨。”手指敲击着案几，他指了指脸，阴鸷的笑容里，颇有几分淫肆流露。

“貌若初洁，骨里却横生媚浪，观之便心痒难耐，恨不能入，个中情势，不可言说，只可悟也。哈哈哈。”

好高深的一套帝王“御女心经”。

森敦的头始终半垂，眉心微皱。

等蒙合说完了，他方才一脸崇拜地看去。

“大汗高明。”

“唉！”蒙合一叹，“这般说着，倒真是有些想了。你且去叫两个姬妾来——”

他话未说完，汗帐外面便传来脚步声。

很快，脚步声停在门口，有人轻唤：“大汗歇了吗？”

是蒙合的另一个心腹，“四怯薛”之一门图。

“进来。”蒙合沉声。

未几，一个精壮的汉子撩帘而入，身穿盔甲，带着夜露的幽冷，满脸都是为难的表情，进来便跪倒在地，头垂得低低的，似乎怕蒙合责怪。

“大汗，温姑娘求见，臣下说大汗歇了，她仍是不肯离开，说有紧要的事情，必得今晚告知大汗……”

“她一人？”蒙合沉声。

“一人。”门图想想又道，“像是偷偷前来的，臣下也没有惊动别人。”

单独一人深夜前来，所为何事？

一个有点儿姿色的女人。

蒙合摸着下巴上的胡子，思考片刻。

“让她进来！”

敖包祭是北勐人的传统习俗。

次日天还未亮，北勐士兵便忙开了。

众人齐心，在半山腰上选择了一处空旷的平地，用石头堆砌出一座圆锥形的实心塔，再在塔的顶端，插上一根长杆，杆上系好毛角和经文布条，四周放上烧柏香的垫石，插满树枝，摆上祭祀的整羊、马奶酒、黄油等食品，一个“敖包”就完工了。

号角起。

天大亮，山腰很快热闹起来。

萧乾到得极早，他今日穿着一套巫师的黑长袍，手持巫师用的人皮鼓，头戴面具与发冠，那一副“装神弄鬼”的样子，除了肃穆，颇有几分神秘。

墨九吃过早饭，才领着墨家弟子出发。

到达时，山腰已集结了好多人。她没有走近，就站在山风里，静静看黑袍飘飘、身姿挺拔的萧乾，唇微微勾着，似笑非笑。

她很好奇，他要怎么来解决祭祀之事。

要知道，萧乾本不是原来的苏赫。

苏赫对萨满巫师的那一套祭祀活计，他肯定不曾做过。而那顺巫师又不在额尔小镇，就是他想请教，都来不及。

墨九甚至怀疑，蒙合让萧乾来做敖包祭，明看是对他的信任，暗地里，谁知有没有试探之心呢?

“姑娘，”玫儿小声问，“你不担心吗？”

“担心什么？”

“你知道的呀。”

墨九负手而立，风扬起她的袍角与发绦。她面带微笑，神色潇洒，脸上很有几分从容和温和，一点儿也没有被“抛弃”的颓废与难过。

“若他出了事，你不是应该开心吗？”

“我——”玫儿弱弱地说，“哪有哇。”

玫儿昨儿才骂了萧乾。

但今儿也是真正地为他担心起来。

没法子，谁让他是她家姑娘的心上人呢?

就像她对自己的心上人一样。

想到这里，她心里突突一跳，又斜斜瞥向人群中的曹元。正巧，曹元也看了过来，两个人的目光在空中相撞，交织，慢慢地，都浮上一丝心照不宣的笑……

却不是为了感情，而是为了昨夜的那点儿小秘密，一个只有他们自己知道的秘密。

这种感觉让玫儿心跳加快，脸颊突地有些泛红。这一抹娇羞，落入了墨九的眼中，她不由得皱眉，低头上上下下打量她。

“昨晚干什么去了？”

玫儿啊地一惊，收回视线。

“没，没有哇，没干什么。”

“没有？”墨九扫过曹元的脸，又回到玫儿的脸上，总觉得这两个人有些古怪，但这个时候祭祀开始了，她来不及问，只哼一声，手指点点玫儿的脸。

“狩猎完了再审你。在没审之前，你给我好好听明白了，你年纪还小，谈谈感情可以，做那男欢女爱之事，不要急，对身子不好……”

玫儿的小脸唰地一红。

“姑娘，我没有，我真的没有哇……”

哼！墨九瞪她一眼，给她一个“信了你就有鬼”的表情，领着墨妄和众墨家弟子，大步走向敖包。

按照敖包祭的规矩，所有人都要围着敖包转圈。

从左向右转。

要转上三个大圈才算完。

这种行为，其实有一点儿像小孩儿在玩游戏似的，墨九心里觉得幼稚，但大家都严肃，就像通了灵似的，个个木然着脸，连蒙合都一样，墨九也只得憋住，尊重他们的风俗习惯。

萧乾站在圈子的中间。

巫师的样子，寒芒森森，让每一个在他周围的人，都把神经绷得紧紧的，甚至连空间里，都飘荡着一股子可怕的阴森之感。

他半合着眼，手敲人皮鼓，嘴里念念有词，但那暗哑得像地下判官一样的冷声，模糊得……估计除了他自己，谁也听不明白他到底念的什么。

墨九差一点儿笑出声。

她可算明白了，原来这样也能蒙混过关。

不就念个咒吗？她也可以呀。

人生如戏，全靠演技。只要演技到位，谁看得出来他是真巫师还是假巫师？而且，萧乾既然敢顶了苏赫这个身份，想必之前做过功课了。

他不是一个行事不做准备的男人。

唉！

到底还是她输了。

之前那些话骗玫儿还行，她骗不了自己。

其实知道了敖包祭的事，她就替他悬着心。

就怕他出了什么岔子，让蒙合抓到把柄。

可看敖包边上的人，哪一个有察觉？不都听他的，他说什么就是什么？

不得不承认，萧六郎是强大的。

做什么，像什么，学什么，就是什么。

黑压压的人群，翠绿的青山草地。

熙熙攘攘中，墨九跟着人群，转哪转，终于，转到了萧乾的正对面。几乎条件反射地，她看向了他戴着面具的脸，脚步有些迟疑。

他黑眸沉沉，一瞥。

他们目光相碰，只望一眼，就互相错开了目光。

近在咫尺，却似陌路。

墨九挑了挑眉头，突然一笑，径自从人群中穿出来，扭着腰肢，一步三摇地走到中间敖包的边上——他的面前。

深深地看着他，她当着众人的面儿，用她曾经在离墓里和他说要“白头偕老”时的那种眷恋、缠绵的目光，对他柔声低语。

“听说今儿蒙合大汗专门为我准备了……南荣来的梨觞呢？苏赫王爷，你看看你，都没有别的男人对我好。我若是移情别恋了，你会不会难受哇？”

萧乾目光深深。

巫师面具上，泛着幽幽冷光。

可他的眼睛，却饱含了暖意。

看定墨九，他嘴上念咒不停。

过了片刻，他冷不丁淡淡说了一句。

是很小很小的声音。墨九想：大概只有她一人能听见。

“梨觞为萧氏家酿，存世不过百坛，皆被宋熹获得。且萧氏已诛，再酿无望。漠北苦寒之地，如何能有？”

墨九亦望向他，饱含深情的目光，幽沉阴暗。

“王爷，我喜欢美酒，很难拒绝的。哪怕不是梨觞，只要酒好，说不得也要陪大汗痛饮几杯，再入山行猎了。”

萧乾转动着手上那个像铜铃一样的法器，在清脆的叮当声里，凝视着墨九的眼，冷眸中，色彩忽明忽暗。

“一会儿大宴，你和我坐。”

敖包祭之后，有一场行猎前的吃喝，称为大宴，今早蒙合已派人来告知墨九，说有南荣得来的梨觞，但他不曾喝过，不知真假，特地邀请她去品评——

墨九当然无意成为他的品酒师。

故而，她特地告诉萧乾一声。

在这个地方，有很多很多的人，但她心里能信任的，也只有那么几个。

听了萧乾的话，她身体微微一怔，正想要说什么，余光突然瞥到温静姝的目光，从人群中扫射了过来。

眼神平淡，嘴角微抿，很正常的一眼，却让她心里古怪地生起了一种汗毛倒竖的紧张感。

她停留在中间的行为，也引起了旁人的侧目。

无数人的目光，都集中在了她和萧乾的身上。他们信奉天神，对于她干扰祭祀，“勾搭”王爷的狐媚行为，似乎颇有微词。

呵呵！

墨九唇角勾起一丝弧度，重新迈开脚步：“大汗约了我，你又再约，那得看我俩有没有缘分了。”

“墨九。”

萧乾的经咒，终于变成了她的名字。

很小，仍是落入了她的耳中。

“不要任性。”

“有酒喝，我便甘之如饴。”墨九低低一笑，已然转身，迈开了大步，往正在转圈的人堆里走。

北勐人对饭桌没有那么多讲究，这个“大宴”，除了规格大、人数多、地方大之外，真的没有任何档次可言。

额尔小镇的校场上，摆着好多口大锅，煮着牛羊肉，熟了就那样捞起来，摆在中间，士兵围在一起，席地而坐，大口喝酒，大口吃肉，这就是大宴了。

当然，皇室宗亲待遇好一些。

他们陪着蒙合开小灶，宴席摆得也精致了许多。

墨九今日受北勐大汗特邀，敖包祭一结束，回去换了身衣服，就有人过来引路，她让墨妄安顿好墨家弟子，自己偕了玫儿过去。

往宴席的路上，有一个小园子。

这个时节，园中没有鲜花，枝叶凋零，好像没有人打理似的，处处透着萧瑟之态，唯有几丛高高的翠竹，茂密静雅，于园中靠山的角落小亭外亭亭玉立，遮住了亭中的景观……

然，却遮不住低低的女子浪笑。

“王爷，你好坏……嗯啊！”

一声“王爷”，吓了墨九一跳。

不会那么狗血吧？难道是萧乾？

想要“捉奸”的澎湃热血，急急在血管里奔腾，她管不住自己的脚，几乎没有多想，就往左侧的亭子方向走去。

短短的几十步路，她心潮起起伏伏。

甚至已经想好了无数种手段——只要那个“王爷”是萧乾，一定要先阉后杀，杀了再剐，剐了再剁，剁了再包回去——喂狼儿。

“做什么的？不要过来！”她正寻思，亭中人听到她的脚步声，突地一声暴喝。

那声音粗犷有力，却不是萧乾。

墨九心里没来由地一松。

那是一种她根本没有想到的欣喜。

还好，还好。

她脸上不由自主地浮上一丝笑，干巴巴地咳嗽了一声，赶紧停下脚步。

她对着亭子里的人道：“在下墨九，听得竹林里有老鼠在叫，特地过来看看……不想惊忧了阁下，实在抱歉。嗯，我这便走，你们继续，继续——”

“墨九？”

那声音落下，一个男人便慢慢从亭中转了出来。他的左右臂弯里，各搂着一个女人，云鬓凌乱，丝带松散，眉目含情，媚气氤氲。而他自己也是神色慵懒，一脸的兴头上被人打扰的恼怒。

“你好大的胆子，敢侮辱本王？”

侮辱？老鼠就是侮辱吗？

墨九看着这一张熟悉的面孔，看着他左右两侧恨不得贴在他身上的美人儿，尴尬症都要犯了。

——居然是扎布日。

曾经冲冠一怒为红颜，不要江山要美人，号称全宇宙第一的情圣，为了妹妹塔塔敏要生要死的北勐皇叔扎布日。

墨九的世界观崩溃了。

连萧乾都想到了，竟然没有想到这个“王爷”会是扎布日。

到达哈拉和林以来，她听了不少关于扎布日和塔塔敏的事，知道塔塔敏终日自闭，不肯出她的公主大帐，也不肯见任何人，墨九呈上的拜帖也被原封不动地退了回来，没有只言片语。

她也知道塔塔敏得知南荣已经寻回了安王宋骜，马上奏请大汗为她做主，践行当初先汗还在时许下的婚约，让她嫁往南荣，许配给安王宋骜。

塔塔敏是一意孤行的。

可能对扎布日来说，也是狠绝的。

可这位爷似乎更狠哪！

仗着皇叔的身份，索性领了姬妾出来荒唐。这是要向塔塔敏示威，还是真的放下了，放开了，想明白了人生得意须尽欢哪？

幼稚！

真的幼稚！

“王爷恕罪！”收回飘得极远的神思，墨九慢条斯理地行礼，满带歉意地笑，“墨九耳背，实不知王爷在此，打扰了王爷雅兴，实非本意。王爷大人大量——”

“行了！”扎布日不耐烦地摆手，“你们中原人就是喜欢啰啰唆唆。既知打扰，还不快滚？”

一个“滚”字，让墨九肝火都上来了。

可转念一想，她又不免觉得这个人确实率直。

连大汗对她墨九都客气，他却不。

这难道不是个性？

说白了，好多人对她客气，那是重“利”，看重的是她墨九的价值，这个扎布日对她不客气，说到底，在他眼里，她墨九根本没有价值。

很好，她很喜欢。

嘻嘻一笑，被骂了，她居然还乐和。

欠身鞠躬，她慢慢转身，没有争辩半句。

这让玫儿诧异之余，不免为她鸣不平。

“姑娘，这个王爷也太不要脸了，大白天的在园子里就……”

“哎，都是可怜之人啦。你还小，不懂。”

“……”

玫儿嘟嘴：“好像你就多大似的。”

“那是。”

“就大我两岁。”

“除了两岁，别的地方也比你大。”

玫儿一惊，然后看着她的胸前，脸颊唰地红了：“姑娘讨厌啦！”

哈哈。

两个人说说笑笑，等到达地方时，北勐的皇室宗亲，已经坐满了大厅，没有上下之分的大围桌，这架势很平民化，也看得出来北勐的规矩，真的没有南荣大。大汗也更为亲民哪！

萧乾比她先到。

他换了一身行头，脱下了面具，换上了毡帽，黑袍在身，身姿肃静，仍显神秘之感。他坐在蒙合的左首边，看到墨九进来，淡淡看她一眼，也不说话。

周围已经坐满了人。

就萧乾的身边留了一个位置。

也就是说，专程为她留的。

这家伙，倒是有心眼儿。也不知她没有来时他说了什么，为什么大家都留了这个位置给她？这也算是默认了他们之间的“关系”。

墨九察觉到了萧乾目光里的意思，唇角微微一勾，慢吞吞地抬步，从温静姝的旁边经过，朝他走过去。

对，温静姝也在列。

就站在蒙合和萧乾的身后。

甚至于离蒙合更近一些，似乎专程伺候他的。

这就有些尴尬了。

陆机的徒弟，为萧乾而来，却伺候蒙合？

这不是给人一种“萧乾在讨好大汗”的错觉吗？难道这本来就是萧乾的意思？

可温静姝不是爱萧六郎爱得发狂吗？

真爱呀！为了帮心上人，居然肯主动去抱北勐大汗的大腿？

这戏，不按剧本走——

墨九心底有疑惑，脸上却不动声色，一张漂亮精致的脸蛋儿，笑得像有春风掠过，迎面就给众人作了一个长揖，然后才在萧乾身边坐下。

“大汗，梨觞在哪儿？”

蒙合一怔，随即哈哈大笑。

“巨子真是率真之人。”

上来二话不说，直接就问酒，半点儿不懂得迂回委婉——这是其他人对墨九的想法，可蒙合似乎就喜欢她这种泼辣的劲儿，满脸笑意地望一眼森敦。

“上酒！”

森敦的目光往墨九脸上扫了一眼，拍了拍手，两名北勐士兵就上来了，一人怀里抱了一坛子酒。

只看一眼，墨九心里便是一惊。

酒坛里装的是不是梨觞她尚不知，但这酒坛本身的外观，却是萧氏家酿无疑。

萧氏家酿的“梨花醉”与“梨觞”的酒坛都是一样的。封口技术与酒坛的外观都有独具匠心之处，坛身上也都有一句萧氏的家训。

“父慈子孝，尊祖敬宗，读书尚礼，赒穷恤匮。”

家训尚在，萧氏已亡。

看着熟悉的酒坛与家训，曾经做过萧家媳妇的墨九，脑子激灵一下，不由得就想到了临安的刑场。

那血腥的落幕，那五百多口人的坟殇——

血淋淋的，仿佛就在眼前。

蒙合看着她幽幽的目光，摸了摸下巴上的胡子，示意森敦亲自为墨九满上酒，笑道：“巨子尝一尝，这是不是梨觞？”

梨觞一口比黄金。

萧氏的梨觞酒，天下闻名。

多少好酒之人，把能喝一口梨觞当成毕生的心愿？可大多数人，即便到死，也无缘喝上一口。甚至于，连萧氏的族人，也有大把没有喝过梨觞酒的。

往常萧家的家族祭祀，开一坛梨觞酒，也是敬在祖宗牌位之前，除了族长一家及族中老人，其余的人，也就是看一看、闻一闻而已。

墨九笑了笑，端起酒碗，却不下口，只是闭上眼睛嗅了嗅，然后默默放下碗，略带遗憾地对蒙合道："大汗，此酒不是梨觞。"

"哦！"蒙合没有太过吃惊，只是脸上瞬间浮上了不悦之色，阴鸷的眸子，似刀子般扫向森敦。

"把献酒之人，五马分尸！"

一句五马分尸，骇得墨九骨头都凉了。

"大汗，"她缓了一口气，"此酒虽然不是梨觞，却是梨觞的……子孙。"

"梨觞的子孙？"蒙合略有意外，"此是何意？"

墨九也不看萧乾，只端着酒碗，轻轻荡着，似笑非笑地解释："梨觞是萧氏家酿，这坛酒也是。酒有梨觞的味道，只是浮于表面，并未入骨而已。当然，酒虽不叫梨觞，却也有一个近似的名字，叫'梨花醉'，是酿造梨觞的萧家后人所酿，当然也就是'梨觞'的子孙了。"

"哈哈。有理！"

蒙合心情似乎很好。

打从墨九入内，他已经开怀大笑几次了。

而墨九这个比喻，把众人都逗笑了。

大宴上的气氛，顿时轻松起来。

蒙合道："本汗竟不知梨觞还有这些说法。本汗不懂酿酒，很是疑惑，梨觞既然这般名贵，价可比金，萧氏为何不肯多多酿造，以求富贵？"

墨九微微一笑。

"这自是有原因的……"

说到这里，她目光微微一眯，引述了东寂当初的话。

"梨觞之贵，就在于它的不可再生。也便是说，萧氏虽有酿酒之方，却已酿不出梨觞了。因为，只有萧氏祖宗一百年前陈酿在萧家祖宅大梨树下的那一窖酒，才有'梨觞'之味，才能叫作梨觞。"

北勐人都好酒。

听得她的解释，他们小声私语着，脸上都流露出些许遗憾。

只有温静姝，站在蒙合的身后，有些复杂地看了墨九一眼。

这一眼，墨九看见了。

也同时看到了她眸底的红血丝。

呵呵！

她差点儿忘了。

这里做过萧家媳妇的人，可不止她一个。

温静姝也是。

那蒙合要品酒，为何不叫她？

墨九心底冷笑着，环视了众人一圈，又扫过萧乾淡薄的面色，再一次端起了那一碗水酒，轻轻放到鼻尖，陶醉般地闻着，幽幽出口。

“萧家梨花醉，虽不及梨觞，却也可香绝天下了。大汗不必引以为憾——尤其是如今萧氏已被灭族，这梨花醉，已成千古绝唱了。”

叹息着，她突然抬袖遮脸，猛地仰头。

有酒液从她的下巴流下来，落入修长白皙的脖子，再钻入领口，湿湿的，腻滑的，像带着某种引诱，看得蒙合喉结滑动着，目光深暗了许多。

很快，墨九放下酒碗，倒扣着向众人示意一下，然后擦了擦嘴巴，露出一个舒服的表情。

“好酒！谢大汗赏赐。”

蒙合眸中幽光微闪，却是哈哈大笑。

“巨子果然豪爽！今日既得萧氏绝唱梨花醉，本汗便与诸位宗亲共饮，祝愿此次入山狩猎，满载而归。”

“是。大汗。”

君王开了头，宗亲自是跟上。

两坛梨花醉不多不少，刚好够一人倒一碗。蒙合许是心情实在太好，又许是尝到了梨花醉的好处，不仅喝完酒就赦免了那个献酒之人的性命，还特地嘱咐森敦，让那个献酒之人下次多带几坛来。

与此同时，满场的唏嘘声里，都是为萧家不值……主要是为萧氏家酿的从此消失不值。

墨九没有说谎，梨花醉虽然不比梨觞，但也是好酒，只是萧氏一亡，这世上，确实是再无梨花醉了。

想到“亡”，墨九不由自主地瞄向萧乾。

心里暗忖，不知萧运长临死之前，有没有记得曾经让萧家老祖宗发迹的家酿方子，并把他交给萧乾？

若无，她也会遗憾的。

梨觞没了，要是梨花醉也喝不成，那真就是一个悲伤的故事了。

“来，巨子，尝尝额尔的马奶酒——”

墨九面前的酒碗，再一次被斟满了。看着蒙合满脸的笑意，墨九目光半合着，正准备去端碗，一只手却伸过来，揽住了她的肩膀。

“大汗，墨九酒品不好。”萧乾淡淡地说着，捏了捏她的肩膀，把她半扣在怀里，“一会儿还要入山，她若是发起酒疯来，微臣可就治不住了。”

他声音不冷不热，掌心却是温暖的，透过两层衣服传到墨九的身上。她怔了一怔，将眼瞄向那碗酒：“大汗的心意，我怎可——”

“无事。我帮你喝。”萧乾护着她的样子，典型的一个“护妻狂魔”，当着蒙合和皇室宗亲的面，端起墨九喝过的酒碗，一饮而尽。

“金印大王，好酒量！”

有宗亲爽朗地笑起来，又为他斟酒。

萧乾来者不拒，每饮必尽，一直挂着淡笑。

可墨九看着他这样，却笑不出来。

她记得以前薛昉说过，他不可饮酒的。

还有，他身子并未痊愈，一直吃着药呢。

默默抿着唇，她没有说话，眼圈微微有些烫，心里莫名地有些难受，想哭。

由于还要入山，大宴吃得简单，时间也不长。等酒足肉饱，席也就散了。

从席上出来，萧乾拍了拍墨九的肩膀，一言不发就转身离开了。一场酒席，他吃得浑身都湿透了，墨九甚至感受到了他手心里的潮湿。

可看着他的背影，她还是有点儿诧异。

她原本以为今日是鸿门宴的。

结果……什么事都没有，蒙合从头到尾没有为难她，也没有什么过分的举动，这很神奇，也让她心里稍稍有点儿不安。

有妖必有异呀！

“走吧，回去换衣服。”

领着玫儿回屋换上行猎装后，她准备过去与墨妄他们会合，就意外地看见了站在门外等着她的塔塔敏。

到达哈拉和林，她还没有见过塔塔敏。

这一次行猎，随行的皇室宗亲，男男女女都有，人数实在太多了，她也根本就不知道塔塔敏也来了。

隔了那么久，乍然一见，她很震惊。两个人曾经有过的交情，也就这么猝不及防地蹦入了脑海。

一个门里，一个门外。

两个人相视片刻，墨九方才百感交集地走出去。

“公主你找谁？”

“一个故人。”

“哦，我吗？”

“除了你，还有别人吗？”

“唉，你还是没变。”

“你也没变。”

“嘴不饶人。”

“但我饶你。”

“……”这是说她不是人？

墨九翻了一个白眼，终于释怀一笑。

“好吧，你赢了，我原谅你了。”

“原谅？”

“哼，不是不肯见我吗？连我的拜帖都给丢回来了。我的个老脸哪，都丢尽了。”

塔塔敏默默看着她，没有声音。

墨九不高兴地飞她一眼，突然想起，这个七公主，既然已经很久都不曾出门了，哪怕接到圣旨来行猎，也不该这么高调地来找她才对？

迟疑着，她问：“是有什么事吗？”

塔塔敏目光复杂地盯着她，一直盯着，好半晌都没有动静，那怪异的表情看得墨九心里发毛。突然，她歪了歪头，握紧塔塔敏的手，用力一捏。

“发生什么事了？”

塔塔敏是个高冷的女人。

抑或是，自闭的女人。

一般情况下，她是不肯理人的。

可她没有抗拒墨九的靠近，也没有抽回被墨九紧握的手，只是冷着脸，上上下下地打量墨九，然后，冷不丁地冒出来一句：“你没有什么事吗？”

墨九奇怪：“我没事呀，怎么了？”

塔塔敏再次观察她的面色，突然往左右看了看，就势回握住她的手：“你快随我走。”

走？去哪里？

墨九被她拽着，失笑不已。

“你不入山哪？”

塔塔敏继续抓住她不放，脚步也迈得很快。

“要的，你随我一起。”

“……”墨九满肚子都是疑惑，终是拽住了她，停下脚步来，严肃着脸，询问，“到底怎么回事呀？我那里还有一大堆人呢，怎么能就这样跟你一起走？塔塔敏，你是不是有什么事要我帮忙？是不是为了扎布日的事？”

以前对她不理不睬，现在又来找她，墨九完全有理由怀疑，塔塔敏是受了刺激——

扎布日连行猎都带着女人来荒淫，而塔塔敏居然也在这个地方，那么她都看见了，塔塔敏不可能没有得到半点儿风声……

“还有，你对扎布日，到底是个什么想法？”

这句话墨九问得弱弱的，一来与塔塔敏的关系，其实没有好到可以推心置腹谈隐私的程度，二来这种尴尬的事情，人家可能也不好意思说吧。

但她以为，塔塔敏需要诉说。

需要找一个人说她的困惑、苦恼。

而她肯定是最合适的人。

然而，塔塔敏听完她的话，看见她的担忧，却面无表情，似乎并没有受到扎布日那事的影响，只是突然生气地黑了脸。

“我是担心你。”

当初大营里的事，塔塔敏略知一二。

温静姝与墨九之间发生纠葛的时候，不巧，塔塔敏正好也在。

所以，她知道温静姝。

瞪着墨九，她考虑着，终是小声说出了忧虑："昨日深夜，温小姐突然求见大汗，入了汗帐，逗留到今晨方走——"

"啊？"墨九吃了一惊，"消息可靠吗？"

"可靠。"塔塔敏目光微垂，"我也有体己的人。"

"那就……太扯了呀……"

如果说温静姝会去蒙合的大帐，其实真是没什么稀奇。那个女人心眼子多，会想法子整墨九不奇怪，墨九原本也在等着她出手，可没有想到的是塔塔敏的第二句。

——逗留到今晨方走？

那不是说，温静姝在蒙合的汗帐过夜了？

她睡了蒙合？

哦不，蒙合睡了她？

她不是爱惨了萧六郎吗？怎么肯？

墨九不是傻子，很快便联想到了萧乾昨日带温静姝前往汗帐的事情，也就有了些想法。不过，究竟是蒙合看上了温静姝，逼她就范，还是温静姝为了达到目的，不得不委身蒙合，就不得而知了。

"塔塔敏……"墨九真诚地握紧她的手，"谢谢你。"

能在这种时候，告诉她这样的消息，这份情谊，足够让墨九感激了。

"谢我做什么？你当日到哈拉和林，不是说来访友的吗？"塔塔敏面色淡淡的，几乎没有情绪，那一张瘦削了不少的脸上，也满是沧桑，"你既视我为友，我又怎能让你为我涉险？"

为她？

墨九微微一愣。

哦对了！

塔塔敏并不知道苏赫就是萧乾。

所以，她以为墨九到哈拉和林来，真的是因为担心她出事才来的？墨九静静看着她，内心有一点儿微妙。

这友情来得……

真是有心栽花花不开，无心插柳柳成荫哪。

没有办法解释，她勾了勾唇角，紧紧拥抱住塔塔敏："谢谢你，我的七公主。往后，你就是我墨九的朋友了。欺负我的朋友可以，欺负我就不行……"

塔塔敏一怔。

"哦哦，说错了。欺负我不可以，欺负我的朋友更不可以。你放心，扎布日那个王八蛋，我回头就削他，为你报仇……"

在墨九看来，扎布日是真的过分。

先是他高调地对塔塔敏示好，甚至不顾名声，为了她擅自调兵，引得先汗不悦，导致流言蜚语满天下，不管真假，反正所有人都知道了塔塔敏与其兄乱伦，同时，也将她的闺誉名声推入了万劫不复之地。

然后——

现在不过是塔塔敏不肯理他，告诉汗王说要践约嫁往南荣而已，事情还没有成呢，他就找了女人来乱搞。他就算不是神经病，也是幼稚鬼，实在该削。

然而，看她骂得厉害，塔塔敏却没有情绪。

末了，她只是自嘲地淡淡一笑。

"终是要离开的。不在一处了，眼不见，心不烦，一辈子，也就那么过去了。如今，就由着他吧。"

墨九揪了揪心。

从头到尾，塔塔敏也没有告诉她，对于扎布日，塔塔敏到底是什么样的感情。但两个人纠缠了这么多年的孽缘，走到如今，确实也该有一个了断了。

不管有没有情，他俩终是不可能的。

能挥剑斩情丝，塔塔敏真乃女中豪杰呀！

入山已是半个时辰之后——

在他们入山之前，北勐士兵早就已经提前到了围猎场。他们肩负着此次围猎的重任——骑马从山脉的不同方向以燃放鞭炮或者呐喊吆喝的方式驱赶猎物，让猎物在受到惊吓之后，往北逃跑，然后全部都集中到北麓来。

这便是传说中的围猎了。

入得山中，布好驻营地，狩猎的人也就分散了。

墨九没有与北勐人一起，她领着墨妄等墨家弟子，带着非得跟随的塔塔敏骑马入得密林，猎了一个时辰，什么收获都没有。

这是墨九第一次狩猎。

很兴奋，很好玩……

但是，她可以陪着来玩，却不准任何墨家弟子动手猎杀。

“野生动物，也是有动物权的呀。”

她这样的论调，墨家弟子已经习惯。

反正他们家巨子，不是正常人就是了。

于是这支狩猎的队伍，就被墨家培养成了一个旅游观光团。到处游山玩水，荡来荡去，只等时间到了，回去吃。

山中光线昏暗，林子里静幽幽的，什么状况都没有。可墨九的心底，始终觉得有些奇怪。

温静姝若是和蒙合合计害她……

在这样的地方，不是最合适的吗？

为什么就是没有动静？

她都等得手心痒痒了呀，温大姐！

叹了一口气，她叉着腰看着林子，突地又是一怔。

不对呀！

温静姝要害她，蒙合为什么要听温静姝的呢？

他一个皇帝，又不缺女人，不能说温静姝让他睡了一觉，他就愿意为她做任何事情吧？温静姝并非倾国倾城，蒙合也不是昏聩之君。

那么，难道她现在还安好的原因是——

温静姝赔了夫人又折兵，被蒙合白睡了？

轰隆隆——

她正寻思，一阵巨大的声音从头顶炸裂，像巨石滚动般震耳欲聋，传入众人的耳朵。

“打雷了？”

“是。”

“看来要下雨了。”

几个人讨论着，玫儿却笑嘻嘻看向墨九，满心满眼都是崇拜：“姑娘好生厉害，昨日便说今日天气不好，果然又说中了。”

墨九微微眯眼，抬头望天，瞅了片刻，突然回头凉凉地看着众人。

“你们听到什么声音没有？”

“什么声音？”玫儿被她阴冷冷的声音一刺，惊疑不定地问，就见墨妄突然变了脸色，打马冲过来，护在墨九的身前，将血玉箫横在身前，冷静地吩咐。

“曹元，保护巨子。”

看每个人都严阵以待的样子，玫儿紧张得哆嗦一下：“左执事，是有敌人吗？”

嗯一声，墨妄双眼鹰隼般盯着林子。

除了敌人想要偷袭，又有谁会这样偷偷摸摸地潜过来？

近了。

玫儿也听见了。

林子里，窸窸窣窣的声音。

“来了！”她低低喊着。

果然，一群身穿北勐士兵铁甲的人，从林子的四面八方蹿了出来，将墨家一行人包围在里面。

“哟，要打架？”

墨九冷冷看着他们，攥紧了手上的马缰绳。

“先说说，你们是谁的人？免得九爷我误杀了。”

老实说，她不太相信蒙合会干这样吃力不讨好的事，大白天派兵来硬搞他们。毕竟，他可以有更多更好更便捷的机会，又何必这样呢？

但若是温静姝……

她哪里来这么大的能力调兵？

心中隐隐有些不安，她觉得似乎有一个更大的阴谋，一直跟随着她，如影随形，从来都没有离开过——比如那个会阿拉伯数字的人。

只不过——

这究竟和温静姝有没有关系？

“巨子。我们也不想动手。”

一群北勐士兵的前方，有一个打扮像将军的头目，望着墨九，直道来意。

“麻烦巨子跟我们走一趟吧。”

“你们？”墨九冷笑，“你们是谁？”

那人很聪明，并没有被她绕进去，紧了紧刀柄，冷冷道：“等见到人，你就知道了。”

墨九恍然大悟般，莞尔一笑：“你们这是想要劫持我？”

“……”那人皱眉，“巨子可以这般想。”

算人数，对方是他们的几倍之多。而且，墨九千算万算，也确实没有算到，居然有人直接动用军队，明目张胆地动手。在这样的情况下，人家硬来，他们真的处于下风。

可到底是谁？敢无视苏赫这个金印大王？

这可是在皇帝的眼皮子底下呀。

除了蒙合自己，好像还真的不做他人之想。

墨九抿了抿唇，一个拖字诀。

“劫持我？嗯，很有胆量。不过各位兄弟似乎很不了解我墨九的为人哪。从我出生到现在，想劫持我的人，多如过江之鲫。结果——你们猜，他们都怎么样了？”

那人：“……”

所有人：“……”

这么无趣的话，适合在这样的情况下说吗？

墨九不觉得不合时宜，阴恻恻地笑着摸下巴。

“好了，答案揭晓。他们都死了。”

所有人：“……”

墨九弯了弯唇，自己表演完，又努嘴望向塔塔敏：“好了，该七公主发表感言了。”

从那些人出现到现在，塔塔敏都没有说话。

这会儿被墨九点了名，她慢慢地打马上前两步。然而，冷眼看着面前的北勐士兵，她却没有“发表感言”，而是冷不丁从脖子里掏出一个铁质的哨子，对着天空，用尽全力一吹。

尖厉的哨声响彻云霄，压过响雷，穿云破雾地传了出去……

哨声一响，对方就急了，嘴里恨恨骂咧着，全是墨九听不懂的北勐话。

一群群士兵举刀示意，似乎恨不得杀过来。塔塔敏冷眼一扫，低喝一声，嘴里满是不屑的痛斥：“你们眼里还有我这个公主吗？你们看清楚，我是七公主。”

七公主……？

塔塔敏已将近一年不出公主大帐，今日出来狩猎，又全身着行猎劲装，刚才和墨九站在一起，居然没有人注意她——哪怕她吹了哨子。

这北勐话一出，那北勐兵头目当即一愣，面上露出一丝惧意，转瞬又隐去，唰地抬手举刀，嗡嗡声里全是狠戾。

“兄弟们，他们在拖延时间，不要等了，上！”

这是不想和塔塔敏相认了。

也不愿意承认她七公主的身份。

一认，就不在理。所以，先打再说，是最好的。

是个聪明的家伙。

不过，这些全是北勐话，墨九听得一头雾水。

“塔塔敏，你们在说什么？怎么就惹恼了他们？”

塔塔敏面上冷凝，也拔出系于腰上的一把弯刀，侧眸看来时，刀的寒芒与她眸底的冷漠衬于一处，让墨九冷不丁打了一个寒战。

“别问了。人都扑上来了，杀吧！”

“杀呀！杀——墨九要活的。”对面的敌人似乎比他们更急，就在他们对话的瞬间，尖锐的刀剑碰撞声，铿铿地响了起来。

有墨九弟子挡在前面，那些人一时半会儿也近不得墨九的身，她和塔塔敏被围在人群里面，静静看着这一群身手了得的黑衣人。

“有备而来呀！”

说到这里，她默默地伸手入怀，将一颗小小的火霹雳握于掌中，冷冷地吩咐墨家弟子：“兄弟们，人家不跟咱客气，咱也不必客气，能宰几个宰几个，能杀几个杀几个，你们有什么招儿，就都使出来吧！”

这次行猎，墨九不能说完全没有防备，虽然没有预料到会遇上北勐的大部队袭击，但因为有温静姝这个隐患存在，她防人之心还是有的，不仅自己随身携带了小火器，墨家弟子身上也有——

但小火器这玩意，唬唬人，让人多支撑个一时半会儿还可以，遇上人数众多、训练有素又玩命的大军，那就成了中看不中用的小把戏了。

所以，她高声呐喊着、吼着……明着是让墨家弟子和敌人拼命，不要退却，其实不过是为了吓唬不懂的敌人。墨家弟子都听得懂他们巨子的潜台词——咱们有机会就溜吧，留得青山在，不怕没柴烧。

墨九最没节操的地方，就是这个了。

她不是战场上的将军，没有太多胜负的荣辱感，不愿意看到墨家弟子有任何伤亡。所以，基本情况下，她不喜欢真刀真枪和人家拼杀。这种拼人的肉搏游戏，太血腥，太暴力。

嗯，她喜欢玩智力碾压。

手一舞，她把手上的东西掷了出去。

一颗火霹雳炸响了。

轰一声，惊住了歹人。

“什么东西？”

“火器，他们有火器！”

有几个敌人惊得叫出了声来，墨九见起到了威慑作用，在人群冷冷低哼：“你们现在就滚，九爷我暂且饶你们一命。要不然，这青山绿水的地方，就是你们的葬身之地了。”

那一群北勐兵，有一些是能听懂墨九的话的，很快，人群中便传来某种不安定的声音。那头目见状，生怕中了墨九的疑兵之计，大声喊叫：“兄弟们不要听她胡扯，不要中了奸计，给我上，他们没有几个火器！如果有，就不会吹哨子求助了……”

在这一瞬，塔塔敏突然拍马向前，手上尖利的弯刀利索地贯穿了一个北勐士兵的胸膛，看着汩汩的鲜血，她苍白的脸蛋上，满是冷漠，回头就冲墨九喊：“你带人突围！”

不得不说，北勐的女子确实和南荣的小家碧玉不同。这塔塔敏性子不热，功夫不弱，人也确实显得凶悍得很，一刀一个，白刀子进，红刀子出，毫不手软，俨然就是花木兰再生。

墨九从来没有在哪个女人身上看见过。

猛！

利索！

女人也可当豪杰呀！

从阿依古到塔塔敏，墨九总算感受到了北勐公主的厉害之处。可塔塔敏再厉害，墨九也不能丢下她断后，自己跑路吧？

“没事，咱们一起。”

墨九手上捏着一条马鞭，经常用着，倒也熟练，冲上去站在塔塔敏的身边，啪啪挥舞着，在空中荡出一个个气旋，不时骚扰一下敌方，又退回来掩护，于是，那鞭子也算发挥到了它最大的作用。

鞭长，可及，还可吓。

“你走哇！”塔塔敏看得心惊胆战，不由得催促她。

墨九呼吸急促地说：“少废话了！你为了帮我才跟上来的，我不能丢下你的。再说了，我便是要走，也走不了不是？嘿嘿，咱俩今天就做一对野鸳鸯吧，要走一起走，要死一起死。”

野鸳鸯……

墨九说得慷慨激昂，还有心思开玩笑，可心底真没有这么想。

但凡有一丝希望，她也不会轻言死。说这些，还是为了麻痹敌人。真正的心思，还是有机会就跑路，跑路……呃，堂堂一个巨子，正和敌人干仗呢，她始终琢磨着怎么跑，似乎有点儿……不上档次。

然而，塔塔敏显然不知。

她完全被墨九感动了，一张瘦削的脸上，也不知是热得，还是累得，满是嫣红的绯色，一双眼神里，也不再有先前看到的颓然之色，整个人都焕发着一种新生般的神采。

“好。你站我后面！”

噫，这女汉子是个小攻啊。

墨九心里暗笑着，真站到她后面去了。

然后，小声地，用只有塔塔敏听见的声音说：“我开玩笑的，死容易，活不容易，咱们不能死战。现在这儿离驻营地太远了，其余狩猎的队伍，好像也没有往这边来的，不知道会不会有援兵来帮我们。最可怕的是，我都不知道要抓我的是什么人。如果是他……你懂的，我们双拳难敌四手，还是走为上策。”

她试图说服塔塔敏。

可塔塔敏又怎会不懂?

如果这些人真是蒙合派来的，那想要逃，太难了。

……逃了今天，明天又怎么办?

除非不在北勐的地盘上。

塔塔敏目光阴了阴：“好，有机会你就逃。”

“你呢？”墨九诧异。

“我……”塔塔敏手舞弯刀，咬了咬牙，似是做了一个什么重要的决定，眸底幽光飞快地闪过，突然将一个从墨家弟子的缝隙中杀出来试图行凶的北勐兵斩于马下，然后隔了许久才轻轻一叹：“也许我死了，对大家都好。”

墨九心里一惊：“你可别瞎说——哪那么容易死？”

她往前一站，手使长鞭卷一个北勐兵，以助塔塔敏的攻势，却突然听见光线微弱的丛林里头，传来一阵急促的马蹄声。

是谁?

会不会是萧乾？

墨九心底是期待的。

女人落难的时候，首先会想到的就是她的英雄骑着白马赶来营救，可那期待到底是落了空，策马前来的人，却并非萧乾，而是一脸恼意的扎布日。

他就带了十几个亲兵，似乎根本就没有做好准备，而是临时起意冲过来的。一双眼睛赤红如血，像是还没有从宿醉中清醒，看了一眼塔塔敏和林子里的情况，第一反应居然是……骂人。

“你们都他娘的疯了？”

他手上的长刀，入目幽寒。

指着北勐士兵，那声音也满是暴怒，像要吃人的猛虎。

“知道她是谁吗？七公主。知道那是谁吗？苏赫的女人。你们他娘的都不要命了？”

那个将军模样的头目看到扎布日出现，狠狠地惊了惊。千算万算，他也没有想到会引来一个王爷。从头到尾，他不敢说自己是谁派来的，当然也不敢和王爷硬碰硬——可扎布日这厮不是不肯出来狩猎，正在营地里和两个姬妾寻欢作乐吗？

哨子！

一定是哨子。

他和塔塔敏本有苟且。

那人怨毒地眯了眯眸，又小意地扫了一眼扎布日。

“王爷，我们是奉命行事，要请巨子一叙。卑职，卑下也并未察觉是七公主殿下……”

“奉命，奉谁之命？”扎布日的额头上，青筋暴起，依乎还在生气。

“这——”那人很是为难，目光闪烁一下，致礼道，“王爷就不要多问了。您可以带走七公主，但墨家巨子必须留下。”

扎布日微微一怔。

这种情形下，傻子都想得出是谁了。

他迟疑一瞬，看向塔塔敏，目光里并没有与爱有关的情绪，甚至带了一点儿痛恨的或者说受伤的狼，样子也凶巴巴的。

“愣着干什么，还不跟我走？！”

塔塔敏咽了一下唾沫，似乎有点儿怕他，连马步都退了一下。

“我不走！”

“你少管闲事！”扎布日句句都是刺。

“这不是闲事。”塔塔敏将弯刀横举在胸前，目光坚定地望着扎布日，一字一字，英气十足地说，“墨九是我的朋友，谁杀她，就是杀我。谁想杀她，就从我的尸体上踏过去。”

扎布日脸色一变。

一双眸子里，布满了生气的红丝。

她的任性妄为，他不是第一天知道。

可这次惹到的人……他们惹得起吗？

“塔塔敏……”他低低唤了一声，突然转头，不再看她，而是把冷漠的目光望向那个北勐将军，脸上有一种“豁出去”了的决绝。

“听见没有？还不放人！”

那人似乎没有想到他不懂权衡：“王爷——”

“别他娘的喊我！”扎布日以前也是常年带兵的，在汴京那一次“冲冠一怒为红颜”的傻战之前，就颇为有名，甚至由于先汗嫡长子拉木拉尔的优柔寡断，蒙合父亲达尔扎的阴狠毒辣，先汗一度属意过他……

目光缓缓上移，他脸上露出一抹狠绝，一字一顿：“本、王、说、放、人。”

那将军脊背上都是冷汗。一个个都是得罪不起的爷，他手上这些兵，也有曾在扎布日麾下从军的人，哪怕扎布日只带了十几个人，若是成心阻挠，恐怕还是有些麻烦。

如果可以，他真的想一走了之，不蹚浑水。

可再想一想他接到的命令……

左右都是死，就看怎么死得舒心，不累及家人了。

终是一狠心，他缓缓睁大眼睛，狠绝地咬牙：“王爷非要逼迫，阻挠行事，那卑职就只有对不住了。”

扎布日一愣，指着他大骂：“你他娘的要怎样？”

那人缓缓举刀：“阻挠行事者，杀、无、赦！”

这一下，不仅扎布日，连塔塔敏都愣住了。

而墨九……由于完全听不懂，只注意着观察众人的视线，趁着大家的注意力都不在他们这边，走到墨妄的身边，和他以及曹元几个心腹咬了几句耳朵，然后静静地听着。

这时，看一眼还在发怔的北勐士兵，那北勐将军黑着脸举了刀。

“都给我上！不要发愣了。横竖都是死，怕什么！”

来不及考虑更多，事情逼上头来了，就是干。墨九冲墨妄点了点头，墨家弟子收到命令，一直留着的小火器都攥在了手心里，在敌人扑上来的一瞬，集体同时掷向北边方向的北勐士兵，然后人群往那一个方向压了过去。

砰砰砰！

砰砰砰！

砰砰砰！

一时间，爆炸声震天动地。在幽静的山林里传出了老远，浓烟滚滚而起。墨九看着地上的几具尸体，半眯着眼，冷静地命令：“风紧，扯呼——”

这开溜的信号一发出，墨家弟子便按事先收到的指示，往人数相对较少，又在爆炸中彻底失去了防守的北面突围。

“保护巨子！走——”

“走！”

电光石火间发生的事情，北勐士兵根本来不及做出反应。先是受了惊吓，吃了一嘴巴的尘土，而后又看墨家一群人直杀出去，溜得痛快，脱离了他们的包围防线。

“追！追！不要让他们跑了。”

墨家弟子在往北面跑，北勐士兵杀过去，往北边追。立在圈外的扎布日，看了一眼墨家弟子人群中间的塔塔敏，终是刀出鞘，马疾驰，领着十几名亲兵杀了过去，挡在两边人马的中间地带。

“谁他娘的敢和本王动手，格杀勿论！”

他本就是个大嗓门，声音震天般响，与铿锵的兵戈声融在一起，带着十足的威慑之态，拼命的架势，自有“一夫当关，万夫莫开”的狠，这让好多北勐士兵都在私底下软了手。

人心底都会惧怕强者。

在他们面前的扎布日，俨然就是强者。

而且，对他们来说，仅仅唯命令是从而已。

今天到底为什么要来抓墨九，为什么要卖这个命，甚至他们的将军卡塔塔究竟奉的是什么人的命令，小兵都一概不知。如今这一仗打下来，墨家人没有伤亡，他们自己却死了好多，而王爷和公主本人都在现场，他们就不得不寻思了——

到底搞的什么事？

卡塔塔的命令，随时可能变得不是命令。

哪怕是大汗授意，最后也可能只是背黑锅。

但亲手杀王爷，杀公主，是作死的叛徒哇？

有了想法，军心就有了动摇。

于是，在扎布日加入之后，哪怕就十几个人，情形也就都变了。

北勐士兵不约而同地选择了他们认为最好的追赶方式——追而不杀。

不放是错，放了也是错，在这样的时候，谁都不敢擅自行动，事成和事败，吃苦的都是他们，他们也在拖时间，等待别的转机出现……

这情形，恨得墨九牙根儿痒痒。

不承想，这一群北勐兵都是精锐。

他们手上的小火器用光了，这些家伙还在跟随，固执地跟在后方，像在赶一群打慌的野兔子，始终抛不掉，烦得她手心都湿透了。

这叫怎么回事呀？

“塔塔敏，你若是肯答应嫁给我，我便帮你，让你的朋友逃生——”在一片混战中，墨九突然听见了扎布日的大嗓门破空传来。

我去！

也难得他在这种生死存亡的时候，还能想到让塔塔敏嫁给他。若是北勐王朝有“情圣”这样的勋章，墨九觉得实在应该颁发给他。

“别妄想了！”塔塔敏的声音冷漠得不带一丝感情，若不是离她很近，墨九也差一点儿就错过她声调中暗藏的那一丝难名的复杂、委屈，抑或是失望。

“四哥若是想娶，自可从身边姬妾中选一房，若是都看不上，也可让大汗为你另择良妻，你的王妃，无论是谁都好，不可能是我。”

这话确实残忍了。

尤其是对一个深爱她的男人来说。

可墨九对扎布日没有什么同情。

毕竟他对塔塔敏，未必就是真爱呀！谁说不会是变态的占有欲或者别的什么情感？！总之，若是深爱一个女人，他肯定不会再找其他的女人吧？想起额尔小镇的花园小遇，墨九不由得冷哼一声，赞许地将目光投向塔塔敏。

扎布日许久没有再说话。

沉闷的刀戈声中，他赤红的眸子，似乎更添了狠意，有两个不长眼的家伙蹿到他的面前，招惹到了他，居然被他一刀一个砍成了两段。

鲜血刺激了他的神经，他眸底幽光乍现。

隔了一瞬，他冷不丁又问："你他娘的都想好了？"

"想好了。"

"非得嫁去南荣？"

"是。"

"那个混账到底有什么好，你非要嫁给他？"

塔塔敏皱眉："比你好。至少，他不是我的哥哥——"

"啧，啧。"扎布日看着围得水泄不通的人群，唇角上带着一抹阴森森的笑，"是不是只有我死了，你才不会怨我？"

"不。我不怨你。从来不。"塔塔敏边跑边退，急喘着气，似乎对他紧紧相逼的询问不耐烦了，歇斯底里般怒吼，"你还不明白吗？我只是不愿意和你有丝毫的牵扯。"

"你想得倒美！"扎布日的声音透着狠绝，"你越是不愿，我便越是愿意。这一辈子，还非就和你绑在一块了。就算是死，也得让你给我陪葬，信不信？"

这一场陷入了迷途的爱哟。

墨九看他癫狂的样子，又看看塔塔敏，心里不由得涌起一阵阵的悲凉……不仅为塔塔敏，也为自己。

这山里的火器都炸过了，声音传递得那么远，她不相信萧六郎没有听见。

可他听见了，却没有来。

也便是说，萧六郎对她的感情，甚至连扎布日对塔塔敏都不如。

扎布日也在生塔塔敏的气，尚且可以为了她抛弃所有赶来援救，而他呢？

嗖一声！

头顶上突然传来一阵巨大的破空声，像有什么东西从天空飞过去。墨九顺着那一条黑色的阴影，回头看去，却见一支羽箭，射在背后不远处的巨石上头，穿石而过，只留一抹箭上的羽毛在外面，箭身已深深射入岩石中。

好大的力道，谁这么狠？

"都住手！"

很熟悉的声音，让墨九目光微微一眯。

林子破开，急匆匆赶来的一群人，正是萧乾的队伍。急切喊话的人是声东。而萧乾手上握着一把弓箭。由于隔得远，他又戴了垂帘的帽子，墨九看不太清他的表情，只听他接着声东的话补充一句：“袭击墨九者，一个不留！”

一个不留？全部杀了？

这是……要灭口的意思？

不知何时，雷声里，小雨骤起。

雨珠洒落树丛，激起一片白雾。

连绵的阴雨里，随着萧乾“一个不留”的沉声，突然飘过漫天的恐惧以及悲凉。

金印大王来了！

他的背后是千军万马。

他可以名正言顺地剿杀他们，他们却不知被谁人所派来捉拿墨九。

一时间，袭击墨九的北勐士兵慌乱得刀都快要握不住，墨九也是头皮一麻，安静地站在塔塔敏的身边，与塔塔敏、扎布日，同样怔怔地看着随萧乾而来的北勐骑兵，像潮水似的涌入雾白的密林，将围着他们的北勐士兵，再一次团团围住。

螳螂捕蝉，黄雀在后。

可萧乾的作为，墨九有一点琢磨不透。

萧乾肯定不会在这个时候选择和蒙合对着干。

这根本就不明智，不可取。

除非，他出兵之前，已然得到了蒙合的默许。

“东张西望做什么？头低下！”抢天呼地的喊叫声中，墨九面前衣角一闪，一只手就突然扯住了她的胳膊，力道很大，未及她反应，整个人已经被带到了另外一匹马上。

稳稳坐于他的马前，墨九回神。

这才发现，萧乾不知何时只手杀入了人群中。

背后，是他熟悉的气息，头顶是他灼热的呼吸，他靠她这样近，是这些天以来从未有过的近。而他坚硬的胸膛，有一种神奇的力量，一旦靠近他，她竟然不再紧张了。

乱世之中，他便是她的依靠哇！

靠在萧乾的怀里，她没有挣扎，看着一个又一个的北勐士兵倒下去，看着现场的鲜血淋淋，她缓缓回头，不忍细看，只冲着萧乾露出一种悲悯的目光。

“为什么要一个不留？士兵是无辜的，他们也只是听命。”

“我不杀他们，他们也活不成了。”萧乾冷冷地揽着她立于人群中，一张难看的脸上，并没有太多的情绪，毡帽下的布纱随风飘过，眼风寒芒森森，嘴唇冷若冰霜，他静静观察着四周，似乎要找一处更为安全的地方安置墨九。

如此坦然的他，让墨九有点儿肝儿颤。

“我怀疑他们是蒙合的人，这样杀了，会不会有问题？”

萧乾漠然地低头，看她一眼。

“阿九还不明白？”

还不明白？明白什么？与他深邃的目光对视着，墨九拧着眉头，看着面前被雨水、雾气、鲜血汇成的小溪般的血流，一个念头浮上了脑海。

“难道他们不是蒙合派来的人，而是另有其人？”

“不管是不是，都得死。”萧乾的声音很淡，“他们的结果也都只有这一个——假传旨意，企图陷大汗于不义，毁大汗的名声。”

假传圣旨？

墨九还是不明白：“如果我被抓走了呢？那就不是假传了吧？”

“当然假！不管何人做的，谁也不会承认是真。”

“呃……”墨九看着他眸底的红丝，神台突地一清，想到了之前的大宴，忍不住把心底的疑惑问了出来，“那一杯酒，你为什么不让我喝？是不是怀疑酒里面有毒？”

萧乾没有回答。

但墨九了解他。

不回答，就有可能在默认。

她心肝儿不由得一寒，怪不得他让她大宴的时候挨着他坐，怪不得她没有察觉到危险，觉得什么事都没有，原来全是这个男人替她挡了灾。

她心里莫名一塞。

她冷不丁揪紧萧乾的衣袖。

“可是，酒你喝了，为什么没有事？”

“我吗？”反问她一句，萧乾声音悠悠，像考虑了许久，又像是细想了一些不堪的记忆，又似是不愿意将什么话说出口，犹豫、凝重地思考片刻，方才告诉她，“酒里确实没有毒。”

“呀，不能吧？”

没有毒？难道说温静姝也没有想要害她？

墨九心里突然地涌起了不悦。

当时她其实也怀疑过，因为温静姝的眼神太歹毒了，如果一个女人千方百计要害她，她是能够感受到的，可萧乾却说，酒中没有毒？他不会骗她，莫名就是温静姝蒙她了。

她正想骂人，萧乾突然声音沉沉："阿九，你是对的。"

"什么？"墨九有点儿跟不上他跳跃的思绪。

萧乾说："酒虽无毒，但你那个杯子的边沿却有毒。而且，那个毒是陆机老人的得意之作。虽然温静姝做了方子的改良，还是瞒不过我……但有一点，她的本事，我倒是小觑了。"

这……他说的真是温静姝吗？

墨九简直不要太兴奋。

隔了这么久，萧六郎终于识破她的为人了？

一双眼睛里带着愉悦的光芒，她问："小觑，怎讲？"

萧乾道："这毒无色无味，极不容易被人察觉，若非我事先有所防备，将喝过的酒液包入帕子里，回去做了细查，一样会无知无觉。"侧目，他目光忽地一凉，紧盯墨九的视线，沉声道，"最毒的一点，是此毒不会马上发作，有几个时辰的潜伏期。"

几个时辰的潜伏期？

也便是说，如果墨九使了那酒杯，当场不会发作，而会发作在……比如现在，又比如今天晚上，突然发作。

她若有个什么事儿，或与蒙合苟且，或与别的士兵苟且。

谁会说她墨九是因为喝酒中毒？

哦不对，她本来就沾了酒杯呀。

第一杯酒，就喝的那个酒杯，之后才被萧六郎接过去的。

"好毒！"墨九咬牙，可能受了心理暗示，突然就觉得头昏了，眼睛也有点儿赤热，不由得恨恨揉额，"这个女人也太狠了。老子要将她千刀万剐……"

"轮不到你了。"萧乾声音沉沉，"自会有人替你出手！"

有人？什么意思？她问："你？"

萧乾回视她："蒙合不会放过她。"

嗯？墨九脑子转动着，突然明白了。

如果温静姝和蒙合一起合谋害她，温静姝说给她下了毒，结果蒙合算准了时间，派人来拿她，她啥事儿都没有，就连喝了她酒杯的萧乾也没点儿什么事，蒙合能再相信温静姝吗？

当然，这些来袭击的人，确实是炮灰。正如萧乾说的，不论成败，他们都得死。

只有他们死了，才不会让蒙合大帝背上这口锅。历史会被改写成，某将军在狩猎时，与墨家一行发生冲突，擅自行动，被蒙合大汗处死。

但现在……他们任务失败。

也必将会死得更快！

蒙合能饶得过温静姝吗？

不需要自己出手，就可以看戏，确实是极好的。

“可是，不会太便宜她了吗？”

“嗯，阿九是说？”

“她害我，你袖手旁观。”

“我没有！”

“她整我，你袖手旁观。”

“我没有！”

“她联合陆机设局欺负我，你袖手旁观。”

“我没有！”

“你有你有你就有。”好琼瑶！墨九一个字一个字说完，自己汗了一下，抖了抖肩膀，突然甩出马鞭，给了萧乾一个冷冷的斜视，阴恻恻地一笑，“所以，这一回，我不想你袖手旁观。”

萧乾无语看她。

堂堂一个大丈夫，面对墨九这样一个妇人，竟然不知如何应对。这一瞬，他对自己是无奈的，很想叹息，很想甩头，却又只能默默地沉浸在她水灵灵的黑眸中，舍不得挪开眼。这个墨九，世上也只有这个墨九，可以在他面前为所欲为。她不喜，他就像被挖了心肝；她发怒，他就像受着最惨绝的惩罚；她对他疏远，他就觉得失去了全世界……

“阿九要我做什么？”

墨九笑着，狡黠地眨眼：“我什么也不要求，单单看你对我如何了。”

这小矫情！这小腹黑！也就墨九了。

一些不要求，却全都是要求。

“……”

杀人的声音，惨叫的声音，声声浮动在她的耳边。

小树林里的打斗声，不知道传了多远，也不知道蒙合到底有没有察觉，但从头到尾，再也没有人来过。于是，在这个被死亡气息笼罩的树林中，只有鲜血与杀戮，那些生命，就在墨九与萧乾说话的时候，一个又一个地凋零在雾气蒸腾的小雨中……

按墨九的话说："这是一个肮脏的世界。"

他们没有错，但他们非死不可。

她不忍见这血腥，却也无力阻止萧乾。

甚至于，不知道该怎么阻止……没有立场。

对待敌人善良，就是对自己的残忍。她懂。

只是，她到底来自 21 世纪，那是一个人命金贵的地方。

打小她就没有见过这般的屠戮，还是由萧乾亲自发起的屠戮。她甚至可以预见，在萧乾走向那个天下至高的神台宝座的过程中，这种屠戮不会是唯一的一次，未来的腥风血雨，只会比此时更重、更多。

"王爷——"

墨九抬头，看向渐渐沉黑的天色，只觉这苍穹之中，处处都是看不透的阴谋，就像一个黑色的旋涡，从她穿越的第一天起，就被笼罩其间，她很想撤离事外，彻底看清它，看清挣扎在命运中的这些人，然而……每一次她刚要冲破迷雾，就会被另一波更为浓重的旋涡卷入其中，再也无法看清。

"我怎么觉得心里很慌呢？"

"嗯？"萧乾伸过手来，握紧她的手。

"我不喜欢这种感觉。"墨九幽幽地说着，不敢看那成片的鲜血，面色有点儿发白，被萧乾握在掌中的小手，也越来越凉，头也晕，目也眩，胃里一阵阵翻腾。

恍惚间，她似又见到临安鲜血遍地的刑场。

"无法主宰命运的可怜虫，都是蝼蚁。他们是，我以为，我也是。"

"你不是，你是墨家巨子，可以主宰命运，还可以——主宰我。"萧乾的声音坚定，带着安慰与怜惜，手指慢慢上移，扣住她的脉腕，沉吟片刻，眉头微微蹙起，似乎有些迟疑。

"阿九，你脉息很乱，静一下心。"

"脉息乱，是何故？"

"是我疏忽了，没想到毒在杯沿。你虽只喝了一杯，但此毒太烈，就算只饮一点儿也有残毒渗透。想来此时，是快要发作了——"

"哦。"静心！

静心，她也想的。

可这大片大片的鲜血，终是让她心神翻滚，如何静得下来？

“王爷，我有点儿难受，心悸——”

眼前像有一块黑布，在无声无息地笼罩她的视线，墨一样的颜色，闪烁着点点星光，她的血液在逆蹿，眼前的一切，似乎都在渐渐消失……

整个人从马上坠下去的那一刻，她似乎听见了萧乾在大叫“墨九”。

她张了张嘴，终是无力回答。

这一场小树林之战，耗尽了她的精力。

毒物的渗透，也让她再也无法支撑。

而萧乾在身边，她终于安心，也不必强撑。

还有那些北勐士兵的死去，也让她又一次感到震撼。

发了疯的人，堪比野兽。

杀人，杀人！一个一个地杀人！

她甚至看到有一些人的刀，都砍缺了口。砍人砍得！

这是何等的惨烈？！

说到底，她不是一个凶残的人，她都不如塔塔敏，可以冷眼旁观。她根本就受不住这生灵涂炭一般的刺激。

驻营地里。

各路狩猎大军满载而归。

只有墨家弟子，带了一身的鲜血回来。

有人好奇问之，答曰：路遇歹寇袭击，差点儿回不来了。

而更多的聪明人，选择了沉默，根本都不问。

只有蒙合“关切”，派人来召见墨九，要详细询问她，想必是要安抚一番。萧乾以墨九受伤昏迷为由，直接把她抱回了帐篷，而后安置好她，才亲自去汗帐拜见刚刚打猎回来的蒙合大帝。

夜色深浓，如同墨汁。

营里地，炊烟袅袅，将士有说有笑地准备晚餐。

他们今天打回的猎物，都变成了鲜肥的肉，煮入了锅里。

其实很多人都知道小树林里发生了一场打斗。

也都知道，死了人，死了很多很多人，那血腥味弥漫在空气里，但没有一个人在意，甚至私底下，都没有人敢议论。

能跟在皇帝身边围猎的人，都不是一般的人。

他们的眼睛，早不如这片天空纯净。

看过太多杀戮，他们早已冷了心，麻木了人性。

在他们看来，这不过是一场红颜祸水之争，一场英雄猎取激战的游戏罢了。

墨九幽幽醒转过来的时候，发现自己睡在帐篷的床榻上，嘴里有一股子残留的中药味，苦苦的，涩涩的，想必是萧乾在离开之前，给她喂服的。帐篷里有玫儿守着她，帐篷门口有抱剑的击西，一动也不动。

她现在很安全，感觉到很安全。

心是静的，彻底地静下来了。

可她没有出去吃野味，没有参与到这一场围猎的热闹中。

玫儿默默给她端了些食物，放在帐篷的小矮几上，她也没有动口。

不是矫情，不是舍了美食，甚至也不是太难受。

就是堵，由心的堵，无法排解的堵。

她不知道自己为什么而来，不知道自己活着的目的，有一种恍惚和天地都没有了颜色的失落感。那种感觉，就像午睡时睡得太久，一直到傍晚时分醒过来，不知身在何处，寻不到生活的意义，什么事都提不起精神的……空茫。

她昨日猜得没错。

今儿的天气情况不太好。

不一会儿，小雨就变成了大雨。

帐篷顶被雨点击打得啪啪作响。倾盆大雨，浇灭了围猎大军的食猎热情，他们转战到了帐篷里，外面的喧哗声也渐渐小了，完全被雨声覆盖。

墨九的世界，终于纯粹了。

盯着那一盏燃烧的灯火，她始终在发呆。

慢慢地起身，她冲入雨中，想淋一下这雨，洗涤一下尘埃。

帘外的青山绿树，全部变成了一团团黑阴。

雨水打湿了她的发，却怎么也淋不入她的心。

除了麻木，还是麻木。她觉得自己突然失去了生命力。

抬头，迎着雨丝，她突然扬起了笑容。

“该死的，到底怎么了呀？脑子锈了？”

浑身的文艺细胞都泛滥了，她作死般闭上眼。

朦胧中，头上的雨突然没有了。

有一把油纸伞，遮住了她的身子。

她没有睁眼，淡淡地问：“你怎么来了？”

男人的声音很沉：“我担心你。”

良久之后，墨九才听到自己的声音。

“我没什么事，就是心里头不大舒服，说不上来什么感觉。”

“我懂！你以为，你不杀伯仁，伯仁却因你而死。”萧乾拿伞遮在她的身上，自己浑身淋在大雨中，很快就湿透了衣裳，声音也变得越发低沉，“阿九可知，我第一次杀人，是几岁？”

墨九呼吸一窒：“不知。”

“七岁。”萧乾声音浅浅的，像没有什么温度，但墨九明显感觉得到，说起往事时，他情绪有不太安分的恨意。他越发冷冽的气场，好像将他们两个人的周围都笼罩了。

他的每一个字都变得如箭一般尖利，恨不得字字刺入敌人的胸腔。

“那几个乞丐欺负我母亲的时候，我就偷偷躲在神龛下头看着。没有动，一点儿声都没有发出来。我看到了母亲的眼睛，她在告诉我，不要出来，不要出来，让我要忍耐。我很听话，没有出去。我也知道，我太小了，我的力量还不够。我如果出去，他们会要我的命。所以，我忍耐着，但是，我并不甘心。等他们心满意足地离开，我就偷偷地跟了上去，找到了他们栖身的地方。第二次，趁着一个药堂打烊的时候，我偷偷摸进去，藏在药柜下方，找到一种叫砒霜的东西——当时我唯一知道的毒药。我足足蹲了一个晚上，等到第二天药堂开门时，才偷偷跑出去，把砒霜放入了那几个乞丐的碗里。当天，他们全部暴毙。”

墨九目光微凉，静静地看着他。

很安静，很安静。

心是疼的，头是昏的，血液也是凝固的。

一个七岁的小孩儿啊！

她不敢想，真的不敢想。

萧六郎这一生，究竟经受了怎样的苦难，才熬到了今天？

所以，他有这样寡淡无情的个性，有这样……带了一点点自闭的凶残。她终于知道，他下那个“一个不留”的命令，不仅仅是因为知道蒙合不会放过他们，他们都得死，与其让皇帝动手，不如他代劳，还因为——那些人，欺负了他的女人。

他的母亲，他的女人，他都不允许别人欺负。

否则，就只有一个“死”字。

这些话，他没有说，可墨九却突然就了解了。

那么……温静姝呢？

她突然打了一个冷战，在她完全昏睡的这一段时间，有没有发生什么事？

那个温静姝，到底怎么样了？

“王爷，我想收回之前那些话。”

“嗯？”萧乾摸着她的脸，“哪些话？”

“关于温静姝的。”墨九咽了一下唾沫，“你就看着吧，别插手了。”

她不是圣母，她也不愿意放过温静姝，可这件事，她宁愿自己来动手，也不愿意让萧乾再出手。他手上沾染的血腥越多，戾气也许就越重，越难将自己从那个冷漠的囚笼中放出来。

尤其，温静姝不同于那些士兵，她是他的师妹，中间还横着一个陆机，如果他出手，心里可能……并不好受。

“我已经出手了。”萧乾淡淡看她，“你以为她为何要背水一战？为何要夜入蒙合的大帐，为何肯陪蒙合苟且？她只是，迫于无奈。”

因为萧乾要把她送给蒙合。

她痛恨，却不能反抗，便想与墨九同归于尽。

“她用的药，是上次给陆机用的。”

萧乾声音淡淡的，说罢，双眼锁定墨九并不意外的脸，慢慢地收紧握在她腰肢上的手，带了一丝歉意：“阿九，上次的事，是我不对。”

“哼，现在知道误会我了吗？”墨九抬高下巴，一脸不高兴。

“不。”萧乾摇头，“我并没有误会过。”

“哦。我信你才有鬼！也不想想当时你那要吃人的表情。”

“那时我就知道，不会是你。”萧乾道，“我的阿九为人性烈，却不屑做这样毁人名节的事。但我，亦不曾想到是她。女子皆重名节，她能跨出这一步，是我始料未及的。而今想来，她是想让我师父念着她受的委屈，承了她的情，从而心生愧疚，由她摆弄吧？”

墨九汗颜，萧六郎这是高看她了呀。

她不是不屑于做这样的事，是没有逼到份儿上。

真把她逼急眼，更狠的事，她都做得出来。

“那现在呢，你会把她怎样？”

萧乾轻轻捏她鼻子，眸中有着冷绝的光芒。

“阿九陪我睡一觉，明日可见分晓——”

“无耻！大晚上的，说这个合适吗？”

“晚上不合适，白天合适？”

第八章　五行缺妹

这家伙总能找到话来呛她。墨九轻咳一声，双手轻轻圈过去，抱了抱萧乾的腰身，突然发现他的衣服湿透了，这时的山中，寒气很重，又下着雨，他本就有疾在身，怎么受得了？

本能地哆嗦一下，她抬头瞪他，一脸不满。

“你干吗呀？自己淋雨都不吭一声，冷着了，又该着急了——走，咱们进帐篷再说。”

她的关心，完全是下意识的。

萧乾双目烁烁，唇角噙着一抹笑，望向她背后的帐篷。

里面有燃着的灯火，似乎还有温暖的气息，从雨雾中透出来。

入帐篷，当真是极好的。

他略带薄茧的粗糙手指，轻刮着墨九白嫩的脸颊，低低问：“阿九大晚上的邀请我去帐篷里细谈，可有什么奖励吗？”

奖励？他还敢要奖励？

墨九忍不住打了一个喷嚏，吸吸鼻子，恶狠狠地捏一把他湿透的衣裳，又恨恨地戳着他坚硬的胸膛，冷冷一哼。

“经九爷鉴定，此人不仅脸皮极厚，脑子还秀逗！”

“……”萧乾但笑不语。

“我说王爷殿下，你怎么能想得这么美呀？哦，你以为把我得罪得那样狠，这样三言两语就过去了，我还得陪睡一晚，分文不取？这世上，哪来这么好的事情？”

陪睡一晚，分文不取？

萧乾哭笑不得：“我何曾得罪你呀？”

看他一脸发蒙，好像真不知道似的，墨九也蒙了。

这家伙，真的假的呀！

她不由得又想到了墨妄曾经劝说她的话。同时，也深切地感觉到了男女之间的意识形态差异。有时候往往女人气了个半死，人家男人压根儿就不晓得她在生什么气。女人自以为的大事，在男人看来多半是小事。男人以为的小事，在女人看来，那就是惊天动地的大事。

“王爷——”

她不敢喊他萧六郎，语气也没那么强势。

“你当真不知，我为何生气？”

“阿九，我……”向来运筹帷幄的萧六郎，站在大雨中，看着油纸伞下姑娘氤氲美好的脸，第一次，感觉到有些手足无措。

如果说他全不知情，那肯定是假的。可每个人都有自己的立场和看法，他觉得自己做了自己的立场上应该做的分内之事，而且每件事也都考虑到她，若说大错，也不曾有。

可他心里这般想，看到她皎月般明亮的眼，直勾勾地看过来，那小情小调，那撩人心弦的小模样儿，终是说不出让她不欢喜的话来。

慢慢地，他向她投去深深的一瞥，满是宠溺。

“往后我不会再惹你生气了。”

“往后？”墨九抬眼一瞥，“还往后呢？”

温静姝如果还有往后，她墨九要怎么办？

冷冷一哼，墨九严重怀疑，他到底知不知道她在介意什么。

“王爷，你知道我那天为什么要离开缙乐院吗？”墨九出人意料地低着声音，没有赶紧去帐篷避雨，甚至也不再心疼他身体着凉，就冷冷地留在原地，半眯着眼睛看他——这个从神坛上走下来，紧紧握住她手的男人。

他们已经走过了这么多个春夏秋冬，她不愿意出现隔阂，不管什么矛盾，也都愿意多走一步去沟通。至于谁迈出沟通这一步，并不重要，她只求结果。

“信任。说到底，还是信任。你不信任我，却可以信任陆机，甚至信任陆机信任的温静姝。在你的心里，他如师如父，是一个可以托付秘密的人。可你对我，偶尔却有保留，这就是差距。”

萧乾一愣。

“那不是保留，是保护——”

“也许你说得对，你觉得那是保护。可我不这样想。”墨九直直看向萧乾，声音压得极低，被风雨声掩盖，能听见的人，也只有面前的萧乾。

“一直以来，我们之间缺少的东西，其实就是毫无保留的信任。王爷，在你的心底，也许只要照顾、宠爱、怜惜，为对方好就足够。可在我的心里，两个人是要手牵着手、肩并着肩，一同面对风雨的。为什么你可以给陆机老人的信任，不能给我呢？”

萧乾无从辩解。

有些事情，也解释不清。

对陆机，他确实是信任的。

因为师父不仅教了他，还成就了他在医术上的成就。

可若论信任，又怎会大得过墨九？

说到底，他是信任墨九的，只是有时候，不想她蹚入那一团令人作呕的污秽的泥泞。

抿紧嘴角，他把油纸伞高举在墨九的头顶，静静看着她，不吭声。

这不是一个善于辩解的男人……尤其在他心爱的妇人面前。

墨九却看定他的眼，推开了他撑在头上的油纸伞。

“王爷，我喜欢你的呵护，但我更愿意与你一起承担，哪怕暴雨倾盆，也无所惧怕，而不愿眼睁睁看着你一个人用肩膀去扛，最后事情完了，再来告诉我：阿九，一切都解决了，你可以安心了。你说，在你面对风雨的时候，我真的能安心躺在你的羽翼下，做一个小女人吗？”

看萧乾眸色深浓，宛如这一片夜色，似乎正在用他最大的努力去思考，墨九也不逼他，静默着，一脸温柔地望着他，任由雨水在彼此的脸上冲洗，然后看他还不出声，又狠狠牵起他的手，补充一句：“如果我是那样的墨九，与其他的女人又有何区别？你爱上的，当真是那样的一个我吗？徒有其表，如同花瓶，一事不成，半事不懂。那样终有一天，我将无法再融入你的世界，变成一个你的专用附属。到那时候，你还会要我吗？还看得起我吗？萧六郎，在我看来，真正匹配的爱情，是互相仰慕。你喜爱我，你能斩钉截铁地说，其中没有掺入一丝半点儿的钦慕？不因为我是墨家巨子，不因为我是一个有本事的女人？”

萧乾怔怔看她的小脸。

而后，指头勾起她的脸庞，注视着。

“阿九，男人不比女人。在我心中，无论怎样的你，我都喜爱。”

“大多数男人都是这么说的。”墨九倒没有生气，淡淡地笑叹一声，不由得想到了曾经见过的无数段婚姻——

男人在喜欢一个女人的时候，总会用尽甜言蜜语，让她感觉到世间最多的爱、最浓的情。结果，女人心甘情愿把自己变成男人期待的样子，失去自我。直到有一天，他冷漠地转身，对着下一个“真爱”而去，述其理由，不过是感觉淡了、不再爱了。

什么是感觉，什么又是爱?

说到底，就是失去了新鲜，失去了仰慕!

所以，哪怕她与萧乾同经过生死，堪比倾城绝恋，她也始终相信，爱情是需要经营的，爱情本身并非亘古不变的。精神上的东西，变化最快。他与她，如今都会因为一件小事闹矛盾，何况长长久久的以后?

“你有你的理由。”墨九半眯美眸，正色看他，“但如果你不能理解我的意思，我也不能迁就你。王爷，我便是这样的墨九。雨太大了，你请回吧，好好考虑一下我的话，也许你就会明白我了。”

说着，她放开他的手，就要转身。

这样的墨九，确实恣意，甚至狂妄。

试想，这世间有哪一个女子敢要求男人去理解她?

而她，绝不肯迁就?

萧乾喟叹，一把抓住她的手，牢牢地控制在掌心。

“阿九，对不起——”

他声音的力道加重了，语气却软了，嗓子显得更为喑哑。

“你说什么便是什么了，我会试着懂你。”

看她扫来的眼风，比刚才少了一些决绝。萧乾不由得再叹一声，目光淡淡地望向她背后帐篷里的暖光，添了一丝温厚的请求：“你就不能请我进去坐坐吗？我身上都湿了。”

这个男人，还懂得撒娇了。

墨九的手被他握在掌中，紧得有一丝痛，她看得出来，他用了极大的力气，也看得出来，这个夜晚……这个他下令杀了很多人的夜晚，他的心绪并不宁静。还有，他应该是刚从蒙合那里过来，也许谈了许多，有过男人间的交锋与较量。

这个时候的他，是孤独的，是不安的。

他也需要一个温暖的港湾，去舔舐伤口。

而能让他敞开心扉的人，也只有她了。

墨九心里堵着的那块石头，还没有落下去，但在这样一个大雨倾盆的特殊夜晚，她不可能真的狠心把他赶走。于是，不轻不重地瞄一眼他瘦削的脸，她慢慢蹲身，捡起地上的油纸伞，遮在他的头顶，脸上的阴霾淡去，换上一副娇俏的笑靥。

“坐一坐，可以有。热茶也可以有。但是旁的……王爷掂量掂量，到底可不可以有？”

笑靥如花，美人风骨。

萧乾的眼泪，在她的视线中，悠悠一荡。

大手稍稍用力，只一带，他就把墨九拉入怀里。

紧紧地拥抱住她，他将下巴搁在她头上。

片刻，他又低头，看着她魅惑的眼窝，声音沙哑：“可以有，都可以有。我俩都隔了这么多天没做了。阿九，我想得紧。”

阿九，我想得紧——

一句带着男性荷尔蒙的吐气声，让墨九心弦倏地绷紧。

整个人落入他的怀里，呼吸着他的温暖与熟悉的气息，眼是蒙眬的，心是迷惑的，人也是无法抗拒的。她在心里暗叹一声，自己真的拿这个男人无法，也知道今天晚上会有这样的结果，唇角不由得慢慢弯起，似笑非笑地看他。

“那……就得看你的表现了。”

萧乾浅弯唇角，面色波澜不惊。

“我的本事，阿九应当知晓——”

不要脸的家伙！还学会吹牛了？

墨九想到上一次，不由得撇了撇嘴，瞪他一眼。

“技术是需要不断提升的。骄傲不得呀，我的爷！”

哈哈！萧乾心情一下好了起来。

爽朗的笑声里，有着一种雨过天晴的愉悦。

“那就请我的阿九……拭目以待吧。”

墨九哼哼，一双如水的眸子中，荡出一抹涟漪。

“别价！你若实在不行，也不要为难了。”

激他！这小妖精就知道激他。

萧乾捏她的耳朵：“好一个不要我为难。可爷身为大丈夫，怎能让小妻子为难，而自己不为难呢？”恢复了一贯的腹黑狂妄，他突地低身，一把将墨九小小的身子抱离地面，也不去管可怜的油纸伞，再一步落在泥泞中，大步往帐篷去，声音透过风雨，带了一抹浅笑的惬意，“哪怕再下不得口，也是要为难一下的了。”

下不得口？

啥意思？

墨九淋着雨的身子，哆嗦一下。

她想到了他曾经“下口”的样子，身子不由得一缩。

“喂，我还没有同意呢，你可不要乱来。”

“我以为阿九是同意的。”

他始终凝视着她的眉眼，一只手不断捏着她腰上的软肉，时而轻，时而重，时而挠，时而搔，把短短一段路，走得像墨九的梦魇。她想笑又不能笑，一笑就漏气，再也无法好好与他“生气”了。

说到底，墨九是一个豁达的姑娘。

不是原则上的错误，基本不会往心里去。

更何况，真要饿着了男人，万一憋不住偷吃，可怎生是好？

寻个理由说服了自己，她双手挂在萧乾的脖子上，噘着嘴，目光幽幽的，像一个生了气又找不到地方发泄、只能在自己男人面前傲娇、等待男人怜爱的小妻子。墨九眉眼间的郁气，都被他的热情融化得一干二净。

“讨厌得很！我不理你了。”

萧乾灼炽的眸子，生了暗光，锁在她的脸上。

一颗心，顿时化为绕指柔。

“阿九还没有告诉我，同意了没有？”

他颀长的身躯把她裹在怀里，让她显得那样小，也那样温暖，几乎淋不到雨，也几乎再也无法对抗他的温柔。

“没有呢。”墨九似笑非笑，“我可不是那么好哄的人！”

萧乾眉目一挑，目光更深。

两个人的感情，很微妙，有一些令他费解。

也让他觉得有一种美好的东西，在暗暗滋生……

“阿九——”他又唤她一声，突然垂下眼睑，近在咫尺地看着她的脸，像是不好意思，又像是考虑了许久，荡着一抹笑，淡然开口，“先前的事，都是我不好。”

噫!

这个道歉怎么这样大方了?

墨九眼珠子一转，突然有点儿想笑。

是不是所有男人想上女人的床时，都会变得特别乖巧?

连寡情淡漠的萧乾也不能幸免?

“可是王爷——”墨九的心思已全部被他牵动，可嘴里却不想输了阵势。她一张娇俏的脸微微一转，看向帐篷的眼里带着一丝跳跃的火光，手指却将萧乾的肩膀捏得极紧：“这件事，在我心里存了这么多天，还没有过去，可怎么办?”

“那要怎样才能过去?”

“看我心情，看你表现。”

“那我便好好表现，伺候得你心情美美的。”

“去！说伺候我，哪一回不是你占便宜?”

此时二人已走到帐篷门口，萧乾瞄了一眼击西和玫儿，吩咐了她们备好温水，却无视她们害羞垂眼的样子，猛地低头，在墨九的额头上吻一下，声音沙沙、哑哑的，带了一点儿温存的笑意，又有一种邪佞、无奈的小坏。

“那不叫占便宜，只为履行承诺。阿九不会不记得，你曾经答应过我，要为我生一个孩儿吧？择日不如撞日，那就今天晚上了。”

择日不如撞日?

性感的魔音一入脑，墨九思想突然就污了。

“滚！”她狠狠推他，在他的笑声中低斥，“你不要脸！”

帘子哗一声放下。

击西和玫儿都被关在了外面。

两人对视一眼，玫儿羞红了脸：“雨好大呀。”

击西呵呵一声，撇了撇嘴，笑容有一点儿奸奸的：“那玫儿姑娘去休息吧。备水的事，我来就成。”

玫儿是一个姑娘家，两个主子要亲热，她逗留在这里确实很尴尬，加上在她的眼里，击西还是一个“大男人”，多少让她更生慌乱，更加不好意思。可真的要走吧，主子在里面，她又挪不开脚。

一时间，她咬着唇，左右为难。

“那……我先打水，然后再去休息。”

“成，去吧！”击西抱剑，一副过来人的样子，“有我在，没事的。”

玫儿嗯一声，抬步，里面便传来一道低低的啊声，她哆嗦一下，回头看击西，见“他”挥手，一脸镇定，不由得崇拜地看“他”一眼，换了一个方向，绕到帐篷后方去备热水。

帐篷里面。

等收拾妥当，墨九已气喘吁吁，无法组织起冷静的言语。

女子在这个方面，始终是吃亏的。

力不行，身不行，哪儿哪儿都不行。

看着面前赤红着眸子的家伙，她越发受不得那刺激了。

这人为她洗漱好，把她温柔地丢在榻上，让她不得不缴械投降……

“王爷，别，别这样吧！”

她的嗓子，都有些哑了，表现出来的，又哪里是“别这样”的样子？

萧乾戏谑一笑，捏她微微泛红的鼻头。

“小妖精，你不喜欢？”

是喜欢没错，可这个时候，好像气还没消呢，不太好……意思。

捋一下还没有干透的头发，墨九小声吸气，偷瞄他的脸：“那什么，我想我们应该先谈谈，等谈明白了再……”

“长夜漫漫，一会儿再谈！阿九，不急。”萧乾说着，低头埋入她的颈窝，轻轻吻她，像吃着什么香甜的食物，舍不得挪开身子，那半带柔情半粗糙的样子，似乎恨不得将她连人带骨头渣儿都啃入肚子里。

这么多天的思念，全都在这一刻得到了久违的满足。他喘着气，没有语言，只有用尽全部的热情，吻她，再吻她……直到把怀里的姑娘，吻得瘫软成了一汪水。

她目光晶亮，带着淡淡的红。

小唇微润，湿湿的，沾了他的气息。

低低的呼吸中，她可怜巴巴地看他，似乎不知所以。

这样的墨九，少了平常的凌厉，有着她完全不知的美好。

萧乾双眸更深，低头继续，似要逼她绽放出更多的妖娆。

“萧六郎，你停下，停下。我喘不过气了。”

“那就闭上眼，不要看我。”

“我我……”耳边痒痒的，心里酥酥的，墨九在他的怜爱里，身子发热、头脑发蒙，四肢瘫软，变得几乎不再是自己，好多的话，都说不出来，“我真是……服了你了。”

“阿九好乖。不服夫婿，又当服谁？”他的放肆越发疯狂，墨九耳根一热，难得地羞臊起来，红着脸，捶他的肩膀，“你个……不要脸的。无耻！”

他趁机撬开她的嘴：“还有更无耻的！”

在榻间的萧乾，与在外人面前总归是不一样的。

当然，这样的他，只有墨九可以看得见。他似乎无师自通，有着超高的耐受力与战斗力，生生把墨九憋得心肝火儿都快要燃烧起来了，终于不再逗她，低低唤着她的名字，一遍又一遍，再从齿间叹出：“阿九，乖乖的，我来了！”

雨声啪啪击落在帐篷上，似乎掩盖了一些什么声音。

帐外的击西抬头看向更深的夜幕，开始思念起了她的小和尚。

而此时的驻营地，整个儿地沉入黑暗之中。

林中夜鸟乱飞着，忙着避雨。

整个空间里，处处都有熟睡的鼾声。

同一时刻，蒙合汗帐外面，走出来一个高大的身影。

他向四周看了看，向值夜的北勐兵点点头，示意一下，询问了几句，又走到汗帐的门口，轻轻一咳禀报。得到了蒙合的允许，方才撩开门帘，带着夜雨和凉风，大步走进去。

“大汗，事情都办妥了。”

蒙合还没有入睡，身子斜斜地倚靠在榻上，像是已经等了他许久，有点儿不耐烦了。放下手上的书，蒙合不冷不热地哼一声，慢吞吞抬起眼皮，阴声阴气地问他：“她有什么解释没有？”

来人正是森敦，他低着头，不看蒙合。

“她说不知为何会这样，除非有人换了杯子。”

“哼，换了杯子，好解释。可我的人都白死了吗？”蒙合目光里闪过一抹带着血腥味的凉意，“还有，这件事，苏赫表面上不说，可怎会想不到我有参与？真不该听信女子之言。什么不可解不可察的毒，什么服了毒就会乖乖就范从了我，什么神不知鬼不觉！唉，色之一字，果是害人。”

说到这里，他声音一沉，话锋又突转：“七公主，还有那个扎布日，今日是怎么回事？你可有调查？这一个个的都和本汗作对，这是要反了不成？！”

他似乎有些生气。

不知气自己为墨九所迷，做了一个不正确的决定，还是气事情都和他的意愿逆着来，他摆弄着手上的茶盏，咯咯作响，却吃不下去，猛地掷在了几上。

“哼！气杀我也！”

森敦不敢抬头，回答却恰到好处：“禀报大汗，七公主与墨九曾有过命的交情，又是一个性烈的女子，看墨九有事，自然会帮忙。依我看，她倒未必想到大汗。至于扎布日王爷……”说到这里，森敦轻笑，“大汗还不知他的为人吗？做什么，说什么，只不过为了一个七公主而已。此人，根本不会对大汗有半点儿威胁。”

森敦的分析，让蒙合冷静了下来。

他琢磨一阵，点了点头，目光转阴。

“是，就是那个苏赫，留不得了……”

“大汗的意思是？”森敦似乎吃了一惊。

“等围猎回京，比武择帅，本汗便封他一个大帅之职，让他领兵出征……出去了，也就不要回来了。”

这是要让苏赫死在战场上的意思了？

森敦动了动嘴皮，到底没有说话。

良久，在静谧中，他突然又皱起眉头，抬眼看向蒙合：“那姓温的女人，要怎么处理？到底是陆机老人的徒弟——”

“陆机老儿护短得紧，医术却也了得，有用得着之处。而姓温的，一个女子而已，谅她翻不出什么风浪，且留她一留。不过——”他突地眉心一冷，铁青着脸对森敦道，“她知道得太多了！死罪可免，活罪难饶！”

森敦抿唇，久久不语。

似乎在等着他进一步下达命令。

蒙合冷笑，目光里闪过一丝不易察觉的狠。

“森敦，你知道该怎么做了？”

“是，臣下知道了！”

森敦掌心抚在胸前，欠身行了一个礼，灯火下的额角，有隐隐的冷汗渗出。

这一晚的围猎场驻营地，经历了很大的风雨。

狂风怒吼，暴雨呼啸，震天动地，也掩盖了许多事情。

在一处偏远的帐篷里，无人听见那一声女子的轻唤：“谁？做什么的？”

是温静姝。她低低问着，声音满是惊恐。

男人半湿着身子，步子很轻地迈到她的面前，凝神看着被紧捆在架子上的女人。久久地，他没有出声，直到温静姝的目光，变成一片猩红的恐惧，他才慢慢地蹲下身来，看着她的眼睛，抽出腰间那一把锋利的匕首。

“大汗说，你知道得太多了。你说该怎么处置你？”

温静姝看着男人阴森森的眼，心弦全乱了。

“我说过了，森敦大人，我可以面见大汗，亲自向他解释。”

“不需要了。”

“我有紧要的事情要禀报大汗知晓——”温静姝很急切，像一个溺水的人，抓住最后一根可以带她离开危险的浮木，一瞬不瞬地盯紧森敦的眼睛，急迫而癫狂。

“森敦大人，只要你让我面见大汗，我会说服他的——”

“是吗？”森敦瞳仁微微一缩，目光冷森森地锁在她苍白的脸上，看她汗珠子一串串淌下还在强自镇定，突然觉得，这个女人，其实也很不一般。

一笑，他声音骤冷，抬起了匕首：“可惜了，大汗已然睡下，也不想见你。”

“那森敦大人，你听我说——”温静姝孤注一掷地深呼吸一口气，做好了鱼死网破的准备，可空气却在这一瞬静了下来。

她猛地瞪大了眼，痛得惊叫了一声。

短促的一声后，就没了动静。

她没有想到，森敦会趁着她说话的时候，用匕首挑开她的嘴唇，将锋利的刀尖探入了她的嘴里。她感觉到舌尖破了，有麻木又尖锐的痛苦，有温热的鲜血顺着嘴边滴落下来。

而面前的森敦，声音似乎比阎王殿里的判官还要催魂夺命：“温小姐，你现在有两个选择。”

森敦慢慢地转动着手腕，锋利的匕首就像绞肉一样，在温静姝的嘴里，不停带出鲜血。

可他的声音，却很平静，像一个完全没有感情的怪物：“第一，我帮你割掉舌头，从此你就安分了。第二，你服下此毒，彻底变成一个哑巴，能少一些痛苦。如果我是你，会选择第二种，你说呢？”

昏暗带血的光线下，温静姝头发凌乱，满嘴鲜血，被撕开的雪白前襟，也被染红一片，红丝丝的，像一个血人，偏偏一张脸却苍白如纸，形同鬼魅。

这是一个出乎意料的结局。

她没有想过……药会出现意外。

她也没有想过，墨九没有被她拉入地狱，而她将要入地狱。

地狱，是一个比哑巴、比疼痛更可怕的词。

所以，她不能入地狱，不能。

比起那些来，疼痛，似乎没有什么了，麻木了，也就没有知觉了。

她低下头，看着地上一滴一滴淌下的鲜血，赤红的一双眸子里，闪过的全是仇恨的光芒。

只要不死，就有希望，不是吗？

只要他们还不曾要她的命，她就还有机会，不是吗？

这一生，已然耗到此处，她已不可能回头。

“好。”她的声音含糊，已不再清晰，“我，我……吃……药。”

狩猎是北勐人的传统，是择秋冬时节，以猎来填补食物的缺乏。当然，北勐皇室暂时不缺吃的，围猎的目的就是以军事训练为主，同时满足皇室宗亲和大臣的娱乐。

这是北勐大汗蒙合初登帝位的首次围猎，预计行程是十五日。

大半个月都得在山中度过，对士兵而言，还是艰苦的。他们没有皇室宗亲和大臣的待遇，食、住都更加麻烦，自然也感受不到娱乐之乐。士兵第一天兴奋过后，到第二天再准备出发时，精神头已不如昨日。

大军开拔，猛虎般投入山林中。

上头的将领却有交代——东边的树林不能去。

那个昨日死了许多人的地方，成了禁地。

没有人关心他们是怎么死的，就算知道，也只能哑着。

死去的人，彻底成了冤魂，连一座孤坟都没有。

地面上的鲜血，经过昨夜的大雨，已被洗涤干净，被雨水泡胀的尸体，变得面目全非，狰狞、狼狈，一具具东倒西歪地倒在凌乱的草丛里，以各种各样的姿势，持续着他们在世间最后的表演。

死去的人不会知道，前来为他们收尸的人，居然是墨家弟子——这些昨日他们心心念念要杀之而后快的墨家弟子。对于北勐人来说，丧葬没有那么重要的意义，但墨家弟子素来以“兼济天下，悲悯世人”为宗旨，哪怕是敌人，也不好让他们暴尸荒野吧？

墨九无心围猎，索性带了他们来做义工。

小雨淅沥，不如昨日大，却也没停。墨九站在树林边上，头上撑着一把伞，她望着那骇人的一幕，对撑伞的男人喃喃：“咱们人手太少了，这么多死人，得清理到什么时候？”

“一会儿就有人来。”萧乾淡淡转眸，“我已派人向大汗禀明。”

“哦。”看着忙碌的墨家弟子及萧乾身边的十几名近卫在搬运尸体，想到那个万恶的始作俑者，墨九眉心蹙了蹙，偷偷伸出一只手指头，勾住萧乾的袖口，抬眸看向他的脸，“王爷，你今日不去陪大汗围猎，却跑来帮我收尸，不觉得委屈吗？”

萧乾眉头沉下，认真点头：“嗯，委屈。”

还真顺着杆子往上爬了？

墨九低低哼一声，也很正经。

“那王爷快去忙吧，陪大汗要紧，这里的破事，也用不着你。”

萧乾失笑，攥紧她的小手，在掌心捏了捏，暖暖的热度便传递到了她的手上：“陪媳妇比较紧要。”

“啧！”墨九眼风一抬，笑得风情万种，“这天儿还真是说变就变，昨天还是高高在上的铁血王爷呢，怎么睡了一宿就变成宠妻狂魔了？你说你这样，让我信哪一个你才好哩？”

“……”萧乾闭嘴。

唯女子与小人难养，他总算领略到了。

左也不是，右也不是，让他说什么好？

墨九捂一下口鼻，看他装哑巴的样子，突然想到了今天早上得到的消息——温静姝误服药物，突然哑了。好端端的，嗓子哑了，嘴巴也受了伤，嘴唇肿得血肉往外翻，样子极是瘆人。

墨妄还告诉她，听人说，昨天晚上温静姝的帐篷里有一点儿 小动静，但持续不足一刻钟，就归于平静。全程几乎没有听到温静姝的声音，也没有痛苦的叫唤，以至于大家都认同了她误食药物致其嗓子坏掉的说法，从而唏嘘不已。

陆机老人的徒弟啊，居然误食哑药。

这也真给她家师父长脸了！

念及此，墨九飞起眉眼瞅萧乾："温静姝的事情，与你有没有关系？"

萧乾默认，眉梢微微一挑："为你除去情敌，阿九要怎样感激我？"

好意外？墨九撇了撇嘴，不受他这个好："我可不是这么想的。你是要老实交代，还是让我来审你？"

又审？！萧乾头皮有点儿麻。

这妇人，真是让他纵容得越发厉害了哦！

可……谁让他纵容得心甘情愿，心里还忒美呢？

喟叹一声，他道："阿九且问，我知无不言，言无不尽。"

"这可是你说的，我没逼你呀！"墨九眼珠子一转，眸底有狡黠的光芒闪过，"依我看，王爷，你分明是在护着她呀。你想想，如果依了蒙合，说不定直接就要了她的脑袋，最起码会割掉她的舌头吧？可你却选择给她吃药，这就是留下了回旋的余地呀，你当我傻的？她是陆机老人的徒弟，保不准哪一天就治好了，不是吗？"

"阿九不傻。"

有理有据的话，谁敢说她傻？

拂一下她头上的雨雾，萧乾双目微微一沉："可你当真误解我了。"

"误解，呵呵。"墨九皮笑肉不笑，"那你告诉我，真相是怎样的？"

萧乾没有直接回答这个问题，而是沉着嗓子，不紧不慢地道："那哑药，依她目前的功力，真解不了。当然，我留她一命，也不假。理由有二：一、确实是为了师父；二、也是为了阿九。"

"为了我？"

墨九怔了怔，无语问天——嗯，如果天上没下雨的话。

她是低垂着头，靠在萧乾的肩膀边上问的："你且说说，留下她哪般是为了我？"

萧乾淡淡看她："你会看见的。"

"我呸！"墨九啐他，"虽然我不喜欢她，也真心没有想她死，但我绝对不背这一口锅。什么留下她是为了我，鬼才会信。"

萧乾凝神看她片刻，突然弯唇。

"阿九没有带过兵、打过仗吧？"

废话！这不废话吗？墨九青白眼，斜视他。

"我若会打仗，还做什么墨家巨子，我直接做大将军去了。"

萧乾沉吟，眼波荡荡："欲擒故纵，可懂？"

欲擒故纵？温静姝此人，还有什么可以擒的东西？

难道说，在她的身上还有别的秘密，是萧乾没有吃透的？所以，他才暂时留她一命，留下她的舌头，就是等未来有一天让她开口？

好吧，这个理由可以解释得通，但是后果呢？萧乾不能没有想过吧？

墨九眯了眯眼："有一个圣人曾经说过，斩草不除根，春风吹又生。一岁一枯荣，春风吹又生。远芳侵古道，春风吹又生……"

"停！"萧乾哭笑不得，一只手伸过去搭在她的肩膀上，将她娇小的身子往怀里一勾，整个儿裹入伞下，"阿九说得极好，这个顾虑我并非不曾考虑。但这一次，你一定要相信我。"

墨九挑了挑眉，与他对视。

是她亲自告诉他说，两个人要彼此信任。所以，不能只他来信任她，她却半分都不信任他吧？以身作则，方得长久。墨九点点头，表示了相信，接着又道："我还有两个疑问。"

"嗯？说。"萧乾声音哑哑的，脸上却无半分迟疑。

"好，我想想啊，罗列一下语言。"墨九很满意他的态度，冷静地寻思了片刻，"第一个问题，你是一个有远大抱负的男人，对不对？"

"我是个有妻室的男人。"

"……作弊！不算。请认真回答。"

"我是。"萧乾点头，一脸正色。

"行，那我问你，在这个时候，我们不适宜和蒙合正面为敌，你留下了温静姝，会不会给自己留下后患？她已经知晓你的身份，一旦她告诉蒙合呢？后果会怎样？不堪设想啊，我的哥！"

"……"

我的哥都来了！

萧乾表示很受伤："叫夫君。"

"你就美呗。不叫。请回答。"

"嗯——"萧乾很严肃地考虑了一下，"第一，她没有机会告诉蒙合，我也不会给她任何的机会。"

没有机会？！

萧乾怎么做得到?

墨九眯了眯眼，审视他：“第二呢?”

萧乾迟疑着勾了勾唇，不由得带出一抹嘲弄的笑：“第二，此事已然不再重要了。蒙合知也罢，不知也罢。经了昨日一役，我在蒙合的心里已经有了定位。不论我做什么，结果都是一样。改不了的帝王之心，古今皆同，一旦疑心起，从此再难消除。”

那昨天的事，就是导火索了?

他和蒙合的关系，也绷到弦上了?

墨九不免为他担心：“那你可有打算了?”

萧乾危险地眯眸，寒芒如刃：“兵来将挡，水来土掩。”

沉吟着，墨九突然笑了一声。

“我大概懂了。”

也就是说，如今萧乾这个金印大王，已经引起了蒙合的不满或者猜疑，也相当于，被蒙合架到了烤架上，也许围猎一结束，回到哈拉和林，他就会有别的动作了。对于敌人，蒙合不会手软，关键在于要怎么动这一步棋的问题。

现在不动他，是不敢轻易动他，不能动他。因为蒙合还顾及阿依古长公主背后的庞大势力。但蒙合这个人，奸猾得紧，他心里肯定已有所谋划，说不定会借此找一个冠冕堂皇的借口，将萧乾以及阿依古长公主那一众扶他上位的人，一并清理掉。

毕竟大部分的帝王都是这么干的，蒙合当然也不会例外。

——屁股坐稳了江山，接下来不剪除党羽，做什么?

墨九想笑，却又笑不出来。

于是，点了点头，她深深地望着萧乾。

“第二个问题，为什么你能把哑药顺利哺喂给温静姝?”

这个“哺喂”的字样，让萧乾眉头都蹙成了一团。

妇人的小醋劲儿啊，有时候他真的难以体会……

神色平静地回视着墨九，他正思考怎么回答才不会招惹到她，墨九却凑近了他的耳朵，用如同呵气般的低声道：“怯薛军里——有你的人?对不对?”

萧乾一愣。

这个妇人，真是什么都看在眼里的。

一脸凝重地抿了抿嘴唇，他有些犹豫。

换了往常，他肯定不愿意与她探讨这么机密的问题。可今时不同往日，他昨儿好不容易借机“表现”了一回，救助她于危难，从而上了墨九爷的榻，睡了一回温暖的被窝，今儿如果不老实点儿，恐怕晚上又得被撵出去了吧？

冬天快到了，越来越冷。

迟疑不得呀！

“嗯。”

一个嗯字，已是让他为难了。

看他一张便秘脸，墨九勾唇，鞋尖踢了踢草丛，看雨珠子滚落入泥，忍不住发笑：“好吧，看得出来你已经使出了洪荒之力，我很满意，今天的审讯就到此为止。”

“……”

萧乾心底叹息。

堂堂大丈夫，竟被一个妇人拿捏住软肋，还被拿捏得心甘情愿，甚至生怕人家不拿捏他，恨不得送上门去让她凌虐……这里头，到底有什么古怪的道理？

他平常想正事较多，对儿女情长的小事情，其实从来不曾往细了思考。他一直以为，对阿九好，便是对她好，却不曾去想，到底要怎样对她好，一个妇人的需求是什么，而他的阿九，又怎会有那么多稀奇古怪的想法，为何与平常的妇人都不太相同。

但昨日她入睡之后，他失眠了。

看着她梦中的睡颜，他深深思考了一番，竟是突然就认同了她的道理。

这世上容色秀丽的妇人千千万万，可像阿九这样牵动他心的妇人，却只得一个。

他喜欢她，不还是因为喜欢她的与众不同吗？

不甘平庸，才不平凡，才会闪光。

这样的阿九，就是最好的阿九了！

他徐徐转头，执起她的手一笑：“谢谢九爷容我过关。为了报答你的不杀之恩，等这里的事情办好，我便带你去围猎，让你见识一下——”

“才不要！”墨九拒绝得很干脆，直接打断了他，“一群人围着几只可怜的小动物猎杀，想想就残忍得很，我可做不来，也不乐意看。”

萧乾忙问：“那你要怎样？”

墨九眼珠子转了转，看他急切的样子，又软了声音：“那……你喜欢围猎，我就跟着去看看好了。若有遇上奸猾、讨厌的，还会咬人的，比如像你这样的野兽，猎上两三头回来啃啃，也还是可以的……”

这不是转弯抹角地骂他是禽兽吗？

萧乾低笑一声，勾起嘴角："好个伶牙俐齿的小妖精！"

墨九讶然："小妖精？呀，围猎场里，还有妖精这种生物吗？要不然，咱们也猎上几只妖精，回去炖了吃？"

"顽皮！"萧乾的心情看上去很好，轻轻刮了一下她的鼻子。油纸伞下他的脸，闪着一层幸福的暖光。这一瞬，烟雨绵绵和云烟氤氲，落入墨九的视线里，让她突然间觉得萧乾的脸色，好像有一些变化。

比前些日子，又好看了一些？

"等等！"她突然扳住他的胳膊，"我看看你的脸。"

每一次她专注地看他，萧乾就有些别扭。

大概与普通人一样，当对自己的容貌不自信的时候，就会有这样的纠结。这一次萧乾也不例外，微微别头想要抗拒，却被墨九强势地捏住了下巴，他只能低头，无奈地握紧她的手腕："阿九昨日还没有看够吗？"

"看不够，哪里能看够？"

墨九随口胡诌着，视线却在他的脸上扫视。

不是光线，不是错觉，她实实在在觉得萧乾的脸有了变化。坑洼与疙瘩比第一次看见他的时候，平坦了不少，光滑了不少，本来发红的皮肤组织颜色也在变淡，趋于正常的脸色。

心里惊喜，她眉间眸底都是笑。

"太好了！我发现你好看了许多呢。"

她本是由衷之言，但萧乾脸上的窘迫，却更甚。

他将她双手从脸上扳扯下来，握在掌中，低声道："对不住你。"

墨九惊疑："怎么了？"

萧乾严肃着脸，一本正经，不像玩笑："污了阿九的眼。"

呃！墨九有些啼笑皆非。

想这个男人哪，在千军万马前面不改色，不论遇到多大的风雨，也都可以有男儿的担当，从来就没有紧张过，没有惧怕过什么……偏偏一张脸皮，却把他收拾得够呛。

突然地，墨九有点儿坏心眼地想——

若注定他有此一劫，倒也是好事。

至少她可以挫挫他的锐气吧？免得这个男人总以为自己天下第一，什么都比别人强，那他都那么好了，还有她什么事？她又如何在他面前嘚瑟？

于是，她沉吟良久，慢慢地眯起了眼睛："如此你总该知道，我对你是真心还是假意了吧？有人爱你俊美不凡的容色，有人爱你皎皎如月的风华，只有我墨九，爱的是你这个人，你这颗心啦——"

说到"心"字时，她狠狠戳在萧乾的胸膛上。

这小女儿娇态，几乎融化了萧乾的心。

他满脸笑意，复又握紧墨九的手。

"是是是。有阿九如此待我，此生足矣！"

"哼！甜言蜜语先别说——"墨九打算傲娇到底，又一次为他打预防针，"我告诉你呀，以前的事情，还没有一笔勾销呢。你可让我积攒了不少怨气，我都一条一条给你记着呢。我现在是怜你，是出于好心，但是你不能当成理所当然。一旦你对我不好，或者踩了我的底线，我还得慢慢与你翻旧账。"

翻旧账也说得理所当然。

关键是……怨气还能攒起来放着？

萧乾一张脸全是苦的，他抿了抿唇，半眯着眼。

"阿九，咱们不能打个商量吗？"

"商量？商量什么？"

他道："我每为你做一件事，你的怨气就消散一点儿。消掉的事情，就不能再翻旧账。等我完全把你心里攒的怨气都除掉了，你就——"慢慢地低头，他嘴唇附于她的耳，声音温柔，言笑浅浅，"为我生一个孩儿。"

噫，昨儿说生孩子，今儿又说。

这个男人是多想要小孩儿？

想想他的岁数，想想这是古代，墨九突然同情他了。

然而，同情并没有什么用，改变不了她的想法，她这个人做事，向来有原则，不肯轻易松口："不行，我岁数不够，还不能生育呢。还有——啊，对了，咱俩说好的事，你还没有做呢？"

说到最后，她一脸惊痛的样子，把萧乾吓了一跳："何事？"

墨九咬着下唇，突然"羞涩"了，双目带着水光睨他。

"你忘记了？居然把这么重要的事忘记了，我又想攒一条……"

"别！"萧乾马上投降，"别攒了。你且说，我都依你！"

猎物已入套，墨九马上转忧为笑，双手轻轻挽住他的胳膊，笑眯眯地道："我俩以前说好的，只要行了房，你就得为我熬上一碗避孕的汤药，对不对？可昨日我未服药，你又那什么了人家。呀，我不会怀孕吧？不行不行，你回头就赶紧给我补上一碗汤药！”

补上？

这时已过晌午了。

多少个时辰过去了，补上……有用吗？

萧乾严肃着脸：“好，补上就补上。”

察言观色，墨九坏坏地嘟唇：“不要耍小心思哦。如果我怀上了，就拿你是问。”

萧乾无辜地看着她：“阿九得讲理呀！这凡事都有万一，若刚好遇到几个比较旺盛、强壮、精神头好、抗药能力强的家伙，非得往里钻，这又如何怪得了我？”

狡辩！果然没安好心。

墨九哼声，甩给他一个白眼：“如果那样，你神医之名，不要也罢。”

神医，他不早就不要了吗？

萧乾这般想着，却不说，只是口上应承着，哄了墨九一个欢天喜地。于是，九爷一高兴就拉了他在林子里面撑着伞走了片刻。雨中漫步，难得的轻松时光，很是浪漫……

这也是墨九好久以来不曾得到过的浪漫。

她心里美，觉得改造男人的事，有希望了。

“谁说男人是不可驯养的……”

她低声喃喃，却被萧乾听见：“阿九说什么？”

墨九咳一声，翘起唇角：“谁说尸体是不能埋完的？你看，人不都来了吗？”

这个时候，已有北勐士兵过来帮着他们收尸了。

几百个死人，就地掩埋，确实需要一些时间。

从晌午一直忙碌到雨停近黄昏，林子里总算恢复了平静。

那些死去的人，默默地睡在了青山绿树间，就像不曾来过一样，再一次用他们的鲜血和生命，为墨九的穿越之路上了一课，让她见识到什么叫作人性的残忍，以至于再次前往行猎时，她看着开阔的猎区，对弱肉强食的定义，也有了新层次的理解。

这天的围猎，她随了萧乾一起。

而这，也是她抵达猎区之后，再一次见到蒙合——

今日雨过天晴，阳光灿烂。

气温一高，林子里面便闷得像一个大瓦罐，偏生秋风也撩人，将北勐旌旗吹得高高飞起，呼啦啦作响，让墨九心里平添了一股子秋瑟的不悦。

蒙合一反常态，并没有像前两日那样全副武装地骑在马上等着带队行猎，而是坐了一乘软椅，旁边摆放着一个藤条制作的茶几，手捧清茶而饮，一派悠闲。看到墨九随了萧乾一同前来，他甚至赶紧叫人看座沏茶，就好像之前小树林里的事情都翻篇了一样。

对于这样的变色龙，墨九不得不佩服。

不过，大汗要“礼贤下士”，她自然也得有礼有节。

一个请安，一个免礼，彼此心照不宣，脸上还都保持着盈盈笑意。

这光景，让墨九暗嗤不已。

众臣心里都有一杆秤，左瞧瞧，右瞅瞅，看蒙合对墨九的“特殊”关爱，再看墨九姣好的容色，便心知肚明了，赶紧溜须拍马，各种附和。于是，围猎大军还没有开拔，就进入了高潮，让营地树丛里欢声笑语不断。

“大汗，您的振臂弓备好了！”

有侍卫备好了蒙合的马匹与武器，前来请示。

可蒙合懒洋洋地靠在软椅上，揉了一下额头，有气无力地咳嗽了两声，像是没什么情绪似的，瞥了一眼一言不发的萧乾。

“今日我身子不舒服，便不出行了，由苏赫王爷代我讲武习猎，领诸位前往。”

萧乾挺拔的脊背微微一僵，脸上挂着担忧看向他：“大汗哪里有恙？可要宣医官前来看诊？”

“无妨，无妨。”蒙合摆了摆手，一脸苍白的样子，没有什么血色，好像还真是病得不轻，“前两日下雨围猎，受了些风寒罢了。早上起时已服过汤药，没有大碍，只是这会儿精神头儿不济，只歇歇就好。”

萧乾沉吟一瞬：“那不如今日便不出猎了，臣等就坐在这里陪大汗说说话，回头让士兵猎一些野味来，就地吃上一点儿，却也有意思。”

蒙合对他的“诚意”似乎很受用。

呵呵笑了两声，他捋着下巴上的小胡子：“那怎么成？！大事要紧，每一日的行猎讲武都有安排，身为大汗，我原是义不容辞，奈何身子骨不争气。”又将阴恻恻的眼看向萧乾，他略略皱眉，声音已低沉了不少：“去吧，我信任你。”

这样大的行猎之举，让萧乾全权代表他去，这“代表”的意义，又何止是信任？

简直就是肥差，是甜头，是让众臣都忌妒的大力栽培了！

但凡有心之人，几乎都可以从蒙合的态度中看出来，这个苏赫王爷从此怕是要权登巅峰了。此次出猎的众臣里，比苏赫有声望、有地位的人不在少数，蒙合独独选了他。若此时再拒绝，那就是不知好歹。

眉心微微一蹙，萧乾终是单膝行跪礼。

“微臣谢大汗赏识。”

“哈哈，哈哈哈！起来起来。君臣在外，何必拘礼！”

“谢大汗！”

你一句，我一句，该客套的客套完了，围猎的队伍就要出发了。冷眼旁观着蒙合对萧乾的赏识，墨九有些费解，觉得这差事来得没头没脑。可紧接着，更令她费解的事出现了——刚刚对苏赫委以重任的蒙合，居然邀请她对弈：“听说巨子心存慈悲之心，不喜围猎，那不如在此陪本汗弈上几局，等待苏赫王爷凯旋，如何？”

皇帝征询意见，那是征询吗？

根本就是直接命令了！

而且，人家故意客气，墨九却不能揣着明白装糊涂，真的去拒绝他。瞥了萧乾一眼，她见他没有反对，也不好反对，抿了抿嘴唇，终是横下心一笑：“不瞒大汗，草民下棋，只是半壶水，根本就吃不透——”

“那岂不正好？！哈哈！”蒙合咳嗽着，笑声很是温和，“对于棋道我也一知半解，刚好可以与巨子共同探讨。当然，本汗素知巨子知识渊博，墨家思想更是源远流长，若能于棋术和其他见解上得巨子指点一二，自是更好。”

连“指点”都用上了！

这个皇帝，没病吧？

墨九心思微微一沉，看众臣也都惊住了。

不得不说，蒙合对墨九的推崇实在太高了，高得让任何人都羡慕，哪怕她是一个美人儿，也不能让人将忌妒之心减去分毫。在一束束或尖锐或审视的目光里，墨九觉得屁股上像长了钉子，怎么都不自在。

但事儿逼上了头，这个时候说什么都没有用。她虽然不知道蒙合到底安的什么心，但大白天的，营地里有这么多人，她也不相信他真能干出什么事来。更何况，还有萧乾在，不是吗？那个男人，怎么都不会让她出事的，对此，她倒是有信心。

“那……”她笑着拖长声音，“草民就恭敬不如从命了。”

蒙合懒洋洋地靠在软椅上，似乎很是满意，笑着摆手。

“森敦，去摆棋盘。”

“喏！”森敦默默低头，下去了。

墨九淡笑着坐在蒙合的对面，看棋盘摆上了桌子，看萧乾不得不领了皇命去行猎讲武，心里突生了怅惘——好不容易两个人一起出来，结果只对视了几眼，连说话的机会都没有，也太硌硬人了。

大军远去，营区附近安静了下来。

皇帝要在林子里面下棋，其他人自然不便打扰。

于是，森敦领着一群侍卫远远地候在外围警戒，墨安等一众墨家弟子也不曾离开，却与他们一样不敢靠近，都守在树丛的外面，盯着树冠处射入的阳光，静静地待着，全神贯注。

墨家是天下有名的大家，蒙合大帝尊重墨家巨子，要与她下棋，严格说来，并不出格……若论唯一出格的地方就是：墨九是一个女人，还是一个漂亮的女人。而蒙合是一个男人，也是一个喜好美色的男人。

如此一来，两个人在林子里下棋，就难免引人遐想了。

人人都看得出来，蒙合很中意墨九，却没有想到，会中意到那样的程度。不过半个时辰，冷清的营区，就再一次热闹了起来。没有人知道，到底是因为墨九太难伺候，还是蒙合太纵容这个女人，只不过下了一小会儿棋的工夫，居然搞得像宫中大宴似的，把一群人忙得鸡飞狗跳，上气不接下气，一会儿为她准备点心，一会儿为她准备酱牛肉，一会儿还要为她拎去美酒……

这一切，让营地里的人暗自咂舌。

作！他们都觉得墨九这个女人太作！

仗着大汗宠爱，就无法无天地折腾人，怪不得都说她不知检点……

受了累的人都这么想，在暗地里把墨九恨得咬牙切齿，可听说了此事，原本在帐篷里休息的塔塔敏却皱起眉头，将弯刀往腰上一挂就要过去。

墨九为什么折腾？别人不懂，她懂。

因为她不想单独和蒙合待在一起，因为她也怕有危险，所以才会变着法儿地使唤人，甚至不惜毁坏自己的名声，就图一个安心。

身为朋友，她能坐视不管吗？

塔塔敏生怕墨九吃亏，闷着头走路，步子迈得极大，可刚出大帐不远就被扎布日拦住了。

一只手臂横在她的面前，扎布日挑高眉头，一脸不悦地问："上哪儿去？"

塔塔敏缄默片刻，不回答，身子往边上侧。

可扎布日又拦了上来，她往左，他就堵左，她往右，他就堵右，完全不给她前行的空间。你来我往，两个人之间的气氛突然就怪异了。塔塔敏沉默一瞬，终于生气了，冷冷地盯着他："你到底要做什么？"

"我在问你话呢？"扎布日抬了抬下巴，一双浓眉紧紧蹙起，"要上哪里去？"

"你管我！"塔塔敏一脸不耐烦，又想绕过他走。可扎布日就像看穿了她似的，冷冷一哼，一把抓住她的手腕拖到帐篷后面，往外探了一眼，不见有人过来，方才低头凑近她的脸，不冷不热地斥她，"我奉劝你，这个时候不要去找死！"

塔塔敏抿了抿唇："我不能不管她。"

扎布日呵呵冷笑："你管她？你管得了吗？她陪大汗下下棋而已，你要怎么去，以什么理由去？"

塔塔敏微微一怔。

确实不合礼数，确实好像在故意与大汗作对。

可即便如此，又怎样呢？

她冷目而视："我也去下棋。大汗是我侄子，墨九是我朋友，我不能去吗？"

一口恶气卡在喉咙里，扎布日似乎被她气笑了。他怒其不争地咬一下牙齿，那气恼的样子，似乎把她掐得更清醒，或者恨不得掐死她："塔塔敏，你就省省吧，什么侄子？那是大汗！你难道会看不出来，大汗对那个小娘儿们动了什么心思？"

"什么心思？"塔塔敏冷哼，"不就你们男人那点儿心思。"

"知道就好。而且我告诉你，这不是普通的心思——"扎布日顿了片刻，将声音压得更低，"是一种更重的心思。你不是第一天认识蒙合，你何曾见过他这般挖空心思对待一个女人的？这是志在必得呀，你懂不懂？为了今日支开苏赫，留她下棋，他连风寒的招儿都使出来了，你还没看明白？"

塔塔敏当然看明白了，所以她才要过去。

但这心思她却不想说，而是直接斥了过去："我不懂你们男人的花花肠子！可大汗留她，也有可能因为墨九是墨家巨子，大汗重贤才，你也不是第一天知道。"

"你信吗？嗯？我问你，你信吗？"

扎布日咄咄逼人地盯着她的脸，一双眼睛里全是恼意。

“就算你想去死，也不要拖我下水，行不行？”

拖他下水？塔塔敏抬头，目光阴了阴：“我的事情，不用你管。你走开就好。”

“不要我管？那你昨日为何又要吹哨子？”扎布日也是一个性格冲动的男人，一生气便口不择言，“你可晓得我昨日正在做什么？老子搂着两个好看的小娘正亲热呢，还没到舒坦点儿，你就把哨子吹得震天响。你说，不是你要我管你的，难道是我凑上来管你的？”

一句话，把塔塔敏堵得哑口无言。

昨日若非事态紧急，她又如何会吹那哨子？

说来确实凶险，若真出了什么事，也确实拉他下水了。

她攥了攥微垂的手心，望着扎布日，慢慢从脖子里抽出一条细绳，将拴在绳头的小哨子取了下来，塞到扎布日的掌心，不冷不热地道：“昨日之事，就当我欠你一次人情。你往后有什么需求，我必将回报于你。现在，哨子还给你，从此你我……便两清了吧。”

她决绝的样子，让扎布日心里一紧。

低头，他看着掌心里被摩挲得光滑而晶亮的哨子，突地又抬起头来，冷飕飕地笑：“说得轻巧，你说两清便两清了？还有，我有什么需求，你会不知道吗？你准备怎么来回报我？嗯？”

塔塔敏咬着下唇，一动不动。

“哼！”扎布日重重一哼，把哨子掷还在她的身上，不客气地拍拍她的脸，“我亲爱的妹妹，我不怕告诉你，这辈子你都不要想和我两清了。只要我扎布日活着一天，你塔塔敏就是我的人，谁他娘的也夺不走，包括你自己，听明白了吗？”

塔塔敏动了动嘴皮，想说什么，又终是咽了回去。

她低下头，没有去捡落在地上的哨子，错开扎布日的身体，继续往林子里走。

“塔塔敏！”扎布日弯腰捡起哨子追了上去，双手紧紧扼住她瘦削的肩膀，把她狠狠拖了回来，抵在帐篷上面，将帐篷的布抖得沙沙作响，伴着他急切的声音，似乎有怒火烧了起来。

“你清醒一点儿好不好？那个娘们儿精着呢，她不会出事的。还有苏赫，他敢把她一个人留下来，难道就没有想过防备？你这脑子，什么脑子？你当旁人都像老子这么傻呀？”

他傻吗？

想到他做的事，塔塔敏反驳不了。

不置可否地叹息一声，她手抚腰上的弯刀，突然觉得他说得也在理。

墨九毕竟是墨九，比她更精明的墨九哇。

“真的不会有事吗？你保证！”

“我保证？我他娘的为什么要为她一个不相干的人保证？”扎布日看见墨九就来气，可骂完了塔塔敏，看她愁眉苦脸的样子，他又无奈地把哨子塞到她的手上，软了声音，“你若乖乖地把这个戴回去，我就给你保证，好吗？”

戴回去又能如何？

塔塔敏别开脸，不去接那东西。

“我不要。我也不想再和你有什么关系。”

她嫌弃的表情，一如当年。扎布日目光深了深，突然笑了一声，张开臂紧紧拥住她：“没有关系不是你说了算的，得我说了算！你说呢？”

“你……走开！”塔塔敏想要推开他。

可扎布日的力量又岂是她能抗拒得了的？他猛地将她的身子拉向自己，将脸贴了上去，在她脸颊上磨蹭几下，突地低头，把一颗大脑袋死死压在她的颈窝，狠狠地搂住她，深呼吸着她的如兰香气，粗粗地喘气片刻，像是不能自持一般，猛地张开嘴，咬上了她的脖子。

“你早晚会是我的……”

树林里的阳光，越来越强烈了。

墨九手持一粒白子，磨蹭着放在棋盘上。

“好棋！”蒙合大笑而赞。

从开始下棋到现在，也不知道他究竟有没有注意棋盘上的风云，但凡墨九走棋他就夸，毫无原则地夸，一脸迷恋。说到底，他对下棋本身就没有什么兴趣，有兴趣的，不过是与他下棋之人。

他灼热的目光，墨九又岂能没有察觉？所以，她始终回避着他的视线，不想有半分暧昧，只将一颗心放在博弈上，专心致志地提高棋术。

“巨子，有一件事，不知当讲不当讲？”蒙合手执黑子，迟疑着这里试一下，那里试一下，始终没有落棋，却突然唤了墨九，目光烁烁地看着她，欲言又止。

“……”墨九抬眉，“你是大汗，谁能让你不当讲？”

这个回答，简直绝了，把蒙合虚伪之言踩成了一地狗屎。

蒙合尴尬地怔了一瞬，随即再次哈哈大笑起来：

“巨子脾性，甚合我意！好。爽快！那我便直言了。”

“草民洗耳恭听！”墨九淡淡看着他，笑了笑，又指了指棋盘，“但大汗可否先把这步棋走了？免得我一直等着，心里焦躁。”

蒙合微微一笑，顿了许久，却没有依言走棋，也没有说话，只一双眼睛盯着她，像要从里头伸出一盏探照灯来似的。这样的目光，让墨九如坐针毡，心乱如麻，神经突突直跳，浑身都不得劲儿。

无奈之下，她只能将视线瞄向桌面上的酒水。

然后，她慢慢端起，一小口一小口地慢慢抿。

良久，她终于听见了蒙合突然变沉的声音。

“我与巨子一见如故，很想与巨子结个交情。”

不是吧？墨九脑子一瞬就乱了。

一见如故，他怎么好意思说出口的？

还有，这世上，居然有皇帝要和平民结交情的？

她呵呵不已，干笑声听得她自己都发瘆。

“大汗太高看我了。您在天，我在地，哪里能高攀，与你结交情啊！”

“不不不，不可如此说。”蒙合看见她笑，心情似乎更好了，也似乎真是实心实意要与墨九之间发生一点儿与众不同的情分。咳嗽了两声，像是下定了决心，他忽然从软椅上站起来，欠身向墨九作了一个揖礼，“若巨子不嫌，本汗想与巨子义结金兰……”

义结金兰？

墨九呛了一口酒，咳嗽不已。

如果不是蒙合太严肃，她一定怀疑自己的耳朵出问题了。

这个人到底在打什么主意？

他对她有什么意思，墨九看出来了。不过男人对漂亮的女人有一点儿想法，那简直再正常不过，无非也就下半身那点事儿。她其实心里明白，蒙合现在是顾及苏赫和阿依古的想法，不能动她，否则，估计分分钟就会把她办了。但即便如此，她依旧不能理解，为什么他做不了别的，居然想做她的哥？

难不成这个人，五行缺妹？

持续惊愕，她眼珠子都不转地盯住蒙合，一动不动。

也窃以为，这个表情才是此刻她最应该有的表情。

果然，她的惊诧取悦了蒙合。

慢慢地直起身子，他小胡子抖了抖，脸上挂着一丝笑：“巨子请相信我，敬仰巨子之名全都出自本心，绝无半点儿私意，还望巨子不要拒了我一腔盛情才好。”

拒？怎么拒？

墨九脑子都快要蒙圈了。

穿越一回，她从来没有想过，会有一个大汗要和她义结金兰，结为兄妹。

哦，对哦，兄妹！

再把彼此的关系理顺一下，她突然哆嗦了一下。

若是与蒙合结成了兄妹，那是不是代表，她就变成北勐公主了？

我的天，这是不费吹灰之力就提高了格调哇！

“巨子……”

蒙合看她呆怔，也不坐下，就那样弓着身子看着她，满脸正经的样子，和颜悦色，全无半点儿假意。若非墨九深知他的为人如何，肯定能感动得痛哭流涕。

这般被一个皇帝礼遇，正常人不都会受宠若惊吗？

大概蒙合也觉得她本应受宠若惊，看她依旧抿着嘴巴不言不语，好像没有“喜”，只有“惊”，终是有点儿尴尬。

“巨子不愿？”

墨九目光微微一眯，视线落在他脸上。

“不是不愿，是不敢。”

蒙合听她吐言，松了一口气。

“本汗的心意，你有何不敢的？”

“我……唉！”拖长着嗓音，墨九的样子像是很难决定。

她知道蒙合很希望看她有高兴的反应，毕竟他是个帝王嘛。可她偏生犹豫着，纹丝不动地端坐在他面前的椅子上，看他高瘦的身子傻乎乎地戳在她面前，背着光的面色越来越沉，越来越阴暗，像是有一点儿耐不住性子，一片诚心都要喂狗了……她方才又是一叹：“草民怕！”

看不出她的异样，蒙合皱眉头：“有我在，你怕甚？”

呵呵！墨九心里冷笑。

这话说得，就是有他，她才怕呢。

心里暗自嘲弄着，她故意表现出沧桑来，淡淡一笑："齐大非偶。"

蒙合看着她，有些迟疑："何意？"

墨九呃一声，突然有点儿纳闷了。

这个大汗居然不懂这个词儿吗？

看来确实如外间传言，于学识上他确实比较"半壶水"。

轻咳一声，墨九的目光落在他背后的树林里，轻轻一笑："大汗是王，草民是民，两个阶级根本就不同，如何敢高攀？"

阶级？蒙合琢磨着她的话，沉默了良久，似乎懂了一些，看她的时候，目光更烁，似乎对墨九的学识以及那一个一个他根本就不曾听过的词儿更感兴趣了，想得到她的心的欲望，自然也就更加强烈了。

男人好征服。

如今的墨九就是他需要征服的女人。

这一刻，他甚至觉得，有一个这样的女人在身边，那才是王者，才是巅峰，才是一个男人最需要去实现的抱负。有一种女人，长得很好看，可跟在身边除了榻上玩耍，根本就没有任何的意义，而墨九这样的女人，却可以让男人平添光芒与王者气概。得到她，何尝不与得到天下一样，是件美事？

蒙合的内心激动起来。

一句很缓却也沉重有力的话落下："巨子，我是诚心的！还请勿拒。"

墨九快为他愁死了。她一直在逗他，这货就看不出来吗？

果然还是她太单纯了吗？

眼看蒙合还没有坐下，一直那样弓着身子看她，墨九终于松了口："大汗真的不需要再考虑吗？我不能为你带来任何利益，说到底，还是你比较吃亏呢。"

"本汗心意已决！"蒙合双目烁烁，如同生着莹莹暗光，"除非巨子以为，屈居本汗之妹，是受了辱没，那样我自是不敢再勉强。"

辱没？这个词就用大了！

墨九哪里敢说帝王辱没了她？

看来蒙合是非要把她架在烤架上，非要逼她的意思了？

说实话，她不愿意结这劳什子的金兰。

但这个主儿得罪不起，她和萧乾还得继续喘气呢。

没法再考虑，墨九想一想，当一个公主来玩玩，倒也不错。毕竟穿越一场，她还没有做过公主，就当cosplay好了。想通了这一点，她咳嗽一声，笑容满面地站起身来，也对蒙合作了一揖。

“那墨九便恭敬不如从命了。”

连词儿都没有变。

蒙合扯着唇笑了笑。

“结义之事，是两人之事，不必从命。”

“哦呵呵。”墨九笑得自己都有点儿硌硬，“大汗说得有理！”

“义妹应当改唤汗兄了！”

汗兄？墨九心里一跳。

下意识地竟然想到了全是汗毛的胸膛。

打了一个哆嗦，她憋着笑，流露出一种感动得落泪的表情来。

“大汗是天子，草民……惶恐啊！”

蒙合一怔，傻笑般呵呵几声，笑得墨九都快要胃不适了，他才挪开盯在她脸上的眼神儿，四周看了看，炯炯的双目微微一眯。

“此处简陋，缺了一点儿仪式。但如今围猎在外，诸事皆从简，你我皆非在意礼数之人，不如就地行个礼，吃一杯水酒，算是礼成。等回了哈拉和林，我再给义妹补上大礼，另行册封！”

还要补大礼？还要册封？

呃！墨九越发心紧，笑得一脸鸡皮疙瘩。

“不必那么麻烦吧？”

“义妹此言差矣，蒙合没有妹子，好不容易有一个妹妹，那便是大事、喜事，不热热闹闹地办一场，如何使得？”

没有妹妹，果然是五行缺妹吗？

可结拜一下而已，哪需搞那些奢华仪式？

而且，为什么他的样子，让她觉得他不像是要为了义结金兰的事办一个体面、隆重的盛事，而竟然像是要娶妻似的？！

墨九无力地勾了勾唇，笑道：“草民闲云野鹤惯了，就喜自由，不需要讲究那些繁文缛节，如此这般，突然就要做公主了，有一点儿不太适应。”

蒙合看她天真可爱的样子，嘴角不停地上翘，像是心情真的很好，兴致高涨得如同得到了世间珍宝，赶紧为两个人斟满酒，就地行结拜礼。

“来，义妹，喝了这杯酒，咱俩便是兄妹了。”

看墨九不语，他又笑着补充：“从此，但凡有我在，便无人敢欺你。”

“呵呵呵！”墨九干笑着举起酒杯，“承蒙大汗爱惜！”

“汗兄！”他纠正。

“呃！”墨九一口把酒干掉，“慢慢来，这称呼我没唤过，出不了口。”她把酒杯倒扣，意指自己已经喝完，“该大汗了。”

“好。爽快！”蒙合一口喝下，哈哈大笑着，那阳光灿烂的样子让墨九极为纳闷。见过各种各样的男人，她还真的没有见过像蒙合这样抢着要做人哥哥的男人，而且为了做这个哥哥，自降格调死皮赖脸到这种程度，也是真真儿罕见了。

两个人喝着酒，不时聊上几句，蒙合笑声越发爽朗，墨九想：也许他觉得她与他身边那些“妖艳贱货”就是不一样，所以才死缠烂打？呵呵干笑着，她索性放开了自己，把自己当成一个纯正的爷们儿，不时对蒙合说上几个小笑话，把蒙合乐得合不拢嘴。

“哈哈！义妹好生风趣！”

“哈哈！”墨九也笑，“那有没有什么奖励呀？”

蒙合一怔，看着她俏丽带笑的脸，突然严肃了下来，如同承诺一般：“义妹放心，你既然认了我这个汗兄，我必定给你最大的荣宠，给你北勐无人可享的荣宠……”

墨九身子骨一抖。

无人可享的荣宠？会是什么？

蒙合看来不是缺妹，是缺皇后哇！

不小心呛了一下酒，她咳得口干舌燥。加上之前又多喝了几杯，于是，她越发觉得不自在，四肢都不听话，只想开溜，不继续深入这种容易产生暧昧的话题了。

“谢谢大汗——”她揉了一下额头，皱着眉头轻声道，“今日太过高兴，我多吃了一点儿酒，这会儿有点儿上头，犯困，得回去歇一下！”

说困，她就打了一个哈欠。

一半是装的，想要“借困先遁”。

另一半自然是真的，确实有点儿乏了。

毕竟全神贯注地应付这样一个男人也挺累。

蒙合深邃的眸色落在她的脸上，也皱起了眉头，满是担忧地道：“义妹脸色是不大好看。不行，我得给你寻一个医官来瞧瞧身子。森敦——”

“啊，不用不用。”墨九身边就有良医，哪里需要什么医官？

不待森敦过来，她便尴尬地摆了摆手：“我歇歇就好，歇一歇就好。大汗您先忙，或者，另外再找人陪你下一局？”

“不下了！”蒙合对下棋本就没有多大兴致，索性一只手拂了棋子，对墨九道，“林中幽静，义妹若要歇息，在这里最好。来，你坐我这里。”

墨九闻言一瞪眼，再次惊愕。

他手指的，居然是他坐的软椅？

这条椅子很长，很宽，上面铺着一层厚厚的毯子。说它是一张椅子，其实更像一张罗汉榻，睡上去一个人完全没有问题……

但蒙合的椅子，那就是龙椅。

她今儿要是上去休息，那北勐的天还不炸了？

看着蒙合温柔的“嘴脸”，她心尖尖一颤，故作惊恐地摆手。

“使不得，使不得！大汗的椅子，我一介妇人哪里能坐？”

“你我兄妹，何须介意？”

“……”

他的态度太友好了。

对苏赫如此，对她更是如此。

墨九不由得满心疑惑。

蒙合并不是一个没有算计的男人，这般到底为什么？

难道——这就是传说中的捧杀？

北勐蒙合大帝登基后的第一次围猎，就为北勐新添了一位公主，还是墨家巨子。这件事情当即在围猎队伍中炸开了锅，而后随着围猎之行的顺利收官，众人回到哈拉和林，谣言四起，闹得满城风雨，而后世的史书，更是为此写上了浓墨重彩的一笔。

有人说，义妹是假，苟且是真。

有人说，一切都只为顾虑苏赫的暗度陈仓。

有人说，两个人在小树林里便搞了那事。

……

说什么的都有。

墨九此人，早已借由各方的喉舌渲染，被赋予了传奇的色彩。黑化的，白化的，从来不绝于耳。她一个女人，一个墨家的女人，一个天寡的墨家女人，不仅善机关、会巧术，还妖娆绝艳，能得到这样多的男人的青睐。南荣宋熹、苏逸及故去的萧乾，后珒的完颜修，北勐的蒙合，金印大王苏赫……

数不完的风流韵事，全变成话本素材。

于是乎，墨九的名声，便不是名声了。

有人说好，就会有人说不好。

一个传奇人物，受到两面评价，古今皆同。

但，那都是后话，暂且不提。

只说萧乾第一次领队围猎讲武顺利回来，一听这事就黑了脸。

私心里，他不愿意墨九和任何一个男人扯上半毛钱的关系。

可事到如今，他又能如何？

他默默不言，当天晚上又钻了墨九的被窝，据说发出了一些“惨无人道”的声音，却又在进入围猎的又一日里，不愿意再代替蒙合去讲武“唱大戏”了，他以身体不舒服为由，向蒙合告了假，丢下所有的正事，一心陪墨九玩耍。

他这样恣意妄为，蒙合居然没有反对。

或者说，似乎正中蒙合下怀。

不陪皇帝，去陪女人？其实都是不合礼数的。

这样的行为，都将为蒙合清算阿依古一党的“罪行”，留下把柄。

但萧乾似乎不以为意，领着墨九离了大部队，就往山里钻，看到漂亮的小鹿、小狐狸，也不急着去猎杀，就依了墨九的任性，肯爱惜野生动物的生命了。两个人携手，走在墨妄和众侍卫的前头，一路上走走停停，玩玩耍耍，却不像来围猎的，倒像来谈情说爱的。

这让后面跟随的一众人，很是无聊。

入山时，天气转晴，天空高远，阳光透过树林，让山中空气更为清新。一入肺，便令人神清气爽。墨九牵着马，看前方有一块平坦的坡地，开着小花，旁边还有一条清澈的溪流，其中有游鱼摆动，景色美好，居然有一种误入了桃花源的感觉，舍不得走。

“王爷，我们在这里打个尖呗。”

她似笑非笑地说完，也不等萧乾同意，便找了一块石头坐下，掏出怀里的罗盘玩耍。

这一只罗盘是她当初在尚贤山庄得来的，跟着她有一些时日了。没事的时候，她就拿出来把玩一下，这一次随北勐大汗围猎，怕在山中迷路，她更是随身携带。

“好。那便打一个尖。”

萧乾的妻奴本质，俨然已经臻于极致了。

“我让人准备，就地野餐！”

这日的天很晴朗。

额尔小镇的北勐军行营里，阿依古长公主坐在长软椅上，轻抬袖口，细细品着一杯清茶。

原本她是不喜欢喝茶的，但得回了儿子苏赫，受他的影响，她对汉家文化也有了兴趣。

于是，越了解越喜欢，越喜欢越了解。如今的食、住、行都恨不得使上汉家之物。

若非身尊位高，她恐怕连服饰都得换上汉服了。

“长公主殿下——”一个宫人小心翼翼地进来，“纳木罕大人来了。”

阿依古蹙一下眉头，眼皮微垂：“请。”

这一次围猎出巡，丞相纳木罕与阿依古都随同蒙合来了，但阿依古长公主身份高，前两日随行围猎了一次，今日却和萧乾一样，犯懒，推托生病不去了。当然，除她之外，不愿意去受那围猎之苦的皇室宗亲，其实也有。她贵为长公主，又是妇人之身，不去便就不去了。

只是纳木罕这个时候，应当陪在蒙合的身边才是。

他为何会到了额尔小镇？看他进了阿依古的帐篷，值守的兵士不禁觉得奇怪。

但阿依古看见他，却不觉半点儿奇怪，屏退左右，独独留下他。

没有请他坐，也没有说话，她就那样冷冷看着他，一动不动。

纳木罕站在中间，与她平视片刻，迟疑一下，慢吞吞走过去。

“你都想好了？不用再思量思量？”

阿依古紧紧抿着唇，依旧没有说话，就那样坐在她的软椅上，将双脚都蜷缩上去，换了一个更加舒服的姿势，脸上的表情也没有半分变化，其语气让整个空间都凉了。

“已然思量过。别无他法。”

纳木罕眯一下眼，略带皱纹的脸上，有一抹难舒的沧桑。

“不！你行事太冲动了。这般还不是时候，太早太早——”

“纳木罕，你还没有看明白吗？前日之事，昨日之事，他已经打定了主意要那个女人。祸水呀！原本可以相安无事，我们再从长计议的。可他已经等不及了，前日为了掳她，不惜动用大军，结果平白死了那么多人，还落人口实。”

说到这里，阿依古的身体终于动了。

她欠了欠身，端起面前案几上的茶杯。

吹了吹茶水，她继续沉着嗓子说："即使这般，他仍未有消停的打算，昨日竟借口称病，不去围猎讲武，独留下她来对弈。他哪里是喜好对弈之人？司马昭之心，路人皆知，借机勾搭也就罢了，竟还册封为义妹？我北勐添一个公主，你以为会有什么好事？苏赫对那女子看得极紧，他这般步步逼迫，下面会打什么主意，不需我说，想必纳木罕你已心知肚明了吧。"

纳木罕目光一寒："可他是帝王。"

"帝王又如何？"阿依古声音凉凉，"拉木拉尔原本也可以做帝王，达尔扎也差一点儿做帝王，轮到他，又是谁之功劳？我推得了他上位，难道还拉不得他下马？"

说到这里，她将茶杯凑到唇边，浅浅喝了一口，然后抬眼盯住纳木罕。

"来不及了，这将是最好的机会。"

纳木罕手攥成拳，定于当场。

盯着她，一直盯着她，他依然在思考。

"阿依古，此事太冒险，我以为——"

"闭嘴！没有什么你以为。"在纳木罕的面前，阿依古从来都是放肆的。而且，她在北勐本来就位高权重，可说是除了蒙合之外的第二号人物，习惯了人人听令于她，内心早已膨胀，又哪里容得了他三番五次质疑自己的做法？

尤其这个人还是纳木罕。

她容不得，更加容不得。

她一脸愤怒地盯住纳木罕，唇角一点一点翘起，带出一个凉凉的笑，而后突然就着手上的热茶，泼在地上。

"纳木罕！"她慢条斯理地放下空空的茶杯，在一阵清脆的敲击声中，淡淡地说，"你若能让茶水重回杯中，我便收回成命。"

这样的强词夺理，让纳木罕叹了一口气，垂下了头。

"阿依古，这么大的事，你事先为何不与我商量一下？你这般一意孤行，是要出大事的呀！我不能眼睁睁看着你——"

"我不要你来教我！"阿依古恨恨盯着他，秀美的眉头高高挑着，凌厉得像长了两根尖利的刺，"我若靠你，这些年还有活路吗？靠你？你能给我什么？你又给了我什么？纳木罕，此事你帮则帮，不帮就滚！我，还有苏赫，我们都用不着你。苏赫有娘，他有娘就行了！他的娘自会为儿子铺平一切！”

“阿依古，你——！”纳木罕微微蹙眉，试图劝说。

“滚！”不等他说完，阿依古连茶杯都砸了过去。

这一发狠，杯子直接砸中了纳木罕的胸膛。

那茶盏倒也结实，落在地上，滚了好几圈居然没有摔坏，直到纳木罕无奈地弯下腰身，重重一叹，把它捡起来，捧回到发脾气的女人面前。

“你这又是何苦？发这样大的脾气，也不怕伤着身子。”

在她的面前，他不是那个高高在上的北勐丞相，而是一个无可奈何的男人。他将茶杯摆放在她的案几上，看一眼她微垂在身侧的手指，顿了片刻，终于慢慢地探过手去，将那一只青葱似的手，紧紧地握了过来，捏在掌心。

“你有气就朝我使，我不怕。我就怕你伤着自己。但不论你怎么想，这件事，你办得实在不妥当！”

“我说叫你滚！”

她要抽回手，他却不让。

他紧紧地，紧紧地握着，捏得她生痛也不放。

“阿依古，我说完自然就会滚。”

他目光始终落在她的脸上，一点儿都没有舍得挪开，眸底有担忧、无奈，更多的还是纵容以及对未知未来的踌躇：“虽然我明知你做得不对，但只要是你执着要做的事，我都会去做。为了你，为了苏赫，我也愿意做任何事情。”

阿依古终于凝视他的脸。

他老了，更老了，在她仍然娇艳的时候，他一天一天老去了。

可他还是纳木罕，不是吗？他终于还是肯帮她的，不是吗？

一双游离的眸子审视着他，阿依古漫不经心地一笑。

“说正事就好，何必假惺惺说这些？你我之间，说这些已太迟。”

“你呀！还是这脾气。”纳木罕摇了摇头，唇角竟露出一丝笑容来，抬起手拂了一下她鬓角上的发，“你终有一天会明白的。现下——”

顿住，他侧目，瞥一眼窗户处的天光。

良久，他才回过头来，用一种复杂的眼神淡淡地笑看阿依古。

“我这就去了。不管事情进展如何，都与你和苏赫无关，你好好照顾自己……”

他的举动，让阿依古微微一诧。

“你要做什么？”

“不论我做什么，都是为了你们。”

纳木罕很不舍地摩挲她的手片刻，终是慢慢放开，将那一只白皙的手腕重新放在软椅上，然后俯低身子，在她额角轻轻烙上一吻。

“阿依古，我走了。你不要想太多，睡一觉，等醒过来，一切就都好了。”

看着他大步走出去的背影，阿依古整个人僵硬了。

这句话……好熟悉。

她想起很多很多年前，他离开时也曾说过的话。

他说，等她醒来，他就回来了。

可等他回来，一切又能有什么改变呢？

帐篷的帘子放下了，灌入一股子冷风。

阿依古突然踉跄着从软椅上下来，趿上鞋子追了过去。

“纳——”

一个字出口，她撩着帐门的手就顿住了。看着外面那个远远离去的背影，再看看帐外时不时走过的侍卫，她的双脚终于还是停在了原地，再也走不出去。

“我会等你。”她说。

就像很多年前一样。

她可以等他，却无力去追他了。

他对她是有心的，正如她对他一样。

可有心与无心，也都已蹉跎了一辈子，他们之间的情情爱爱都已经过去了，他们都老了，负担不起这样沉重的东西。她现在只是一个母亲，她有两个儿子。小儿子太过善良天真。她最爱的大儿子苏赫，却又经历了太多艰险。

她做母亲的不管他，谁来管他？

毕竟这个儿子是由爱而生的呀，是她心心念念的骨血呀。

所以她得救他，得保他，得帮他。

为了他，她顾不上自己的情爱，也顾不上任何人。

“原谅我，只是一个母亲——”

将头斜斜靠在帐门上，她浅笑着，那一张上了年岁却依旧姣好的面容，在低头的瞬间，像回到了那个温柔的年华，十几岁的少女还在潋滟中等待她的情郎来约会。

可尘世早已无他，只剩悲凉。

野外的山林间，阳光让树叶片片晶莹。

墨九今日享受到的，是从哈拉和林前来围猎之后最舒心的日子。

在身边的，都是自己人，她可以不必顾及任何人的想法和看法，甚至不需要刻意去注意自己用什么姿势坐、什么姿势站。她是墨九，自己最自在的那个墨九。

“怪不得有人会说，人，得与自己觉得舒服的人待在一起，才是人间极乐。也怪不得有人会说，做人最关键的不是你是一个什么人，他是一个什么人，而是你在他的面前能活成一个什么人。哈哈，人生如此，得意呀！”

墨九吃了几杯酒，心里一高兴，又开始了鸡汤文的哲学理论，说一些不清不楚的话，让众人听来，一头雾水。她却不管不顾，自得其乐，斜斜地坐在石头上，像一个小酒仙。

是仙！这日子，太仙了！

一边坐着萧乾，一边坐着墨妄，腿上放着她的罗盘。

击西、声东、闯北等侍卫，还有一众墨家弟子，不分尊卑，都围坐在她的周围。长满青草的地面上，铺着一层隔湿的毡子，摆放着他们带出来的牛羊肉类，马鞍上的牛皮袋里还备有美酒，这样舒心地围坐叙话，人生不要太惬意。

“啊啊啊！太舒服了。”

墨九格外兴奋。

抬头看着天，她在众人的说笑声里，突然又一叹：“王爷，我有些想念兴隆山了。”

兴隆山的日子，就是这样自得的呀。

萧乾似是了解她，微微一笑：“若无闲事挂心头，便是人间好时节。”

墨九翻了一个白眼：“我也想天天无闲事呢。”

可走得越远，知道得越多，闲事也就越来越多。

闲事越多，她就越讨厌这个尔虞我诈的世界，也越来越想要回归诗酒田园。

可诗酒田园对如今的他们来说，多么遥不可及！

无奈地叹息一声，她想到未来还要长长久久与蒙合周旋，突然有一些烦躁。

“不提了，不提也罢！吃酒吃酒，来，大家都吃酒。”

她是一个性格开朗的姑娘，举着牛皮袋子对着众人转了一圈，又高兴起来，将牛皮袋子高高举起，任由酒液全部滴入喉咙，方才眉头轻扬，一脸温柔地望向萧乾。

“有酒有肉，便是人间好时节。爽！来来来！大家都喝！”

“喝喝喝！”

自己人在一起，都不必拘束。

在墨九热情的引导下，一个个都兴奋起来，学着她的样子举起牛皮袋。

“干啦！”

美好，这便是美好了！

每个人都在笑，墨九也在笑，眉眼弯弯，一刻不停。却只有萧乾注意到了她眼波中掠过的一丝轻愁。他浅浅抿了一口酒，突然握了握她的手，站起身来。

“阿九等我！”

他没有带任何人，只一人一骑，握着一把长剑就钻入了树林，很快就不见了踪迹。

第九章　半夜神秘人

“王爷！”

墨九回头，望向他消失在林中的影子，竟有一些怔忡——她的萧六郎脸虽然毁了，可身影真的是太帅了好不好？

如果脸能够恢复，该有多好！

默默抿着唇，她希望自己见到的不是错觉。

他的脸，好像真的在慢慢恢复——

今日似乎比昨日更好看了一点儿。

可一旦恢复过来，又会不会有别的麻烦？

阿依古、纳木罕、蒙合，还有好多好多的人，纠缠不清，要怎么处理？

一边想着，她一边与众人玩笑、吃喝，心思却全放在那一片树林里。

不知道萧乾做什么去了，她有些六神无主。

幸而，没过多久，他就回来了。他身上的长袍系在腰间，满脸带着笑容，眉间眸底，没有一丝一毫的高冷与疏离，仙气未少，地气增多，就好像一个寻常打猎归来的丈夫，一双星辰般的眸子带着沉沉的笑，静静地注视着墨九，两束视线像羽毛一般温柔地抚过她的脸。

“阿九，你看，我给你带了什么？”

墨九定睛看向他的袍角，当即一惊。

“果子？呀——”

山中有野果，之前墨九也碰见过，但大抵这一片原始丛林里的树木太高太密，果树照不到太多的阳光，结了果子也是苦而涩的，不容易入口，吃得她很嫌弃。

但萧乾带回来的这些野果汁多甘甜，入口虽有一点儿隐涩，但让墨九那个吃多了粗粮的胃，实在不要太享受。

嚓嚓啃掉一个，她满脸笑容。

“好吃，太好吃了，尤其吃了肉和酒，再吃这口果子，简直快要活成神仙了。”

夸完了果子，她接着就夸男人。

“王爷，你太伟大了！这些是在哪里摘的？”

萧乾眸子微微转凉，回头指一下那片树林。

“那个林子的尽头，有一片断崖，崖上有好些果树。我尝了一下，很甜，就给你摘了些回来——”

崖上？断崖？

果子好吃，可难摘呀！

墨九看着他，双眸温柔如水。

慢慢地，她借着酒劲牵了他的手，把他拉扯着坐下来，将另一个果子塞入他的嘴巴。

“那王爷也来吃一个。”

平常在众人面前的墨九，就是一个爷们儿。

当着座下弟子的面露出一副小女儿娇态的时候，可不多见。

萧乾嗯一声，目光微亮，终是啃了一口。

“来，一人一个，大家都吃。”

果子小，数量多，一人却也只有一个。

毕竟墨九喜欢哪！大家哪里舍得多吃？

可一个也不为过，众人欢笑着，故意露出一脸垂涎之色。

“多谢王爷赏，多谢巨子赏！”

在他俩恩爱的举动中，在场的人都受到了感染，目光中满是盈盈的笑意。尤其击西与闯北，玫儿与曹元，这种本就有点儿小暧昧的男女，更是你瞧我，我瞧你，各种目光各种瞄，各种情绪各种飞。

坐饮酒，与友餐。

这样的安宁时辰，让众人都有一点儿乐不思蜀。

一餐“野炊”，竟然花了近一个半时辰，等天气有些转凉了，大家才在墨九的提议下，去看看萧乾说的那一片有意思的断崖——他说：一片崖，隔出了两个天地。

有墨九在，大家本来对行猎就没有兴趣，于是慢慢地骑马而走，边走边谈，并成一条直线，沿着萧乾先前出来的路，进入了那一片最为茂密的林子。

一路上，墨九都端着罗盘。

入山有这个玩意，不容易迷路。

虽然她觉得有萧乾在，迷路也无所谓，但万一遇上山中瘴气惑人，被绕在其中出不来，那就要出大事了。

“巨子，你的样子好帅气。”玫儿跟墨九日子久了，说话时常有后世之言。墨九已然见怪不怪了，只眉开眼笑地瞥她一眼：“哪里帅？”

“罗盘帅呀！”玫儿看着精致的罗盘，目光中有小星星。

这罗盘材质特殊，晶亮温润，小巧别致，是个小姑娘都会喜欢的。

墨九哼一声，也不回头，只道：“若你刚才说九爷比罗盘帅，我就送你了。”

“九爷比罗盘帅！”玫儿改口很快。

“迟了！”墨九抿唇瞪她一眼，又看向手上的罗盘，“我知道你想学风水学，但这种事儿是要慢慢来的，就你那智商，一个罗盘也拯救不了。再说，从理论上讲，有本事的大师其实并不需要罗盘，只需要有一个精度足够高的指南针就行了——”

玫儿眼睛一亮：“九爷就是有本事的大师！”

“嘿嘿，拍马屁也不会给你！”

墨九笑着，神色突然一收。

“不对呀，有投针！”

她的目光定定看着罗盘上的指针。

看它半浮半沉，上浮不达顶，下沉不达底。

一行人都跟着她停了下来。

不懂的弟子马上问：“巨子，何谓投针？”

墨九看向前方不过几丈远的断崖，回答得简单明了。

“地下可能会有坟墓。”

在这样的原始丛林里面，会有什么人的坟墓？

一般而言，便是有人下葬，也不会葬到这里来吧？

墨九静静看着断崖，骑着马左走几步，又右走几步，又跳下马来，直接走到断崖下方观察。然后低头仔细看着罗盘，再一次发现自己没有看错之后，突地回过头看向萧乾：“王爷，要不然我们上断崖看看？”

断崖的位置很有意思。

上面虽然有茂密的果树覆盖，但还是可以看到有一层层的巨石突起，可用于攀爬，先前萧乾就是这样上去的。但墨九要上去，就有点儿难了。

“这崖很危险——”

萧乾知道墨九对坟墓一向有兴趣，有些不忍心拒绝她，正想要怎么上去最安全，就听见断崖的对面，传来如同山中的回响一般的声音，不太真切，隐隐约约，像真的，又像只是幻觉。有马蹄声，有吆喝声，似乎有千军万马踩踏在大地上。

“有什么声音？”

大家都听见了，不由得吃惊。

萧乾沉眉道：“断崖地面很是开阔，一眼望不到尽头，离外间很远才对。这般清晰的声音，是如何传过来的？”

神经一紧，墨九正准备竖着耳朵听个真切，又有马蹄声传来。

这一次，不在前方，而在后面。

“驾！”

马蹄声很快，很迅速，很急切。

还有，喊“驾”的那一个声音也很熟悉。

不过转眼之间，一人一骑就飞奔到了他们的身边。

来人满头大汗，是从密林里穿过来的辜二。

看一眼在场的人，他大步走到萧乾的身边。

“王爷！幸好找到了你——”

萧乾眉头一蹙，示意一下。他附耳过去，小声与萧乾耳语几句，又抬起头来。

“如今，当怎么办？”

好一会儿，萧乾没有回答。

看着面前的断崖，又看着投来探究目光的墨九，他终于慢慢地抚向腰间的剑，声音凉凉的，对辜二吩咐：“你且带阿九前往额尔小镇暂时安顿，我去去就回——”

他说罢，又回头望向击西与闯北等一众侍卫。

“你们跟我走！”

“属下遵命！”几个人齐声回答。

眼看他们几个打马要离开，墨九还是一头雾水。

“为什么又是我留下？”

萧乾执着马缰绳，没有马上离去，而是回头凝视了她一眼。

“阿九，答应你的事，我会做到。这一次我不是有心要瞒着你，而是时间紧迫，来不及向你解释太多。而你也不会武艺，跟着我去，我怕护不得你。”

墨九点点头，表示理解。

可心里的疑惑还是问了出来：“为何要去额尔小镇？难道山中的驻营地，也不安全了？”

“嗯，长公主在额尔，那里最安全。”萧乾黑眸沉沉，“你乖——”

“那——”墨九指了指断崖，又看了一眼黑着脸的辜二，知道这次可能没有机会探崖了，而且看他们的样子，确实出了大事，在这种情况下，她任性不得。

于是，她将罗盘塞入怀里，几步跑到萧乾的马下。

仰着头，她面有暖色：“我在额尔等你回来。”

萧乾低头，抚了一下她的脑袋：“好！”

“驾——”

一阵马蹄声过，萧乾领着一群侍卫离去了。

墨九站在原地，默默看着辜二。

“我们这便要走？”

“是！”辜二汗水未干，语气却坚定，“走，马上离开这里！”

这个人素来一板一眼，没有商量余地，而且墨九也不想在这个时候拖萧乾的后腿，影响到他们的行动。终于无奈地一叹，她招呼着同样疑惑的墨家弟子，最后回头看了一眼有着浓浓吸引力的断崖，默默地踩上马镫，翻身上马。

林中，有一只黑蝴蝶盘旋着飞了过来，从她的头顶越过，飞向那一片断崖。

墨九羡慕得紧，盯着黑蝴蝶，下意识又掏出罗盘。

“我若也能飞就好了。”

说着，她咦了一声。

“为何又是正针了？”

所谓正针，是指没有了异样，指针不偏不斜，也就表示此地为正常之地。

“我去！”她完全无奈地翻白眼，“难道是我眼花了？”

玫儿骑马走到她的身边，偏头来看她的针。

“想来是罗盘出了问题吧，巨子可以把它送给我了……”

墨九呵呵冷笑着，把罗盘塞了回去。

“想得美！”

玫儿嘟嘴巴：“那姑娘你说，为何指针会失常？”

“天机也！”墨九懒洋洋回答。

这样的罗盘是有灵性的，所以，有的时候，指针也会出错。

比如：感应到了血腥，许多许多的鲜血与死人。

“天机为何物？”

玫儿还在兴致勃勃地问，墨九却眯了眯眼，似答非答：“天机为……不可泄露哇！”

人有怨，天亦知。

断崖的另一头，疾风呼啸，黄叶飘飞。空气里飘浮着浓重的血腥味儿，天色暗沉下来，之前两日的晴朗仿佛都不曾存在，天空像名家大师的一支墨笔泼上的一条浓痕，将世间的一切都罩上了层层阴霾。

“王爷，我们要过去吗？”

赵声东紧紧跟在萧乾的马侧，一双漆黑的眸子里，带着燃烧般的炽热火焰。

此时，他们站在断崖背面一个崖层边上。

位置很刁钻，可进，可退，亦可以远望约莫数十丈外厮杀的场面。

那里的人群已经疯了，把人间杀成了炼狱，类同魔，形如魔。刀声、枪声、戟声，马匹声，喊杀声，如寒刺的闪芒，落入耳中，狰狞无比。

被围住的人马，是北勐大汗蒙合的亲随。而围攻他的人，从穿着上面来判断是后珒的兵马，另外有一群人，又似乎本就是北勐的士兵，简直就是一场大混战。

后珒将士为什么会到杭爱山围堵蒙合，萧乾不得而知，但从战场上的形势来看，后珒有人里应外合，蒙合的亲随兵马凶多吉少。

狩猎时，蒙合身边的人不多。

加上附近防卫的守卒，不过数百人。

从如今的形势看，他们与其他的狩猎大军失散了。这个时候如果没有支援，就这般战下去，不足半个时辰，蒙合就得落入后珒人的手中。

届时，局势会如何？

但凡有野心之人，此时能做的，可能都是作壁上观，坐收渔翁之利。就连赵声东在问起萧乾此话时，看向他的目光里都有一种光芒闪烁的喜气。

跟随萧乾多年，他岂能不知主上野心？

这般有利的契机，又岂非上天恩赐？

错过了这一次，又得等多久？

就像一个久饿的人，看到鲜美的肉，不啃一口，那得压住多大的人性欲望？每一个人都以为萧乾应当袖手旁观，晚一点儿再去收拾残局，或者更绝 点儿，直接领人上去搞掉蒙合，以阿依古长公主在北勐的势力，让皇权顺利更替到他的手上，也不是没有希望的。

然而——

萧乾骑在马上，静静地望了片刻，突地拔出了腰上的佩剑。他冷冷射出的目光中，似散发着一股子气吞山河的力量与决心，在暗夜下令人感到震撼无比。

“众将士听令，跟我救驾！”

救驾？

身边随行的几个皆是亲卫，不免怔忡。

为什么要救驾？

“王爷！”

萧乾回头，眸中有寒光点点。

“传令下去，反贼等全歼，务必保大汗安全。”

“王爷？”赵声东亦有迟疑，再上前一步，用压得极低的声音说，“属下以为时机正好——”

他是四大侍卫之首，说的话是有分量的，人也沉着，思虑颇周，重要的事，萧乾都会派他去办。平常，萧乾亦会极为慎重地思考他的建议。

这一次，萧乾却黑了脸，沉声道：“相信我的消息和判断！”

赵声东一怔。

在这之前，他和旁人一样，并不知辜二到底和萧乾说了些什么，只以为他不过是前来传信而已。如此说来，辜二可能还会有另外的情报传递给萧乾，影响了他此次的决策。

都是懂得拿捏分寸的人，看萧乾神色严肃，赵声东不再迟疑，只安静一转，就掉转马头，高举长剑，在风中厉声高呼。

“传王爷令！救驾！”

“属下等遵命！”

“遵命！”

“遵命！”

此起彼伏的吼声里，马蹄嗒嗒，卷起沙尘无数。大军如同潮水一般卷向了双方胶着的血腥战场，滚滚而去，巨浪滔天，让天地随即变色。

萧乾却没有动。

他还静静地站在那里。

冷风吹过他额头的碎发，他的目光，深邃得如同此刻望不穿的苍穹。

“群盗作佞有天诛，苍茫数尽即入朝！”

他低低地轻吟，有力而冷厉。

却被马蹄声掩盖在喧嚣里，几乎没有人听见。

说罢，他突然扬鞭策马，从侧面冲了上去，铁甲披风，英姿如神，不复往常那病弱的样子，似乎根本就是一个久经沙场的老将。

士兵掉头看来，皆齐齐让他前行，萧乾也好似并不曾看见这个战场上的其余人等。他一马当先，杀入敌阵，与已经疲乏不支的蒙合近卫军一起，对抗珒兵与叛逆。

“大汗身在何处？”

他大喝一声，望向黑压压的人群。

没有人回答他，士兵都忙着顾自己的脑袋。

不多会儿，一个身穿将军甲胄、留着长长胡须的年迈将军冲了过来，一刀砍杀了一个珒兵，惊喜地看着苏赫。

“王爷，是你来了？！”

“是。”萧乾横剑在前，目光浅眯，继续问，“大汗人呢？”

那老将军迟疑一下，摇了摇头：“臣亦不知。珒人杀来时，我等便被叛军冲散了。大汗此刻，怕是有险！老臣正在找寻——”

冲散了？！

萧乾没有多说，勒住马儿，喝一声“驾”，那马儿前蹄便高高扬了起来，越过几层防守的珒兵队阵，直接冲入了被困的蒙合近卫军中。

“大汗！”

没有蒙合。

中间亦没有蒙合。

有的只是那一些被杀得无力抗拒，不得不紧紧抱团死守的近卫军。

近卫军基本是怯薛军。

也就是北勐最精锐的军队。

这也是他们数百人能支撑到现在的根本原因。

没有人想死，哪怕等到最后一刻，也要坚持生存。怯薛军看到萧乾前来救助，与那名老将军一样，惊喜、欢欣地狂吼起来，甚至一些受了伤、已经陷入了绝望中的人，也再一次有了活命的希望——

“兄弟们，杀将起来，王爷来救我们了！”

麻木的神经被唤醒，生存的饥渴在呼吸。

人的潜力是无穷的。

伤兵、残兵，都拿起武器战斗起来……

说来，萧乾带来的不过二三百名近卫，但有了他们的加入，哪怕人数上仍然不占优势，甚至是压倒性的对比，但士气大增之后，他们如同一群被灌了铁浆的战士，铸成了不可毁坏之城墙，即使珒兵气势汹汹，他们也很快扭转了局势！

“杀呀！”

“杀！”

“为了活命！”

“为了王爷的活命之恩！保护王爷！”

有人趁机在人群中吼，为萧乾树立威严。

要知道，救命之恩，是可以隽永铭记的。这一次怯薛近卫军危在旦夕之际，因了萧乾救助而得以活命，来日若有机会，他们能不报恩吗？

是人，都会有人性。与后世的政治动员一样，有时候，人得靠一股子精神头才会有凝聚力，精神领袖的力量，亦是巨大的。

这个喊话的人，正是赵声东。

他是萧乾极为重视的侍卫和谋士。

此刻即使已然打得乌烟瘴气了，他也没有乱了阵脚，懂得在什么时候说什么样的话。于是，受他的影响，北勐战阵顿时换了新颜，就好像一个本来气数已尽的老者，突然换上了新鲜的血液，生命力旺盛起来。

这一杀，天地变色！

整个空间，生生被撕成碎片！

可杀声穿不透丛林——

同一片天空下，有两种云彩。

距离此地较远的额尔小镇上，很平静。

夜色蒙蒙，灯火旖旎。

墨九回到额尔小镇，就奔回了原来居住的屋子。

这时，天已经完全暗了下来。

男人在外，女人亦不能得到真正的安宁。她担心萧乾，想着外间到底是一个什么局势，虽然没有办法直接参与，却也不肯袖手旁观。所以，在他们回额尔小镇的路上，她就已经吩咐墨妄派人打探消息去了。

这时，打探的人还没有回来。

她惶惶不安地负着手，左走走，右走走，心不在焉。

墨妄做事去了，陪在她身边的人是玫儿和辜二。

盯着她焦灼的脸看了许久，辜二终于有了不耐烦的情绪："九姑娘，你就不要走来走去了。"

辜二这个人经常让墨九生气，莫名其妙地生气。

她这会儿本就心神不宁，闻言，停下脚步，回头瞪他。

"我走我的，关你何事？"

辜二认真考虑一下，道："是不关我事。"

"知道就好。"墨九不高兴地哼一声，继续走。

从回到额尔小镇，她连衣服都没有来得及换，衣服上面有坐出来的褶皱和青草的绿痕，可她浑然不觉，也完全不知道自己现在的样子没有墨家巨子的风采，很是狼狈，只一副火烧眉毛的样子，让辜二的目光再次深浓。

"九姑娘觉得，这样转有用吗？"

"有用无用，关你何事？"

"是不关我事。"辜二又用了相同的回答，然后正经着脸道，"若是一件事已然超过了自己的掌控范围，那么，能做的就是冷静。"

噫！

她都是大道理王，今儿辜二居然给她上课了？

墨九嘴角抽了抽，心弦一松，突然又有些想笑。

他的话虽不好听，却也是真的。

她焦躁有用吗？没有。

只会自乱阵脚，影响正确的判断。

而且，辜二也没有惹着她，人家好心送她回来，她和他较什么劲儿啊？并非人人都如萧六郎那样会惯着她的。她刚才语气那么冲，辜二还这样平静地安慰她，已经够意思了。

“嗯。”她点点头，“你说得对，我坐一会儿。你也下去休息吧。这里不用你守着了。”

“好。”辜二从来都是这样，没有多余的言辞，今天这几句已经算多了。说完，他木然着脸，大步往外走——

可脚还没有迈出去，墨九又喊住了他。

“喂！你还没有告诉我——”

辜二停下脚步，转过头来，不等她问完，就截下了她的话：“没有得到王爷的命令，我不会回答任何问题。”

“……”

好酷哇，这位辜兄！

墨九扶额，没辙地摆了摆手。

“好好好，我谢谢你了。”

额尔小镇的灯火熄灭了。

夜色彻底地沉入了地平线下。

墨九随便吃了点儿晚饭，坐在房间里，托着腮帮子打盹儿。

等待，是一件磨人的苦差。

墨妄挑帘子进来的时候，首先入目的就是她低垂头、浅合眼、发丝轻垂的姣好样子。

深眸微眯一下，他轻咳一声。

“小九。”

墨九刚好有一点儿困意，听见墨妄的声音，暂时精神了。

噌一下站起来，她紧张地问：“师兄，情况怎么样了？”

墨妄瞟着她脸上的睡痕，冷静地道：“北勐围猎军中有内鬼。他们设法将蒙合的亲随近卫军与围猎大军拉开距离，趁机与后珒里应外合，围堵了蒙合。如今蒙合生死不知，王爷救驾去了——”

有内鬼？

围堵蒙合？

要知道，再怎么样都是皇帝出巡哪，围猎的整个行程都是有极严密计划和安排的，防卫极严，每一个步骤都有具体的人负责，得是什么样的人物有这么大的能量，干成这件惊天动地的事情？

她眉心微微蹙起。

怎么想怎么觉得这件事猫腻很大。

盯住墨妄的脸，她又问："可知是谁干的？"

墨妄抿了抿嘴巴，似乎对此亦有疑惑。

"从目前的消息来看，是纳木罕丞相的可能性极大。"

"纳木罕！他怎么可能？"墨九下意识就是不相信。

一个连儿子都没有的老丞相，在北勐德高望重，如今蒙合也很器重他，做这件事对他有什么好处？除非为了别的人。

但得什么样分量的人，可以让他敢于冒天下之大不韪，把自己卷入这个无底的深渊，也许损及性命，甚至留下千古骂名？

难道是阿依古？

阿依古与纳木罕之间……

墨九一惊，突然凝眉沉思。

"师兄你确定，王爷是去救驾吗？"

墨妄低眉："目前看，是的。"

"不对呀！"

这件事处处透着玄机。

墨九又一次在房间里走来走去。

她突然觉得有一个什么陷阱，一个有可能让他们万劫不复的陷阱。

"希望他可以应付——"

对她的男人，她其实还是有信心的。

可这个时候，就算再有信心也不能让她坐着等。

将感激的目光望向墨妄，她咬了一下唇角。

"师兄，叫人继续关注，有什么情况，马上来报。我们墨家也不是吃素的。我不管什么天下，什么王，只知道谁惹到我墨家，惹到我墨九的男人，我就饶不了他。"

"是。"墨妄垂目走出了两步，又停下，"小九也不要担心，王爷做事，自有他的分寸，你安心等待便好。就算发生什么，还有我们在——”

墨九微微一怔，想想这是他的关怀，于是按捺下慌乱，俏俏一笑。

“知道啦，墨家永远是我的后盾。”

嗯一声，墨妄正要退下，外面就传来一个消息。

“巨子，长公主有请！”

墨九回到额尔小镇，还没有去见过长公主。

这个女人是苏赫的生母，与墨九之间的关系有点儿微妙。对于这种家庭式纠纷，她并不擅长应付。所以，只要有机会避开，她都不愿意与长公主打交道。

这个时候，外面兵戈四起，阿依古找她做什么？

“好，我马上过去。”

与此同时，断崖背后的空旷战场上，烽烟滚滚，万骑突至。

前来支援的北勐大军，终于赶到了。

领兵的人，竟然是众人以为陷入了包围圈里的蒙合大汗。

他高高坐在马上，看着尸横遍野的战场，盔帽下的一双厉目，阴鸷得如同觊觎猎物的毒蛇。

千盏火把亮起，把战场照得如同白天。

此时，厮杀近一个时辰，竟然还难分胜负。

森敦紧紧攥着缰绳，盯住蒙合的眼。

“大汗！来不及了——决定吧！”

蒙合脸上并没有什么表情，甚至都没有“因为不在现场，侥幸逃过一劫”的欣喜，他就站在萧乾之前站过的位置上，以同样的角度看着这血腥味极浓的战场，静静地思考着，似乎也在做一个艰难的决定。

也许过了很久。

也许亦不太久。

在森敦又一次催促之前，蒙合终于低喝一声：“传令下去，肃清反贼，驰援金印大王！”

有了蒙合大军的加入，清理叛党的战事结束得很快。

风萧萧依旧，凉飕飕刺人。

战场上，只剩下一堆纵横交错的尸体以及断戟残戈。

蒙合站在阵前，就着火把的光，看见浑身浴血的萧乾提着长剑，骑着马，站在人群中间。蒙合抿了抿唇，慢慢朝他走了过去。

“苏赫贤弟——”

这样亲切的称呼，从一个皇帝嘴里出来，那分量多重可想而知。而且，细听之下，他的声音，似乎还带了一点儿哭腔。

那叫一个情深意重，感激涕零。

“总算及时赶到了，幸而你无恙！”

又是一句，说尽了他的无奈，以及身为帝王在这个时候最应当有的表现及表演。

萧乾冷眸冷眉冷心，没有说话，只提着尚在滴血的长剑，马蹄踏过狼藉的尸首，踩着混杂的鲜血，慢慢迎上蒙合。夜风掀起他黑色的披风，被火把的光一映，像一只黑色的大蝴蝶，笼罩着铺天盖地的肃杀之气，令人心生胆怯。

两个人一步一步，迎面而近。

四目相对，却都没有再说话。

蒙合嘴唇微颤，似有劫后余生的激动。

萧乾却是满脸木然，将他本就丑陋的面孔，衬得更为狰狞、恐怖，冷峻的气场强大得似乎比蒙合更要强上三分。

有一种心知肚明的情绪，在他们之间流淌。

连两侧的北勐士兵都感受到了不同寻常。

终于，萧乾停在蒙合的三丈开外。

他深深地看了蒙合一眼，翻身下马，还剑入鞘，走近致礼。

“大汗！微臣救驾来迟——”

救驾？驾都不在此处，他救的是什么？

这句话仔细咀嚼的话，讽刺意味很浓。

可蒙合就像根本没有听出来弦外之音，捋着下巴上的小胡子，欣慰地点头叹息：“这一次，真是多亏有贤弟。若无你在，这些叛贼还不知会如何猖狂？！此是一大功，等回到哈拉和林，我必给贤弟论功行赏！”

有功，有赏！

还能说什么？

萧乾垂目，拱手：“谢大汗！”

蒙合视线越过他的肩膀，望向他身后的战场，像是颇为感慨，叹息一声：“我即位不久，根基未牢，原想兢兢业业继续为北勐开疆拓土，不负祖宗所托……为此，我勤于己，宽于人，对待朝中臣工更是一律宽厚相加。岂知，竟有人不识好歹，欲趁我围猎在外、布防空虚之时，夺我江山，实在可叹可恨也！”

萧乾静静听着，并不掺言。

那些冠冕堂皇的话，蒙合自己就会说完。

等他说完了，自然就会进入下文。

果然，蒙合把自己狠狠夸完一顿，目中幽光微闪，又咬着牙，痛彻心扉地低喝：“森敦！”

森敦一直在他身后，闻得大汗叫唤，立马上前。

“微臣在！”

蒙合双目冷冷：“马上带人捉拿叛贼首脑纳木罕！若有反抗，格杀勿论！”

纳木罕？

在场的人，似乎都惊住了。

蒙合这便直接宣布纳木罕的罪了？

顿一下，森敦抬右手，抚左胸，低垂着头，恭顺地应声：“是！微臣这便去办。”

森敦是怯薛军的头儿，得了大汗的令，再回头一招手，在场的怯薛大军便得令而去，一窝蜂似的拥向了另外一个方向，就像他们来时一样，在冷瑟的秋风中，高举着马刀，将这个夜晚再次点燃。

“捉拿反贼纳木罕！”

“若有反抗，格杀勿论！”

喊杀声，如重锤敲在每一个人的心上。

沉沉的，深深的，慢慢地弥漫在夜色里。

从断崖回到驻营地，他们才发现这个营地早已不是他们早上离去时的模样。

帐篷倒了，架子车翻了，旌旗被踩踏在地上，地面上一片狼藉。

“苏赫贤弟！”蒙合望向随行的萧乾以及这个惨烈的战场，一双阴鸷的眼睛浅浅合着，像这些事情都和他没有任何关系一样，声音平静得几乎没有半点儿波澜，“你对纳木罕怎么看？”

萧乾眉心一蹙，一字一字都说得很淡然：“臣弟忠于北勐，忠于大汗，不辨旁事，只知道，谁与大汗作对，便是与臣弟作对。”

这是一句相当圆滑的回答。听上去忠君爱国，可每一个字眼都说得冷漠而傲然，显得不卑不亢。更何况，他的声音里，又何曾有半点儿动容的情绪？

可他此刻越是表现得心里不舒坦，就越是好像在对蒙合的“试探”表现不满，蒙合也就越高兴。

果然，他呵呵一笑，目光从萧乾的脸上掠过，捋着小胡子，慢慢地掉转马头，大吼一声：“好贤弟。这天下有我，便有你。你我兄弟二人携手，何愁五湖四海不归，四面八方不朝？”

萧乾低低回言：“臣弟不敢！”

“哈哈，我说你敢，你就敢。”

这句话有点儿意思，一语双关。

萧乾眉心微微一蹙，平静地抿了抿唇：“谢大汗恩重！臣弟愿效犬马之劳！”

与蝴蝶效应一样，历史的改变，往往也是由一件微小的事情引起的。

正如此次北勐的围猎事件。

这天晚上，狩猎军行营里，灯火通明。

在事情败露之后，纳木罕领着亲近精锐将士约莫两千人逃往后肆方向。森敦领着怯薛军追击未归。营地里的人，都在等待，在这一片昏黑的天地里，等着一个尘埃落定。

事实上，蒙合早就调动好了兵马，挖好了坑，就等着他们来钻，自然有十足的把握，可以在兵力上制服对方，手擒敌人。纳木罕有机会逃跑，一方面是因为他做了多年的老丞相，在北勐的根基极深，另一方面也是因为蒙合有意放水。

他如果不畏罪潜逃，蒙合又如何直接治他的罪？

他是北勐的大功臣，没有十拿九稳的罪证，是难以服众的。

一切都在蒙合的算计之中。

若说他有什么失算之处，便是苏赫对此事的反应。

一个诱人的饵就在面前，一张嘴就可以叼上，没有鱼儿会不上钩的！

可苏赫没有，他很冷静地让事情往蒙合意想不到的另一个方向走偏了。

如果不是他真的没有野心，那就是他的野心已经到了一种无我的境界，可以冷眼旁观，择其善而行。

当然，经了断崖那一仗，蒙合已经不做前者考虑了。

他更愿意相信苏赫这个人不简单。

甚至于，比他的母亲阿依古更难对付。

毕竟一个有本事的丈夫，大多都是不甘于人后的。

不过，这一次虽然没有借机一网打尽，但是他也无憾了。苏赫是一个还可以利用的人，身上还有利用的价值，不急于这一时。

“报——”远远地，有士兵大吼。

“大汗，森敦大人把反贼纳木罕捉回来了。”

“捉回来了！”

吼吼吼吼！

整个营地里，过年般一片欢呼。

营地里的王公大臣，在纳木罕做北勐丞相的这些年里，不少人都吃过他的暗亏，却对他敢怒不敢言。如今看他有今日，想看笑话的人自然不少。

人败有人踩。

纳木罕走到如今，算是终点了。

从蒙合的态度来看，此人已无法翻身，无法扭转局面，所以，没有人再给这个“前丞相”半点儿面子，一个个高兴地吼着，都恨不得上去扇他两巴掌为国除奸。

在营地里，有各种各样的人，有各种各样的表情，只有萧乾和蒙合两个人面无表情。

蒙合捋着小胡子，眼风扫一下萧乾。

“带纳木罕上来！”

“得令！”

蒙合坐在临时布置的椅子上，众臣将营地围成了一个圆圈，外面插着无数的火把，点亮了这个“审判现场”。

很快，被五花大绑着的纳木罕被两个北勐兵士押解上来。

他头发凌乱，脸上有划伤，身上也血迹斑斑，走路时脚步不稳，像是受了不轻的伤。

“跪下！”有人踢他的脚。

纳木罕没有坚持反抗，看到蒙合的第一眼，便自觉地跪了下去。

“老臣参见大汗。”

“纳木罕！”蒙合目光冷冷，像一把尖刀在剜，“你还有何话可说？”

纳木罕没有抬头，也不看任何人，声音平静得像已经等不及要去找阎王爷报到了，“老臣罪该万死，无话可说。”

“呵呵！”蒙合声音很幽深，“你在北勐德高望重，何苦来哉？纳木罕——”顿一下，蒙合嘴角微微上扬，极是仁慈地道，“念你对本汗有从龙之功，对北勐也劳苦功高，我给你一个不死的机会。”

纳木罕一动也不动。

他静静地跪在地上，似乎知道蒙合要说什么，摇了摇头，只轻声道：“大汗不必给老臣机会。老臣没有同伙，亦不曾受人指使。大汗要杀便杀吧！”

呵！

这老家伙。

蒙合挑高嘴角。

冷不丁地，他侧眸望向萧乾。

“苏赫贤弟，依你之见，应当如何？”

萧乾的身影半掩在灯火的阴影里。

沉吟片刻，他缓缓道：“纳木罕起兵造反，罪有应得。大汗又何须对其仁慈？至于同伙……”他慢慢瞄向蒙合，突然笑了一声。

这一笑，牵着那一张不太光洁的脸形如鬼魅般，令人生生发寒。

“丞相已打定主意要一力承担了，又怎肯多说什么？”

蒙合一怔。

任谁也没有想到，萧乾会直接说出来。

意指纳木罕有同伙，但他不肯说，自然也无证据。

蒙合哈哈一笑：“贤弟说得好。这老东西犟得很，哪怕真的打断他的骨头，也未必能探出一二来。”

嗯一声，萧乾不说话。

纳木罕却在这时抬头，看向了他。

一个眼神，一闪而过，似乎带了些复杂的情绪。

蒙合目光静静地扫过他，又慢慢看向萧乾依旧冷肃的脸孔，像在思量着什么好玩的事，唇角若有似无地一抬，突地道：“纳木罕犯上作乱，其行可诛！苏赫贤弟，今日本汗承你相救，死里逃生，如今可否再借你之剑，亲斩此贼？”

借他之剑？

是让萧乾来杀纳木罕？

此言一出，营地里马上安静了。

所有人都注视着萧乾，包括同样吃惊的纳木罕。

纳木罕与阿依古长公主早年间的风流韵事，知道的人，其实并不在少数。当年，曾经有人在私底下议论，说阿依古的长子苏赫，其实就是纳木罕的亲生儿子。

甚至于有人认为，就是因为他们的结合是罪恶的，不被天神祝福的，苏赫才受到了天神的惩罚——而这也是当初阿依古能完全相信那顺巫师的话，为让苏赫活命，把他送去阴山抚养的原因。

只不过，这些年来，两个人在朝中位高权重，敢说的人不多。但这不代表，大家都忘记了。

蒙合虽是晚辈，但身为帝王，肯定知道这些逸事。

而今，他要让苏赫亲斩纳木罕，此招不可谓不毒。

纳木罕有些激动。

他颤抖着嘴唇，盯着萧乾的眼睛，似乎想说什么，又一个字都吐不出来。

萧乾微微眯着眼，迎上他那一双混沌的老眸，慢慢地拔剑，脚步慢慢过去，半点儿迟疑都没有。

“大汗有令，臣弟岂敢不遵？”

营地里，冷寂一片。

无数人都屏住了呼吸，注视着萧乾的脚。

一步！

两步！

三步！

他离纳木罕越来越近……

终于，他手上锋利的剑尖，指向了纳木罕的脖子。

他居高临下地看着跪地的老人，淡然道：“前些日子多蒙丞相照顾，为我引进良医治病，苏赫感激不尽，但帝威在前，丞相怎么能这般糊涂，犯下如此大错？你既做了，如此，也只是死有余辜了。”

呵！

纳木罕从喉咙里挤出一个笑来。

“好。那就此与王爷别过。愿王爷从此鹏程万里，马纵河山。老臣先行一步了！”他的声音越来越低，说到最后，像一个哮喘病人似的只剩喉咙里的沙沙声。除了萧乾，几乎没有人听见最后这几个字。

他在一心求死！

微怔，萧乾想要收剑，已来不及。

噗一声，剑尖入肉。

纳木罕整个身体都扑在了剑上，剑尖刺入脖子，鲜血汩汩而下，他却浑然不觉疼痛似的，大睁着双眼，看着近在咫尺的那张脸，微微一笑，颤抖着嘴唇，用除了他自己没有任何人能听明白的声音，颤抖着说："无论如何，父亲也不能让你背上弑父的恶名……我是自行了断的，与我儿无关……"

嘶！

营地里，有战马在嘶吼。

狂喷的鲜血没有了，纳木罕倒在了地上。

蜷缩着的身体，苍老，狼狈。

依旧大睁的双眼，一直盯着萧乾的方向。

那表情很怪异，说是有恨，不如说是有情。

萧乾暗暗闭一下眼，抽回长剑，没有转身，话却是对背后一直在观察他的蒙合说的，声音沙哑，震入云霄："启禀大汗！逆首纳木罕已伏诛！"

人死了，一切都结束了。

许久许久，整片天空都是安静的。

嗜血的苍穹中，只有萧乾的声音在回荡。

直到他的尾音徐徐消散，一切方又归于平静。

"恭喜大汗，诛逆首，震北勐声威！"

"恭喜大汗，诛逆首，震北勐声威！"

"恭喜大汗，诛逆首，震北勐声威！"

溜须拍马之声，此起彼伏，又一次响彻云霄。

事情告一段落，众人便四下散去。

将士在重扎营地，准备过夜。

看萧乾站在风口一动也不动，眼望天空若有所思的样子，赵声东慢慢走了过去，将他心里的后怕小声道了出来："王爷，今日属下有错。"

"何错之有？"萧乾声音淡淡。

"若非王爷英明判断，这次我们就输了——"

"可我还是输了。"

萧乾头也没转，声音散在冷风中，听得赵声东微微一怔。

“输了？这如何说？”

“失去了纳木罕。”

从今天纳木罕与蒙合的对仗来看，虽然纳木罕仓促应对，中了蒙合事先布好的局，但他可以发动这样一场声势浩大的兵变，在朝中的势力不可小觑。若今日之事他做得更为周详一些，又岂会是这样的结果？

当然，萧乾与蒙合一样，虽然嘴上定了纳木罕的罪，但心底又怎会不知道是阿依古指使的？只不过，阿依古一直在额尔小镇，从头到尾没有参与这件事情，全由纳木罕替她顶了，以她在朝中和宗亲里的声望，蒙合暂时不敢动她。

没有确切证据，他就是过河拆桥，在根基未稳之际，还是很冒险。

这样的处置，对蒙合来说，是最好的结果。

相当于剪除了阿依古最强有力的一条臂膀。

赵声东想到这里，不由得咬牙：“这个蒙合也真是奸猾。如今想来，从狩猎之初，他就已经在布这一局了。”

“嗯。”萧乾没有否认，“我说我输了，便是输在没有提醒阿依古。我以为她不会是这般冲动之人才对，谁承想……唉！”

谁承想，一颗母亲护儿之心，可以不顾一切？

实际上，围猎的第一天，蒙合派兵围堵墨九，便是为了激怒苏赫。于男人来说，什么最不可忍——抢自己的女人。他若忍无可忍，会做什么？

第二天，蒙合更绝，直接称病，把苏赫支走，把墨九单独留下来，还万般殷勤地认作义妹，行各种讨好之能事。在外人看来，不过是美色误人，大汗受了墨九的迷惑才做出这种一反常态的事情罢了。

然而，谁知道，此一此二，全是为了逼迫苏赫和阿依古罢了。让他们觉得不安心，惶惶不可终日，再给他们一个可以兵变篡位的机会，把破绽留给他们，等他们深入后，再装入套中，一网打尽。

“此人心机——”赵声东微叹，“实在叵测。”

萧乾眉头微锁：“若无心机，如何走到如今？”

换句话说，这里的人，又有哪一个是好相与的？

便是纳木罕，亦是北勐一个扎扎实实的枭雄，在先大汗在时，便显赫了几十年，可谓权倾一时，执掌一方。

结果，戏一落幕，也就是成王败寇了。

夜静静的，不远处时有马嘶声。

连马儿都受到了惊吓，不得安宁吗？

赵声东叹息一声，望着绵延无边的夜色，突然神色一怔。

“王爷，你看那边——”

他的话锋转得快，声音也突然拔高，不仅萧乾，就连十几步开外的击西和闯北等人，也听见了，然后上前几步，顺着他手指的方向看了过去。

漆黑的天空，但凡有一点儿光亮就极为耀眼。

此时，在东边的天际，有肉眼可见的红霞，几乎染红了那一片夜空。

夜晚的红霞，那是什么？

火光一样红！是火？

虽然离得有些远，但那个颜色还是让人第一时间生了惧意。

“那边是不是着火了？”

“好像不是！”击西看得饶有兴趣，“那颜色好美，你们说，会不会是天见有冤，气得流血——”

“……是有地方着火了！”闯北瞪眼看她，然后叹息一声，双手合十道，“阿弥陀佛，这场火应当不小哇，看那里都连成一线了。”

几个人讨论着，萧乾突然面色一沉，瞳孔放大。像是想到了什么似的，他猛地反身飞奔向拴在树桩上的马匹，跨上马，扬起鞭，没有任何交代，“驾”一声就飞奔出去。

他策马奔向的，正是火光冲天的方向。

“王爷怎么了？”

几个人面面相觑。

隔了一瞬，赵声东突然抽气：“不好！那是额尔小镇的方向。”

击西与闯北亦是面色一变，惊恐地张大了嘴巴。

“完了，九爷！”

“走！跟上！”

“驾！”

“驾！”

火起的地方，正是额尔小镇。

火起之前，墨九正在阿依古的帐篷里。

从她得了“邀请”过去，阿依古就没有让她离开。

在这样一个不同寻常的夜晚，她似乎很需要找一个人说说话，来排解在等待未知的时间里，那一种挠心挠肺的焦灼感。

这个女人很寂寞，至少墨九是这样认为的。她有美貌，有地位，有世间无数女人向往的一切，但墨九在她的脸上，却找不到半点儿幸福的痕迹。而且，她防备心太重，也把自己包裹得太深，根本就难找轻松。

阿依古找她过去，没有别的事儿，就是让她听曲子。

琴、棋、书、画，这些东西是阿依古最近开始学习研究的东西。和每一个刚学的新人一样，每学会一首曲子，就迫不及待地想要得到别人的评价。那么，有什么比找一个南荣人，找赫赫有名的墨家巨子来品评更好呢？

只可惜，她弹琴是半壶水。

而墨九对于音律，也一窍不通。

于是，安静的帐篷里，那咚咚当当的琴声，就显得格外高寡，无人赏识。不过，墨九虽不懂，却舍得赏脸。她告诉阿依古说：“此曲只应天上有，人间难得几回闻。长公主初学就有这般造诣，将来成就，不可限量也……”

这马屁拍得，她自己都醉了。

可这样的褒赞，却取悦了阿依古。

“怪不得苏赫喜欢你，巨子真是一个玲珑剔透的人儿！唉！我这三脚猫的琴技，我自己明白。学着弹弹，打发一下时间也就罢了，如何登得大雅之堂？遑论天上人间。”

“哪有哇，长公主太谦虚了！”墨九笑着，“你不了解我，我是从来不胡乱夸人的！”

呵呵！阿依古只笑着摇头，继续弹奏。

墨九见她不信，还真就严肃着脸解释：“长公主有所不知，南荣的闺中女儿学琴，都是幼时启蒙，一生习之，这样熟能生巧，自然琴技了得。可长公主你不同，半路出家，也能把念经的大和尚比下去，可不就是大才吗？”

这个比喻，令阿依古听得笑了起来。

“是个会哄人喜欢的姑娘！我呀，是老了，若岁数还小，岂会被你三句话哄得忘了姓甚？”

墨九耸了耸肩膀，细细看她眉开眼笑的样子，目的达到了，也就不再狡辩。

拍马屁的话说多了，连自己都受不了，差不多得了！

“巨子。”阿依古突然唤她。

“嗯。长公主您说。”

阿依古瞧她无精打采的样子，皱眉：“你对苏赫，可是用心的？”

用不用心，当娘的，是最在乎的吧？

墨九想到他对苏赫的感情，严肃地点了点头：“很用心。我保证。”

阿依古停下来捧起茶，又眯了眯眼，慢吞吞地问：“他的脸，毁成了那般，你又是一个天仙似的人物，为何会对他钟情？”

呃！

果然不符合逻辑吗？

看来阿依古还是信不过她呀。

墨九嘟了一下嘴唇，露出一派天真的小女儿神态来：“男人长得好看能有什么用？我墨九选男人，可不看那一副早晚老去的皮相。王爷虽毁了脸，但学识谈吐、修养气度，哪里比人差了？再有——”

她突然娇羞地垂下了头：“他对我好，这比什么都重要。”这些基本算是心里话。

当娘的人，都觉得自己的儿子最优秀。阿依古审视她片刻，没有在她脸上找到半分虚假之色，也就完全相信了她的话。

喟叹一声，阿依古神经放松，高兴起来，就连看墨九的目光，也慈祥了许多。

“你能这样想，那是极好了！”

或许是因为不管她喜不喜欢墨九，都不影响苏赫对墨九的喜欢，所以当阿依古发现墨九这个人没有想象中那么招人恨时，她对墨九的态度终于有了变化，至少在墨九看来，很和颜悦色。

接下来的时间里，两个女人相谈甚欢。

和乐的气氛持续着，直到一名身着铁甲的侍卫骑马奔入额尔小镇，顶着夜风钻入了阿依古的帐篷，告诉了她狩猎战场上的事情，以及苏赫王爷手刃叛逆首脑纳木罕的消息。

阿依古神色一变，捧着茶盏的双手，在不停颤抖。

哈哈哈哈——

怔忡半晌，她突然又狂肆地大笑起来。

“好！好！好样的！好样的呀！”

一连几个“好”字，她像是陷入了某种狂躁的情绪中，样子显得有些癫狂，说着笑着就推翻了面前的茶几，那把先前才得她“宠幸”的琴也摔在了地上，发出沉闷的响声。

阿依古撑着案几，气喘吁吁。

好一会儿，她才平静下来，抬头，望向拧眉不语的墨九。

“巨子——”

嗯一声，墨九上前欠身：“我在，不知公主有何吩咐？”

“吩咐不敢。我实有一事相求。”阿依古眉心轻蹙，像忍受着什么愤愤的情绪，以至于哪怕极力压抑，声音也依旧有一丝颤抖，“你可愿意帮我？”

帮她什么？

在这短短的时间里，她难道又做了什么决定？

墨九心尖一凉，抿了抿唇，模棱两可地应付。

“墨九微薄之力，能帮得了公主什么？”说到这里，看阿依古脸色微变，似乎又有了不悦，她牵了牵唇角，又抬眉望过去，“长公主有什么事要墨九做，直言便是。只要做得到，墨九没有拒绝的道理。”

似乎知道她会这般回答，阿依古神色不变地上下审视她。

良久，她才松开眉心，轻松地一叹。

“很简单，离开苏赫，离开我的儿子。”

“啊？”墨九微微一诧。

从他们到哈拉和林开始，阿依古就已经知道墨九和苏赫的事情了，可她并没有太过反对，甚至为了让儿子如愿，还特地去向蒙合请旨赐婚。就算今天晚上提起她和苏赫的事情时，她也没有表示过反对。

为什么突然就换了口风？

难道说，那边情况有变？

先前侍卫来禀告时，刻意避开了墨九，只对阿依古一个人咬耳朵。

所以，墨九一直不太清楚具体的情况。

只是从阿依古的样子里，大抵猜测到一些变故。

想了片刻，她拧眉望向阿依古，态度极其真诚：“公主，让我离开苏赫，我办不到。但若是公主有别的事情需要我做，我一定倾力相助。”

“你果然拒绝了！哪怕你明知道蒙合在打你的主意，明知道苏赫会为了你受到蒙合的算计，说不定还会伤及性命，你还是会拒绝——”阿依古冷笑着说完，又哼了一声，隐忍着怒气凝视她，“你不是说与苏赫情深互许吗？如今他有难，你便要作壁上观，又谈何情深？”

“他有难，我自当与他共患难。”墨九就像没有看到阿依古灼灼目光中的恼怒，只淡然道，“但我和他已然讲好，从今往后，公不离婆，秤不离砣。不论发生什么事情，我都不会离开他。公主，我得遵守我的诺言，不是吗？”

阿依古面色青白。

她微攥的手指，似乎带了一丝颤抖。

纳木罕……已经死了。

那么接下来蒙合要对付的人，自然是他们母子两个。而墨九这个女人，在目前的情况下，无疑将是苏赫的绊脚石，不会给他带来任何的好处，只会更加刺挠蒙合的占有之心，让他对他们母子俩变得更没有耐心。

再有——

匹夫无罪，怀璧其罪。千字引、墨家机关火器，都让墨九变成了一块人人都想得之的“美璧”。但，有璧虽好，时候未到。她如今和苏赫在一起，只会害了他。至于以后，她大北勐的骑兵，真的需要那些奇技淫巧来助威吗？

阿依古是一个女人，对于大多数男人向往的机关火器，其实从来都没有看重过。

故而，对于墨九这个人的价值，她也没有那么看重。

在这极短的时间里，阿依古想了许多。

终于，她垂下眸子，不再看墨九的目光，只无奈地摆了摆手：

“你下去吧，让我静一静。”

嗬！

墨九早就想走了。

这个时候她最担心的人是萧乾，也担心那边的局势，这般等在额尔小镇，陪着阴阳怪气的阿依古，连消息都接收不到，她本就焦灼，如今终于可以离开，她当然是高兴的。

“那墨九便告辞了。公主早些歇着！”

墨九转身出了帐篷，回到自己在额尔小镇的居所，就召了探子来见。

那一把冲天的大火，就是在这个时候燃烧起来的。

火势连绵冲天，不消片刻，就魔鬼似的张着血盆大口，蹿遍了整个额尔小镇的可燃烧空间。这样声势浩大的火焰，根本就不像是意外着火，反而像是人为纵火。

墨九从垛口墙看过去，似乎除了她和墨家弟子居住的地方，整个额尔小镇都同时被人点燃了，一片巨浪滔天，滚滚燃烧着袭向小镇，空气里中嗅得到焚烧的焦味，耳朵里充斥着惊慌的喊声、叫声、鸡鸣狗吠声。

“我的天！”墨九回头瞄一眼墨妄，又指向冲天的火光处，“师兄你快看，那个烧得最厉害的地方，是不是阿依古的帐篷？”

墨妄神色凝重：“是！”

墨九猛地拍了一下脑门。

“有人要杀她，嫁祸给我们！”

从阿依古的样子来看，她不像会自焚的人。难道有人想借刀杀人，借机除掉她，再把责任推给她墨九？毕竟目前没有着火的地方，只剩墨九这里了。如果阿依古被烧死，她墨九不是跳进黄河都洗不清了？

可阿依古死了，对谁最有利？

目前看来，只有蒙合。

一来，他可以神不知鬼不觉地剪除第一号敌对党。

二来嘛，还可以无声无息地挑拨离间她和苏赫呀。

只可惜，他不知道苏赫不是苏赫，挑拨不了罢了。

噼啪声声！

烈焰升腾。

整个额尔小镇的夜空，都被照亮了。

这一把火烧得实在厉害，顷刻间就席卷了整片天地。

“来不及了——”

墨九没时间多琢磨，对着附近的侍卫和墨妄等人大喊。

“咱们赶紧过去帮着救火！”

“快快！”墨妄招呼着众人，又赶紧上来扶她，“小九你先回去休息，离火场远点儿。”

“我没关系！救火是大事！多一个人，多一份力。我也去。”墨九挣脱墨妄的手，冲入屋子，卷起床上的棉被，往玫儿之前给她准备好的浴桶里一浸，然后拎起来，湿漉漉地披在身上，直往阿依古的帐篷方向跑——

“传令各营，救火！”

“是！”

“提水，快一点儿提水！”

“快！快呀！”

额尔小镇的驻军，正在救火。救火的范围，主要是在阿依古长公主的帐篷附近。墨九赶过去的时候，那里已经挤满了人。提水的，吆喝的，指挥的，水泄不通。然而，阿依古的帐篷在最中间，周围安置有不少的附属帐篷，还有连成片的木质建筑。这火一旦燃起来，就像封锁了门似的，目前都没有人敢进入火场，更不要说救出阿依古了。

看着熊熊火光，墨九思索一阵，突然一咬牙，捏紧被角盖住脑袋，就冲入了火圈。

“小九——”墨妄大惊，想抓她已经来不及。

“巨子！”墨家弟子也在唤。

“姑娘！”玫儿吓得都快要哭出来了，“姑娘你快出来呀！”

除了烈火燃烧的噼啪声，墨九耳朵嗡嗡作响，根本听不清外面在喊什么。在那一片燃烧的嘈杂声里，浓烟直熏眼眸，黑沉沉袭过来，实在太呛人。

她咳嗽着，往里走，目光不停扫视快要烧成废墟的地方。

“长公主，长公主，你在哪里？”

唤了几声，没有人回答。

墨九焦灼起来，回头望一眼距离，再往里走了两步。

“长公主——”

啪一声，一根横木倒了下来，刚好落在她的脚边。

墨九吓了一跳，飞快地跃过去，就看见了趴在地上的阿依古。

她已经被熏得晕了过去，对墨九的到来，没有半点儿知觉。

“长公主？”墨九来不及多想，过去扶她，低头看一眼，掐她的人中，又将灌过水的棉被拉上来，将两个人一起裹在里面，然后用湿棉被的被角捂她的口鼻……

未几，阿依古幽幽醒转。

看见是墨九，她愣了愣，浮上一丝笑。

“你怎么来了？咯咯！”

“别说话了！再说嗓子该坏了！”墨九扯着被角，往她身上牵了牵，顺便也把自己裹紧。然后，她将另一个被头递给阿依古，示意她拽在手上，又指向不远处那一个燃烧的空隙，比画了一下，“我喊一、二、三，我们就一起从那里冲出去！”

阿依古看着她，点点头，脸上带了一抹墨九从来没有见过的慈爱。

“墨九，你是个好姑娘。”

"……现在不说这些。注意力集中啊，我们得节奏一致，不要被绊倒！"

墨九今儿会闯进来救她，除了觉得这个女人其实很可怜之外，确实也是不想让蒙合得偿所愿。而且，萧乾不仅仅顶苏赫的名，暂时做她的儿子，他还是她的嫡亲外甥。

阿依古也算是他在这个世界上为数不多的亲人了。

萧乾很缺爱，有一个真心实意关心他的人，太难得。

所以，她不愿意阿依古出事。

更不愿意萧乾永远背上一个四柱纯阳克家人的命数。

天煞孤星，孤家寡人，这样的男人不会快乐的。

这样一想，她勇气倍增，一手扯棉被，一手拉住阿依古。

"来，我们开始准备。"

"好。"阿依古看着噼噼啪啪烧着的火，微微眯了眯眸。

"一！"

"二！"

"三——跑！"

两个人同时冲了出去，燃烧着的熊熊烈焰带着蒸腾的热浪，潮水一般卷了过来，几乎烧着了她们的衣角——两个人用一张棉被还是太小了，外面有多远的火场也未可知。阿依古被火焰一窒，突地心急了。

"巨子——"

她低唤一声，趁墨九分神来看，一把扯过她身上的湿被子，全部盖在自己身上，反手将墨九往后一推。

"对不住了，我不能死，我还有儿子，我不能死——"

"你……疯子！"突如其来的意外，让墨九始料未及。

她踉跄着退了两步，看阿依古裹着被子已经冲出老远，被烈火炙烤的身体，像是着了火一般，火辣辣地疼痛。她不停地咳嗽着，捂着口鼻，呛得眼泪都出来了，却也只能眼睁睁看她离去。

"无耻呀！娘的！咯咯！"

死道友不死贫道！临阵弃友！

这样的行为，其实是墨九第一次遇到。

生气，无奈，想杀人，可也无济于事。

她这会儿能做的，只有……继续求生。

从怀里掏出半湿的手绢，她捂着口鼻，寻找着可以逃生的路——

“小九！”一声呼喊，传入了耳朵。

“师兄？”墨九心里一喜，从浓烟中看过去，看不清墨妄的人，只得一步一步往他的方向靠近，并嘱咐他，“喂，师兄不要过来，咯，你千万不要过来，里面全都烧着了——太危险！咯咯——”

“你保护好自己，不要动，等我来。”墨妄似乎并不害怕，循着墨九的声音就冲了过去，越来越近，直到看见她被火光映得通红的小脸，还有那一身的狼狈，喉咙不由一哽，“小九——”

“师兄！你别过来。”

看着面前烧得正旺的横梁，墨九紧张地摆手。

她不伟大高尚，可如果对方是墨妄，她不希望他为自己冒险。

“你站好——我自己冲过来！”

“不要！”

墨妄吼着，正要冲过去救她，眼前突地闪过一道人影。

他速度极快，箭一般冲过火圈，像抱孩子似的，将墨九一把打横抱了过来，轻轻往肩膀上一搭就往回飞奔。墨九完全没有办法回神，眼睛又被火熏得一直在流泪，半睁半开着，刺痛刺痛的，根本就看不清楚到底是谁扛起了她。

“抱紧我，阿九！不要乱动！”

低沉而熟悉的嗓音，让墨九心窝狠狠一窒。

“萧——王爷！”

他身上熟悉的中药味，被浓烟冲淡了，但仔细闻还是闻得出来——是萧乾！

怔了怔，墨九瞪大了眼睛！

此刻如溺水遇浮木，而萧乾就是她的浮木。

她咳嗽着笑了起来，眼睛里不停流泪，看不清他的脸，但知道是他来救自己了，心弦也就下意识地放松了，将双手挂牢在他的脖子上，她一晚上的恐惧与惊慌似乎都找到了落点，缓缓掀开的唇角上，还略带了一丝笑。

“你怎么来了？”

“嗯，我不来，你都反天了。”

他回答得很简洁，很轻松。

可墨九却从他强劲有力的心跳中，感觉到了他的紧张与气促。

在他从驻营地策马奔回额尔小镇的时候，在他得知墨九冲入火场救人的时候，在他看见阿依古走出来，说墨九为了救她已经葬身火海的时候，他的血液都几乎凝固了，内心的恐惧其实不比她少半分。

“王爷，你没有什么事吧？”墨九试探着问，想知道他的情况。

“没事。”他声音很平静，让墨九彻底放了心。于是，浅浅的声音里，就带了一丝娇软，听上去都不像刚刚历了一次火劫：“可为什么我每次有事，你都会这么及时地来救我呢？”

及时吗？

今天并不及时。

要不是她命大，他怎么来得及？

想到先前的凶险，萧乾的喉咙像被什么卡住了，哽得紧。

过了好半晌，他才声音低沉地吩咐她：“以后不许逞强。知道吗？”

嗯一声，墨九抿了抿干涩的嘴，不知道说什么了。

关于阿依古在危急时刻那一推，从她的身份来看，为自己牺牲别人已经是习惯，可能都不会觉得有什么内疚。但对墨九来说，却是震撼的！如今她好不容易得救，看着萧乾冷峻的侧颜，不由得又庆幸又后怕。

“我就知道你会来救我嘛，要不然，我能傻呵呵地冲进去？”

萧乾扬了扬眉头，喟叹一声：“唉！”

火光笼罩下的额尔小镇，早已变了颜色。

空气里，一片燃烧的焦味与煳味。

救火的人都围在外面，四散的，三五成群的，议论纷纷的，一个个瞠目结舌地看着萧乾颀长挺拔的身影从火光圈中大步出来，怀里抱着一个据说已经“葬身火海”的女人。

“苏赫？”看到他出来，阿依古紧攥的手放松了，人也松了一口气，“救到人了就好，担心死为娘了。”

萧乾紧紧抿着唇，冷冷看向她：“嗯。母亲没事了吧？”

“我已然没事了。”阿依古坐在侍卫摆好的椅子上，被他目光一刺，眉头皱紧，又瞄一眼虚软无力地靠在萧乾怀里的墨九，“巨子她……还好吧？”

“她很好。”萧乾的声音，不像先前与墨九说话时的随和，一双眼睛，也恨不得化成刀片刺过去。

阿依古知道他在埋怨她。

先前她告诉苏赫，墨九已经葬身火海，就是为了阻止他去救人。

更何况，墨九又怎会不告诉他棉被的事？

苦笑一声，她轻轻抬眉："那快带她去休息吧。这里我会收拾。"

收拾什么？火已经快要烧光一个镇子了，老百姓呼天抢地哭着，囤着过冬的食物与毛皮没有了，老老少少、男男女女死伤无数……一场人灾，终是让无辜的人来背负苦痛。

萧乾眉头紧皱，目光闪过一抹戾色。

"好。母亲大人也早点儿休息。"

两个人一人一句，说得很客套。

就好像不是亲密的母子，而是官场上的同僚。

火烧到这会儿，确实已经差不多接近尾声了。墨九不时咳嗽几声，将头靠在萧乾的肩膀上，看着他背后阿依古那两束复杂的视线。

不得不说，阿依古是一个狠心的女人。

她可以为了自己和儿子牺牲掉任何人。

纳木罕是这样。

她墨九也是这样。

或许她有愧疚，但愧疚不能改变她的任何决定。

这样的女人，可不比男人都狠吗？

"王爷！"她突然喊了一声。

"嗯。"萧乾依旧抱着她，声音淡淡的。

"你都知道了？"她问。

"知道什么？"他反问。

"我和阿依古的事情。"

"你和她，能有什么事情？"

"……她推了我。"墨九把刚才的事儿说了一遍，又咳嗽不停。

萧乾轻轻顺着她的后背，眉心狠狠蹙紧："我不知道——看来我还少给她定了一条罪。"

少一条，什么意思？

墨九奇怪地瞄向他森冷的面孔："那你阴阳怪气地对她，是为了哪般？"

萧乾冷笑一声："为了今天晚上的局。"

"哦了，是，好一出大戏！"墨九轻笑一声，再次将半合着、流泪不止的眼，望向那一片还在燃烧的火光天地——她视线模糊，头昏脑涨，不由得摇头叹息道，"戏是挺好的。可我的脑子有点儿晕，跟不上了。眼睛也熏得受不了，我实在没力气，看不下去了……唔，困！"

她打了一个哈欠，就眯上了眼睛。

"阿九？"

"……"

"阿九？"

"……"

墨九脑子晕了，真晕了。

听不到萧乾的声音，一颗心像落水的石头似的，不停往下沉……

一直沉，一直沉下去，慢慢地，就失去了意识。

"阿九？"

晕了。

真晕了。

萧乾低头看她合上的眼睛，脊背一僵，大步将她抱入如今额尔小镇上仅存的好房屋——墨家弟子的居所。

将她平放在榻上，他皱着眉头，搭上她的手腕。

呼吸一紧，他的手不由自主地颤了一下。

俯低的身体没有动，他凝神合眸，再一次细探。

这一次，时间格外漫长——

良久，他凝重的面孔上，浮现出一丝狂热的喜气。

"阿九——"

灼灼的目光中，带着妖异的颜色，似乎与窗外的艳丽火光连成了一线。

"我们有孩子了！"

"快拿巾子来！"

"这里，这里——"

"哎哟，你在磨蹭什么？"

"你踩着我的脚了！"

"就你急，急！急着去投胎吗？"

"投什么胎？九爷肚子里的胎？"

"噗，那你不就是姑娘的小宝宝了？"

"哈哈哈！"

"……"

墨九的耳朵边上，如同被人放了一窝蜜蜂，嗡嗡作响。

好一会儿，嘈杂声终于没了。

世界清静了下来。

她想说话，可嗓子像被人塞住了一样，干、涩、痛，愣是出不了声。喉咙口也像被火炙烤着似的，刺刺地痛。

唔！她睁开眼睛，但眼前一片漆黑，什么都看不见。

明明感觉到有人在她的身边走动，就是看不清任何东西。

难道她还在做梦？其实根本就没有醒？

嘴唇开合着，她肩膀微微一抖，猛地攥紧了被子。

"唔……来……人！"

"呀，姑娘醒了——"玫儿的声音满是欢喜，几乎用扑的动作奔向了床侧，激动地握紧墨九的手，盯着她那一张被浓烟和烈焰熏过的苍白小脸，又心疼地拿起温热的湿毛巾，在她额头上轻轻拭了拭细细密密的汗，忧喜不定地唤。

"姑娘，姑娘？你是醒了吗？"

"玫，玫儿……喀！我……喀！"

墨九好歹发出了声音，只不过，嗓子疼得够呛，也哑得够呛。

说两个字，费了老大的劲儿。

玫儿惊喜不已："真的醒了，姑娘真的醒了！"

回头，她冲门外的击西喊："快，快叫人通知王爷呀！"

"九爷醒了！"击西也兴奋地跑了进来，与玫儿两个欢天喜地地说了几句，又急匆匆地下去了。墨九听着她们的对话，眉心紧拧着，看着眼前漆黑的一片，眼睛转向玫儿的方向。

"玫儿，天还没有亮吗？"

"嗯？"玫儿惊了一下，似乎没有听清，"姑娘你要什么？"

“我说，天、还、没、有、亮吗？”墨九沙哑着烟熏嗓，费了九牛二虎之力，总算把这句话说明白了。

可玫儿听入耳朵里，再望向门外明艳艳的阳光，瘪了瘪嘴巴，一张小脸登时皱成了一团：“姑娘，天早就亮了，都快要晌午了，外头天正明亮哩。不过，王爷说姑娘的眼睛被浓烟和火焰灼伤了，见不得光……王爷特地给你蒙了一层浸了药水的黑布在眼睛上，你看东西自然黑漆漆的了。”

嘘！

原来是这样。

墨九这才后知后觉地发现眼睛上有东西。

她脑子又清醒不少，按了按眼睛上的黑布，安下心来。

“来，玫儿扶我一把——”说着，她双手撑着床，就想起来。

“不许动！姑娘，你不许动。”玫儿紧张得脸都白了，飞快地按住她的手，又轻手轻脚地将她按回床上躺好，嘴里不停念叨，“王爷说了，姑娘得卧床平躺，不能下床，也不能动来动去。”

“……”墨九哭笑不得，“我是猪吗？赶紧地，咳，咳，扶我起来——”

“不行！王爷说了，必须得躺着。”

王爷说，王爷说……

墨九真的快哭了：“你，你到底是谁的丫头？”

“你的呀。”

“那你听我的，还是听他的？”墨九拂一下额头半湿的头发，拧紧眉头，破着嗓子，一字一字说了老半天才说明白，“就算王爷说了什么，那也是在我没有醒的时候，你听他的那是权宜之计。现在我醒了，我的身体也没有什么大碍，总得起来吧？难不成躺在床上吃东西？”

“对呀！”玫儿说得理所当然，“王爷说了，就得伺候你在床上吃。”

我去！

墨九心里直唤“呜呼哀哉”！

“哪有这样的道理？我好手好脚的，干吗要躺在床上吃？”

“嘿嘿嘿——”玫儿突然怪异地笑了起来，“这个嘛，当然是有缘故的。”

“什么缘故？”墨九也好奇了。

“你猜？”

玫儿的声音俏皮而轻快，想来是好事了。

可哪有这么折腾她家主子的?

墨九扶额哀叹，一觉醒来，地位就下降了呀。

“坏丫头，你什么时候学坏了？”

“跟我主子学坏的。”

玫儿嘻嘻笑，那快乐感染了墨九，让她亦有些忍俊不禁，咳嗽几声，她捂着喉咙，小声道：“给你一个机会，我数到三，你若不说，我自有办法收拾你。九爷的手段，你是知道的，到时候莫说求生，便是求死，也得看九爷的心情。开始，一！”

“姑娘！让我再逗逗你嘛，好不容易遇上这么开心的事情。”

“二！”

“好啦好啦，我这就说，说还不成？”

“三！”

“姑娘，你怀上小宝宝啦！”

玫儿冲口而出的话，又快、又急，炸雷似的灌入了墨九的耳朵。

只一瞬，她便像被雷电击中了似的，僵硬了身躯。

房间里的气氛，当即冷下。玫儿愣了愣，收住脸上的笑容，紧张地看着一动也不动的墨九，又紧紧握住她的双手：“姑娘，你这是怎么了？”

墨九没有动静。

“难道说，姑娘不高兴吗？”

墨九还是没有动静。

“呜，不是吧？有小宝宝了呀，是你和王爷的小宝宝哇！玫儿想想都好喜欢呢，姑娘为什么要不高兴啊？姑娘，玫儿求你了，你，你快说说话呀！不要吓玫儿！呜，姑娘这个样子，好吓人，吓死玫儿了。”

“讨厌！”

终于，墨九破着嗓子吐出一句。

“不是你生，你只负责玩，你当然高兴了。”

“……”玫儿嘟着嘴巴，“我可不只负责玩，我都和王爷说好了，小宝宝出生了，我便要天天带着他，给他洗尿布，哼！”

洗尿布……这是一件多得意的事情?

墨九被玫儿的“骄傲”逗得哭笑不得。

哀哀叹一口气，她顿时觉得生无可恋了。

十七岁呀，她才十七岁呀，多美好的年华呀。

怎么可以生孩子？

啊啊啊！一想到生孩子的各种惨状，还是在一个没有现代医疗条件的情况下生孩子，她就有一种不寒而栗之感。

“不行了，不行了。”

嘴里小声喃喃着，她反手抓住玫儿。

“王爷呢？快，叫他来！我要见他。”

她保证，萧乾此刻出现在面前，她不会打死他——只会骂死他。

“王爷去了围猎营地，还没有回来。”玫儿答完，又瞄一眼门外的击西，附在墨九的耳边嘻嘻笑，“王爷晓得姑娘怀了小宝宝，可高兴坏了。今早出门的时候，嘴唇就是向上翘着的，这样——”

玫儿捏着自己的嘴，比画了一下。

“大家都好高兴，王爷是最高兴的一个。玫儿还是第一次看见他那般表情呢。”

向上翘着的嘴巴？

墨九想着萧乾那样一张脸，配上那样一个笑，忍不住嗤一声。

“他高兴得翘尾巴了，可吃苦的人，不还是我吗？”

说到这里，她又撑着身子坐起来，要去扯眼睛上的黑布。

“我的鞋呢？拿来。我得去找他。”

“不行啊我的姑娘，我的姑奶奶……”

“叫大爷都没有用！”

“大爷！九爷，大九爷。”

玫儿快急哭了：“你真的不能下床。”

被她说得肝颤颤的，墨九侧过头：“为什么不能下床？怀孩子而已，又不是瘫了。”

玫儿苦着小脸，不停瞄她的眼：“王爷说，这几日姑娘受了惊吓，昨晚更是历经惊险，好不容易才保住小宝宝的。如今姑娘胎象不稳，再不小心些，小宝宝就保不住了，所以，必须在床上躺上一些日子，保胎。”

保胎！

墨九无语地摸额头。

想了想，她觉得动作不对。

手下移，她又去摸肚子。

玫儿一直在旁边说，她的思绪却乱七八糟的。

这种感觉很奇怪，从来没有经历过。

她曾经没有当妈的想法，甚至都没有刻意去想过这件事。冷不丁肚子里就“有货”了，摸不着，看不见，却真实存在，与她和萧乾血脉相连，那种感觉太微妙，很难用语言来形容。说一千道一万也是复杂，非亲身经历，很难体会。

“唉！”

叹息一声。

“唉！”

叹息第二声。

“唉唉唉！”

她的叹息声，一直不止，玫儿苦着脸伺候着，也是着急。

“姑娘，你可想要吃些什么？”

吃货的心思，有时候也是很简单的。本来墨九满心焦灼，都快要得孕期综合征了，一听玫儿说“吃”，马上就又来了精神，嗓子还哑着，声音却轻快了不少。

“先切一盘卤牛肉，来一壶闷倒驴，再——”

“啊！”玫儿打断她，差点儿哭了，“姑娘不能喝酒的。”

普通酒都不行，更别提“闷倒驴”了。

那可是草原上的第一烈酒哇，哪里能让孕妇喝？

“不是吧？”墨九听了玫儿的话，觉得人生立马就灰暗了一半，“不能下床，不能喝酒，这样不能做，那样不能吃，人生还有什么乐趣？而且，整整十个月呀，十个月。不，我不要孩子了，我宁愿死。”

她生气地吼着，抓狂般发脾气。

可作了一阵，却没有听见玫儿的声音。

“玫儿？”

她脑袋转来转去，看不到人，不由得拧眉。

“人呢？怎么不说话，给老子拿吃的呀，饿死宝宝了——”

一只略带凉意的手抚上了她的额头。

墨九一怔，正要开口，就听见萧乾低沉而松快的声音：“热已退去，幸好——”

“王爷？”墨九这时管不了发不发热，甚至都管不了罪魁祸首来了，可以好好收拾他——她这会儿，只想招呼肚子的事儿，“你怎么走路都不带声儿的？玫儿呢？我的饭菜呀！我快要饿死了，大爷！”

“她去给阿九拿吃的了。”萧乾的声音比任何时候都要柔和，不论她怎么吼，都一如既往地保持着平稳的语调。

然后，他握住她的一只手，坐在床边的杌子上，为她切了一下脉，又关切地问：“阿九感觉如何？可有哪里不舒服？”

这话问得，正中靶心哪！

墨九咬着牙，咳嗽着清了清嗓子，一字一字艰难地骂。

“哪里都不舒服！尤其你来了，更不舒服——我想宰了你，怎么办？！”

“……”

“说话！”墨九愤愤不平，“我本来就看不见，你不说话，我一个人唱独角戏，有意思吗？我会以为只剩自己一个人，会得孤独忧郁症的。”

“唉！”萧乾幽幽一叹，抓紧她的手放到唇边，轻轻吻了一下，声音低缓而温柔：“阿九怎么怀上孩子，自己却变成了一个孩子？”

鬼才变孩子了！

她现在恨不得变成野兽，狠狠咬他一口。

墨九想着，探手摸向他的胳膊，就铆足劲儿地掐。

“王八蛋，说好的避孕汤药呢！就是你整我的，对不对？”

换往常，哪怕痛了，萧乾也不会吱声。可今儿为了配合墨九，他竟然低低嘶了一声，好像很痛的样子，等她住了手，方才小心翼翼地回握住她，将她娇软的身子往怀里拥了拥，又低下头来，在她唇上印下蜻蜓点水的一吻。

“这下满意了？嗯？”

“满意个鬼，不满意！”

墨九哼哼一声，可话还没有说完，他的唇又落了下来。一串密密麻麻的吻，滚烫滚烫地从她的嘴上碾压过，带着他气促的呼吸，带着一种极为澎湃的情绪。他一边吻她，一边低低地说：“谢谢你，阿九。”

谢谢她？

墨九抚着被他啃过的嘴，不解地问：“谢我做什么？”

“让我在这世上，又多了一个亲人。”

一个亲人？

是指她肚子里的小宝宝？

墨九的心，冷不丁沉了下去。

因为萧乾的笑容太暖，目光太明亮。

兴许她有悲观主义，他的喜不自胜，竟让她极为不安。

隐隐地，居然生出一种害怕期待破灭的紧张感。

她拧一下眉头，笑得有些勉强，像为他打预防针似的，反驳道：“王爷也太着急了，这刚刚怀上，八字只画出了一撇呢，只是一个小小的胚胎，连人都算不上好不好？哪里就算你的亲人了？怀胎还要十个月，谁知道……”

“阿九！”萧乾冷声打断她，似乎很不高兴她不以为意的态度。

可顿了片刻，看着她嘟着的嘴，他又放柔了语气，紧紧握住她的手，盯住她的眼睛，许诺一般慎重地道：“我萧乾今日在此立誓，从今往后，护你母子，重你母子，绝不让任何人欺你母子。人若敢欺，我必诛之；人若敢辱，我必杀之。如有违此誓，天诛地灭！”

“……”

墨九听得震惊不已。

这个家伙也太一本正经了吧？

正经得她竟然狠不下心来告诉他，她真的不想生孩子。

“傻不傻，胡乱发誓！”她慢慢挪着身子，靠近他，将头埋入他的胳膊弯里，可怜巴巴地嘟囔，“旁的事儿，也都罢了，我也不需要你发什么誓。只有一个要求，我怀胎十月，你得为了我守身如玉哇！”

“……”萧乾抿唇看她。

“你答应了，我也就放心了，从此专心做一只大肚子蝈蝈，准备冬眠。”

说着冬眠，她突然全身静止不动，就那样缩在他臂弯里，那模样儿装得挺像冬眠的，把萧乾乐得再一次扬起唇角，无奈地摸摸她的头顶。

“你呀，唉！果然变成孩儿了。”

“呵。”墨九咕哝，“那你不就赚大了？”

“赚什么了我？”

“怀一个孩子，还多添一个闺女。”

“……”萧乾一怔，随即哈哈大笑。

这一日额尔小镇的墨家居所，欢声笑语不断，每个人脸上都喜气洋洋的，为了庆祝苏赫王爷与他们家巨子的“小世子”来到这个世界，午膳的时候特地加了餐，一众人聚在堂屋里大吃大喝，把怀孕的墨九气得直捶床，大声吼叫说“虐待孕妇”。

然而——

萧乾不仅是个铁血王爷，还是个天下无双的神医。

他说不能吃的，她就吃不了；他说不能做的，她也做不了。

更可怕的是，人人都愿意为了小宝宝听萧乾的吩咐，完全无视墨九的诉求，就连最疼爱墨九的墨妄，在这些事情上也不肯相帮，不管她怎么求，都没有半点儿让步。

这让墨九有一种墨家大权要旁落的紧张感。

于是乎，当天晚上睡下时，墨九在被窝里折腾了他大半宿。

没给吃，只给看，逗得萧乾眼睛发红却只能干看着，终于感觉到了墨九怀了孩儿的坏处，如此，墨九便有了报复他的痛快感，她在心里暗自决定——在接下来漫长的怀孕日子里，她要不停地折磨他，让他切身感受到“怀孕不易，且做且珍惜”，要不然，生了一个，再生一个，生完一个，再生一个，一窝一窝生下来，她不死也得半残。

坏心眼的墨九，欺负完了萧乾，终于满意了。

看到她甜甜入睡的笑脸，萧乾喟叹一声，拥紧她，也满意了。

还有，从未有过的满足感。

女人和孩子，都在自己的怀里，这是一个男人最为充实的体验。

只不过，他当如何守护这一方幸福，免她母子风雨凄凄与颠沛流离？

权势，唯有权势。

因为墨九不是普通的女人。

她是每一个男人都在觊觎的女人。

只有拥有至高无上的权势，手擎天下，才能给他的女人足够的庇护与安全。

而这也是他身为她的男人，应有的义务。

第二日，墨九醒过来的时候，萧乾已经离开了。

她还没有睁眼，就感觉到了眼睛上清凉的药味，不由得抚了抚。他天不亮就起来，趁着她熟睡，亲手为她换上浸了药物的黑布，并留下好些药膏交给玫儿，嘱咐她说，药布还要敷上几日，不许墨九取下来。另外，也不许墨九下床走动，若她不肯听话，就让他们合力——把、她、绑、起、来。

绑起来？

墨九听了玫儿的转述，内心简直悲愤。

可怜的她，怀孕没有母凭子贵，却混成了这副德行?

难道她要压过萧乾，只能等孩子出生?

到时候二对一，再杀他一个片甲不留。

想着那样的画面，她忍不住笑出了声。

也好!

横竖都得生，左右都要遭一回罪，早生儿子早享福!

说服了自己，怀孕给她带来的烦躁心绪又平和下来，如同这个经了火灾的额尔小镇，渐渐地，一切都趋于平静。那场大火，以及那些与大火相关的人和事，都像不曾存在过一样，不再被人提及，老百姓在废墟堆里重建家园，蒙合大汗也带着他的臣子开始了新一轮的围猎。

一切都没有改变。

改变的人，只有墨九自己。

她肚子里添了一个小宝宝，她已经是一个母亲了。

这感觉很神奇，但萧乾不在，却没有人可以与她分享。

关于墨九怀上孩儿的事情，墨家人都被萧乾封了口。

不仅不得外泄消息，也不得讨论这个话题。当然，墨九知道，萧乾这样做，是为了保护她和她肚子里孩儿的安全，毕竟，他知道太多太多尚未见到世界就夭折了孩子的事情，不得不防——

重建中的额尔小镇，很是冷寂。

墨九躺在床上，也很无趣，房间里冷清清的，眼睛又什么都看不见，只能一个人发呆。一个时辰熬过去，又一个时辰熬过去，度时如年的感觉，几乎快要让她崩溃了。

这时，玫儿突然奔进来禀报："姑娘，阿依古长公主来了。"

墨九一怔，随即满心欢喜。

"快请!"

她太闲了。

有一个人来和她说话，她求之不得。

而且，人家是长公主，不管为什么而来，都算纡尊降贵，她也没法拒绝。

听见阿依古的脚步声时，墨九唇角都弯了起来。可阿依古落座，却静静盯住她，许久都没有出声，把墨九憋坏了，终于忍不住开口："长公主有事找我？"

阿依古似乎松了一口气："听说你病着，我来瞅瞅。这样子看来是病得不轻啊，连床都起不来了？"

哦！墨九想想，有一点儿哭笑不得。

原来人家绷着脸面，就等她先开口，或者下床请安呢？

行，下床虽然做不到，但唠嗑嘛，她闲着也是闲着，多说几句话又不会死人。

她双手平放在小腹上，放松了身体，微微带笑说："是呀，我那日眼睛被灼伤了，看不清东西，一直流泪，身上也有些不大好，没法子下床给长公主行礼，还请长公主见谅。"

听她语气委婉有礼，阿依古声音又柔和了一些："无妨，你躺着。我说说话就走。"

"嗯。"墨九静静地等着她说。

好一会儿，才听得阿依古重重的叹息："那日的事，你不会怪我吧？"

……不怪？才怪！

如果她差一点儿被人害死，能大度说不怪吗？

墨九心里暗嗤，但阿依古今儿来了，摆明了就是要与她修好的，而且萧乾与阿依古之间的关系，错综复杂，站在共同对抗蒙合的立场上，他们也确实是一国的。敌人的敌人，就是朋友。这个时候，无法翻脸，也翻不起脸。

所以，几乎没有考虑，墨九就摇了摇头。

"不敢！"

顿一下，她又哑着嗓子，语气真诚地笑道："人不为己，天诛地灭，长公主那时的做法，也是人之常情。我心里虽有不悦，但时过境迁，我还活着，又能得苏赫这般照料，岂会再生怨念？若无长公主，便无苏赫，我又何来的幸福？饮水思源，我对长公主只有感恩，断无怨怼。"

她说得合情合理，几乎连自己都信了。

实际上，她也必须说得让阿依古相信。

因为像阿依古这样的女人，长期在政斗的旋涡中生存，是绝不会允许一个对她有仇恨的人长期活在身边的。明枪易躲，暗箭难防，她与其再树一个强敌，不如化敌为友，获得暂时的安宁。

毕竟她不是一个人了。

不能像以前那样恣意妄为。

她得为肚子里的小家伙考虑。

盯着床上轻松自在的墨九，阿依古久久没有出声，一张苍白的面孔上，目光幽深，带着审视和疑惑，也有一种释然："我说过，你是个好姑娘，只可惜——"

说到这里，她顿了顿，才道："巨子是明白人，我也就不藏不掖了。蒙合对你的心思，你应当明白。只要有他在一日，你与苏赫便难得其安。这一点，你也很清楚。"

墨九身躯一动不动，静静地考虑一下。

"那……依长公主之见呢？"

阿依古眼波微微一闪："那日我的话，其实还有一半没有说完。我让你离开苏赫，并非成心想要拆散你们。两心相许，被人活生生拆散，这苦痛，我亦明白。但我以为，不仅大丈夫要能屈能伸，小女子亦当如此。巨子若与苏赫相许了一生，也不必计较当前。你暂且离开苏赫，称了蒙合的意，以图更为安稳的来日，岂不更好？"

这个女人的野心，还真不是一般的大。

墨九心道：武则天、慈禧之流，都是被逼上那条路的。

可阿依古呢？似乎天生就有像男人一样争权夺位的心哪！

看不到阿依古的人，墨九只能由她的声音来判断她的情绪。听完她貌似真诚的一番分析，她不得不承认，她的说法，并非完全没有道理。换了以前，她也许会同意，可现在——不行。

她有孩儿了，不能让孩儿出生在父母没有婚约之前。

哪怕在后世，非婚生子也会受人白眼，更何况封建时代？

侧着头，她沉吟一瞬，慢慢抬手捋着头发，不紧不慢地说："长公主的心情我理解，身为人母，为子解忧，此番情意，我和苏赫都极为感恩。但是——不瞒长公主，我和苏赫商议过了，等围猎事毕，他便会向大汗请旨，迎我过门。"

什么？

阿依古脸色一变。

"你们——"

没有说完，她猛地闭上眼睛。

"愚蠢！这是要出大事的。"

"出大事？"墨九抿了抿嘴唇，"能出什么大事？娶个亲而已，难不成大汗还不许人家娶媳妇生娃吗？"

"唉！"阿依古似乎气极，扫了榻上的墨九一眼，重重一叹，不再说话，起身拂袖离去。

墨九寻着她的方向，慢慢转过头，笑了。

“天大的事，也没我孩子要登临地球大！”

接下来的几天，墨九都没有离开额尔这个满是焦土的地方，甚至于，除了方便，都没有下过床，每天被玫儿像伺候瘫痪病人一样地伺候着。她静待围猎时间过去，简直等得快要抓狂了。

可萧乾不在身边，她也找不到别人来作。

于是，这个准妈妈，食不知味，夜不能寐，眼还不能清晰视物，第一次觉得怀孕是上天对女人最深的恶意。

这几日里，在围猎场的萧乾，没有再回额尔小镇。墨九这里，也没有人到访，只有阿依古第三日又派人来送过一次参汤，说给她补补气血。看得出来，她那日愤然离去后，并没有想把关系闹僵，而墨九自然也不愿意和她撕破脸。所以，为了维护阿依古长公主的体面，她愉快地接受了东西，并“感恩戴德”地差人去回谢了阿依古，但是一转头，就让玫儿把参汤倒掉了。

喝不得！

不敢喝！

她异常狂躁。

等待着，等待着。

在狂躁的等待中，她终于迎来了胜利——围猎的最后一天。

下午的时候，曹元就传来消息说，围猎大军明日下午就要返回额尔小镇休整了。王爷这次在围猎场上的表现太过惊世骇俗，把北勐所有的武将都给比了下去，蒙合大汗也处处表扬他，说话间流露出重用之意。

墨九听完，不免冷笑。

皇帝捧杀一个人，才是最狠的招儿啊。

她担心萧乾，左想右想不得劲儿，到了晚上，又不好入睡了。

她抱着小腹，辗转反侧了无数次。窗外的月光，还带着笑脸在望她。

“唉！”

拥着被子，她沉浸在自己的黑暗里。

突然，木质的房门咯吱一声响，在暗夜里尤为尖锐。

她不由得一诧："谁——？"

来人脚步很轻，带来一股幽凉的夜风，随即卷入床帏，不等墨九翻身就急切地按住了她的肩膀："别动！是我。"

萧六郎？

怎么偷偷摸摸回来了？

墨九心弦一松，委屈就涌上心来。

"你可算回来了，没良心的，你都不知道我过的是什么日子。这天天躺在床上，像一个活死人似的，还什么都看不见，像被整个世界遗弃了，这滋味儿……简直要我的老命了。讨厌！你怎么才回来呀？"

一句句全是埋怨。

一句句全是委屈。

一句句也全是思念。

这几天，确实是墨九来到异世最为难熬的日子。

躺在床上保胎，比坐月子还要艰难……真不是人受的。

她说了一串，没有听到萧乾的声音，又不满地抿了抿唇。

"你怎么不说话？"

"我听你说。"萧乾轻轻地笑，"我连夜赶回来，就想听你说说话。"

"……"

这也太深情了呀！

墨九心里暖暖的，那种突然充实起来的愉悦感，无以言表。

微微勾起唇角，她撒娇似的张开双臂："那你还不来抱抱我？"

"阿九……"他低唤她，俯低身体，紧紧抱住她，含糊一叹，"我想你了。"

墨九一怔："我也想你了。萧六郎。"

她收拢双臂，反手紧紧圈住他——可刚刚抱下去，手指上触到一丝黏黏的东西，鼻腔里似乎也有淡淡的血腥味儿，让她徒然清醒。

"你受伤了？"

萧乾没有否认："小伤。不碍事。"

"发生什么事了？"墨九在这一刻，紧张到了极点。

也许是怀了孩子，萧乾在她心里的地位，更重了。

比以前，比以前的以前，比任何时候都要来得重。

他们的生命，也因为孩子，真正地融合在一起了。

她不能失去他，也不能容忍他受伤。

“没事了，已经没事了。”萧乾察觉到她的惊慌，想到她是孕妇，不由得更是心疼，伸手揽住她，不停轻拍她的后背，安抚道，“一点点小伤口，不算什么。一个男人若连这点儿伤都受不得，怎么能保护你们母子两个？放心吧，我没事的。”

“还说没事！”墨九恨声，“是谁干的？”

“阿九……”他不想她担心。

“说，我想知道。”

萧乾深深地注视着她，双臂狠狠一紧，像怀抱着所有的希望和情感，将心爱的女人一寸寸纳入怀里，压紧，再压紧，不断压紧，声音像伴了夜风，格外悠长深远：“有你在身边，我什么事都扛得住。风来，挡风；雨来，堵雨。我会护着你的，你不要怕。”

“我不怕。”

她不怕自己吃苦。

只怕他的肩膀，也会疲乏。

“到底发生什么事了？我就算不能帮你，但可以听你说说呀。”

“唉，爱操心的小妇人。”萧乾刮了刮她的鼻头，声音轻快得似乎真的只是一件小事，“围猎结束，我便急着回来见你。于是，轻装简从，只领了声东一人返回额尔小镇。结果，在半道上遇到了刺杀。”

刺杀！

闯北和击西被他留下来保护她了。

他身边的亲信，就剩声东一个人。

面对那些刺客，他和声东两个是怎么应付的？

墨九光是想想，就不寒而栗。

窗口吹来的风更凉了，她瑟缩一下身子，慢吞吞开口：“他是等不及了吗？”

“也许。”萧乾紧紧搂住她，“不要紧张，或许只是试探深浅——这次怪我大意了，以后不会再这般，更不会让阿九为我担心，好不好？”

墨九狠狠抱紧他：“好。”

“乖。”萧乾抚着她的后背，将头搁在她的肩膀上。

“等回了哈拉和林，我就娶你，好不好？”

“好。”

“等孩儿出生，我再送他一个见面礼，好不好？”

“好……”墨九随口应着，突然一怔，又抬起头来，伸手去摸他的脸，“孩儿出生，还有十个月呢，你现在就想好要送什么见面礼了？”

“嗯。”萧乾语气很凉，“十个月，足够了。”

听他冷肃的声音，墨九喉咙一紧。

“是什么见面礼？”

轻轻一笑，萧乾没有回答，一个温热的吻，却落在她的额头。

“小傻瓜，见面礼是给孩儿的，我可不能提前告诉孩儿他娘。”

“呃！”墨九捶他，“讨厌！”

长夜漫漫，无心睡眠。

皎洁的月光挂在窗外的枝头上，小别胜新婚的小两口却面临着无奈的考验。

安静的房间里，萧乾干瞪眼望着帐顶，呼吸紧促。

娇软的小妇人就在他的怀里，穿了一身不知什么质地的小睡裙，软软的，干净的，很细，很柔和，入手很舒服，像蚕丝，像羽毛，轻轻地滚过心头，撩起来的火，快要把他身上都烧着了。

背上的伤口不觉得疼痛，他浑身痛的只有一个地方。

胀痛！

越胀越痛！

痛得他满脑子就一个念头。

——不能想。

——不能胡思乱想。

可一般告诉自己不要胡思乱想的人，其实都在胡思乱想。

红的被，白的人，柔软的青丝，浓密的睫毛，纤长的脖子，花瓣似的唇，柔得掐一把都酥心的腰身，每一寸，都让他生出一种几乎要窒息的渴望。

墨九的美，他不是第一天知道，却第一天这般饱受煎熬。

这是他的女人。

可他却不能动。

“萧六郎……”他的呼吸与状态，墨九又怎会感受不到？

她坏心眼地伸了小手过来，身体也微微侧起，将嫣红的嘴对着他的脸，在他鼻梁上轻轻啃了一下，露出一抹软软腻腻的笑：“你……是不是想了？”

萧乾心里一紧。

握在她腰上的手，已然汗湿，蔓延的渴望逼得他有一点儿喘不过气。正是血气方刚的年龄，这般怎生受得住，又怎么会不想?

可孩子是他自己要的，这罪也得他自己来受。

紧紧抿一抿唇，他喑哑出声："阿九，不闹！睡了。"

"你睡得着吗？"

墨九坏坏一笑，手指没入他的腰间。

"我从来不闹的。我最乖了——"

第十章　得墨九者得天下

墨九眼睛上蒙了一层黑布，对于天光完全没有感知力。

一觉睡到自然醒，打个哈欠翻个身，摸向床侧——

空荡荡的冷被窝。萧乾早已不在。

她唤了玫儿进来，伺候她洗漱，吃完早餐，又懒洋洋地坐回床上，就着斜靠床头的慵懒姿势，对着黑洞洞的空间干着急。

“不是说今儿回哈拉和林吗？怎么没有动静啊？”

玫儿在屋子里打包行李，闻言回头看她一眼，笑吟吟道：“姑娘急什么，哪里能说走就走得了的？那样多的猎物，那么多的兵马，都得归整呢。还有额尔小镇刚刚遭了火灾，大汗在这里，不得对百姓抚慰一番吗？”

哦！灾后慰问。

这个墨九懂。

却不知道蒙合看到他的子民因他受这些苦累，做何感想？

冷笑一声，她拢了拢被子盖在胸口，偏头望向有风的地方。

“天儿是不是又冷些了？我怎么觉得这么凉呢。”

“嗯呢。”玫儿道，“等下我给姑娘加件衣裳。”

什么事都得找人帮忙，这让墨九很烦躁。

她摸了摸眼睛上的东西，问玫儿：“王爷走时有没有说，我眼睛上的黑布，什么时候可以拆开呀？”

“没有呢。”玫儿道，“药布是王爷新换的，王爷说再多两天，回了哈拉和林再说。”

好吧。她忍。

墨九抿了抿嘴，叹息一声，有一句没一句地和玫儿聊着天。

快到晌午时，萧乾终于回来了。

带着一股子凉风，过来拥了拥她，又低头在她额上一吻。

“阿九，收拾一下，我带你去吃饭。”

去吃饭？墨九大喜。

一个“去”，一个“吃”，都是她目前极度渴望的。

好多天没出这个屋子了，保胎保得她都快要闷死了。

如今得以出去，她像坐牢出狱一般，愉快得差一点儿蹦起来。

“那我的眼睛，这个可以取下来吗？”

萧乾迟疑一下，慢吞吞为她解开药布，温声道：“你等下试着睁开眼睛，不要急，要慢慢地，试探着看光线，不行就马上闭眼……”

“好。我懂。我又不傻。”

“就怕你犯傻。”

“你才傻！你全家都傻。”

“我全家就你和孩子——哦，原来你俩傻。”

噗一声，墨九笑得不行：“说我也就罢了，宝宝还没出生，就被他老爹给损了一通，看他出来，我不告状，回头让他来收拾你。哼！”

说笑着，墨九一点一点睁开眼。

视野里有光，白白的一片，可视线却是模糊的，三重影不说，一看那亮光处，眼睛就有一种受光的刺痛感，眼泪立马涌了出来。她难受得赶紧闭上，心里顿时焦灼不已。

“王爷，我这眼睛怎么回事呀？看不清东西，还流泪。我不会瞎吧？”

“傻瓜！自是不会。”

萧乾安慰着她，又把药布缠在了她的眼睛上。

“若你瞎了，还要我作甚？”

有一个医生做老公，感觉确实很棒，想到萧乾是举世有名的神医，墨九的安全感又回来了。嘿嘿一声，她笑笑就释然了。

习惯了黑暗，其实也没有那么纠结，她双手缠上萧乾的胳膊，就将头靠过去，乖巧的样子像个不谙世事的小姑娘。

“好吧，我相信你。如果我真的瞎了，就拿你的眼睛来赔。”

“好。”萧乾摸摸她的脑袋，轻柔而怜爱，“我们走吧。”

说走，墨九却根本没法走。

她住在额尔小镇靠山一边的山腰上，营地却在小镇那一片平地上，大宴也就摆在那里。这里下去，全是台阶，即便有萧乾牵着手，她也很难独立完成行走任务，更何况，她肚子里头还揣了一个宝呢，萧乾又如何舍得让她走这些艰难的路？

故而，她是被萧乾抱到大宴上的。

众目睽睽之下，萧乾这个举动，也算惊世骇俗了。

大宴上的皇室宗亲、文武众臣，都愣愣地看着他们。

墨九卧床的这些日子，其实发生了很多事情。

一次围猎，把刚换了新汗的北勐党羽派系分了个一清二楚。纳木罕伏诛，让阿依古集团在北勐牢固的政治势力受到了重挫。实际上，纳木罕是北勐丞相，认真说来，其实是左相。北勐丞相有两个。一为左，一为右。古时以左为尊，纳木罕便是左丞相。新上任不久的右丞相伊尔曹一直以来都只是纳木罕的陪衬，在北勐像个摆设，没有实权。

但——

能官至右丞相的人，有几个简单的？

他看似谨小慎微、韬光养晦，暗地里却数次向蒙合示忠。蒙合对他自然也有栽培之意。但凡帝王新登帝位，都喜欢栽培自己的亲信党羽，大多会选一些没有派系、身家清白的人。

伊尔曹正是蒙合挑中的人选之一。

趁着此次纳木罕事发，伊尔曹以右相之名，在围猎场上，开始集合朝中纳木罕之外的其余势力，向阿依古集团发难。首先，他们将纳木罕的尸体挂在围猎场中间囤积猎物的地方，挂在一棵高高的木桩上——“展尸”，边上竖了一个木牌，上刻纳木罕数条罪状。

此举让纳木罕党羽旧部极为悲愤，在围猎场，差一点儿发生武力冲突。

事情发生时，蒙合其实就心知肚明，却睁一只眼闭一只眼，只当不知这些暗地里的风起云涌。他就想让他们互掐，这样他才能坐收渔翁之利。一个做帝王的人，最怕什么？就怕臣子抱成了团，沆瀣一气，大家就瞒着他一个人，让他成为一个睁眼瞎。只有两党相争，臣子都把精力用在相互撕咬上，才不会来谋他的帝位。

也只有这样，他才能平衡众人。

可蒙合没有想到，费了九牛二虎之力搞出来的局面，却被萧乾轻易化解了。一场兵戎相见的政斗，本来可以让他借人之刀，轻易除去这些有着从龙之功的“大功臣”，还不必让他背上过河拆桥的千古骂名，是件一举两得的事情。但一夜之间，萧乾居然让愤怒的纳木罕旧党平息了怒火，不再对“展尸”之事置评，甚至在伊尔曹的咄咄逼人下，隐忍不发。

纳木罕一党，大多为北勐老臣。

——也就是蒙合上位时，出力最大，而现在的他，最想除去的“功臣”。

这些人资历老，年纪大，辈分高，个个都有分量，常常在国事上掣肘于他。大抵和每一个新上位的君主一样，蒙合一方面不得不尊之重之，另一方面又恨不得扒了他们的皮，抽了他们的筋。

事情有了这样的变化，让蒙合气恨至极。

同时，也让他突然惊悚地发现了一个问题。

从苏赫进入北勐内政开始，每一步都像是被迫无奈进行的，都是被他给逼着走的。可实际上，苏赫一次都没有吃亏。甚至这一次，看上去他赢得漂亮，成功除去了纳木罕，解决了一个心腹大患。然而，仔细一想，他脊背都凉了。

纳木罕死了，苏赫却借力发力，成功地取代纳木罕，成为阿依古集团的另一个重要人物，甚至通过这次围猎的表现，得到了这些老臣的肯定，潜意识地成了他们新一任的“核心领袖”，尤其纳木罕的“展尸”事件，连蒙合自己都没有把握可以让那些老家伙全部闭嘴，苏赫却做到了。

蒙合血液里的防备因子全都沸腾了。

以前他防苏赫，却没有到那样的程度。

骨子里，他是一个自负的男人。

他甚至都不肯承认，这个世界上，有别人可以比得上他！

他自视甚高，所以也气傲，想要把苏赫做成棋子使唤。

可如今一看，论狠、论绝、论本事——苏赫不逊于他。

实在太可怕了！

蒙合坐在大宴的席首，捋着小胡子，看着抱了墨九进来的苏赫，内心下意识地动摇了之前的想法——他的计划要不要改变？

他真的可以把兵权交给苏赫，让苏赫去替他打下南荣吗？

一旦让他坐大，兵权在握，引狼入室咬人，他怎么控制得住？

念及此，一颗心突然明澈了，蒙合看着萧乾哈哈大笑：“贤弟，这是作甚？抱美入席，想要羡杀我等吗？”

抱美入席！墨九扯了扯嘴唇，看不见也懒得吭声。

却听萧乾淡淡道：“回禀大汗，那日额尔火灾，阿九为救我娘，眼睛被灼伤，不可视物。无奈，我只得这般带她过来。让大汗和各位同僚见笑，是苏赫之过。等下，苏赫自当罚酒三杯，以示歉意。”

不卑不亢，一直是萧乾给人的感觉。

每个字都谦和有礼，无半点儿不恭，可仔细想，又似乎他全都在理，说他的人，反倒不对了。蒙合听了这话，还能说什么？他又是叹息着宽慰了墨九几句，又是自责一阵，身为兄长，竟然不知义妹受伤，甚至也以酒赔罪。

于是，君臣把酒共欢，气氛一如既往地好。

皇家大宴，不仅是至高的名利场，也是表演家的天堂。

今儿来的人很整齐，从围猎场回来的人，除了七公主塔塔敏之外，基本都出席了。就连一直“缠绵病榻”的阿依古长公主也坐在了席上。不过，她脸色苍白，整个人瘦了一圈，下巴都尖了，那个样子，确实像大病初愈。

墨九看不见东西，见不到舞娘漂亮的舞姿，也不知现场到底是个什么样子，但眼睛不好的人，耳朵就会格外灵敏，甚至感悟更多。所以，对一些微妙的东西，她只靠听觉，也能清晰地感受到。

比如，阿依古一直想要表现得淡然，与以前没有什么差别，但纳木罕的死，肯定对她造成了一定的影响，她虽然始终谈笑风生，偶有如珠妙语吐出，与皇族宗亲的对话也非常多，看上去轻快、自在，但墨九轻易地捕捉到了她压抑在内心的痛苦。

这个漂亮的女人，其实痛得都快要死了，是什么力量支撑她坐在这里，与蒙合和一众男人周旋？她看不见，也能想象阿依古穿戴整齐、化着精致妆容的样子，她也许姿态优雅，也许笑容格外好看，但这一刻，墨九却觉得她分外可怜。

金枝玉叶，不如常人。

连悲伤都不能示人，不能彻底释放。

这是何等的无奈？

唉！

心里暗叹着，墨九摸向面前的盘子。

萧乾给她准备好的食物，都放在她顺手的位置上，她自己就可以摸索到。在这样的场合，一个“瞎子”，除了吃，确实也做不了别的。但她本来是一个吃货，今儿却吃得意兴阑珊，胃里还有些不舒服，闻着羊肉的味儿，有点儿想吐。

“大汗！”

这时，她听到阿依古突然拔高了声音。

“趁着今日这个喜庆的日子，我有个不情之请。”

“哦？”蒙合声音带着笑意，可墨九却从中听出了凉寒，“在座的都是一家人，大姑有话但说无妨——”

“那好，我便直言了。”阿依古站起身来，对蒙合欠身施了一礼，然后看向萧乾和墨九的方向，用一种母亲的慈爱声调，缓缓开口，“大汗和诸位也都看见了，我儿苏赫与墨家巨子情投意合，早已互许了终身。我这个做娘的，看在眼里，喜在心里。儿子谋得良缘，我也了了一桩心事，恨不得早早抱上孙子，享享清福。如今围猎事毕，我想借此机会，求大汗赐婚，玉成此桩姻缘。”

啪！

不知谁的碗掉地上了。

墨九咀嚼的动作，也停住了。

大宴上，突然就没有了声音。

就连坐在首位上的蒙合，也看着阿依古久久未动。

虽然苏赫和墨九的关系尽人皆知，但蒙合对墨九的“心思”，也是众所周知的。

这样微妙的关系，其实谁都带了一点儿看好戏的想法，但也都猜测苏赫不会在这个时候轻易去触蒙合的逆鳞，非得和他对着干——毕竟他没有公然和苏赫抢墨九，不是吗？

他留了一线，阿依古却不给大汗留后路？

这样在大宴上当着众人的面求他赐婚，就是直接撕他的脸哪。

这叫蒙合应呢，还是不应？

墨九一颗心，揪紧了。

怎么也没想到，居然会是阿依古提出来的。

这个女人不是特别讨厌她吗？那天还不同意呢，为什么今天主动提了？

哦，她不提，萧乾肯定也会提。

她这是抢在儿子之前，把“坏人”两个字率先搁在自己脑门上了。而且，她是长辈，由她提出来，会比萧乾更加合适，蒙合也更不方便拒绝——

为母之心哪！

周围是呼吸可闻的安静，她正忐忑着，突然听见蒙合爽朗的一阵笑声。

“哈哈哈，大姑，你先坐下，先坐下咱们再说。这事也太突然了，没有丝毫的准备，竟被你说蒙了。”

等阿依古坐下，他又笑着对众人道：“苏赫与巨子的事，本汗也有耳闻。说来，我北勐皇室能娶到墨家巨子，本就是整个北勐的喜事，本汗断没有不许之理。但不巧，之前在围猎场上，本汗与巨子一见如故，已义结金兰。我也答应了义妹，回到哈拉和林，就行册封之礼。大姑你看——”

对阿依古笑了笑，他又望向眼睛蒙了黑布的墨九。

“两桩事情，都是大事。不如等本汗先册封了公主，再来说婚事？”

册封了公主，如何说婚事？

苏赫堂堂一个王爷，不可能做驸马吧？

墨九做了公主，也不可能做他的王妃吧？

一个是义妹，一个是弟弟，如果结合，岂非乱了伦理纲常？

蒙合明里不反对，可暗地里，不也在下绊子吗？

阿依古唇角微微一牵，摆出一副长辈的派头，语重心长地对蒙合笑道：“你们哪，唉！苏赫与巨子有情在先，大汗与巨子结义在后。我以为吧，一来赐婚不影响大汗认义妹，二来……”

她突然看向墨九，露出一个似笑非笑的表情。

“二来，巨子与我儿难抑情愫，已珠胎暗结，怕是等不得了——”

一听这话，墨九像被雷打了，当场怔住。

这个阿依古到底是知道她怀孕，还是根本只是为了逼迫蒙合的权宜之计？

她害死自己了呀！

如果她知道自己真的有宝宝了，恐怕会后悔得咬舌头吧？

阿依古的声音不小，大宴上每个人都听清了。

满座皆变了脸色，视线纷纷投向当事人。

有大汗在座，大家虽有惊，却不敢言惊，也不敢胡乱说话。

气氛一时陷入僵持。

自古男人对女人的争夺，有时候并不只为一个女人。说到底，再强的女人在时下男人眼中，也无非一个高级物品，是一种可以彰显男人能力、地位的东西。像墨九这样的女人，普通男人或许不敢染指，甚至想都不敢想，但越有权势的男人，越要竞相逐之，说到底，便是缘于一种不肯服输的雄性生物原始本能，是丛林时代雄性争夺优良雌性交配权的一种延伸……

蒙合眸底那一刹划过的阴鸷，每个人都瞧见了。

他对墨九，志在必得。

可不论他再怎么争，人家有了孩子就不一样了。

也就是说，阿依古断了蒙合的退路，也把他逼到了极点。

暗流涌动。

刚刚熄灭的战火，又要燃起吗？

众人心都悬到了嗓子眼，暗自忐忑。

蒙合双眸危险地眯起，手指慢慢捏紧，神色却慢慢一展，带着一种懒洋洋的态度，瞄一眼墨九和苏赫的方向，当着满座人的面，突然就笑了。

“不知大姑有没有听过一个传闻？”

阿依古说赐婚，他又扯什么传闻？

众人都有疑惑，却不敢言。

只有阿依古笑着望他：“大汗所指是——”

“得墨九者，可得天下！”

蒙合掷地有声的话，一字一字极为清晰，足可传入众人的耳朵。

大宴上鸦雀无声。

每个人都屏气凝神。

这个传闻，确实有。

那是基于千字引与墨家武器引申出来的。

但这个传闻只是在民间，并没有达到天下皆知、连皇帝都要在意的程度。

这个时候，蒙合特指这个传闻，是想要说什么？

很明显，若阿依古一定要苏赫和墨九成亲，还逼得这么急，急得连蒙合册封公主的时间都不给，那是不是表示他有野心？这个传闻的梗，蒙合抛得极好，语言的艺术被他发挥到了极点，就连墨九自己都觉得，估计有了今天蒙合的话，任何男人想要娶她，恐怕都得先掂量掂量，到底配不配得上“天下”这个野心了。

当然，阿依古可以表示自己从来没有听过。

不过，现在蒙合已经说了，你总该知道了吧？

大汗都说了，你还执意要娶？

而且在这句话里，蒙合其实还有一个潜台词没有说，却人人都懂——只有拥有至高无上权力的男人，才可以拥有墨九。

呵呵一笑，阿依古果然那般说了：“还有这样的事？看来是我孤陋寡闻了。”

“传闻而已，有几个当得了真？大姑没有听过实属正常。我听过，也是一笑而过。只是今天突然想起，说出来供大家一乐。”蒙合笑容坦荡地看着阿依古，又给了她一个台阶，表明了自己绝对没有要与苏赫抢女人的意思。

接着——

就在众人松口气的空当，他却抛出一个深水炸弹。

比之前的话更让墨九吃惊，也更让他们始料不及。

“有一件事，我原本准备回到哈拉和林大朝时再公布的，但既然事情刚好说到这里，我就一并说了吧。”

众臣都做出一副洗耳恭听的样子。

蒙合锐利的视线环视四周，掠过萧乾不动声色的脸，若有似无地一笑，慢吞吞握着酒杯，轻嘬一口，才又笑道：“这也是一桩好事。列位都知，南荣与我北勐在先汗时期，就有交好。七公主与南荣安王的婚约，至今还有效——”

席上，扎布日脸色猛地一变。

蒙合眼风扫了一眼自己这位皇叔，唇角一勾：“这件事大家都知晓，我就不再说了。如今要说的是，南荣皇帝欲与我北勐亲上加亲，将南荣公主许配给我北勐的王爷。哈哈哈，此等好事，大家说，我能拒吗？”

众臣一听，脸上皆有喜色。

至于答案嘛，这种好事，当然没有人会拒绝。

历史上的国与国之间打交道，最喜欢做的事就是联姻。

裙带关系，也最适合缓解两国的矛盾冲突。

然而，联姻看上去只是简单的一男一女结为夫妻，个中其实颇有讲究。

一般来说，都是弱国的女儿嫁往强国，偏远小国嫁入中原大国。说白了，无非把自己娇生惯养的公主当成某一种礼物，用作政治上的筹码。之前先汗准备将塔塔敏和亲，很大程度上是因为萧乾在南荣，而当时北勐在中西亚地区开辟了多处战场，场子扯得太大，战线拉得太长，收放不能自如。毕竟冷兵器时代，那个时候，他们需要南荣这样的盟友，在经济上可以给予援助，地域上可以用作缓冲，形势上还可以博得一个美名。

而现在不同了，北勐各个战线都取得胜利，疆域越来越宽，指哪儿打哪儿，打哪儿赢哪儿，早已非当日可比——

故而，塔塔敏的婚事，其实也有政治考虑。

与其说是扎布日胡搅蛮缠让蒙合不敢践行当日诺言，不如说现在的北勐已经强大到根本不需要公主去联姻，甚至把公主联姻当成羞耻的地步了。所以蒙合对扎布日的要求，一直以“拖”来解决。

那么，南荣将公主嫁往北勐，又为哪般？

北勐要南下的风声，南荣不可能收不到。

现在的南荣，亦是新帝登基，但国极富，民却不强，武力远不如北勐，就像一块已经煮熟的肥肉，分分钟让人想要叼一口。景昌帝让公主联姻，当然也是想先稳住北勐，以免仓促应战，乱了阵脚。至少，得给他一点儿缓冲的时间。

他这个时候，打不起。

同为新帝的蒙合，在这一点上占尽了优势。

所以，对于宋熹的联姻请求，他的大笑，就是态度。

那表示狂妄、讽刺、自大。

满桌的王公大臣，只要有国家荣誉感的，大概心情都和他一样——喜悦之情，溢于言表。众人窃窃声中，右丞相伊尔曹站起身，喜不自胜，拱手道：“大汗，不知南荣欲以哪位公主出嫁北勐，又许给哪位王爷？”

这也是墨九想知道的。

宋熹就一个亲生妹妹玉嘉公主，人都痴傻了，不可能来联姻。除了玉嘉之外嘛，非宋熹亲生的姐姐妹妹，那就多了。反正皇室女儿多，随便逮着一个嫁，把当前的难题解决了就好。

她竖起了耳朵。

却听蒙合道：“南荣景昌帝的堂妹，紫妍公主。”

墨九心里咯噔一声。

宋妍？哦对，宋熹继位，宋妍从郡主晋为公主了。

不过远嫁到北勐哦——可怜的姑娘。

她在为宋妍担心，蒙合却继续丢炸弹。

“紫妍公主是贤王的女儿，南荣至化帝还在时，就已极受宠爱，景昌帝也把她视为亲妹。如今将紫妍公主远嫁，景昌皇帝极有诚意，我们也不能委屈了公主。可如今北勐皇室，尚未娶正妃的王爷，只有苏赫一个——”

怪不得这个时候说出来。

这哪里是炸弹哪？

墨九觉得完全就是恶意。

也许不仅有蒙合的恶意，还有宋熹的？

她思忖着，蒙着药布看不清别人的表情，也根本不知道，在座的文武群臣几乎都不约而同地看向了她这个刚刚为苏赫王爷怀了孩子的女人。

戏剧化的一幕哇！

这反转，让墨九哭笑不得。

蒙合的意思说得很明白了。

紫妍公主身份尊贵，不可能做妾。虽然北勐和南荣不同，这里的男人可以一夫多妻，也就是说一个男人可以拥有地位相同的好多个妻子，没有妻妾之分，但人家南荣人毕竟不信那一套哇。那是一夫一妻的国度，已经结过亲的男人，再娶女人入门，肯定都会被视同为妾。

那么问题来了——

苏赫还能娶墨九吗？

就算给她墨九个面子，算她平妻，要不要先等公主入门？

怪不得阿依古说时，蒙合虽有惊，却不慌。

人家根本早就有了后招。

说不定，就等着阿依古主动提出来，往里钻呢。

就算墨九怀上了孩子，能大得过国家大事吗？

公主与王爷的联姻，那不仅仅是两个人的事。

一时间，气氛有点儿暧昧。

大家都安静着，没有人说话。

“大姑，你看这事儿——”蒙合深浓的黑眸里，暗带了一丝笑意，把大宴演绎得像一个暗斗的现场，而他本人，一步一步逼迫着阿依古和苏赫，似乎早就想好了对策，明显又打了一个漂亮仗，“公主身份尊贵，肯定不甘屈于人后的。我以为，等公主一到，再另行相商，若公主不介意，再赐婚较为合适，大姑，你说呢？”

阿依古还能怎么说？

墨九心里暗自嘲弄着，哪怕看不见，也知道，阿依古无法拒绝，就连萧乾都无法拒绝。今儿蒙合用了两个梗。一个是得墨九者得天下，另一个是紫妍公主和亲。一紧一松，一内一外，两件大事捆绑着他们，如果还要挣脱了求娶墨九，那就是忤逆了。

“大汗说得极是。”阿依古声音柔和，回头看一眼萧乾，“那你们再等等吧，从临安到哈拉和林，也用不了多长时间，想来不久紫妍公主就该到了。”

墨九没有听到萧乾的声音，也不知他什么表情。

只从阿依古轻快的声音里判断，对于宋妍的事，她似乎是……乐见其成的。

大宴又恢复了吃喝的节奏。

关于赐婚的不愉快，似乎就这样过去了。

可墨九的内心，却是崩溃的。

一个人眼睛看不见，处于黑暗之中，原本就容易压抑，想着这些事儿，她的心更是突突地跳。孩子的事被曝光了，接下来还不知道会有多少风波等着她。宋妍又要来了，她倒不担心宋妍抢走了萧乾，而是觉得这件事，远远没有这么简单。

可怜的女人，永远都是牺牲品。

宋妍远嫁北勐，如果嫁不了萧乾，这一辈子可怎么办？

唉！她若有似无地一叹，声音极小，除了她自己，估计无人能听见。

一只手突然从桌下伸过来，握住了她的手。

墨九身子僵了一下，想要缩回，那手又紧紧捏了捏。

她明白了，是萧乾。于是，回捏一下，表示自己不在意。

“吃饱没有？”她听见了他的声音。

摇了摇头，她想想，又点点头：“没胃口。”

“想吃什么？”

“什么都不想吃。我有点儿想吐——”说着吐，她突然一阵恶心，不争气地就呕了起来。萧乾拍着她的后背，赶紧抱了她出去。

这样一来，墨九怀孕的消息，似乎就被坐实了。

孕吐反应，众人都看在眼里。

蒙合神色微凉，众臣的反应，各有各的不同。

但自此一宴，北勐的水，是越来越浑了。

额尔着过火的地面上，到处是光秃秃的焦黑色。

墨九被萧乾抱了出来，外面凉风一扫，空气清新不少，她大口吸几下气，心里就又舒服了许多。幽幽叹口气，她摸索着抱紧萧乾的脖子。

“我好多了，不想吐了，你放我下来吧。”

萧乾嗯一声，没有说话，将她放在一张石凳上坐好。

这里原本是一个小花园，着了火之后，竟像一片废墟。

墨九双手摸过去，逮住他的胳膊，仰着头，扯着嘴唇一笑：“宋妍嫁过来的事，真的还是假的？蒙合该不会是为了糊弄咱们，随口那么一说吧？”

迟疑一瞬，萧乾道：“他不敢胡诌。”

也是，这种事情，堂堂天子，哪会胡说八道，授人以柄？

萧乾轻轻摸一下她的头：“傻子，不要想太多，你养好身子，护好我们的宝宝，其他事情都交给我来解决，可好？”

“嗯。”经过这么多的事，墨九早已不像当初，动不动就焦灼了。

人每天一睁开眼，就是为解决事情的。不管发生什么，担心没有任何用。

她想了想，又偏着头问：“阿依古知道我怀孕的事吗？”

这一回，萧乾考虑了很久。

“应当是不知道的。”

听了这话，墨九悬着的心落下去了。

如果她不知道，用怀孕来搪塞蒙合，为他们争取婚事，那么也情有可原；如果她知道了还这么做，不是傻，就是其心机极可怕。

没有内部矛盾，就是好事。

墨九心弦松开，笑吟吟地握住萧乾的手，晃了晃，又悄声笑问：“接下来，我们怎么办？你该不会真要让我和宋妍一起嫁给你吧？我去！不行，绝对不行，就算那个女人是宋妍，我也办不到。”

“不会的！”萧乾反手握紧她，“交给我来办，好吗？你养好胎就好了。”

他似乎真的太紧张她肚子里的小宝宝了，不愿意她为此操半点儿心。

墨九考虑一下，也就应了。

“那好吧，就辛苦夫君了。”

“我应当的，就怕你不愿意我为你辛苦。”

难得萧乾在墨九的调教下，越来越懂得表达感情了。这话取悦了墨九，她笑着点头，由着萧乾又将她抱回了大宴上。

歌舞升平，人人喜乐。

一切看上去都那么平静。

可墨九的耳朵，却似乎听出了一丝不同寻常的气息。

隐藏在平静之下的硝烟，越来越浓郁了。

次日上午，满载猎物的围猎大军从额尔小镇开拔，回到皇都哈拉和林。

三日后，蒙合大汗下旨册封义妹墨九为赛罕公主，举世皆知。

赛罕意为“美丽”，足见蒙合心里的墨九有多美。

除了金银玉石、首饰布料之外，蒙合还御赐了墨九一座汉家建筑的府邸，在册封的次日动工。

七日后，蒙合于万安宫举行册封大典。

声势浩大，隆重、奢华。

那礼程，堪比册立中宫。

墨九从来没有想过北勐也有那么多的繁文缛节。

而且，是她非常非常讨厌的礼仪。

几日来的各种道喜声，让她恨不得宰了蒙合。

是的，她的情绪非常糟糕。

一来怀孕身体不适，影响了她的心情。二来回到哈拉和林好几天了，她的眼睛也没有恢复，看东西仍然有一点儿问题，重影、模糊，见到强光就流泪。萧乾让她晚上睡觉时还得继续缠药布，白日天光太亮的时候，出门就得戴一个帷帽避光，极其不便。所以，她满心不得宁安，更不愿意配合蒙合演戏了。

为了隆重的大典，蒙合特地派了两个妃嫔来帮她，教授一些北勐的礼仪，其重视程度可谓北勐之最。然而，墨九连汉家礼仪都不想学，更懒怠应付这个了。

于是，她以眼睛不便为由，根本什么都不学，能不参加的活动也都不参加，就连那个万人空巷的极奢的册封大典，她也只是由玫儿牵着去走了一个形式，接下了蒙合御赐的公主宝印和金册，就懒洋洋地回来了。

在她的公主府邸没有修好之前，她依旧住在苏赫的王府里。

对此，外面的说法很多，但墨九对流言蜚语一概不理会，只当听不见，不知道。她从来都是率性之人，活着是为自己高兴的，哪管人家的嘴说什么。她要治眼睛，有萧乾在身边很方便。而且，随着孕期的增长，她身体的不适反应越来越大，这给她造成了极大的心理负担。

没有办法产检，她不知胎儿情况。

想到她的云雨蛊、失颜症，想到各种闹心的事情，她有时候会莫名烦躁，觉得这个孩子来得根本就不是时候，他们也根本就不应该要小孩。可转念想到萧乾形单影只的孤独样子，又不免软了心肠。

左一下，右一下，心绪烦躁，她怀着孕，居然还瘦了。

就这么煎熬着，一个月过去了。

算算日子，已是景昌元年的十一月初十。

她肚子里的胎儿，两个多月了。

孕期反应加重，她每天总感觉累和困，懒得不爱多想，却心思很沉，懒得不爱出门，整天就待在王府。萧乾在时，就待在他身边，由他伺候得像个老佛爷。他要有事出去了，她就像个游魂似的，荡来荡去。

这些日子以来，府中之人，基本已经默认了她和苏赫的关系，把她当成了王府的女主人，她也习惯了这个王府的一草一木和人际关系。

大抵闲懒的日子过久了，她几乎忘记了很多重要的事情。

比如，萧乾的比武夺帅。

比如，宋妍还要嫁过来。

“玫儿——”揉着太阳穴，墨九合着眼睛问，“今儿什么日子了？”

“姑娘日子过糊涂了。十一月十一了哩，王爷比武夺帅的最后一日了。”

十一月十一。

她平常不记农历，可这个日子却敏感。

因为在后世，双十一，是光棍节，还是“剁手节”。

不过——比武夺帅的最后一日，也就是最后决胜负的日子，怪不得他今日走得这样早！

一个月来，他每天都在忙，却从来不在她的面前忙。不管外面有什么闹心的事，到了她的面前，他也都温声软语，不给她摆半点儿脸色，只报喜不报忧。

墨九幽幽一叹："这货也真是，唉！"

"姑娘叹息什么？王爷对姑娘可是真的好。"玫儿目光里露出一抹羡慕来，紧紧抿了一下唇，脸上微微浮上一丝暗淡，"若是曹师兄待我也——"

说到这里，她突然意识到失态，赶紧闭嘴，羞涩地低垂下头，拿起煲好的粥，不停地拿勺子翻搅，看着粥碗上袅袅的热气，不吭声了。

墨九弯了弯唇角，冲她伸出手来。

"成了，别装了，把碗给我。心都飞走了，人也赶紧去找他吧！"

"不行。"玫儿就着勺子喂她，"王爷交代了，要好好照顾你。我不能偷懒。"

墨九张嘴吃了一口："搞得我像废人似的，还影响你们小情侣花前月下。其实我哪有那么脆弱。现在我已经差不多适应了，只要不出门，在屋子里，完全可以自己照顾自己。"

她正说着，墨妄突然匆匆进来了。

"小九——"

听他声音略沉，墨九一怔。

"什么事这么急，师兄？"

墨妄道："我刚刚得到消息，紫妍公主的和亲队伍，已到哈拉和林三十里外的鄂尔浑河岸。送亲的人，是南荣宰相苏逸——"

雪，还在扑簌簌下。

狂风，卷得雪花嘶孔一般翻腾。

十一月的哈拉和林，正是极寒天气，整个天地都似被冷气笼罩了，在一片银装素裹中，冰封了万里雪原。

但这样的天气，却阻止不了北勐人的盛世。

筹备许久的比武夺帅，进入第五个回合了——

第五个回合，也便是最后一个回合，决胜负。

北勐是一个崇尚武力的国度，人们服的是强者，所以与"武"有关的比试，几乎每年都有，换着花样儿地比，却万变不离其宗——武力强，就是王。

不过，北勐虽有各种名目的比试，比武夺帅却是有史以来的第一次。

百年难得一遇的热闹，自然引人关注。因此，哪怕这样的极寒天气，也没能阻止人们爱热闹的心。不仅比武的校场上围满了人，便是场外，那些无法进入场地的人，也都久久徘徊不肯离去，就等着宣布结果，与众人同乐。

人类是需要娱乐的。

但凡能引人竞相讨论的事件，都属于娱乐。

这场比武夺帅，对北勐朝堂来说，是一件正经事，可对于老百姓来说，只是娱乐而已。因此，北勐的几个赌坊都参与进来了，从第一回合开始，押注的人一场比一场多。押注的人不同，赔率也不同，赌局一开，几乎把整个哈拉和林人的神经都调动了起来。

此时，偌大的校场上鸦雀无声。

校场的正面，有一个高台，高台两侧十几个熊熊燃烧的巨大火盆和搭建的高棚，把寒冷都阻隔在了外面。坐在高台上的蒙合和阿依古等一干重臣，都全神贯注地看着场上。

前面几个回合，苏赫都险险赢了两个回合。

与他一样赢了两个回合的，还有一个叫滕格木的将军。

五局三胜，是为赢。

所以这一场的胜负，将决定最终的胜负。

最后一个回合，比试的是箭术。

为了场面好看，除了与苏赫竞争帅位的滕格木将军之外，几个已经没有机会出线的将军也友情“陪射”，他们几个人都是典型的北勐人体格，膘壮体健，且都是箭术好手，不过对阵苏赫，他们都没敢掉以轻心。

在此之前的几个回合，他们其实都吃了大意的亏。

他们太小看苏赫了。

比如：其中一个回合——摔跤。

他们都认为收拾他很容易，结果却败得晕头转向，究竟怎么输的都没有弄明白，顷刻就被干翻在地上，至今没有想明白个中究竟。苏赫看上去比他们瘦弱，似乎还有病在身，时不时就咳嗽几声，要死不活的样子——结果，谁能知道他深藏不露？！

如此这般，也让这些将军都恨上他了。

因为他们事前都向外托了大，吹了牛，结果输得这样惨，那脸被打得啪啪响，面子上过不去，这笔账自然要算到苏赫的头上。于是，校场上的靶子摆好，大家都抱成一团，铆足了劲儿要在这个箭术强项上，让苏赫好看。

箭术比试也分了几个场次。

每一场的靶心距离不同，内容也不同。

几个人一同进入场地，在号令响起时射出，准星大的算赢。

“好！好箭——”

萧乾挽弓眯眸，一箭射出，又是正中靶心。

比试的人紧张，围观的将士似乎比他们更紧张。

每个人都眼睛不眨地看着，每当有绝妙好箭，就高声大呼。

“金印大王！金印大王！”

“金印大王！好！好箭！”

崇拜强者！这就是北勐人。

密密麻麻的人群中，爆发出来的喊声，全是为了苏赫。

这些人里面，这两日押苏赫胜的人，当然很多。想一想，他们的身家都系在他的身上了，谁能希望他输？当然得拼老命为他打气了。

围在萧乾后方的人，越来越多。

另外几个参与的武将后边，稀稀拉拉几个人而已。

这样的对比，声势越大，士气越旺。

几个武将的脸色都很难看。

胜负不论，要输也要输得漂亮不是？

场上的气氛，越发紧张，好像有什么紧张的情绪不断扩散。

阿依古坐在蒙合身边不远处，眼睛转也不转地盯着场上，幽幽道：“这个苏赫呀，愣是不懂事，几个将军年岁都比他大，他也不知让着一点儿。”

她声音不大不小，像自言自语，却刚好可以落入蒙合的耳朵。

蒙合侧眸一望，微微一笑：“大姑多虑了，比武夺帅，比的便是一个武字。身为武将，当然得全力以赴。苏赫做得没错，我北勐好汉，就得这般把对手打趴下，方显男儿本色。”

阿依古眸底掠过一抹笑意，回答却满带叹息：“这小子幼时便被那顺领去了阴山，在荒野之地长大，不知礼数，也不通人情，性子太直，这样下去，是要吃大亏的！唉，大汗你看看他，就今日一场，得罪多少人他还不知晓呢，以为人家都敬他，实在愚钝哪！”

蒙合怎会不懂她的意思？

呵呵一笑，他唇角上扬，眼瞳里却是一片冰冷。

“大姑说笑了，若比武都留余地，北勐的大帅又有何意义？”

他在反问，阿依古的心思却像突然被拉远了。

噫了一声，她盯着场上的视线，突然换了方向。

“她怎么来了？”

蒙合顺着她的视线，望见了被玫儿扶着进入校场的墨九。她的背后，跟了墨妄和另外两个墨家弟子，一众人都穿着墨家的制服，在满是北勐将士的校场上，显得很打眼。

“想必她得到南荣公主到达的消息了。”阿依古又接着叹，“也是一个可怜的孩子，这边刚刚怀上孩儿，还没有名分，南荣公主就嫁过来了。便是苏赫宠她，人家到底是公主，往后她这日子呀，怕是不好过了。”

蒙合听到阿依古的话，唇角微微一牵。

“大姑此言差矣！南荣公主是公主，我北勐公主就不是公主了？难道北勐公主不如南荣公主？”

“大汗恕罪！”阿依古一惊，自觉失言，赶紧致歉，“我并无此意，只是想说，赛罕公主出身江湖草寇，少了一些世故之心，性子又率真，如何敌得过自小在宫中长大的公主？”

呵一声，蒙合笑了。

“我以为大姑应当多担心一些南荣公主的安危更好。”

阿依古怔愣一下，呵呵一笑，不太自在地点头：“都是我儿媳，我哪个都担心，只要她们能和平相处，多为我添几个孙子，我就阿弥陀佛了。就怕她们一言不合就争宠打仗。唉！”

顿一下，她眼睛突地一亮，像是想到了什么，略带惊喜地问：“听大汗此言，是同意赛罕公主和苏赫的婚事了？”

“既是他们两情相悦，本汗又如何能阻止？”眼瞳幽幽一眯，他盯着场上那几个黑点，轻描淡写地说，“身为兄长，她如愿，我便足矣。我想好了，让她和南荣公主一道过门吧！到时候就从宫中出嫁，也算了一桩心愿。”

两位公主一起嫁入王府？这又是玩的什么把戏？

阿依古心知事情不会那么简单，蒙合更不会眼睁睁看着墨九嫁给苏赫，除非——让墨九再一次践行天寡之命，又守一次寡。

这个想法，让她微微一惊，不由得厉目望向了蒙合。

可他不动声色，轻捋着小胡子，让人根本看不透。

“好！好哇！这一箭太妙了！”

“金印大王，金印大王胜！”

“王爷威武！王爷威武！”

“金印大王的箭术，简直出神入化！”

阿依古刚要说话，场上又爆发出一阵热烈的吼声。

原来就在他们叙话这当儿，又一轮的射箭比试结束了。一改前面几个回合的侥幸取胜，这次射箭，苏赫简直是立克，连半点儿机会都不留给别人，把风头出到了极致。

没有人想到，他的箭术，竟然这般了得。

实际上，在场这些人，哪一个不是箭术高手？

可这几位将军，都成了他的手下败将。

“各位，承让了！”萧乾手执弓箭，向众人施了一礼，翻身上马，“驾——”

这是今天的最后一场比试。几个人要在飞驰的马匹上射中远在校场对面的杨柳叶子——没错，确实是一片叶子，很小很小的杨柳叶子。

这项比试来自“百步穿杨”的典故，非常变态！杨柳叶子就吊在靶子的前方，墨九听了别人的解释，踮着脚尖往前瞅——可模糊的视野里，连靶子在哪儿她都看不清楚，更别提射中靶子前方被风吹得四处乱飘的柳叶了。

而且，还得骑在飞奔的马匹上。

这——射中得靠奇迹发生吧？

她心思沉沉地看着，拼命在校场上捕捉萧乾的人影。

玫儿扶着她，尽职尽责地不停给她指——

在那儿，在那儿，在那儿——

雪太大了，光线亮得她不得不半眯起双眼，可在玫儿的指引下，她看见了他一身闪着寒光的铁甲，却看不清他盔下的面孔。看见了他高高扬起的披风，却看不见他与风雪融为一体的情绪。

拳头不知何时攥紧了。

她高高仰起头，冲他挥舞了一下拳头。

萧乾不知看见她没有，马头冷不丁掉转过来。

接着，策马，狂奔，几步之后，他突地挽弓！

嗖一声，箭飞射而出。

箭头所指，正是风中的那一片柳叶！

“中！”对面的检校官很快高喊起来，兴奋地挥手，“禀报大汗，王爷射中！”

人群顿时沸腾起来。

北勐有这样的箭术高手，苏赫的名字不停地在他们的口中出现。

“神之箭手！”

“金印大王，神之箭手！”

“出神入化，神之箭手哇！”

天神是北勐人心中的信仰，称萧乾为神之箭手，便是对他最高的赞誉了。

这个时候，几乎没有人去关注比赛的其他人，大家都在看萧乾，都在议论他方才那一箭，脸上全带着笑，咂舌不已。

嗖！

谁也没有注意到，一个武将的箭，没有射向校场对面的靶子，却突然冲萧乾直直射了过来。两个人都骑在马上，这样的距离，可以说他的准星百分百，一箭就能结果了萧乾的性命。

人群还在低吼。

突如其来的一箭，迅雷不及掩耳——

“王爷，小心！”有人突兀地喊了出来。

可太迟了！箭身已飞到了萧乾的面前。

“啊！”紧张的人群中，有人大喊大叫。

墨九看不清，却听见了这不平静。

“怎么回事？”她在问玫儿。

可玫儿整个人已经惊呆了，嘴里不停喃喃。

“天哪！我的天哪！”

那偷袭的一箭，力量极大，速度极快，目的便是取萧乾性命的。人人都以为这一回萧乾肯定避不过了，就算避过了，肯定也得受伤，却没有人想到，在箭尖将射入他要害的最后一刻，他胯下的黑马突然高高扬起蹄子。

于是，箭偏了。

箭身刚好射中马鞍，刺破马身而入——

咴——

马儿的惨叫声，让人惊痛！

全场的人都震惊了。

呆怔一刻之后，方才有人暗自庆幸。

“畜生救主哇！”

“好马——可惜了！”

众人都在哀叹马儿性烈，救了主人。可高台上的蒙合却紧紧抿着唇，眸底冷光幽幽迸发。每个人都关注着比赛，关注着那支箭，只有他，清楚地看见在那一箭射过去的时候，苏赫扎了马背，马儿才吃痛扬蹄奔跑的。

他也真敢冒险！

察觉有危险，却用这样的办法避开，把功劳都给了马儿。

“大汗——”在众人的惊乱之中，萧乾冷肃的表情，几乎没有变化。摸了摸马儿的头，他目光望向高台，那只血淋淋的手却指向已经被两名侍卫制住的北勐将军，“这个人，要怎样处置？”

处置？

满校场的将校臣工都看着高台上的蒙合。

这个武将，在比试场上动武，也确实太大胆了。

苏赫是受害者，要大汗给个说法，亦是再正常不过了。

可蒙合静静坐着，好久都没有吭声。

“大汗！”

阿依古似乎坐不住了，从看见苏赫差点儿中箭开始，她的脸色就不太好，看蒙合久久不发表意见，原就苍白的脸，青白不定，语气也带着恼意：“此等逆贼，大汗难道要饶恕他吗？”

饶恕？

当然不可能。

蒙合想的只有——他怎样死。

给阿依古一个安抚的眼神，蒙合盯着苏赫，凉凉地就说了两个字：“杀了！”

那个放暗箭偷袭的将军，一听这话，似乎有些意外。

“大汗——”

他大声喊着，声音发颤，腿脚也当场就软了。

扑通一声，他跪在冰冷的地上，磕头不止。

“大汗饶命！大汗饶命啊！臣杀苏赫，并非为了一己之私。苏赫居心叵测，在围猎场便与纳木罕沆瀣一气，实属乱臣贼子。臣杀他，是为北勐社稷，是怕大汗错信了人哪。”

“放肆！”蒙合一拍桌子，虎威极重，“本汗的决定，轮得到你来质疑？”

那将军嘶吼着，似乎已经有些被恐惧乱了头脑。

“大汗请明鉴，此人来历不明，说在阴山长大，那顺抚养，可能文能武，能摔跤能射箭，能将我北勐这些久经沙场的老将比下去，哪能是一般人？此番若让苏赫夺得帅印，手握重兵，来日必将是北勐之患，大汗请三思呀！”

“你还敢狂言！”蒙合指着他，“你不怕本汗要你脑袋吗？”

那将军眼一闭，明白了。

今日死也得死，不死也得死了。

但在死之前，他不能随便死，得死得有价值。

一咬牙，他突然站起身来，迎着狂风暴雨，用一种极为忠肝义胆的姿势，对着蒙合大声吼，一副怒其不争的样子：“大汗哪大汗！今日纵使一死，臣也要说，大汗请为北勐江山着想，防备此人，不能交予兵权哪！引狼入室，养虎为患，是为大忌！”

此言一出，全场寂静。

而他亦明白，该说的话已经说完了。

他垂下头，咬着唇，一字一顿：“臣纵死，亦无憾矣！”

仍是寂静无声。

他以死相谏的话，落入了众人的耳。

每个人心里都有疑惑，不知蒙合会不会因此留他一命。

然而，他的“忠肝义胆”，换得的也无非蒙合一个字：“杀！”

“啊！”

蒙合声音未落，那人惨叫一声，便徐徐倒下了。

射入他胸中的致命一箭，是从萧乾的位置发出去的。

……场上的人都有些吃惊。

萧乾会直接杀了他？灭口的人，怎么也不当是他呀？

众人审视的目光，都望了过去——

一片银白的雪光中，萧乾的脸色比飞雪更为苍白，带着病态的双眸比冰霜更为森寒。他一箭射杀了那个将军，脸上却毫无杀过人的表情，慢吞吞收起弓，单膝朝高台跪下，对蒙合掷地有声地道：“多谢大汗！”

一声谢，此事就已尘埃落定。

比武夺帅的结果，自然也该由蒙合来宣布了。

蒙合眼瞳浅眯着，安静地看着他，没有吭声。

萧乾也没有动弹，如同和他对峙一般，就那样单膝跪在风雪里，脊背挺得僵直，一身冷傲，明明下跪的姿势比周围的人都矮了一截，却像鹤立鸡群，有着谁也无可比拟的无双风华。

“不必谢，贤弟且起来再说。”

“谢大汗！”

再次谢过，苏赫站了起来，隔着人群与他对视。蒙合目光浮浮沉沉，似在思考，一只手在椅子扶手上，摩挲着，慢慢摩挲着，看似随意，可那手的力度却透露了手的主人犹豫和复杂的心情。

良久，良久——

风雪呼啸，嘶吼不停。

风雪中蒙合的声音，也似带了冷酷之意。

“各位宗亲臣工，此次比武夺帅，金印大王力克众将，拔得头筹，实为北勐第一勇士也。大赛落下帷幕，本汗也当言而有信，履行之前的承诺，赐获胜者苏赫北勐第一勇士称号，赐领兵帅印一枚，敕封苏赫王爷为镇南大元帅！”

镇南大元帅？蒙合真有南下的打算了？

也就是说，职务与兵权，他都给了苏赫？

这一次，到底是谁胜利？

墨九眼睛一斜，握紧了玫儿的手：“这个人渣！”

“姑娘你说什么？”

“没说什么。”

镇南大元帅，又不是征南大元帅。

这表面上赐了这么多东西，可他是皇帝，收回来还不是一句话吗？

墨九实在不相信这个蒙合有这么大方，所以，全是腹诽。

“哦。”玫儿却浑不知情，满脸堆着笑，双目亮晶晶的，全是看偶像的表情，“姑娘，咱们家王爷太帅了，太厉害了！怎么办哪，玫儿觉得王爷比曹元师兄还要帅！看着王爷射箭的样子，心跳得好快好快呀！”

这个小丫头！

墨九哭笑不得，掐一下她的胳膊。

“怎么？想做王爷的通房了？”

“啊？不敢！玫儿哪敢哪？！”

玫儿嘟了嘟嘴：“我就算不怕被姑娘害死，也不想做通房嘛，我想做人妻子。”

“什么？”墨九没有听清，手指甲差一点儿掐入了玫儿的肉里，“你胆儿肥了呀，不想做王爷的通房，居然想做他的妻子！你当我是菩萨，供着就行，不发火的？”

“哎哟，哎哟，姑娘轻点儿啊！”玫儿吃痛惊呼，一着急，不由自主就拔高了声音，“玫儿说的不是王爷呀，玫儿是想做曹元师兄的妻子——”

呃！墨九放开她的手，盯过去，一副风中凌乱的无奈样子。

“我眼睛不好，又不是耳朵不好，你喊这么大声做什么？害怕曹元听不见？”

玫儿一惊，窘迫了。

她条件反射地回头看去，只见曹元一脸愕然。

两两相望，都是红了脸颊。

这小儿女的心思哦，唉！墨九失笑不已。

却是墨妄比较淡然，他看一眼曹元，拍拍他肩膀。

“回头请你师父，帮你找一个媒婆，早早提亲吧。”

这边成就了一对姻缘，轻松了下来，可那边的紧张感却丝毫没减。

苏赫得到的敕封，让校场上响起了此起彼伏的呼声，还有贺喜声。

“金印大王！北勐第一勇士！镇南大元帅！”

这样的头衔，全是蒙合此番给苏赫的封赏，听上去真的没有什么毛病，除了墨九有那样诡异的心思，大多数臣工都觉得苏赫位极人臣的日子到了，阿依古长公主一党的势力也达到了空前的巅峰，整个北勐朝，几乎无人可及。

于是乎，比武夺帅结束了！

南荣的紫妍公主到了！

整个哈拉和林都陷入了狂欢之中。

大街小巷，早就已经洒扫过了，这边比武夺帅一结束，那边紫妍公主的和亲队伍也到达了哈拉和林的城门外头。

为了表示北勐的诚意，今日来接亲的人，是北勐右丞相伊尔曹。

刚好，可以与南荣送亲的丞相苏逸相衬，也不至于失了礼数。

这样的和亲队伍，两国都很重视。南荣来人的声势可谓浩大。仅仅伴公主嫁过来的兵马，就足有五千之众。

北勐这边，也不肯示弱。

道路两侧，三五步就有一岗，站满了北勐士兵护卫。

士兵隔出来的道路两侧，几乎哈拉和林全城的百姓都出动了，不畏寒风，不畏暴雪，百姓围堵在紫妍公主入城的必经之路上，就等着一睹公主芳容了。

在宋妍到达北勐之前的一个月，关于她“貌若天仙”和“丑若无盐”两个极端的评论的争执也已经进入了白热化。

然而——

南荣的闺中女儿都不会轻易示人，何况公主？

一辆两马并辔的大红马车扎着红艳艳的绸花，帘子遮得严严实实，半丝风都不透过去，站在寒风中等待的人，哪里瞧得到公主的容颜？倒是骑马走在嫁辇之前的苏离痕——那个赫赫有名的南荣少年宰相，其俊俏出尘的外表，让北勐人大开了眼界。

“好俊的儿郎！”

“果然俊美不凡哪，像个女儿家似的。”

“俊什么俊！看他那小鸡仔似的身子——嚯！难怪南荣的武力一年不若一年，丞相都这个样子了，手无缚鸡之力，像个书生，何况兵士？”

“然也！”

“唉！”

人人尚武的地方，是不能理解苏逸这样的瘦弱书生是如何上得宰相之位的。

众人对苏逸指指点点，他脸上却一直带着淡淡的笑，好像浑不在意，走了几步，却突然将马停在道边，望向站得最近的一个妙龄女子，清越的声音说着熟稔的北勐话，像一杯醇厚的美酒，极魅人。

“大姐，头上的簪花借我一用，如何？”

这么一个英俊的男人对自己笑，那姑娘当即红透了脸。

见她没有反对，苏逸伸手自取了她头上那一朵簪花……

接着，众人眼前一花，只见那朵簪花直直飞向了那个十丈开外的大汉。

“啊呀！”有人吃惊而叫。

谁也没有想到，这个少年宰相竟有如此武力。只见簪花擦着他的帽子过去，那帽子受力之下，当即高高飞入了风雪的高空，而簪花却不偏不倚地插在了大汉盘好的发髻之上，那么一个粗糙的大汉，配上了鲜红的簪花，样子极滑稽——

呵呵呵！

有人忍不住发笑。

跟着就有人狂笑不止！

“相爷好身手！”

“真是看不出来呀！厉害！”

“还会说北勐话呢！”

“这算什么，你没听人说过吗？这位南荣的相爷懂得好多个国家的语言，十六岁就金榜题名，得了大状元，可了不得的！”

苏逸小小露了一手，就技惊了四周，震撼了众人。

没错，那个大汉，正是刚才讽刺他手无缚鸡之力的人。

要知道，簪花不比利箭，在风雪之中，力道和准头都不好掌控。

更何况，这么多的人在说话，苏逸居然可以轻而易举地辨别出哪一个人说了什么，还能在这样远的距离给人家一个下马威——不伤人，却生生唬住了人。这样的本事，这样的巧劲，便是北勐那些有名的武将，也未必能轻易办到哇！

在众人的哄笑声中，那大汉摸了摸凉凉的脖子，吓得脸色都变了。

接着，他一个字没说，没取簪花，也没去捡帽子，钻入人群就溜了。

苏逸看着他远去的背影，唇角微微一勾，侧过俊美的眸子。

“大姐，看来我只有赔你一朵簪花了，改日到我府上来取，可好？苏逸在此谢过了。”

“好，好的。”

苏逸礼貌地拱了拱手，策马而去。

队伍又恢复了刚才的秩序，缓缓而行，而苏丞相这一手，简直快要迷晕大街上那些未婚的少女了。草原女儿对待男女之事都率直纯真，对喜欢的男人都不吝于表达。于是乎，好笑的一幕出现了，苏逸人还没有到达北勐为他们安置的府宅，那座府宅的门口，就已经围满了一圈年轻的女人，等着找他要簪子了，为了这个名额，几乎争得打架——

人人都说他借的簪子是自己的，这还了得？

吓得苏相爷看一眼那阵仗就溜了——从后门翻了围墙进去。

闹哄哄的大门口，一群女人没有见到苏相爷的人，慢慢也就散了。

一个小插曲，似乎也过去了。

当然，苏逸那样做，不仅仅为了耍帅。

在北勐这个地方的规矩，他懂。

强者为尊，人家看不上弱者。

他要在这个地盘上待上一段时间，想要活得滋润，就得先震住那些人。

更何况，那一朵簪花，也代表了国格，他丢得起人，南荣丢不起。所以，这不仅仅是一个小插曲，连万安宫里的蒙合，都一字不漏地听完了整个事件的禀报，又怎会是一件小事呢？

“苏丞相好生威风啊！”

这天黄昏时分，苏逸前来苏赫王府拜访墨九，第一句话，墨九就是这么损他的：“一到北勐，就搅乱了哈拉和林一池的春心，啧啧，不得了。我看这天儿也快黑了，你要说什么，赶紧地说完走人吧，免得太晚在路上行走，被哪位姑娘掳了去，被侵犯了就不好了。”

苏逸咳嗽两声，笑得风流倜傥。

“看来世上最快的东西是传言，果不其然哪！连你都晓得了！”

“哈拉和林没有人不知道吧？”墨九斜斜剜他，突然又正了脸色，“你不该来的。如今正是多事之秋，你这连皇帝都还没有去拜见呢，就大喇喇跑到金印大王的府上，不是为我们找事吗？”

“聪明！你说对了，我就是来给你们找事的。”苏逸笑眯眯地说着，看墨九没有招待他的意思，自顾自在桌上拿了茶盏倒上水，优哉游哉地喝了一口，想想，又奇怪地瞥向墨九。

“大白天的，你戴什么帷帽？怎么，知道自己见不得人了？”

“聪明！你说对了，我就是见不得人。不过，你不算人，见你确实不必戴帽子的。”

说着，她就微笑着取下帷帽，笑脸看向苏逸。

这一眼，却把苏逸给吓住了。

他漂亮的双眼一动不动，瞪着墨九，拔高了声音。

“你的眼睛，怎么了？”

墨九半眯着眼，把额尔小镇的事说了一下。

“算我倒霉吧。做了一件好事，竟落得这样的下场。”

“看来是你坏事做多了，遭了报应啊，可怜！”

苏逸对她，那张嘴坏得很，很少有客气的时候。墨九习惯了，听完也不和他生气，只是喝着萧乾为她泡的药茶，有一句没一句地询问苏逸，当日他们从阴山回南荣之后彭欣和宋彻的事情，以及南荣兴隆山那边的情况。

这一回，苏相爷很老实。

他就像专门过来给墨九交代情况的，不论她问什么，他都详细地回答，一点儿不落下。等把墨九问的都回答完了，还特地客气地附带了一句。

“你就不问问他怎么样？”

“他？”墨九心里微微一沉，喝茶掩饰，“哪个他？”

“还有哪个他？”苏逸挑高了眉头。

“哦，他呀！我都快忘了！”

看墨九一副无所谓的样子，苏逸默了片刻，突然微微一叹。

“你忘了他，他倒是挺惦记你的。”

说罢，瞥向墨九的眼睛，他突然啪啪击掌：“端上来。”

门外马上有了脚步声，帘子一撩，两个南荣兵士打扮的年轻男人，一人抱了一个酒坛进来，低着头，恭顺地放在了案几上。墨九隔得不远，看不太清，但那酒坛的外形太熟悉了，几乎不需要看仔细，她都能背出酒坛上那一句萧氏的家训。

梨觞。

居然是梨觞！

在北勐，再见梨觞，她的喉咙突然一哽，说不出是什么滋味儿。

有喜、有忧，更多的是理不清的复杂。

大抵真的是分离得太久了。

久得，她已经很少想起东寂这个男人了。

可梨觞在前，熟悉的东西，总是容易唤起熟悉的回忆。那些发生过的事情，就像生了根一样，被梨觞一浇，就开始在脑子里疯长，清晰地浮上来，刹那间，便让她眼睛有一丝灼烫。

“两坛梨觞酒，是他差我带过来的。可算千里迢迢哇，真不容易，一路上，我把它们当宝贝似的，生怕碎了，洒了。”苏逸看着她的眼睛，说得很真诚。说罢，他停顿片刻，又是一副少年老成的样子，轻悠悠地道：“他让我告诉你：百年梨觞百年醉，喝去一坛少一坛。他让你少饮细品，莫要狼吞虎咽，糟蹋了好酒。”

这话确实像东寂说的。

惜酒之人呀！

只可惜，懂得惜酒，却终要辜负美酒吗？

墨九微微一笑。

苦笑，或者说不知为什么而笑地笑。

苏逸始终盯着她，把她的情绪都看在眼底，眉梢轻扬，也跟着笑。

“不过依我看，他这叮嘱也只是空叮嘱了。来哈拉和林的路上，我得到消息，说你怀上了苏赫王爷的孩儿——”一双眸子像探照灯似的，他盯着墨九的脸，几乎不用询问，墨九就懂得了他目光里的意思。

他在怀疑苏赫就是萧乾。

或者说，他根本就已经很肯定了。

这个苏逸，是一个精明的人。

他不会相信她会和萧乾之外的男人好。

更不会相信，她会在这样短的时间内，为别的男人怀上孩子。

而且，萧乾还活在人世的事情，苏逸亦是知情人。

如此一想，他心里自然已经很清醒了。

墨九动了动嘴皮，本想说什么，却看见了梨觞边上站着一个南荣兵士。

其中一个侍卫放下酒就离开了，这个人却低头垂手站在那里，没有离去。

墨九眯了眯眼，视力没有恢复，看不清他的面孔，却听见苏逸有些不悦的声音：“怎么还愣在这里？外面等着，我和巨子说说话。”

那名侍卫脚步动了一下，似乎有些犹豫，往外走了一步，像突然决定了什么，顿下脚步，冷不丁回过头来，咬着下唇盯紧墨九，一双眼睛早已通红、湿润，似乎包了一眶的眼泪。

“墨九——”

她的声音，带着哭腔，嘶哑不堪。

之前，他们进来时，墨九没有细看。

当然，就算细看，以她现在的视力，也很难看清来人是谁。

可她的声音，墨九太熟悉了。

哪怕两个人离别了那么久，墨九也辨得出来，她是宋妍。

确实是宋妍，这个着兵士装的人，真的是宋妍。

墨九一颗心，突然怦怦直跳。

差一点点，她就失声叫了出来。

可想想外面还有人，隔壁也怕有耳，她终是压低了嗓门。“是你？你怎么打扮成这副模样儿？”

宋妍嘴巴委屈地撇了撇，恶狠狠地瞪了一眼不让她跟出来的苏逸，突然不管不顾地扑了过去，蹲下身子，就那么蹲下身子，蹲在墨九的身前，紧紧地抱住坐在椅上的墨九，就像受了委屈的孩子，见到了久别重逢的亲人，泣不成声。

“我想你了，我想来看看你。墨九，我一路上都在想你。我好害怕，好害怕看不见你。墨九，你知道吗？我母妃过世了，我父王也死了。萧家人也全完了，我没有亲人了，他们把我嫁到北勐来，我本想一死了之的，可我听说你在北勐，我就来了。墨九，我就想来看看你，我没有别人了，我只有你了……墨九，我只有你了呀……”

墨九心里狠狠一痛。

本就容易流泪的眼，像受了风，当即潮湿一片。

为了宋妍，也为了那对受人爱戴的诚王夫妇，她的心，抽痛了。

原来宋妍此番，竟遭了这么大的变故。

那一对传说中恩爱两不疑的夫妇，那个让世间女子皆羡慕忌妒的诚王妃，那个终身只娶一妻、只生一女、把妻女宠得如珠如宝的诚王爷，就这样没有了？

他们怎么舍得留下这么一个娇生惯养的女儿？

“妍儿，坐下说吧！”

墨九第一次对她用了亲近的称呼。

然后，墨九握住宋妍不停发颤的手，拉她坐在身边，又白眼珠子横扫意态闲闲看热闹、根本就没有同情心的苏逸一眼。

“相爷，茶都凉了，你还不走？”

撵人了？

自以为长得如花似玉赛潘安的苏大相爷，就这么被人赤裸裸地嫌弃了，不由得微微一愣，懒洋洋地扯一下广袖，有点儿不服气：“墨九小姐，我大老远地拎着酒来探望你，这是何等深情厚意！你却这般不识好歹，不请我吃晚膳也就罢了，茶都不让我喝完？简直伤透我心也。”

“你心伤不伤，关我何事？我又不是你娘。”

“……”可怜的苏相爷，英俊的小正太，只剩撇嘴的份儿。

“小毛孩子，出去玩吧！去去去——”

墨九赶苍蝇似的挥手，毫不在意地在他伤口上撒了一把盐，看他无可奈何地起身，再斜着眼睛看一眼放梨觞的案儿，慢吞吞抿一下嘴，又软了语气：“相爷好走，我就不送了。不过好心提醒你，苏赫王爷就快回来了，你若有兴趣，可以去那边客堂等一会儿，来都来了，和他叙叙话也是好的。”

苏逸脚步一顿，目光复杂地看着她的眼，似乎有些迟疑。

“墨九，我其实还有一个问题想问你。”

说着，他的眼瞄向宋妍，意犹未尽，似不便说出口。

墨九回视着他，这样的视力情况下，苏逸颀长的身子像笼罩在一圈光影中，有重影，却也好看。不由得轻轻一笑，她再次挥手，表示知道他要问什么了。

“相爷要问的话，不必问我，直接去问王爷也是可以的。”

她不愿意宋妍知道萧乾还活着。

这念头，出于两方面的考虑。

一方面，有一点儿小女人的小心思——宋妍喜欢萧乾，若让她继续牵挂，自己会觉得别扭，毕竟没有一个女人会喜欢自己的男人永远被另一个女人偷偷爱着。

另一方面，宋妍以为萧乾已经死了，对她而言，又何尝不是好事呢？人都死了，她的情弦也就断了，时间可以抹平一切，未来的未来，她或许还可以开始属于自己的恋情。若知道萧乾活着，她就会永远活在自己的执念里，永远去期盼一份没有结果的爱，那比知道那个人死了还要痛苦。死了心，才会有新的开始。

看着她的微笑，苏逸挑了一下眉头。

她这——算默认了吗？

苏逸得到了想要的答案，莫名其妙地叹了一口气，又看向两坛梨觞。

“敢问墨九小姐，梨觞何时吃？”

“关你何事？”

“待你吃时，蹭一口。”

“嚯嚯！”墨九笑得奸奸的，眼睛弯成了豌豆角，“梦里。”

“唉！你对人也太不友善了。我很伤心。”

可怜的苏丞相，被人半撵半哄地赶出了棱台坊，那形单影只的样子，看上去真让人于心不忍。所以，墨妄友好地送他去王府的客堂等萧乾，顺便在路上榨干了他的剩余价值——唠了一会儿临安和兴隆山的情况。

两个男人说起来，话也不少，墨妄又是一个极懂套话的人，苏逸这会儿正少个人说话，说着说着，不知不觉就把能说的都说完了。

而同一时刻，墨九的屋子里，只剩下她和宋妍两个，两两注视，好一会儿都说不出话来。

久别重逢，有欣喜，有激动。

可这样的情况下，欣喜和激动都不合适，反倒沉默了好久。

“墨九。”宋妍的脸颊瘦了，下巴也尖了不少，满脸落寞，不再是当初在盱眙驿站里，墨九初见的那个趾高气扬的调皮小公主了。

她的眉眼里蕴含了太多的忧伤，也失去了快乐。

而一个人最痛苦的，其实不是不曾拥有，而是失去。

当初宋妍的幸福，在于有人宠，有人爱，她是真正的公主。

如今，她的一切倚仗都失去，得有多难受？

怀了小宝宝的墨九，同情心比以前更为丰富。墨九扶着宋妍的肩膀，慢慢坐在她身边，执起她的手，看着那白皙的手指，紧紧握了握：“妍儿，你和我说说，都发生什么事了？诚王和诚王妃，他们的身子都挺好的，又不曾干涉朝政，整日寄情于书画诗词，这样的人……也不触及谁的利益呀？”

宋妍苦笑，低下头，握紧墨九的手，没有马上回答。

一个细微的动作，就看得出来，她长大了，懂得思考了。

“只因我的母妃，姓了一个萧字。”

一个萧字，可她嫁给了皇家，就是皇室的媳妇了呀！

半眯着眼，她不解地问：“宋熹原来这样狠恶了吗？说到底，萧氏已诛，五百余口一个不留，而诚王是他的亲皇叔，诚王妃就是他的婶子。留着诚王夫妇，可以扬他既往不咎的美名，却不会碍着他什么事，他何必非要赶尽杀绝？你母妃即使姓萧，一个女流之辈，没有萧家做靠山，她能有何作为？”

她的分析很有道理。

可宋妍听完，却冷笑一声。

“有些事情，不能单看表面。那个皇室，骨子里已经烂透了，他们那些人，也已经都坏透了，坏到根里了——”

“哦？”墨九半眯双眼，“怎么个坏法？”

宋妍咬牙，长嘘一口气，才徐徐道来：“以前我亦是不懂，父王、母妃和嬷嬷也从不对我说起，我原以为那个姓谢的贱女人与我母妃幼时交好，是手帕之交，有故旧之心，而且她对我挺好的，不承想，她竟一直肖想我的父王——

“以前我皇伯伯尚在人世，她纵有贼心，却无贼胆，一直把这肮脏之心压着，如今她的儿子做了皇帝，她的侄女做了皇后，整个南荣朝廷都被他们一家牢牢把持。她一面为谢家平反翻身，一面大肆行她的淫乐之事，偷偷召壮男伺候枕席，还满足不了她的心，最终，竟然还是把主意打到我父王身上了。”

谢皇太后肖想诚王?

这件事，墨九以前略有耳闻。

后来到了兴隆山，用相思令寻找萧乾时，曾有多方的消息来源，对南荣皇室的秘闻，慢慢地也就知晓得更多了，只不过那时她无心旁人的丑事，听过也就罢了。

只说那宋妍的娘亲萧明珠，是萧乾的亲姑母，与谢青嬗的母后——如今的谢皇太后是形影不离的手帕之交。两个人十几岁待字闺中时，不巧都喜欢上了英俊潇洒的诚王。可造化弄人，一个最终入了宫，嫁给了诚王的亲大哥至化帝，生了一子一女。丈夫最终爱上自己的女儿，做得那等丑事，而她一生亦不太得至化帝喜爱，所得的地位，也无非因为她背后有一个谢家。而萧明珠嫁入诚王府，做了诚王嫡妃，诚王不仅宠她一世，还终身无小妾无通房无外室无旁的女人。

这一切，确实能让谢皇太后红眼加发狂。

当她没有能力翻转命运的时候，只有凄苦怨怼。

当有一天，她大权在握，可以主宰无数人命运的时候，终是按捺不住了。

她要得到——曾经得不到的。

她要毁灭——让她痛恨嫉妒的。

于是，幼时的梦，少女的情，终于慢慢爬上心尖，蚀心锉骨，让她整夜整夜睡不着，便召了无数年轻力壮的少年儿郎入她枕席，甚至有一些眉眼间还酷似年轻时的诚王。可惜，满足了身体，一颗心却越来越空虚。

她年岁不小，但是也不算太大。

慢慢地，她终于明白了，那些空虚、那些寂寞、那些冷，世上只有一人可以填满。

她要得到那个男人，那个眉眼如画，二十多年来，从来不曾忘记过的男人，那个不管什么时候见到，都离她远远的，让她想多看一眼解一解相思之苦也不得的男人。

她发了狠，不得到诚王不肯罢休。

于是，借了萧家一案，她巧立名目，罗织了罪状，将诚王妃萧明珠入狱，意指她与故去的大哥萧运长等人勾结，有篡逆之名，有戕害之罪。然后，她直截了当地告诉诚王，要救诚王妃的性命，只有一途。

以他的人，换她的命。

诚王爷终生富贵，却也只是一个闲散王爷。

他手上无兵、无权，亦无党羽。满朝之上，无一个可以帮他的人。

萧氏已亡，妻子入狱，他能如何？

为了诚王妃的性命，他含辱应下，说只要王妃平安归来，便依从了她。

可惜，诚王妃萧明珠虽然一生荣华，从萧家的女儿到诚王妃，都始终被娇养，但到底也是出自萧家——一个数代簪缨的世家，便是闺阁女儿，也识文断字，晓义明理。在萧家出事之时，若非为了丈夫与女儿，萧明珠早已不能独活，追随家人而去了。

如今她留着性命，本就有苟活之心。

坐在冰冷的大牢里，她也会思考——谢皇太后在萧家大案已结案数月之后，再罗织罪名让她下狱，所为何事？

她心底很快就清楚了。

幼时便认识的闺中密友，她如何不懂谢皇太后？

多少年来，每逢宫中大宴，那一双望着她丈夫的眼睛，她又如何不懂？

左思右想，她为自己选择了另一条路——

当诚王去皇城司狱里接到诚王妃的时候，她已经变成了一具尸首。

她不愿意让自己的丈夫因为自己这条本就该死的命，受制于一个女人。

一个堂堂王爷，南荣皇叔，如何能成为妇人裙下之奴？

纵使让她死上一百次，她也不愿看到。

萧明珠在皇城司狱自缢而亡，没有留下只言片语。

但她想说的话，这些日子以来，夫妻俩已交流很多，诚王是懂她的。

二人夫妻二十多年，情感与思想，早已通过那些书画诗词，融入了彼此的骨髓里。诚王是这个世上最明白诚王妃的人，他一直知道，在萧家蒙难之后，她每一日都活得生不如死。

这样选择离去，于她，兴许是最好的解脱。

她的死，让他恨。

恨他在她生命的最后一刻，竟被她想成了那样一个男人。

甚至于，她都没有留给他解释的机会。

他当然不可能成为谢皇太后的男宠。原本他已经想好了他们的退路，等把诚王妃救出去，便连夜带着宋妍，一家人远走高飞，离开这个精致的牢笼，去看看外面的世界。或往北，前往传说中的兴隆山。或往南，去往四季如春的苗疆。或随便选一个地方，寄情山水，实现他们想了一辈子却没有做到的梦想——诗酒田园，简单一家。

然——

再多想法又如何？

人已去，万事皆空。

奈何？何奈！

他乃皇叔之尊，谢皇太后当然不能把他如何。当然，她也不舍得把他如何。听说诚王妃在牢中自缢，她其实也是有一丝慌乱的。同时，于她而言，这也是最可悲的地方——她最爱的男人，她能掣肘他的东西，竟然只有那个女人。

诚王妃一死，那个男人得多恨她，他还能从了她吗？

她在宫中坐立不安，没有想到，诚王当天晚上却来赴约了。

就像没事人一般，他说，人死不能复生，他得为将来考虑。

谢皇太后大喜，令人烧菜备酒，含一抹少女的娇羞，与他同桌叙情。

可诚王对她只有恨，何来情可叙？他说，他来是想告诉她一些旧事，一些让她恨不得一刀捅死他的旧事。

他说，当年萧家、谢家与皇室的联姻，并非偶然。

他们的婚事，都是他亲手促成的。

在那一次竹林郊游时，初见谢氏与萧氏二人携手出来，萧氏檀口轻吐一首竹姿诗，他便为其抚琴伴奏。他一眼看中了萧明珠，只那一眼，便已万年。他那时便发誓非她不娶，为此，他在皇兄面前跪了整整一夜。

因为至化帝当初看上的萧家女人，亦是明珠，而非明珠的姐姐——后来的萧贵妃。

当然，至化帝更没有看上她谢氏。

亲兄弟两个同时喜欢上一个女人的戏码，并不少见。

但像他们这般，解决得平和的却很少。

至化帝是一个有野心、有抱负的男人。那个时候，他刚刚继位没几年，南荣内忧外患，老皇太后还在人世，对朝政大事虽谈不上垂帘听政，但在朝中势力庞大，完全可以左右至化帝的任何决策。而那时，他的亲生弟弟——尚未婚配的诚王，不仅能文能武，在朝中很得老臣喜欢，还是宠爱幺子的老皇太后的心肝宝贝。

于是，诚王坦然求娶萧明珠，至化帝就顺水推舟，与亲弟弟做了一个彼此心知肚明的交易。诚王将先皇大行之前留给他的十五万保命亲兵交给朝廷，并表示终身不上朝，不涉政，而皇帝后宫的女人多如牛毛，至化帝也不是什么重情重爱之辈，用一个女人就解决了亲兄弟之间的争端，他当然乐意。

诚王如愿娶了如花美眷，本来也就罢了，但他听说至化帝准备娶萧明珠的姐姐时，又向皇兄举荐了萧明珠的好友谢氏。

他说，萧家一个女儿做了诚王妃，一个入宫为帝妃，谢家难免会有想法，为了平衡萧谢两家的矛盾，为了朝政的平衡，不如皇兄一并纳了谢忱的妹妹入宫。

至化帝一想，就同意了。

女人而已，少一个不少，多一个不多。

要纳其妹妹为妃，谢忱自然也高兴，他何乐而不为？

于是，诚王当初的一句话，决定了一个女人的一生。

同时，他也被造化愚弄了一把，当初的因，造成了他和萧明珠如今的果。

当诚王讲到这些往事的时候，心情如何，已无人可知。但谢皇太后听完，却几近崩溃与暴怒。这个男人，她爱了一辈子的男人，不仅从来没有喜欢过她，竟然还是她悲伤命运的推手，是他亲手把她推入这个深渊，让她一辈子不得快活，生不如死。

“为什么，你为什么要那样做？”

她恨，恨到了极致。

可诚王给她的，却是一个嘲弄的冷笑。

“明珠太善良了，她看不透你，她一直信任你。若你不入宫，就会时时刻刻出现在她的身边——以你的歹毒心肠，难保不会做出什么事情来。我得帮她防着你，我亦不想我们的生活中，每时每刻都有你的影子，我觉得恶心。谁承想，明珠难过，与你牵扯不断。

“更何况，把你送入宫，本就是谢家想要的，我亦不过顺水推舟。你那个哥哥，如愿了，不是很开心吗？谢氏，我把你送入宫，成全了你一生的富贵，还成全了你的儿子做了皇帝，你不当感谢我吗？哈哈哈！”

诚王的笑，有对她的嘲弄，也有对自己的。

以及对过世妻子的歉疚——是他害了她。

当初，他就应当更极端一点儿，不应当留这个女人在世上。

“感谢你？哈哈哈。是呀，我感激你，一辈子都感激你。”

谢皇太后也跟着失笑，笑得眼泪都流了出来。

人人皆说她如蛇蝎，连这个男人也这般看她。可她从小被父兄培养，在那样的家庭长大，谁能知她幼时如何度过？她在宫中数日度年，凄风苦雨，那些根本无法示人的苦痛，又有谁知，有谁怜？

突然，她指着诚王，狠狠地指着他。

“你不要以为，萧明珠死了，我就拿你没有办法，你信不信，我把你的女儿送去和亲，让她远嫁蛮夷之地，让她终生不能再回南荣，你们父女也终生不得见，而她将会嫁给那些不懂怜香惜玉的蛮夷，受尽玩弄，哈哈哈，想想就开心！哈哈哈！”

“随你。”诚王淡然回应，目光里，涣散的全是冷漠，“蛮夷之地，有人性，也是天堂。泱泱华夏，被你这种不若禽兽之人把持，那才是人间地狱。我和明珠的女儿，打小看她父母恩爱长大，打小便得到了许多许多的爱。她是一个被爱养大的孩子，被爱，才懂得爱，才会去爱。不论她嫁与何人，都可与夫婿白头偕老，你信吗？”

他说到这里，好看的唇角又是一勾。

“不像你的孩子，不会落得好下场的——”

谢皇太后想到玉嘉，一张装扮精致的面容越来越白，手颤抖得几乎不能自控。

“你——大胆！”

看她垂死挣扎一般的痛苦，诚王由衷地笑了。

“你一生不被人爱，你的父母不爱你，兄长不爱你，丈夫不爱你，儿女不爱你。而你，亦从不曾爱过任何人，你才是这世上最可悲的女人，活得高高在上，却不如蝼蚁！可叹！可怜！”说完，诚王拂袖而去。

当天晚上，他回到王府，整整一夜没有合眼，亲手为女儿熬了香喷喷的羹汤。天亮时，他又亲手做了一餐饭，陪着女儿吃完，然后就一声不响地将诚王妃的遗体抱到郊外，亲手焚化，将骨灰撒在江河之中，再投河自尽。

府中，只给宋妍留下遗书一封。

“女儿，当你看到这封信时，为父已不在人世。父母膝下无儿，身后事，只能拜托女儿了。让为父和你娘亲一样，随风散去、随水逐流可好？不要让我们的遗体留在这个肮脏的世界，化为尘土是我们最好的归宿。若来日，女儿要来祭拜父母，可带着你的夫婿与孩子，来河边磕上几个头，相信为父和你娘可以看见，并会祝福你。妍儿，我们看得见，老天也看得见。你一定要相信，终有一日，河清海晏时，我的女儿与南荣子民，可得安康自在。父：绝笔。”

三日后，诚王的尸体被打捞上岸。

遵照他生前遗愿，宋妍焚化了他的尸首，将其骨灰撒入江河之中。

这个姑娘也倔强，做完这一切，没有流一滴眼泪。

把那些骨灰撒入河水中时，从头到尾她也只说了一句话：“父王，你快一点儿，你得走快一点儿，莫要追不上我母妃的脚步，让别人先抢了她去——”

第十一章　山河无颜色

河在，人不在。

家在，父母不在。

宋妍撒完骨灰，闭门不出，连皇室为诚王举办的葬礼，她都没有参加，也不见任何人。

但这并没能阻止事情继续发酵。

十日后，诚王和诚王妃头七刚过，诚王府就接到了赐婚的圣旨，要让贤良端方的紫妍公主远嫁北勐。

用女人换和平，以艳美之姿解决北勐一步步逼近的硝烟，以女儿之身做男儿亦办不到的事情，在古时候，这样的事情并不少。而且诚王夫妇都不在了，最适合远嫁的人，好像还真就数宋妍了。

故而一纸圣旨，连波澜都没起，没有人反对。

举朝皆云：陛下圣明。

呵呵一声，宋妍突然笑了起来，就那样抬眼看向墨九。

“可笑吧？当真可笑！”

说完这些，她的眼眶里已饱含泪水，却没有掉下来。

母亲死的时候，她没有哭，为了安抚父亲。

父亲死的时候，她也没有哭，因为没有人会在意她的眼泪。

被赐婚远嫁北勐的时候，她更没有哭，因为她不想让坏人笑话。

可这个时候，看着墨九，这个她在这世上唯一可以诉说委屈的人，她再也装不了坚强，装不了无所谓，装不了可以将天下人都不看在眼里的冷傲。

她心里苦死了。

她想让父母都安康在世，看见他们恩爱地在一起。

她想让父母看见她懂事，看见她终于长大了。

可，奢望而已。

失去的，终究已经失去。

如今的她，空有公主之名，其实一无所有。

北勐和南荣的关系早已不若当初，爆发全面战争只是时间的问题。那么，一个生存在北勐的南荣公主，无非一个政治傀儡，还是一个可悲的“性傀儡”。说得好听一点儿是嫁人，说得难听一点儿，就是一件货物。

“墨九，”宋妍拭了一下眼睛，“你说，我怎么办？那个苏赫——”

她心里对墨九跟的这个男人也有疑惑，也奇怪墨九居然会委身一个北勐王爷，还为他怀上了孩儿，所以心里也藏了十万个为什么。

可不待她问完，墨九却有意无意地打断了她，反而问了另一个问题：“谢皇太后在做这些事情的时候，景昌皇帝又在做什么？他就任由自己的后宫，被一个女人做这些……违背人伦的事情？”

“他？”宋妍冷笑，“来北勐之前，我已许久不曾见过他了。”

“不曾见他，是何意？”墨九挑高眉头，有些奇怪。

宋熹初登大位，不应当时时在人前出现的吗？

宋妍看着她的眼神，突然有些懊恼。

“墨九，你还在意他？”

墨九眯了眯眼，瞅着模糊中带着重影的宋妍，有一点儿哭笑不得：“你这个人，心思什么时候变得这么敏感了？我不是在关心你吗？何来在意他？我就是想不明白而已，宋熹好歹与你是亲生的堂兄妹吧，谢皇太后对你无情，他能对你无情吗？谢皇太后就算是他妈，如果他愿意阻止，也不会没有办法的呀，他都不干涉吗？”

“干涉什么？一个昏聩之君！”宋妍几乎咬牙切齿说出了“昏聩”一词，可见她对宋熹的恨意并不比对谢皇太后少。不屑地哼一声，她斜眼瞄墨九。

“亏你还以为他是个好人，一心惦记着他的好吧？不怕实话告诉你，你也别伤心，自打那个谢青嬑怀上龙种，出门就是一副娇弱柔柳的样子。皇帝事事安排周全，把谢皇后当成宝贝似的宠着，当成菩萨似的供着，容不得她蹙半分眉，容不得她有一丝不高兴。谢皇后哪天不开心了，那就是天底下最大的大事。”

听到这里，墨九眉心都蹙紧了。

东寂……宠妻没错。

可宠到这样的程度，不分青红皂白，那也太可疑了吧？

他压根儿就不是这样的人。墨九很肯定。

然而，事实就摆在眼前，也容不得她分辩。

不是当事人，不解当时情，她只能沉默地听。

宋妍对谢氏有怨恨，说的话自然也带了强烈的主观色彩，几乎字字咬牙：“后来，谢氏也不知哪里找来的太医，把脉说谢青嬑这一胎必生皇子，皇帝更是乐坏了，为此，还曾大赦天下。墨九你想啊，谢皇后给皇帝吹的枕边风多了，总会有几句入得他的耳朵吧？日久天长，他本身到底也是谢氏所出，谢氏的家破人亡，左不过也算在萧家的头上。一来二去，哪里还顾得上他的皇叔、他的堂妹？还不由着大小谢氏两个女人拿捏？”

心里暗暗一惊，墨九想想也是。

一个男人每天听自己的女人旁敲侧击，慢慢地，假的也就成真的了。

就像她对萧乾潜移默化的影响，不也是这样的吗？

沉默了一下，她提出了自己最大的担心：“妍儿，听你这么说，难道如今，谢氏两后已把持了南荣朝政？”

“那倒也不至于。她们也没那么大的本事，宋熹那人你也知道，有几个人能真正左右得了他？除非他愿意。”宋妍叹息一声，红红的眼睛里满带恨意，“对那些朝堂之事，我也懂得不多，大事上，宋熹会不会让她们插手，我亦不知。但对于萧家的迫害，宋熹始终是睁一只眼闭一只眼的。你都不知道，那个萧太妃——”

说到这里，她看一眼墨九，又烦躁地住了声。

“算了算了，你怀着身子，我就不说了。”

“我怀着身子又怎么听不得了？”墨九手心轻轻搭在小腹上，目光凉凉的，带了一丝凉笑，“我墨九的孩儿，若是这点都受不得，还怎么好意思蹦跶出来喊我一声娘？说吧。”

宋妍见她执意要听，加上这些话也在心里憋久了，实在找不到人说，如今听她问起，终是藏不住："萧家五百余口一刀毙命了，其实想来，也落了一个好死，少遭了不少罪。可萧太妃就惨了，被谢皇太后锁在冷宫，受尽了折腾。"

润一下唇，她眉心拧紧，像不堪回首一般，声音都有一丝沙哑："我母妃生前，曾托了人情，偷偷入宫看过她一次，回来就趴在床上掩面哭泣。背着我与我父王诉说，说她的姐姐所受的折腾，让她很想给姐姐一个痛快。我偷偷躲在帘子后，都听见了……墨九，我实在说不出口。血腥，太血腥了！杀人不过头点地，如此折磨人，简直蛇蝎不如哇！"

墨九狠狠抽了一口气。

古代皇室妇人折腾妇人的法子，她以前翻过一些书籍，大概知道一些。

有的确实惨不忍睹，比如吕后收拾戚夫人的——做成人彘。

想一想，就让人不寒而栗。

就算谢氏不比吕后，手段也好不到哪里去。

那个雍容华贵、温柔美好的萧妃娘娘，柔弱的身子怎生受得住?

她突地心痛起来，莫名地将手指攥紧，狠狠咬牙。

"希望萧太妃可以忍着，忍着泪，忍着血，撑下去，活着撑下去，等着血债血偿的一天！"

等她的侄儿打回去，到时候谢氏就由着她蒸剐了。

她这般想着，说得轻松。可宋妍听了，却吃了一惊，然后——沉默了。

接着，盯着墨九，两行泪水就从她的眼底流了出来。

"墨九——"冷不丁唤她一声，她紧紧地握住墨九双手，几乎泣不成声，"我差一点儿就误会你了。我乍然听到你的消息时，还曾想过，你甘愿这般没名没分地跟了那个苏赫王爷，不顾他奇丑的长相，是对我六表哥的不忠，也许是贪图一些什么，后来想想，以你的为人，又不太可能，左思右想，始终想不明白为了什么。"

吸一下鼻子，她泪水淌得更厉害了。

抬起袖子，擦拭一下，她撇着嘴露出一丝笑："现在我终于明白，原来你想得这样远、这样深。你是为了萧家，为了给六表哥报仇才委身于他的吧？墨九，真是——苦了你了。"

墨九听着，不知如何应答。

宋妍却以为她是难过，突然银牙一咬，泪光闪烁地望她。

"若那个苏赫王爷是一个酒色之徒，墨九，你让我来！"

"呃，不——"

"你不必顾及我。"宋妍握着她的手更紧了，"我什么都没有了，也就什么都不怕了。这身子也不值什么。他若要，便随他要了去，只要有朝一日，他能为我父母报仇，能帮我手刃谢氏。失去什么，我都不怕了，哪会在乎这破身子？"

"啊！不不不，妍儿，不是这样的。"

呜呼哀哉，墨九生怕她误会，考虑一下才叹息。

"苏赫并非酒色之徒，他其实……嗯，是个好人。对我，也是真心喜爱。我对他……亦是有……有感激之情的。"

说着，她反手紧握宋妍的手，宽慰她，并且顺着宋妍为她找的"借口"把故事编了下去。毕竟目前，她其实也找不到可以让宋妍信服的理由来解释为什么她要跟苏赫，还要为他生孩子。

"你放心吧。王爷已经答应我，一定会报仇的。我想，北勐骑兵很快就要南下了。"

"……是吗？"宋妍愣了一下，脸上无喜，亦无忧，有的只是一种茫然。

她是姓宋的，南荣皇室，是她的家族的江山。

虽然她现在人在北勐，漂离在外，却也与宋室江山捆绑在一起。

南荣宋室若真的灭亡，她又会有怎样的命运？

不敢想！她真的不敢想，一个亡国公主的未来。

墨九理解她的彷徨与无助，却无法说得更多。

家国大事，对女儿家来说，到底还是太远了。为了不让宋妍继续想那些烦心之事，她借口眼睛不好，好久没出过门了，让宋妍扶着她的手，去棱台坊的院子逛了一圈，又领着宋妍去看戏台，看与南荣相似的园子与布置，让宋妍找到一点儿家乡的感觉。

没承想，远在千里之外，熟悉的画面，却惹得宋妍一阵伤心。

"父王、母妃，你们在哪里——妍儿好想你们——"

趴在戏台的台脚上，宋妍仰望天上的悠悠白云，失声痛哭。

憋得太久了！

墨九叹息，摸摸她的头，亦是无言。

这一年的冬天格外冷。

可哈拉和林的热闹事儿，却一出接一出，没完没了，把这个被寒雪覆盖的城市点缀得热火朝天。百姓冬天都没有什么可忙活的，每天吃过饭就哈着手，踩着冰封的街道，顶着漫天的风雪，到酒肆花楼中凑一凑热闹，唠几句时下最热的话题。

南荣的紫妍公主和亲队伍到了，大婚也就快了。

北勐对于婚礼没有南荣那么多的繁文缛节，看日子主要靠心情——不，看天神。

天神是北勐人的信仰。

于是，那顺这个最接近天神的巫师，就成了择日子和准备大婚祭祀仪程的人。

那顺是苏赫王爷的师父，也算是养父。作为北勐第一巫师，他在这个事情上还是很有话语权的。阿依古长公主令他为大婚择日，亦交托了完全的信任。

但那顺，一切都听萧乾的。

他没有磨蹭，次日就把用北勐语写成的正式书函呈了上去，日子也就选定了。苏赫王爷与北勐赛罕公主、南荣紫妍公主的大婚之日，就选在了下个月初——南荣历的腊月初十。

进入腊月，哈拉和林更冷了，离南荣人的“大年”也近了。

哈拉和林是一座极为开放的国际化城市，这里住着来自世界各地的人种，于是有相当一部分南荣人也要过“新年”的，有需求就有买卖，故而，在这样一段等待盛世大婚的日子里，街道上也就更加热闹了。

墨九以前用公历，后来用农历，慢慢也就习惯了。

实际上，在哈拉和林，一部分北勐人受汉文化的影响，会使用更为科学的农历，但一部分老人用的还是北勐历，北勐的官方文书也基本上使用北勐历法计年。

他们的日期计算，与南荣人不一样。

但墨九已经很难改掉习惯了，她周围的人，也大多都是南荣人，包括萧乾自己，都习惯了使用传统意识的农历，对北勐历毫无概念。故而，但凡有北勐历的地方，基本都被他们自动换算了过来。

北勐人不过南荣的“大年”，但这个年底比却过年还要热闹。

在比武夺帅之后，苏赫王爷摇身一变，成了北勐军中最大的掌权者——镇南大元帅。蒙合虽然没有做南下的打算，但还是放手给萧乾去处理一些军队事务，并没有做出排外的举动。他一向是个圣明的皇帝，便是有一肚子的不满，也绝不会在大事上表现得小肚鸡肠。

往往自负的人，总会高看自己一点儿。

哪怕他对苏赫的防备心已上升到了极点，但丝毫不妨碍他笑盈盈地对苏赫称兄道弟，让举朝的宗族和臣工都以为他掏心掏肺地对苏赫，生生给苏赫营造出了一种“一人之下，万人之上”的错觉。

尤其，对苏赫的大婚，蒙合很重视，甚至比当初他自己娶王妃都来得紧张。

高处不胜寒，说的就是此时的苏赫。

一万个人都盯着他，他出不得一点儿差错。

于上，大汗关注的这个大婚之礼，也就显得更加不寻常了。

但其意义嘛……也令人不得不深思。

北勐与南荣的关系，大家都心知肚明。

苏赫一旦娶了南荣的公主，北勐也就与南荣有了裙带关系，到时候，一旦两国开战，苏赫的身份就会非常敏感，南荣的驸马爷呀，领兵合适吗？如何能让北勐的将士心服？那么，若届时北勐举兵南下，这个南荣公主的结局就令人担忧。

姻亲关系，在古时最为微妙……

牵一发而动全身的事儿，干系重大。

但婚仪已呈上，箭在弦上，不得不发。

关于宋妍的事情，当天晚上，墨九就与萧乾仔细谈过了。

事实上，在此之前，墨九一直没有关注过南荣那边的事态变化，也因为怀孕，好多信息都被人为地屏蔽了。她没有想到，诚王和诚王妃的事，不仅萧乾上个月就已然知晓，就连墨妄也是知情的。

可他们都瞒着她，不想让她多操心。

“好吧，那宋妍和你的婚事，你又打算怎么处理？”

她目光幽幽，掩藏着心里的情绪。

关于婚事，萧乾必须娶宋妍，似乎已成必然。

老实说，墨九心里并非没有芥蒂。

虽然萧乾目前用着苏赫的身份，他也早就答应过她，将来要给她一个更为盛大、更为严肃、属于他们两个人的婚礼。但毕竟这也算她和萧乾的第一次婚礼，和宋妍同时嫁给他，有一点儿古怪，有一点儿不是滋味儿。

为此，她有些闷闷不乐。

但想一想，她披上婚衣也不是第一次了。

这件事萧乾也无力阻止，她又有何理由和萧乾置气？

只要他和宋妍不会有别的关系，那就够了，不是吗？

“阿九……”萧乾搂了搂她的胳膊，“不要担心，你懂的。我对宋妍有兄妹之情，绝无男女之爱。如今她父母双亡，无亲无故，除了我这个表哥，谁能照顾她？”

“照顾……嗯，照顾吧。”

叹了一口气，墨九窝在他的怀里，手指有一下没一下地戳着萧乾精壮的胸膛，想表现得大气一点儿，可大概是怀孕的缘故，还是忍不住委屈。

“你说这件事整得，不娶她吧，也不行，还得伤她的心。娶她吧，我心里又不太舒服，得伤自己的心。萧六郎，你说，咱们怎么就走到了今日，处处受制于人？真他娘的烦躁！”

“不会太久了，阿九！”萧乾紧紧握住她的手。

夜冷，风寒，墨九怀孕后体质似乎变差了，双手冰冷。

萧乾心疼了，把她双脚夹住，掌心细细地摩挲着她凉凉的手，一双冷沉的眸子里，浸过一抹坚定的幽光：“阿九，我答应你，这种情形不会持续太久了，很快就会结束，我不会再让你，让我们的儿子，看任何人的脸色。”

说到这里，看到墨九笑着翻起的白眼，他似乎以为她还在为宋妍的事情不高兴，又慎重地执起她的手，用温热的唇轻轻吻了吻，再裹入掌中，细细揉捏，冷不丁就冒出一句：“傻子，莫再忧心了，可好？我和妍儿的婚礼，你更不必介怀——我想：根本就等不到和她拜堂了。”

等不到和她拜堂，什么意思？

墨九稍稍一愣，奇怪地抬起头审视他。

可这样的光线下，她这样的视力，根本看不清他的表情。

抿了抿唇，看着他脸上的笑，她突然明白了什么。

“你是说，婚礼的时候，蒙合会发难？”

自从答应了凡事都不再瞒着她之后，萧乾确实改掉了一些独断专横的毛病，但凡可以和墨九说的事儿，他都会一并告知。但这个习惯，在她怀孕之后，又有了改变。墨九怀这一胎，来得突然，胎象始终不稳，孩子也并不康健，萧乾在为她调理身体的同时，也特别注意她的情绪，生怕她有情绪波动，从而影响腹中的胎儿。

诚王和诚王妃以及南荣的事情，他和墨妄都瞒着他，原因就在这里。

可此刻，看她一脸担忧，他终是不忍心，又怕她胡思乱想，也就不得不安抚了。

“蒙合想要你，不会甘心你嫁我，更不会甘心把兵权落于我手。上次校场上的刺杀，一击未成，他再没有任何行动了。你以为，他当真就收敛了吗？”

“原来是他。”墨九有些吃惊，“我还以为是那个将军因嫉生恨，加上吃败得太难看，面子上过不去，这才突然生出了杀意——原来，还有这么一出哇。这个蒙合，太可怕了。我还以为，他给你兵权，是想让你为他卖命，先平南荣，再和你秋后算账呢。”

“以前，他确实有这想法。”

萧乾目光沉沉：“纳木罕之事，让他产生了警觉，也有了紧迫感。他有些等不及了，不想再受人掣肘，加上阿依古也着实心急了一些，处处都想插手，想干涉他的决定，已令他相当不快。阿九，一个人坐在了龙椅之上，很多心思都会变的。”

地位不同，想法不同，确实如此。

当初做皇帝之前，面对众人的挑战，蒙合对于阿依古这个势力滔天的大姑能在关键时候倾力相助，推他一把助他上位，肯定也曾有过感激的时候吧。

“这世界，最难猜度，是人心哪。”

墨九感慨着，突然紧紧握住萧乾的手，像是想到了什么。

“如此说来，我就明白了。那天的一箭，你是否事先知情了？”

萧乾没有否认。

当时，他借马势躲箭，就是为了不让蒙合看出来，他事先已知情。

然而蒙合眼尖，想来有了怀疑，故而这么久再没有了动静，还把北勐最大的两个骑兵队伍交给他，看似没有芥蒂，其实已有了必杀的念头。

“可你是怎样知道的？”墨九对他的信息网还是很好奇。

“这个你莫问。”萧乾说罢，想了一下，怕她不高兴，又紧接着补充一句，“我可以告诉你的是，那天校场上暗杀我的家伙，没有死，我下手时故意留了他一命，让声东在处理他的时候，把他关了起来，从而让他吐了一些事情。”

“关于什么的？”

“南下的，当然也包括蒙合计划的一部分。”

“可蒙合以为他死了，会不会改变计划？”

墨九的担心很对，萧乾对她投去赞许的一瞥，突然笑了笑：“来日我的阿九，亦可成为我的军师了。有时候，我常疑惑，阿九一个妇人，不曾出将入相，不曾涉身朝堂，如何通晓那些事情？”

对她身上的疑点，萧乾很少问。

他本来就是一个内敛的男人，有怀疑，也很少说，一般都是自己猜，自己参悟，然后找理由说服自己。看来这个事，是他一直说服不了自己的，这才终于问了墨九。

可墨九能怎么说？

说她来自异世，早就被历史老师虐待过千百遍了？

背多了历史，就会发现规律都差不多，没吃过猪肉，也见过猪走路了。

不能说，她只能找一个最能说服人的理由了。

“开玩笑，我墨家人，藏书千万，书中包罗万象，九爷我天上知一半，地上全知道，简直就是百晓生一样的存在。能让我纡尊降贵给你做军师，王爷呀，你就偷着乐吧！”

骄傲了！

她下巴抬起，一脸得意。

可萧乾如今就喜欢看她这小样子。

这样的她，精气神好，看得人心情愉快。

呵一声笑着，他捏了捏她的鼻子。

“就数你得意！行了吧？”

“嘿嘿！”墨九拨开他的手，缠上去也捏他的鼻子，“那军师问问你，对于蒙合的计划，你可有想好对策？”

“阿九放心。”萧乾就势搂住她的腰，将她的身子往怀里带了带，一只温热的大手突然抚上她的小腹，轻轻地、慢慢地、带着怜惜地摩挲着，沙哑的声音，也满满都是温暖，“我自有分寸。你要相信你的男人。”

“人家担心嘛。再说，我不是军师吗？说出来，我给你参详参详也好哇。”

萧乾拍拍她的背，半合着眼，似乎有些疲乏了。

“不必担心了！我萧乾，何时吃过亏？”

墨九白他一眼：“你吃的亏，还少吗？”

轻笑一声，萧乾睁开眼，掐一把她的鼻头。

“会顶嘴了，可不乖！你想一想，我吃亏的情况，不是只有一种吗？”

“什么？”

“我甘愿吃亏。”他眸中含情，“比如对你。”

“好吧！是在下想多了！”墨九好笑地靠过去，将头轻搁在他的胸膛上，听着他强劲有力且节奏感十足的心跳声，隔了许久，都没有说话。

萧乾半合眼，亦无语。

窗外寒风呼啸，大雪压顶。

在这样一个冷得刺骨的冬天，两个人安静地躺在温暖的被窝里，静静相拥，即便一句话都没有，但心贴在一起，就胜过千言万语了。他们这样的一种感情，也不再需要甜言蜜语，不再需要太多解释，就能明白彼此了。

墨九想着，唇角露出一个轻笑。

是的，这样已经很好，很好了。

哪怕她怀孕辛苦，哪怕她的眼睛没有恢复，哪怕她身上还有云雨蛊，有至今不知什么鬼的失颜症，哪怕他们未来还要面对很多很多的艰难，她想，她都有勇气去面对了。而且，有这样一个怀抱可以依偎，有这样一个男人，用这样的语气告诉她，她的男人什么都可以，让她不用害怕任何人，不用担心任何事，就足够她心安了。

这个世道，有哪一个女人，能得这般好？

她一脸满足，语气也就甜糯。

“萧六郎，我突然觉得好开心。”

“怎么了，傻了？”

“因为我要嫁给你了嘛。”

“嗯。”他摸摸她的头，“这次不算。”

“……”还有不算的？

墨九轻轻一笑，揪着他的前襟：“为啥不算？上次拜堂不算也就罢了，这次还不算，那你是想要抵赖吗？”

“嚯。”他笑着，拥住她往怀里深深一带，“我的阿九，必然要我自己娶。不受令于任何人的圣旨，也非任何人的恩赐。是我，是你，是我们两个人要举行一场大婚之礼，要结为夫妻，要让世人都知道，我萧乾娶了你墨九为妻。”

这个男人还真是计较！

形式主义呀！说来说去不都一样！

只不过——权利分配好似不同。

墨九轻轻一嗤，心里却甜得像抹了蜜。

“好吧，王爷，我等着那一天。”

“相信我。阿九，不会让你等太久了。”萧乾听着她的轻嗤，情绪似乎也颇为激动。

或者，这一段时间他们处处被蒙合掣肘，让他也积压了不少郁气，尤其蒙合还觊觎他的女人，这是让萧乾这样的大男人最不能忍受的。此时，拥抱着墨九，他的双臂越来越紧，力道也越来越大，几乎忘记了她肚子里有一个小胎儿，紧得让她差点儿不能呼吸，他也浑似不知，抚着她的后背，幽沉的声音里，有着一丝无法掩饰的森冷杀气。

“阿九，我不会让你后悔你的选择。你等着看吧，我要让这个世间，再无人敢对我说不。我要这天下，再也无人敢对我说，他要我的女人。我要让所有伤害过我们的人，都去那修罗地狱——”

说到这里，他突然把下巴落下来，搁在墨九的额头上，徐徐的声音，一字一字都低而哑。

“终有一日，我要把这个世界踩在脚下！而我的身侧，只会容许一人并立——那就是你。阿九，我的妻子。”

墨九心里一窒，默然了片刻。

慢慢地，她亦反手，深深地拥紧他。

“我懂你，六郎，我都懂得。我会等你，和孩子一起等你。”

活了两世，吃了这些苦，她不就为了来等他的吗？

是的，她一直相信他。

她相信，他的委屈、他的隐忍以及那些恨事，已绵绵长长，沾染了太多人的血，染成了烟雾，笼罩了太多黑暗。而这一切，都将用萧乾手上的剑，层层拨开。待血雾散去，终见天光。是的，上天也该公平一次了，让这些受尽磨难、受尽凄苦的人，得到他们应有的补偿。

三十年河东，三十年河西！

鸿鹄低鸣至此。天下，必将改变！

“萧六郎，我听见了，土壤已在萌芽——”

“阿九……”他激动地拥紧她。

“我不怕等，哪怕等到白发苍苍，我也信你，终有一日马踏天下，开创一片盛世繁华！这，才是我墨九的男人。”

萧乾眼一闭，将所有的脆弱都埋入她的颈窝。

“谢谢你，阿九，谢谢有你。”

千朋万友，不敌她一人懂得。

一世浮尘，独盼她一人痴守。

有她，黄沙千丈，他不再孤寂。

有她，沙场万里，他不再惧怕。

有她，哪怕要颠覆这个世界，让人间白骨森森、尸横遍野，哪怕只剩他一人仗剑天涯，他也要为她换来一个盛放的天下。

青山原不老，为雪白头。

绿水本无忧，因风皱面。

腊月天至，哈拉和林飞雪连天。

万众瞩目中，苏赫王爷与南北两位公主的大婚，转瞬就到了。

腊月初八，大婚前一日，王府就已披红挂彩，装点一新，一派喜气洋洋。那热闹的喜气，从府中延伸到了哈拉和林的城池，街道上的人们来来去去，兴奋地议论着、指点着，甚至涌入王府对面的街巷去看热闹。

两位公主同时出嫁，这本就难得一见，何况一位北勐的赛罕公主是大汗的义妹、天下闻名的墨家巨子墨九，另一位南荣的紫妍公主，也是景昌帝的嫡亲堂妹。一南一北二帝之妹，同时嫁给苏赫王爷一人做平妻，皆为王妃，对老百姓来说，这样引人遐想的香艳逸事，足够热闹一阵子了。

于是，苏赫王爷也算人人称羡了。

仕途一帆风顺，被大汗重用。

容颜丑陋却同娶二美，艳福不浅。

初八晌午一过，万安宫就有嬷嬷抬了轿子前来棱台坊接墨九入宫。

因赛罕公主的公主府尚未完工，蒙合大汗安排墨九入宫待嫁。

理由很简单，贵为北勐公主，在王府出嫁显得对她不够重视，亦对北勐皇室不够尊重。大汗是公主的义兄，让她从万安宫出嫁，既合情合理，又尊贵体面，让她今后在王府里，不至于被南荣公主给比下去。

理由很充分，可墨九以眼睛不便为由，拒绝了。

嬷嬷左劝右劝，她就一句话：不去。

墨九的脾气硬得很，向来说一不二，尤其怀孕之后，更是刚硬了几分。挺着肚子，她怎么敢去万安宫那种地方？宫中素来吃人不吐骨头，宫中的女人更是可怕。人人都知道蒙合对她有想法，他那些女人会不知道吗？

就算蒙合不害她，谁知道会出什么幺蛾子？

她的冷漠和坚持，让前来接人的嬷嬷吃了亏，只得灰溜溜回万安宫复命了。

蒙合一听，当即就有点儿生气。

这叫什么？给脸不要脸哪！

对于墨九这个女人，蒙合有时候着实恨得牙根儿痒。

可往往她就有这本事，逼得他无奈，也无法。

当然，这世上的男人真没有几个怕女人的。

一般而言，顾忌她，只因为在意。

这个没有到手的墨九，对于蒙合来说，就是一根随时刺挠他神经的刺。痒痒的，酥酥的，一挠一挠的，挠得他心里头躁得慌，却来不得强的。越得不到，越想得紧。越想得紧，偏生就越得不到。于是，一面喜欢，一面又恨，时时刻刻都想抓狂。

事到临头，墨九又给他出了难题。

于是，蒙合奈何不了她，就提出了一个折中的建议。

他让嬷嬷再去传话给墨九。一个北勐公主住在苏赫的王府出嫁，实在太不成体统了，让她无论如何也得离开王府，不如索性就住到紫妍公主的临时府邸里，与紫妍公主一起出嫁，这样也方便大婚仪程。

这一次，墨九深思一瞬，就同意了。

但想一想，心底亦有些发凉。

那天宋妍偷偷乔装成苏逸的随从来见她的事情，蒙合到底知不知情？

他这样的安排，到底是巧合，还是听到些风声？

不过，她与宋妍是旧识，本也众所周知。

迟疑一下，她觉得去那里也好。

一来，不好三番五次拂了蒙合的意思，在这个当口上得罪了他，免得他又使出什么另外的歹毒法子。嬷嬷两次来棱台坊，对这件事情的在意，让她明显地感觉到，蒙合此举不仅仅出于对她和北勐皇室的“尊重”，也许还要把她从王府支开。

二来，当然也为了宋妍。

自从那日离去，她们就没有机会见面。

她很挂念宋妍，由心地挂念。

在北勐，除了塔塔敏，她也没有什么朋友。但塔塔敏与她，到底隔了一层关系，尤其在这样敏感的事情上，她无法真正与塔塔敏交心，有一些私事和心里话，也完全不能与塔塔敏说。而塔塔敏自己，也有一堆焦头烂额的烦心事，不得轻松。

知晓墨九怀孕，塔塔敏过来瞅过她几次。

但每次坐一会儿，两个人也就无话可说了。

相比之下，宋妍不同。她们算旧时的友人，吵过嘴，打过架，也同甘共苦过，一起经历了很多事情，一起看尽了悲欢离合，彼此也知根知底，说起话来，顾虑要少得多。

“麻烦嬷嬷回去告诉汗兄，就依他之言了。”

嬷嬷大喜，不停磕头谢恩，仿佛得到大赦。

“多谢赛罕公主体恤，奴才这就回禀大汗知晓。”

落下一颗悬了半天的心头巨石，嬷嬷飞奔离府。

墨九静静地坐在椅子上，托着腮思忖一会儿，突然半眯着眼睛侧头，看向坐在一边、始终一言不发的墨妄。

“师兄，我们也准备一下吧。”

墨妄看过来，似乎有疑惑：“小九当真要离府吗？”

墨九点点头，微微一笑：“大汗让我去紫妍公主那里待嫁，自然不可不从。但这个时候去叨扰公主清净，好像空着手，也不妥当，你差人备些礼物带上吧。”

礼物？

墨九吝啬得一毛不拔，哪会有什么值钱的礼物舍得送人？

除非——

墨妄动一下嘴皮，就知道她说的是什么了。

棱台坊根本没有值钱的金贵大礼，只有两车从阴山带过来的火器。

他低头，拱手欠身：“明白了，我这就去办。”

墨九眯了眯眼，揉了揉不太舒服的眼睛，又道：“留下一半给萧六郎，剩下的我们都带走。”

“是。”

对于墨九的安排，墨妄很少提出什么反对意见。

他说罢，就起身，往客堂外面走，可墨九却在这时喊住他：“告诉兄弟们，明儿姐姐要出嫁了，让他们都醒着点儿，把眼睛放亮点儿！”

“知道了！”墨妄视线微凝，深深看她一眼，匆匆离去。

万安宫里。

蒙合刚刚结束和几位心腹大臣的国政议事，就看到嬷嬷匆匆过来，搓着手站在门外，不敢进来。他微微眯了眯眼，摆摆手。

“你们都下去吧，按商议的办。”

“喏。”几个大臣鱼贯而出，嬷嬷赶紧闪身进来，叩见了大汗，把墨九的话一字不漏地复述了一遍，看蒙合面上无喜无忧，没有半点儿情绪，又紧张地咽一下唾沫。

“赛罕公主的眼睛是不大好，我瞅着，也怪心疼的，见光就流泪，视物亦是不清，她不愿入宫来，也是怕麻烦大汗——”

“多嘴！”墨九怎么想的，蒙合会不知道吗？

这嬷嬷的马屁明显没有拍对地方，让蒙合心里极其不悦。

摆摆手，他不耐烦地让她下去了，静了一瞬，又沉声叫“森敦”。

森敦一直等在外面，听到他唤，赶紧进去。

“大汗！”

蒙合阴沉着脸，看他片刻，沉沉问：“大婚的事，都安排好了？”

森敦低头，恭顺地回复：“都照大汗的意思，做好了安排。”

说到这里，他似乎想到了什么，冷不丁又抬头。

“大汗做这些，可是为了那个女人吗？”

一听“那个女人”，蒙合眸底射出一束阴鸷的目光。

“赛罕公主是我的义妹，不是那个女人。”

森敦一惊，惊觉失态，赶紧垂头道歉：“属下失言！大汗恕罪。”

哼一声，蒙合拿过桌上的茶水，轻轻喝一口，不冷不热地瞥他：“你只需按我交代的做就行，其他的事，一概不用多问。我把怯薛军交到你手上，并非让你插手我私事的。”小小地警告了一下，他见森敦点头称是，样子老实了许多，又稍稍缓和了神色，问了一些大婚上的事情，而后突然又问：“来哈拉和林恭贺苏赫王爷大婚的，都有哪些人？”

“回大汗，四方各国都有来使。西越国主、蒙尔伊国主、后珒国主，都带着随从亲至哈拉和林。其余诸国，亦有使臣带贺礼和国书，转达了对大汗的仰慕……”

“后珒？”听到完颜修的时候，蒙合轻捋小胡子的手微微一顿，厉目中似有火花在燃烧，“他胆子还挺大，前阵子纳木罕联合后珒造反的事，他当成不知情吗？”

森敦迟疑一下，小声道：“属下以为，完颜修此番前来哈拉和林，正是为了借大婚之机，向大汗澄清这一点。大汗和他都清楚，纳木罕所谓的联合后珒，根本就是子虚乌有的事。完颜修平白背上一口黑锅，肯定不甘不愿，又怕大汗借此找他的麻烦，后珒初立，万事待兴，完颜修在这个时候，自然不愿与北勐为敌，借机前来讨好也是可能的。”

哼！

蒙合似乎接受了森敦的说法。

但他的脸上，并没有太多的得意之色。

他是一个算得上人物的男人，不会对任何的阿谀逢迎表现出小家子气的欣喜。因为他心里非常清楚，人家敬他，并非真正服他，只不过现在怕他，怕北勐的铁骑。一旦北勐失去这种征服的武力，这些人，每个都恨不得踩他一脚，恨不得占他的土地，抢他的女人，夺他的江山。

保持清醒的头脑，一直是蒙合取胜的关键。

沉思一会儿，他手指摩挲着椅子的扶手，锐利的视线突然看向森敦："把这些国主和来使都安顿好，不得出任何纰漏，否则，我拿你是问。"

"得令！"森敦赶紧应了。

看他紧张的样子，蒙合似乎满意了，又捋着小胡子缓缓一笑。

"还有，两位公主的府邸，务必守卫好了，最好水都泼不进去才妥当！新娘子嘛，一定要保护好了。"

"是！"森敦依旧低着头，再次应声。

蒙合点点头，好久没有说话。

殿内安静了片刻，蒙合看着被北风吹得呼啦作响的窗帘，突然一笑，呵了呵手，换个位置，坐到桌案边上，提笔唰唰写了几个字。森敦瞄过去，居然是汉字，他稍稍诧异一下。很快，蒙合写完，吹了吹字条，等字迹干透，慢慢折起来，塞入一个信封里，递了过来。

"把这个带上！"

森敦接过信封一看。

信封上没有字，他不解地问："此信，交与谁人？"

蒙合半合着眼，含笑冲他招了招手。

森敦赶紧凑过耳朵去，却听蒙合用极低的声音，与他耳语了几个字。

"如此这般，办去吧。"

森敦心里一惊，赶紧把信收入怀，抚胸欠身。

"喏！"

蒙合慢条斯理地躺回椅子上，手抚暖炉，声音悠悠的："去吧，我静一静，太累了！"

今儿萧乾没有离府，墨九让人请他过来。两个人关在房门里"叙了一会儿情"，墨九就出了房门，穿着厚厚的毛皮大氅，戴着大大的风雨帽，裹得密不透风，领着一群墨家弟子从棱台坊出去，上了备好的马车，带着几辆扎着红绸的"嫁妆"，浩浩荡荡往王府大门去，准备前往紫妍公主的临时府邸。

一路上，她高调得很。

她撩着帘子，四处观看府中的大婚布置。

就好像——她真的全部都看得见似的。

偶尔遇上府中仆役在路边请安，她浅浅含笑，宛然一副待嫁新娘的样子，娇羞无限。殊不知，嫁了几次、穿了几次嫁衣的她，其实对这个事儿，尤其今天这样有预谋的大婚，根本就麻木了，哪怕要嫁的人是萧乾，心中也没有什么喜气，有的只有担忧。

但不喜，也得装出来喜。

她一脸挂着笑，听人家对她的窃窃私语，颇有几分玩味。

穿越一回，能混得臭名远扬也算是一件本事吧。

心里嘲弄地笑着，她不动声色，直到马车突然停下了。

王府侧门，只容一辆马车通行。

而他们出行的马车前面，正好堵了一辆两驾的马车要进门。

那马车极敦实，是萧乾孝顺给陆机老人的座驾，整个王府的人都知道。

狂飞的风雨中，马车帘子慢慢撩开了，坐在里面的人，一个是陆机，另一个，正是温静姝。

从围猎场回来，墨九就没有见过这两个人。没有想到，如今就要大婚了，居然狭路相逢。嗯，她和这二位也算有缘了。老实说，她也有点儿好奇温小姐现在是什么心情。不仅她讨厌的墨九要嫁给萧乾了，连宋妍都有份做一回萧乾的新娘，温小姐心里刀扎一般疼痛吧？

突然，墨九忍不住想笑。

不顾外面冷冽的天气，她把帘子撩得高高的，探头看向几步之遥的模糊人影。

“师父？师妹？你们刚刚回府哇？是赶着回来参加我和王爷的大婚之礼吗？”

已经了解墨九的性子，陆机老人和温静姝都见怪不怪。

只不过，讨厌的人，不管多了解，只会越来越讨厌而已，就像陆机对墨九。其实围猎场上的事情，他大概知道了一些。温静姝突然变哑，舌头受伤，口不能言，那药物他只一探，就清楚是萧乾下的手。但萧乾不曾对他明言，他也没有去追究，甚至于，都没有对温静姝施以援手，把她彻底治愈。

原因只有一个——顾及萧乾的身份。

那天他无意中透露了此事，原就有些后悔。

没有想到，真的惹出了事端来。

萧乾的做法，是要告诉他，他想让温静姝闭嘴。

他为什么这么做，陆机猜到了。一定是温静姝因为和墨九争宠做了什么。

这也让他惊出了一身冷汗。

说到底，萧乾在他心底的地位，比起温静姝还是高了许多。

他对温静姝再好，心还是偏向萧乾的。

两个都是徒弟，一个因为爱，一个因为愧，能一样吗？

对萧乾做的事，他选择了睁一只眼闭一只眼。但这个老头儿性子犟，固执得像头牛，哪怕意识到错了，也是打死都不肯承认的。哪怕他明知墨九这个姑娘其实也不错，确实配得上他心爱的徒儿，可对她的看法一旦定了形，也实难改变。

所以，看着趾高气扬的墨九，他的第一反应，还是冷哼。

“麻烦让一让路！”

一句话不冷不热的，掩不住地嫌弃，让人听着心里就不舒服。

墨九是谁呀？是肯服输的人吗？

她懒洋洋地用肘支着车窗，扶了扶头上的风雨帽。

“陆老先生，我叫你一声师父，那是看在我故去六郎的分儿上，你可不要为老不尊，倚老卖老哦。不要忘了，在你面前的人，不仅马上就是苏赫王妃了，还是北勐的赛罕公主，大汗亲自敕封的公主。在这个府上，除了王爷，就数我最大。你不会想告诉我，你比王爷的面子还大，必须要我让路吧？”

陆机一怔，牙咬得紧紧，正要生气，温静姝却扶住了他的胳膊。

他看过去，却见温静姝委屈地摇了摇头。

那是提醒他不要和墨九争的意思。

可一双眸中透露出来的伤感、落寞，以及痛苦，却赫然在目。

男人有的时候看女人，那眼光真的笨得要死。尤其陆机这样的人，将温静姝的可怜和墨九的高傲一比较，同情思维就战胜了智商，下意识站在温静姝这边，对墨九的厌恶更胜了几分。

“看来巨子眼睛坏了，也没有收敛好性子。”

说到眼睛坏了，墨九就有些生气。

一个视力正常的人，永远不知视力模糊人的苦。

这陆机老人身为医者，不仅不同情，居然还幸灾乐祸！

太可恨了！他不仁，就别怪她不义了。

呵呵一声，墨九扯着唇角，捋着风雨帽下方的流苏，桀骜的样子，极其拉仇恨。

“我眼睛坏了，不算什么事，毕竟我又不是神医。只可怜的，有些神医，号称举世无双，连徒弟的嗓子都治不了——啧啧，带着治不了的哑巴徒弟四处招摇也就罢了，还坐得这么近，两个人眉来眼去、动手动脚的，这是生怕别人不知道你们两个有那种关系吗？”

前半句还好，后半句对陆机来说，确实歹毒了一点儿。

想他一辈子洁身自好，那次中毒后对温静姝的行为，偏偏让墨九撞见，也就成了他人生最大的污点——或者说，他为什么对温静姝那么好，就是因为对那次事情的歉疚。他又为什么对墨九那么痛恨，其实也因为那次被她撞见。

人的心理应激反应——对知道他丑事的人，下意识地厌恶，想要疏远。

不过，为了萧乾，彼此不亲近，好歹也不至于有互揭老底的仇恨。

陆机身为长辈，觉得教训墨九几句没有什么，根本想不到，墨九居然会在大庭广众之下，说出这样的话来。

一时间，他气急攻心，颤抖着手，指着墨九：“你，你——你个——”

“我？我？我怎么了，我？”墨九抬高下巴，那模样儿，老实说，连她自己看了估计也想呸一声，太招人恨了，一句句全是尖酸刻薄，“陆老先生哪，要想人不知，除非己莫为。你和你的爱徒做的那些肮脏事，我真不想说出来，怕脏了嘴。所以呀，你还是先教育好自己和你的爱徒，再来管教我吧。”

“你个女娃子，小小年纪，如此恶毒——”

“谢谢夸奖！你若再拦着我，会有更恶毒的。”微微一笑，墨九懒洋洋哼一声，“所以，还是麻烦陆老先生，闪开！让本公主过去！”

这是蒙合下旨后，她第一次自称公主。

没有想到，居然会是用在陆机的身上。

她其实也算无可奈何，可陆机，却被她气得差点儿晕过去。

“好，你好！走着瞧！”

她身后有墨家弟子，旁边有北勐守卫。

她马上要做苏赫王妃了，还是蒙合钦封的公主。

陆机能把她怎样？

牙齿一咬，他忍无可忍，冷不丁推开车门，迎着风雪拂袖离去。

他终是下不来台，不愿意当着面给墨九让道，所以——溜了。

但温静姝可以。她咬一下唇，探出头来，对车夫摇了摇头，摆手指向一边，示意他让路。在放下帘子之前，她甚至还对墨九恭敬地笑了一笑，这气度修养，简直让人不得不佩服。

是哑了之后，学乖了？

哦不！墨九不信这个女人会转性。

陆机有一句话，其实很对。

她墨九眼睛坏了没有变，哪怕瞎了也不会变。

那么，温静姝哑了，就会变吗？若会变，也只会变得更加狠毒而已。

车轮子碾在积雪上，吱呀作响。

墨九的马车一步一步逼过去，温静姝的马车一步一步往后退，直到退到门外的角落，让墨九一行人可以顺利通行，方才停下来。墨九没有放下帘子，一直盯着温静姝马车的方向，在与她错开而过的时候，对着那个紧闭的窗口冷飕飕地说了一句："如果我是你，会学乖的。至少可以留条命，在余生里，慢慢扎小人诅咒我，你说，对不对？"

车窗的那一边，静悄悄的，只有风雪声盘旋。

温静姝当然不会回答她，也回答不了她。

墨九一行人从苏赫王府到紫妍公主暂居的府宅，大概走了一盏茶的工夫。

两个府宅之间的距离并不太远，但路上积雪太厚，影响了行路，也就多耽搁了一会儿。

刚到府宅外面，车夫冷不丁吆喝一声，马车便停了下来。

墨九还没有下车，就听到外面响起苏逸清越的声音。

"南荣苏离痕恭迎赛罕公主光临舍下！"

早在一个时辰前，苏逸就接到了墨九要住进来与宋妍一起出嫁的消息。

与蒙合的口谕一起到来的，是万安宫里的一大群嬷嬷仆役。他们紧张地打扫院子，在屋子里置备家什，为墨九的院子披红挂彩，一应事务完全不假手于人，似乎根本就没有想到，墨九也就暂居一个晚上，完全用不着这样奢侈浪费。

不过——

看那阵仗，人人都知道，赛罕公主在北勐大汗心里的地位了。

所以，苏逸这一声似笑非笑的"恭迎"里，不无揶揄的色彩。

墨九听懂了，将风雨帽戴得严实了一些，才由玫儿扶着手。踏着木杌下了车，抬头看一眼领着几个南荣随从正在“恭迎”她的苏逸，唇角一扯，便是冷笑。

“相爷辛苦了，但外头风大，小心闪了舌头。”

“不会不会，苏离痕舌头生得紧得很。”苏逸微微欠身，似笑非笑地看她一眼，又是欠身一拱手，做尽了姿态，“赛罕公主，里面请。”

墨九嗯一声，挺胸抬头，踩过扫完积雪依然湿漉漉的地面，径直入了院子。

不得不说，北勐对南荣的招呼还是很够意思的，可谓尽足了地主之谊。院子面积足够大，也足够幽静，虽紧邻哈拉和林的热闹区域，却又互相隔离，有足够的私人空间，最关键的是，这所宅子背靠河流，上风上水，墨九随便一观，也知是一座风水府宅。

只不知，在他们到来之前，是谁的宅子？

苏逸领着她，有礼有节地迎了进去。

墨九也没有失礼，与他互相客套着，你一句我一句，那模样儿在外人看来，关系并不亲近，似乎还带了一点儿私怨。可他们二人心知肚明，这个宅子里的下人，在苏逸一行人没有住进来之前，就被安排好了。

从洒扫的，到做饭的，谁知道都有什么鬼！

里面有没有蒙合派来监视他们的人？

这种可能性，大得都不用脑子就能猜出来。

所以，在外面，两个人说话都很慬慎。

入了大院里，墨九让曹元领弟子先去自家的院子安置，自己则领着墨妄和玫儿，随了苏逸一起，先去拜访紫妍公主，也算是全一个礼数。

苏相爷一路含笑，翩翩有礼，惹得府中的小丫头春心乱蹦，小脸通红。

墨九冷眼看着他，嘿嘿冷笑，却没有多说，这状态一直持续到入得紫妍的屋子，门一关，她终于受不得了，瞥一眼苏逸，冷冷笑道：“相爷真舍得下血本哪，以国相之尊，四处勾搭小姑娘，也太兢兢业业了。不知这些日子，有多少无辜少女遭了你的狼手？”

苏逸眉眼飞扬，笑得坦然。

“巨子心思太重，让人不忍卒读。我苏离痕翩翩少年，淑女逑之，有何不可？再者，我奉献自己供人愉悦身心，这乃积善德，结善缘，哪有你说的这样龌龊？”

积善德，结善缘？

白他一眼，墨九就两个字：“呵呵。”

说罢，她抚着小腹大步越过他的肩膀，打了帘子往里走。

"妍儿，小妍！出来接客了！"

在里面"端着架子"的宋妍，早就听到她的声音了，不过她好像有一点儿害怕苏逸，在墨九没有招呼之前，她一直都没有吭声，这会儿听到墨九一叫，像憋不住了，飞快冲了出来，满脸喜色地拉住她的手。

"墨九，你终于来了。听得你要来，我就开心得不得了，一直等着……"

"那你不在外面迎接我？"墨九揉了一下不太舒服的眼睛，打量着她的住处，哼哼了一声，又不高兴地瞥她，"还有，听见我来了，也不出声，像一尊活菩萨似的，我怎么就没有感觉到你巴望着我来？"

宋妍张了张嘴巴，想要解释什么。

转瞬，她瞥一眼苏逸，又合上嘴，声音低得比蚊子叫还小："相爷不让出去，说不合身份。"

墨九哼哼着，摆手："别解释了，就知你心里没我。快来一口热茶，我快冻死了。"

"好好好，都给你备着呢。"宋妍看她不追究了，笑盈盈地唤了丫头小吟出来，上热茶，备暖炉，还有她从南荣带来的好东西，都一并搬了出来，招呼得好不热情。

墨九满意了。

大喇喇地盘腿坐上她的罗汉椅，守着面前烧得通红的炭炉，吃一口茶，墨九整个人就舒服自在了，搓了搓手，毫无形象地大赞："爽！"

其实宋妍没有迎出来，她当然知道为什么。

一南一北，两个人都是公主，谁的头低得多，都关乎国格。

她对宋妍好一点儿，迁就一点儿，那是待客之道，不会伤及脸面。可宋妍若是大老远地迎出来，那对于南荣来说，就失了国体，甚至有一点儿卑躬屈膝的意味了。

苏逸的顾虑是有道理的，但墨九和宋妍说话，不想他留在身边，索性借此不给他好脸。

"相爷，你可以走了。"

"又撵我？"

苏逸微微一笑，不仅不走，还大大方方地坐了下来。

"大冬天的吃茶取暖，这样的好事，我为何要走？"

墨九眼一眯："女人家说话，你在这儿，方便吗？"

"我方便哪！"苏逸眉目都带着笑，样子好不得意，"你可以当我不存在。我只负责吃，不负责说。"

“噫！”墨九看看他，又看看宋妍，眼神突然一冷，“相爷，你胆子挺大的呀，欺负我也就罢了，连你们自家的公主都敢欺负了？公主为尊，你一个外臣男子，没事往公主的闺房里凑什么凑？也不怕人家说闲话，影响公主闺誉？”

宋妍撇了撇嘴，像被说到了心坎上。

对着墨九幽幽一叹，言辞间，尽是苦笑。

“我还算什么公主！父母一亡，还有何人尊我？”

苏逸被她一噎，随即笑了：“公主说笑了，何人敢不尊公主？”

宋妍哼声，猛地看向他：“你呀，你何曾尊过我？从南荣出发到现在，有哪一件事你依过我？我每日的言行举止，哪一样不得听你的安排？哪一件事，不是你说什么就是什么？哪一件不是你说了，我就得照办？我根本不是什么公主，你才是爷！”

苏逸眉心一蹙。

被墨九冷飕飕的眼风一刺，他试图申辩。

可唤了一声“公主”，余下的话又说不出来了。

“不必欲言又止，相爷，我都懂得。”宋妍本也是一个洒脱的女子，忽遭此番变故，换了些性子，但骨子里也没什么变化。冷冷淡淡地看了苏逸一眼，她学着墨九的样子，脱掉鞋子，盘腿坐在罗汉椅上，把小毯子拿过来盖住膝盖，整个人暖和多了，又懒洋洋地笑。

“宋妍身不由己，相爷也身不由己。我们离家千里，本也不必客气说那些尊卑。便是说了，也闹不清谁尊谁卑了。宋妍如今还能落得一个栖身之地，还能有机会和墨九说说话，我知道相爷尽心了，你是好人。”

好人？

苏逸抿一下薄薄的唇，浅浅眯眸。

“公主，苏离痕身为人臣，做不得主的。”

“嗯。”宋妍轻轻抚平膝盖上的毯子褶皱，并不抬头，“你们的世界太复杂，我不懂，也没有想要懂得的心思。相爷回临安复命时，记得告诉他们，宋妍余生苟且而已，不必再挂念。”

不必挂念，潜台词——不必再想着害她了。

其实，千里迢迢从南荣来，宋妍始终觉得，能活着到达北勐，也算幸运。

依了谢氏歹毒的心肠，其实她一度怀疑自己活不到见着墨九。

那一路，她在紧张与仓皇中，整天忧心，几近崩溃。而苏逸虽然管她、约束她，但很多事情，也都在从大局考虑。在生活细节上面，他也不曾亏待她，一切按照公主的待遇给她。

至于她生气时说的“不尊重”，她何尝不懂？

一个人得有价值、有地位，才能得到别人的尊重。

一个什么都没有的女人，尊重，也是空话了。

“唉！”

不知谁叹了一声，一时无话。

三个人各有所思，茶香袅袅，居然静谧许久。

好一会儿，墨九轻咳一声，打破了寂静，冷不丁看向苏逸。

“相爷从临安带了多少人来？”

端着茶杯抬头一望，苏逸居然没有意外她的问题。

在宋妍困惑的眸子注视下，他回头望一眼帘子：“赛罕公主……”

不待他说完，墨九摆摆手，给他吃了一颗定心丸：“我师兄和弟子都守在外面，隔墙无耳，相爷但说无妨。”

苏逸迟疑一下，浅抿清茶，似在思考。

等放下茶盏时，他冲她比画了五根指头。

“五千人？”墨九点点头，表示知道了。

可她的眉宇之间，似乎皱得更厉害了。

苏逸疑惑地问：“看来巨子也看出来了，明日大婚不会太平静。”

墨九呵一声，浅笑，拿帕子拭了拭盯着炉火久了又开始流泪的眼睛，冷冷一笑：“我以为不是明日大婚，而在今天晚上。”

“今晚？”苏逸微微一惊，然后沉默。

冷风在吹，帘子摇动，屋中突然拂过一股子幽凉。

宋妍看看苏逸，又看看墨九，冷不丁打了一个寒战。

“你们是说，今儿晚上，我们会有危险？”

墨九与苏逸交换了一个眼神，眉心突然拧得更紧了。

昨天晚上还有今儿来之前，她和萧乾交流过对此事的看法。但目前，从苏逸的表情来看，她以为苏逸对此事的心理准备，似乎远远没有到达萧乾以为的程度。

苏逸太高估蒙合了！

实际上，也是如此。

在苏逸看来，在南荣与北勐还没有彻底翻脸之前，蒙合不至于对南荣来使和南荣公主做出太出格的事情来。甚至于，若非今日蒙合突然把墨九安置过来，他对这场大婚都不会有太多的担忧。

就各国目前的情况看，北勐骑兵虽然威猛无敌，但四处作战，战线拉得太长，一时半会儿未必会对南荣动手。不过，蒙合对于墨九的心思，苏逸已收到风声，见蒙合在大婚前一日把墨九安置到了宅子里，才猜测会有点儿动静，这才做了一些准备。

但即便如此，他以为蒙合要做的事，也不过仅仅为了墨九而已。

可如今一看墨九严肃的样子，他开始沉思。

“难道，巨子以为蒙合还有别的心思？”

墨九目光幽幽，突然冷笑：“蒙合爱女人，可以我对他的了解，他更爱江山。”

苏逸似乎悟到了什么，眉目一冷，脊背猛地僵硬了。

墨九慢慢转头，被炉火映得赤红的目光中，全是冷冽。

“相爷没有想过吗？也许蒙合缺少的，只是一个借口。”

挥师南下，必须要有一个万全的出兵借口，以堵世人的悠悠众口。此事，古来皆如此。任何一个国家要入侵另一个国家，都得打着正义的旗帜，找一个冠冕堂皇的理由，这几乎已经成了国际惯例。

北勐也不会例外。

蒙合要动南荣，也必须得有这样一个借口。

之前两国结为盟国，联合灭了珒。

如今后珒暂时臣服于北勐，四方各国都得看北勐的脸色，甚至南荣也主动让紫妍公主远嫁北勐联姻，姿态已经放得极低了。国与国之间，和人与人之间一样，伸手就打笑脸人，吃相也太难看了。

为了吃掉南荣，蒙合得找一个好借口。

为了阻止墨九嫁给苏赫，他也得找一个好法子。

那么，什么法子才是两全之策？

这个时候，他们还猜不到。

苏逸迟疑一下，警觉之心顿起：“苏赫王爷那边，怎么打算的？”

墨九摇头，抿嘴一笑：“他不让我操心。但我过来，也是因为操心你们。”

操心你们，四个字，让宋妍当即扁了扁嘴，突然紧紧握住墨九的手。

“墨九，他们是不是会杀了我祭旗……再出兵南下？”

墨九一怔，又笑着拍拍她的手，安慰她："话本段子看多了吧？不必担心，有我在呢，不会让你有事的。"

"墨九——"宋妍目中又浮泪光，却一句话都没有说。

两个女人身处他国，互相对视一眼，都有对对方的怜惜。

宋妍又看了苏逸一眼，见他没有说话，心里再次紧张起来，握住墨九的两只手都是冰冷的，脸上也满带忧色："墨九，那个苏赫王爷，咱们信得着他吗？他可是北勐人，是阿依古长公主的儿子，听说很得蒙合重用，他们是一伙的呀？！"

墨九很难解释清楚，只能紧紧回握她的手："小妍你放心，他绝对靠得住。就算他不管我，也得管我肚子里的小人儿不是？"

宋妍低头，看一眼她依旧平坦的小腹，突然松了一口气。

"你说得对，他不会不管孩子的。这样就好，这样就好。可墨九，若你没有办法管我，你就不必管我了。宋妍的生死已无所谓，你得好好活下去——我六表哥他，一定希望你好好活下去，幸福地活下去。"

看她兔子似的红了眼，墨九心里幽叹。

一个人要变得懂事，果然得先经历一些事。

以前的宋妍，何来为他人着想之心？

……又何来这般无所畏惧之心？

在南荣，她以前可都是横着走的人，如今流落他乡，竟落得这般下场。

想到谢氏，她眉心划过一抹冷色，房间里的气氛，也倏地紧张起来。

墨九看着窗户外面翻飞的雪花，突然抱紧毯子，冷冷一哼："所以我们不能干等着，得做点儿什么！"

"巨子有何打算？"苏逸小声问她。

"吃！"墨九说得很认真，"弄点儿吃的来，边吃边谈。"

苏逸愕然，竟说不出话来。

宋妍一听，却忍俊不禁："……你呀，还这模样儿。"

"人生在世，有命吃时，不吃如何？来，我们吃吃吃！"

吃东西可以让人心理放松，减轻负担，墨九是这样想的。而且，宋妍从南荣带来了不少好东西，那可都是在哈拉和林吃不上的，她怀着小人儿，早就馋得要死了，不趁现在吃，什么时候吃？

于是，玫儿和小吟两个丫头就忙活起来。

很快摆了满满一桌子，香喷喷，热腾腾，馋得人流哈喇子。

墨九搓着手，笑得一脸灿烂。

“太好了！小妍，我爱你！”

发表完了感慨，看苏逸也死皮赖脸地留下来吃，食量还挺大，她又气不打一处来。

“有些人哪，脸皮真厚，不是不爱吃吗？”

“是巨子说的，人生在世，有命吃时，不吃如何？苏离痕深以为然——”苏逸说到此处，像是想明白了什么，突然苦笑一下，夹了一块肉入嘴，“今日吃了，谁知明日，还有没有命吃哩。”

墨九抿一下唇，不知如何回复，只紧着嘴巴吃。

没有萧乾管束，她吃东西毫无压力。

三个人说了一会儿话，慢条斯理地吃着东西，一直吃到夜幕降临才收拾桌子。

然而——

墨家弟子严阵以待，苏逸带来的禁军也都打起了精神等着状况的发生，却什么事儿都没有。

狂风呼啸，白雪飞舞。

一切都很安静，府里的人，都在欢声笑语地准备明日的大婚之事。

这一回，墨九奇怪了。

难道他们想多了？蒙合根本就没有什么打算？

不！那个人阴险狡诈，越是平静，才越不正常。

吃过饭，苏逸下去安排晚上的值守去了，墨九一直陪着宋妍坐到亥时，实在扛不住了，上下眼皮打架，身子又乏得紧，不得不在玫儿的扶携下回了自己的院子，随便洗一下就睡下了。

蒙合下午的时候，其实派了嬷嬷过来。

可墨九的怪癖多，那些人全让墨妄给拦下了。

她好静，不准任何人进入她的院子。

当然，她处处防备，实则是担心这些人会对孩子不利。

这小心思，墨妄自然知晓。因而，对她的住所和吃食也极为小心。对蒙合派来的那些人，一概拒之门外，以赛罕公主不喜为由，远远安排他们去了府宅中下人的院子，不许他们打扰，只准他们明儿打早前来，为墨九梳洗上妆。

有墨妄在身边陪着，墨九睡觉也算安心。

今儿折腾一天，她倒在床上，很快就进入了梦乡。

怀孕真的能让一个女人变得慵懒，她睡得很熟。

半夜里，风更大了，雪花呼啸着似乎要把整个城市颠覆。天寒地冻的日子，屋子里烧着火炉，可被子里却没有了热乎劲儿。墨九有一点儿畏寒，到了冬天，整夜整夜手脚冰冷，有萧乾陪睡的时候，那男人身上都是火，她总能被他暖得透透的，这冷不丁一个人睡，迷迷糊糊中，就有些受不得冻，蜷缩着身子，慢悠悠醒转过来。

眼睛不好的人，耳朵就格外灵敏。

外面隐约传来的吼声，冷不丁就入了耳。

先是迷惑，再是发愣，下一瞬，她拥着被子就坐了起来。

撩开帐子，一股子冷风吹过来，让她打了一个冷战。

“玫儿！”

太冷了，她不想下床，冲着门外就喊：“玫儿你快来！”

小姑娘嗖一下就奔了进来，小脸儿上冻得通红。

“姑娘，你醒了？可是冷着了？”

墨九看着她的眼睛，侧了侧头：“你没有睡觉？”

玫儿摇了摇头，舔一下被冷风吹得干裂的嘴皮：“玫儿担心晚上出事，不敢睡下，一直在门口守着姑娘的。”

看她冷得直哆嗦，墨九有些心疼。

这个小姑娘，总能在关键时候让她感到温暖。

她摸了摸玫儿冰冷的脸，把毯子递过去，让玫儿披上，又侧过耳朵仔细倾听一下。

“外面出什么事了？好像有好多人，在吼什么？”

玫儿一怔：“好像有北勐兵过来了，让苏相爷开大门，苏相爷的人不让进，那些人就在外面喊打喊杀，好像要硬闯了——”

有人要硬闯进来？

在哈拉和林，还能是谁的人？

料想中的事，果然要发生了吗？

墨九紧张地哆嗦一下，飞快地套上衣服，却因为激动，连扣子都扣不好，还是在玫儿的帮忙下才穿上了。玫儿给她找来氅子披上，正要给她穿鞋，墨妄就叩响了门。得了墨九的允许，他大步走进来，手上拎着的血玉箫已出鞘，带着幽幽的寒光，闪了墨九的眼。

她眯眼："师兄，他们果然来了吗？"

墨妄看她紧张的样子，怕吓着她，低头看一眼，把箫中剑入鞘，这才点点头。

"小九，你料得不错，他们果然行动了。"

"是什么人？"

"怯薛军，要闯进来抓人。"

"抓谁？"

"苏相爷与紫妍公主！"

"啊！"

这是怎么回事？

墨九想了很多，却怎么都没有想到会这样。

苏逸堂堂南荣丞相，来到北勐，也算是使臣。

两军交战，还不斩来使呢，更何况盟国。

蒙合这样，搞的是哪一出？

墨九一肚子都是问号，墨妄蹙紧眉头，对她解释："这次事情大了。目前的情况，我也没有弄太清楚。只在他们的喧嚣中听见，说今夜苏相爷睡在紫妍公主的闺房，正和紫妍公主行那苟且之事，就被一个北勐的嬷嬷撞了个正着……明日紫妍公主与苏赫王爷大婚，今日晚上闹这么一出，北勐人觉得这个绿帽戴不得，非要苏相爷给个说法。"

什么？

墨九觉得世界幻灭了。

晚上一起吃饭的时候，她也在的。

苏逸确实小喝了两杯，宋妍也有沾一点儿酒。

但她离开的时候，他们两人都很清醒。

本来就没有感情的两个人，在这样关键的时候，岂会去乱性？

不对，这事完全不对了！

根本就脱离了他们原本以为的轨道。

墨九想着宋妍的一双布满愁绪的眸子，手指一阵冰冷，气得浑身都哆嗦。

"不要脸，这些人太不要脸了！"

低下头，她喃喃自语地骂着，像气得不行，从玫儿手里夺过鞋子，飞快地套上去，疾步往外面走。

"我得去看看到底什么情况！"

"小九不要去！"墨妄猛地拦在她的面前，神色很坚持，语调冷如风雪，"北勐人已经被激怒了，在外面喊开门捉奸的人，不仅有士兵，还有百姓。他们一致认为，南荣朝廷把不干不净的公主用来和亲，还让奸夫送嫁，是故意损及北勐颜面，此事已经上升到了辱及国体的高度。这会儿，宅子被围得水泄不通，老百姓被煽动了，嘶吼着闹事，一定要让苏逸和宋妍这对奸夫淫妇出去，自杀谢罪，甚至于——"

听他拖长着声音，似有犹豫，墨九神经突突了一下，手足更冰冷。

"甚至于什么？"

"小九，你是对的。"墨妄声音低低的，"群情激愤中，有人在撺掇士兵和百姓，一口一句，要让北勐的铁骑南下，向南荣讨回公道，让南荣给一个说法。"

果然，蒙合少一个借口吗？

很显然，被莫名其妙戴了"绿帽"的苏赫王爷，这一次不仅成不了婚，还成了蒙合出兵的理由——

果然够狠哪！

"师兄！"

墨九冷不丁打了一个寒战，又哆嗦着看向墨妄。

"可有看见王爷的人？"

看她瑟缩着身子，墨妄眉头微微一蹙。

大晚上的从被窝里爬起来，她又怀着身子，怎生受得了冻？

"不曾见到。"

他随口应着，把血玉箫系在腰上，蹲下身子拿着火钳子拨弄着火炉里的炭。

"小九过来坐着说话。"

任何时候，墨妄在意的，永远是墨九最直观的感受，一些细微末节的东西也不会错过。这样的小细节，落入墨九的眼里，让她微微一怔。盯着墨妄弯腰拨弄炉火的背影，再看一眼身侧搓着手的玫儿，墨九的心倏地暖和了。

这些人，都是她必须保护的。

当然也包括不知情况如何的宋妍。

不想让墨妄担心，她坐在炉火边，双颊被火光映得通红，目光却阴郁。

"今夜之事，若是蒙合临时起意，王爷可能会没有准备。"

顿一下，她又有些坐立不安了。

"不行，我得去看看宋妍……"

墨妄抬起头来，把火钳子靠在火炉壁上，一双眸子变幻莫测。

“小九，咱们现在管不了别人。我们只能先守好你。蒙合最大的心思，还在你的身上，谁知他下一步会有什么行动，至于宋妍，她贵为南荣公主，蒙合便要怎样，想来也不至于要了她的性命。”

“那可未必！”墨九扁了扁嘴，对蒙合此人的“狠绝”，已不敢往好的方面去想了。

“毁一个女人的清白，比要一个女人的性命可狠多了。这他都做得出来，一条人命在他眼里，又值得了什么？”

说罢，她拽着厚厚的大氅，又瞥一眼墨妄。

“如今看来，不仅宋妍的大婚搞砸了，王爷和我的婚事也跟着砸了。也就是说，三个人大婚这么隆重的一出戏，于蒙合而言，只不过是一场表演。他的最终目的，是为了吸引更多的目光，然后借机找一个最妥当的理由对南荣出兵。其实，他一开始，就没有想过我们的婚事能成，更没有想过，要给我们机会拜堂、成亲。若不然，也不会选在今天晚上行动——”

墨妄知道她想去帮宋妍，所以在找蒙合不会对她不利的理由。

“即便如此，咱们也没有办法帮宋妍了。从她到达北勐那一日起，就已是蒙合瓮中的一只鳖。或蒸或煮，早晚而已。不出这事，也会出那事……”

这一点，墨九认同。

可听着外面此起彼伏的吼声、喧嚣声，她知道时间不多了。

“我以为，蒙合此次，并不想针对我。”

“那为什么又非得把你弄出王府？”

“我猜，为了对付王府。”

“我怕，他想对付的不是宋妍，而是你——”

墨九抿了抿嘴唇，承认墨妄说得有点儿道理。蒙合不想让她嫁给苏赫，于是把她弄出了王府，本来想把她接入宫中，后来迫于无奈才让她住入宋妍的府宅。可若她入宫，自然就不会掺和到这些事情里来，只不过，若她神不知鬼不觉地消失了，苏赫也没办法吧？

蒙合到底打的什么鬼主意？

拳头微微攥紧，她知晓墨妄不会让她出去，但就目前来看，蒙合的怯薛军要入府来拿的人，只有苏逸和宋妍。那么，他们怎么能袖手旁观？

电光石火间，她想了很多。

一双映着炉火的眼，忽而明，忽而暗。

蓦地，她转过头去，目光炯炯地看着墨妄。

“师兄，你再去看看情况。我们有没有可能想法子把苏逸和宋妍弄出去？”

墨妄蹙眉道：“怯薛军围得水泄不通，他们想离开，怕是不行。”

“不行也得行，我们总不能坐以待毙吧！”墨九突然一咬牙，眸底闪过一抹坚定，“不管怎么样，我也得保护宋妍的。便是苏逸此人，他……也不该这样不明不白地死在北勐。”

保护，谁不想保护？

但这样的情况下，该怎么保护？

墨妄慢慢站起身来，正想出去看看，可刚刚打开门，便听见咻的一下破空声响过。他定睛一看，一支羽箭射在门上，箭尾的羽毛被风吹得呼呼直晃。

“谁的？”墨妄下意识站起身，飞快地过来，从门上取下了羽箭。

上面插着一张字条，上面的字体很熟悉——正是萧乾的字。

几行蝇头小字，写得很匆忙，但墨九看见，却大喜过望。

猛地将字条捂在胸口，墨九猛地抬头，一脸喜色地看着墨妄。

“王府果然不负我的信任！”

说罢，不待墨妄询问，她冷不丁开始大叫。

“快来人哪！有刺客！”

“杀人啦！有人刺杀赛罕公主啦！”

“兄弟们，快，抓刺客——”

在墨九的咋呼之下，她居住的院子很快就热闹了起来，墨家弟子一开始不知道怎么回事，一看墨妄的手势，又听墨九大喊，赶紧拿上武器，往前院人潮拥挤处冲了过去。

“抓刺客！”

“抓刺客哪！”

“有人刺杀赛罕公主！”

外面围着的怯薛军，原本是来抓苏逸和宋妍的，赛罕公主也没有人敢动。这会儿听见里面嘈杂起来，一群人在院子里疯跑，也不由得吃惊，加上看热闹不嫌事大的老百姓，身体挤了又挤，脚尖踮了又踮，这么大的风雪，也挡不住他们的热情。

于是，府宅外面那叫一个乱。

而府宅里面，搜寻刺客的人，也乱成了一团。

墨妄领着一群墨家弟子呼啦啦冲入南荣禁军中时，他们正与府宅外面黑压压的一群怯薛军对峙——围了个里三层外三层，南荣禁军一共也就五千人，还在人家的地盘上，若要硬打，肯定不是对手。

但这个时候，也根本无法理论。

他们除了拼死保护主子，也没有旁的办法。

大门一直紧闭着，怯薛军首领森敦在门外，似乎开始不耐烦了，正在搭梯子强攻。

南荣禁军自然也不能坐着等死——

不管打与不打，对他们而言，似乎都只有一种结果，成为某段历史上的一段文字——北勐苏赫王爷大婚前一夜，南荣丞相苏逸与紫妍公主苟且，引得北勐群情激愤，血溅府宅，此次事件，成为南荣与北勐正式开战的导火索。

“相爷，他们要攻进来了，怎么办？”

禁军统领按了一下头盔，向站在冷风中的苏逸请示。

苏逸抿了抿干涩的嘴巴，冷笑一声：“我出去受死，你们或许能活。”

“不！那怎么行？”禁军统领低吼一声，“我们一同从南荣来，就得一起回去。”

“回不去了！”看着这个情况，苏逸心里很清楚，墨九料准了，或者说，萧乾料准了——北勐需要一个出兵的借口，而他们的到来，成全了蒙合。

那日在苏赫王府，萧乾曾隐晦地提醒过，可苏逸没有想到……堂堂北勐大汗，会使出这样下三烂的手段。

果然男人得狠毒，才能成就大事吗？

他冷笑，徐徐抽出长剑。

“王统领，我带人杀出去，你趁机保护公主从侧门离开。”

“离开？”王统领微微一怔，“公主能去哪里？”

苏逸目光一侧，眉心拧紧。

确实，宋妍能去哪里？

北勐容不下她，南荣就能吗？

硝烟起，烽火燃，她确实无处可去。

“也罢！那便拼死一战吧！纵是死，也不能背上祸国污名！”

话音刚落，在长剑的铿锵声里，他听见了墨妄的喊声：“相爷！借一步说话。”

苏逸掉头一看，只见墨妄站在禁军外围。

两个人对视一瞬，苏逸走到了墙角。墨妄朝跟随而来的曹元使了一个眼色，而后匆匆走过去，对苏逸拱手，小声道："相爷，墨某奉巨子之命，前来相助。"

苏逸似乎有些意外。

下一瞬，他双眸微眯，突然又燃起怒火："这个时候，你们来凑什么热闹？！墨兄，你和巨子今日之情，兄弟承了，感激不尽。但我们已是走投无路，拼死一搏，也不过为全名声。你们，不必插手了——"

"相爷，巨子都安排好了。"墨妄走到他的身边，耳语几句。

苏逸听罢，吃惊地抬头："这样可会连累你们？"

墨妄紧紧抿着嘴，慢慢地抽出血玉箫："你不必想那么多，巨子说要救你们，那墨家就必须让你们活着离去。相爷按我说的，自去吧。剩下的事，交由我们。"

苏逸听着外面北勐怯薛军的吼声，喉咙哽了一下。

"可这样的情形，我如何能安然自去？"

"相爷！"墨妄目光一厉，沉了声音，"时间来不及了！快走！"

外面的喊杀声，已连成了一声。

大门被撞得咚咚作响，好像随时会被轰开似的。

"杀了奸夫淫妇！"

"大军南下，扬我北勐国威！"

"杀向南荣！"

"定要让南荣好看！"

各种各样的骂声传入耳朵，苏逸僵了一瞬，唉一声，重重叹着，对墨妄一抱拳，没有再说废话，领着一行亲兵近卫，掩入花丛绿树之中，往后院而去。

宋妍的房间里，和他离开的时候一样。

她坐在椅子上，手上握着一把寒光闪闪的长剑，除了手指在微微发颤，整个人似乎都没有挪动过。不过，她手上的武器，不像能杀人的样子，倒像她在随时准备自尽。

苏逸冲进去，凝眉看她一眼。

"公主！请跟臣下走吧！"

听见他的声音，宋妍抬头看去，突然苦笑一声："走？事到如今，我能去哪里？"

"公主先别管了，跟我来便是！"时间紧迫，苏逸来不及向她解释，听着外面震天的吼骂声，他飞快地抓住宋妍的胳膊，"咱们先离开这里再说。"

"墨九呢？"宋妍边走边问，一双眼四处观看。

"公主，这就是墨九的安排。"苏逸声音低低，脚步极快。

“我想见一见墨九——”宋妍无奈被他拖着走，一脸紧张与犹豫。

在这世上，除了墨九，她已经不再相信任何人了，包括苏逸。

“我们来不及找她了，而且——”苏逸看她一眼，“这个时候，大概她也不方便。”

不方便？这个时候，宋妍知道被人下了套，但具体情况，依旧弄不清楚，看苏逸说得很严肃，只得紧紧咬着下唇，由他拖着手，在一群禁军亲卫的护卫下，仓皇地跑往后门。

那里，有两个墨家弟子在焦急地等待。

“相爷，公主，你们可算来了。快些，来不及了。”

府宅的背面，靠着河流。

打开后门，就一道围栏，隔开的地方就是水面。

几乎就在苏逸一行人到达的同时，前门与怯薛军对峙的地方，突然传来一阵爆炸声。

火器的爆炸，带来的是冲天的火焰与黑烟。

这东西很新鲜，像焰火一样好看，砰砰飞向天际，惊了外面围堵的人……

苏逸看向天空，心里很清楚这是什么。

墨家曾经送过这样的烟火炮弹给朝廷。

看来，墨妄已经按计划开始行动了。

他在掩护他们，他也不能拖了墨妄的后腿。

回头看一眼那夜空中耀眼的火花，苏逸狠狠一咬牙：“走！”

门外冷风扑面，却安静得让他有些发怔。

原本以为，这里肯定会有一场血战的。

至少，会有怯薛军守卫吧？

他根本就没有想到，这里居然一个人都没有。

苏逸吃了一惊，那一刹那，居然有些犹豫。

怯薛军首领就算千虑一疏，也不会这么不小心的。

从这个情况看来，根本就不像围攻，而是有意给他们留出来的一个门哪？

看他站着不动，两名墨家弟子急了：“相爷，别等了，快走哇！”

苏逸眯眼看着墨家弟子身上一模一样的制服，一咬牙，终于不再多疑。

“兄弟们，速速上船！”

既然墨九都安排好了，他本也走投无路，除了依从，又能作甚？

拉着宋妍的手，他飞快地奔了出去。

靠近围栏的地方，停有两艘扯着篷布的小舟。

苏逸领着宋妍钻入前面一艘小舟里，几名侍卫随即跟上。

两艘小舟，无声无息地划向了河流之中。

夜风袅袅，冷雪扑着篷布咻咻作响。风中传来的爆炸声，清晰入耳，府宅外面的怒骂声，也一刻未停。

但河面上，却死一般寂静。

除了船夫划桨的水声，没有一个人说话。

渐渐地，小舟离河岸越来越远。

苏逸心里叹息一声，回头看一眼那天际的焰火，抚一下额头，这才认真观察小舟里的情况。

除了船夫之外，还有一个衣着华丽的男子，他正独坐在舟头，一只脚懒洋洋跷着，迎着夜风饮酒——苏逸不识此人，但观其眉宇，颇有些桀骜之气，凉薄而疏冷，一看便知，非寻常人也。

苏逸不顾小舟在水面上的晃荡，起身拱手："离痕多谢兄台相助，不知这位兄台，高姓大名？"

"呵！"那男子慢条斯理地侧过头来，扯着唇角一笑，"相爷大名，完颜修久已仰之！"

后肆完颜修？苏逸不由得一怔。

大半夜的，完颜修居然会驶了小舟来接他？

他们可没有这般交情。

"完颜国主？！此番……是为哪般？"

"还能为了什么？"完颜修自嘲一笑，突然抬起手腕将壶中的酒倒入喉咙，然后优雅地拂一下衣袖，一席话说得颇为无奈，"还不是墨九那个娘儿们，才能让老子大半夜出来吹冷风，干这种为人家擦屁股的事！唉！老子上辈子一定欠了她的……怎就混得这般凄惨了？"

这完颜修居然会为了墨九做这样的事？

可墨九一直在府中啊！

苏逸还是不太明白，完颜修却在这时慢悠悠地站起身来，潇洒地掸了掸袖子，将一壶温好的酒递给苏逸，顺便瞥一眼愣愣发呆的宋妍，然后哈哈一笑。

“行了，小舟快要靠岸了。美人先交给我，苏相爷自去吧，咱们来日有缘再叙！”

苏逸沉吟一下，没有反对。

他心里很清楚，自己得回南荣。而宋妍，已经回不去了。

看来墨九不仅为他安排好了，也为宋妍想好了后路。

南荣回不了，北勐待不下，她能去的地方——只有后珒了。

小舟靠岸，水波荡荡。

苏逸跳下船，站在冷风扑面的河岸上，看着等在此处的几名牵马侍卫，心里突地一片雪亮。

安排这一切的，根本就不是墨九，而是萧乾。

今日救他之人，也分明就是萧乾哪。

莫名地，他心里有一些烦躁，不想被人摆弄。

可事到如今，他又不得不受萧乾那厮摆弄，平白欠上这样大的人情。

叹了一口气，他看着似笑非笑却同样被人摆弄的完颜修。

“完颜国主，承你今日之情，苏逸只有来日再报了。”

“别了，不关我事。咱俩半斤八两，都差不多。”完颜修潇洒地摆摆手，让他不要啰唆，赶紧滚蛋。

苏逸眉目深了深，望向小舟的方向，向宋妍拱手辞别：“公主，保重。”

小舟里静悄悄的，宋妍并没有回答。

此一别，此生恐怕都已无法相见，又有什么可说的？

他们都是身不由己的人，在这处处是旋涡激流的恐怖浪潮里，只有随波逐流。

马蹄声嗒嗒而去，踩碎了夜空中飘落的飞雪。

完颜修极目看去，那一行人渐渐地变成黑点，越来越小，消失在天地间。

抿一下唇角，他慢慢回头，嫌弃地看一眼宋妍身上的衣服，蹙了蹙眉头，一不顾天寒地冻，二不顾人家是一个未婚姑娘，抬手一扯，就把她身上的外袍扒了，随手从地上捡起一个包袱，丢到她的身上。

“速速换上，跟我走！”

从事发到现在，宋妍的脑子都在发蒙。

知道这个英俊的男人就是后珒国主完颜修，她有些回不过神。

世事无常，变幻太快！

曾经的亲人，变成了仇人。

曾经的敌人，变成了恩人。

……这让她一时半会儿接受不了。

“还愣着干什么？不想活命了？”

对她，完颜修显然没有多少耐心。看她一个人咬着唇发傻，也不知在想什么，他冷冷嗤一声，拉下小舟的篷布，跨步上岸：“我在岸上等你，快些。”

宋妍眼一闭，看着手上丫头的服饰，来不及多想了。

“也罢！就当宋妍——从此死了吧。”

紫妍公主的府宅上，墨家人刺客没有抓住，却差一点儿引发了火灾。

不过短短半盏茶的工夫，整个府宅被他们闹得乌烟瘴气。

焰火一样的火器，噼里啪啦到处乱放，点燃了马厩的草垛，搞得人仰马翻，也引得冲入府中的怯薛军，为了避火炮，这里蹿一阵，那里蹿一阵，等杀出南荣禁军的重重包围，冲入宋妍的院子时，却只听见她的丫头小吟在悲呼。

“公主自杀了！”

“快来人啦！紫妍公主自缢了！”

死了！

宋妍自杀了。

人就吊在横梁上，一条白绫结束了人生。

那么苏逸呢？

怯薛军像无头苍蝇似的，四处搜寻。

可夜风凉凉，府中到处火星点点，哪里还有苏逸的人影。

得到消息的怯薛军首领森敦，紧急入宫面见蒙合大汗。

万安宫中，一片灯火通明，蒙合还没有睡下。

此时，他独坐在大殿之上，喝着热茶，正在等待森敦的结果。

看他入内，蒙合一双眸子冷飕飕地看过来。

“事情都办好了？”

森敦低头，将情况简单地禀报了一下。

“属下无能，请大汗责罚。”

“墨、九——”蒙合犹自念着这个名字，阴鸷的眸子闪了闪，突然刀片似的剜向森敦，“我让你在事发时，给她以羽箭传话，诱她逃出府去，再捕之，另行安置，你可传到了？”

森敦的头垂得比之前更低了，仔细看去，脑门儿上都是冷汗。

“回禀大汗，属下遵照大汗的吩咐，给赛罕公主传了话。可公主她……似乎不为所动，也不信大汗会真的为难于她，她根本就没有趁机逃离出府，反倒是——”

“是什么？”

“是，是苏逸他——”

看他欲言又止，蒙合啪一声拍桌子，急眼了：“快说！”

“是！”森敦声音紧张得有点儿发颤，“回大汗，属下按大汗的指示，给赛罕公主留的门，留的舟，本欲诱她离府，可……可想不到苏逸却借了这个空子，从府中出逃，属下中了他的奸计，竟是……竟是失了手。”

“你说什么？”蒙合噌地站起身。

怒目望着头也不敢抬的森敦，他突然疾走几步，猛地拔出挂在墙上的马刀。

“这点儿小事都做不好，留你何用？”

刀光一闪，森敦猛地闭眼，身体一动也不动。

“大汗饶命！属下已派人去追，想来苏逸逃不远的——”

“哼！”森寒的刀锋擦着森敦的鬓角掠过去，吓得他心脏紧缩，可蒙合虽然怒气未消，到底收了刀，铿一声丢在地上，指着他的脑袋，怒不可遏地吼。

“追！马上给我追！追不到人，你提头来见！”

原本是一石二鸟之计，结果竟然让苏逸钻了空子跑了。

这对于蒙合来说，简直是奇耻大辱！

怒气冲冲地坐回椅子上，他看森敦匆匆离去，森冷的眸子一眯，又有些坐不住了。

思忖片刻，他像突然想到了什么似的，猛地站起身。

“来人，备马——”

紫妍公主的府宅，早已乱成了一团。

蒙合骑马赶到的时候，萧乾也正领着人匆匆赶来。

长街尽头，雪尘滚滚，两批人马，甲冑鲜明地伫立在风雪之中，与四周喧闹的人群一起，正好直面。萧乾远远地看见蒙合的马匹，状似吃惊的样子，急急跃下马来，上前拜见。

“大汗，臣弟听闻公主府里出事，赶紧过来看看。没有想到，竟是惊动了大汗——”

蒙合骑在马上，任由冰冷的风雪刮在脸颊上，眼睛注视着萧乾，一眨也不眨。

一个在马上，一个在马下。

两个男人就这般僵持在风中，久久没有声音。

两侧站满的北勐将士与随同而来的臣子，静静地等待着，心如擂鼓。

久得像天地都在等待中变了颜色，蒙合才倏地笑了。

“苏赫，是汗兄不好，此事，让你受委屈了。”

蒙合为他找来的王妃，又给他戴了一顶绿帽，这件事明面上看，确实是苏赫吃了大亏。

萧乾微微抿唇：“臣弟无碍，倒是让大汗挂念，心有不忍。”

“唉！”蒙合突然重重一叹，摆手让他起身，然后悠悠地问，“南荣欺我至此，我们岂能坐视不理？这一次，定要让他们好看，知道什么叫老虎的屁股摸不得。”

这蒙合大汗说话，常有粗野之语，大家都见怪不怪了。

但这一句话可不一般，一出口，就惊了一地。

老百姓吼“打南荣”，士兵喊“打南荣”，那也都只是嘴上说说而已，当不得真。

可北勐大汗当着众人的面儿，亲口说要让南荣好看，那事情就不一般了。

几乎刹那间，硝烟味就从他的话里被点燃。

一些聪明的臣子和将士，当即呼啦啦跪下。

“大汗英明！南荣欺我，不可坐视也！”

一声既出，众人响应。

雪地上，像饺子下锅似的，一片一片的人跪倒在地。

“请大汗下令，铁骑南下，杀向南荣！”

“请大汗下令，铁骑南下，杀向南荣！”

整齐划一的喊声里，天际似有闷雷般的声音轰然响过。大汗有了意向，臣子当然都得附和，这种遭天恨的杀戮行为，自然也得由他们来谏言，为大汗分忧，解大汗愁烦，这才是身为忠臣该做的事儿。

蒙合脸上阴沉不定，听着此起彼伏欲攻打南荣的声音，好一会儿，视线危险地浅眯着，再一次慢悠悠地转向了萧乾，他的面孔依旧平静。

“苏赫，你的大婚，看来得推迟了。”

国事与家事，一相比较，当然国事为重。

而且，一个公主都已经没了，他还怎么举行大婚？

总不能一边办丧事，一边办喜事吧?

这样的结局，萧乾早已料到，并不奇怪，只低头抱拳拱手："但凭大汗吩咐！"

蒙合静了静，像是为他鸣不平似的，怒哼一声，突然拔出马刀，对着跪地的一众臣子，冷声嘶吼道："南荣辱我至此，有违盟友之道，实乃为天不容也。从今日起，我北勐与南荣割袍断义，势不两立。"

说罢，顿了顿，他冷冷的目光浅眯着，又看向萧乾。

"镇南大元帅苏赫听令！"

"臣弟在！"萧乾沉声回应。

雪光中，蒙合的面目有些模糊，声音却冷得如同腊月的冰霜，几乎冻结了天地。

"现敕封你为征南大元帅！三日后，点兵南下，不得有误！"

萧乾心里咚一声，似有什么重物落了地。

慢慢地，他仰头望向蒙合，或者说，望向那一片沉沉的夜空。

"臣领旨！"

萧乾神色沉肃，声音哑而刚硬，似敲击的洪钟。

一阵冷风吹过满带硝烟的大地，在雪光中，他的影子被拉得很长。

淡淡清辉，皎皎月色，冬日的风中，拂过来的除了凉意，还有森森的杀气。可他的血液却滚烫地沸腾着，沸腾着，似要冲破胸膛而出，傲啸向天际之外。他知，前方的路已划出了方向，哪怕荆棘遍布，哪怕烽火四起，也再无法阻止他的马蹄，去踏出一个更为安宁和乐的世界。

这一日，是景昌元年冬月二十六。

墨九的火器在哈拉和林爆炸，引全城围观。

南荣的紫妍公主，死在了她的临时府宅，没有留下只言片语。

而她传说中的"奸夫"丞相苏逸，仓皇逃离哈拉和林。

举世瞩目的一场大婚，变成了一场闹剧，以北勐和南荣的战争拉开序幕而结束。

这一日，离北勐大军南下，也仅仅十日之久。

第十二章　问鼎天下，此心昭昭

南荣景昌元年腊月初一。

天破晓，城门开，北勐骑兵即将南下的消息，就从塞外八百里加急传到临安。

飞雪连天，西湖冰封的帝都，一石激起千层浪。

年底了，寒冬腊月的季节，根本就不是打仗的好时机。从来没有一场侵略战争会选在这样的时节。尤其北勐主力为骑兵，战马要吃要喝，这个时节冰雪覆盖，绿草皆无，他们大军开拔，长途跋涉，本就累赘，能带得了多少粮草？

若非情报准确无误，这样的消息，一定会成为笑话。

此时，临安城的百姓，正在备办屠苏酒、爆竹烟火、扎灯表演，等着过一个热闹而祥和的大年。哪承想，会有这样的变故？

欢欣期望，一夜成愁！

从朝廷到民间，人人措手不及。

安逸享乐的日子，谁不愿意？

一旦开战，哪里还有宁日？

霎时，战事的愁绪就冲淡了过年的喜气。

与战争消息同时传来的，还有另外两件事。

一是紫妍公主自缢身亡。

另一件便是丞相苏逸与公主有“奸情”以及苏逸的逃离。

对于第二个消息，虽然在北勐人人都深信不疑，但南荣人在这样的时候，从皇帝到下臣，都不会有人相信。稍稍有点儿脑子的人，都可以联想到这件事与北勐南下的阴谋脱不了干系。但作为当事人，苏逸还没有回到临安。他从哈拉和林逃离之后，也一直没有消息传来。不过，与八百里加急传递情报的驿兵相比，他一路有追兵，需要留心之事颇多，脚程上自然会慢上许多。

对于第一个消息，南荣朝廷一片举哀。

公主出塞，代表国格，她死得这样不明不白，那是狠狠扇了南荣一巴掌。

事态紧急，南荣朝廷一面积极备战，一面象征性地给紫妍公主办了一场丧事。

丧礼并不隆重，只宋熹下了一道圣谕，谓之："国有战事，一切从简。"也由此，将紫妍公主的无辜死亡与对北勐兴兵南下的仇恨联在一起，文臣洋洋洒洒写出了无数锦绣文章，将北勐的暴政、残忍、贪婪、屠戮、借事兴兵一一揭露，激发了南荣军民共抗外敌入侵的激昂热血。

丧钟长鸣，天下举哀。

公主之殇，必以血偿。

节日的浓郁气氛，被丧事吹淡了。

然而——

令南荣朝廷没有想到的是，紫妍公主的死激起的反抗气势，很快就变了风向。

一日接着一日的大雪，将北勐南下的消息从临安城吹拂到了南荣的各个角落。北勐人被人刻画成了茹毛饮血的野兽。他们抢粮食、奸女人，无恶不作。一种极为酷烈的形象，以铺天盖地的流言方式传播着，让南荣的整片天空，都蒙上了一层褪不去的阴霾，似世界末日一般，紧张、悲凉。

还未战，士气已低迷。

慢慢地，临安城的大街小巷，旧话又被重提了。

——萧乾诛，萧氏亡。

——萧氏诛，江山亡。

这两句话，曾经于萧氏五百余口在刑场伏法时，被广为传诵。但人死茶凉，慢慢地也就淡了，百姓过上了自己的日子，也就把萧家忘到了脑后。可战事一起，原本萧氏一门就是武将世家，从萧乾往上，萧乾的爹、萧乾的爷爷，萧家的祖祖辈辈都上过战场——

然而，他们被灭族了。

有人说，是萧氏怨气不散，借由北勐杀回来了。

神鬼之说，不胫而走。

人们紧张起来，变着各种版本，将神神怪怪的言论随着飞雪四处传播。甚至有有心之人，将之编成民谣，唱得童叟皆知，唱得人心惶惶，唱得南荣似乎已无敢战之将，唱得金銮殿上的宋熹大发雷霆、拍案骂人。

可防民之口，难于防川。

区区流言，南荣朝廷竟无力阻止。

这样的一股子哀凉之风，对南荣的打击是巨大的。

军心涣散，那就是露败之相啊！

为此，朝堂上下，一片愁云惨雾。

北勐欲灭南荣，入主中原，问鼎天下，此心昭昭。

但南荣积习的养士之风以及推崇文道，加上内部数十年党争和对武将的压制，让南荣这个国家早已变成一个最为富饶、最为文明却也最为懦弱的“恹恹大国”。

突然而来的危机，让南荣这一批养尊处优的王侯官宦第一时间想到的，就是向北勐求和。

从盟友，变成求和。

这样的谏言，宋熹没有接受。

景昌元年腊月初二，宋熹开始调兵遣将，准备御驾亲征。

举朝上下，一片哗然，皆称万万不可。

宋熹心意已决，次日上朝，以翰林学士朱光启为右相，以淮西宣抚使张成仁为枢密使，急调信州、江州、黄州、扬州等地兵马，于京畿大营集结，共备精兵约八十万，准备北上。

同时，景昌帝亲自手书圣谕一份，从临安出发，紧急发给汴京守将古璃阳，敕封古璃阳为镇北大将军，令其守好北勐南下的第一个堡垒汴京。随圣谕而去的，还有数不清的金银珠宝与美人，并许诺无数。

对宋熹这道圣谕，众臣多有不解。

古璃阳乃萧乾旧部，汴京部众也多为萧乾北伐时留下的旧人。

萧氏一门灭族之后，古璃阳虽然没有背弃南荣朝廷，可到底会有离心之意，还许他这样多的金银珠宝，岂非养虎为患？

然，宋熹一意孤行。

于他而言，对古璃阳赏与不赏，都不会改变结果。

那些长期滞留汴京的兵马，原本就已经离了他手。

与其在北勐南下之时，未战先逼人反，不如先行安抚。

北风呼啸，寒气逼人。

马蹄声从城门处，渐渐远去，带着临安圣谕，飞往了积雪覆盖的北国。

南荣宫中，寒风萧瑟，天际却有一抹罕见的晚霞，从白雪皑皑的瑞兽屋脊上方洒下来，衬着这一座古老而巍峨的华丽宫殿，死一般寂静，也晃得那个坐在廊前的男人眼睛微微一眯。

“李福！”他坐了许久，突然低低地唤，“茶来！”

“喏，陛下。”大太监李福小心翼翼地拎着一个长嘴茶壶，为皇帝续上热水，又低眉垂目，默默地退下去，生怕打扰了皇帝“赏雪的雅兴”，遭到他的责罚。

然，皇帝并没有注意到他。

他浓眉微蹙，幽凉的眸子浅眯上扬，一直看着覆盖在房顶上的积雪，看大雪与宫殿融为一体，整个人似乎已经脱离了这个世界，看见了一番惊艳的盛世美景，唇角居然一点点拉出了一个古怪的笑容。

“听说你眼睛坏了，回到南荣，可能看见这样的美景？”

不知他在说什么，李福隐隐把话入耳，肩膀不由得哆嗦一下。

这个皇帝越发古怪，也越发难伺候了。他平常不与人亲近，除了上朝和臣工议事时正常一点儿，一日里也难得说上几句话。可今日天光大好，他竟不顾外面的国忧，一个人坐在这里，拉了椅子来赏雪，还自言自语。

李福心里想：许是被北勐南下的消息刺激得不正常了吧。

唉！他不由得一叹。

过惯了安逸的日子，无人不喜平静喜乐。

哪怕他只是一个太监，也不想兴兵苦民。

可这场仗，硝烟已起，只在早晚了。

李福正寻思着，肩膀处忽有一股冷风袭来。

他本能地回头一看，却见谢皇后穿着一件雪白的狐皮大氅，拎了一个紫檀木的食盒，一个大大的肚皮把衣裳撑得高高隆起，看得他触目惊心，生怕触上她的身体。

惊了一惊，他赶紧欠身施礼：“娘娘——”

谢青嬗抬手阻止他的请安，就站在木栏外面，看着皇帝的身影。

待了许久，没有见到宋熹回头，见他似乎根本不察她的到来，谢青嬗抿唇一笑，方才让李福扶着，走到他的背后。

“陛下，天这样冷，回屋歇着吧。”

宋熹眉心微微一蹙，沉寂一瞬才慢慢回头，温和一笑。

“皇后怎的来了？”

腊月了！

离谢青嬗生产的好日子，也近了。

寻常日子里，宋熹都不许她走出宫门，遑论这般雪中行走了。

他叹：“说过好几次了，天冷路滑，要仔细身子。”

谢青嬗温婉一笑：“宫人把积雪都扫过了，我不怕的！”

“扫过，路也滑。”

“臣妾知晓陛下担心，可是——”谢青嬗扶住他的肩膀，慢慢躬身为他理了理披在身上的厚重外袍，满带怜惜地说，“臣妾也忧心陛下呀。战事频传，国事操劳，你这身子本就不好，还一直吃着药呢，我怎放心你一个人？你看，我特地为你炖了汤，要不要进屋尝一尝？”

宋熹微微眯眸。

白亮的天光中，谢青嬗沉浸在光影里的脸，格外温柔敦厚。

可当她的呼吸轻轻拂过他的鬓角时，却让他身上有一种凉凉的痒。

像什么尖刺挠入了骨头，让他不适，却无法去挠。

他慢慢牵着她的手，从椅子上站起来，微微一笑。

“手这样凉，也不多穿一些。走吧，陪你回宫！”

“好。”谢青嬗看他接过食盒，唇角不由得噙上一抹笑，侧眸看过去，“多谢陛下体恤。”

“应当的。”

“这汤臣妾炖了一个时辰呢。”

谢青嬗说着，眉眼飞扬，可宋熹一双寒澈的眼，却让她身上一凉，像被冷水泼过。哪怕两个人离得这样近，也无法为她带来多少暖意。

这个男人对她不错，一直都不错。尤其在她怀孕之后，更是照顾周到，宠得如珠如宝。可这样的珠、这样的宝，她很清楚，不是她要的，都不是她要的。

他离她这样近，却又隔她这样远。

他的身上，永远像裹了一层坚冰，从来没有为她打开过。

她是他的皇后，她是他的女人。

可她却被他狠心地隔绝在了他的世界之外。

谢青嬗并不了解宋熹。

以前不了解，现在更不了解。

就论这一场战事，她听说他在大殿上大骂臣工，拍案生气，可回到宫中，他却可以这样悠闲自在地看雪赏景，喃喃自语，甚至于，她竟从他的侧脸上看见了一丝笑容，一抹由衷的笑。

那笑，在他听到她出现后消失了。

取而代之的，是一种让她又酸又涩的笑。

满满的压抑。

这压抑，让她心里有一种委屈，随时都想破喉而出——

让她想大吼大叫，想摆脱这种夫妻恩爱下，千年也不会融化的坚冰。

可——她什么也做不了。

她是南荣皇后，端庄雍容的南荣皇后。

谢青嬗到了怀孕后期，反应本就强烈，这样心潮起伏不定，整个人就有些不好了。一颗心怦怦直跳，面色变得苍白如纸，差一点儿踩到拖曳在地的裙裾跌倒——

“呀！”她惊叫。

宋熹眼明手快，及时扶住了她。

“皇后脸色不好，可有哪里不适？”

谢青嬗勉强一笑，手慢慢抚上高隆的小腹，略带娇羞地抿唇。

“还不是肚子里的小皇子在折磨他母后。”

说到孩子，她的眼睛明亮而纯净。

宋熹一怔，突然挪开眼，似不忍对视，将视线看向她小腹。

“这孩子，还真是皮实。等他出来，看我不教训他。”

听他用这样清越的声音说到他们的孩子，谢青嬗脸上终于恢复了一些血色，带笑看着宋熹，似要穿过他幽潭似的眼，看清他此刻心里所想——到底是他的孩儿，还是塞外茫茫白雪中，那一个根本就不属于他的女人？

然而，宋熹俊朗的容色中，并无情绪。

他尽责尽职地扶她回宫，唤了宫人前来为她御寒，泡热水。可把她安置好，看一眼窗外呼呼吹过的北风，沉默一刻，他就坐不住了，说有正事要做，温情脉脉地叮嘱了宫人几句，要他们照顾好皇后，而后就要离开。

“陛下——”谢青嬗咬住下唇，“再陪我一会儿，好吗？”

宋熹的双眸，比冬雪还要凉寒几分，眉是凉的，眼是凉的，嘴唇也是凉的，那两汪潋滟的波光中，荡出来的视线，没有一丝温度，哪怕他其实已经很努力为她蕴起一抹笑意。

“皇后，我尚有要事处理——”

看着他为难的脸，谢青嬗轻轻带笑。

“就一会儿，一会儿就好。我想和你说说话。”

她一瞬不瞬地盯着他，固执的样子，像一个要糖吃的孩子。

这么久以来，她其实难得这么任性。

可她的娇气，并没有让宋熹留下来。

他默叹一口气，反身回来，站在她的面前，抬了抬手，似想抚一下她的头发，可手伸到半途，又落下了，出口的声音，也满带疲惫。

“午后我还要去京畿大营，你知晓的，朕要御驾亲征，要务紧急，实在陪不得你了。你若烦了，便差人唤了母后过来，陪你说说话，或去后院的温棚之中，赏一赏花草，逗一逗鸟儿，可好？”

“好吧。”谢青嬗点点头，强颜欢笑地凝视着他冷寂的眼，“可陛下，我头发乱了，你走之前，可不可以帮我梳一梳？”

梳头、画眉，乃夫妻闺房秘事，古时女子最喜为之。

但她含羞带怯地说了，宋熹的眉心，却笼起了一层轻波般的愁雾。

她看不穿，也看不透，却看得懂他的不愿与拒绝。

“我实在来不及了。”宋熹解释完，沉默一瞬，突然重重一叹，似乎不想再隐瞒那许多，索性坐了下来，“皇后，你怀着我的孩儿，我愿意好好待你，在我可以给你的范围之内，不论你要什么，做什么，我都可纵容于你，给予你最大的恩宠。然而——”

他幽眸微沉，眉头轻皱，似在笑，可神色，更像自苦。

“违心之事，朕办不到。”

违心？

梳一下头，又如何违心了？

一个男人，一个帝王，为了一个女人，何至于此？

想到他对墨九的好，想到他对墨九千方百计的保护，谢青嬗心里的恨意，几乎冲破了理智。可拳心微攥，她却什么都说不出来，喉咙口像被什么猛兽咬住了，痛得窒息，却发不出一个音调。

沉吟良久，她才习惯地点头，对他微笑。

“那——陛下去吧。”

宋熹轻轻拥她一下，身影消失在她的寝宫外。

只余她一人，坐在那里，像一尊不会融化的冰雕。

呵！

轻轻地，她笑了。

“都说帝后恩爱。可不爱着吗？”

此爱，非彼爱。

谢青嬗心里清楚，有恩，却无爱。

自从她怀上孩儿，他们就不曾有过床第之欢。

他说太医嘱咐，怀了孩子得禁房事，可她哪会不知，他对她并不喜好。

于一个女子而言，没有比丈夫不愿与她行房更伤心之事了。

若说谢青嬗唯一的安慰，便是宋熹虽不与她行房，身边也无旁的妃嫔。

谢皇太后曾经对此颇有微词，认为皇室得开枝散叶，不能独宠一人。但宋熹一句话就堵了她的嘴。谢青嬗的孩子是谢氏的，若其他妃嫔也诞有皇子，说不定又是一个兄弟相争的局面。既如此，何不等谢氏的孩子大些，再说这事？

想想他还年轻，谢皇太后也就睁一只眼闭一只眼了。

于是乎，谢青嬗也就成了宠冠南荣后宫的唯一的女人。

可这个时候，安静的寝殿里，望着被冷风刮得呼啦啦响的窗纸，这个后宫第一人满目凉寒，手指紧攥着，像一个被人遗弃的孩子，红通通的眼睛里，几乎要掉出泪来。

“溱兮！”

“奴婢在。”

一个瘦小的姑娘从帘闱后走出来，喏喏欠身。

“娘娘有何吩咐？”

“去！”谢青嬗抚着隐隐不适的小腹，“叫太医过来。”

襟兮一惊，应了声“是”，又抬头：“娘娘身子不舒服，可要去叫陛下回来？”

“不必了。”谢青嬗摆了摆手，慢慢地合上灼烫的眼睛，“一个懂事的妻子，是不能在丈夫为政事忧心的时候，前去打扰他的。”

懂事！

谢青嬗一直懂事！

可此时这懂事，让她像一只隐忍已久的母狼，恨不得饮谁的血，扒谁的皮，一种急欲发泄的愤恨情绪左右着她的神志，让她恼意冲天，又不得不为了孩子强压下去，终究也什么都没法做，只柔声吩咐襟兮：“顺便替我把书案上的信送出去！”

襟兮眉心一蹙，突然有些害怕这样的谢青嬗。

她的脸色，狰狞得像一只恶鬼。

每次看见发狠的她，襟兮的血液都会被冻结，脊背发凉、紧绷。

不敢不从，她乖顺地低头：“奴婢遵命！”

临安的风雪吹不到哈拉和林的街头，但南北两个帝都的形势，却有异曲同工之处。

紧张、低压。天空下，像浮动着什么亢奋的因子，又像有什么逼仄的气息笼罩在人的头顶，怎么都拨不开。

不过，比起南荣人的颓靡，北勐人的紧张却都是被热血冲击出来的。

入主中原的野心，非一朝一夕了。多年来，他们屡战屡胜的光辉战争史，也让他们的信心膨胀到了极致。举国上下，对于南下之事，一片叫好之声。游牧的北勐人，本就好战，与江南烟雨杨柳依依中长大的温婉南人不同，他们想要的东西，都愿意用性命去争、去抢、去夺。那一个惊人的盛世南荣，他们已经觊觎了一代又一代，终于就要为此而战了，那壮士断腕的决心，又当何等坚决？

天色渐暗，风凉透衣。

夜幕下的棱台坊上空，炊烟袅袅——

几日前的大婚，出了那样的事情之后，墨九离开了紫妍公主住过的“不祥之宅”，又载着她的嫁妆，领着她的弟子，拖着她没有用完的火器回到了苏赫的王府，照旧住进了这个有着大戏台子的棱台坊。

对她的行事，蒙合没有干预。

包括那天晚上墨家抓刺客闹出来的事，也一概没有追究。

战事当前，一切小事都化为了无。

而且，蒙合从敕令苏赫统兵南下之后，对与苏赫有关的事情，都相当纵容。

不管是调兵遣将的外事，还是与私人感情有关的内事，他一概不正面参与。

那一副信人不疑的贤君样子，任何人看了，都觉得他要放手让苏赫去干了。

可风平浪静的日子，反倒让墨九的心悬着。

她不懂战争，却大抵也知，冰天雪地的季节，太不适合打仗了。

冷！天太冷了，呵气成冰，说得更难听点儿，撒一泡尿出去，一瞬间就能冻结了，仗怎么打？

可萧乾这些日子整日忙碌着，脚都不沾地，几乎天不亮就出了府，回来时已积雪覆盖，夜幕深沉，而她也早就沉入了梦乡，很难把这些忧心的事告诉他，反惹得他分了心。

她信他，自有打算。

所以，哪怕担心，她亦是不问。

他怕她担心，亦很少提及。

每次回来夜都深了，他不想扰她睡眠，常常和衣躺在她的外面，将她轻轻搂住，好几次墨九半夜醒来，看他大半个身子都凉在被子外面，简直心疼不已。为此，不管多晚，她都要为他等待，为他留一盏灯火。

无奈之下，萧乾倒回来得早些了。

但事情还是太多。

在这紧张备战的几天里，两个人鲜少交谈。

今日的天比往常更冷，看夜色沉下，萧乾依旧没有回来，墨九忧心忡忡，一时心血来潮，便挽了袖子亲自下厨，要为他做一些好吃的。灶上帮工的墨家弟子，看她过来，怜她眼睛不好，都有些紧张，但她精气神好得很，不许任何人帮忙，愣是自己一样一样做了出来。

她就是一个不肯服输的女人。

莫说只是视力下降，就算眼睛全瞎了，她也必须活得像墨家的九爷，而不是一个要人照顾的柔弱女人。

然而——

忙碌了足足一个时辰，她费尽心机折腾出了一桌子菜，没有等回萧乾，却等来了完颜修。

本来苏赫王爷的大婚没有了，完颜修就要走的。

但那时北勐到处抓苏逸，形势极为紧张。

为了保护宋妍，哈拉和林这个最危险的地方，反倒安全一些。

于是，完颜修又留了几日。

可再过两天，北勐大军就要南下了，他再留在这旋涡之地，就不合适了。

故而，他今日是来向墨九辞行的。

一个人漫不经心地步入棱台坊，他像个自来熟的主人，带着一抹徐徐的清香，东看西看，那风流倜傥、俊美的模样儿，实在招人稀罕。

王府里的小丫头，眼神都挪不开。

可墨九看见他的第一眼，却皱紧了眉头。

“它三舅，你是不是又胖了？”

打扮了好一番才过来辞行的完颜国主，闻言脊背一僵，整个人都不好了。

可瞪着一双眼珠子，看墨九半眯着眼的可怜样子，他摇头叹了一口气，哼一声坐下，又看向桌子上的美食，稍稍得了一些安慰。

“念你眼神不好，又为我备上了美食，我就原谅你吧。”

“……”墨九坐在他对面，偏着脑袋，仔细又瞅他几眼。

“不对呀，确实胖了！我没有看错。”

完颜修搓搓手，不客气地夹一筷子菜：“说了你眼神不好！还犟什么！”

“好吧。”墨九挑了挑眉头，不与他争执了，眼风却往他背后的帘子看上一眼，“你一个人来的？”

“都说你眼神不好了，你还不信。”完颜修声音淡淡，揶揄之意极为讨厌，“除了我之外，你看见哪里有人了？废物！”

平常这般被嗤，墨九肯定要还嘴的。

可今儿她突然低头沉默了。

好一会儿，完颜修都被弄得心惊了，才听她小声咕哝：“你要走了？”

“嗯。”完颜修勾唇，“舍不得我？”

“……”墨九眉心轻拧，“我想见见她。可以吗？”

这几天，一直在哈拉和林做客的完颜修来探访过墨九两次，但每一次他都是自己来的，不管墨九都望穿秋水了，也没有领宋妍过来见她。这让墨九很沮丧，可她心里清楚，宋妍“刚死”，这个时候确实不适合出来招摇过市。

但哪怕明白，她心里还是难免不悦。

宋妍此去，何时能再相见？

有好些话，她还想告诉宋妍，还想叮嘱宋妍呢。

看她闷闷不乐的样子，完颜修心里一叹。

尽管这很残忍，但他仍然得拒绝。

“人都给我了，为何你要看，我就要带给你？没这道理。”

这个人好事都做了，可嘴就是臭！

墨九知他所想，抿了抿嘴，只得作罢，抬袖拿筷，往他的碗里夹了一些菜，声音柔软了不少：“那就拜托它舅了，一定要帮我好好照顾她。这个姑娘命苦，遭此变故，去了阿嘞锦，也是无依无靠一个人，唉！”

一想到此，她就唏嘘。

没有家的人，一生在外都颠沛流离。

哪怕完颜修会给她一个金窝或银窝，恐怕也意难平了。

“照顾她？你可真能想啊。”完颜修俊眉斜飞，一双眸子里满带郁气，筷子敲得啪啪作响，“我说墨九哇，你把我当你家的仆人了？想怎么使唤，就怎么使唤？这件事，老子把头拎在手上，啥好处都没有得到，也就罢了，如今还帮你把人带去阿嘞锦，这样的大恩大德，从此该脱手了吧？怎么听你这个意思，再往后，我管她吃管她喝，还得管她心情？”

墨九微微一怔。

看他满脸憋屈的样子，她忍不住轻笑。

“谁叫你是我狼儿的三舅！”

“哼！少来！”完颜修阴恻恻眯眼，一副傲娇的样子，语气极为不耐，“不要以为我不知道你这个小娘儿们在想什么。”

“……”墨九扁嘴，“它舅！”

“莫叫它舅，叫它爹都没有用。”

“你做不成它爹了呀，狼儿它娘已经死了！”

“墨、九！”完颜修咬牙切齿，“你把老子当成什么人了？”

“它舅哇！”

看着她娇憨装傻眨眼睛的俏模样儿，完颜修翻了翻白眼珠子，心又软了。可一转瞬，这厮也不知想到什么，冷笑一声，复又拿起筷子，幽幽地叹了一口气，似笑非笑地："你这个娘儿们就是胆大、心黑，还歹毒！你以为老子没事儿就往这里跑，是为了什么？"

"哦？为了什么？"墨九看他认真的样子，想笑，想逗他。

"嘿嘿！"完颜修突然回头望一眼门帘。

风悠悠然，屋子里就他俩，连伺候的人都下去了。

他唇角一扬，冷不丁凑过头去，轻佻地凝视墨九。

"明知老子想睡你，你却给我装傻充愣。墨九，要我照顾她，我可不答应。除非，你让我——"

房门虚掩着，帘子受风而动。

在一片暖黄的火光中，墨九被完颜修色眯眯的眼神一瞅，脸立马一沉。

"让你怎样？"她冷声呵呵，挑高纤细的眉梢，"是不是让你睡一回？"

"……"完颜修哑口无言。

遇上墨九这么一个女人，他觉得自己有时候真的很倒霉。

这到底是他调戏了她，还是被她反调戏了呀？

"你能不能像个正常妇道人家，假装受一点儿惊吓，再掩口娇羞地轻斥：你个死鬼，讨厌得很，看我不撕烂你的嘴！"

"啧！我没那么虚伪，毕竟你长得这么好。"

墨九耸一下肩膀，慢吞吞地站起来，走到案几旁，抽出一把玫儿削过果子的匕首，在铜制的熏香炉上擦了擦。听着那铿铿的声音，她满意地坐回来，把玩了一会儿匕首，看着那冰寒闪闪的光芒，笑得那叫一个妖媚。

"其实我家王爷老不在家，我也闲得慌，如果你真有什么想法的话……"

她飞一个冷眼，将刀尖往前送了一寸。

"也不是不可以的，试试？"

"别呀！你这样残暴，不好！温柔一点儿，嗯？"完颜修慢吞吞伸出一根修长的手指，把她的匕首往后推了推，又看一眼墨九似笑非笑的眸，还有那一双因为被烟熏过，似乎蒙上一层水雾，影响了视线，却美了许多的眸子，沉默一瞬，哀怨一叹。

"你说老子上辈子是不是欠了你的呀，墨九？"

炉火红彤彤的，映在墨九娇媚的面容上，格外美。

她眉头轻蹙，看着完颜修，许久才微微一笑。

"也许，这就叫缘分。"

"缘分？"完颜修摸着鼻子，忖度片刻，自嘲一笑，点点头，"兴许是吧，被人折磨也要讲缘分的，没缘分，谁巴巴来折磨咱哪！"

说着说着，他视线落在了墨九取匕首时的案几上，也看上了陈放在上面的两坛梨觞，狭长的眼微微一眯，他怔了片刻，突然一扫先前的愁烦，哈哈大笑几声，就恢复了完颜国主独有的从容与潇洒。

"我说它娘，我人都要走了，你得请我吃一壶吧？"

顺着他的视线望一眼，墨九眉心轻拧。

这两坛梨觞酒，自从苏逸带过来，她还没有动过。

当然，主要因为怀着身子，萧乾不许她吃，也确实吃不得酒。

看一眼完颜修馋涎欲滴的样子，她微微一笑，开了一坛梨觞，拿了一个温酒的酒壶过来，倒入酒液，在炉子上温好了，才为完颜修倒了满满的一碗，放在他的面前。

"好了，请吧！"

"我说墨九——"完颜修惊异地看她，而后又低头看一眼略带温热之气的梨觞，勾着唇角戏谑一笑，"你没有舍不得吧？这梨觞可价比千金，有钱难买呀！"

"它舅说笑了！身外之物，我有何舍不得的？"墨九瞅着他的眉眼，一字一字，说得很认真，"比起你我的兄妹情分，这世上再珍贵的东西，也不过凡物罢了。"

完颜修正要抬腕喝酒，闻言，突然噎了一下，像被呛住了，咳嗽不已。

掏出巾子抹了一把嘴，他斜眼看过来："老子不爱听这话呀！"不待墨九回应，他叹息一声，又将余下的一大碗酒，统统灌入喉咙，然后把碗重重一放，拿一双热辣辣的目光望向墨九，像是恨不得用视线穿透她的骨血似的，一席话说得似嘲似讽又似玩笑。

"我说我想上你吧，你说你非得拿我当哥，这就欺负人了呀。"

墨九窘迫地翻一个白眼。

"你他娘的非得说这么直白吗？"

听她爆粗口，完颜修嘿嘿一笑，将目光停在她娇俏的脸蛋上，忍不住又摸一下鼻子，做风流倜傥状。

"不直白一点儿，我怕你理解不了什么是爷们儿。"

说完，他自顾自拿过温好的酒来，为自己满上。

再一次，半碗梨觞灌入口，他咂咂嘴，似满意了。

“这回仔细品了，确实是好酒，总算不负我这番漠北之行啊！”

想到他千里迢迢而来，也许有自己的政治目的，是为了解决上次因为纳木罕的叛变与北勐之间的矛盾，但他也确确实实在蒙合的眼皮子底下，帮了他们一个大忙——能保全宋妍，不论对萧乾还是对她，都属大恩。

而这个男人不知从什么时候开始，已经不再是敌人了。

故而，在离别之际，不管他说什么，墨九都说不出太过冷漠的话。

她不自然地笑了笑，习惯性浅眯眸子看他——为了视野更清楚一点儿。

“它舅，我这人不说虚的。在我心里，真把你当亲哥。”

“滚你！”完颜修低头喝酒，俊美的容颜隐在灯火里，像一尊古色迷离的美玉雕成的，光彩照人，艳色可鉴，就是说出来的话，还是那个在沙场上练就了一身铁血、也习惯了粗犷人生的完颜国主。

“说你墨九是个聪明的女人吧，有时候真的抬举你了。说你这人傻吧，你又猴子似的，精明得紧。”

被他的比喻逗笑了，墨九扑哧一声，抿了抿唇。

“此话怎讲？可有什么说法？”

“那当然——”完颜修抬了抬袖子，又来拿酒壶，一股子好闻的酒香就那么传入墨九的鼻端，伴着他徐徐出口的声音，她的神经放松了许多。

“一个聪明的女人，懂得掌控男人，利用掌控男人的契机来达到自己的目的。你说你吧，手上攥着多少人的心哪？南荣宋熹，北勐蒙合，还有你家三爷我……这么多男人，哪一个不能为你带来一般女人穷尽一生都得不到的荣华富贵？再说得难听一点儿，你若愿意，就凭着这个本事，也能祸国殃民，得到你想要的任何东西了。然而你什么都不做，非得把人推得远远的，多少次被整得死去活来，也不屑低一下头，你说你是不是傻？”

“……”墨九翻白眼，“说得你们男人都傻子似的，由着我摆弄？”

“嗯。至少我傻。”完颜修眼眸一眯，凑过脖子来，“我由着你摆弄，来不来试一下？”

“滚！”

“不试一下，你怎么知道，我比你那个王爷功夫如何？万一我比他厉害，你不亏大了？”

“不要脸！”

"哈哈！"完颜修手指撑一下额头，邪眸浅眯，又笑着继续解释他的话，"说你这个人傻吧，你确实也不傻。这些男人哪一个都不是省油的灯，你也吃不下。嗯，好好守着一个，保护好自己，与别人都划清界限，不做那水性杨花、朝三暮四的妇人，反倒更让人惦记，恨不得把心都掏给你——所以嘛，你又不傻。"

"得了吧！"墨九似笑非笑，"好话歹话都被你一人说尽了，我都不知道自己到底傻还是不傻。不过它舅，不管我傻不傻，我墨九都记着你这份恩情。将来有一日，你若有求于我，我墨九赴汤蹈火，在所不辞！"

"真的？"完颜修吃了几碗酒，脸上已有红润。

那眼神轻轻瞟过来，迷离、深邃，看得墨九突然有点儿不自在。

"君子一言，驷马难追！我什么时候说过假话？"

"那好！"完颜修的酒碗蹾在桌上，砰一声响，"我现在就有求于你。"

"嗯？"墨九微眯眸，迟疑一下，"你说。"

完颜修唇角上扬，眉目斜飞，掠出一抹漫不经心的笑，那浅浅淡淡的表情，似轻慢随意，又似蕴了什么化不开的情意，就那样直直地传入墨九的眼里，伴着一室清冷，没有太严肃，也没有太玩笑。

"我想睡你。"

"啊？"墨九忍俊不禁，"服气了，换个玩笑，行不？"

"谁有闲心和你玩笑？！"完颜修呵一声，笑容不减，"反正你睡过的男人也不少，多我一个又如何？再说，明儿你三爷就走了，山高路远的，再往后何时能见，就不晓得了。人生无常啊，墨九——今日你见我意态闲闲喝美酒，明日也许我就醉死马下，魂飞天外了——"

"越说越不像话！"墨九瞪他，"少说这些邪的。"

"邪什么邪！有酒当醉直须醉，有美能睡就得睡。"他笑着，又瞄她，"你说也奇怪，多少小娘们儿求着老子睡，老子不爱睡。你吧，越不让老子睡，老子就越想睡你，想得心尖尖都酥了，好多次都想着你……"

"停！"墨九听不下去了，虎着脸，"你喝多了。"

"……哈哈哈！"完颜修看她脸上隐隐的嫣红，大笑起来，敲了敲桌子，"就喜欢看你这副模样，明明羞臊得不行，非得装出无所谓，明明心柔似水，偏生说自己是爷。墨九，你知道啥叫真正的爷们儿吗？"

笑盯着她，他逼得墨九这般窘迫，似乎真的情绪很好，唇角上扬着，都是揶揄：

“能让你在榻上哭爹喊娘惊叫求饶的，那才叫爷们儿。你呀，不行——”

墨九抿着嘴角，冷冷盯他，唇角一扬。

“你完了！我家王爷回来了。”

“嗯？”完颜修似不信，盯着她的眼，“完个鸟，老子怕他不成？”

这个家伙的酒量不咋的呀。吃几碗就醉了，还是在借酒装疯？

墨九看他这样子，有点儿哭笑不得。

咳一声，她朝他背后丢一个眼神，抿唇不吭声。

完颜修狐疑地看着她，按着太阳穴，慢悠悠地回过头。

果然，虚掩的房门被人推开了，门口站着的人，一袭黑袍半湿，头上戴的毡帽上还有未来得及融化的雪花，冷眸阴鸷似枭，面色冷沉得好像从地狱殿里闯出来拿人的黑脸判官。冷森、肃杀，寒气逼人。

“嘿！”

嗤一声，完颜修笑了。

“回来得好，要打一架吗？”

萧乾冷冷看他：“不打。”

“哦！”完颜修抬抬下巴，“算你识相！”

“我不打人，只杀人——”

“呃！正好，我活得不耐烦了呢！”完颜修轻扬眉头笑着，话还没有说完，眼前一抹黑影闪过，速度快得像鬼影似的，不待他看清，就被萧乾拎了胳膊，一把拖了出去。

“王爷！”墨九一惊，飞快地站起身来，就要追出去。

门口的萧乾猛地转身，黑着脸吼她：“坐回去！”

“……”墨九怔住。

平常萧乾很少对她黑脸，都是哄着宠着，多久没有见过他这样了？

男人吃起醋来，真可怕呀！

这天，仿佛要塌了。

墨九被萧乾的样子吓了一跳，赶紧解释：“王爷，我和他没有什么的。他也就开开玩笑。”

“闭嘴！没你的事！”看着她单薄的身子和那一双雾蒙蒙的眼睛，萧乾的语气又软了许多，叹了一声，摆手，“外面冷，你怀着身子不要出去。男人间的事，男人自会解决！”

“……”

墨九了解萧六郎什么脾气，哪怕满肚子的担忧，还是默默点头，慢慢地坐了回去。

这个时候，她确实不适合去掺和。

萧乾有一句话说得对，男人的事，得男人自己解决。

她如果冲出去护着完颜修，本来他们没什么事，也像有事似的。

更何况，她心里也清楚，不管萧乾嘴上说得有多狠，也不可能真的会把完颜修怎么样。他清楚他们之间没有什么男女关系，在宋妍的事情上，他又欠了完颜修一个人情，而且，为了这种事杀人，那气量也太小了。

只不过，今儿完颜修出言调戏她，还刚好被他撞见，换了任何男人都忍不得，他们两个出去打一架，只要不闹出人命，那也没有什么稀奇的。

这个时代的男人，都有一股子侠野之气。

打架不过是他们宣泄的方式，打完了，该怎样还怎样。

想明白这些，墨九长吐一句气，看着那一坛没有喝完的梨觞，舔了舔嘴巴。

“都是你坏事儿啊！”

梨觞香醇、甘美，不上头，可酒劲确实比普通的粮食酒厉害了许多。完颜修先前一半酒意，一半离别的情绪，说出那些话来，半真半假，她不想往心里去。可入了耳，又难免有一些受影响。

没有心情吃东西了，她让玫儿进来收拾好，就扶她回房了。

一个人斜靠在榻上等着萧乾，盯着一盏孤灯，不知不觉间，她瘫软在榻上，就睡了过去。

这一觉，睡得不太安稳。

迷迷糊糊中，她做了一些怪异的梦——

在梦中，完颜修笑盈盈地在她面前，开着玩笑，一直逗着她。突然一把寒光闪闪的大刀砍了过来，直接砍在他的脖子上。他双眼一瞪，未及反应，就倒了下去，鲜血从他的脖子上汩汩流下，淌在墨九的鞋尖上，吓得她心脏一阵紧缩，大声喊他的名字。

可不待她喊出声，画面突然一转。

她的面前，变成了萧六郎的脸，那是一张俊美的脸，没有毁去容色之前的脸，美得令她惊喜，也美得令她窒息。然而——他却冷冰冰地看着她，一点儿温情都不见。

他问她，为什么要和完颜修行那苟且之事？为什么要背叛他？

她一直摇头，说自己没有。可他似乎不信，一步一步地逼过来，一把将她发软的身子拎了起来，丢在榻上，然后扒了她的衣裳，按住她就直直闯了进来……

“啊！”

从一晚的迷梦中惊醒，墨九惊得猛地坐起。

一口气喘了好半天，看着窗口大亮的天光，好一会儿她才反应过来，这只是一个梦。

这也太荒唐了吧？

她怎么会做这样怪异的梦？

“我去！”擦着额角的汗水，她突然失笑不已。

居然在梦中和萧乾行了一晚上的夫妻之事。

难道是她久没有做那事，突然来了情绪，发了梦癫？

嘘！摇了一下由于睡姿不对酸涩不已的头，她正想掀被下榻，突然觉得身体有一点儿不对劲——那不可描述的感觉，很真实地来自那个不可描述的地方，就好像那根本就不是一个梦，而是她真的被萧乾给做过一样。

飞快地低头，查看了一下，她无语了。

“……”

她的裤子上，沾了一些不该沾的东西。

大概怕吵醒她，萧乾并没有为她换过，只拿布巾擦拭了一下。但从他做下的现场来看，他顾及她的身子，并没有真的做成实事，不过，他肯定有借用她的身体舒缓自己就是了。

说来，这都不算什么，憋了这么久，他总有情切的时候。真正让她无法解释的是，她为什么睡得这么沉，完全没有在清醒的状态下感觉到这个过程？而且，她怀着身子，萧乾一定不会对她做什么激烈的运动。但他如果没有，她为什么身上酸涩，就像真的做过了一样，还从梦境中真实地还原了一个那样的现场？

“活见鬼了呀！”

想半天不明白，她叹了一口气，坐在被子上躬身找鞋。

鞋还没有拿到手，她像想到什么似的，脊背一僵，冷不丁顿住。

不对！这个诡异的梦和她诡异的身体感应合在一起，太熟悉了！

曾经她和萧乾身中云雨蛊时，也曾有过这样的梦境出现，不是吗？

过去的时间太久，久得她都快要忘了云雨蛊的存在——

今儿突如其来的一遭，与以前的云雨蛊感应，相似得让她不得不深思。

不会是云蛊又回去了吧？

要不然，她好端端地为什么做那样下流的梦？

“嘶——奇怪了！”她又仔仔细细地检查了一遍自己的身体，确认除了感受不适之外，身上并没有什么伤痕以及受过糟蹋的样子，肚子里的胎儿也没有半点儿异样。

长长地舒了一口气，她拍拍额头，起来唤玫儿准备早膳。

“王爷什么时候走的？！”一边吃着东西，她一边问玫儿。

“天不亮就走了！”玫儿小心翼翼地看她，突然吐了吐舌头，“姑娘，你是不是气着王爷了？”

“怎的这样说？”

“他走时，脸色不好看，可吓人了。”

“哦。”墨九咬着筷子，眯了眯眼，“欲求不满吧？”

“……”玫儿羞红了脸，“姑娘，人家还小。”

“小？都知道想男人了，还小？”墨九白她一眼，从玫儿的形容里，想着萧六郎生气的样子，脸到底是怎样一个黑法。想着想着，不由得又想到昨夜他突然闯进来拎走了完颜修的事儿，再结合那个梦，突然脊背生凉。

不会真的出啥事儿吧？

她又偏头问玫儿：“王爷去了哪里？”

对她的询问，玫儿有些吃惊，反问她：“除了去营里，王爷还会去别的地方吗？”

墨九望一眼白亮亮的窗户，点头一叹：“也是，他多忙啊，哪有闲心去杀人？”

“……杀人？”玫儿吓了一跳。

“呃！你不懂。赶紧收拾东西吧！”

再隔一天，北勐大军就要誓师拔营，出征南荣了。这样紧张的时刻，萧乾的忙碌可想而知。这样的时候，他根本就不会有心力去在意别的事情。所以，他回来了，也没有吵醒她，更没有让她解释昨夜和完颜修的事情。

也许，他也不需要解释吧。

她墨九是什么样的人，他还不了解吗？

一个人胡思乱想着，离别的情绪慢慢就入了脑。

完颜修要带走宋妍了。

而她和萧乾，也要离开哈拉和林了——

这一次萧乾领兵南下，当然不会把墨九一个人留在蒙合的老巢里。按两个人之前的商议，萧乾会带她一道南下，先将她安置在阴山一段时间，等北勐大军拿下汴京，渡过汉水，就送她回她的老巢兴隆山暂居。

不过，大军一旦开拔，一切行动都是未知。

计划也远远不如变化快，谁知道将来会遇上什么事。

墨九早就习惯了颠沛流离，哪怕怀着身子，也没有什么可惧的。

世事就这般，每日睁开眼，就有事情要去面对，遇上什么解决什么就好。

故而，对于即将南下的行程，她一直很淡定。

喂饱了肚子，她匆匆洗漱一下，在棱台坊看了一会儿墨家弟子收拾行李，又揉着酸痛的脖子和腰，顶着风雪回到卧房，开始掀被子查看那一张床。

越看，越想，越奇怪！

越想，她越想不明白——

正一个人低头思索着，就听见墨妄略带紧张的声音从外面传来："小九，你在里面吗？"

被他的声音一惊，墨九回神："在的，师兄进来吧！"

得了允许，墨妄很快打了帘子进来，脸上那一抹焦急还没有褪去。

"……完颜国主那边有消息传来，说他在城外摔了马，怕是性命不保。"

"什么？！"墨九一口气差点儿提不起来。

完颜修这一生有大半的时间都是在马上度过的吧？他居然会落马，还被摔得性命不保？

这种可能性，比喝冷水呛死还小！

墨九心底沉沉，想到那个梦，紧张得手都攥紧了。

可千万不要是萧乾干的呀！

不对不对！以她对萧乾的了解，大不了打完颜修一顿，绝对不会上升到要他性命的地步。

这中间一定有什么猫腻。

她一时想不明白，也没有时间给她多想。

这个狼儿它三舅，出了这样的事，她必须得去看看。

"师兄！"心情沉重地唤着墨妄，墨九几乎没有考虑，就提着袍角往外去，"快！带我去看看。"

“小九，你慢着些！”墨妄抱起她的狐皮大氅，追了出去。

完颜修从后珒带过来的侍卫人数不多，加上他的仪仗一起，估摸着也就数百人。墨九乘了墨妄安排的马车，快马加鞭出城，行了不足五里路，就到了完颜修落马的地方。

后珒的侍卫，都还留在原地。

黑压压的人群，将一辆坐辇围在中央。

墨九视力不好，下车就跌跌撞撞地奔过去，人还没到，声音就叫开了：“你们完颜国主呢？他怎么样了？”

“巨子来了！”一个侍卫模样的人走过来，对她的到来似乎并不意外，冲她恭顺地行了一礼，指了指那辆被侍卫围在中间的宽敞坐辇，“国主跌落下马，伤势很重，当场便晕了过去。这会儿人在辇上，医官正在为他诊治。”

“我可以去看看他吗？”在人家的地方，墨九得征求同意。

“当然。”那人在前面引路，“巨子这边请——”

墨九稍稍眯了眯眼，迈开脚步——

那一层层围得密不透风的后珒侍卫，闪到两侧，为她留出了一条路。

墨九从中穿过，刚走近完颜修的车辇，马上有侍卫躬身放好马杌，侍女也上前打了帘子，倾身相扶。墨九抬眼往里一望，就看见了坐在辇中、紧紧闭着双眼的完颜修。

他气色很差，一脸苍白，身上还有包扎的痕迹。

看来确实伤得不轻啊！

车辇中的医官看她在外面等着，低头就拎着药箱出来了。

墨九心下焦急，没有多想，就踏上了马杌。

“完颜修——”

她低低地唤着，轻轻触碰他的肩膀。

“你摔到哪里了？”

他没有回答。这时，墨九身后的帘子，一下子就放下了。

一股冷风袭来，让她条件反射地回头看了一眼。

帘子闭合了，车辇中只剩他二人。

她抿了一下唇，再回过头来，却正好对上完颜修陡然睁开的眼。

"狼儿它娘，你来了？"

他清亮的目光中，似乎带着一抹若有似无的戏谑，笑起来的样子很好看，也非常讨打。

"你骗我？"墨九上下打量着他，马上就知道自己上当受骗了。一颗悬在喉咙口的心，在落下去的同时，又气又恨，要不是身子不方便，她真想暴揍这厮一顿，"看来你昨儿没有挨王爷收拾呀，胆子越发大了！"

"你想多了——"完颜修邪邪抿唇，慵懒地躺着，抱着双臂看她，"凭什么就认为，挨收拾的人一定是我？"

"嗯？"墨九奇怪，"难道王爷没有揍你？"

"当然——揍了！"完颜修眉梢一扬，"不过我也把他揍了。"

"明白，你俩互揍！"墨九点点头，一脸淡然，"可你们互揍关我什么事？有气朝他撒去，为什么骗我来？"

"不为什么，三爷就想看看，如果我要死了，你会不会为我担心？"

完颜修懒洋洋地躺着，那似笑非笑的样子，对墨九来说，确实太拉仇恨了。想她在这样大的风雪中，从温暖的房间里匆匆忙忙赶路前来喝冷风，还一路为他忧着心，祈祷着他不要出事，结果他却给她搞这么一出令人哭笑不得的把戏，也真真儿够让她生气了。

"你多大了？"她瞪他一眼，"怎么像个小孩儿似的？也不嫌臊得慌！"

"臊什么臊？"完颜修斜眉入鬓，说得异常得意，"我是把你的人骗来了重要，还是尽顾着脸面重要？"

"好吧，算你有理。那么请问完颜国主，你骗我来，究竟为了哪般？"

"多简单哪，不就想在走之前，再看看你呗。"完颜修说得理所当然，就像墨九这个人是他想看就看、愿想就想的女人一样，那一副嘚瑟的样子，让墨九不知该气，还是该笑。

"幼稚！"她冷斥一声，"好了，你看完了，我该走了。"

说着，她就转身要去撩帘子。

背后却传来完颜修讨打的笑声。

"你舍得走？"

有什么舍不得的？墨九哼一声，不语。

完颜修盯着她瘦削的脊背，眼睛微微一眯，眸色突地变得深邃了许多，就连声音也低沉得不若他平常的玩笑，严肃得总算有一个后珒国主的样子了。

“人都来了，你就不想见见她吗？”

她？她是谁？

心里咯噔一下，墨九怔了怔。

她冻得僵硬的身子，刹那间就回暖了。

原来如此——

完颜修以身涉险摔下马去，搞这么一出苦肉计骗得她来，只是为了给她一个见宋妍的机会。他知道她想与宋妍道别的渴望，于是，用自己的危险来成全她的心愿。局势太敏感了，也只有在这样的情况下，她来见宋妍，才不会被人发现。

双眼突地一热，她真诚地笑说：“它舅，谢谢你！”

“少他娘的说这个，老子不爱听！”完颜修突然有些生气，却不知道气从哪里来，“你有心说谢，还不如再诚恳一点儿，陪老子睡一觉！”

又来了！又来了！

墨九扯了扯嘴角，实在有些无奈。

可同一个梗听的次数多了，也就少了尴尬，添了笑料。

因为完颜修再说这句话时，也真的只剩下玩笑了。

她俏皮地眨一下眼：“行啊，下辈子你早点儿排队，也许有机会。”

“说得好像你下辈子还是香饽饽似的。哼！下辈子三爷兴许就不乐意睡你了。你想睡我，也得看老子有没有兴趣。”傲娇地嗤完墨九，他懒懒抬手，掀开车帘，对着外面喊了一声，“伊里，拿个毯子进来。”

“喏！”

外面响过清脆的女声。

墨九心里一窒，手指微微一卷。

那熟悉的声音，可不就是宋妍？！

这个完颜修，为她改个名不奇怪，可他真打算把她当丫头使唤哪？

她直勾勾望向完颜修，眼睛里写满了疑问。

完颜修挑一下眉头，看明白了她的意思，唇角邪邪一勾。

“她吃我的饭，穿我的衣，不做些事情，难道就坐享其成？哪有这样的道理！”

“她好歹是公主，你就不能——”

“不能！”完颜修打断她，“后珒没有这样的公主。”

“……”墨九心疼宋妍，声音放得更小，“她吃你多少粮食，穿你多少布料，花你多少银子，全都由我来补给你……”

“不行！”完颜修拒绝得不留半分情面。

“你……完颜修！”

“我在呀！”

“你又不缺钱，何必呢？”

“谁说老子不缺？！”

“我说我补给你。”

“我为什么要使女人的钱？”

“我……”墨九终于被他堵得没了言语，可不等她再抢辩出口，帘子就开了。

宋妍上来，慢慢蹲身，将手上的毯子搭在完颜修的膝盖上：“墨九，我没事的。”

“小妍！”墨九上前，执了她的手，“怎么几天不见，你就瘦成这样了？”

宋妍摇了摇头，那张脸憔悴得都尖了，双眼也略有凹陷，一片灰暗，两只黑眼圈大得哪里还有昔日的公主风采？再加之穿了一身灰扑扑的丫头衣服，未施粉黛，未有配饰，简直与之前的紫妍公主判若两人，要不是墨九与她熟悉，单单这样在路上瞅见，估计都认不出来了。

“你没吃饭，还是他对你不好？”

墨九首先想到的，就是她受了虐待。

可宋妍的脸上，却带着苦中作乐的笑：“墨九不要胡说——”她目光复杂地看了一眼半合着眼睛的完颜修，微微低下头去，“国主能在危难之时收留我，容我苟且偷生，留得一命，已是大恩，我哪里还敢有别的要求？”

“妍儿——”墨九握住她的手。

那一双原本细皮嫩肉的手，一片冰凉、粗糙，让她突然不忍心。

“让你吃苦了。”

“呵，这算什么！”宋妍的样子，似乎真的不以为然，从墨九手中抽回手来，捋一下头发，偏了偏头，露出一抹笑，“我如今这样不好吗？不必特地装扮，恐怕也无人识得，能少很多烦心事哩。”

墨九心里一叹！

她知道宋妍是为了安慰她。

也知道这些日子，她肯定过得很不好。

在他乡，颠沛流离，与一群不熟悉的人相处，真的只能用“苟且偷生”来形容了。

想了想，她把心一横：“如今我们就要南下了，要不然，你跟我去，留在我的身边，这样也彼此有个照应——”

“墨九，不用了。”宋妍道，“王爷如今得以领兵，全靠蒙合的信任。蒙合对你有心思，你的身边肯定会有眼线，一旦被人发现我没有死，只怕会对你们不利。而且，北勐大军南下，我以何种身份跟随？”

她脸上的苦，墨九看得见。

虽然有没有宋妍的存在，蒙合早晚都会对他们不利，但如今若让蒙合发现宋妍之事，确实会造成不必要的麻烦，说不定还会牵扯完颜修。宋妍的人也已经在这里了，总不能说把她带走就走吧？

而且，宋妍也有她的道理。

她生在南荣，长在南荣，又怎么能跟着北勐兵南下去打南荣？

避开这纷乱的岁月，于她而言，确实最好。

墨九看着她憔悴的脸上残留的忧色，叮嘱一般小声道：“你好好在阿嘞锦待一阵，等这边平静了，我再派人接你回来。”

“好。”宋妍微微一笑，“我等你！”

两个人相对而视，眼眶都有些湿润，却久久无语。

看她二人这样子，坐在那里半晌没有吭声的完颜修，突然抬了抬眉，目光耐人寻味：“都交代完了？”

墨九侧过眸去，对他感激地点头。

“它舅，以后妍儿之事，就劳烦你了。”

“别！你劳烦不着我。”完颜修的样子还是懒洋洋的，语气也没有什么温度，更没有半分同情心，“我这个人说话向来算话，哪怕你墨九跪下来求我，也改变不了我的决定。我说过，我只负责把人带到阿嘞锦，余下的事，与我无关。她的生死，更与我八竿子打不着。”

“完颜修，你这个人——”

当着宋妍的面儿，墨九觉得他这样说太狠心了，语气不由得有些着急，可话没有说完，却被宋妍阻止了：“墨九！”

她紧紧捏了一下墨九的胳膊，轻松地一笑：“完颜国主说得对，我的生死本就与他无关，他帮我是人情，不帮也是正理。你放心，我这么大一个人了，经了这些事，不管再遇上什么困难，都可以把自己照顾得很好……”

“妍儿——”

“我真的会没事的。”

看她这样，墨九深深吸一口气，才忍下了心里的郁气。

完颜修这个男人，说脾气好吧，有时候是真好。

可他一旦执拗起来，比牛还拧巴！

想到宋妍到了阿嘞锦，真的会被完颜修丢下，一时间，墨九有些犹豫。这件事，有一点儿脱离了她的预期，她没有想过完颜修真的会完全不管宋妍，事到如今，她能给宋妍的，就是银子了。然而，出来得匆忙，她身上半文钱都没有，哪里来的银子？

掏遍全身，也就一个玉镯子，还有一个墨家的信物——相思令。

见她匆匆取下镯子塞给宋妍，完颜修瞧得都笑出了声。

“墨九哇墨九，你可以滚了！”

墨九这个时候懒得和他扯皮，瞪他一眼，只看宋妍。

“妍儿，这个镯子你戴上，关键时候可以换钱。这个相思令，你也带上，以备不时之需。你放心，他不管你，我管你，你先和他走着，我跟着就会派人到阿嘞锦来照顾你。”

宋妍低头看着手上的物什，没有拒绝。

宋妍知道墨九不放心自己，若拒绝了她的东西，她会更不放心的。

嗯一声，她将还带着墨九体温的玉镯子戴在手腕上，又仔细把相思令收在荷包里，然后冲墨九莞尔一笑：“好，我等着你。”

“那——你保重！”

“你也要保重！照顾好自己和肚子里的孩儿。”

“我会的。我身边有那样多的人，我就担心你。”

“我已经长大了，会照顾自己了。”

“唉！你确实长大了。”

长大得都不像当初的宋妍了。

墨九心里唏嘘着，看她眼睛湿了，也有些忍不住想哭的冲动。

世上最伤，便是离愁。

可完颜修那个没有心肝的，却笑出了声。

“为什么看见你们这样，我真他娘的想笑？”

“有什么可笑的？”墨九回头瞥他，没好气地问。

“女人，不可理喻！”完颜修摇了摇头，慢条斯理地抚平放在膝盖上的毯子，又噙着笑问墨九：“狼儿它娘，你就没有什么临别信物要赠送给我？”

墨九翻了一个白眼，生硬地回答：“没有。”

“来一个相思令也行啊！”

“没有！”

“没良心的东西！”完颜修恨声骂完，像想到了什么，恍然大悟地哼哼，“老子早知如此，就该以带这个娘儿们回阿嘞锦为条件，换你几个相思令的。”

“嘿！”墨九想想，也忍不住笑，“可现在迟了，抱歉！”

说着，她回头看一眼宋妍，说句“我走了”，就转身撩帘子。

这个地方离哈拉和林并不太远，她在这里耽搁的时间越长，对他们的安全越不利。该交代的话都交代完了，剩下的也都只能沉默在心里了。

且离别，盼来日。

哪怕此时有千言万语，也改变不了现实。

一颗心沉甸甸的，墨九下了车辇，走向静静等待的墨妄。

“师兄，我们回吧。”

“国主没什么事吧？”墨妄问。

“伤得有些重，幸无性命之忧。”

“那就好。”

墨妄点点头，扶着她走出后肆侍卫的夹道，上了那辆留在风雪里的马车，又仔细吩咐驾车的弟子：“仔细点儿，慢着些，别颠着了巨子。”

“左执事，弟子晓得了！”

北风呼啸着掠过河岸，车轱辘缓缓向前，朝着与完颜修的车辇完全相反的方向，吱呀吱呀地动着，在白茫茫的雪地上留下了两排或深或浅的痕迹。

雪，一直在下，冷风，也没有停。

风雪中的车辇里，完颜修一张俊脸掩在帘子背面，若隐若现。

他一个人沉默了好半晌，目光看着墨九远去的马车，突然对宋妍说了一句话。

“你那个相思令，会给我吧？毕竟我是你的救命恩人。”

宋妍似乎没有想到他会直接找她要。

愣了片刻，她咬着下唇，有些舍不得，但几乎没有犹豫，就伸手从荷包里掏出来，递了上去。

“给你。”

对她的配合，完颜修有些意外。

这个紫妍公主，不都说刁蛮任性、杀人都不眨眼吗？

他凉凉地抿了抿唇，从车窗外收回视线，在宋妍脸上扫了一眼，接过相思令来，在手上掂了掂，一句话说得随意：“看你懂事，晓得孝敬三爷，准你跟在身边吃我的喝我的了。”

他突如其来的转变，让宋妍有一点儿意外。

这些日子以来，完颜修没有对她不好，可也真谈不上好。这个男人待人接物的样子，其实像极了以前的她。除了自己愿意为之付出的人，其余的任何人都从来不肯看在眼里，桀骜、自负、孤绝凌人。

一念至此，她叹了一口气，慢慢欠身，朝他行了一个礼。

“多谢国主！”

在他的身边，到底会安全得多。

虽然她安慰墨九说自己无碍，但从未独身在外行走过，她哪能真的不害怕？

完颜修头望向车窗外面，没有说话，也没有理会她。

“起驾！”

“国主起驾了！”

吆喝声里，宽敞的车辇徐徐而行，完颜修身姿慵懒而坐，视线久久地落在车窗外面那一辆远去的黑帷马车——

渐行渐远。

终于没有了痕迹。

只余下空山长河边，被大雪覆盖的一座座毡房。

还有，那一首随着袅袅炊烟而起的牧人小曲。

这一天，萧乾罕见地回来得很早。

天没有黑，墨九为他熬好的汤也还没有冷。

他披了一身风雪，颀长的身子伫立在她的面前，神色有些犹豫。

“阿九，你怎么又做饭了？”

与他互视着，墨九心里也有小小的忐忑。

经了昨日的事，还有今天的事，她不知萧乾心里怎么想的。两个人之间，也好像突然就有了一点儿没有说透，偏偏又不知当用什么情绪去面对，去把这件事情说开。大抵这就是夫妻了，明明很熟悉，好起来的时候，亲近得像一个人似的，没有什么事情不能分享。可人又都是情绪化的动物，一旦心里添了堵，相处就会莫名地怪异。

一层窗户纸，很薄，却捅不破。

但墨九知道他累了，很累很累，也不愿意说些烦心的事。

于是，与他怔怔相视片刻，她就从椅子上站起来，像什么事儿都没有似的，满脸微笑地为他盛汤、盛饭，一张脸上甜蜜蜜的样子，像一个等回了夫君的娇憨小俏妇。

“盛好了，你快坐过来吃！”

萧乾眉心一拧，看着她，往前挪了两步，又停下。

他踌躇着，像一个做了错事的孩子。

这是因为昨天晚上，他趁她睡着“欺负”了她内疚了吗？

噗一声，墨九笑着，过去拽住他的手，亲热地拉到桌子边上坐好，解下他肩膀上的大氅，往衣架上挂：“我还以为你又要晚归呢，特地给你备的夜宵。这个时候回来也好，刚好可以吃上一口热的。”

嘴上不停，看他闷头坐着不言不语，她唇角一扬，笑了笑又坐到他的身边，一个人说着话，似乎也很得劲儿：“你今儿晚上不会再去行营了吧？南下的事情都安排好了吗？我们后天几时出发？”

一个接一个问题，让人怎么回答？

萧乾沉默片刻，突然把她的手握入掌中。

轻轻摩挲着，他动作很轻柔，就像生怕弄痛她似的。

“阿九，昨儿夜里，我，我吃多了几杯，对不住了！”

这一回换墨九哑然不已。

昨晚他不是和完颜修打架去了吗？

怎么的，居然喝多了？

“难道我眼睛不好，耳朵也出问题了？”

她这样一副迷糊的样子，让萧乾情绪一松，紧绷的心一下和缓了。

“傻子！”他揽过她的肩膀，让她靠在自己的胸膛上，掌心轻轻顺着她的后背，柔声解释，“昨夜出去，我和完颜修喝了一会儿酒。这厮酒品不行，酒量却还成，愣把我灌得有一点儿醉了。回来时，见你睡着，我原是不想打扰的，可……”

看他想要道歉，又尴尬得抹不开面子，墨九不由得失笑。

“可你还是打扰了，还是偷偷摸摸打扰的——”

说到这里，她又忍不住逗弄他：“不过，你的打扰，难道就没有惊到我们孩儿吗？”

“呵！调皮。”萧乾刮一刮她鼻子，“我很小心，孩儿比你睡得还沉，打扰不了。”

“那我就原谅你。”墨九半伏在他的胸膛上，视线注视着他坚毅的下巴，手慢慢抚上去，轻轻刮着他因为忙碌而没有来得及修剪的浅浅胡楂儿，笑得有一些娇，“你应该唤醒我的，一个人做那种事，有什么意思？我怀着身子，又不是什么都做不得的——”

萧乾挑一下眉：“你做得什么？”

“什么都做得。”墨九半羞半娇地说到这里，突然想到了早上的疑惑，又冷不丁敛了一下眉头，“不过有一件事，我很奇怪，想问问你。”

“嗯？”萧乾声音低哑，抚她后背的手很慢，“你说。”

墨九整理了一下情绪，看着他，把那个梦以及对云雨蛊的感受告诉了他。

萧乾听完，面色微微一沉，一副茫然的样子：“有这样的事？”

“你真的不知情？”墨九也很诧异，“难道我多想了？”

萧乾沉默不语，似陷入了思考之中。

“王爷！”墨九突然抬头，整个人往他的肩膀上蹭了一下，目光直视着他，“一直忘了问你来着，当初在临安皇城司狱，你是如何把云蛊植入我身体的？”

萧乾微微一震，眸子浅眯。

临安皇城司狱，那绝对不是一个好的生命记忆点。

沉吟一瞬，萧乾似乎有些迟疑，凉凉的视线看了墨九期待的眼许久，方才慢吞吞地开口：“在萧家一案之前，我与阿九一直受云雨蛊左右，虽不伤及性命，偶尔还可增添一些乐子。然，云雨蛊宿主，生相映，死相依，仿若一体之身。一旦我有事，必会连累阿九。这是我不愿意看到的。”

他徐徐道来，声音还未恢复正常，薄哑而低沉。

一席话，很慢。回忆起那一段岁月，每个字都带着涩味。

“早在楚州之时，初中云雨蛊，我便一直在寻找解蛊之法，所以令声东前往南疆，并找回了苗疆圣女彭欣。后来的事情，阿九也知晓。彭欣虽告知你我云雨蛊的由来，却无解蛊之法。

“我一直未曾放弃，于彭欣之后，亦多方派人打听。可惜，天下之大，巫蛊师众多，根本就无人听说过云雨蛊，遑论解蛊了。

“在此期间，你我经历了许多事情，情感也与日俱增，慢慢地，我也就不再去想这件事了。你我夫妻，有蛊可感应，我只把云雨蛊当成上天的恩赐也罢。后来，我领大军北伐，过汉水，占汴京，珒国亡，完颜修败走，萧家案发，宋熹以萧氏五百余口性命要挟我回临安，我知此行凶险，正取舍难定之际，这才得来一个与云雨蛊有关的消息——”

墨九的兴趣被他勾了起来：“消息如何说？”

萧乾微微蹙眉，声音却极为平静：“云雨蛊乃至阴至阳之物，看似对立不相容，其实可衍生一体。阴阳相克，亦相生；阴阳相斥，亦相吸。若无阴，则无阳。若无阳，亦无阴。世间大道，莫不如此。阴与阳，本同根而生，自可同在。”

“嗯。”墨九懂得一些玄学之道，点点头，“有些道理，你继续——”

萧乾看她严肃的小脸，轻笑一声，自己倒了一杯热茶，浅抿一口：“也便是说，云雨蛊虽然无法可解，却可以让两蛊同时寄居在一个宿主的体内。哪怕此宿体的本体与蛊并非相生，亦不会相克。因为，有其中一蛊存在，另一蛊便能得其益处，与它相生、相辅，亦可存活无碍。如此一来，就不会有一个宿主死、另一个宿主必亡的担忧。”

这么一说，就完全解释得通了。

墨九听得不住点头，可转瞬又想不通了。

毕竟云雨蛊也不是他们碗里的物什，想拎哪儿就拎哪儿。

更不是他们自己家里养的宠物，摸摸脑袋，让他们乖乖听话就听话。

那么，让云蛊寄居于她体内，萧乾又是如何做到的？

墨九好奇地拧着眉头，想了片刻不得其解，又想不起来当初的细节，不由得咬了咬牙，似乎还在记恨萧乾：“那日在皇城司狱的大牢，你咬我一口，之后的事，我就记不得了。你赶紧给我交代清楚，到底怎样把虫子逼入我身体里的？”

看她黑白分明的大眼睛，忽闪忽闪，纯净而温柔，萧乾神色略略一沉。

“阿九——”他似乎不太愿意详细说个中的真相，沉吟不决地想了许久，再开口时，言辞依旧有一些阴晦之意，“云蛊乃至阳之物，我乃至阳之体，为了存活，他定会选择一直寄伏于我的身体里。故而，要把它从我体内逼出来，再送往你身上去，着实不容易，我很是费了些心思。”

“那你到底怎么弄的？”墨九好奇得不行，受不得他吊胃口，“你快些说呀！”

“这个——”萧乾抿了抿唇角，深眸中映着屋内红彤彤的炭火，显得深邃莫名，“在回临安之前，我便先行服用了一段时间的药，再融你之血，慢慢改变体质，与你类同，让云蛊渐渐习惯了这样的宿体环境。到皇城司狱大牢时，我咬破你的脖子，用金针刺入我身上多处大穴，逼得云蛊恐惧奔逃，再受雨蛊吸引，从而破体而出，顺理成章地寄生于你的身体！”

嘘！

墨九双眼瞪得老大，像听了一个玄幻故事。

但这些事，说来不过三言两语，当时的情况，却凶险万分。

他那个时候，害怕自己会死，一心要保全她。可在她晕过去的那段时间里，他一个人做这些事，又是何等悲凉？

而且——

他就不怕消息不可靠吗？

墨九想了一下，又问出了这个疑惑：“当初连彭欣都说无法可解，你为什么就相信了这样的消息？毕竟谁都不曾经历过，也没有实验过，太过冒险了！”

萧乾眯了眯眼，低声道：“一来，我别无他法。二来，告诉我此事的人，是我父亲。”

他父亲？萧运长？

想到那个死去的国公爷，墨九不由得微微怔忡。

那个可以称为她公公的男人，墨九与他接触的时间不多，但听过他不少“传奇”。他打仗时睡了一个女俘，居然睡到了北勐公主三丹，还生了个儿子萧乾，把三丹带回南荣，却养如外室，没有尽丈夫的保护之责，以致让她受尽欺凌，生出了这许多的悲剧。

有时候听上去，他就像一个生在世家的懦弱男人，对抗不了母亲以及家族的压力。

可有时候想来，身为萧家的家主，他也并非一个凡夫俗子。

尤其萧氏与谢氏的多年党争、萧氏对宋彻的布局等一系列事情，萧运长若没点儿头脑，根本就做不到。

那么，在萧家案发之前，一直身在临安的萧运长，以在官场上摸爬滚打了一辈子的嗅觉，不可能半点儿风声都收不到，更不可能不知道山雨欲来——

她记得那天刑场上，萧运长对萧乾回到临安之事，是遗憾而痛苦的。也就是说，萧运长当时气恨萧乾回临安自投罗网，没有能够保住萧家最后一丝血脉。

这样说来，就奇怪了。

他为什么要在那个节骨眼上，特地让人告诉萧乾云雨蛊的事？

是早就知道了，一直没有说，只怕自己死了，再没有机会告知他？

还是突然得到的消息，不想儿子永远受制于蛊毒，特地千里迢迢辗转告知他？

萧运长已经死了，他到底怎么想的，没处去问。

墨九唯一可以问的，只有萧乾："据我所知，你爹也不是玄门中人，他怎么会知道云雨蛊的解法？而且，他既然知道了，为什么早不说，晚不说，偏偏要在那个时候才告诉你？"

对她一个接一个的问题，萧乾并没有回答。

他紧紧抿着唇，眉微低，似乎在思考。

房间里，安静了好一会儿，没有半点儿声音。

萧乾坐在背光的位置上，就墨九这样的视力，有些看不清他脸上的表情。但两个人太熟悉了，哪怕她不用眼睛看，只用心去感受，也渐渐察觉到，萧乾的情绪不太好。

"……对不起。"稍稍一愣，墨九歉意道，"我知道涉及萧家的事情对你来说，不是什么好问题，如果可以，我也不想反复问，让你反复地回想——可六郎，这件事，对我也很重要，如果不弄明白，我心里就像有根刺似的，不得安宁。尤其经过昨天晚上的那个梦，我总觉得云雨蛊这件事，还没有结束……"

"阿九多虑了，我无事。"

萧乾目光微微一沉，勾一下唇角，像是笑了。

"只是过去太久，有些事，我有点儿糊涂了，得想一想才能回答你。"

他这样解释着自己的迟疑，墨九默默听着，也不反驳。

"你慢慢想，慢慢说，我陪着你。"

萧乾伸手过来，拍了拍她的手背，过了半晌，才道："当时父亲派人传信，不许我回临安，是安排了北勐这边的线给我，也告诉了我那顺巫师与宋彻之事。我也是那个时候，才知道这一段萧家秘辛。而，云雨蛊之事，便是父亲那次让人转告我知晓的。"

顿一下，似为了给墨九解疑惑，他又多补充了一句："当时我四处寻找云雨蛊的解法，父亲一直知情。可他言时机未成熟，不好把这个法子相告……"

"他如何得知，可有告诉你？"墨九等不及了，急急追问。

萧乾叹了一声，点点头："当年宋彻偷偷离开阴山，前往苗疆，并与彭欣相恋了一年有余。那个时候，他就住在彭欣的师父，也就是你所知的那个云雨蛊故事讲述者的药庐里。这些事，阿九都是知道的。后来，萧家派人前往苗疆带回了宋彻，同时，也收缴了宋彻从苗疆带出来的所有东西。其中，就有一本手札，放在宋彻携带的书籍中。但那是在我们身中云雨蛊之前，我父亲只当一件闲闻野趣读之……"

原来如此——

墨九把这些事情串在一起，心里沉甸甸的，不免有些发凉。

这个世界可真小！

这一些人，这一些事，看似全都不搭边儿。

可冥冥之中，又都连在了一起，像遵循着什么轨道在运行，如同宇宙中的行星……

抚一下额头，她笑叹一声："那也就是了，难怪你信他。可我还是不明白，为什么彭欣会不知情？"

萧乾摇了摇头，淡淡说："彭欣的师父并未告之于她。实际上，此事记载于一本手札，便是她的师父，也未必知情。"

"也是！"

这么说来，为什么萧运长之前不告诉萧乾这件事，也可以解释得通了。

因为宋彻在阴山的事情，本来就是一个惊天的秘密，是萧氏最大的秘辛。

如果萧运长莫名其妙把云雨蛊之事说出来，还要让本来父子关系就薄弱的儿子信任他，实在太难了。至少在当初的萧乾来说，很不容易相信这样玄幻的事。除非萧运长把一切都和盘托出，包括宋彻，包括那顺，包括阴山那个与北勐有关的计划。也就是说，萧运长确实最后迫于无奈了，才在最后一刻告诉了萧乾这件事。一来留给萧乾一个翻盘的机会，二来为他解去云雨蛊的苦恼。

"六郎——"

听完这些，墨九整个人都有些不好了。

"你说，云蛊和雨蛊，真的全在我的身上吗？我为什么感觉那个梦……很玄妙，就像我们以前有云雨蛊感应时一样？你说，有没有可能，我们经历了一个什么特殊的契机，云蛊又跑回你体内去了？你也说了，它是至阳之物，你乃至阳之体。在别无选择的时候，它或许会选择暂时'居住'在我的身体里，一旦有更好的地方可以让它过得更舒适，又没有什么阻碍的情况下，它肯定也希望居住得好一点儿不是？”

这个分析，有点儿荒谬。

可萧乾听完，面色突地一变。

墨九没有看清楚，一晃而过的诧异感，让她觉得他似乎察觉了什么。

“你是不是想到了什么？”

“这个——”萧乾拧着眉头，淡淡回答，“巫蛊之事，本就玄妙，一时也参详不透。不如阿九此次回到兴隆山，见到彭欣时，再仔细询问。”

是呀！

两个人都不懂，只能问专业人士了。

嗯一声，墨九瘪瘪嘴巴：“这样也好。”

久悬于心的事情解决了，萧六郎又陪在身边，这天晚上墨九过得很愉快，睡得也很安心。从吃饭开始，就寸步不离萧乾左右，像一个极会撒娇的孩子，一直笑声不断，惹得萧乾也跟着笑了好几场。

棱台坊中，夜幕渐渐低沉，却没有半丝将要出征的紧张感。

怀着孩子，睡在自己男人的身边，墨九突然觉得无比满足。当灯火熄灭，屋子沉浸在一片昏暗之中时，她窝在萧乾的怀里，手指轻轻抚着他的面颊，看着黑黝黝的帐顶，轻笑着问他：“六郎，如果我眼睛一直不好，怎么办？”

“那敢情好，再没有人看得上你了。”

“……你要不要这么可恶？！”墨九转一下身子，侧过去揪他的肉，听他配合着嘶嘶吃痛，又得意地哼了哼，“收拾不了你？！知道痛了吧？看你还敢不敢了。”

“娘子饶命！再不敢了——”

“不敢才有鬼了！”墨九松开手，缠上去裹住他的脖子，想了想，冷不丁又去揪他，“不对呀，我说我的眼睛怎么治了这么久都不好呢。说！是不是你故意的？你就不愿意我好起来，就不愿意有人喜欢我，对不对？”

“这真是一个——好主意呀！”萧乾像悟到什么似的，把她的手拿过来，握在掌中，轻轻地摩挲着，声音带了一丝笑意，“不仅不把你眼睛治好，还应该把你叠一叠，放在衣兜里，这样不论走到哪里，你就都能在我身边，没有人可以抢走了。”

噗一声，墨九失笑不已。

“那我被你叠一叠了，咱们的孩儿怎么办？还生不生了？”

“生啊！”萧乾说得很严肃，就好像真的一样，“白日我在外面忙碌，就把你叠在衣兜里，等夜晚回来，再把你放出来养着胎，睡在身边……”

“再顺便满足你的淫邪之欲，对不对？”墨九接过话来就斥他，“哼，想得可真美呀，不给吃，不给喝，就像养个玩具似的，想用的时候，再拿出来用用，不想用的时候，就收回去，还不会和你斗嘴，不会招你讨厌，啧！真是一举多得，萧六郎，你咋不上天呢？”

“呵呵！”萧乾被她逗笑了，生怕她激动，赶紧揽住她的后腰将她勒过来，搁在怀里，又是哄，又是宠，末了，等他情绪平静下来，方才低头轻吻一下她的额头，柔声道，“不早了，睡吧。再闹下去，儿子该有意见了。”

墨九眉梢一扬，越发不满。

“我早就想说你了！”她哼一声，“你张口闭口就儿子，你说若我怀的是一个闺女，她听见了，得多伤心哪！她会想，原来父亲是一个重男轻女的人，她还没出生呢，就完全被忽视、被冷待——”

“唔！”萧乾捂她嘴，哭笑不得，“哪有你说的这般！是个闺女，我也是喜欢的。”

“有吗？呵呵，我怎的没有看出来？”

“只要阿九生的，我都喜欢。”

“当真？”

“当真！”

“那好吧，我原谅你了。”墨九弯一下唇角，笑盈盈地拉着他的手，慢慢移到小腹上，让他感受根本就感受不到的胎儿。她喜欢这样，喜欢这种两个人依偎在一起，等待着一个小东西临世的感觉，太奇妙了，她说不出内心的感觉，就是觉得亲近。这个男人，还有她肚子里的小人，他们三个人，是这世间最为亲近的人。

可——

她脑子一转，又凑到萧乾的耳边，轻轻唤他：“六郎。”

“嗯？”他声音有些闷，掌心摩挲着她的小腹，像要睡着了。

“如果我生不出儿子怎么办？”

“不会。”

“……你又知道了？”

“一胎不是儿子，再怀一胎，总有一个会是儿子。”

“你拿我当猪哇？生孩子哪有那么容易？想都不要想！”

“傻瓜！”他轻轻一笑，掌心轻柔地抚着她的头发，“不要想这样多，快些睡！”

墨九听了他这话，心里不平静了，哪里还睡得着。

捅一下他的胳膊，她不依不饶地问：“你还没有回答我呢？”

他似乎考虑了一下，喟叹一声：“没儿子就没儿子吧。”

“那你若打下了江山来，要给谁继承？”

萧乾轻声笑：“谁说女子不如男？我们的女儿，一定比男儿更强！”

这么一听，墨九满心就都舒服了。

将手轻搭在他精壮的腰上，她低低地笑：“好！没有儿子，就让咱闺女做女皇！”

“——做什么梦？快些睡！”

“哈哈哈！”

“大半夜不睡觉，发神经！”

芳草萋萋斜阳路，白雪茫茫终不归。

黑夜静静地过去，又一个白日到来了。

景昌元年腊月初七，经过短短十日的准备，北勐金印大王苏赫率三十万北勐大军南下，即将与号称有百万之众的南荣雄师一决高下。

汉水滔滔，汉江南北，一片哀号之声。

这一日，一片苍茫的大地上，覆盖着厚厚的白雪。北勐大军所经之处，一行行车马痕迹，落在雪上，或深或浅，远远望之，像一朵朵从雪上长出来的古怪花儿。漫天飞雪，扑簌簌落下，被风吹得七零八落，点缀着这一个硝烟四起的人间。

一南一北，两国战事一触即发。

北勐骑兵南下的消息，早已传遍了南荣。

江山万里，悲声阵阵，为了避祸而四处逃匿的民众，为正在遭遇雪灾的南荣朝堂带来了巨大的压力。而此时，离一年一度的除夕，已不足一个月。临安城里，景昌皇帝为了备战，勒令宫中停止各种节庆活动，定于景昌元年腊月初十御驾亲征，北上抗敌。

皇帝御驾亲征，声势浩大。

临安城里，从皇城大门到北上的运河，长长的一路上，红毯铺路，净扫归整，两侧站满了前来送行的南荣百姓。他们天不见亮就在这里等着，就为了亲眼一睹景昌皇帝的风采。

他们很幸运。

景昌帝宋熹今日没有乘坐轿舆，而是身着金甲，头戴金盔，腰系宝剑，高居于一匹俊美高大的白马之上，领着一群北上部将及亲近禁军徐徐行至运河，见到大气都不敢出的百姓，偶尔还会微笑颔首，英挺的眉宇间，一派温煦之色。

他很俊美。

他也很镇定。

这样的皇帝，让紧张的临安百姓心里，稍稍得到了一点儿安慰。

群龙有首就好，天塌了，毕竟还有高个子的顶着。

于是乎，有了景昌皇帝的御驾亲征，这一场战争的看点似乎更浓了。

从南到北，由西及东，整个天下，各个国家都在密切关注着动向。

宋熹北上，于腊月十二，领南荣军到达建康。

建康守将率众出城恭迎帝驾，全城百姓欢欣鼓舞，于城外三里齐声高呼“万岁万岁万万岁”，其声其势震天。一些民间术士占卜云：此战南荣必胜啊。

似乎宋熹一出，战事的胜负就转了风向。

百姓看到皇帝，脸上笑意盈盈。

大军簇拥之中，宋熹面色安宁，淡然带笑。

可他尚未入城，就有人前来禀报。

“陛下，苏丞相回来了！”

在苏逸离开临安之前，南荣只有一个丞相。

那时，北勐南下的消息传来，宋熹想要御驾亲征，朝中就不能无人理政。于是他又紧急任命了另一个丞相，是为右相。也便是说，如今的苏逸，已经成了南荣的左相。

从哈拉和林逃离，他如今到达建康，自然要先前来拜会皇帝的。

宋熹得闻消息，没有表现得太过激动，但晚膳都没有顾得上吃，当即在建康的临时府邸里召见了苏逸。

大步进入客堂的苏逸，两鬓斑白，胡子及胸，形似老叟，把宋熹吓了一跳。

“你是何人？”

苏逸一把扯掉下巴上的花白胡子，俯身冲他行了一个大礼。

“微臣苏逸参见陛下。”

“苏爱卿，你这是何故？”宋熹没有问完，就又止了话题。他也想到了苏逸在逃离北勐时，被蒙合的追兵围追堵截，这才不得不乔装改扮成这样的。于是，叹了一口气，他又微笑着抬手。

“苏爱卿吃苦了！快快起来说话。”

说罢，他转头吩咐：“李福，看座！”

一张木椅子搬到了宋熹的下首，苏逸慎重地谢了恩，一撩袍脚，正襟危坐着，把自己带着紫妍公主千里迢迢前往北勐，再遇北勐陷害的事情，一五一十地向皇帝做了禀报。然而，说到宋妍之事时，他稍稍一顿。

“紫妍公主不堪受辱，自缢而亡——”

早就得了消息，宋熹并不意外。

听罢，他眉梢微低，陷入了沉默。

苏逸瞄他一眼，又低声请罪：“是臣保护不力，还望陛下责罚！”

宋熹静默着摆摆手，淡淡道：“那便也是她的命了！”

时也，命也。

人一生的辗转坎坷，谁又说得清楚?

这一回，换苏逸沉默了。

那一晚的惊天动地，换来了如今的烽火连天。

确实，谁又能想到呢?

北勐与南荣这一战，是关乎南荣国运的战争。而国运之战，有时候就是一场赌博。赢了，国兴。败了，国衰。甚至于，国亡。南荣自太祖起，已三百余年风雨江山，到宋熹这一代，其间数百年，一直饱尝战争之苦。可哪怕曾经武力强大的珒国在最鼎盛的时期，亦远远不如现在如狼似虎的北勐。

这个天下，已无人能阻挡北勐骑兵。

他们铁蹄所到之处，可谓寸草不生。

而南荣，一个早已过气的大国，曾经的辉煌一去不复返。满朝的沉疴弊政，除了可以在那些文人墨客留下的诗词中寻找富饶繁华，再无其他。

“陛下——”

苏逸幽幽一叹，将脑袋上的花白头发扯下来，捋了捋凌乱的发冠，突然站起身，朝宋熹行礼。

“微臣有一个不情之请！”

“苏爱卿坐下讲！”宋熹抬了抬手。

“多谢陛下！”苏逸拱了拱手，却没有坐回去，立在他的面前，一张老少年成的脸上满带忧色，“请陛下收回成命！即刻返京。由微臣代为领兵北上，与北勐一战！”

他一字一顿，声如洪钟，说得极为响亮。

可这带兵的要求，还是让宋熹微微一怔。

天下人都知南荣丞相苏逸能文能武，少年英才。可他是这样的年纪，又是以状元身份入翰林，从而位极人臣，几乎没有人看过他展示自己的武艺。包括宋熹，心里亦一直把他当成只通文墨、不懂兵策的文臣，根本就没有想过他能领兵打仗。

“苏爱卿——”盯着微微颔首的苏逸，宋熹刀刻似的俊俏眉目，似乎更深邃了几分，“并非朕不信任你，只是御驾亲征之事，早已四方周知，若朕半途而返，岂不让天下人耻笑我未战先惧？这一仗，朕怎么都要打的。”

顿一下，他像想到了什么，唇角微抿。

“人固有一死，胜负朕已不惧。反倒忧心我这一走，朝内空虚。一帮臣子昏聩老迈，成日里你争我夺，似不知国之将亡，还在蒙头做白日梦。可叹，朕还真怕他们闹出些什么事来。爱卿回来得正好，明日你即返回临安，与右相一起，代朕主事。”

让他回去主事？

苏逸怔了怔，又要争辩：“不可，陛下！”

“朕意已决！爱卿不必说了。”宋熹目光略沉，视线从他的身上，慢慢转向了屋子中间那一幅陈闳的《八公图》上，目光变得温柔了许多，声音里似乎还带了一丝笑意，“朕一年四季都困于那皇宫之中，浑不知做人乐趣，早已厌倦非常。借此机会，可以出来四处走走，观山水，识佳人，岂不快哉？！苏爱卿，又何苦拘了朕的乐子？”

“——陛下！”苏逸叹着，目光里带着无法掩饰的担心，“你的安危，就是南荣的安危呀，你怎可让自己身临险境？”

“谁说那是险境？”宋熹一笑，“彼之险境，吾之桃源。”

彼之险境，吾之桃源？

苏逸抿了抿唇角，看着他在微光中的侧脸，突然换了话题：“来建康的路上，我听人说，她此番亦随苏赫王爷南下，这两日，恐怕已到达阴山了……”

“哦！”宋熹表情淡淡，像并不怎么在意，问得也极为随便，“见到苏赫了？他可是故人？”

这个问题，让苏逸迟疑了片刻。

没有听到他回复，宋熹也不逼迫，只静静观着画，唇上略带笑意。

终于，苏逸叹了一口气：“陛下，正是他。”

“嗯。”宋熹并没有意外，满不在乎地瞥一眼苏逸脸上的疲惫，微笑着摆了摆手，“苏爱卿下去歇息吧，明日一早还要赶路呢。”

“陛下！微臣想随您北上。”

“不可！”宋熹淡淡地笑着，轻松地面对他满脸的忧色，“朕登基一年有余，朝堂内外的事情，并无几件是我自己愿意做的。那时便想，做皇帝也就这样了。不能随心所欲，竟不如民间百姓自在。可这一次北上，朕却是心甘情愿，即便吃了败仗，再被人骂成昏君，也在所不惜。”

苏逸笑：“陛下又怎会是昏君呢？”

“呵！”宋熹也跟着他轻笑，“在他们嘴里，朕可不就是昏君吗？”

“唉！”从头到尾，苏逸都是极为了解宋熹这个人的。听完他的自嘲，苏逸叹息着，想要劝慰几句。可宋熹幽幽淡淡的目光，早已挪到了远处，他正望着窗外的鹅毛大雪出神，不知在想些什么。

抬了抬袍角，他起身施礼：“微臣告退！”

宋熹没动，就像已然融入了那一方景致中，浑然忘我……